DEBRA ANASTASIA

Swimming in Light

W0377894

DEBRA ANASTASIA

SWIMMING IN LIGHT

ROMAN

Ins Deutsche übertragen von Firouzeh Akhavan-Zandjani

LYX

LYX in der Bastei Lübbe AG
Dieser Titel ist auch als E-Book und als Hörbuch erschienen.

Die Bastei Lübbe AG verfolgt eine nachhaltige Buchproduktion.
Wir verwenden Papiere aus nachhaltiger Forstwirtschaft und verzichten darauf,
Bücher einzeln in Folie zu verpacken. Wir stellen unsere Bücher in Deutschland
und Europa (EU) her und arbeiten mit den Druckereien kontinuierlich
an einer positiven Ökobilanz.

FSC www.fsc.org
MIX
Papier aus verantwortungsvollen Quellen
FSC® C014496

Die Originalausgabe erschien 2021 unter dem Titel
»Stealing the Stars«
Copyright © 2021 by Debra Anastasia

Für die deutschsprachige Ausgabe:
Copyright © 2022 by Bastei Lübbe AG, Köln
Textredaktion: Christiane Wirtz
Umschlaggestaltung: © Jeannine Schmelzer
unter Verwendung von Motiven von shutterstock, © shutterstock / tomertu,
© kaisorn / shutterstock, © Rolau Elena / shutterstock,
© Bokeh Blur Background / shutterstock
Satz: Greiner & Reichel, Köln
Gesetzt aus der Adobe Caslon
Druck und Verarbeitung: GGP Media GmbH, Pößneck
Printed in Germany
ISBN 978-3-7363-1678-2

1 3 5 7 6 4 2

Sie finden uns im Internet unter lyx-verlag.de
Bitte beachten Sie auch: luebbe.de und lesejury.de

T, J und D – immer nur für euch

Prolog

Mein Polizeifoto würde der einzige Grabstein sein, den sie je bekäme.

Mein wunderbarer Junge! Mein Ruffian!
Wenn du diesen Brief liest, wird unser Abenteuer für mich zu Ende sein. Ich hoffe und bete, dass du bereits auf dem besten Wege bist, erwachsen zu sein. Ich wünschte, ich könnte dir mehr Sicherheit geben. Doch jetzt kann ich nur noch darauf vertrauen, dass dir unsere gemeinsamen Erlebnisse eine Richtschnur für die Zukunft sein werden. Die Welt kann brutal sein. Aber wir wissen beide, dass es trotzdem immer Orte und Momente in dieser Welt gibt, wo man wahre Schönheit entdecken kann. Das Lächeln der Dankbaren. Die festen, ein wenig zu langen Umarmungen einsamer Menschen. Momente, in denen man Menschen, Tiere und die Natur um uns herum begleitet, um auf einen etwas einfacheren Pfad zu finden. Führe sie alle zu diesen verborgenen Orten, mein lieber Junge. Ich habe nie in meinem Leben einen Menschen gekannt, dessen Seele so rein war wie deine – so tapfer, so fantasievoll, so nachsichtig. Es macht mich nur ein bisschen wütend, dass ich nun diesen Brief schreibe, bedeutet es doch, dass wir körperlich voneinander getrennt sind. Aber die Liebe erhebt sich über alles. Liebe bohrt sich auch durch den stärksten Panzer. Das kann ich dir versprechen. Du wirst mich immer in den Wäldern finden, wenn du mich brauchst. Das ra-

schelnde Laub wird dich umarmen, der Baldachin aus Sternen am tiefschwarzen Himmel wird dich ermutigen, und selbst die Luft, die du einatmest, wird dich lieben. Eine Mutter geht nie wirklich, sondern erst, wenn sie ihre Kinder sicher und geborgen weiß. Also werde ich mir einen Ort suchen, an dem ich einen großartigen Ausblick habe, und auf dich warten. Sei mein größtes Geschenk an diese Welt.
Ich liebe dich, Ruff.

Der Brief war auf die leere Rückseite eines Werbebriefs geschrieben, die man so häufig mit der Post zugeschickt bekam. Unbeschriebenes Papier, das man einfach wegwarf, machte meine Mutter wütend, sodass sie einen verkniffenen Gesichtsausdruck bekam. Sie hasste die Vorstellung, dass ein Baum sein Leben ließ und jemand die Rückseite eines Blatts Papier verschwendete.

»Fülle das Blatt! Also, mal ernsthaft, Ruff. Wenn man einen Baum fällt, dann sollte man dem Papier zumindest so viel Respekt entgegenbringen, dass man beide Seiten nutzt.«

Als ich älter wurde, begriff ich, dass die Wirtschaft Geld sparte, indem sie eine Seite leer ließ. Es bedeutete schließlich, dass weniger Geld für Leute ausgegeben wurde, die Inhalte produzierten, und die Druckkosten waren geringer. Aber früher dachte ich, dass leeres Papier einfach eine Einladung für Ideen wäre … um zu malen, einen Plan zu machen, eine Schatzkarte zu zeichnen oder einen Origamistern zu falten. Meine Mutter formte mich mit ihren lächerlichen Vorstellungen. Das Problem war nur, dass sie meistens recht hatte. Es war tatsächlich Papierverschwendung, aber für mich war es auch eine Ermunterung, mich in vielfältiger Form auszudrücken.

Wenn diese Denkweise ein Kind nicht vermurkst, dann weiß

ich nicht, was sonst. Ich war anders, ganz anders als andere Kinder. Ich hatte kein Problem damit, zusammen mit meiner Mutter in den Vorraum eines Postamtes zu gehen – außerhalb der Öffnungszeit natürlich – und dort die Mülleimer und die Altpapiersammelstellen zu durchwühlen, um die leeren Seiten von Werbezetteln zu »retten«.

Im Grunde genommen waren wir obdachlos. Aber sie war mein Zuhause, und deshalb war ich sorglos.

Während ich den Brief las, hielt ich ihre kalte Hand und wartete darauf, dass sie zuckte oder meine große Hand drückte. Der Lärm um mich herum, außerhalb des Zeltes, wäre ihr schlimmster Albtraum. Die Polizei löste unsere kleine Gemeinschaft, unsere Community, auf. Die Waldmenschen – so wurden wir von anderen genannt. Die meisten sagten, wir seien gefährlich, dabei versuchten wir einfach nur zu leben.

Meine Waldnachbarn wehrten sich – ein paar zumindest. Die meisten ergaben sich in ihr Schicksal, packten zusammen, was sie tragen konnten, und zogen weiter. Damit kannten wir uns aus: weiterziehen.

Ich versuchte es. Ich holte tief Luft. Doch ich spürte nur einen stechenden Schmerz in der Brust, weil ich die ganze Nacht geweint hatte. Wenn ich ihre Hand losließe, würde ich auch meine Kindheit hinter mir lassen. Meine Träume. Mein Zuhause.

In Momenten wie diesen, wenn man weiterziehen musste, schaute die Gemeinschaft immer auf Mom. Sie warteten auf ihren Rat. Sie hatte sich auf ihre Art um alle gekümmert. Zumindest sollte ich ihren Tod nutzen, um ihnen mehr Zeit zu verschaffen, damit sie sich etwas sammeln konnten.

Ich beugte mich vor und küsste meine Mutter auf die Stirn. »Du hast es großartig gemacht, Mom. Du bist die beste Mutter der Welt.«

Wieder kamen mir die Tränen. Es war mir schleierhaft, wie ich überhaupt noch weinen konnte. Ich musste mittlerweile völlig dehydriert sein.

Ich wandte mich von ihr ab. Das Kissen und eine Decke ließ ich ihr. Den Rest von unseren Sachen packte ich in den großen Rucksack, den Mom immer getragen hatte. Die zerbeulte Blechdose, die mit Abbildungen von Keksen verziert war, enthielt wichtige Papiere, und ich tat den Brief, der Gott weiß wie lange darin gelegen hatte, wieder hinein. Auch ihr Führerschein, meine Geburtsurkunde und Kinderbilder sowie ein paar neuere Zeichnungen wanderten in die Dose. Die Blechdose wurde als Erstes ein- und als Letztes ausgepackt. Immer. Im Grunde wurde die Dose nur aus dem Rucksack genommen, wenn wir irgendwo waren, wo wir ein festes Dach über dem Kopf hatten und unsere Sachen trocken blieben.

Ich berührte immer wieder ihre Hand, bis wirklich der Moment gekommen war zu gehen. Jemand schlug von außen auf die Zeltplane – einmal, zweimal und dann noch ein drittes Mal. Ich zog den Reißverschluss auf und trat aus dem Zelt. Vor mir stand ein Polizist, der nur seinen Job erledigte.

»Oh. Geht's dir gut?«

Trauer und Schock pressten meinen Brustkorb, mein Herz wie ein Schraubstock zusammen. So fühlte es sich wohl an, wenn die Zeit stehen blieb.

»Meine Mutter ist gestorben.« Angesichts des Aufruhrs, der um uns herum herrschte, war meine Stimme zu leise.

Der Bulle legte den Kopf auf die Seite und zog die Augenbrauen so eng zusammen, dass sie sich in der Mitte seiner Stirn trafen. »Was ist los?«

Ich musste es lauter sagen … damit die Zeit anhielt. »Meine Mutter ist tot!«

Und dann hielt die Zeit tatsächlich an. Ich hörte, wie einige keuchten, spürte die Wogen des Schmerzes, der Fassungslosigkeit.

Einige der Polizisten, die uns als Waldmenschen betrachteten, ignorierten es und drängten weiter, rückten vor.

Aber der, der vor mir stand – seine Emotionen waren nicht deutlich zu erkennen, aber sie waren da. Sorge. Mitgefühl.

»Junge, wie alt bist du?« Sanft legte er mir eine Hand auf die Schulter.

»Ich bin siebzehn.« Ich musste nicht mehr brüllen.

Ein anderer Cop trat zu unserem Zelt und hockte sich hin, um reinzuschauen. »Oh ja. Sie ist mausetot.«

Die Gefühllosigkeit seiner Worte schoss wie eine Kugel durch meinen Körper.

»Wir haben hier 'ne Leiche. Ruft den Gerichtsmediziner und bringt das Kind auf die Wache.«

Als der Polizist, der etwas Mitgefühl gezeigt hatte, dies hörte, sah ich, wie ein resignierter Ausdruck in seine Augen trat.

Sie legten mir Handschellen an. Noch ehe der Reißverschluss des Leichensacks ganz hochgezogen war, wusste ich, was ich als Nächstes tun würde.

Ich würde etwas so Riesengroßes, Gewaltiges rauben, dass sich dadurch die Welt verändern würde.

Man würde sich an Ivy Lucy Lawson erinnern, auch wenn mein Polizeifoto der einzige Grabstein wäre, den sie je bekäme.

1. KAPITEL

Teddi

»Du siehst toll aus!«

»Die Farbe passt zu dir. Da steht die Welt kopf!«

»Jetzt zeig uns, was du draufhast. Halt dich nicht zurück!«

Meine Mädels machten, was sie am besten konnten: anfeuern.

»Der Lippenstift hier steht dir am besten. Der Ton passt perfekt zum Rouge auf deinen Wangen.«

Vier meiner Freundinnen, mit denen ich früher zusammen bei den Cheerleadern gewesen war, gaben gerade ihr Bestes. Make-up konnten wir fast im Schlaf auflegen, und manchmal fühlte es sich auch so an, als würden wir genau das tun.

»Okay. Wir sind fertig. Vielleicht können wir ein schnelles TikTok-Video machen?«

Geduldig gingen sie den neusten Tanz noch einmal durch. Wir waren alle hoch konzentriert.

»Willst du es posten? Gefällt es dir?«

Und mit einem wunderschönen Lächeln nickte unser derzeitiger Schützling, dem wir uns voller Hingabe gewidmet hatten. Sie glaubte an sich. Sie strahlte, und ihre Augen funkelten. Meine Mädels hatten dezent die dunklen Ringe unter ihren Augen abgedeckt und die Perücke sorgsam in Form gebracht. Die volle, begeisterte Aufmerksamkeit von einem Haufen Highschool-Cheerleaderinnen zu bekommen, konnte ziemlich überwältigend sein, aber Fawna machte ganz toll mit.

Wir tanzten mit ihr gemeinsam und nahmen genug Bilder und Filme auf, um mehrere Social-Media-Accounts zu füllen. Doch das Wichtigste war, dass unsere Klientin des heutigen Tages strahlte.

Fawnas Eltern standen in der Nähe. Sie hatten sie für ein paar Stunden in unserer Obhut gelassen, um selbst ein Date miteinander zu haben, das ein anderer Teil meines Teams von »Meine Party« organisiert hatte. Die Jungs von der Football-Mannschaft und das Frauenfußballteam arbeiteten währenddessen bei ihnen zu Hause im Garten und erledigten kleinere Reparaturen.

Als Fawna schließlich so weit war, sich ihren Eltern anzuschließen, waren meine Mom und ihre Freundinnen an der Reihe. Sie hoben das Tischtuch von einem Couchtisch mit einem eingelassenen Schaukasten, der nach den besonderen Wünschen der Kunden angemalt worden war. Vor allem der Schaukasten war fantastisch geworden und erinnerte an einen Instagram-Account, den man darin angelegt hatte. Es waren noch freie Stellen, sodass Fawna weitere Erinnerungsfotos einfügen könnte, doch jetzt waren vor allem Babyfotos von ihr und Bilder, die sie mit ihren Eltern in besonderen Momenten zeigten, zu sehen, eingerahmt von ihren Lieblingsfarben.

Die Jungs hatten das Auto der Eltern gewaschen und dekoriert, und sie brachen nun auf, um den Abend zu genießen. Wir hatten nichts für danach geplant, aber im Handschuhfach befanden sich Geschenkgutscheine für ein Abendessen für Fawna, wenn ihr danach war.

Es war ein großartiges Erlebnis. Besser als eine Hochzeit und Weihnachten auf einmal. Doch jetzt ging's ans Aufräumen, und alle machten sich an die Arbeit.

Die Jungs von der Football-Mannschaft flirteten und versuchten, ein paar von meinen Mädels mit dem Gartenschlauch nass zu spritzen. Ich ließ ihnen eine Weile ihren Spaß, weil ich mit meiner Mutter reden wollte.

Sie streckte einen Arm nach mir aus, als sie mich kommen sah, und ich schmiegte mich an sie, während sie ihre Unterhaltung beendete.

»Man könnte es für deine nächste Veranstaltung zurechtmachen, Ronna.« Jill nahm ihr Handy wieder zurück, auf dem sie Ronna ein Bild gezeigt hatte.

»Das ist vielversprechend. Lass uns das im Auge behalten. Wenn du mich jetzt bitte entschuldigen würdest.« Mom wandte sich mir zu und umarmte mich fest. »Meine Hübsche. Wie läuft's?«

»Großartig. Fawna ist wirklich toll.« Ich holte mein Handy hervor, um meiner Mutter das TikTok-Video zu zeigen, das bereits haufenweise Likes und Views hatte. In dem Moment war zu sehen, dass Austin, mein älterer Bruder, das Video teilte und kommentierte.

»Ah. Da ist er. Du weißt, dass du gute Arbeit geleistet hast, wenn Austin bereit ist, dich auf seinem Channel zu teilen.«

Gleich darauf wurde Mom von jemand anders in Beschlag genommen und in eine Unterhaltung verwickelt. Ich bekam den Anfang des Gesprächs mit, bei dem sie sich begeistert über die Veranstaltung ausließen.

Ich veranstaltete diese Art Partys, so oft ich konnte. Oder eher wir … ich und meine ganzen Freunde. Ich liebte es, zu organisieren, und als bei der Tochter unserer Nachbarn, die noch nicht einmal ein Teenager war, vor zwei Jahren Krebs diagnostiziert worden war, hatte ich für sie zum ersten Mal eine »Meine Party« ausgerichtet. Und dann war das Ganze immer größer geworden. Glücklicherweise unterstützten mich meine

Cheerleader-Freundinnen. Seitdem wir in den sozialen Medien so viel Aufmerksamkeit erhielten, bekam ich viel leichter Gutscheine und Spenden, sogar von größeren Firmen. Kürzlich war eine Merchandising-Firma auf mich zugekommen, aber darum würde Austin sich für mich kümmern.

Ich bückte mich und hob ein paar liegen gebliebene Luftschlangen auf. Als ich wieder zu den anderen kam, hob ich die Hände und tat so, als würde ich mich ergeben.

»Okay. Lasst uns hier fertig werden und dann ins Diner fahren.« Bei der Erwähnung von Essen gaben alle noch mal Gas. Das Diner versorgte uns immer nach den Partys. Die Hälfte der Leute aus der Mannschaft arbeitete dort, wenn sie nicht gerade trainierten. Ich wollte auch dort jobben, aber meine Eltern meinten, dass ich mir damit zu viel aufhalsen würde.

Aber jedes Mal, wenn wir dort aufkreuzten, wirkte es so, als würden alle viel Spaß haben. Einmal die Stunde lief ein spezieller Song, nach dem alle Angestellten tanzten. Wir kannten alle den Text und die Schritte, weshalb es schon eine Tradition war, dass die Gäste mitmachten, wenn der Song gespielt wurde.

Ich hatte einen Hefter mit Checklisten dabei, die ich durchging, ehe ich bereit war, Feierabend zu machen. Ich schickte ein paar Nachrichten an meine Leute an den unterschiedlichen Locations, und wir einigten uns darauf, im Diner zu Abend zu essen. Taylor fuhr uns. Sie hatte einen alten VW, und ich sprang vorne rein, nachdem ich gesehen hatte, dass meine Mutter ebenfalls aufbrechen wollte.

»Bring mich zu den Pommes!« Ich setzte Taylors Sonnenbrille auf, während Selena und Peaches hinten einstiegen.

Wir waren in Hochstimmung. Es war ein berauschendes Gefühl, etwas so Gutes und Großes geschafft zu haben. Ich freute mich darauf, mit meinen Leuten heute Abend zu lachen und Milchshakes zu trinken.

2. KAPITEL

Ruffian

Der Polizist nahm mich nicht wirklich in Gewahrsam, und als er feststellte, dass meine Mutter eines natürlichen Todes gestorben war, ließ er mich vor Ort bleiben. Ich durfte wieder in unser Zelt, wo ich als Erstes ihre zarte Gestalt zudeckte. Alles erschien mir so unwirklich, und meine Brust zog sich bei ihrem Anblick vor Schmerz zusammen. Ich musste mich beeilen, auch wenn mir die Cops wegen Moms Tod ein wenig mehr Zeit zugestanden als den anderen.

Ich überzeugte mich davon, dass ich alles hatte: den Rucksack und die etwas größere Umhängetasche mit all meinen Sachen.

Der Cop, der draußen vor dem Zelt stand, scheuchte die Leute weg, aber ich wusste nicht, wie lange ihm das noch gelingen würde. Ich zog die Decke wieder nach unten. Mom war jetzt noch weiter weg, obwohl sie sich nicht bewegt hatte. Ich strich ihr das Haar aus der Stirn, wobei mein Zeigefinger ihre Haut berührte. Sie war jetzt kühl. Sie hatte es immer gehasst, wenn ihr kalt war. Das war eins der wenigen Dinge gewesen, über die sie sich gelegentlich beklagt hatte.

»Hey, hab gehört, wir sollen noch jemanden für die Kühltruhe mitnehmen?«, sagte jemand draußen vor dem Zelt.

Ich hörte ein schroffes, leises Raunen. Der Cop versuchte, mir etwas Zeit zu verschaffen. Ich nahm an, dass es sich bei dem Neuankömmling um den Gerichtsmediziner handelte.

Ich brachte es nicht über mich, das Gesicht meiner Mutter wieder zu bedecken. Ich sah einmal, zweimal und dann noch ein drittes Mal zurück, während ich das Zelt verließ. Draußen standen bereits eine fahrbare Tragbahre und ein Leichensack. Ich machte mir keine Illusionen. Leute wie meine Mutter und ich bekamen keine Beerdigung voller Glanz und Gloria. Ihre Todesanzeige – ich würde sie nächste Woche in einer kostenlosen Zeitung finden, wenn ich wollte – würde in einer Polizeiakte landen.

Während der routinemäßigen Verlegung eines Obdachlosenlagers hinter dem Targier Plaza wurde eine Frau tot aufgefunden. Sie starb eines natürlichen Todes.

Das wäre alles. Ich würde keinen Anspruch auf ihren Leichnam erheben können, da ich nicht die Mittel dazu besaß. Sie hätte es eh nicht gewollt. Man sollte nach vorn schauen, war ihr Credo gewesen. Außerdem glaubte sie daran, dass der Geist eines Toten sich an einen schönen Ort begab. Sie würde auf mich warten, aber ich sollte mir Zeit lassen mit dem Nachkommen.

Ich wusste, dass die Polizei keine Ahnung hatte, was sie jetzt mit mir anstellen sollte. Ich war groß genug, um schon als Mann durchzugehen, aber so jung, dass ich eigentlich noch die Schule besuchen müsste.

Das Lager, das wir errichtet hatten, sah wie ein Schlachtfeld aus. Locusts geniale Konstruktion, mit der wir Wasser gesammelt hatten, war entzweigebrochen. Das provisorische Zentrum unserer Gemeinschaft mit dem allabendlichen Lagerfeuer war nur noch ein qualmender Haufen Asche.

Die Zelte waren grausam aufgeschlitzt, denn sie woanders wieder aufzubauen, würde schwer sein, und sie so zu reparieren, dass sie wasserdicht wären, war fast unmöglich.

Wir hatten gewusst, dass dieser Moment eines Tages kommen würde. Mom und ich hatten nach anderen Aufenthaltsorten Ausschau gehalten, aber die Lage mit freiem Zugang zum Fluss und den Müllcontainern des Einkaufszentrums war so vorteilhaft gewesen, dass wir niemanden zum Weiterziehen bewegen konnten. Sogar wir selbst hatten schließlich immer noch unser Zelt dort gehabt.

Ich machte mir Sorgen um die Connor-Kinder – um alle sechs. Wir kümmerten uns alle um sie. Mir hatte man die Aufgabe übertragen, für die beiden Jüngsten Winterkleidung zu beschaffen. Das war mir auch ziemlich gut gelungen, doch ehe ich ihnen noch die Müllbeutel mit den nur leicht abgenutzten Jacken, Handschuhen und Stiefeln geben konnte, hatte man sie in einen großen Pick-up verfrachtet, der in der Nähe parkte.

Bellina war auch nirgends zu entdecken. Mom würde sichergehen wollen, dass sie in der kommenden Nacht ein Dach über dem Kopf hätte, selbst wenn es nur der Vorraum der Bank im Einkaufszentrum wäre. Bellinas hartnäckiger Husten hatte Mom Sorgen bereitet.

Schwankend entfernte ich mich weiter, denn ich konnte es nicht mehr mit ansehen. Schließlich war Mom noch im Zelt, und man würde sie irgendwann herausholen. Wenn sie ihren Leichnam so behandelten, wie sie gerade mit den Jacken und Stiefeln verfahren waren, würde ich tatsächlich noch im Gefängnis landen. Aber ich wollte, dass es sich lohnte, ins Gefängnis zu kommen. Etwas Spektakuläres, das der Erinnerung meiner Mutter würdig war, sollte der Grund sein.

Ein Messer fuhr durch meine Kehle und durchstieß mein

bereits blutendes Herz. Das Wort *Erinnerung* hatte eine scharfe Klinge.

Mit zwei Taschen auf der Schulter und meinen löchrigen Turnschuhen an den Füßen machte ich mich auf den Weg. Ich wählte Nebenwege und hielt mich möglichst von Wohngegenden fern, um keinen Verdacht zu erregen.

Mit gesenktem Kopf marschierte ich weiter. Ich würde so lange gehen, bis ich vor Erschöpfung umkippte. Das war das Einzige, was mir geblieben war: Trauer und kein Plan.

Teddi

»Ich bitte dich doch nur um ein einziges Nacktbild, Teddi.« Tasker rückte näher an mich heran. Wir warteten draußen vor dem Diner, während die Angestellten unsere Tische vorbereiteten. Ich hatte es allmählich satt, ständig Nein zu ihm zu sagen.

Ich nahm mein Handy und stellte eine Nachricht in einen Gruppen-Chat, zu dem Tasker nicht dazugehörte.

Teddi: Spielt bitte einfach mit.

Ich sah, wie alle um mich herum auf ihre Handys sahen, als meine Nachricht bei ihnen einging. Dann taten sie so, als wäre es nichts Wichtiges gewesen.

Ich legte den Kopf auf die Seite und lächelte Tasker an. »Warst du denn gestern Abend nicht bei unserem Zoom-Treffen dabei? Wir haben alle blank gezogen, und dann gab's eine Bewertung, wer den schönsten Vorbau hat.«

Ein gehetzter Ausdruck trat in seine Augen, als er sie weit aufriss. Er holte sein Handy hervor. »Ey, nein. Wo war das?

Wo ist es? Hat jemand mich hinzugefügt?« Er ging in unserer Gruppe umher, als hätte man ihm einen Böller in den Hintern gesteckt. »Wer hat die Bilder? Wo sind sie? Wo sind die Titten?«

Ich beobachtete, wie ein paar von den Football-Jungs ihr Lächeln verbargen.

Holden war der beste Schauspieler von allen. »Oh ja. Das Tittenturnier. Natürlich hatte ich dir eine Einladung geschickt. Wir schließen doch keinen aus. Hast du bei deinen E-Mails nachgesehen?«

Tasker tippte die ganze Zeit wütend auf seinem Display herum. »Nein, nein. Keine Einladung. Kein Garnichts. Scheiße. Scheiße. Waren Teddis auch zu sehen? Zeig mir doch einen Screenshot. Bitte.«

Holden verzog mitfühlend das Gesicht. »Sorry, Bro, wir konnten keine Screenshots machen. Ist doch illegal. Aber es war ein göttlicher Anblick.«

Tasker sah aus, als würde er gleich anfangen zu weinen. »Okay, dann beschreib sie zumindest. War eine größer als die andere?«

Er rannte von einem Football-Kumpel zum nächsten, bis wir schließlich ins Diner gerufen wurden. Ich hatte das Glück, dass Tasker mir gegenüber am Tisch landete.

Ich bekam eine Nachricht von Holden.

Holden: Spiel einfach mit.

Ich schaute nach rechts und dann nach links. Als ich Holdens Blick auffing, zwinkerte ich ihm zu.

Während wir in die Speisekarten schauten und bestellten, nervte Tasker alle um ihn herum mit der flehentlichen Bitte, ihm meine Titten zu beschreiben. Ich beobachtete, wie Holden sein Handy unter Brutus' Shirt schob, und ahnte bereits, was die beiden vorhatten.

Holden: Behalt ihn im Auge.

Taskers Handy, das er vor seinen Teller gelegt hatte, vibrierte. Ich erhaschte einen Blick auf eine haarige Brust mit zwei Brustwarzen. Ich musste nach unten schauen, um nicht laut loszulachen. Auf Holdens Bitte hatte Brutus seine Brust zusammengedrückt, sodass sie wie ein weiblicher Busen aussah.

Ich schaute wieder auf. Tasker war ganz blass, und er wirkte entsetzt. Sein Blick schoss in meine Richtung, und ich kratzte mich demonstrativ an der Brust.

Brutus war nicht in der Lage sich zu beherrschen, weshalb er mit bebenden Schultern halb unter dem Tisch verschwand. Noch schöner war es jedoch zu beobachten, wie Tasker Ryder und Van, die links und rechts von ihm saßen, das Bild zeigte. Mit völlig ausdruckslosen Gesichtern bestätigten sie, dass es sich wirklich um meine Brüste handelte. Daraufhin stand Tasker tatsächlich auf und ging nach draußen. Wir hörten, wie er sich den Frust von der Seele schrie. Holden erzählte derweil den anderen am Tisch, was er und Brutus getan hatten. Taskers Brüllen brachte uns alle zum Lachen. Man hatte den Eindruck, als würde er dabei zusehen, wie ein Haufen Geld in Flammen aufging. Taylor und ich schossen ein weiteres Foto, nachdem wir große violette Punkte auf meine Knie gemalt hatten, die wie Brustwarzen aussahen. Sie schickte das Foto an Holden, der dann allen sagte, sie sollten es sich anschauen.

»Ich drücke auf *Senden* … jetzt.«

Alle sahen im gleichen Moment das Bild von Taylors angeblichen Brüsten und den absurden Brustwarzen. Tasker drehte sich zum Fenster um, schaute auf das Bild und fuhr sich voller Qual mit beiden Händen übers Gesicht.

Als er sich schließlich wieder auf seinen Platz auf der Bank fallen ließ, lachten wir ihn alle aus. Und endlich weihte Van ihn in den Scherz ein. Er täuschte Erleichterung vor, um dann zu beten und Gott laut für seinen Beistand in diesen Zeiten der Not zu danken.

Das waren meine verrückten Freunde, und ich liebte sie. Ich liebte sie auch für das, was sie für mich taten. Ob es nun darum ging, Tasker eine Lektion in Bezug auf Brüste zu erteilen, oder ob ich Hilfe brauchte, um einem kleinen Mädchen mit Krebs einen schönen Tag zu schenken.

3. KAPITEL

Ruffian

Ich holte meinen Pfeil hervor. Ich besaß ihn jetzt schon seit Jahren. Früher hatte er Mom gehört, doch sie hatte mich gelehrt, wie man ihn benutzte, und ihn mir dann geschenkt. Für die meisten war es einfach nur ein Schlüsselanhänger. Und für mich? Er war mit ein paar besonderen Funktionen ausgestattet, denn im Grunde handelte es sich um einen zuverlässigen Dietrich.

Ich wusste, dass das Haus am Ende der Sackgasse bald verkauft werden sollte. Es eignete sich also nicht für einen langen Aufenthalt, aber ein paar Stunden würde ich dort sicher sein. Ich fächerte die Dietriche auf und nahm mir dann das Schloss an der Hintertür vor. Ich schaffte es, sie ohne Beschädigungen zu öffnen. Nirgends waren Sicherheitsvorkehrungen zu sehen, deshalb ging ich davon aus, dass ich zumindest bisher noch von keiner Kamera erfasst worden war. Ich machte die Tür hinter mir zu und schloss wieder ab. Der Geruch eines frisch geschliffenen Holzfußbodens hing in der Luft. Ich setzte mich in der zukünftigen Küche auf den Boden und schüttelte meine Sachen aus dem großen Rucksack.

Diesen ganzen Kram hatte Mom immer als unser gemeinsames Vermögen bezeichnet. Eigentlich war das lächerlich, denn es war auch ein Teddybär dabei, der kein Fell mehr hatte. Mancherorts würde man ihn noch nicht einmal haben wollen, geschweige denn ihn zum »Vermögen« zählen. Außerdem waren da unsere Büchereiausweise, ein Umschlag voller Coupons, ein Handyladekabel, aber kein Handy und ein Heftchen mit Briefmarken. Es handelte sich um Briefmarken, auf die kein Wert aufgedruckt war, mit denen man aber jeden Standardbrief frankieren konnte. Sie wurden auch *Ewige Briefmarken* genannt, und Mom hatte sie für eine großartige Investition gehalten.

Dann kam ich zu der eingebeulten Blechdose, in der früher mal Kekse gewesen waren. Ich wusste genau, was sich darin befand, weil ich während meiner ganzen Kindheit immer wieder alles angeschaut hatte. Aber jetzt, mit von Trauer geschärftem Blick, nahm ich sie genauer unter die Lupe. Am Boden befand sich ein Stück Pappe, das perfekt in die runde Dose eingepasst war. Ich löste es mit dem Daumen und fand – durch meine Mutter – den Weg, den ich einschlagen würde.

Es war ein unscharfes, verblichenes Foto. Auf der Rückseite befand sich eine Notiz, die Mom auf ihre typische Art auf die leere Rückseite eines Werbezettels geschrieben und dann sorgfältig an das Foto geklebt hatte.

Ruffians Vater:
Bruce Jones
Letzter bekannter Kontakt, Vater der Ehefrau: Melfield Hapscord, Poughkeepsie, New York

Ich hatte einen Vater. Natürlich hatte ich einen Vater. Aber das war eher eine abstrakte Vorstellung gewesen, als dass ich dabei an einen echten Menschen gedacht hätte. Mir war klar, warum kein Kontakt bestand, denn so viel hatte sie mir erzählt. Der Mann, der mich gezeugt hatte, besaß eine Ehefrau, eine Familie. Er wusste gar nicht, dass es mich gab. Hätte ich ihn aus medizinischen Gründen gebraucht, hätte Mom mir wahrscheinlich alles gesagt, und vielleicht hätte sie mir auch mehr erzählt, sobald ich achtzehn war. Mom war manchmal ziemlich geheimnisvoll.

Aber jetzt hatte ich jemanden, nach dem ich suchen konnte. Es war an der Zeit, Pläne zu schmieden. Ich musste eine Bank ausrauben oder ein großes Ding drehen, ehe ich achtzehn war. Damit könnte ich dem Leben meiner Mutter eine wirkliche Bedeutung geben. Ich würde mich um jeden Einzelnen in unserer Gemeinschaft kümmern. Die Connor-Kinder? Ich würde ihnen ein Haus kaufen und neue Jacken. Locust würde einen Zugang zu Wasser bekommen, das immer sprudelte, wenn man den Hahn aufdrehte, und nicht nur dann, wenn es regnete. Bellina würde ärztliche Versorgung erhalten. Um all das würde ich mich kümmern. Ich war mir nicht sicher, wie viel Geld bei einem Bankraub zusammenkäme. Vielleicht würde ich auch zwei überfallen müssen.

Ich musste mich in die Gesellschaft einfügen und ihre sozialen Spielchen mitspielen, um Zugang zu allem zu bekommen, was ich brauchte.

4. KAPITEL

Ruffian

Ich klopfte an die Wohnungstür. Gleich würde ich meinen Bruder zum ersten Mal sehen.

»Hi.« Der Typ, der die Tür öffnete, war aufgrund seiner Ähnlichkeit eindeutig mit mir verwandt. Dies musste Gaze sein.

»Hi«, erwiderte ich, um dann hinzuzufügen: »Ich habe gehört, dass du und ich verwandt sind … und ich kann nirgends hin.«

Mein Blick wanderte zu dem Mädchen, das sich ebenfalls im Raum aufhielt, und ein Lächeln breitete sich auf meinem Gesicht aus.

Sie stand auf und stellte sich neben Gaze, ehe sie fragte: »Bist du dir sicher, dass du die richtige Adresse hast?«

»Ich hab sie von deinem Großvater bekommen«, erwiderte ich. »Der aus Poughkeepsie.« Ich streckte die Hand aus. »Ich heiße Ruffian und bin dein jüngerer Halbbruder.«

Gaze ergriff meine Hand – wahrscheinlich war es ein Reflex. »Und was jetzt?«

Mein älterer Bruder war also unter Umständen ein Blödmann. Seine Freundin jedoch war hübsch. Sie erfasste die Situation deutlich schneller als er. Wir sahen uns ähnlich, aber das hatte ich aufgrund der Informationen, die der alte Knacker mir gegeben hatte, bereits angenommen.

Gaze Patrick Jones. Mein Halbbruder, hatte der alte Knacker Melfield Hapscord gesagt. Gaze' Vater war ein Säufer, und Gaze hatte jetzt eine neue Familie namens Burathon. Hapscord hatte gemeint, dass die mir vielleicht helfen würden, weil sie mit »Leuten wie mir« gut konnten. Ich nahm an, dass Leute wie ich wohl nicht mit reichen Leuten verwandt waren.

Ich ließ meine schwere Reisetasche zu Boden plumpsen. Ich ließ meine Schulter kreisen, um das Gefühl loszuwerden, dass sich eine Kerbe in mein Fleisch gegraben hatte. Bis hierher war es ein langer Weg zu Fuß und per Anhalter gewesen. Und meine Zeit war begrenzt. Ich brauchte einen sicheren Unterschlupf, denn ich stand zu kurz vor der Volljährigkeit, um mich draußen herumzutreiben. Vielleicht suchte man auch bereits nach mir, da Mom jetzt tot war. Wenn ich ein Riesending drehen wollte, brauchte ich eine gute Hintergrundgeschichte. Und was war da besser geeignet als meine tatsächliche Geschichte? Nichts. Na ja, vielleicht noch der Klang von Wellen, die leise am Strand brachen, aber ansonsten waren eine fingierte Geschichte und ein bärenstarker, zwei Meter großer Bruder nicht schlecht.

»Ruffian ist kein Name.« Der Handschlag meines Bruders fühlte sich zögerlich an, also beugte ich mich vor und drückte fester zu.

Schließlich erwiderte er den Händedruck doch, und ich war erfreut über die Kraft, mit der er mir fast die Finger zerquetschte. »Spielst du immer noch Basketball? Dein Großvater, das Klappergestell, sagte, das sei dein Ding.«

Wir lösten im gleichen Moment die Hände voneinander.

»Ich bin Pixie Rae.« Sie reichte mir die Hand, und ich drückte sie nur leicht. »Zu mir sagen die Leute auch ständig, dass das doch kein richtiger Name sei.« Sie zwinkerte mir zu.

Normalerweise würde ich bei so einem süßen Mädchen Interesse zeigen, aber nun lächelte ich nur. Sie stand so dicht neben Gaze, dass ich förmlich sehen konnte, wie eng verbunden sie miteinander waren. Sie gehörten zu den Pärchen, deren Namen man immer zusammen aussprach. *Gaze und Pixie.* Sie kamen zusammen, und alle sprachen ihre Namen in einem Atemzug aus, bis sie alt wurden und einer von ihnen starb. Und wenn man dann nur noch einen Namen nannte, würde es sich anfühlen wie das Traurigste von der Welt.

»Bei mir sagt man hin und wieder, dass er passt. Ist aber nie als Kompliment gemeint.« Ich schob die Finger ineinander und legte sie in den Nacken, während ich wartete. Ich konnte mich nicht selbst einladen, hoffte aber darauf, dass die beiden einfach zu nett waren, um mich draußen stehen zu lassen. Ich widerstand dem Drang, einen Blick über die Schulter zu werfen, obwohl er stark war.

Gaze wandte sich an Pixie. »Gibst du mir ein paar Minuten? Wäre das okay für dich?«

Pixie schaute zu ihm auf, und ich beobachtete, wie sie eine ganze Unterhaltung führten und einen kleinen Kampf miteinander ausfochten, ohne auch nur ein Wort zu sagen. Doch dann nickte sie, stellte sich auf die Zehenspitzen und bekam einen Kuss von ihm. Gaze beobachtete mich währenddessen die ganze Zeit aus dem Augenwinkel … selbst als sie sich küssten.

Er trat vor die Tür und schloss sie hinter sich.

»Hör mal zu, du kleiner Scheißer …«

Oh, verdammt.

Ich wich zurück, und der Schulterriemen meiner Reisetasche ließ mich beinahe stolpern. Gaze packte meine Schultern, und ich zuckte zusammen, als sein Gesicht ganz dicht vor meinem war. Dann herrschte für einen Moment eisiges Schweigen. Ich spürte, wie er langsam seine Finger von mir löste. Vorsichtig öffnete ich ein Auge, nachdem ich beide zusammengekniffen und auf den Schlag gewartet hatte.

Da strich er mein Shirt an den Schultern glatt, als wollte er ungeschehen machen, was er getan hatte. »Tut mir leid.«

Ich hatte mein Gleichgewicht wiedergefunden und trat einen Schritt zurück. »Schon in Ordnung. Du wirst nicht der Letzte sein, der etwas Verstand in mich hineinprügeln will.« Ich schob die Hände in die Taschen meiner Jeans.

»Ich hab einfach noch nie von dir gehört, und ich bin wirklich vorsichtig, wen ich in Pixies Nähe lasse.« Sein Blick ging kurz zu der geschlossenen Tür. Die Geste versetzte mir einen Stich – als wäre mein Herz fest verschnürt und eins der Bänder hätte sich plötzlich gelöst. Solcherart romantische Zuneigung war mir völlig fremd.

»Ja, klar. Hab's kapiert.« Es fiel mir nicht schwer, den Schmerz zu überspielen. »Also, die Geschichte ist folgende: Meine Mom und dein Dad hatten ein bisschen viel getrunken, dann kam es zu einem kleinen Techtelmechtel, und das Ergebnis war ich.« Ich hob resigniert beide Hände. »Meine Mutter ist nicht mehr da, und es sind nur noch ein paar Monate bis zu meinem achtzehnten Geburtstag. Deshalb wollte ich schauen, ob irgendwas von dem Scheiß, den sie mir erzählt hat, stimmt.«

Zum ersten Mal wagte ich es, ihm direkt in die Augen zu schauen. Gaze' Blick war völlig ausdruckslos. Eigentlich besaß ich eine hervorragende Menschenkenntnis, aber bei ihm hatte ich keine Ahnung, was er dachte.

»Wo wohnst du?«

»Großartige Frage. Ganz super. Also, ich würde sagen – technisch gesehen – hier.« Ich breitete die Arme aus.

Gaze deutete mit dem Daumen über seine Schulter. »Hier?«

»Nein, ey.« Ich beugte mich nach unten, nahm den Schulterriemen meiner Reisetasche und zeigte darauf. »Hier.«

Gaze holte hörbar Luft, um dann den Kopf zu schütteln. »Okay, rühr dich nicht von der Stelle. Ich muss mit Pixie reden.«

Mit diesen Worten ging er wieder rein und schloss die Tür hinter sich. Ich ging zu der gemauerten Ziegelsteinfassade, hockte mich hin und lehnte den Rücken gegen die Wand. Das also zu meiner Vorstellung, dass mein älterer Bruder mich sofort akzeptieren würde. Ich war immer noch hier draußen und versteckte mich wie ein verwahrloster Hund. Vielleicht war ich auch übervorsichtig, aber wenn irgendjemand verriet, dass Mom ein Kind hatte, würde man vielleicht nach mir suchen.

Ich holte eine Zigarette aus der Tasche, und es gelang mir, sie mit dem winzigen Flämmchen aus meinem fast leeren Feuerzeug anzuzünden. Meine zitternden Hände ignorierte ich, als ich sie an die Lippen führte. Ich schloss die Augen, während ich inhalierte, und bemühte mich, auch vor meiner Angst die Augen zu verschließen.

Als Gaze die Tür wieder öffnete, stand Pixie an seiner Seite. Schnell drückte ich die Zigarette aus, warf sie aber nicht weg. Es war noch mehr als die Hälfte übrig. Ich würde sie abkühlen lassen und dann wieder in die Tasche stecken. Als ich aufstand, versteckte ich sie hinter meinem Rücken. Sie war noch zu heiß, um sie einzustecken.

»Ich habe unseren Großvater angerufen.« Gaze schob die Hände unter seinen Bizeps, während er die Arme vor der Brust verschränkte.

»Er ist ’ne richtige Spaßbremse, hm?« Ich wartete ab, ob Gaze verärgert reagierte. Vielleicht stand er seinem Opa aus Poughkeepsie ja nahe.

Aber er verdrehte die Augen, und das ermutigte mich. Gaze hatte also die gleiche Meinung über den alten Mann und seine »Beweg deinen Hintern hier raus«-Haltung.

Pixie schaute von mir zu Gaze und dann wieder zurück, ehe sie nach drinnen verschwand.

Gaze kratzte sich am Kinn. »Er mag's nicht, wenn man einfach so bei ihm reinschneit. Das ist mal klar. Du willst also bei uns wohnen? Deshalb bist du hier?«

»Tja, irgendwie schon. Also, ich mach nicht viel Arbeit. Um mein Essen kümmere ich mich selbst. Ich brauche nur einen Platz, wo ich pennen kann. Und wenn's nicht funktioniert, ist das auch kein Problem. Es gibt noch andere Orte, wo ich hingehen kann.« Ich nahm meine Tasche und legte den Riemen wieder in die Kerbe, die er auf meiner Schulter hinterlassen hatte.

Pixie kam heraus und hielt mir eine Dose hin. »Durst?«

»Ja, danke.« Ich nahm sie, machte sie auf und hatte sie bis zur Hälfte geleert, ehe ich überhaupt merkte, dass es Mineralwasser mit einem leichten Fruchtgeschmack war.

»Aha, du hast also noch andere Orte, wo du hinkannst? Deshalb bist du ausgerechnet zu Hapscord gegangen?« Gaze legte den Arm um Pixies Schultern, und sie schmiegte sich an ihn.

Ich fuhr mir mit meiner jetzt kalten Zunge über die Lippen. »Aber klar. Nur kein Druck. Ihr beiden habt offensichtlich andere Pläne. Ich bin schon wieder weg.«

Ich drehte mich halb um. Das Risiko, mich von Gaze zu entfernen, konnte ich jetzt getrost eingehen, denn Pixie hatte mir mit dem Getränk ihre Freundlichkeit gezeigt. Und Gaze würde für Pixie alles tun. Das spürte ich bereits. Aber dafür waren auch keine hellseherischen Fähigkeiten notwendig. Die beiden waren so fest verbunden wie Schwäne, Hummer oder Störche.

Ich hörte, wie sie miteinander tuschelten, und bewegte mich nur noch in Zeitlupe.

»Okay. Wir wollten nach Hause. Du kannst mitkommen«, bot Gaze an. Mehr brauchte ich nicht. Eine offene Tür. Ich drehte mich wieder um.

»Danke, Bruder.« Ich lächelte die beiden an. Sie mussten glauben, dass ich aufrichtig war, damit es klappte. Ich war ein hervorragender Schauspieler.

5. KAPITEL

Teddi

Ich saß mit angezogenen Beinen neben Austin, während wir uns zusammen eine Kochsendung anschauten. Er hatte den Arm um mich gelegt – immer der große Bruder, immer bereit zu kuscheln. Und ich brauchte es. Nachdem Milt, Pixie, Gaze und er ausgezogen waren, vermisste ich es, Zeit mit meinen Geschwistern zu verbringen.

»Hey, Bärchen. Woran denkst du gerade?«

Ich war sein Teddybär und würde es immer bleiben. Austin schaffte es, zu jedem eine ganz besondere Beziehung zu haben, aber ich wollte gern glauben, dass unsere am engsten war.

»Nur daran, dass alle weg sind. Es ist so viel ruhiger jetzt, weißt du?« Ich drehte einen der Ringe an seiner linken Hand. Er war mit einem Totenschädel verziert.

»Ich meine, mich deutlich daran zu erinnern, wie du mir sagtest, dass du es gar nicht erwarten könntest, uns alle endlich los zu sein und das ganze Haus für dich allein zu haben.«

Wir befanden uns im unteren Wohnzimmer, das vor Gaze' und Austins alten Zimmern lag. Oder eher Gaze' und Pixies Zimmer jetzt. Eigentlich war Austins Zimmer Pixies, aber keiner tat auch nur so, als ob das stimmte. Die beiden waren eine kleine Familie innerhalb unserer Familie. Heute würden sie von der Uni zurückkommen. Milt kam nicht nach Hause, weil er während der Ferien ein Praktikum bei einer Spielefirma im

Norden des Landes machen würde. Es handelte sich um eine unabhängige Firma, die sich gerade neu gegründet hatte. Die Hälfte von Milts Freunden war mit dabei. Sie reisten eh immer als ganze Meute.

Aber Gaze und Pixie sollten eigentlich bald da sein. Austin war gestern schon nach Hause gekommen. Er redete davon, wieder zur Uni zu gehen, aber sein Instagram-Account lief so gut, dass er es ernsthaft in Erwägung zog, das Studium noch eine Weile ruhen zu lassen. Mom und Dad würde ich natürlich nichts davon erzählen. Aber ich wusste es. Ich folgte ihm in den sozialen Medien und sah, wie er dort Trends ins Leben rief. Magazine waren bereits an ihn herangetreten, damit er ihre Posts entwarf. Er ging diesen unkonventionellen Weg, um Geld zu verdienen, und war großartig darin.

»Das hab ich nicht so gemeint. Wirklich nicht. Außerdem muss ich nur noch ein Jahr lang zur Schule gehen, und dann werde ich eh bei dir einziehen.« Ich brauchte sein Gesicht nicht zu sehen, um zu wissen, dass er die Augenbrauen hochzog.

»Ach ja?«

»Ja. Du weißt, dass ich eine großartige Assistentin wäre. Außerdem würde ich dir auch niemals Honig um den Bart schmieren.«

»Darüber machst du dir Sorgen?«

»Ja. Ich glaube, die Leute würden dir alles erzählen, nur um in deiner Nähe zu sein. Du brauchst mich, damit ich dich vor diesen Aasgeiern beschütze.« Ich drehte mich zu ihm um und sah gerade noch, dass er ein Lächeln unterdrückte.

»Du bist eine Naturgewalt, Bärchen.«

Er nahm den Ring mit dem Totenkopf ab und gab ihn mir. Ich schob ihn mir auf den Daumen. So war Austin. Er ließ mich nicht fragen, ob ich mir etwas von ihm leihen dürfte. Er gab es mir einfach. Wir hörten Autotüren knallen und wussten sofort, dass gleich ein bisschen mehr Leben im Haus sein würde.

Gaze und Pixie waren da!

Austin stand auf, und aus Gewohnheit sprang ich auf seinen Rücken. Huckepack trug er mich bis zur Haustür. Klar war das jetzt ein bisschen schwerer, da ich kein Kind mehr war, aber wir schafften es trotzdem. Austin ließ mich runter, ehe er die Fliegentür für mich öffnete und dann einen leisen Pfiff ausstieß. Weil er plötzlich zögerte, stürmte ich auch nicht los. Gaze stieg auf der Fahrerseite und Pixie auf der Beifahrerseite ihres Trucks aus. Und auf der Rückbank hatte ein Typ gesessen. Deshalb hatte Austin gepfiffen. Jemand Neues. Jemand Unerwartetes.

Der Typ strich sich die Haare aus dem Gesicht. Es war zu lang und brauchte dringend einen Schnitt. Aber dieses Gesicht. Das kantige Kinn und die eisgrünen Augen ließen mich nach Luft schnappen. Oh, er bedeutete Ärger. Sein Blick ging erst zu Austin und dann zu mir. Nur der Anflug eines Lächelns umspielte seinen Mundwinkel ... als wäre ich eine nette Überraschung. Ich war es gewohnt, dass man mich bemerkte. Als Cheerleaderin, bei Schulaufführungen und gelegentlichen Presseterminen wegen der Partys, die ich organisierte, stand ich immer mal wieder im Rampenlicht. Dennoch errötete ich, als er mich langsam von oben bis unten musterte.

Pixie trat an seine Seite und berührte ihn kurz am Unterarm. Ich sah von Gaze zu dem Neuen und wieder zurück. Sie ähnelten einander. Die gleichen Gesichtszüge, die gleiche Figur. Der Neue war etwas kleiner, aber bei Gaze' Basketballerstatur ging das den meisten so.

»Hallo Bruder!« Austin legte seine Hände auf meine Schultern, ehe er um mich herumtrat. Er wusste, dass der Fremde mich umgehauen hatte. Er durchschaute mich immer, und er würde sich später über mich lustig machen, aber mit seinem Charme würde Austin auch bald die wichtigsten Informationen für mich herausfinden.

Gaze und Austin umarmten einander überschwänglich. Der Neue schüttelte den Kopf und brummte: »Bruder, hm?«

Pixie Rae hatte einen mitfühlenden Ausdruck auf dem Gesicht. Ich starb fast vor Neugier, was hier eigentlich los war.

»Sind Mom und Dad da? Ich muss mit ihnen sprechen.« Gaze deutete mit dem Kinn aufs Haus.

Austin reichte dem Neuen die Hand, während er Gaze antwortete: »Nein, sie sind zum Großhandel gefahren. Du weißt doch, dass sie es lieben, alles in großen Mengen zu kaufen. Kennen wir uns?«

Die Begrüßung hing einen Moment in der Luft, ehe der Neue Austins Hand ergriff. »Ruffian. Nett, dich kennenzulernen …«

»Austin Burathon. Herzlich willkommen.«

Pixie trat an den Jungs vorbei und umarmte mich. Ich vergrub mein Gesicht in ihrem haselnussbraunen Haar. »Was zum Teufel ist hier los?«

»So viel«, raunte sie mir ins Ohr.

»Danke, dass ich hier sein kann.« Ruffian schaute in meine Richtung.

Gaze trat neben mich und legte seinen Arm um meine Schultern, während Pixie ihren um meine Taille legte, als würden sie mich beide beschützen.

Ich streckte die Hand aus. »Teddi. Und woher kennst du Gaze und Pixie?«

Ruffian zögerte gerade so lange, um sich einmal kurz auf die Unterlippe zu beißen. »Ich bin der lange verschollene Bruder.«

Er griff nach meiner Hand, während ich vor Schreck die Augen aufriss.

6. KAPITEL

Ruffian

Ich hatte nicht damit gerechnet, heute dem schönsten Mädchen der Welt zu begegnen. Aber vielleicht waren sie im reichen Teil der Stadt alle so umwerfend. Ihr blondes Haar glänzte, und sie trug Markenkleidung. Um ihren Hals hing eine goldene Kette mit einem Anhänger, der die Unendlichkeit symbolisierte. Ich hätte wetten können, dass sie aus Gold war.

Es schockierte sie, dass ich Gaze' Bruder war. Für diesen Austin kam es auch unerwartet, aber er überspielte es gut. Er trug einen Rock und hatte roten Nagellack aufgetragen, weshalb es wohl schon etwas mehr brauchte, um ihn wirklich zu schockieren.

Teddi. Ein Jungenname, aber ihre Rundungen waren ganz offensichtlich weiblich. Verdammt. Ich musste auf der Hut sein. Gaze, Pixie und Austin umringten sie, als wäre sie eine Prinzessin, und würden sich jeden vorknöpfen, der sie auch nur schief anschaute.

Ich schob den Riemen meiner Reisetasche etwas weiter nach oben. Diese Sache, die ich mir in den Kopf gesetzt hatte, war vielleicht völliger Schwachsinn, aber jetzt fühlte sie sich mit einem Mal ziemlich real an, da ich tatsächlich in der Auffahrt dieser Familie mit ihrem sauber gestutzten Rasen stand.

Der SUV, der hinter Gaze' Wagen anhielt, war riesig. Offensichtlich war er dafür gedacht, dass die ganze Familie hineinpasste. Die Mutter und der Vater sahen aus, als wären sie dem Casting eines Werbespots entsprungen. Im Garten hinter dem Haus fing ein Cockerspaniel an zu bellen.

Während die Eltern Pixie und Gaze mit großem Hallo begrüßten, fand ich mich neben Teddi wieder. Wir drehten beide im gleichen Moment den Kopf und sahen einander in die Augen. Ihre blauen Augen waren offene Türen. Das Leben dieses Mädchens hatte gerade erst angefangen. In ihrem Blick lag grenzenlose Hoffnung.

Das ärgerte mich. Sie mochte umwerfend sein, aber ein Teil von mir wollte ihr zeigen, dass das Leben einem meistens übel mitspielte.

Wir sagten nichts, doch ihre Augen wurden immer größer, als könnte sie spüren, was ich dachte.

Ehe wir miteinander ins Gespräch kommen konnten, griff Pixie nach Teddis Hand und zog sie in Richtung des hinteren Gartens. Austin sprang bereits über das kleine Pförtchen, um den Hund zu beruhigen.

»Rocket! Du wirst nie Leckerlis bekommen, wenn du weiter so kläffst.«

Teddi drehte sich zweimal zu mir um, während Pixie sie in die entgegengesetzte Richtung zog.

Da war so eine knisternde Energie zwischen uns. Ich würde sie selbst im Dunkeln finden, wenn ich die Augen schließen und einfach dieser Aura folgen würde, die sie umgab.

Das machte alles komplizierter. Mit einer solch heißen und unschuldigen Versuchung hatte ich nicht gerechnet.

Ich musste mein Ziel im Auge behalten und handeln.

Gaze umarmte die Eltern. Der Mann stellte sich als Mike vor, und Ronna, die Frau, fragte, ob ich Hunger hätte.

Ich ging Gaze hinterher, als alle sich ins Haus begaben. In der Küche angekommen, bedeutete Gaze mir, Platz zu nehmen.

»Also, Pixie hat uns eine Textnachricht geschrieben, in der stand, dass ihr uns um einen Gefallen bitten wollt, und ihr wisst ja bereits, dass die Antwort Ja sein wird. Worum geht's also?«

Mike setzte sich neben mich an den Tisch, als hätte er das schon tausendmal zuvor getan.

»Tja, es hat sich herausgestellt, dass mein Vater noch ein Leben hatte, von dem wir nichts wussten. Ruffian hat gerade herausgefunden, dass er mit mir verwandt ist. Er ist mein Bruder … mein Halbbruder.« Gaze rieb sich die Arme, und man merkte ihm deutlich an, dass es ihm nicht gefiel, für mich fragen zu müssen, ob ich bleiben dürfte.

Ronna legte eine Hand an den Mund und verbarg ihr Lächeln dahinter.

Mike reagierte schnell. »Nun, jedes Familienmitglied von dir gehört auch hier zur Familie.«

Überraschung Nummer eins. Dies waren gute Menschen. Ich versuchte immer, die Leute so schnell wie möglich zu beurteilen. Das war eins der Dinge gewesen, die meine Mutter mir beigebracht hatte. Aber trotz des teuren Hauses, und obwohl sie alles hatten – und sogar ihre Tochter mit Goldschmuck behängten –, waren sie von Herzen gastfreundlich. Ich spürte keinerlei Vorbehalte bei ihnen. Im Gegenteil … Ronna wirkte total begeistert. Sie eilte in der Küche herum und bot mir drei verschiedene Getränke an, ehe ich um ein Glas Wasser bat, nur damit sie zur Ruhe kam.

Gaze nickte mir zu und forderte mich mit einer Geste auf, mehr zu erzählen, damit sie erfuhren, dass es keine Stippvisite sein würde.

Ich nippte ein paarmal an meinem Glas, ehe ich mich räusperte. »Meine Mutter ist vor Kurzem gestorben.« Wohl an die hundertmal war ich die Worte im Geiste durchgegangen. Ich hatte nicht damit gerechnet, dass meine Stimme ganz belegt klingen würde. Der Kummer schnürte mir den Hals zu.

Ronna streckte den Arm aus und legte ihre Hand auf meine. »Ach, du Armer. Das tut mir so unsäglich leid.«

Ihr Mitgefühl war echt. Ich senkte den Blick auf die Tischplatte und versuchte, mir die Form des Krümels einzuprägen, der dort lag. Ich wollte aus mehreren Gründen nicht weinen, aber Teddi, die gerade mit dem Hund auf dem Arm durch die Hintertür hereinkam, stand jetzt ganz oben auf der Liste.

»Sie hatte Krebs, also kam es nicht unerwartet.« Es war meine Stimme, aber sie klang wie die eines Roboters. Ich musste das jetzt durchziehen. Ich musste glaubhaft sein. Erkundigungen einziehen, beobachten und ein Team zusammenstellen, das mir bei dem Bankraub oder einem Raubüberfall half. Diese Familie würde die perfekte Tarnung sein. Sie waren makellos … besser ging es nicht.

»Trotzdem. Ich fühle mit dir. Wo wohnst du?«

Das war der Moment, in dem Gaze vortrat. »Er hat keine Unterkunft …«

Mike stand sofort auf. »Blödsinn. Wir haben unten ein Zimmer, auf dem schon sein Name steht. Ruffian, nicht wahr? Ich zeig's dir mal.«

Einfach so wurde ich in Gaze' und Pixies Leben aufgenommen. Einfach, weil ich mit ihm verwandt war, bekam ich ein Zimmer in einem wunderschönen Haus mit einer Tür, die ich abschließen konnte, und einem eigenen Badezimmer.

Ronna meinte, dass einige Formalitäten erledigt werden müssten, aber solange es mir bei ihnen gefiele, würden sie Himmel und Hölle in Bewegung setzen, damit ich bei ihnen bleiben durfte.

Pixie kam herein und nahm ein paar von ihren Sachen mit, während sie erklärte, dass sie sich ohnehin mit Gaze ein

Zimmer teilte und dass dies jetzt ganz allein mein Zimmer sei.

»Das mit deiner Mutter tut mir sehr leid. Ich bin für dich da, wenn du jemanden zum Reden brauchst. Ich habe meine Mutter verloren, als ich noch jünger war als du.« Sie drückte kurz meine Schulter.

Ich konnte nicht schon wieder darüber sprechen. Mein Hals und meine Augen brannten immer noch. Ich nickte nur kurz, und Pixie ging. Vielleicht hatte sie bemerkt, wie angespannt ich war.

Ich packte ein paar Sachen aus und legte sie in die Kommode, die Pixie für mich leergeräumt hatte. Dann setzte ich mich aufs Bett und lehnte mich zurück, ohne die Schuhe auszuziehen, während ich mich umschaute. So viel Platz. So viel Komfort. Ich legte die Hände hinter den Kopf und versuchte, mir vorzustellen, wo meine Mutter – ihr Leichnam – jetzt war. Was machten sie mit einem, wenn niemand sich die Beerdigung leisten konnte? Ich hoffte, dass sie gut aufgehoben war und man sie mit Respekt behandelte. Ich schloss die Augen, und wieder kamen mir die Tränen. Sie traten aus den Augenwinkeln und rannen mir über die Wangen.

So sollte es nicht sein. Ich war der Einzige, der sie wirklich ehren konnte – der sich an sie erinnern würde. Ich würde ihr ein Denkmal errichten, für den Menschen, der sie gewesen war, mit dem, was ich tun würde. Doch selbst das würde nicht reichen. Sie war viel mehr als all das gewesen. Ich vermisste sie.

»Ruff? Hast du das gesehen?«

Ich war acht und hockte am Flussufer. Es war unsere Naturkundestunde. Mom war ganz aufgeregt, weil wir einen kleinen Klumpen noch nicht geschlüpfter Kaulquappen entdeckt hatten. Ich wusste alles über Frösche. Frösche gehörten zu meinen Lieblingstieren. Ich durfte sie sogar eine Weile bei mir behalten. Kröten auch. Manchmal erlaubte mir Mom sogar, kleine Gartenschlangen zu behalten. Die einzigen Regeln waren, dass sie nicht über Nacht bleiben durften und dass sie wieder dahin zurückgebracht wurden, wo wir sie gefunden hatten.

Das war okay für mich. Meistens. Wenn ich ihnen einen Namen gab, war es schwerer. Aber sie hatte recht. Tiere aus der freien Natur brauchten ihren angestammten Lebensraum, und für ein Hotelzimmer galt das nun einmal nicht.

Also würden wir jetzt miteinander reden … über die Entwicklung von Fröschen. So machte sie es immer. Sie fand heraus, was mich besonders interessierte, und brachte mir dann alles darüber bei. Nachdem wir die Kaulquappen noch eine Weile beobachtet hatten, gingen wir langsam zur Bibliothek. Am Froschtag gab es viele Bücher, und ich wusste, wo die meisten standen. Es gab sogar eine Froschpuppe, die man sich ausleihen konnte, solange man sorgsam damit umging. Ich nannte sie Bernie.

Heute stand die unfreundliche Bibliothekarin hinter dem Tresen. Sie mochte Mom nicht so sehr, wie Judy das tat. Judy hatte stets eine oder zwei Tüten mit Sachen für Mom. Ich half immer beim Tragen der Tüten. Manchmal enthielten sie Essen, manchmal Kleidung. Aber wenn Judy nicht da war, gab es auch nichts zu tragen. Doch das spielte keine Rolle. Mom und ich wussten, wie man sich leise und ruhig verhielt, damit wir bleiben und lernen konnten. Das war die Abmachung. Draußen konnte ich so laut sein, wie ich wollte, aber wenn wir uns irgendwo drinnen aufhielten, musste ich darauf achten, dass ich bleiben und lernen konnte.

Mein Lieblingsbuch über Frösche nahmen wir uns als Erstes vor. Es stand in der Biologieabteilung und enthielt mehrere übereinanderliegende durchsichtige Seiten, die die verschiedenen Schichten aus Haut, Muskeln und Knochen zeigten, wenn man sie umblätterte. Es war schon erstaunlich, wie kompliziert die kleinen Kerlchen im Innern aufgebaut waren. Ich legte meinen Finger auf die erste durchsichtige Seite, als würde ich den Kopf des Frosches streicheln.

»Können sie denken? Sind sie im Innern ein Wesen, so wie du und ich im Innern Wesen sind?«

Mom setzte sich neben mich auf den rauen Teppich, der den Boden der Bibliothek bedeckte.

»Das wissen wir nicht, mein kleiner Käfer.« Sie zog mich neben sich und »streichelte« den Frosch ebenfalls. »Was meinst du?« Ihr langes Haar fiel auf die Seite, und ich nahm eine Strähne und wickelte sie mir um den Finger.

»Also, ich denke schon. Schließlich können sie Angst haben oder ruhig sein. Manchmal pinkeln die Frösche mich an, aber manchmal auch nicht. Ich glaube, sie sind glücklich, wenn sie nachts Krach machen können.« Ich drehte den Kopf und schaute zu meiner Mutter auf. Sie lächelte mich an. Das tat sie häufig.

Ich merkte, dass ich auf meinem neuen Bett die Augen geschlossen hatte. Es war so weich. Heute Abend würde ich mir eine Decke nehmen und mich auf den Fußboden legen müssen, um wirklich gut schlafen zu können. Ich musste den Boden spüren. Wie lange würde es wohl dauern, bis ich mich an alles gewöhnt hatte? Ob ich mich wohl je daran gewöhnen würde? Ich war mir nicht sicher, ob ich das überhaupt wollte.

Ich hatte Pläne. Ich wollte eine Gedenkstätte errichten. Und ich hatte keine Zeit, an die hübsche Teddi zu denken. Nicht einmal ein bisschen.

7. KAPITEL

Teddi

Austin konnte mit seinen Augenbrauen mehr ausdrücken als so manch anderer mit seinem Mund. Er folgte mir in mein Zimmer, und mein Blick fiel auf diese perfekt gezupften vielsagenden Exemplare.

»Halt.« Ich wollte mich bereits rechtfertigen.

Ruffian tauchte aus dem Nichts auf und zog einfach so bei uns ein. Ich hatte endlich wieder jemanden in meinem Alter im Haus, nachdem all meine Geschwister ausgezogen waren. Austin kniff die Lippen zusammen und rollte mehrmals die Augen.

Als ich nichts weiter sagte, wagte Austin einen Vorstoß: »Ich konnte die Anziehungskraft spüren, Kleines. Ich konnte sie förmlich *sehen*. Und wir wissen beide, dass der Junge dein Typ ist, als hättest du ihn dir maßgeschneidert übers Internet bestellt.«

Ich warf mit einem Kissen in Herzform nach ihm. Er fing es auf und tat so, als würde er es küssen.

»Er gehört jetzt zur Familie, also hör auf.« Ich ließ mich rückwärts aufs Bett fallen und schaute zur Decke hoch.

»Ich glaube, du überspannst das Wort Familie ein bisschen. Natürlich bin ich gastfreundlich, aber plötzlich auftauchende Brüder geben mir schon ein bisschen zu denken …« Austin warf eines meiner Zierkissen in die Luft.

»Warte mal, du glaubst nicht, dass er wirklich sein Bruder ist?« Das war mir neu. Na ja, die ganze Sache war neu für mich. Aber angesichts der Dinge, die ich über Gaze' schrecklichen Vater wusste, war alles möglich.

»Das habe ich nicht gesagt.« Austin warf das Kissen wieder zurück, und ich fing es, bevor es zu Boden fiel. »Ich will einfach ein bisschen mehr über ihn erfahren.«

»Das ist eine politisch sehr korrekte Antwort, junger Mann.« Ich musterte ihn aus schmalen Augen. »Bist du eifersüchtig? Weil du und Gaze so ein großartiges Brüder-Ding habt?«

»Ein bisschen.« Austin blies die Wangen auf.

Das war eins der vielen Dinge, die ich an meinem älteren Bruder liebte. Er würde eine Frage immer ehrlich beantworten. Manchmal war er auch *zu* ehrlich, aber man konnte sich bei ihm stets darauf verlassen.

»Mach dir keine Sorgen. Keiner kann dir das Wasser reichen.« Ich gab ihm das Kissen zurück, damit er es wieder werfen konnte. Das hier war eine Unterhaltung, auf die ich mit Pixie und vielleicht auch mit Mom und Dad zurückkommen wollte.

»Aber er ist tatsächlich heiß, wenn man auf diese markanten Gesichtszüge und eine gefährliche Aura steht.« Austin stopfte sich das Kissen hinter den Kopf.

»Und du stehst nicht auf diesen Typ?« Ich robbte zu Austin rüber und legte den Kopf auf seine Brust.

»Nein, Baby. Ich stehe zurzeit auf große, hagere Gothic-Typen. Außerdem ist der Neue in deiner Altersklasse und nicht in meiner.« Er schob eine Hand in sein dichtes Haar.

Wir versanken jeder in unseren Gedanken. Bei einem Namen wie Ruffian würde ich sicherlich im Internet etwas über ihn finden. Dass bei bloßem Augenkontakt bereits die Funken flogen, war eine Sache, aber dass jemand Fremdes Teil unserer

Familie wurde, war eine ganz andere. Ich fasste immer ziemlich schnell Vertrauen. Aber wenn jemand meiner Familie wehtat, würde ich wie eine Löwin kämpfen … selbst wenn ich sein Bild vor Augen hatte, wenn ich sie schloss.

8. KAPITEL

Ruffian

Ich hatte die Riemen meiner Tasche wie immer um meine Füße geschlungen. So hatten Mom und ich immer auf unsere Sachen achtgegeben. Sie hatte einen leichten Schlaf gehabt, und als ich alt genug gewesen war, um mich wirklich wehren zu können, hatte sie mir beigebracht, wie ich auf meinen Rucksack aufpasste. So sah unser Leben aus. Wir hatten nie viel besessen. Manchmal stand uns genug Geld zur Verfügung, um ein Zimmer zu mieten oder ein Hotelzimmer zu nehmen. Manchmal holten wir Bücher aus der Bibliothek, die ich sorgsam behandeln musste. Und dann gab es eben die Blechdose, die unsere wichtigen Unterlagen enthielt, aber mit denen könnte sonst keiner viel anfangen.

Ich hörte ein leises Klopfen an der Tür. Ein paar Sekunden lang starrte ich sie nur an, ehe wieder das Klopfen ertönte.

»Herein.«

Ich klang normal. Als wäre es nichts Besonderes, einen Raum zu haben, bei dem die Leute fragten, ob sie hereinkommen durften oder nicht. Die Tür ging auf, und an der groß gewachsenen Gestalt erkannte ich, dass es Gaze war. Ich nickte ihm zu, und er trat ein, ehe er die Tür hinter sich wieder schloss. Dann lehnte er sich mit dem Rücken dagegen, während er mich anschaute.

»Also, wie sieht's aus? Was denkst du, worauf das hier hinausläuft?« An seinem linken Auge war das schwache Zucken eines Nervs zu erkennen. Anspannung? Misstrauen? Es konnte beides sein.

»Ehrlich gesagt weiß ich das nicht«, log ich.

Ich wusste, worauf es hinauslaufen würde. Es gab einen Plan, von dem ich besessen war, seitdem Mom ihre Augen das letzte Mal geschlossen hatte. Diese Familie und mein Bruder gaben die denkbar beste Tarnung ab.

»Nach all den Jahren, die ich mit meiner Mutter auf der Straße gelebt habe, versuche ich mich gerade an die Vorstellung eines Lebens ohne sie zu gewöhnen. Wir standen uns sehr nahe.« Der Teil meiner Geschichte stimmte. So funktionierte es immer. Man brauchte nur ein bisschen echtes Gefühl zeigen, und schon war das der Zuckerguss, der die Leute über die Dinge hinwegsehen ließ, die eigentlich Blödsinn waren oder unlogisch.

»Mike und Ronna werden dich für die letzten ein oder zwei Semester zur Schule schicken wollen. Ihnen ist Bildung sehr wichtig.« Gaze verschränkte die Arme vor der Brust. Mein Bruder war durchtrainiert bis in die letzte Faser. Ich wusste, dass er hier im weiteren Umkreis eine Art Basketballlegende war, doch ihn jetzt leibhaftig vor mir zu sehen, bestätigte die Gerüchte nur. Er wirkte kraftvoll und beweglich zugleich.

»Das ist okay. Ich wurde zu Hause unterrichtet … aber da wir gar kein Zuhause hatten, trifft die Bezeichnung wohl nicht ganz zu.«

Ich beobachtete, wie ein mitfühlender Ausdruck in seine Miene trat. *Gut*. Das war genau das, was ich wollte. Er sollte spüren, was ich durchgemacht hatte, nein, mehr noch – er sollte Schuldgefühle bekommen, weil er über Jahre so bequem in diesem Haus gewohnt hatte, während ich in einem Zelt in den

Wäldern hatte leben müssen. Ich würde jeden Vorteil nutzen, der sich mir bot.

»In Ordnung. Wir können morgen darüber reden. Du bist bestimmt total kaputt. Ich wollte nur kurz nach dir sehen. Brauchst du noch irgendetwas?« Er legte den Kopf auf die Seite, als würden wir uns täglich so unterhalten und meine Antwort ihn wirklich interessieren.

Ich brauchte eine Million Dollar. Aber jetzt wollte ich erst einmal etwas Ruhe und Frieden. »Alles gut. Danke dir, Gaze. Ich weiß das alles wirklich zu schätzen.«

Gaze nickte ein paarmal, ehe er mein Zimmer verließ. Ich fragte mich, wie wohl der morgige Tag verlaufen würde. Normalerweise musste ich gleich nach Sonnenaufgang aufstehen und auf dem Sprung sein. Wenn wir uns in einer Unterkunft befanden, gab es immer eine vorgeschriebene Zeit, zu der wir alles gepackt haben mussten, um aufzubrechen. Hotels mussten wir immer verlassen, sobald wir kein Geld mehr hatten, um das Zimmer zu bezahlen. In den Wäldern brachen wir von Zeit zu Zeit das Lager ab, um nicht mit den Behörden in Konflikt zu geraten. Das war bisher der rote Faden in meinem Leben gewesen – immer unterwegs, immer bereit weiterzuziehen. Es war mit dem Gefühl auf einem Laufband zu vergleichen. Wenn man stehen blieb, musste man sich den Konsequenzen stellen, oder man bewegte sich weiter und war immer einen Schritt voraus.

Ich hörte, wie irgendwann am Abend Musik angedreht wurde, und durch den Lüftungsschacht drang Lachen in mein Zimmer. Teddi und Austin amüsierten sich im Stockwerk über mir.

Ich lungerte so lange in meinem Zimmer herum, bis ich wirklich unbedingt ein Glas Wasser brauchte – oder eher eine ganze Flasche. Einfach irgendetwas, um meinen Flüssigkeitshaushalt wieder auszugleichen. Ich stand auf, ging zur Tür und öffnete sie vorsichtig.

Niemand hatte gesagt, dass ich in meinem Zimmer bleiben müsste, aber ich hatte das Gefühl, dass man davon ausging, ich wäre mit allem versorgt und würde schlafen. Rocket, der Hund, war nirgends zu sehen, deshalb nahm ich an, dass sie bei irgendeinem Familienmitglied war. Die kleine Katze, von der Gaze und Pixie gesagt hatten, dass sie ihnen gehöre, lag zusammengerollt auf dem Sofa und rührte sich nicht, als ich vorbeiging.

In der Küche musste ich drei verschiedene Schränke öffnen, ehe ich die Gläser fand. Es waren spezielle Gläser für verschiedene Arten von Alkohol: Wein, Longdrinks, Bier. Für meinen Zweck reichten sie, aber die normalen Gläser konnte ich nirgends entdecken.

Ich ging zum Kühlschrank, verzichtete aber auf Eis, um keinen Lärm zu machen. Als ich das Glas zur Hälfte gefüllt hatte, bemerkte ich aus dem Augenwinkel eine Person in der Tür. Ich zuckte zusammen, und das Glas rutschte mir aus der Hand. Teddi machte einen Satz nach vorn und streckte die Hand aus. Ich tat das Gleiche. Mir gelang es, das Glas zu greifen, während Teddis Arm übers Ziel hinausschoss und sie mir mit dem kleinen Finger ins Auge stach.

»Oh verdammt.« Schnell legte ich die linke Hand auf mein pochendes Auge, während ich das Glas mit der anderen weiter festhielt.

»Oh mein Gott. Es tut mir so leid. Geht's dir gut? Es fühlte sich so an, als würde ich meinen Finger in Wackelpudding stecken.« Sie zitterte und schloss die Augen.

Ich öffnete das heile Auge, während ich das andere fest zusammenkniff. »Schon gut. Hab schließlich zwei. Ich mag's, wenn's etwas komplizierter wird.«

»Echt jetzt? Ich kann dich zur Notaufnahme fahren, wenn's sein muss. Deine Netzhaut könnte was abbekommen haben, und das wäre echt übel. Ich fand's schrecklich, als mir das passiert ist.«

»Jemand hat dir mitten in der Nacht ins Auge gestochen?«

»Nein. Ich hatte einen Unfall während des Cheerleadings. Eine von uns war unaufmerksam, und am Ende wusste ich, wie es sich anfühlt, wenn man einen zehn Zentimeter langen Finger im Gehirn stecken hat.«

»Oh Mann, das ist nicht der Satz, den ich mit den Wörtern *zehn Zentimeter langer Finger steckt in etwas* hören möchte.« Vorsichtig ging ich zur Arbeitsplatte und stellte mein Glas ab.

»Was möchtest du denn hören?«, hakte sie nach, damit ich ihr von meinen dreckigen Fantasien erzählte.

»Nichts. Keine Bange. Warum bist du denn mitten in der Nacht auf?« Ich lehnte mich gegen die Arbeitsplatte.

»Um zwei Uhr nachts esse ich immer ein Eis.« Sie öffnete die Tiefkühlschublade des Kühlschranks und holte das Eis heraus. Mit geübten Fingern wickelte sie es aus.

Und mir kam es dekadent vor, mir Wasser aus dem Spender zu nehmen. Dabei hatte die Kleine fast schon einen privaten Eiscremeladen in der Küche.

»Stellst du dir dafür den Wecker, oder wie?«, fragte ich und hob das Kinn in ihre Richtung.

»Das ist eine fest installierte Benachrichtigung.« Sie klopfte mit dem Handy an ihre Schläfe. »Wie findest du dein Zimmer?«

Irrsinnig luxuriös. Geräumig. Abgeschieden. Einsam. Traurig.

»Toll. Das Bett ist nur ein bisschen weich.« Ich versuchte, mein angeschlagenes Auge zu öffnen, doch es gelang mir nicht.

Ich sah, wie ihr eben noch lächelnder Mund vor Sorge zu einem schmalen Strich wurde. »Du könntest dir wirklich etwas getan haben.« Sie kam einen Schritt auf mich zu.

Wenn sie wüsste … was ich getan hatte und was ich vorhatte zu tun.

»Lass mal sehen.« Sie steckte sich das ganze Eis in den Mund und hielt es mit den Lippen fest. Dann stellte sie sich direkt vor mir auf die Zehenspitzen. Sie umfasste mein Gesicht mit beiden Händen, als würden wir uns schon unser ganzes Leben lang kennen. Ich schreckte ein bisschen zurück, woraufhin sie eine Hand in meinen Nacken legte. Mit den Fingern der anderen Hand zog sie das geschlossene Auge auf. Währenddessen saugte sie die ganze Zeit an ihrem Eis. Sie schien Schwierigkeiten damit zu haben, deshalb nahm ich das Eis aus ihrem Mund. Sie fuhr sich mit der Zunge über die Lippen und kniff die Augen zusammen.

»Ich kann überhaupt nichts erkennen. Es ist zu dunkel.« Sie trat zurück und nahm mir das Eis ab.

Die schmelzenden Teile leckte sie sehr gründlich ab, während sie zum Lichtschalter ging. Sie knipste ihn an und drehte sich dann wieder zu mir um. »Ich muss das hier mal eben ablegen.«

Sie öffnete den Hängeschrank neben meinem Kopf und holte eine kleine Schüssel heraus, in die sie ihr Eis legte.

Dann packte sie erneut meinen Hals und nahm mein Auge unter die Lupe. »Sorry, ich bin die Nähe anderer durchs Schminken und die Cheerleader-Gruppe einfach gewöhnt.«

Sie schien sich dafür zu entschuldigen, dass sie ihre Brust gegen meine drückte und mir ihren süßen Atem ins Gesicht blies.

All das führte dazu, dass sich einiges in meiner Hose tat – bei Weitem zu viel. Während sie mein Auge inspizierte und ich mir wie auf dem Seziertisch vorkam, musste ich sie immerfort anschauen. Sie war wohl der hübscheste Mensch, dem ich je leibhaftig begegnet war. Ihre Augen waren wie blaue Strahlenkränze und ihre Haut wunderschön glatt. Am liebsten hätte ich sie abgeleckt, als wäre sie ein köstliches Eis. Sie ließ mein Lid los, und mein Auge klappte zu.

»Es ist rot und blutunterlaufen.« Sie deutete auf den Küchenstuhl.

Ich ging zu dem Stuhl, setzte mich hin und war froh, mein wachsendes Problem so besser verbergen zu können.

Teddi ging wieder zum Kühlschrank und kam mit einer Kältekompresse zurück. »Leg deinen Kopf nach hinten.«

Ich tat es, als sie mich erneut darum bat. Sie trat zwischen meine Beine und legte wieder ihre Hand in meinen Nacken. Mein Auge fühlte sich zwar so an, als würde ihr Finger immer noch darin stecken, aber diese ganze körperliche Nähe ließ mich nicht kalt. Meine Hose und ich hofften, dass sie mich überall küsste, damit es besser wurde.

Sanft drückte sie die kühlende Kompresse auf mein geschlossenes Auge. »Lass es zu. Augen heilen meist von allein. Man muss ihnen nur ein wenig Zeit geben.«

Ich brummte etwas Zustimmendes. Sie wuselte in der Küche herum, und ich beobachtete sie dabei mit meinem gesunden Auge. Ihr winziges Schlafhöschen und das Tanktop waren mein ganz persönlicher Privatsender. Sie gab das Wasser aus meinem Glas – was davon noch übrig war – in eine Flasche, die sie dann noch mal auffüllte, ehe sie einen Strohhalm hineinsteckte.

»Hier. So kannst du leichter trinken, während dein Auge seinen Job erledigt.« Sie hielt mir die Flasche vors Gesicht, und ich nahm sie ihr ab.

»Danke. Du sendest widersprüchliche Signale an merkwürdige Typen in deiner Küche aus. Angriff, Erste Hilfe, Versorgung mit Wasser.« Ich saugte kräftig am Strohhalm, weil ich mit einem Mal wahnsinnigen Durst hatte.

Sie nahm sich einen Löffel aus einer Schublade und wandte sich wieder ihrem Eis zu. Ihr nächtlicher Snack hatte sich in eine kalte Suppe verwandelt, und so aß sie ihn jetzt auch.

Ich leerte die Flasche mit einem lauten Schlürfen.

Teddi verzog das Gesicht. »Ach herrje, du warst ja am Verdursten.«

Sie nahm die Flasche und füllte sie wieder auf. Die kleinen Aufmerksamkeiten, die sie mir zeigte, gingen nicht spurlos an mir vorbei. Da, wo ich herkam und so wie ich aufgewachsen war, wurde einem selten Freundlichkeit entgegengebracht. Manchmal waren Tage vergangen, an denen ich von niemandem außer meiner Mutter wie ein Mensch behandelt worden war.

»Danke.«

»Bitte schön. Und tut mir leid, dass ich dich in einen einäugigen Piraten verwandelt habe. Aber weißt du was? Ich hab noch eine Augenklappe von Halloween für dich.« Sie deutete mit ihrem Löffel auf mein Auge.

»Dann bin ich ja versorgt.« Ich trank die Flasche beim zweiten Mal bis zur Hälfte leer, bevor ich keinen Durst mehr verspürte.

Sie beobachtete mich, während sie ihr Eis löffelte. »Also … wie lange wirst du hierbleiben?«

Ich zuckte die Achseln, und sie imitierte die Bewegung.

»Gehst du zur Schule?« Sie leckte die Rückseite ihres Löffels ab.

Bei diesem zufälligen Treffen in der Küche war ihre Zunge kaum zu bändigen.

Ich zuckte wieder mit den Schultern, und sie tat es mir nach.

»Das mit deiner Mutter tut mir leid.« Sie verzog mitfühlend den Mund.

Oh Mann. Allein das Wort *Mutter* löste eine Woge von Emotionen aus. Trauer. Zorn. Ein Gefühl unendlichen Verlusts.

Doch ich nickte nur. Das war das Gute daran, wenn man ein Kerl war. Die Leute erwarteten von uns nicht, dass wir mit unseren Gefühlen hausieren gingen. Ich konnte mich hinter dieser Fassade verbergen und tat es auch.

»Dann hast du Gaze also gerade erst kennengelernt?«

Ich schluckte gegen den Kloß in meinem Hals an und verschob die Kältekompresse ein bisschen. Meine Haut fing an zu brennen. Deshalb tupfte ich mein Auge jetzt damit ab, statt es darauf liegen zu lassen.

»Wie ist er so?« Ich wollte so viele Informationen, wie ich kriegen konnte. Ich musste jede Begegnung als Gelegenheit betrachten, um Fakten zu sammeln. Man beschloss schließlich nicht, ein professioneller Dieb zu werden und legte sofort los. Zumindest nahm ich das an. Ich würde das Ganze wie ein Forschungsprojekt angehen. Das Geld, das dabei abfiel, würde dann das i-Tüpfelchen sein.

»Gaze? Hm, er ist toll. Wir waren ganz begeistert, ein Pflegekind bei uns aufzunehmen, das sich so schnell in unsere Familie einfügte. Er ist süß. Er liebt Pixie. Er würde jedem sein letztes Hemd geben. Ich habe ihn sehr gern.« Und dann kratzte Teddi den Rest von ihrem Eis aus der Schüssel, während ich das Kältepack auf den Tisch legte.

»Das hört sich gut an.« Ich fuhr mir mit den feuchten Händen durchs Haar, sodass es einen Moment ordentlich nach hinten lag. Aber meine Haare hatten ihren eigenen Kopf und fanden es toll, mir immer wieder ins Gesicht zu fallen.

Als genau das wieder geschah, stellte Teddi sich vor mich

und stemmte die Hände in die Hüften. »Lass mich mal was versuchen.«

Sie zog sich ein Haargummi vom Handgelenk, trat an meine Seite und fing an, mein Haar mit beiden Händen zusammenzunehmen. Sie ging nicht gerade sanft vor, und ich ächzte ein paarmal.

Sie fixierte mein Haar mit ihrem Haarband und trat zurück. »Wenn es dir nicht ständig in dein verletztes Auge fällt, ist das doch besser, oder?« Und dann lächelte sie. »Oh. Das steht dir gut.«

Teddi nahm ihr Handy von der Arbeitsplatte, und ehe ich wusste, wie mir geschah, starrte ich auf ein Foto von mir selbst, auf dem meine Haare wie ein Palmwedel nach oben ragten.

»Wow. Allmählich fühle ich mich wie ein Kriegsgefangener, der illegal gefoltert wird. Augen ausstechen, vereisen und jetzt auch noch Verschandelung und Demütigung.« Ich legte den Kopf auf die Seite und wusste, dass mein Haar dabei einen kleinen Tanz für sie aufführte.

Sie brach in Gelächter aus, und mein Herz schnappte sich eine Handvoll Schmetterlinge und schob sie in meinen Bauch. Verdammt. Sie hörte besser auf damit, so niedlich zu sein, denn eine Schwärmerei passte mir gerade überhaupt nicht in den Plan. Nicht hier und vor allem nicht jetzt.

Als sie nur noch ein wenig vor sich hin kicherte, deutete sie schließlich auf mein Gesicht. »Okay, jetzt versuch mal, dein Auge wieder zu öffnen.«

Ich öffnete das verletzte Auge. Es schmerzte zwar, aber ich konnte damit sehen, wenn auch etwas verschwommen.

»Du kommst wieder in Ordnung. Wenn du es öffnen kannst, wird es heilen.« Sie nahm die Kältekompresse und brachte mir eine frische.

»Isst du jede Nacht Eiscreme?«

»Ja.« Einfach so. Eine schlichte Antwort auf meine Frage, während sie Schüssel und Löffel abwusch.

Ich versuchte, mir vorzustellen, wie es sich wohl anfühlte, wenn man genau wusste, dass man jede Nacht ein Eis essen konnte.

Ich stand auf. »Danke für deine Hilfe. Ich gehe jetzt wieder nach unten und halte das hier geschlossen.« Ich deutete auf mein Auge.

»Ja. Das scheint mir auch das Beste zu sein. Gute Nacht.« Sie verließ die Küche, um nach oben in ihr Zimmer zu gehen. Ich beobachtete, wie sie immer zwei Stufen auf einmal nahm. Ich musste mich darauf konzentrieren, mich nicht auf Teddi Burathon zu konzentrieren.

9. KAPITEL

Teddi

Ich schrieb drei Freundinnen eine Textnachricht, als ich wieder oben und immer noch ganz aufgeregt war, ihn gesehen zu haben. Ruffian war so … anders. Als wüssten seine Augen bereits die Antwort auf alle Scherze. Es war schwer zu erklären, aber ich wollte mehr davon. Er wirkte ein bisschen gefährlich. Also eigentlich war er sogar mehr als nur ein bisschen gefährlich, denn meine Eltern vertrauten zwar darauf, dass wir einander wie Bruder und Schwester behandelten, aber meine Gefühle für ihn konnte man wahrlich nicht als geschwisterlich bezeichnen.

Peaches: Kommt er zur Schule?

Peaches' Frage tauchte in meinen Textnachrichten auf.

Teddi: Nicht sicher. Ich glaube schon. Wir werden sehen.

Ich besuchte die Abschlussklasse der öffentlichen Highschool im Ort. Natürlich hatte ich viele Pläne, aber am liebsten würde ich mit Kindern arbeiten. Im Moment machte ich es nur ehrenamtlich, sodass ich nicht wusste, ob es mir als richtiger Job auch noch gefallen würde.

Ich sah mir Videos auf meinem Handy an, trieb mich zu

lange in den sozialen Medien herum und schlief erst um vier Uhr morgens ein. Meine Eltern meinten immer, ich hätte mehr Energie als ein ganzer Wurf Katzen, den man in einen Sack gesteckt hätte. Aber als sie um acht Uhr morgens kamen, um mich zu wecken, bewies ich ihnen das Gegenteil. Mom machte das Licht an, und ich zog mir das Kissen über den Kopf. Dad kam herein und sang aus voller Kehle ein selbst ausgedachtes italienisches Lied. Ich vergrub mich noch tiefer im Bett.

Sie mussten drastischere Mittel ergreifen und versuchten, sich mein Handy zu schnappen. Ich rollte aus dem Bett und wollte mir die Haare mit dem Haargummi zusammenbinden, das ich immer am Handgelenk trug. Als ich merkte, dass es nicht da war, erinnerte ich mich, Ruffian damit die Haare hochgebunden zu haben. Ich biss mir auf die Unterlippe, damit sich kein Lächeln auf meinem Gesicht ausbreitete, und nahm stattdessen eine Spange vom Nachttisch, mit der ich meine Haare hochsteckte. Dann streifte ich einen Pullover über und zog mir die Kapuze über den Kopf. Meine Shorts behielt ich an und schlüpfte auf dem Weg zur Tür nur in ein Paar Flip-Flops.

Ehe ich wusste, wo es hinging, saß ich schon angeschnallt hinten im Auto.

»Hi Prinzessin T. Danke, dass du es geschafft hast, uns heute Morgen zu begleiten.« Dad verstellte den Rückspiegel, um mich sehen zu können.

»Ich hatte ja keine große Wahl, aber trotzdem gern geschehen. Worum geht's?« Ich zupfte an einem losen Faden am Saum meiner Shorts.

Mom ergriff das Wort. »Du weißt ja, dass wir ganz spontan eine ziemlich große Familienentscheidung getroffen haben und wollten mit dir darüber sprechen. Wir wollen sichergehen, dass es für dich okay ist.« Mom drehte sich auf ihrem Sitz, um mich ansehen zu können. Man konnte eindeutig erkennen, dass sie schon eine ganze Weile auf war. Die Haare waren sorgfältig zurechtgemacht, und ihr Make-up sah aus, als hätte sie es schon vor Stunden aufgelegt.

»Du sprichst von Ruffian?«

Mein Dad nickte, während meine Mutter sagte: »Ja, genau.«

»Er muss irgendwo bleiben, und seine Mutter ist gerade gestorben, also denke ich mal, dass wir ihn aufnehmen müssen, oder? Er ist Gaze' Bruder. Also gibt's gar keine andere Wahl.« Mir fiel keine andere Möglichkeit ein. Bei uns wurde das so gehandhabt.

Ich beobachtete, wie meine Mom meinem Dad lächelnd einen bedeutsamen Blick zuwarf, und sofort spürte ich, wie mein Selbstwertgefühl stieg. Das ging mir immer so, wenn ich merkte, dass ich sie stolz machte.

Dad fuhr auf den Parkplatz vor meinem Lieblingseisladen. »Wir sind hierhergekommen, um über unsere Möglichkeiten zu sprechen, aber wir können auch einfach nur ein Eis essen.«

Dad öffnete meine Tür. Ich stieg in Zeitlupe aus, weil ich währenddessen einer Freundin eine Textnachricht schrieb. Dad gelang es, mir mein Handy zu entwinden. Er ließ es in seine Tasche gleiten und umarmte mich. »Könntest du uns nur ein paar Minuten deiner Zeit schenken? Ohne Handy?«

»In Ordnung. Aber kann ich es halten? Ich möchte nicht, dass du wieder aus deiner Hosentasche heraus einen Videocall mit Taylor startest.« Ich streckte die Hand aus.

»Ich weiß immer noch nicht, wie das passieren konnte.« Er gab mir mein Handy, und ich schob es in die Tasche meines Kapuzenpullovers.

»Eiscreme zum Frühstück! Was Besseres gibt es gar nicht.« Mom streckte ihren Arm aus, und ich nahm ihre Hand, um ihn mir um die Schulter zu legen.

Wir wählten unsere Eissorten und mussten dann noch einen Moment warten, bis die Angestellten alle Arbeiten für die Ladenöffnung erledigt hatten. Ich hatte mich für Rocky-Road-Eis entschieden – mit Nüssen, Schokostückchen und kleinen Marshmallows –, Dad wollte ein Eis mit Cappuccinogeschmack, und Mom mochte am liebsten Vanilleeis. Wir machten es uns in einer Nische bequem, und kurz darauf kam auch unser Eis.

»Also, warum mussten wir uns zusammensetzen? Von eurer Seite ist doch alles in Ordnung, oder?« Sie hatten sich bereits einverstanden erklärt, dass Ruffian bei uns wohnte, aber ich bekam allmählich das Gefühl, dass da noch etwas anderes war.

Mom tupfte sich den Mund mit einer Serviette ab. »Ja, eigentlich schon. Wir haben uns mit der Pflegedienststelle in Verbindung gesetzt, mit der wir schon damals wegen Gaze immer zu tun hatten. Bei Ruffian liegt die Sache aber ein bisschen anders.«

»Er hat mir erzählt, dass seine Mutter an Krebs gestorben sei.« Meine Augen wurden ein bisschen feucht. Ich führte einen persönlichen Rachefeldzug gegen Krebs, denn ich hatte das Gefühl, dass diese Krankheit Menschen immer viel zu früh holte. Das war einer der Gründe, warum ich mich in meiner Freizeit meinem Partyprojekt widmete. Für mich war das eine Möglichkeit zurückzuschlagen, auch wenn es meist nur ein kleiner Trost war.

Dad streckte den Arm über den Tisch aus und legte seine Hand auf meine. »Das tut mir leid, mein Liebling.«

Ich blinzelte die Tränen weg. »Das ist seine Geschichte. Ich weiß gar nicht, warum ich weine.«

»Kleines, du nimmst das, was du tust, sehr ernst. Du bist so ein positiver Mensch, aber ich weiß, dass dir das Schicksal dieser Kinder an die Nieren geht und du es auch nicht vergisst.«

»Ja. Danke. Aber ich mache es ja nicht allein. Wir helfen alle zusammen.« Ich beobachtete, wie sich mein Eis allmählich verflüssigte.

»Wir helfen, weil du uns gar keine andere Wahl lässt«, erwiderte Dad. Es stimmte und sorgte dafür, dass die Stimmung sich wieder hob.

»Du hast recht.« Ich sei eine Tyrannin in Sachen Freundlichkeit, sagte mir Austin gelegentlich. Wenn die Leute nicht das richtige Verhalten an den Tag legten, stieg ich ihnen aufs Dach. Ich konnte wirklich ganz schön nerven, wenn ich wollte, dass irgendetwas für meine Schützlinge getan wurde.

»Wie dem auch sei – nur damit du vollständig im Bilde bist – Ruffian und seine Mutter wurden schon mal, tja …« Sie stoppte mitten im Satz, und mein Vater führte ihn zu Ende.

»Sie wurden schon mal festgenommen.« Dad sah auf seine Hände runter.

Oh. *Oh.*

Jetzt begriff ich, warum wir außer Haus um zehn Uhr morgens in einem Eiscafé saßen. Es gab ein Problem.

»Er ist siebzehn. Wofür könnte man ihn denn schon festnehmen?« Ich schob den Rest von meinem Eis zu meinem Vater hinüber. Er aß immer auf, was ich übrigließ.

Mom presste die Lippen zusammen und schaute die Tischplatte an.

Dad löffelte mein Eis schnell auf, damit es nicht noch flüssiger wurde.

»Mom?« Allmählich machte ich mir doch Sorgen. Vielleicht war Ruffian ganz anders als Gaze.

»Raub. Und Diebstahl.« Mom begegnete meinem Blick, und ich konnte sehen, dass sie beunruhigt war.

»Okay. Wow.« Das war auf jeden Fall ein Schock. Man betrachtete Menschen in einer bestimmten Weise, wenn man

Dinge über sie wusste. So war das einfach. Ich merkte, dass meine Eltern sich Gedanken machten. Ihr gesunder Menschenverstand und Instinkt waren in höchster Alarmbereitschaft. »Das ist bestimmt nicht die ganze Geschichte, und wir wissen noch nicht, welche Gründe dahinterstecken.«

»Sie sind aber mehrmals festgenommen worden«, ergänzte Dad.

Meine Finger legten sich um das Handy, das immer noch in meiner Pullovertasche war. »Sind wir deshalb hier? Um eine Familienentscheidung zu treffen … ohne Gaze?«

Meine Mutter neigte den Kopf erst in die eine und dann in die andere Richtung. »Teddi, wir wollten einfach nur an einem ruhigen, ungestörten Ort reden, wo du uns sagen kannst, was du von dieser Information hältst. Schließlich waren wir drei bisher unter uns und würden nun mit jemand Neuem zusammenwohnen, den keiner von uns wirklich kennt.«

Sie warteten darauf, was ich dazu zu sagen hatte. Das hatte ich begriffen. Sie waren fürsorglich. Aber ich kannte mich mit Menschen aus. Oder zumindest bildete ich mir das gern ein. Da waren zum Beispiel die mürrischen Geschäftsleute, die ich dazu bringen konnte, für einen meiner Schützlinge zu spenden. Diese Geschäftsleute musste ich davon überzeugen, dass es sich für gute Publicity, weil man das Richtige tat, lohnte, einer gebeutelten Familie einen Gutschein zu schenken.

»Ich glaube, manchmal muss man einfach alles geben – so als würde die Person die Chance verdienen, die man ihr gibt.« Das war meine Meinung dazu.

Ich schaute von meiner Mutter zu meinem Vater.

Dieses Mal war es Mom, die den Arm über den Tisch ausstreckte. »Okay, Süße. Dann lass uns die Sache durchziehen. Aber erzähl mir alles. Wir müssen wissen, wenn irgendetwas ist, bei dem dir oder uns unwohl sein könnte.«

Ich nickte, während ich an das Eis um zwei Uhr in der Nacht dachte … an die Frisur, die ich Ruffian verpasst hatte. Ich hatte geflirtet. Und jetzt wusste ich, dass ich mit dem Feuer gespielt hatte. Ich wünschte, mir würde bei dem Gedanken kein wohliger Schauer über den Rücken laufen, doch ich konnte es nicht verhindern.

10. KAPITEL

Ruffian

Ich war wach, als der Wagen von der Auffahrt runterfuhr. Wie gesagt hatte ich Erfahrung damit, schnell startklar zu sein. Ich war immer auf der Hut. Ein Reflex, der durch alles Mögliche ausgelöst werden konnte. Als Teddi, Ronna und Mike wegfuhren, beobachtete ich dies von meinem Zimmerfenster aus.

Ich kam vom Boden hoch und faltete die Decke zusammen, die ich dort ausgebreitet hatte.

Hab immer einen Plan bereit, und sei es nur für die nächste halbe Stunde.

Das war Moms Rat gewesen. Die nächste halbe Stunde würde ich mich also mit diesem neuen Raum vertraut machen. Und ich würde Mom vermissen. Das schien mir erst mal genug zu sein.

Ich besah mir die Wände und berührte sie. Der Fensterriegel stellte kein Problem dar – ich könnte ihn jederzeit aufbrechen, wenn ich musste. Mit einem Spachtel und einer richtig positionierten Gabel war das schnell geschafft – oder mit meinem Dietrich, der wie ein Pfeil aussah.

An den Wänden hingen ein paar geschmackvolle, neutrale Bilder. Ich konnte dahinter auf dem kleinen Sims des Rahmens, auf dem die Leinwand aufgezogen war, Dinge verstecken. Geld. Schmuck.

Ich musste mich mit meiner Crew in Verbindung setzen. Mit den Leuten, mit denen ich zusammengearbeitet hatte. Sie litten wahrscheinlich gerade ohne mich. Ich hatte ein paar Teenagern beigebracht, was ich konnte. Mit achtzehn würde ich mich zurückhalten müssen und durfte nichts Riskantes mehr machen. Achtzehn war die magische Zahl. Bis dahin hatte ich noch vier Monate. Jetzt wurde ich noch als Minderjähriger betrachtet. Ich bewegte mich auf dünnem Eis, aber das System wollte mich ohnehin im Gefängnis sehen. Das war der einzige Ort, an den man jemanden abschieben konnte, den man nicht verstand. Wenn alles, was einen ausmachte, nicht mit den üblichen Vorstellungen übereinstimmte, mussten sie einen einfach wegsperren.

Ich setzte mich wieder auf den Boden statt auf das Bett und den bequem aussehenden Schreibtischstuhl. Ich wollte mich wie ich selbst fühlen. Bequemlichkeit gehörte nicht zu meinem Leben.

Das letzte Mal, als man mich erwischt und verhaftet hatte, war es der Sozialarbeiterin gelungen, den Richter dazu zu bringen, mir Sozialstunden aufzubrummen und mich nicht zu einer Gefängnisstrafe zu verurteilen. Als ich entlassen wurde, war Mom mit ein paar Leuten aus meiner Crew und einigen der Älteren aus der Waldgemeinschaft da, um mich abzuholen. Sie hatten einige Luftballons dabei, und Mom hielt ein selbstgemachtes Schild hoch. Darauf stand:

Herzlichen Glückwunsch zu deiner Verhaftung!

Sie erreichte mich als Erste und schlang die Arme um mich. »Toll gemacht, Ruffian. Ich bin so stolz auf dich.«

Man klopfte mir auf den Rücken und klatschte mich zur Begrüßung ab. Ich beobachtete, wie zwei Polizisten die Augen verdrehten, als sie an uns vorbeigingen. Das Ganze gefiel ihnen nicht.

Ich beugte mich zu Shade rüber. »Bekommen sie alles?«

Shade zeigte sein seltenes Lächeln, bei dem vorn die zwei Goldzähne sichtbar wurden. »Ja. Die Lieferung ist für heute Abend geplant. Wir werden ein Lagerfeuer anmachen.«

Ich entspannte mich zum ersten Mal seit Stunden. Ich sollte für die Ablenkung sorgen und war der Sündenbock. Und bis jetzt war alles nach Plan verlaufen.

Wir kehrten alle zusammen ins Lager zurück und lachten während des ganzen Wegs. Ich erzählte ihnen nicht, dass es dieses Mal viel ernster abgegangen war. Eigentlich war ich dafür bekannt, immer ungeschoren davonzukommen, weil ich mich stets irgendwie herausredete. Aber dieses Mal hatte man mich erkennungsdienstlich behandelt und ein Verbrecherfoto von mir gemacht. Ich war eine Weile im Gefängnis gewesen und hatte gespürt, wie Gitterstäbe einen Menschen veränderten. Es hatte alles real werden lassen. Zu wissen, dass das eigene Handeln Konsequenzen nach sich zog, oder sie tatsächlich zu spüren, waren zwei ganz unterschiedliche Dinge.

Wir bewegten uns im Gänsemarsch durch den Wald, und ich konnte die Kinder am Rand der immergrünen Bäume spielen hören. »Hast du schon alles verteilt?«

»Nein, der Laster ist erst vor Kurzem eingetroffen. Er ist mal wieder liegen geblieben. Komm, lass uns schauen.« Er ging ein bisschen schneller als ich und erreichte vor mir den verbeulten Laster, der unserer Gruppe schon mehrfach das Leben gerettet hatte. Mom hatte ihn beschafft, und Shade und sein Bruder Herc sorgten mit ihrem Hinterwäldler-Know-How dafür, dass er nicht gänzlich zusammenbrach.

Ein paar von den Connor-Kindern schlangen ihre Arme um meine Taille, als sie mich entdeckten.

»Ruff, bist du im Gefängnis gestorben?« Kenny musterte mich traurig mit seinen großen braunen Augen.

»Nein, Kumpel. Ich konnte lebend entkommen. Freut ihr euch schon darauf, gleich Klamotten auszusuchen?«

Das Lagerfeuer brannte bereits, und Shade ging, um sich darum zu kümmern. Es würde ein guter Abend werden. Wir hatten einen riesigen Laster beim Einkaufszentrum ausgeraubt, der dort mit den Black-Friday-Angeboten abgestellt worden war.

Das war der größte Coup, den ich bisher gelandet hatte. Es war mir gelungen, das Schloss aufzubrechen, sodass wir tonnenweise Kleidung, elektronische Geräte und sogar ein paar Spielsachen hatten mitgehen lassen können. Alle würden etwas von dem Raubzug haben. Als wir mit dem Beladen des alten Lasters fast fertig waren, verließ uns das Glück. Ich blieb zurück, um die Bullen abzulenken, während meine Kumpel mit der Beute abhauten.

Ich hatte die Situation zu sehr ausgereizt. Die anderen hatten sich nach den ersten beiden Ladungen davonmachen wollen, aber ich wusste, dass es unser Glückstag war und vielleicht sogar ein Glücksmonat für unsere Gemeinschaft. Wir waren sogar auf Campingausrüstung gestoßen, und deshalb war es für mich an der Zeit, meine zweite Verhaftung in Kauf zu nehmen. Ich lief weg, aber nicht schnell und nicht weit. Ich war der Köder. Ein schneller Fang, damit die Bullen nicht den Laster verfolgten.

So kam es zu meinem ersten Gefängnisaufenthalt. Natürlich hatte ich schon vorher mit der Polizei zu tun gehabt. Aber jetzt war zum ersten Mal ein Verbrecherfoto von mir gemacht worden, und ich musste über Nacht bleiben.

Die riesigen Pakete voller Beute wurden von der Ladefläche des Lasters gezogen und nebeneinander gestapelt. Es war wie eine große Bescherung für die Gemeinschaft, und alle waren in heiterer Stimmung, während sie gespannt warteten, was wir ergattert hatten. Herc hielt alle fern, bis Shade das Lagerfeuer zum Lodern gebracht hatte, ehe er das erste Paket mit seinem Taschenmesser aufschlitzte.

Mom stand direkt daneben und sorgte dafür, dass alles gerecht verteilt wurde. Irgendwie herrschte sie über die Unbeherrschbaren in der bestmöglichen Weise. Sie schlug etwas vor, und ehe die Person sich versah, tat sie, was meine Mutter für richtig hielt. Jedes Kind erhielt drei Spielsachen, eine warme Jacke und einen neuen Schlafsack.

Kenny zog das Preisschild aus dem Ärmel der Jacke hervor und sah mich ängstlich an. »Ich darf das doch, oder? Ich darf das Schild abmachen, ja?«

Ich nickte. »Ja, Kumpel. Die gehört jetzt dir.«

Ich hüpfte auf den untersten Ast eines der vielen Bäume, die um unseren Lagerplatz herumstanden. Von meinem erhöhten Aussichtspunkt beobachtete ich, wie sich alle den Paketen näherten. Die alten Frauen lachten, und die älteren Männer steckten die Hände in die Hosentaschen und machten Scherze. Das war es, wofür ich lebte: Ich liebte es zuzusehen, wie diese Leute Sachen bekamen.

Mom stellte sich unter mich neben den Baum und schaute jetzt auch nur zu, statt beim Verteilen zu helfen.

»Das hast du gut gemacht, Ruff.« Lobend klopfte sie mit der Hand auf meinen Schuh.

Ich nickte.

»Okay. Und was hast du falsch gemacht?« Sie legte den Kopf auf die Seite und sah mit durchdringendem Blick zu mir hoch. Jetzt würden wir besprechen, wie ich es das nächste Mal besser machen könnte.

»Ich habe es zu weit getrieben. Denn weißt du, ich wollte

alles für sie mitnehmen. Da waren noch so viel mehr Sachen.« Ich rieb einen Fingerknöchel an meiner Jeans.

»Dann hattest du also das Gefühl, dass du abhauen müsstest, hast es aber ignoriert?« Sie strich sich das Haar über die Schulter.

»Ja, das hab ich«, gab ich zu. Ich wusste, wann ich hätte gehen sollen. Ich setzte meine Jugend aufs Spiel mit jedem Mal, das ich erwischt wurde. »Aber sieh sie dir an. Schau doch nur.«

Die Gemeinschaft, der wir alle mehr oder weniger fest angehörten, war glücklich, während sich alle mit den neuen Kleidungsstücken herausputzten. »Alle Welt tut so, als gäbe es uns nicht, als wäre uns nicht kalt, als würden wir nicht leiden.« Ich deutete auf das Lager und die Leute. »Aber wir wissen, dass das nicht stimmt. Und wir wissen, was man dagegen tun kann.« Eins der Connor-Kinder umarmte einen ausgestopften Oktopus und streichelte ihn wie ein Haustier. Mir wurde bei dem Anblick ganz warm ums Herz. »Cindy hat nichts. Gar nichts. Und heute? Da hat sie drei Sachen bekommen.«

Meine Mutter klopfte auf meinen Schuh. »Komm runter. Ich will keinen Krampf im Nacken bekommen.«

Ich schluckte und gehorchte. Es ging nicht um einen Krampf im Nacken. Das wussten wir beide. Als ich wieder auf dem Boden neben ihr stand, strich sie mir mein wildes Haar aus dem Gesicht.

»Ich hab dich so gut hinbekommen. Ich sehe, wie du bist. Du hast eine so großzügige Seele. Ich weiß, dass du etwas Besonderes bist. Aber alle anderen? Die sehen es dir nicht an. Man wird dich nach irgendwelchen Dokumenten beurteilen, Strafmandaten und Zahlen. Ich möchte, dass du das nicht aus den Augen verlierst. Denn unsere Gemeinschaft wäre mit einer kleineren Ausbeute auch glücklich gewesen. Und dann gäbe es jetzt nicht dieses erste Verbrecherfoto von dir. Sie brauchen dich, Ruffian. Sie brauchen jemanden, der ihnen Hoffnung gibt. Und das bist du.«

Sie legte ihre Hand an meine Wange. Mehr sagte sie nicht, aber ich konnte es an ihren Augen ablesen. Sie würde nicht immer da sein, um die Wogen zu glätten. Manche Kinder wurden von ihren Eltern dazu herangezogen, eines Tages die Firma zu übernehmen. Bei meiner Mutter war das nicht so. Sie hatte mich dazu erzogen, mich auch noch um den Letzten von uns zu kümmern … um jene, die die größten Schmerzen hatten, denen am kältesten war. Das war es, was wir taten, denn es war das Richtige. Es löste jedes Mal ein Gefühl in mir aus, nach dem ich süchtig war – wenn ich Sachen organisierte, wenn ich irgendwo einbrach, um Sachen zu besorgen und hierherzubringen oder wo auch immer wir gerade unser Lager aufgeschlagen hatten.

Ich sprang in Müllcontainer von Supermärkten, um weggeworfene Lebensmittel herauszuholen, die noch vollkommen in Ordnung waren. Niemand hatte überhaupt die Gelegenheit bekommen, darüber nachzudenken, wie man aus dem Brot noch eine Mahlzeit machen könnte, als es auch schon in seiner völlig unversehrten Plastikverpackung in den Müll geworfen worden war.

Ja, genau, ich war aus Müllcontainern verjagt worden. Ich hatte mich von offenen Lastern und Pritschen voller Waren davonmachen müssen. Doch zuvor hatte ich mir geholt, was wir brauchten. Ich war in einige der teuren Ferienhäuser eingebrochen und hatte die Medizinschränkchen nach unverbrauchten Antibiotika durchstöbert.

So war das: wir gegen sie. Auf der einen Seite waren die Leute, die alles im Überfluss hatten und wegwarfen, und auf der anderen die Menschen, die die Überreste brauchten und hofften, sie in die Finger zu bekommen.

Ich war jetzt zorniger. Ich war größer und wortgewandt und wusste, wie das Leben lief. Und vieles, was ich sah, gefiel mir nicht. Klar, Mom hatte mir viel beigebracht, doch mehr noch hatte ich von allein gelernt. Ich hatte mit angesehen, wie Vic aus einem Lokal im Ort rausgeschmissen worden war, weil er nicht hatte aufhören können, über seine Zeit in der Armee zu reden. Ich hatte beobachtet, wie irgendwelche Arschlöcher Glenda mit Zeug beworfen hatten, weil sie die Frechheit besessen hatte, in der Nähe eines wohlhabenden Wohnviertels zu betteln.

Ich war mit einem Hass auf die Reichen aufgewachsen und war von dem Wunsch beseelt, die Armen zu beschützen. Im Schlösserknacken war ich immer besser geworden – Mom hatte es mir beigebracht. Sie besaß eine merkwürdige Haarnadel, die wie ein Pfeil geformt war und nach dem gleichen Prinzip wie ein Springmesser funktionierte. Damit konnte man ungefähr achtzig Prozent aller Schlösser knacken. Der Dietrich wurde mein Werkzeug. Es war eine selbstverständliche Gewohnheit, ihn immer irgendwo am Körper verborgen bei mir zu tragen. Mal hielt ich die Haare damit zusammen, mal steckte der Pfeil in meiner Tasche oder hing an einer Gürtelschlaufe. Für diese Leute konnte ich dadurch zum Superhelden werden. Für diese guten Leute. Klar … sie hatten Probleme, aber manchmal war ihnen einfach kalt und manchmal hatten sie Hunger.

Heute Abend hatten wir reiche Beute gemacht. Jedem würde etwas wärmer sein, und das war den Preis wert, den ich hatte zahlen müssen. Für niemanden, der mir wichtig war, würde es je von Bedeutung sein, dass ich mal im Gefängnis gesessen hatte. Dessen war ich mir sicher.

Ich setzte mich wieder aufs Bett und legte mich hin, während ich auf die Rückkehr von Teddi und ihren Eltern wartete. Ich hatte so ein Bauchgefühl, dass sie sich meinetwegen davongestohlen hatten. Gaze bei sich aufzunehmen und mich bei sich aufzunehmen, waren zwei ganz unterschiedliche Paar Schuhe. Er war ruhig, und ich bedeutete Probleme. Ich war bereit, alle Schwierigkeiten auf mich zu nehmen, egal wie viel Ärger ich damit bereitete, um dafür zu sorgen, dass meine Leute, meine Freunde in Sicherheit leben konnten, so wie sie es verdienten.

11. KAPITEL

Teddi

Mom und Dad sagten, sie müssten dringend Mrs Josephine anrufen. Das war die Sozialarbeiterin, die früher für Gaze verantwortlich gewesen war. Von ihr könnten sie erfahren, was sie hinsichtlich Ruffian zu tun hätten. Wir als Familie wären verpflichtet herauszufinden, warum um alles in der Welt er in solch einen Schlamassel geraten war.

Während sie nach oben in ihr Zimmer gingen, um die Unterhaltung ungestört zu führen, lief ich aus Neugier nach unten. Ruffians Tür stand einen Spaltbreit offen. Als ich vorsichtig anklopfte, ging sie ein bisschen weiter auf.

Er lag mit hinter dem Kopf verschränkten Armen auf dem Bett. Seine Jeans war bis zu den Hüften runtergerutscht, und die Motorradstiefel standen neben dem Bett. Er drehte den Kopf langsam in meine Richtung und lächelte.

»Du warst früh unterwegs.« Gedankenverloren strich er sich die Haare aus der Stirn. »Nicht einmal Eis um zwei Uhr morgens hält dich davon ab.«

Kurz blitzte eine leichte Verärgerung in seinem Blick auf, war aber sofort wieder verschwunden. Vielleicht hatte ich mich auch getäuscht. Das Licht fiel von der Seite auf sein Gesicht, und dadurch wirkten seine Augen anders als sonst.

»Meine Eltern wollten, dass ich mitkomme.«

Ich stand immer noch unschlüssig auf seiner Türschwelle.

Offensichtlich war er schon auf gewesen und hatte sein Bett gemacht, ehe ich gekommen war. Aber vielleicht wollte er noch ein bisschen weiter dösen.

»Ich muss heute Nachmittag in die Stadt. Meinst du, das ist möglich?« Er setzte sich auf, sodass der schmale Streifen seines straffen Bauches wieder bedeckt war.

Ich zuckte die Achseln. Zwar hatte ich ein paar Zoom-Meetings mit potenziellen Kunden, aber die würden erst am späten Nachmittag stattfinden. »Ich könnte dich fahren. Wann willst du los?« Ich holte mein Handy hervor. Es war Viertel vor elf.

»Das nenn ich Service. Ich kann es mir einfach aussuchen?« Er begann, in seinem Rucksack zu wühlen, und ich bemerkte, dass er sich einen der Riemen um den Unterschenkel gewickelt hatte.

»Na, du bist derjenige, der gefragt hat, also ja.« Nachdem er ein frisches T-Shirt herausgezogen hatte, stand er auf. »Die Verabredung, die ich habe, ist zeitlich – sagen wir mal – flexibel.« Er zog sein T-Shirt aus und legte es zusammen. Erst beobachtete ich ihn dabei, doch dann richtete ich meinen Blick auf den Boden. Trotzdem hatte ich gesehen, dass er körperlich fit war … vielleicht ein bisschen zu fit, denn er wirkte fast schon hager.

»Ich bin fertig.« Am Klang seiner Stimme erkannte ich, dass er grinste. Und ich hatte recht. Er zog eine Augenbraue hoch, als sich unsere Blicke trafen. Ich hatte das Gefühl, als würde ein Stromschlag durch meinen Körper gehen. Er war diese besondere Art Mensch. Gutaussehend zwar, doch es war sein Auftreten, das ihn so überaus anziehend machte – die Dynamik, die er ausstrahlte.

Ich räusperte mich. »Meine Eltern haben deinetwegen heute ein paar Termine und müssen einige Telefonanrufe tätigen, um alles für dich zu regeln. Also wenn du sofort loswillst, könntest du schon wieder zurück sein, wenn sie irgendwelche Fragen haben.«

Plötzlich wusste ich nicht, wohin mit meinen Händen. Sollte ich sie in die Hüften stemmen? Unter die Achseln stecken? Nein. In meinem ganzen Leben hatte ich noch nie so viel über meine Hände nachgedacht. Wie konnten sie überhaupt etwas tun, ohne dass ich an sie dachte? Mein Mund war völlig ausgetrocknet.

Ruffians Augen funkelten. »Wäre das für dich okay?«

»Ja.« Ich musste ein paar Minuten von ihm weg und herausfinden, was mit meinen Händen los war. »Ich zieh mich schnell um, und dann treffen wir uns auf der Auffahrt.« Ich drehte mich um und wäre fast gegen die Wand gelaufen, was ich aber in der letzten Sekunde verhindern konnte.

Zwei Stufen auf einmal nehmend rannte ich hoch in mein Zimmer. Ich sah in den Spiegel und stellte fest, dass meine Wangen rot waren. Meine Hände flatterten immer noch herum, als wären sie Marionetten oder so was. Ich umfasste das Handgelenk der jeweils anderen Hand, um sie zur Ruhe zu bringen.

Austin kam in mein Zimmer spaziert und sah, dass ich meine Hände hielt, als wollte ich gleich eine Opernarie schmettern.

»Was ist los, meine Hübsche?« Er löffelte einen Joghurt und trug im Haus eine Sonnenbrille.

Ich richtete den Blick zur Decke. »Nichts. Ich muss mich nur umziehen und Ruffian irgendwo hinfahren.« Ich schaute nach links und nach rechts, ehe ich bemerkte, dass mein Bruder um den Löffel herum, der in seinem Mund steckte, lächelte. Dann zog er die Sonnenbrille mit dem Zeigefinger bis zur Nasenspitze runter. Er hatte haufenweise witzige Bemerkungen auf der Zunge, und in seinen Augenwinkeln bildeten sich bereits Lachfältchen.

»Ich sage Nein. Lass es. Ich muss mich anziehen. Hilf mir.« Mit schlaffer Hand deutete ich auf meinen begehbaren Kleiderschrank. Zumindest dazu war sie noch in der Lage.

Austin schob die Sonnenbrille in die Haare hoch. Die meisten Mädchen würden ihren Bruder nicht bitten, ihnen Klamotten rauszusuchen, doch Austin hatte so ein gutes Händchen, dass es dumm von mir gewesen wäre, seine Begabung nicht zu nutzen. Seine Social-Media-Aktivitäten waren einfach irre. Alles, was er postete, bekam mehr Likes und Kommentare als manche Berühmtheit.

»Mach dein Gesicht zurecht. Nur leichtes Make-up und einen Pferdeschwanz. Kleine Kreolen und das Parfüm, das ich dir letztes Jahr geschenkt habe.« Er stellte seinen Joghurt mit dem Löffel auf meine Kommode.

Während ich im Badezimmer verschwand, hörte ich Austin sein Handy fragen, wie das Wetter heute werden würde, um mein Outfit danach auszurichten. Ich trug Wimperntusche auf und kämmte mein Haar zu einem Pferdeschwanz, den ich mit einem großen, weichen Haargummi zusammenband.

Als ich herauskam, saß Austin mit übergeschlagenen Beinen auf meinem Bett. »Gute Arbeit.«

Er musterte mein Make-up, und ich war froh, dass es seine Zustimmung fand. Manchmal übertrieb ich es ein bisschen, denn als Cheerleader musste man richtig dick auftragen: rote Lippen, sehr viel Rouge und auffällig geschminkte Augen. Nun ja, das waren alte Gewohnheiten aus meiner Cheerleaderzeit. Ich verbrachte zwar noch viel Zeit mit den Mädchen, aber ich schaffte es nicht, sowohl im Team mitzumachen, als auch die Arbeit für die Partys zu erledigen.

Austin hatte eine Jeans und ein bauchfreies Oberteil sowie einen leichten Schal für mich herausgelegt. Schmuck hatte er ebenfalls ausgewählt.

Er bedeckte die Augen mit dem Löffel und dem Joghurtbecher, während ich in die Sachen schlüpfte.

»Ich bin fertig«, sagte ich und betrachtete mich in meinem hohen Spiegel. Es sah süß aus. Ich hätte das Top nie mit dem Schal kombiniert, aber es wirkte stylisch und nicht zu gewollt.

»Okay. Nimm diese noch. Ich hab sie als Muster von einer Firma bekommen, die mit mir Werbung machen will.« Er stellte Joghurt und Löffel wieder ab und reichte mir zwei Ringe. Einen steckte ich auf den Daumen und den anderen auf den Zeigefinger. Dann legte er mir noch eine Kette um die Taille, die im Licht funkelte.

Er nickte. »Jetzt bist du fertig. Bitte schön.«

Ich umarmte ihn, während er den leeren Joghurtbecher in meinen Mülleimer warf.

»Danke.« Ich griff nach meiner Handtasche, während er den Löffel wie einen Zauberstab in meine Richtung schwang.

»Bibidi-babidi-busch, Cinderella.« Er reichte mir seine Hand, und ich ergriff sie.

»Kann ich deinen Wagen haben? Bitte?« Ich umarmte Austins Arm. Sein Auto war einfach toll. Er hatte einen älteren Mercedes 190 E in Rot.

»Erst bin ich deine gute Fee und dann auch noch die Maus bei dieser Runderneuerung?« Er griff in die Tasche seiner engen Jeans und hielt mir seinen Schlüssel hin.

»Also, ich glaube, du wärst dann doch eher der Kürbis, oder? Ist ja schließlich das Transportmittel.« Ich öffnete die Haustür.

»Fahr vorsichtig. Und nicht zu schnell, Fräulein Bleifuß.«

Ich wollte gerade meine Turnschuhe anziehen, als er den Kopf schüttelte und mir den letzten Modetipp für heute gab. Als ich nach meinen bestickten Ballerinas griff, und er nickte, zog ich stattdessen die an.

Ich gab Austin einen Kuss auf die Wange und verließ das Haus.

Ruffian lehnte mit dem Rücken am SUV meiner Eltern. Er hatte seinen Rucksack dabei, der anscheinend alles war, was er zu besitzen schien. Aber vielleicht wollte er deshalb los … um noch mehr von seinen Sachen zu holen? Ich zog den Minivan jetzt doch in Erwägung. Vielleicht wäre der für einen Transport besser geeignet?

»Willst du mit dem fahren?« Ich deutete auf den Van. »Oder damit?« Ich zeigte auf Austins Wagen.

Ich dachte mir, dass er sich selbst überlegen sollte, wie viele Sachen er hatte, die transportiert werden mussten.

Er sah über die Schulter hinweg zu Austins Mercedes. »Aber klar doch. Lass uns den nehmen.« Er stieß sich vom Van ab und ging auf den anderen Wagen zu.

Ich war ein paarmal mit Austins Auto gefahren, seitdem ich den Führerschein hatte, und liebte es, aber mir war auch klar, dass es eine ganze Menge unter der Haube hatte. Es war ein bisschen einschüchternd, wenn man aufs Gas trat und ihn lautstark zum Leben erweckte.

Ich tat mein Bestes, das im Kopf zu behalten, denn Ruffian machte mich ganz schön nervös. Er stellte seine Tasche auf den Boden zwischen seine Beine.

Ich hatte das Ganze eindeutig nicht bis zum Ende durchdacht und stellte nun fest, dass wir ziemlich dicht beieinandersaßen.

»Der ist cool. Ist das deiner?« Ruffian strich mit der Hand über das Armaturenbrett.

»Nein. Der Wagen gehört meinem Bruder. Also. Willst du jetzt nach Midiville oder nach Poughkeepsie?«

»Midiville. Und zurückkommen kann ich allein, wenn's später wird. Ist das okay?« Fragend legte er den Kopf auf die Seite.

»Klar doch.« Ich ließ den Wagen an, und der Motor schnurrte. Irgendwie hatte ich angenommen, dass wir zusammen wegfahren und auch wieder nach Hause kommen würden. Aber natürlich gab es auch andere Möglichkeiten, wieder zu uns zu kommen. Die waren jedoch nicht sonderlich bequem, und man musste ein ganzes Stück laufen.

Ich stellte das Radio an, und Austins Playlist startete. Im Allgemeinen hatte er einen großartigen Musikgeschmack, doch ab und zu war auch Techno dabei, was ich nur eine gewisse Zeit ertragen konnte, ehe ich wieder etwas mit Text brauchte.

Ich ließ den Wagen rückwärts aus der Auffahrt rollen und legte dafür den Arm um den Beifahrersitz, um durch das Rückfenster zu schauen. Ruffian sah mich an, und wir waren nur wenige Zentimeter voneinander entfernt. Er war größer und sah von oben auf mich herab. Das war das erste Mal, dass mich in Bezug auf Ruffian ein ziemlich heftiger Impuls überkam. Ich wollte mich zu ihm hinüberbeugen und seine Lippen küssen. Das ergab überhaupt keinen Sinn. Der Impuls kam aus einem Winkel in meinem Innersten, der dazu neigte, verrückte Entscheidungen zu fällen – so wie lila gefärbte Haare oder der Sprung von einer hohen Klippe. Als könnte er meinen inneren Kampf spüren, ging sein Blick zu meinem Mund und dann wieder zu meinen Augen. Mir stockte der Atem, sodass ich mich zwingen musste, Luft zu holen.

Er zwinkerte mir zu. Er zwinkerte mir doch tatsächlich zu!

Angesichts seines Selbstvertrauens lachte ich laut auf. »Hast du was im Auge?«

»Ich lasse dich die Auslage bewundern. Wie ein Schaufensterbummel, du weißt schon.« Er fuhr sich mit einer Hand durchs Haar und berührte mit der Zunge seine Zähne.

»Du bist ganz schön von dir eingenommen.« Ich fühlte, wie ich rot wurde, und konzentrierte mich wieder aufs Fahren.

»Ich weiß eben einfach, dass es an der Zeit ist, Teddi.«

Ich nahm den Arm von seiner Lehne und umklammerte das Steuer. »Ach? Und wofür ist es an der Zeit?«

»Es ist an der Zeit, für diesen persönlichen Taxiservice zu bezahlen.« Er gab den Muskelprotz und stellte seinen Bizeps zur Schau.

Das brachte mich so sehr zum Lachen, dass meine nervöse Anspannung etwas nachließ. Da fing mein Handy, das im Getränkehalter stand, an zu summen. Taylor lud mich zu einem Videochat ein.

»Mist. Ich hab ganz vergessen, dass wir verabredet waren, um das nächste Projekt zu planen.« Ich schaute ein paarmal zu meinem Handy hin, konnte den Anruf jetzt jedoch nicht entgegennehmen.

Ruffian nahm das Handy und wischte über das Display, sodass Taylors Gesicht erschien.

»Wow.« Ich sah Taylor aus dem Augenwinkel. Sie hatte eine Gesichtsmaske aufgelegt und ein Handtuch um den Kopf gewickelt. »Hab ich mich verwählt?« Ihr Tonfall klang verwirrt.

»Nein, ich bin's. Ich bin hier.« Ich wedelte mit der Hand vor der Kamera herum und konzentrierte mich dann wieder auf die Straße.

»Hi. Ich bin Ruffian. Ich bin Teddis neuer Bruder. Und du musst das heißeste Mädchen sein, das ich je mit Matsch im Gesicht gesehen habe.« Er schenkte ihr ein strahlendes Lächeln.

»Ich habe das Gefühl, high zu sein, dabei habe ich gar nichts genommen.« Ich hielt an einer roten Ampel an und sah, dass Taylor mit dem Finger auf ihr Display tippte.

Ich drehte das Handy ein bisschen, sodass sie mich sehen

konnte. »Ich fahre gerade. Ruffian ist für mich rangegangen. Ich bringe ihn zu einer Verabredung.«

Sie musterte mich. »Sitzt du etwa in Austins Wagen?«

»Ja.« Ich fuhr an, als die Ampel auf Grün sprang.

»Dein Bruder ist echt heiß. Ich würde Geld dafür bezahlen, nur um dieses Lenkrad abzulecken.«

Mein Handy verband sich mit den Lautsprechern des Autos, und Taylor war plötzlich viel lauter zu hören.

»Danke. Du bist zwar ziemlich aufdringlich, aber auch verdammt hübsch.« Ruffian richtete das Handy wieder auf sein Gesicht.

»Ich meinte Austin, Neuling.« Ihr empörter Tonfall ließ vermuten, dass sie die Faust in die Hüfte gestemmt hatte.

Ich lachte leise, während ich die Auffahrt auf die Route 5 nahm, um nach Midiville zu kommen.

»Also, Teddi, hör mal. Was zum Teufel ist da los? Wirst du etwa gerade entführt, oder was?« Taylors Stimme dröhnte aus der Lautsprecheranlage. Ich verringerte die Lautstärke über einen Regler am Lenkrad.

»Sie fährt. Wie kann ich sie da entführt haben? Vielleicht solltest du dir eher meinetwegen Sorgen machen, Taylor.« Ruffian legte eine Hand an die Brust, als würde ihre Andeutung ihn schwer treffen.

»Woher weißt du überhaupt meinen Namen? Das geht doch alles nicht mit rechten Dingen zu.« Taylor sah aus, als wäre sie wütend. Ich warf einen schnellen Blick auf das Display, als sie sich gerade mit einem Waschlappen die Maske vom Gesicht wischte.

»Dein Name erscheint, wenn du anrufst und damit Teddifina in eine gefährliche Situation bringst, während sie fährt.« Ruffian schüttelte langsam den Kopf, als wäre er ein Vater, der dieses Verhalten missbilligt.

»Oh. Aber trotzdem! Geht's dir gut, Teddi? Übrigens steht Teddi für Theodosia, du Klugscheißer.« Das war meine Taylor … Sie sprang sofort für mich in die Bresche.

»Es geht mir gut. Ich bin aus freien Stücken hier. Tut mir echt leid, dass ich unsere Verabredung vergessen hab. Wollen wir später noch mal telefonieren?« Ich musste mich auf den Verkehr konzentrieren. Ein paar Leute rasten auf der Überholspur an mir vorbei.

»Können wir machen. Ich will nur wissen, was das Thema für unseren nächsten Insta-Dreh ist? Hast du schon eine Idee?«

Die hatte ich. »Candy Land und Glitzer. Da sollten wir was Hübsches draus machen können. Ich hab mit ein paar Abschlussschülern von der Paulville Highschool vom letzten Jahr gesprochen. Sie haben noch alle möglichen Requisiten von ihrem Abschlussball, bei dem Candy Land das Thema war. Sie wollen mir die Sachen überlassen.«

»Das ist wirklich das süßeste Thema, das wir bisher hatten. Okay, ich werde dann mal die Mädels zusammentrommeln, damit wir ein paar Visionboards erstellen. Vielleicht fällt uns ja schon was zu einem Kleid ein.« Es klang so, als würde Taylor bereits etwas in den Computer eingeben.

»Danke. Wir werden Ringlichter brauchen und Hintergründe, damit die Bilder auch perfekt werden, okay?«

Ich wartete auf ihre Antwort, als Ruffian sagte: »Die Verbindung ist verloren gegangen.« Er hielt das Handy hoch, auf dem das Bild von Taylor erst verschwamm und dann erlosch.

»Macht nichts.«

Mein Handy summte.

»Textnachricht von Taylor, unterbrochener Anruf. Sag dem seltsamen Kerl, dass ich dich im Auge behalte und es für sein Wohlergehen besser wäre, wenn es dir gut geht. Ich werde dir im Verlauf des Tages zufällig gewählte Fragen schicken, auf die nur du die Antworten weißt.« Das Mediasystem von Austins Wagen las die Nachricht vor.

»Könntest du bitte eine Antwort für mich schreiben?« Ich deutete auf das Handy, das er immer noch in der Hand hielt.

»Der seltsame Kerl ist so heiß. Ich werde keine Zeit für Fragen haben«, sagte Ruffian und tippte gleichzeitig.

»Nein. Schick das nicht.« Ich versuchte, ihm das Handy zu entreißen, und geriet dadurch kurz auf die andere Fahrbahn.

»Teddifina Rebecca. Konzentrier dich aufs Fahren. Glaubst du etwa, Austin will eine Beule in seinem Auto haben, wenn er es zurückbekommt? Und die Leute werden mir die Schuld geben, obwohl *du* fährst.« Er stellte das Handy in den Getränkehalter auf der Beifahrerseite.

Ich gab ein entrüstetes Schnauben von mir, legte aber beide Hände wieder aufs Lenkrad. »Keiner von den Namen ist richtig, Ruffian Jessica.«

»Woher weißt du meinen zweiten Vornamen? Verdammt, du bist echt gut.« Er klopfte mit den Fingerspitzen aufs Armaturenbrett.

Ich beschloss, das Thema zu wechseln. »Wohin willst du in Midiville? In die Innenstadt?« Ich konzentrierte mich auf ein Schild, das in der Ferne auftauchte.

»Ich bin mir noch nicht sicher. Ich werde es dir sagen, wenn wir näher dran sind.«

Er legte sich entspannt zurück, als wäre es völlig normal, kein richtiges Ziel zu haben, wenn man irgendwohin fuhr.

Und dann schloss er die Augen. Ruffian schlief ungefähr zwanzig Minuten, während mein Handy immer wieder summte, wenn Nachrichten eingingen.

Ich hatte keine Chance, an mein Telefon zu kommen, und hätte es beim Fahren ohnehin nicht riskiert. Der Verkehr erforderte meine ganze Aufmerksamkeit, und ich schaute ständig in irgendeinen der Spiegel. Als wir schließlich die Ausfahrt nach Midiville erreichten, brauchte ich genauere Anweisungen, um weiterfahren zu können.

»Hey, Dornröschen. Aufwachen.« Ich berührte seine Schulter, und er hob schläfrig die Lider. »Wo sind wir jetzt?«

Ich deutete auf das Schild, welches die nächste Ausfahrt in weniger als einer Meile anzeigte. Ruffian streckte sich und hob dabei die Hände so weit über den Kopf, wie es in dem kleinen Wagen ging.

»Du entscheidest.« Er dehnte seinen Hals, indem er ihn von einer Seite auf die andere legte.

»Wie bitte?« Ich nahm beide Hände vom Lenkrad, um sie fragend zu heben.

»Du entscheidest. Wo möchtest du gerne hin?« Er lächelte, als würde ich nicht gerade mit Höchstgeschwindigkeit über den Highway rasen.

»Äh, ich will da hinfahren, wo du hinmusst.« Ich wurde langsamer, als ich den Highway verließ und auf eine Ampel zurollte.

»Entscheide einfach, Teddifina. Ich kenne überall Leute – egal, wo du hinfährst.« Er deutete mit dem Zeigefinger in alle Richtungen.

Ich setzte den Blinker und fuhr nach links Richtung Innenstadt. So lange hatte ich den Führerschein noch nicht, aber diesen Weg war ich schon ein paarmal gefahren.

»Du kennst überall in der Stadt Leute?« Wären wir nicht schon den ganzen Vormittag zusammen gewesen, würde ich annehmen, dass er high war.

»Na klar. Die Richtung ist gut, aber nach rechts wäre noch besser gewesen.« Er nickte, und das Haar fiel ihm weiter ins Gesicht.

»Warum hast du denn nichts gesagt?« Ich schaute in den Rückspiegel und konnte die Spur wechseln, sodass wir jetzt nach rechts fuhren.

»Du scheinst mir mehr in die vornehmeren Stadtviertel zu passen mit deinen Insta-Fotosessions und dem schicken Auto deines Bruders. Du sollst dich wohlfühlen. Ich komm schon dahin, wo ich hinwill.« Er ließ seine Fingerknöchel knacken und griff nach meinem Handy. »Heilige Scheiße, hier war ja viel los. Verdammt. Wusstest du, dass Holden und Selena gestern Abend zusammen waren? Taylor schreibt, wenn sie nicht mit Brutus gehen würde, würde sie es mit deinem Bruder treiben. Mannomann, die steht ja voll auf deinen Bruder. Hat er überhaupt Interesse an Frauen?«

Ich versuchte, nach meinem Handy zu greifen, aber er nahm es schnell in die andere Hand.

»Austin mag Leute so, wie sie sind. Ihm ist egal, welchem Geschlecht sie angehören. Und jetzt gib mir endlich mein Telefon.« Ich musste dem Verkehrsfluss folgen. Wir steuerten auf einen Bereich der Stadt zu, in dem ich noch nie allein gewesen war. Die Arena, in der hin und wieder unsere Cheerleader-Wettbewerbe stattfanden, war hier, aber während der Veranstaltungen durfte keiner allein rumlaufen oder das Gelände verlassen.

»Okay, nach links. Dann rechts. Halte dich rechts und jetzt links. Beim Spirituosenladen biegst du wieder links ab.«

Endlich gab er mir die Richtung vor. Aber dabei fuhren wir tief in die Stadt hinein, und bei all den Taxis und Ubers geriet ich in dichteren Verkehr, als ich es gewohnt war. Doch mithilfe des Navis würde ich schon wieder nach Hause finden. Mittlerweile umklammerte ich das Lenkrad recht verkrampft. Wir standen an einer Ampel, und irgendwie war ich hinter einem Fahrzeug stecken geblieben, das in zweiter Reihe parkte. Die

Autos hinter mir begannen bereits zu hupen. Ich hielt Ausschau nach einer Lücke, um an dem Hindernis vorbeizukommen, aber die Fahrer hinter und neben mir fädelten sich viel schneller in den Verkehrsfluss ein. Allmählich bekam ich das Gefühl, als würden wir hier bis in alle Ewigkeit feststecken. Ich warf Ruffian einen Blick zu, doch er beobachtete regungslos eine Gruppe von Fußgängern, die den Zebrastreifen überquerten.

Mein Puls fing an zu rasen. Warum hatte ich mich überhaupt auf die ganze Aktion eingelassen? Im Stadtverkehr hatte ich mich noch nie sicher gefühlt. In unserer Gegend fuhr ich viel besser. Wieder sah ich Ruffian an, als er die Hand ausstreckte. Einen kurzen Moment dachte ich, er würde mir beruhigend auf den Rücken klopfen, was ich jetzt wirklich gut hätte gebrauchen können. Stattdessen zog er vorsichtig an meinem Haarband, bis sich meine Haare aus dem Pferdeschwanz lösten und mir über den Rücken fielen.

Will er mich küssen? Hier? Jetzt?

Trotz meiner Anspannung spürte ich ein Flattern im Bauch. Ich würde es zulassen.

Doch statt sich vorzubeugen, um mich zu küssen, band Ruffian sein ungebärdiges Haar mit meinem Haargummi zu einem lustigen Pferdeschwanz oben auf seinem Kopf zusammen.

»Großartig. Danke. Bis später. Fahr vorsichtig, Teddifina.«

Und dann stieg er aus. Er stieg einfach aus dem verdammten Auto aus und schloss die Tür. Genau hier hatte er genau jetzt hingewollt? Er lief quer über die Fahrbahn und wich den Autos aus, die aus beiden Richtungen kamen. Mir stockte dreimal der Atem, als ich dachte, gleich würde er von einem Auto erwischt werden. Doch er lief unbeschadet über die Straße, und dann konnte ich ihn nicht mehr sehen.

Ich dagegen steckte für immer mitten im Verkehrschaos fest. Amen und auf Wiedersehen.

12. KAPITEL

Ruffian

Ich war jetzt auf der Jagd. Der ganze Zorn, der seit dem Tod meiner Mutter in mir brodelte, kochte nun hoch. Bisher hatte ich noch kein Ventil für meine Wut gefunden, doch jetzt bot sich mir eine Gelegenheit. Es war immer übel, wenn sich irgendwelche Arschlöcher mit Lucas anlegten, doch heute war ich fast dankbar dafür.

Lucas hatte es nicht leicht. Er gehörte zu unserer Gemeinschaft im Wald – zu unserer Zeltstadt. Außerdem hatte er das Downsyndrom. Seine Mutter, die in Wirklichkeit seine Großmutter war, stand ihm zur Seite. Die Lage der beiden war total mies und meistens genauso beschissen wie für uns alle, aber Lucas traf es häufig noch schlimmer. Wenn wir nicht zusammen waren, versuchten häufig die boshaften Stadtbewohner sich die Schwächsten von uns vorzunehmen. Lucas' Grandma/Mom war eine Naturgewalt. Sie war zu allen gemein. Manchmal schien sie auch zu Lucas gemein zu sein, aber das war einfach ihre Art, ihre Liebe auszudrücken. Sie war nicht gut darin, aber ich wusste, dass sie Lucas ihr schlagendes Herz schenken würde, wenn sie ihm damit irgendwie helfen könnte.

Ich sah Lucas nie irgendwo allein. Sie war immer in Sichtweite. Doch jetzt befanden sich auf dem Fußgängerübergang nur Lucas und ein paar Mitglieder von den Cokes – einer Bande, deren Kennzeichen ein rotes Bandana war und die immer sehr genau aufpasste, wer sich in ihrem Territorium aufhielt. Lucas hatte sein blaues Lieblings-T-Shirt an. Ich sah, was gleich passieren würde, als könnte ich einen Blick in die Zukunft werfen. Deshalb musste ich Teddi allein lassen. Sie hatte ein Auto, Geld und ihr gutes Aussehen. Ihr würde nichts passieren.

Lucas dagegen wurde immer aufgeregter. Ich verdreifachte meine Geschwindigkeit und holte die Meute ein, die ihn verfolgte.

»Sind das neue Treter, die du da anhast, Baby?«, stichelte der mit den breitesten Schultern. »Wie kommt ein Kerl wie du an so coole Treter?«

Lucas hatte tatsächlich neue Schuhe an. Sie waren weiß und hatten Klettverschlüsse – an seiner Feinmotorik musste er ständig arbeiten, und für gewöhnlich war es die Aufgabe seiner Grandma/Mom, seine Klamotten zu besorgen. Es sei denn, mir gelang es, Beute zu machen.

Während ich über einen Zaun sprang, um schneller zu Lucas zu gelangen, kam mir der flüchtige Gedanke, dass Mom mit Grandma/Mom sprechen und ihr sagen sollte, dass sie mich wegen Lucas' Klamotten um Rat fragen könnte, damit er cool aussah. Und dann holten mich meine Gefühle wieder ein. Tot. Sie war tot.

Trotzdem war es an der Zeit, sie stolz zu machen. Ich freute mich auf den Kampf, den ich gleich aufnehmen würde. Ein Schlag ins Gesicht war besser als ein Stich ins Herz.

Ich wusste, dass Lucas sich aufregen würde – verdammt, ich selbst war auch aufgeregt. Diese Typen betrachteten ihn als leichte Beute, und deshalb musste ich von ihm ablenken. Sobald ich auf einer Höhe mit der Gang war, schubste ich den, der mir am nächsten war. Mein Plan war, für genug Verwirrung zu sorgen, damit Lucas das Weite suchen konnte. Ich überlegte nicht, was danach kommen würde, aber mit Sicherheit würde ich Prügel einstecken. Doch es wäre nicht das erste und wohl auch nicht das letzte Mal, dass mir das passierte. Die Cokes waren Arschlöcher, aber ohne einen vorhergehenden Streit töteten sie nicht einfach so. Tja, aber hiernach? Da würden wir definitiv Streit haben.

»Shucks!«

Ich stieg über den Typen hinweg, den ich zum Stolpern gebracht hatte, während sein Kumpel seinen Namen rief. Shucks war zu dämlich, um den unerwarteten Sturz abzufangen, und mit dem Gesicht zuerst aufs Pflaster geknallt.

Die Gang war sofort in Alarmbereitschaft und wurde langsamer. Mit Jugendbanden war es so: Keiner konnte es sich leisten, schwach zu erscheinen, und deshalb musste man reagieren, wenn man herausgefordert wurde.

Shucks legte die Hand auf den Mund, und als er sie wieder runternahm, war sie voller Blut, und es lag ein Zahn darauf.

»Du Arschloch.«

Der Kerl, der neben ihm stand, half ihm auf. Ich warf einen Blick über die Schulter, um zu schauen, ob Lucas sich aus dem Staub gemacht hatte. Er stand da und deutete auf mich.

Scheiße.

»Ruff! Wo bist du gewesen? Ich habe nach dir gesucht. Grandma/Mom hat nach dir gesucht. Wo …?«

Ich drehte mich schnell um, und wie aus dem Nichts stand Shucks plötzlich vor mir.

Beim ersten Schlag zog ich den Kopf ein und wich aus, als er es gleich noch einmal versuchte. Shucks hatte sich eindeutig schon häufiger geprügelt. Seine Ausgangsstellung war profimäßig, und er war schnell. Am wichtigsten war jedoch, dass seine Kumpane sich zurückhielten, als wollten sie bei meiner Vernichtung nur zuschauen.

Ich drehte den Kopf ganz leicht und brüllte Lucas zu: »Hey, Kumpel. Lauf nach Hause!«

Dadurch verspielte ich meinen Vorteil und fing mir einen Kinnhaken ein. Ich hatte daran gedacht, die Zunge einzuziehen, sodass ich sie mir nicht abbiss.

Nach Hause war natürlich missverständlich. Eigentlich meinte ich den Ort, an dem er sich zurzeit aufhielt.

Lucas wollte mir die Situation erklären. »Grandma/Mom ist ins Frauenhaus, und man hat gesagt, ich sei zu alt, um dort auch unterzukommen. Dann musste sie zum Arzt. Deshalb wusste ich nicht, wohin …«

Ich verlor Lucas aus den Augen, als ich ein paarmal nach Shucks schlug. Dabei gelang mir jedoch nur ein halber Treffer. Eigentlich versuchte ich gar nicht, diesen Kampf zu gewinnen. Ich hoffte, lang genug eine Ablenkung zu bieten, damit Lucas sich in Sicherheit bringen konnte.

Shucks zog eine Augenbraue hoch, als ein anderer von den Typen Lucas' und meine Unterhaltung aufgriff. »Seine Grandma ist seine Mutter?«

Ich blieb in Bewegung und wich den Schlägen aus. »Kümmere dich um deinen eigenen Scheiß, Shucks. Du kannst ja noch nicht mal richtig laufen.«

Da fingen seine Kumpels an, sich über ihn lustig zu machen, und stachelten ihn damit richtig an.

Gleichzeitig trat der Größte zu Lucas und packte seinen Arm.

Ich gab mein Bestes, sowohl Lucas als auch Shucks im Auge zu behalten. Das Ganze drohte außer Kontrolle zu geraten. Und mir brach das Herz, als ich hörte, wie Lucas versuchte, sich mit dem Typen anzufreunden, der ihn am Arm festhielt.

»He du, das tut weh. Du hast einen wirklich hübschen Hut

auf. Das ist ein hübscher Hut. Hat deine Grandma/Mom dir den Hut besorgt?«

Lucas kämpfte mit den Worten, während er sich bemühte, sie richtig über die Lippen zu bringen. Unabsichtlich machte er sich dabei jedoch lustig über den großen Typen.

»Was zur Hölle hast du da gerade gesagt?« Drohend richtete dieser sich über Lucas auf.

»Ich bin mir ziemlich sicher, dass er gerade gesagt hat, du würdest einen Omahut tragen.« Die anderen Cokes lachten. »Du weißt doch, Match … deine Oma ist todschick.«

Ich duckte mich und wich wieder ein paar Schlägen aus, während Shucks mich halbherzig angriff. Mit einem Ohr folgte er genau wie ich der Unterhaltung.

»Du kleiner Psycho«, knurrte Match, während Lucas versuchte, sich klein zu machen.

»Er ist cool. Du siehst cool aus. Tschuldigung, dass ich dich wütend gemacht hab.« Lucas musterte den Bürgersteig, als würde er dort alle Antworten auf seine Probleme finden.

Und ab da war das Ganze kein Spiel mehr für mich. Es waren zu viele, als dass ich hätte gewinnen können. Aber ich würde nicht zuschauen, wie dieses Arschloch Lucas einschüchterte, der offensichtlich allein war, während seine Grandma/Mom sich in einer Notlage befand.

Ich drehte den Kopf und konzentrierte mich. Manche waren gut im Basketballspielen, manche waren gut in Mathe. Ich konnte Leute vermöbeln. Ich nahm einen festen Stand ein, richtete mich auf und nahm mein Gegenüber ins Visier. Es ging nicht darum, etwas hinauszuzögern. Es ging darum, so viele wie möglich zu erledigen, ehe sie mich umbrachten. Shucks war zwar gut, aber ich war größer als er und ständig in Bewegung. Ich tauchte unter seinen Schlägen durch, wich zurück und lockte ihn, den nächsten Angriff zu starten.

Als er sich zu weit vorwagte, verpasste ich ihm einen rechten Haken, der bei ihm die Lichter ausgehen ließ. Er sackte wie eine Marionette in sich zusammen, der die Fäden durchtrennt wurden.

Ich wartete nicht ab, bis die Cokes reagierten, sondern nahm mir gleich den nächsten vor. Drei Schläge in schneller Folge streckten ihn nieder, und ich stieß ihn mit einem Tritt zur Seite. Die nächsten beiden wussten, was sie erwartete, und die Sache wurde ernst.

Einer zog ein Klappmesser, und der andere holte einen Schlagring hervor. Ich war froh, dass ich Teddi ihr Haarband geklaut hatte, denn so konnte ich alle deutlich sehen. Zwei lagen am Boden, einer hielt Lucas fest, und drei standen vor mir. Meine Chancen standen schlecht, da sie mich jetzt alle ins Visier nahmen.

»Hier lang!«, hörte ich eine weibliche Stimme rufen.

Ich schaute nicht in die Richtung, aus der die Stimme kam, sah aber, dass die drei, denen ich im Kampf gegenüberstand, plötzlich ihre Haltung änderten. Die Waffen verschwanden.

Ich hörte das Klirren von Handschellen, das die Ankunft von mindestens drei Bullen ankündigte.

»Da ist er!«

Mir blieb keine andere Wahl, als meine Angriffshaltung aufzugeben und mich zu dem Mädchen umzudrehen. Ich wusste bereits, dass sie es war.

Teddi.

»Ich bin ihm hierher gefolgt, und jetzt greifen ihn diese Typen an.«

Sie stand da wie ein Mädchen, das davon ausging, dass das Richtige richtig war und das Falsche falsch. Es würde für sie schwer zu verstehen sein, was sich hier gleich abspielen würde.

»Ich kenne sie noch nicht einmal.« Sofort setzte ich ein Gesicht auf, als wäre sie eine geistesgestörte Stalkerin. Man petzte nicht. Das tat man einfach nicht. Das war weitaus gefährlicher, als Schläge auszuteilen. Wegen ihr könnte die gesamte Cokes-Bande auf meine Leute losgehen, und ich wäre dann nicht in der Nähe, um ihnen zu helfen.

»Du kennst mich nicht? Du hast gerade in meinem Bett geschlafen, Ruffian Jessica. Und dein Bruder ist mein Bruder.« Total beleidigt stemmte sie die Hände in die Hüften.

Himmelherrgottnochmal.

Übertrieben hilfsbereit half ich Shucks, der völlig neben der Spur war, vom Boden auf. »Das hast du falsch verstanden. Ich hänge hier nur mit meinen Freunden ab.«

Der Cop mit dem militärisch kurzen Haarschnitt atmete tief durch und hielt beide Hände hoch. »Warte mal, wie ist er zu der Verletzung gekommen?« Er deutete auf Shucks.

Glücklicherweise wurde der andere Typ, den ich niedergeschlagen hatte, von zwei seiner Gangkumpel aufrecht gehalten. Bei ihm war kein Blut geflossen, sondern er hatte nur das Bewusstsein verloren.

Match, der immer noch Lucas festhielt, sagte: »Er hat so 'ne Blutkrankheit und gerade 'nen Zahn verloren. Den muss er jetzt unter sein Kopfkissen legen, damit die Zahnfee zu ihm kommt.«

Teddi schaute von einem zum anderen und reimte sich alles schneller zusammen, als ich es ihr zugetraut hätte. Sie war einfach unglaublich. Jeder Einzelne der Typen folgte ihr mit Blicken, als sie zu Lucas stolzierte.

»Hey, wir waren doch im Coffee-Shop verabredet!« Sie schob ihren Arm unter seinen und zog gerade stark genug, dass Match ihn loslassen musste.

»Äh, ja. Ich hab mich gerade mit den Leuten hier unterhalten.« Lucas deutete mit dem Daumen über die Schulter.

Teddi zog Lucas mit sich mit, bis sie wieder bei den drei Cops stand, die die Gruppe argwöhnisch musterten. Es war eindeutig, dass wir logen. Teddi musste gesehen haben, was da vor sich ging, und hatte Hilfe geholt.

Match kam zu mir rüber und packte meinen Arm. »Tut uns leid, dass wir ihn aufgehalten haben. Wir hatten eigentlich eine Verabredung mit Ruffian. Bis später dann.«

Ich sagte nichts. Die Cokes würden mich entführen, sobald die Cops außer Sichtweite waren. Vielleicht sogar früher.

Ich beobachtete, wie Lucas Teddi etwas ins Ohr flüsterte. Sie nickte.

»Du kannst nicht bleiben. Mom will, dass wir nach Hause kommen. Sofort.« Sie warf den Fehdehandschuh. Die Cokes würden wegen dieser Sache nicht mit der Polizei aneinander geraten wollen, aber trotzdem würde es ein Nachspiel haben. All die verdammten Jahre war es mir gelungen, mich aus Bandenangelegenheiten herauszuhalten, aber jetzt machte ich sie lächerlich, verpfiff sie und schien auch noch mit der Schwester meines Bruders zu schlafen – so musste es zumindest bei ihnen ankommen.

Teddi legte die Hand auf den Unterarm des Polizisten, der neben ihr stand. Ich sah, wie er die Schultern straffte. Für atemberaubende Mädchen wie sie war das Leben einfach. Er würde erst gehen, wenn die Sache zu ihrer Zufriedenheit gelöst war.

Ein paar Sekunden lang herrschte eine Pattsituation zwischen Match, den anderen Cokes, Teddi, Lucas und den Cops. Und dann trug Teddis Sturheit den Sieg davon. Match drückte so fest zu, wie er konnte, ehe er mich losließ und in ihre Richtung stieß.

Teddi hielt mir die Hand hin, und ich ergriff sie, weil ich eigentlich keine andere Wahl hatte. Sie rettete die Situation und zettelte einen Krieg an, von dem sie nichts wusste. Sobald die Bullen weg waren, würden sich die Typen auf uns stürzen.

»Sir, ich bin Fahranfängerin und habe meinen Mercedes dort drüben stehen. Ich konnte mich nicht in den Verkehr einfädeln. Würden Sie mir vielleicht dabei helfen?«

Und einfach so hatten wir plötzlich eine Polizeieskorte. Die anderen beiden Cops blieben bei den Cokes, sodass diese uns nicht zum Auto folgten. Es stand mit eingeschaltetem Warnblinklicht praktisch noch an der gleichen Stelle, wo ich ausgestiegen war.

Der Polizist schüttelte den Kopf, wartete aber, bis wir im Wagen saßen, ehe er den Verkehr kurz aufhielt, damit Teddi die Spur wechseln konnte.

Sie öffnete das Fenster und schenkte ihm ein strahlendes Lächeln. »Sie sind der Beste. Vielen, vielen Dank, Sir!«

Lucas saß auf dem Beifahrersitz. Ich hockte eingeklemmt auf der Rückbank, die garantiert nicht für einen ausgewachsenen Menschen gedacht war. Da war ich mir ganz sicher.

Aber wir waren davongekommen, und es war mir schleierhaft, wie Teddi das geschafft hatte.

13. KAPITEL

Teddi

Ich folgte dem Verkehrsfluss. Der einfachste Weg war, was mich betraf, der beste Weg.

»Hi, ich bin Teddi.« Ich fand, dass es an der Zeit war, mich meinem neuen Reisebegleiter vorzustellen.

»Ich bin Lucas.« Er streckte seine Hand aus, und ich schüttelte sie an der nächsten Ampel. Ruffian schaute die ganze Zeit aus dem Fenster und schien seine langen Beine zu umarmen.

»Geht's euch beiden gut?« Meine Hände zitterten ein bisschen, aber beim Cheerleading hatte ich lernen müssen, auch bei Nervosität souverän zu bleiben.

Ich bog zweimal ab, ehe ich fragte: »Und wo geht's jetzt hin?«

Obwohl ich die Fahrerin war, würden mir entweder Ruffian oder Lucas helfen müssen, welche Richtung ich einschlagen sollte.

Ruffian tippte auf meine linke Schulter. »Versuch's mal mit dem nächsten öffentlichen Parkplatz. Wir müssten jetzt eigentlich weit genug entfernt sein, sodass sie uns nicht mehr finden.«

Das Auto hinter mir hupte ein paarmal, weil ich so abrupt abbog. Der Parkplatz bestand aus bröckelndem Asphalt und Schlaglöchern, aber ich schaffte es, Austins Wagen an einer ziemlich eben aussehenden Stelle zu parken.

»So, jetzt erzähl mal … Ist Grandma/Mom im Krankenhaus? Oder in der Unterkunft?« Ruffian versuchte auf der winzigen Rückbank eine bequemere Position einzunehmen.

»Sie ist zu St. Andrea gegangen, wie wir das immer machen, und irgendjemand hat meinetwegen geschimpft.« Lucas wickelte den Saum seines T-Shirts um den Finger.

»Ja, die sind pingelig. Ich kenne ein paar Kinder, die irgendwann zu alt für St. Andrea geworden sind. Aber warum bist du weggegangen? Hat Grandma / Mom dir nicht gesagt, dass du einfach draußen warten solltest?«

Ruffian kannte Lucas' Situation offensichtlich sehr gut.

»Die haben mir gesagt, dass sie ins Krankenhaus gegangen wäre und dass ich nicht herumlungern sollte. Was immer das bedeuten mag. Also hab ich angefangen herumzulaufen. Ich habe nach jemandem gesucht, mit dem ich zusammen sein kann. Denn du bist ja weg, und keiner weiß richtig, was er tun soll, weil deine Mom tot ist und sie immer einen Plan hatte.« Lucas drehte den Kopf und schaute Ruffian an. »Glaubst du, dass Grandma / Mom sterben wird?«

»Nein, Kumpel. Grandma / Mom lebt schon seit Tausenden von Jahren, und sie wird noch weitere tausend Jahre leben.« Ruffian beugte sich vor und tätschelte Lucas' Oberarm. »Lass uns mal schauen, was wir im Krankenhaus in Erfahrung bringen können.«

»Kann ich das Auto hier einfach stehen lassen?« Ich würde mitkommen. Meiner Ansicht nach steckte ich jetzt mit drin und würde erst wieder ruhig schlafen können, wenn ich wusste, dass Lucas nichts mehr von den Typen zu befürchten hatte, von denen er drangsaliert worden war.

»Ja, hier wird nicht allzu häufig kontrolliert. Und wir kennen die Leute, die die Tickets verteilen, ziemlich gut.« Ruffian beugte sich nach vorn, sodass er an den Griff der Beifahrertür rankam. »Raus mit dir, Großer.«

Lucas stieg aus dem Wagen und half mir, den Beifahrersitz nach vorn zu schieben, damit Ruffian rausklettern konnte. Ich hasste den Rücksitz des Sportwagens. Mithilfe des Schlüsselanhängers verriegelte ich alle Türen, wobei ein unangenehmer Hupton erklang.

»Haben sie sie ins Midiville Regional gebracht?«, fragte Ruffian Lucas.

»Ich erinnere mich nicht, welches Krankenhaus sie genannt haben. Haben sie mir eine Telefonnummer gesagt? Ich glaube ja.« Lucas schien sauer auf sich selbst zu sein, weil er sich nicht daran erinnerte.

»Mach dir keine Gedanken. Es hört sich so an, als wäre das Ganze ziemlich stressig gewesen.« Ich schaute mich um und stellte fest, dass ich die Gegend überhaupt nicht kannte. Wir befanden uns in einer Seitenstraße, die von zwei riesigen Hochhäusern eingefasst wurde.

Ruffian setzte sich in Bewegung und bedeutete Lucas und mir, ihm zu folgen. Mit seinen langen Beinen gab er ein strammes Tempo vor, sodass Lucas und ich Seite an Seite hinter ihm herliefen.

»Ging es deiner Grandma/Mom gut, ehe sie in die Unterkunft ging?« Der ungewöhnliche Spitzname der Frau kam sowohl Ruffian als auch Lucas so leicht über die Lippen, dass ich mir überlegte, heute nicht zu fragen, wie sie dazu gekommen war.

»Sie hatte Sodbrennen. Dagegen hat sie was genommen, was wir dahatten.« Lucas steckte die Hände in die Hosentaschen.

Ruffian wartete auf uns, ehe er die Straße beim Zebrastreifen überquerte. »Hier entlang. Ich könnte mir vorstellen, dass sie sie hierhergebracht haben. Lasst uns nachschauen.«

Angesichts der frechen Klappe, die Ruffian sonst hatte, überraschte es mich, wie sanft er mit Lucas umging. Sein Flirt mit mir war eindeutig auf Eis gelegt. Es war beeindruckend.

Ruffian marschierte ins Gebäude und steuerte direkt auf die Information zu. Wieder blieben Lucas und ich etwas zurück. Ich nutzte die Gelegenheit, um mehr über Ruffian zu erfahren.

»Wie lange ist es her, dass seine Mutter gestorben ist?« Wir standen neben den orangefarbenen Stühlen des Wartebereichs.

»Ich weiß es nicht. Es war, glaube ich, im Frühjahr. Alle haben viel geweint. Sie war richtig nett.« Lucas wippte von den Zehen zu den Fersen und wieder zurück.

Wir hörten, wie Ruffian sich bei der Dame von der Information bedankte. Dann kam er wieder zu uns zurück. »Sie ist hier, und es geht ihr gut. Man hat mir gesagt, dass du sie besuchen kannst. Das wäre kein Problem. Wir werden hier warten. Komm raus und sag Bescheid, wenn du irgendetwas brauchst.« Ruffian legte den Arm um Lucas' Schultern und half ihm, den richtigen Weg einzuschlagen.

Nachdem Lucas mit der Krankenschwester verschwunden war, trat Ruffian zu mir.

»Bitte schön. Gern geschehen«, sagte ich zu ihm, ohne dass er sich bei mir bedankt hätte.

»Wow, du erwartest aber viel. Ich hatte die ganze Situation unter Kontrolle. Du hättest nach Hause fahren sollen.« Ruffian sah mich von oben herab an.

»Hm, für mich sah es so aus, als würdest du gleich verprügelt werden, und als Nächstes wäre Lucas dran gewesen.« Ich verschränkte die Arme vor der Brust. Dass ich mich mit ihm streiten würde, hatte ich nicht erwartet. Dieser Trip in die Stadt hatte eine ziemliche Wendung genommen.

»Bei wie vielen Kämpfen mit einer Gang bist du schon dabei gewesen?« Er wandte sich ein bisschen ab, um nach Lucas Ausschau zu halten.

»Das war eine Gang?« Ich hatte wahrgenommen, dass es irgendwie Ärger gab.

»Nein, das war eine Ansammlung von gleichgesinnten jungen Männern, die eine gemeinsame Lieblingsfarbe haben und übereinstimmend der Meinung waren, ich hätte eine Tracht Prügel verdient.«

Lucas' Rückkehr brachte uns beide zum Schweigen.

»Wie geht es ihr?« Ruffian hielt ihm bei der Frage die geöffnete Hand entgegen.

Lucas warf erst einen Blick über die Schulter, ehe er ganz dicht an Ruffian herantrat. Trotzdem konnte ich ihre Unterhaltung hören. »Es geht ihr gut. Sie wollte die Unterkunft dazu bringen, mich auch reinzulassen, indem sie sagte, dass es ihr nicht gut geht. Aber statt mich reinzulassen, haben sie sie hergebracht. Jetzt müssen wir die Krankenhausrechnung bezahlen.«

Lucas wirkte völlig verängstigt.

»Schon gut, Kumpel. Du weißt, dass wir das irgendwie hinkriegen.«

Ruffian berührte Lucas sanft an der Schulter. »Darf sie wieder nach Hause?«

»Sie müssen sie rauslassen.« Er rang die Hände.

»Ich versteh dich. Lucas, könntest du mit Teddi hier draußen warten? Halte Ausschau nach den Kerlen, die sich mit uns angelegt haben. Ich glaub zwar nicht, dass sie hier auftauchen, aber ich will auf Nummer sicher gehen, okay?«

Ich beobachtete, wie Ruffian sich umdrehte und durch die Eingangshalle ging, als hätte er jedes Recht darauf. Aus einer Nische zog er einen Rollstuhl hervor.

»Wenn Ruff sagt, wir sollen gehen, müssen wir gehen.« Lucas griff nach meiner Hand.

»Okay. Aber was macht er da gerade?« Ich warf einen Blick über die Schulter. Ruffian trug nun einen OP-Kittel und schob den Rollstuhl vor sich her.

Das wurde gerade richtig brenzlig, aber Lucas ließ nicht zu, dass ich weiter zuschaute. Innerhalb kürzester Zeit waren wir draußen.

»Wir vermissen Ruff.« Lucas befolgte Ruffians Anweisung und hielt nach finsteren Gestalten Ausschau.

»Wer ist *wir*?« Ich wollte die Zusammenhänge verstehen. Handelte es sich um Lucas' Familie?

»Zuhause. Wir vermissen ihn zu Hause. Aber er hat einen großen Plan. Er hat mir gesagt, dass ich keinem davon erzählen darf, also tu ich das auch nicht.«

»Er hat den Plan, einen Rollstuhl und einen OP-Kittel zu klauen?«

Lucas brach in lautes Gelächter aus, als hätte ich etwas völlig Abwegiges gesagt. »Wenn du das für eine große Sache hältst ... wow.«

Ich fragte nicht weiter, weil Ruffian in voller Krankenhausmontur mit dem Rollstuhl herauskam, in dem eine ältere Frau saß, und zielstrebig an uns vorbeifuhr. Sie tätschelte seine Hand.

»Los geht's.« Lucas berührte meinen Ellbogen, und ich folgte ihm. Im Gehen entledigte Ruffian sich der Krankenhauskleidung und hängte sie über ein Straßenschild, um schließlich der Dame, bei der es sich wohl um Lucas' Großmutter handelte, aus dem Rollstuhl zu helfen. Er setzte sorgfältig die Bremse, sodass der Stuhl nicht auf die Straße rollen würde. Dann hielt er ihr den Arm hin, damit sie sich darauf abstützen konnte, während er sie mit ruhiger Stimme fragte: »Grandma/Mom, bist du dir sicher, dass du das schaffst?«

»Ja, mir geht's gut. Ich hatte nur nach einer Möglichkeit gesucht, damit Lucas und ich zusammenbleiben können. Aber ich hab's vermasselt.« Sie deutete mit dem Daumen über die Schulter auf Lucas.

»Ich hatte dir doch gesagt, du sollst mich anrufen. Du weißt, wie du mich erreichen kannst.« Ruffian drückte den Knopf an der Fußgängerampel, und wir warteten.

»Haben wir Grandma/Mom gerade entgegen ärztlicher Empfehlung aus dem Krankenhaus entführt?«, fragte ich und hob den Zeigefinger.

»Wir haben einer Freundin geholfen, das Gebäude zu verlassen. Genau das wollte sie nämlich.« Ruffian trat auf die Straße, als die Fußgängerampel umsprang.

Grandma/Mom schien es tatsächlich gut zu gehen. Sie hielt mit Ruffians schnellem Tempo Schritt. An der Bushaltestelle holten Lucas und ich die beiden ein. Ich beobachtete, wie Ruffian Grandma/Mom etwas ins Ohr flüsterte, und dann einigten sie sich offensichtlich auf irgendetwas.

Ruffian griff in die Tasche seiner Jeans und gab Grandma/Mom Geld. »Das reicht, um hinzukommen. Ich treffe ein paar Leute und sehe euch dann heute Abend.«

Er trat zu Lucas und mir und tauschte einen Handschlag mit ihm, den sie eindeutig geübt hatten. »Ihr beiden fahrt jetzt erst einmal zu Ropert's.«

»Ach, Mann. Ich kann Ropert's Place nicht ausstehen.« Lucas stampfte mit dem Fuß auf.

»Ist doch nur für eine Nacht, okay? Wir checken ein paar Optionen und schauen dann weiter. Vielleicht könntet ihr sogar im Hotel unterkommen.« Ruffian boxte Lucas sanft gegen den Oberarm. »Danke, dass du bei diesen Typen einen kühlen

Kopf bewahrt hast. Wir können schließlich nicht ständig auf Fremde losgehen.«

Er wurde mit dem Lächeln belohnt, das er Lucas hatte entlocken wollen. Ruffian erwiderte das Lächeln. Zufällig bemerkte ich Grandma / Moms Gesichtsausdruck, während sie die beiden beobachtete. Ich kannte diese Miene von den Eltern der Kinder, für die ich die Partys organisierte. Grandma / Mom klammerte sich an den dünnen Faden aus Hoffnung, Beten und Entschlossenheit. Körperlich ging es ihr gut, doch mental war sie angeschlagen. Sehr angeschlagen.

Der Bus hielt, und Ruffian stellte sich so hin, dass Lucas und Grandma / Mom nicht angerempelt wurden.

Nachdem sie saßen, musterte Ruffian die Gegend erneut … wachsam. Hier in der Stadt war er in seinem Element. Er war mit all den chaotischen Dingen hier, die mich verwirrten, völlig im Einklang.

Als der Bus abfuhr, wandte er sich wieder mir zu. »Lass uns das Auto holen. Du musst jetzt nach Hause.«

»Du meinst, *wir* müssen nach Hause, oder?« Ich lief fast, um mit ihm Schritt zu halten.

»Ich muss mich noch um ein paar Dinge kümmern, ehe ich wieder zurückkann. Sie müssen in Sicherheit sein, während ich weg bin.« Die nächsten Worte murmelte er nur, doch ich bekam sie trotzdem mit. »Wie ich auf die Idee gekommen bin, ich könnte weggehen, ist mir schleierhaft.«

Unwillkürlich verteidigte ich ihn vor sich selbst. »Du hast herausgefunden, dass du einen Bruder hast, und wolltest ihn kennenlernen. Daran ist nichts Verwerfliches.«

Er blieb stehen und drehte sich um, sodass die Passanten hinter uns stehen bleiben mussten. Dann legte er eine Hand auf meine Schulter, und die Fußgänger gingen in einem Bogen um uns herum. »Hätte ich Lucas nicht zufällig entdeckt, wäre er ganz allein gewesen. Was zum Teufel mag noch alles passiert sein, seitdem ich weg bin?«

Ruffian zeigte mir gerade eine ganz andere Seite von sich. Zuhause hatte er so sorglos gewirkt und wie jemand, der ständig Ärger machte. Hier besaß er eine gewisse Autorität und Verantwortung und gab den Ton an.

Ruffian schüttelte den Kopf und ging dann einfach weiter.

Ein paarmal fuhr er sich mit der Hand durchs Haar. Mir war nicht klar, ob er es geplant hatte, sich um Lucas zu kümmern, denn das Zusammentreffen wirkte auf mich völlig zufällig. Weder er noch Lucas besaßen ein Handy – zumindest hatte ich keins gesehen.

In dieser Gegend kannte er sich aus. Er mochte abgelenkt sein, fand aber ohne Schwierigkeiten den Weg zurück zum Parkplatz. Wir gelangten zum Auto, und dort war alles in Ordnung. Ich entriegelte es, als ich dicht danebenstand. Ruffian öffnete mir die Fahrertür und wartete darauf, dass ich einstieg.

Aber ich blieb stehen. »Was geht hier vor? Wie kommst du nach Hause?«

Er sah mich mit einem durchdringenden Blick an. »Das hier ist mein Zuhause. Und das andere?« Er machte eine wegwerfende Handbewegung, die wohl in die Richtung meines Hauses zeigen sollte. »Das war ein Fehler.«

Seine Bemerkung versetzte mir einen seltsam schmerzhaften Stich. Ich schrieb sein Verhalten dem Blick zu, den Grandma/Mom ihm an der Bushaltestelle zugeworfen hatte. Seit ich angefangen hatte, schöne Erlebnisse für todkranke Kinder zu organisieren, jagte ich diesem Gefühl hinterher – der Anerkennung des Universums und der Menschen um einen herum, weil man das Richtige tat.

Etwas von dem, das er hier tat, war richtig.

»Wo werden die beiden heute Nacht bleiben?« Ich brauchte mehr Informationen, ehe ich ihn hier zurücklassen konnte.

»Ropert's Place.« Er zog die Augenbrauen hoch, als würde das alles erklären.

»Ist das ein Hotel, eine Kette oder so, von der ich noch nie gehört habe?« Ich ließ die Schlüssel von Austins Auto durch meine Finger gleiten.

»Ropert's Place hilft Kindern mit besonderen Bedürfnissen. Eigentlich ist Lucas auch dafür schon zu alt, aber die Leute, die dort arbeiten, lieben ihn und werden eine Bleibe für die beiden für heute Nacht finden. Danach muss ich mir was anderes überlegen. Ich werde sehen, ob unsere Gemeinschaft irgendwo ein Lager errichtet hat oder ob einer von meinen Freunden da ist und sich um sie kümmern kann.«

Dieser Typ hatte nur seinen Rucksack und kein Handy. »Und wo wirst du bleiben?«

Sein Blick ging zu meinem Mund, als hätte ich etwas Überraschendes gesagt. Er verzog die Lippen, ehe er antwortete. »Mach dir keine Sorgen um mich, Prinzessin. Ich kann auf mich aufpassen.«

Ich zögerte, in den Wagen zu steigen. In dem Moment vibrierte mein Handy, und ich zog es aus der hinteren Hosentasche.

Austin: *Wo in drei Teufels Namen steckst du?*
Die Handyortung findet noch nicht einmal einen Straßennamen.

Austin war nicht glücklich. Schnell tippte ich eine Antwort.

Teddi: *Machst du dir Sorgen um das Auto oder um mich?*

Ich richtete den Blick wieder auf Ruffian. »Ich muss los. Aber ich will nicht, dass du hierbleibst.«

»Wow. Sorry.« Vielleicht irrte ich mich in Bezug auf diesen rauen Burschen. »Ich will ja nicht unhöflich werden, aber die Cokes werden nach uns suchen. Du musst das Auto von hier wegbringen.« Er klopfte auf die Tür.

»Hey, ich will dich hier nicht einfach so stehen lassen ohne eine Möglichkeit zurückzukommen.«

Er änderte seine Haltung und setzte ein breites, herablassendes Grinsen auf. »Ist das der wahre Grund? Oder wirst du all diese Schönheit neben dir während der Fahrt vermissen?« Er fasste sich ans Kinn.

»Wenn ich was Schönes sehen will, schaue ich in den Spiegel. Du bist Gaze' Bruder, und Familienmitglieder lasse ich nicht einfach stehen. Also musst du mir schon mehr als eine oberflächliche Antwort geben.« Ich verschränkte die Arme vor der Brust und sah ihn ärgerlich an.

Die Vorstellung, ohne Ruffian den Weg aus der Stadt herauszufinden, machte mich ein bisschen nervös. Und warum wir überhaupt hierhergekommen waren, wusste ich auch immer noch nicht, obwohl es natürlich gut gewesen war, dass wir Lucas helfen konnten.

»Ich muss ein paar Sachen holen, und dann nehme ich den Bus.« Er klopfte auf den Türrahmen, als wollte er mich zur Eile antreiben.

»Ich komme mit. Oder willst du mich etwa mit einem Auto aus der Stadt schicken, das die Cokes auf dem Kieker haben?« Das war eine wilde Vermutung, denn ich hatte keine Ahnung, ob das ein Problem sein könnte.

Er schaute nach links und dann nach rechts, ehe er sich das Haar aus den Augen pustete. »Na gut. Dann gehen wir eben zusammen. Aber den Wagen lassen wir hier.«

Sofort holte ich meine Sachen aus dem Wagen. Als ich ihn erwartungsvoll anschaute, zögerte er.

»Was ist?«

»Du wirst ein paar Sachen sehen. Vielleicht bist du für diese Dinge nicht bereit – mehr kann ich dazu nicht sagen.« Er wartete, dass ich zur Seite trat, und warf dann die Tür zu.

»Vielleicht weißt du ja gar nicht, für was ich bereit bin.« Ich sah ihm mit festem Blick in die Augen.

14. KAPITEL

Ruffian

Das wurde allmählich alles zu viel. Ich wollte erst zu den Burathons zurück, wenn ich so weit war. Allmählich beschlichen mich Zweifel, ob ich das alles überhaupt schaffen würde: die Gemeinschaft sich selbst zu überlassen und sie gleichzeitig ohne meine Mutter zusammenzuhalten und ein Teil von Gaze' Leben zu werden, damit ich einen großen Coup landen könnte.

Ich setzte mich in Bewegung, und Teddi folgte mir, während sie eine Nachricht in ihr Handy tippte. All die Gründe, warum ich unbedingt einen Haufen Geld besorgen musste, um Lucas, Grandma / Mom und allen anderen, die es so dringend benötigten, zu helfen, stürmten auf mich ein.

Das war es, was wir taten … Mom und ich. Wir sorgten für diese Existenzen, regelten die Dinge Tag für Tag, kümmerten uns um einen Fall nach dem anderen – wenn es in unserer Macht stand. Ich rieb mir mit der Hand durch den Nacken. Ich wollte nicht, dass Lucas aus Unterkünften verbannt wurde, und ohne Grandma / Mom kam er nicht gut zurecht. Sie musste von der Straße runter. Sie war zwar hart im Nehmen, aber dieser Lebensstil war nichts für eine Frau in ihrem Alter. Sie brauchte Stabilität und medizinische Hilfe, sowohl von einem Zahnarzt als auch einem Hausarzt, der wusste, welche Medikamente sie brauchte. Die Last all dieser Gedanken trieb mir die Tränen in die Augen. Ich blinzelte sie weg.

»Wo gehen wir hin?« Teddi holte mich ein.

Sie sah aus, wie Hoffnung sich anfühlte. Funkelnd … umgeben von Regenbögen und Silber. Sie wurde so sehr geliebt, so wertgeschätzt und war so sorglos. Sie wusste gar nicht, was für ein Glück sie hatte. Sie konnte sich in ein Bett mit sauberen Laken legen und eine Tür schließen, wenn sie allein sein wollte. Würde sie je erfahren, wie es war, sich in der Toilette einer Bibliothek zu waschen, um sauber in die neue Woche zu starten?

»Wir gehen an einen Ort, wo sich viele von meinen Freunden aufhalten. Ich will schauen, ob bei ihnen alles in Ordnung ist, und ein paar Informationen für Grandma/Mom und Lucas bekommen.« Meine Stimme war rau, weil ich mit den Emotionen kämpfen musste, die mich die letzten Tage ständig heimsuchten.

»Hast du irgendwelche Ideen? Also was nach dem Ropert's kommen könnte? Du hast von einem Hotel gesprochen? Welcher Organisation gehört es?« Sie stellte treffende Fragen, als besäße sie Hintergrundwissen zu meinen Problemen.

»Es ist eine zusammengewürfelte Gruppe von Leuten, die sich untereinander kennen.« Ich konnte nicht erklären, wie ich mit den Freunden meiner Mutter verbunden war, die sie während all der Jahre auf der Straße kennengelernt hatte. Ich konnte nicht erklären, dass ich mehr »Onkel« und »Tanten« hatte, als ich wirklich kannte. Und dann holten meine Gefühle mich wieder ein. Wenn ich zu den Burathons ging, musste ich alle Verbindungen kappen und die Verantwortung abgeben. Ich sagte mir, dass der Preis, der am Ende wartete, alle kurzfristigen Probleme wert war. Für den Winter waren sie zwar mit warmer Kleidung ausgestattet, aber wenn ich schnell genug handelte – und umsichtig –, könnte ich vielleicht eine Million Dollar erbeuten. Das war das Dilemma.

Teddi fing an zu reden, und es dauerte ein paar Sekunden, bis ich merkte, dass sie gar nicht mit mir sprach.

»Hi, ja, hier ist Theodosia Burathon. Hätte Mrs Keller vielleicht einen Moment Zeit für mich?«

Ich warf ihr einen Blick zu. Sie lächelte und hakte sich bei mir unter. Indem sie sich an mir festhielt, brauchte sie nicht mehr auf den Weg zu achten, sondern konnte sich auf ihr Gespräch konzentrieren.

»Hallo, Mrs Keller! Vielen Dank, dass Sie einen Moment Zeit haben. Ich rufe an wegen einer bedürftigen Familie hier in Midiville. Es geht um einen behinderten zwanzigjährigen jungen Mann und seine Großmutter, die etwas Hilfe brauchen. Zurzeit haben sie einige Schwierigkeiten wegen seines Alters. Er ist zwar bereits zwanzig, braucht aber die enge Bindung zu seiner Bezugsperson. Im Moment wissen sie nicht, wo sie unterkommen können. Sehen Sie da irgendwelche Möglichkeiten? Und ja, ich weiß … Das kommt jetzt sehr kurzfristig, aber ich habe auch erst gerade davon erfahren.«

Ich führte sie über den Zebrastreifen. Sie klang wie eine vierzigjährige, erfahrene Sozialarbeiterin. Ich schleuste uns durch den Verkehr.

Sie sah mich an und biss sich auf die Unterlippe, während sie eine Augenbraue hochzog.

»Ja. Wir wissen, wo sie heute Nacht untergebracht sein werden. Ja. Das klingt wunderbar. Lassen Sie mich das kurz mit meinem Freund besprechen.« Sie drückte das Handy an ihre Brust. »Hast du schon mal vom Seasons gehört?«

»Äh … ja.« Das war das Beste, was einem passieren konnte. Der Wohnblock wurde von einem Milliardär und der Stadt finanziert. Die Organisation, die dahinterstand, konzentrierte sich darauf, den Menschen ein Dach über dem Kopf zu geben und sie bei der Jobsuche zu unterstützen. Es war unmöglich, da reinzukommen. Die Warteliste war ellenlang, und man stand jahrelang darauf, bis man an der Reihe war.

»Ist das gut? Würdest du ihnen Grandma / Mom und Lucas anvertrauen?«, fragte sie, als wäre es ein ganz alltäglicher Vorschlag.

»Äh, ich würde wahrscheinlich jemanden umbringen, damit sie da reinkommen.«

»Wir sind sehr interessiert. Vielen herzlichen Dank. Ja, ich sorge dafür, dass sie bei Ihnen anrufen. Sie sind großartig!« Sie beendete das Gespräch und lächelte mich an. »Kannst du Grandma / Mom eine Nachricht zukommen lassen?«

Ich blinzelte ein paarmal. Innerhalb weniger Minuten hatte sie all meine Pläne über den Haufen geschmissen. Vielleicht war das ein Zeichen, wie wichtig es war, den ganz großen Coup zu landen, statt sich wieder daran aufzureiben, der Community im Kleinen zu helfen. »Wenn ich mir dein Handy leihen darf?«

Ich hinterließ eine Nachricht im Ropert's, und man versicherte mir, dass man diese an Grandma / Mom und Lucas weiterleiten würde. Also abgesehen von einem Lottogewinn war das buchstäblich das beste vorstellbare Szenario.

Ich gab ihr das Handy zurück. Minuten. Sie brauchte nur Minuten, um Leben zu verändern. »Wer bist du?«

»Werden sie Hilfe beim Einzug brauchen? Wir können morgen zurückkommen und helfen.« Sie steckte das Handy wieder in die Tasche.

Ich schaute ein paar Sekunden lang auf meine Füße, und dann erklärte ich es ihr. »Süße, sie können ihre Sachen selbst tragen. Ganz allein. Das schaffen sie.«

Ich konnte zuschauen, wie sie schließlich begriff. »Ah ja. Okay.«

Problem gelöst. Jetzt stand eine andere Entscheidung an. Wir mussten verschwinden und zwar schnell. Das wäre am sichersten. Die Cokes würden mich suchen und wären bestimmt auch an Teddi interessiert. »Lass uns zurückgehen … wenn du alles erledigt hast?«

Sie sah mich mit einem seltsamen Blick an. »Wir sind deinetwegen hier. Ich hab dich nur gefahren.«

»Ich war mir nicht sicher, ob du nicht auf der Stelle noch ein paar mehr Leute retten willst.« Ich zwinkerte ihr zu.

»Ach ja, für heute bin ich zufrieden.« Sie machte auf dem Absatz kehrt, und wir gingen zum Parkplatz zurück. Ich freute mich wirklich für Grandma/Mom und Lucas, spürte aber gleichzeitig eine irrationale Wut. Wie einfach war es doch, Probleme zu lösen, wenn man eine Prinzessin vom Lande war. »Woher kennst du diese Frau eigentlich?«

»Wen? Mrs Keller? Sie ist eine Freundin meiner Mutter, und die beiden haben ein paar Sachen zusammen gemacht.« Sie machte einen großen Schritt über einen Gullydeckel.

Ich sagte nichts mehr dazu, sondern musste das als Zeichen nehmen, das mich in die richtige Richtung wies. Mein Zorn war wenig hilfreich und eigentlich auch absurd, wenn man bedachte, wie positiv die Situation ausgegangen war.

Im Auto blieb ich lange genug wach, um sicherzustellen, dass Teddi den Weg aus der Stadt fand, ehe ich den Kopf zurücklegte und die Augen schloss. Ich hatte eigentlich noch mehr zu erledigen, aber mich von ihr fahren zu lassen, war keine gute Idee gewesen. Sie schenkte meinen Angelegenheiten viel zu viel Aufmerksamkeit.

15. KAPITEL

Teddi

Wir kamen spät zurück. Viel später, als ich geplant hatte. Ruffian schlief tief und fest. Ich musste ihn sanft schütteln, als wir endlich in der Auffahrt parkten.

Wir waren nicht allein. Austin hatte die Arme vor der Brust verschränkt und tippte mit dem Fuß auf den Boden. Mein Dad stand hinter ihm und schüttelte nur langsam den Kopf.

Ein oder zwei Mal hatte ich aufs Handy geschaut, aber auf der Straße von Midiville nach Hause hatte es keine roten Ampeln gegeben. Jetzt nahm ich mein Handy in die Hand. Oh. Viele Nachrichten. Alle fragten sich, wo ich war. Freunde, Familie. Mist.

Ruffian streckte sich und hob dabei die Arme so weit, wie es das Auto zuließ. »Oh. Sind wir spät dran?«

»Ja.«

Ich antwortete auf Austins Nachricht und schaute dabei immer wieder in sein Gesicht.

Teddi: Sorry. Verspäte mich. Bin bald zu Hause.

Ich beobachtete Austin, als er auf sein Handy schaute. Ein leichtes Lächeln lag auf seinem Gesicht, als er mich wieder ansah. Er konnte nicht allzu wütend sein, wenn ich ihn immer noch zum Lächeln bringen konnte. Offensichtlich waren sie nachsichtiger mit mir, weil ich die Jüngste in der Familie war … und das einzige Mädchen.

Dad wartete nicht länger, sondern zog meine Tür auf. »Ach, wie nett, dass ihr uns auch mal wieder beehrt. Hat's Spaß gemacht, kreuz und quer durch Midiville zu laufen?«

Mir war klar, dass die Ortungs-App die ganze Zeit im Hintergrund gelaufen war. Ihretwegen konnten meine Eltern nachts schlafen. Zumindest erzählten sie mir das.

»Das ist meine Schuld, Mr Burathon. Teddi hat mir nur geholfen, mich mit ein paar Freunden zu treffen.«

Ich nahm meine Sachen und stieg aus, während mein Vater sich nicht vom Fleck rührte.

Nur der Himmel wusste, was meine Eltern dachten, aber als ich sah, wie mein Dad Ruffians Gesicht genau in Augenschein nahm, war mir klar, dass wir die blauen Flecken, die da zu sehen waren, ebenfalls würden erklären müssen.

Gaze und Pixie traten nun auch aus dem Haus, sodass wirklich fast die ganze Mannschaft Zeuge sein würde, wie ich betreten ins Haus schlich.

Ich reichte Austin seine Schlüssel. Er schlang einen Arm um meinen Nacken und zog mich an sich, um mir einen Kuss auf die Stirn zu geben. »Teddybär. Baby, solche Sachen darfst du doch nicht machen. Dein Handy ist sonst immer ein Teil deiner Hand. Warum hast du auf meine Nachricht nicht geantwortet?«

»Das ist eine lange Geschichte.« Ich legte die Arme um seine Taille und schmiegte mich an ihn. Manchmal, wenn ich in Schwierigkeiten geriet, was höchst selten vorkam, war er der Puffer zwischen mir und meinen Eltern, aber gelegentlich war er auch derjenige, der sich mehr wie ein Vater aufführte.

Ich schnappte das Gespräch auf, das Dad und Gaze mit Ruffian führten.

»Deshalb hat Gaze sich bereit erklärt, auf dem Papier dein Vormund zu sein und dich zu unterstützen, doch Ronna und ich können die Handlungsvollmacht und alles andere für dich übernehmen, während Gaze auf dem College ist, wenn du das möchtest. Wenn du aber woanders unterkommen kannst, werden wir dir nicht im Weg stehen.«

Ruffian rieb sich mit Zeigefinger und Daumen der rechten Hand die Stirn. »Erst einmal möchte ich mich entschuldigen, dass ich mit Teddi scheinbar abgehauen bin. Zu meiner Verteidigung kann ich nur sagen, dass ich ihr ein paarmal gesagt habe, sie solle nach Hause fahren und ich würde allein zurückkommen.«

Aha, so ist das also? Er wirft mich einfach den Wölfen zum Fraß vor.

Gaze' Miene war ernst. »Diese Familie achtet sehr darauf, dass jeder für das, was er tut, geradesteht.«

Dad legte die Hand auf Gaze' Schulter und drückte sie beruhigend. Es entging Ruffian nicht, wie nahe sich die beiden standen. Ich fragte mich, ob noch jemand anders den verletzten Ausdruck in seinem Blick sah, ehe er sich zu einem Lächeln zwang.

»Lasst uns reingehen. Ronna hat ein bisschen was zu essen vorbereitet, falls jemand Hunger hat.«

Austin streckte die Hand aus, um die von Ruffian zu schütteln. »Herzlich willkommen. Es ist schön hier.«

Ruffian ergriff sie mit ehrlicher Freundlichkeit. »Das sehe ich.«

Gaze, Pixie und Dad verabschiedeten sich von Austin, der jetzt abfahren wollte, nachdem sein Auto wieder zurück war.

Austin wandte sich mir zu. »Du hast Hausarrest.«

»Du weißt, dass es mir leidtut. Ich werde es wiedergutmachen.« Ich trat zu Ruffian, der die Gesprächspause genutzt hatte, um nach seiner Tasche zu greifen.

»Ich weiß.« Austin zwinkerte mir zu und stieg dann in seinen Wagen. Während er von der Auffahrt fuhr, ließ er das Fenster herunter, um mir noch eine letzte spitze Bemerkung zuzurufen. »Und jetzt muss ich auch noch zum Tanken anhalten? Also wirklich, Schwesterchen.«

Mein Gesicht verriet ihm, wie peinlich es mir war, das übersehen zu haben.

»Stecken wir in sehr großen Schwierigkeiten?« Ruffian stand direkt hinter mir. Ich wirbelte herum und legte den Kopf in den Nacken.

»Du wirst keinen Ärger bekommen, sondern ich. Und mach dir keine Sorgen. Sie werden mir die Hölle heißmachen, aber eigentlich wussten sie, wo ich war. Darüber hinaus habe ich zweimal etwas zu meinen Instagram-Storys hinzugefügt, während wir in der Stadt waren. Eigentlich sollte es damit gut sein. Aber lass uns jetzt hineingehen und was essen.«

Ich war tatsächlich völlig ausgehungert, und bei der Aussicht auf Essen knurrte mein Magen hörbar.

»Alles in Ordnung?« Er deutete auf die Knopfleiste meiner Jacke. Wie peinlich. »Ja.« Ich ging auf die Eingangstür zu, denn ich wollte nicht, dass er meinen Magen noch einmal hörte.

Ich betrat das Haus und sah es jetzt mit anderen Augen. Der Gedanke, dass Lucas es so schwer gehabt hatte, einen Ort zu finden, wo er bleiben konnte, während Grandma/Mom im Krankenhaus gelegen hatte, brach mir das Herz. Nachdem ich meine Schuhe ausgezogen hatte, warf ich Ruffian aus dem Augenwinkel einen Blick zu. Unfreiwillig hatte er mir heute einen Teil seiner Welt gezeigt. Er schien sich wohler in seiner Haut zu fühlen, während er sich mit Gangmitgliedern prügelte, als jetzt gerade, da er seine Schuhe ordentlich in dem Regal neben der Tür verstaute.

Sein Leben war anders verlaufen als meins. Das hatte mich unsere Fahrt in die Stadt gelehrt. Während ich auf meinen Stuhl im Esszimmer sank, beobachtete ich Ruffian verstohlen. Jeden Moment konnte er mich dabei ertappen, dass ich ihn beobachtete, sodass ich vorbereitet war, sofort auf meinen Teller oder meine Hände zu schauen.

Gaze und Pixie saßen eng nebeneinander, und ich beobachtete, dass meine Eltern von Zeit zu Zeit Blicke tauschten. Es lag eine gewisse Anspannung in der Luft. Ich wusste, dass mir noch ein Gespräch mit ihnen bevorstand. Sie ließen mich meine eigenen Entscheidungen treffen, und das war wirklich toll, aber sie bestanden fast schon pedantisch darauf, dass über alles geredet wurde.

Pixie zog mit einem dezenten Handzeichen meine Aufmerksamkeit auf sich. Ich stand auf und räumte ein paar Teller ab. Sie tat das Gleiche. Wir gingen zusammen in die Küche, wo wir die Teller in die Spüle stellten.

Sie kam gleich zur Sache. »Wie lief es mit Ruffian?«

Ich zuckte die Achseln. »Gut. Sehr gut sogar. Wir konnten einem Freund von ihm helfen, und ich glaube, ohne uns wäre es anders gelaufen.«

Pixie biss sich auf die Unterlippe, ehe sie näher rückte. »Aber?«

»Aber er hat wirklich ein ganz anderes Leben in der Stadt. Ist es seltsam, dass überall Leute waren und er alle zu kennen schien?«

Sie schüttelte den Kopf. »Nein. Das hängt einfach davon ab, wo du deine Zeit verbringst, wenn du dort lebst. Man bildet eine Gemeinschaft mit seinen Nachbarn, und alle helfen sich untereinander. Ich vermisse das manchmal.«

»Das ist verständlich. Wusstest du irgendetwas über Ruffian, ehe er bei euch auftauchte?« Ich trocknete das Käsemesser ab, nachdem Pixie es gespült hatte.

»Nein. Gar nichts. Er war eine totale Überraschung. Gaze hat mit Bruce darüber gesprochen, und der hat es nicht geleugnet. Gaze war verletzt. All die Jahre hätte er wirklich gern einen Bruder gehabt.« Sie drehte den Wasserhahn zu und schaute zur Küchentür.

»Das ist gut.« Ruffian kam mit seinem Teller ebenfalls in die Küche.

Schnell ging ich im Kopf noch einmal unsere Unterhaltung durch. Wir hatten nur Gutes gesagt, aber trotzdem fühlte ich mich schlecht, weil wir hinter seinem Rücken über ihn gesprochen hatten.

»Ja, tatsächlich.« Pixie überwand ihre Überraschung schnell. »Ich bin wirklich froh, dass du Gaze gefunden hast. Es wird Spaß machen zu beobachten, wie ihr beiden euch kennenlernt.«

Da war es wieder. Das gespielte Lächeln. Ich sah, dass seine Augen nicht mit seinem Mund lächelten. Als würde er über etwas nachdenken und etwas völlig anderes tun. Doch eine Sekunde später war dieser Eindruck wieder verschwunden, und er war wieder offen und zugewandt.

»Ich freue mich darauf. Hey, sag mal … Was macht ihr beiden, du und Gaze, morgen? Könnte ich vielleicht mitfahren? Ich muss noch ein paar Sachen erledigen, ehe ich hier mit der Schule anfangen kann.« Er lehnte sich an die Arbeitsfläche und strich sich das Haar aus der Stirn.

»Ich muss schauen, was Gaze geplant hat. Es könnte sein, dass er Basketballtraining hat.« Pixie verschränkte die Arme vor der Brust, als wäre sie Gaze' professionelle Terminplanerin.

»Das wäre toll. Sag mir einfach Bescheid. Ich will nicht wieder mit der Prinzessin los. Wahrscheinlich gerät sie in Schwierigkeiten und bestellt ein Uber nach Rom.«

»Das ergibt überhaupt keinen Sinn, was du da redest. Ich hab dir heute den Rücken freigehalten.« Ich zeigte ihm den Mittelfinger. Daraufhin fuhr er sich mit der Zunge über die Lippen, und ich merkte, dass ich rot wurde.

Pixie beobachtete unser Geplänkel. »Hey, bleibt mal jugendfrei, ihr beiden. Ich will nicht mit dem Wasserwerfer auf euch losgehen müssen.«

Das ließ mich noch mehr erröten. Ruffians Mundwinkel zuckte, als würde er gegen ein Lächeln ankämpfen. Ich hatte nicht die Zeit, mit einem komplizierten Typen zusammenzuleben, in den ich möglicherweise ein wenig verknallt war.

Ruffian wechselte das Thema. »Reagieren die Eltern immer so, wenn Teddi zu spät nach Hause kommt? Es gibt was zu essen?«

Pixie lachte. »Ja, man braucht ein bisschen, um sich an die Burathons zu gewöhnen. Bei ihnen ist es so, als wären alle die besten Freunde. Das ist toll, denn dadurch werden sie immer mehr. Zuerst kam Gaze dazu, dann ich und jetzt du.«

Ruffian verschränkte die Arme vor der Brust. »Meine Mutter hätte das geliebt. Sie war toll, sie hat mich immer wie einen Ebenbürtigen behandelt.«

Trauer. Seine Schultern sackten nach vorn, und sein Blick wurde abwesend. Pixie und ich sahen uns bekümmert an. Sie setzte sich auf einen der Küchenstühle.

»Hey, ich glaube, Mütter haben so eine Art Klub dort oben.« Sie zeigte auf die Decke, aber ich wusste, dass sie den Himmel meinte. »Gaze' und meine Mutter veranstalten bestimmt so eine Art Mädelsabend da oben und geben auf uns acht.«

Pixie stand auf, während sie sprach, und legte ihre Hand auf Ruffians Unterarm, als sie ihren Satz beendete.

Ruffians Stimme klang ein bisschen belegt. »Das klingt nett.« Er holte tief Luft. »Wie kommst du mit dem Verlust deiner Mutter klar?«

»Ich vermisse sie jeden Tag«, erwiderte Pixie. »Es wäre schön, wenn sie hier wäre und sehen könnte, dass endlich alles gut für uns ist.«

Es machte fast hörbar Klick, als sie einander anschauten. Sie erkannten, dass sie beide unter einem ähnlichen Schmerz litten. Im nächsten Moment erschien Gaze an der Tür.

»Feiert ihr etwa eine Party ohne mich?« Pixie schmiegte sich an ihn. Sie passten so gut zueinander. Man sah, dass sie Stunden über Stunden nah beieinander verbrachten. Seine Hand spielte mit ihrem Haar, als wäre es sein eigenes.

Dad kam an der Küche vorbei. »Hier gibt's keine Party. Ihr steckt alle in Schwierigkeiten.« Und dann ging er die Treppe zu seinem Schlafzimmer hoch. Wir lachten, und ich beobachtete, wie Ruffian die Worte aufnahm und dann uns anschaute, um einzuschätzen, ob Dad wirklich ärgerlich war.

Ich sah Ruffian an und schüttelte den Kopf, damit er wusste, dass es nur ein Scherz gewesen war. Wir gingen alle nach ihm die Treppe hoch und in mein Zimmer, als Dad die Tür von seinem Zimmer hinter sich schloss.

Pixie stellte sich auf die Zehenspitzen und flüsterte Gaze etwas ins Ohr. Gaze sah sie an und zog die Augenbrauen zusammen.

»Oh, na klar.« Er drehte sich zu Ruffian um. »Wir können dich mitnehmen. Wann?«

Es war bereits fast halb zwei Uhr morgens.

»Das entscheidest du. Ich habe keine Verabredung oder so.« Ruffian trat von einem Fuß auf den anderen.

Es hatte etwas Intimes, ihn in meinem Zimmer zu haben, während ich auf meinem Bett saß, was im Grunde keinen Sinn ergab, schließlich waren Gaze und Pixie auch da. Aber trotzdem war es mein Zimmer, und er war hier. Er schaute sich um und betrachtete meine alten Cheerleader-Trophäen und Fotos von Freunden an der Wand. Auf meinem Schreibtisch türmten sich die Bücher, und mein Kalender mit den bunten Gelstiften lag griffbereit. Unwillkürlich fragte ich mich, was er von all dem hielt. War ich ein typisches Mädchen für ihn? Na ja, natürlich war ich ein typisches Mädchen, aber trotzdem. Ich fragte mich die ganze Zeit, was er wohl dachte, und das tat man nur, wenn man verknallt war.

»Wie wäre elf Uhr für dich?«, fragte Gaze.

»Ich werde startklar sein. Vielen Dank.« Ruffian lächelte.

Ich konnte es nicht einordnen. Irgendwie bekam ich den Eindruck, als wären sein Lächeln und das gute Benehmen eine Fassade, hinter der er seine Persönlichkeit verbarg. Eine Persönlichkeit, auf die ich einen Blick erhascht hatte, als wir in der Stadt unterwegs gewesen waren. Er war so zielstrebig und entschlossen gewesen, als wir uns um Lucas gekümmert hatten. Es war mir ein Rätsel. *Er* war ein Rätsel. Und jetzt wohnte er bei uns.

»Dann sehen wir uns morgen.« Gaze griff nach Pixies Hand. Sie verließen mein Zimmer und Ruffian trat zur Seite, damit sie an ihm vorbeikamen.

Und dann waren nur noch Ruffian und ich da, als Mom den Kopf zur Tür hineinsteckte. »Hey, Ruffian, brauchst du noch irgendetwas? Hast du genug Laken, Decken und all das?«

»Es war alles wunderbar letzte Nacht. Vielen Dank, Mrs Burathon. Entschuldigung noch mal, dass ich so lange mit Teddi unterwegs war.« Er schob die Hände in die Hosentaschen.

»Gute Nacht, mein Lieber.« Sie nickte ihm zu und nahm dabei seine Entschuldigung an, während sie ihn gleichzeitig willkommen hieß. Ich war stolz auf sie. Sie machte das toll. Ich würde ihr höchstwahrscheinlich alles erzählen, was geschehen war. Sie und ich konnten so miteinander reden. An den Wochenenden, an denen eine »Meine Party« stattfand, hatten wir immer viel Gelegenheit zum Reden.

Schließlich waren Ruffian und ich allein, aber ich wollte unbedingt mein Zimmer verlassen. Als er mir in die Augen schaute, spürte ich wieder diese Energie. Als wüsste er, dass ich wusste, dass er wusste, dass es irgendwo in diesem Zimmer eine Schublade mit meinen Höschen gab. Es war sein ganz spezieller Blick.

»Es ist ein bisschen früh, aber kann ich dir ein Zwei-Uhr-Eis spendieren?« Er hob die Hände, während die Daumen immer noch in den Hosentaschen steckten.

»Ja. Dieser Termin steht für mich fest, also los.« Ich löste die Beine aus dem Schneidersitz und stand auf. Er ging die Treppe vor mir nach unten, und ich folgte ihm. Die Küche war dunkel, bis auf das Licht, das von der Straße draußen durchs Fenster fiel. Keiner von uns machte das Licht an. Er öffnete den Tiefkühlschrank, als würde er bereits lange hier wohnen. Mit einer Geste bedeutete er mir, mich hinzusetzen, und reichte mir das Eis. Die Verpackung hatte er bereits angerissen, damit es für mich einfacher war, sie zu öffnen.

Wir begannen beide, unser Eis zu essen, und auf einmal wurde mir bewusst, dass dabei die ganze Zeit unsere Zungen und Lippen im Einsatz waren. Wieder wurde ich rot, und das war albern, weil meine Freundinnen und ich eigentlich immer ziemlich viele anzügliche Witze rissen. Außerdem war ich nicht der schüchterne Typ und versuchte ständig, die anderen zu übertrumpfen. Aber hier so mit Ruffian zusammenzusitzen, machte mich schüchtern.

»Danke für alles, was du heute getan hast. Ich weiß das wirklich sehr zu schätzen.« Er leckte einmal am ganzen Eis entlang.

»Kein Problem. Gern geschehen. Morgen lässt du dich also von jemand anders mitnehmen. Fährst du wieder nach Midiville?«

Ich war ein bisschen verletzt. Zwar hatte ich einen Haufen Kram zu erledigen, aber mit Ruffian zusammen zu sein und sich um seine Angelegenheiten zu kümmern, schien mir wichtig. Und ich war so etwas wie ein Experte für wichtige Dinge.

»Dieses Mal möchte ich nur abgesetzt werden. Keine Komplizen«, erwiderte er.

»Schon verstanden. Ich habe morgen eh was zu tun.« Warum war ich verletzt? Das war dumm. Wir kannten einander erst ein paar Stunden. Ich wünschte, ich hätte mein Handy dabei, sodass ich mich mit dem Schreiben von Nachrichten an meine Freundinnen ablenken könnte.

Er öffnete einige der unteren Schränke, ehe ich auf den zeigte, hinter dessen Tür sich der Mülleimer befand, in den er dann seinen Eisstiel warf.

Ich aß mein Eis zu Ende und stand ebenfalls auf.

»So, danke für die Gesellschaft. Bis morgen.« Ich wollte unbedingt vor ihm aufstehen und das Haus verlassen haben. Er blieb unten am Fuß der Treppe stehen und sah mir hinterher. Ich warf einen Blick über die Schulter und winkte kurz. Er winkte zurück.

Ich konnte das alles nicht recht einschätzen. War er ein Flirt? War er verletzend oder kontaktfreudig? Ich schloss die Tür hinter mir und lehnte mich ein paar Minuten dagegen. Es war nicht das erste Mal, dass ich verknallt war. Das würde wieder vergehen. Das musste es, und zwar schnell, denn es würde zu einem Problem werden, weil Ruffian und ich in einem Haus wohnten.

16. KAPITEL

Ruffian

Nachdem sie ihre Tür geschlossen hatte, ging ich nach unten in mein Zimmer. Gaze lehnte am Türrahmen und wartete auf mich.

»Hi.« Pixie war nirgends zu sehen.

Ich hob das Kinn. »Hi.«

»Könnten wir uns kurz unterhalten? Ich habe das Gefühl, wir sollten über ein paar Sachen reden.«

Mein Magen zog sich zusammen. Mir war nicht klar, was Gaze bereden wollte, wie viel er über meine Lebensumstände in Erfahrung gebracht hatte.

Ich hob den Arm und bat ihn, vor mir das Zimmer zu betreten. »Klar.«

Mein Bruder war groß. Er war ungefähr einen Kopf größer als ich. Er setzte sich auf den Schreibtischstuhl, und ich nahm auf dem Bett Platz. Es quietschte unter meinem Gewicht.

»Während du unterwegs warst, hatte ich ein Gespräch mit Ronna und Mike. Sie haben mit der Sozialarbeiterin telefoniert, die mit meinem Fall betraut war, und mit einem Anwalt. Sie wollen sicherstellen, dass alles so rechtens und verbindlich ist wie möglich.«

Ich kratzte mich kurz an der Wange. »Das ist wirklich nett von ihnen.«

»Nun, sie vertrauen mir und wollen nur dein Bestes.« Er legte die Hände auf die Knie. »Aber es ist natürlich so, dass Pixie und ich nach dem Wochenende wieder zur Uni gehen. Wir leben dort. Deshalb wirst du hier auf dich allein gestellt sein.«

»Ich weiß es sehr zu schätzen, dass du versuchst, dich um mich zu kümmern, aber ich komme allein zurecht.« Die Anspannung im Zimmer nahm zu.

»Mike, Ronna, Teddi, Austin und Milt sind toll. Sie haben mich von Anfang an als einen der ihren behandelt. Du bestehst zur Hälfte aus deiner Mutter, aber die andere Hälfte ist mein Vater. Und der ist ein verdammter Mistkerl. Deshalb muss ich auf Nummer sicher gehen, dass du mich bei allem, was du hier machst, auch nicht eine Sekunde lang an ihn erinnerst.« Er beugte sich nach vorn und legte die Fingerspitzen zusammen.

Oh, er sorgte sich nicht um mich. Er machte sich Sorgen um seine Familie, und ich war kein Teil davon.

»Ich komme in Frieden, Bruder.« Ich hielt die Hände hoch, als würde er mit einer Pistole auf mich zielen. Es würde nicht alles eitel Sonnenschein sein. Die nächste Hiobsbotschaft kam bestimmt.

»Darauf verlass ich mich. Teddi ist tabu. So ein Scheiß wie heute – auch tabu. Mike und Ronna werden dich nicht zusammenstauchen, aber ich werde es tun.« Er stand auf. »Ich will nur, dass das klar ist. Sieh diese Veränderung in deinem Leben als das gottverdammte Geschenk an, das es ist.«

Ich stand ebenfalls auf, weil es mir so eingebläut worden war: Wenn jemand aggressiv wurde, musst du aufstehen. Auf die Art hatte ich auf der Straße überlebt, vor allem als ich irgendwann größer als meine Mom gewesen war. Die Leute waren meistens nett und freundlich. Aber manchmal waren sie es auch nicht, und es gab keinen Schiedsrichter da draußen, der einschritt, wenn etwas zu weit ging.

Gaze musterte meine Haltung. »Willst du auf mich losgehen?«

»Nein. Aber ich bleibe nicht einfach sitzen, wenn ein Kerl mich bedroht. Ich kann es mir zu Herzen nehmen, aber ich bin auch bereit, mich zu verteidigen.«

Meine Nasenflügel bebten. Das war Teil des Plans. Herkommen, bleiben, Vertrauen gewinnen und dann den Reibach meines Lebens machen … den Reibach von zehn Leben. Ich dachte an die Connor-Kinder und wie kalt es heute Nacht sein würde. Ich musste anfangen, mit meinen Leuten zu reden, die Banken ausfindig machen, die infrage kamen, und Nachforschungen anstellen.

»Bist du immer noch bereit, mich morgen abzusetzen? Oder ist das der Anfang vom Ende unserer kurzen Beziehung als Halbgeschwister?« Meine Hände waren weiter zu Fäusten geballt, aber ich versuchte, meine Schultern zu entspannen.

»Ja.« Er verzog die Lippen zu einem schiefen Lächeln. »Tut mir leid, wenn mein Ton zu scharf war. Ich will meine Familie beschützen, aber das heißt nicht, dass ich dich nicht kennenlernen möchte.«

»Das verstehe ich. Wirklich. Ich bin hier ganz toll aufgenommen worden, und ich weiß es zu schätzen, wie offen und nett die Burathons sind. Das ist keine Selbstverständlichkeit für mich.«

Da … ich warf ihm einen Knochen hin. Einen schönen Knochen. Er sollte denken, dass ich gewarnt war und er mir Angst eingejagt hatte. Doch die Wahrheit war, dass ich niemanden verletzen wollte. Weder diese Leute noch diejenigen, die in der Bank arbeiteten, die ich ausrauben wollte. Ich war ein friedfertiger Mensch.

»Elf Uhr hatten wir gesagt, ja?« Er ging zur Tür.

»Ja, das wäre toll. Braucht man mich hier wegen des Telefonanrufs? Weißt du, wann der sein soll?«

Na, schau einmal an. Ich hörte zu. Ich passte mich an. Man konnte mir vertrauen.

»Ich glaube um sechs … ums Abendessen herum. Mike macht einen Braten. Es wird der beste sein, den du je gegessen hast, deshalb empfehle ich dir, rechtzeitig wieder da zu sein, um ihn zu probieren.« Gaze öffnete die Tür und ging.

Ich hatte verstanden, was er mir mitteilen wollte. Es war eine Warnung. Eine Drohung. Ein Versprechen. Das war in Ordnung. Er konnte mir alle Grenzen setzen, die er brauchte. Es gab zu viele Menschen, die sich auf mich verließen, um mir Gedanken darüber zu machen, welchen Eindruck ich bei ihm hinterließ. Morgen würde ich nach Poughkeepsie fahren.

Um Viertel vor elf stand ich neben Gaze' Truck. Ich hatte meine Tasche bei mir. Meine Sachen würde ich nicht im Haus der Burathons lassen. Noch nicht. Wenn jemand in mein Zimmer ging, würde er noch nicht einmal erkennen, dass ich einige Tage dort gewohnt hatte. Kein Ort war von Dauer. Man richtete sich so gut ein, wie man konnte, bis es nicht mehr ging.

Pixie Rae kam als Erste zur Tür heraus. Auf ihrem Gesicht lag ein freundliches Lächeln. »Guten Morgen, kleiner Bruder.«

Oh Mann. Ich konnte sehen, warum Gaze so fasziniert von ihr war. Sie gab sich so, als würde man bereits zu ihrer Familie gehören. Zugleich hatte sie so eine bestimmte Art an sich. Das hatte ich sowohl bei ihr als auch bei Gaze bemerkt. Die beiden hatten einiges durchgemacht. Ich erkannte es an dem Blick der beiden. Vielleicht lag es auch daran, wie schnell sie auf außergewöhnliche Geräusche reagierten oder wie sie sich benahmen. Wenn Leute neu in der Stadt waren, erkannten das die Einheimischen. Selbst wenn es schien, als wüssten sie, wo sie hinwollten. Deshalb waren sie ein gefundenes Fressen für Bettler und Abzocker.

»Hi Pixie, du siehst aus wie der Sonnenschein an einem verregneten Tag.«

Sie sah über die Schulter hinweg zu Gaze, der den Weg herunterkam, und strich sich dabei das Haar hinters Ohr.

Gaze lächelte sie an und schaute dann über ihren Kopf hinweg zu mir. »Wo geht's hin?« Er wirbelte die Schlüssel an einem Band herum.

»Poughkeepsie. Ich muss ein paar Sachen erledigen. Ich werde den Zug nehmen, um wieder nach Hause zu kommen.« Ich wartete, um zu sehen, wo ich sitzen sollte. Gaze klappte den Beifahrersitz für mich nach vorn, nachdem er die Tür geöffnet hatte.

Ich warf meine Tasche in den Wagen und rutschte auf die schmale Rückbank. Pixie setzte sich auf den Beifahrersitz und rückte mit ihrem Sitz ein bisschen nach vorn, während Gaze das Fahrzeug umrundete, damit meine Beine mehr Platz hatten.

»Danke.« Ich klopfte sanft auf die Rückenlehne ihres Sitzes. Sie war ganz klar der Weg zum Herzen meines Bruders, aber ich bezweifelte, dass ich so vertraut mit ihm werden musste.

Nachdem Gaze saß, drehte er den Rückspiegel, sodass er mich sehen konnte. »Hast du einen Führerschein?«

»Einen Führerschein?« Ich suchte nach einer guten Antwort statt eines Neins. Es gefiel mir nicht, dass ich ein paar der Sachen verpasst hatte, die zum Leben eines normalen Teenagers gehörten. Für einen Führerschein brauchte man Geld. Und Geld war bei uns immer ein äußerst seltenes Gut gewesen. Ich wollte nicht, dass Gaze und Pixie schlecht von meiner Mutter dachten, und so antwortete ich vorsichtig: »Ich kann Auto fahren.«

Technisch gesehen stimmte das. Ich konnte tatsächlich fahren. Ich war sogar ein ziemlich guter Fahrer und hatte schon mehrfach die Fluchtfahrzeuge gesteuert. Mom hatte mich das erste Mal mit ungefähr dreizehn ans Steuer gelassen. Der alte Minivan hatte eine Gangschaltung gehabt. Meine Einweisung hatte zehn Minuten gedauert und mit der strengen Warnung geendet, den Wagen bloß nicht abzuwürgen, denn dann würden alle außer mir ins Gefängnis wandern. An jenem Abend ergatterten wir zehn tadellose Grillhähnchen, die der Supermarkt in den Müllcontainer geworfen hatte, und einen Haufen elektronischer Geräte, die Mom in Bargeld verwandelte, um davon ordentliche Kleidung für einige Mitglieder unserer Gemeinschaft zu kaufen, die zu Bewerbungsgesprächen eingeladen worden waren.

Gaze nickte, als er meine Antwort hörte, und fuhr rückwärts aus der Auffahrt. »Also, Pixie hat ein Auto, das wir benutzen können, während wir an der Uni sind. Wenn du willst, kann ich dir dies hier dalassen, damit du mobil bist.«

Ich fühlte mich, als würde aller Sauerstoff aus meiner Lunge entweichen. Der Olivenzweig, den er mir reichte, und das Vertrauen, das er damit bekundete, rührten mich beinahe. Aber ich unterdrückte das Gefühl, und als ich wieder Luft bekam, erwiderte ich ruhig: »Das würde mein Leben sehr viel einfacher machen. Danke für das Angebot.«

Ich war mir sicher, dass Pixie Rae ihre Finger im Spiel hatte bei diesem Angebot, denn der Gaze, der letzte Nacht in meinem Zimmer gewesen war, hatte längst nicht so großzügig oder vertrauensvoll gewirkt.

»Okay. Betrachte es als abgemacht, wenn wir wiederkommen. Wir haben Pixies Auto bei unserer Wohnung gelassen, deshalb brauchen wir dieses vorerst noch. Aber du kannst es haben, wenn wir weg sind.« Er richtete seine Aufmerksamkeit auf die Straße und schien den Weg nach Poughkeepsie sehr gut zu kennen. Pixie stellte das Radio leise, und ich schaute aus dem Fenster. Einen eigenen Truck zu haben, wäre fantastisch. Ein Fahrzeug zu organisieren, war immer das Schwierigste. Ich hatte zwar keinen Führerschein, aber dieses Problem würde ich einfach komplett ignorieren.

Die Weichen wurden gestellt für den großen Beutezug. Die Zeichen waren eindeutig.

17. KAPITEL

Teddi

Auf Zehenspitzen schlich ich mich aus dem Haus. Meine Stiefel und die Jacke hatte ich in der Hand, während ich versuchte, so leise wie möglich zu sein, um Rocket nicht zu wecken.

Mein Vater hatte im Vorgarten gerade die Blätter um die Hecken herum zusammengeharkt. »Hallo, meine Süße, was hast du heute vor?«

Rocket sprang an mir hoch und leckte mich ab, als ich mich auf die Stufen setzte, um mir die Stiefel anzuziehen. Offensichtlich war ich nicht die Erste, die heute bereits auf den Beinen war.

Ich liebte Dad für das Vertrauen, das er mir entgegenbrachte. Ich hatte gestern etwas Dummes getan, aber trotzdem hatte er kein Problem damit, mich heute wieder mein Ding machen zu lassen.

»Taylor holt mich ab. Ich will mit ein paar von den Mädchen einige Unterlagen durchgehen.« Ich steckte einen Fuß in den Stiefel. Meine Socke war jetzt von unten feucht wegen des Taus auf dem Rasen.

»Wie viele schaut ihr euch an?« Er legte den Ellbogen auf das Stielende der Harke.

»Wir haben zehn, die bereits überprüft und uns empfohlen worden sind. Ich wollte ein bisschen Gas geben und zwei Partys im Dezember ausrichten. Du weißt ja, dass die Feiertage für manche Familien richtig scheiße sein können.« Ich zog den zweiten Stiefel an.

»Das sagt man nicht«, wies er mich halbherzig zurecht. Ich war die Jüngste und wuchs mit Horden von Jungs auf, die ständig fluchten. Ich hatte auch ein paar saftige Ausdrücke auf Lager, wenn es sein musste.

Genau in dem Moment hielt Taylor am Fuße der Auffahrt und begrüßte mich mit einem Hupen. Mein Dad winkte mir zum Abschied, während ich mir den Schulterriemen meiner großen Tasche quer über die Brust legte. Taylor hatte das Radio laut aufgedreht, und als sie die Autotür öffnete, schallte mir die Musik entgegen.

Ich sprang in den Wagen und drehte die Lautstärke runter. »Manche Leute schlafen noch. Wir können nicht so ein Halligalli machen.«

Taylor streckte mir die Zunge raus, ehe sie wieder laut stellte. »Ich liebe diesen Song, und du nervst.«

Ich zeigte ihr den Mittelfinger. Aber so schlimm war es gar nicht, denn bei geschlossenen Türen drang wirklich nicht viel Lärm nach draußen.

»Und? Wo ist dein Lover, der mit dir in einem Haus wohnt, heute Morgen?« Sie ließ die Finger übers Lenkrad tanzen.

»Ich glaube, er schläft noch. Gaze und Pixie nehmen ihn heute mit.« Ich zog mein Handy heraus und ging die Instagram-Filter durch. Manchmal wechselte das Angebot, und ich entdeckte ein paar witzige, die vielleicht für unseren neuen Kunden infrage kamen.

»Es wird schwer sein, mit dem zukünftigen Sexiest Man Alive so eng zusammenzuleben, bis du dich an ihn gewöhnt hast. Aber irgendwann lässt es ja nach. Hast du das auch schon bemerkt? Also, ich meine, dass die wirklich heißen Typen sich ihr Aussehen mit einem beschissenen Verhalten kaputtmachen.«

»Ja. Stimmt.« Ich hörte nur mit halbem Ohr zu. Bei den vier Familien, die wir in die engere Wahl genommen hatten, handelte es sich um einen Krebspatienten, ein Mädchen mit Spina bifida und zwei Kinder mit Downsyndrom. Ich wollte allen helfen. Mit meinem Onlinekalender und einem Programm, über das ich alle Dokumente online verwaltete, konnte ich alle immer auf dem neusten Stand halten.

»Du hörst mir ja gar nicht zu«, stellte Taylor fest.

»Doch, tue ich, aber ich muss mich um die nächsten Veranstaltungen kümmern, und über Ruffian nachzudenken, bringt mich nicht weiter.«

Taylor schob die Lippen vor. »Es könnte dir aber was bringen – mit ihm.«

Ich hob eine Hand, damit sie aufhörte, darüber zu reden, und mich nicht zwang darüber nachzudenken. Ich stand auf den Typen. Na toll. Ich würde es irgendwann überwinden … wie eine gewöhnliche Erkältung. »Hast du dir die Unterlagen angeschaut?«

Taylor fiel es manchmal schwer, sich auf die Arbeit zu konzentrieren, aber sie hatte ein echtes Gespür dafür, wie man dekorierte und Kinder beschäftigte und glücklich machte.

»Ja, gestern Abend. Der Dezember ist eine schwierige Zeit. Viele von unseren Leuten sind zu Weihnachtsessen eingeladen, und es stehen auch ein paar Konzerte auf dem Programm. An einem ist die Teilnahme Pflicht, um den Kurs mit einer Note abzuschließen.« Sie schüttelte den Kopf, als würde sie das total nerven.

»Das stimmt. Das werden wir zur Sprache bringen. Ich habe an zwei Familien an Heiligabend gedacht. Das wäre unsere bisher größte Aktion. Aber ich hoffe auch, dass unsere Sponsoren wegen der Feiertage noch mehr in Spendierlaune sind.« Ich tippte mit dem Finger an das Fenster auf der Beifahrerseite.

»Alles in Ordnung mit dir? Du wirkst so nachdenklich.«

Sie durchschaute mich immer. Ich hatte tatsächlich Probleme, mich zu konzentrieren. Ich machte mir Sorgen wegen Lucas. War er im Seasons gut aufgehoben?

Ich fühlte mich, als wäre meine Welt in ihren Grundfesten erschüttert worden. Ich hatte mit Familien zu tun, die sich durch die schlimmsten Momente ihres Lebens kämpften. Wenn ich mit herausfordernden Lebenssituationen konfrontiert wurde, liebte ich es zu organisieren. Doch da draußen gab es mehr Leid, als ich an einem Tag bewältigen konnte. Es war erdrückend. Es war viel zu wenig, was ich tun konnte.

»Die Jungs vom Football können jetzt, wo es so kalt wird, keine Autos mehr waschen. Die Aktion, die wir gerade gemacht haben, war die letzte. Wie wollen wir das in Zukunft regeln?«

»Vielleicht mit einem Gutschein für eine Autowäsche?« Ich unterhielt mich weiter, obwohl ich mit den Gedanken ganz woanders war. Allmählich bekam ich das Gefühl, dass ich mich wegen Lucas für die Familien entscheiden wollte, deren Kinder das Downsyndrom hatten.

Wir diskutierten kurz die Möglichkeit, die Autos der Familien mitzunehmen und für sie in die Waschanlage zu bringen, verwarfen die Idee jedoch aus versicherungstechnischen Gründen.

Beim Stichwort Versicherung musste ich wieder an Lucas denken und dass wir Grandma/Mom aus dem Krankenhaus hatten schmuggeln müssen, um ihr eine hohe Rechnung zu ersparen. Vielleicht war das, wozu ich meine Freunde animierte, zu wenig? Ohne unsere Fahrt in die Stadt hätte ich nie erfahren, dass jemand wie Lucas Hilfe brauchte.

Taylor fuhr bei der Töpferei vor, in deren Werkstatt wir unser Treffen abhalten durften. Wir würden uns alle Fälle anschauen und das Für und Wider abwägen bezüglich dem, was wir bieten konnten und was erforderlich war.

Vom harten Kern unserer Gruppe waren alle da, aber einige aus dem Fußballteam fehlten, weil bei ihnen heute Tempotests anstanden. Ich wusste zwar nicht, was genau dahintersteckte, aber alle hassten sie. Als Cheerleader mussten wir auch viel laufen, aber ich glaube, dass unsere Trainer versuchten, Spaß mit reinzubringen. Die Fußballtrainer waren da eher bestimmend und brüllten die Mannschaft auch schon mal an.

»Weißt du … angesichts der bevorstehenden Feiertage würde ich gern noch ein bisschen mehr machen. Vielleicht Mahlzeiten für Bedürftige anbieten? Was meinst du?« Ich drehte mich zu Taylor um und sah, dass sie an ihrer Unterlippe kaute, während sie nachdachte.

»Du kennst doch den Baum in der öffentlichen Bibliothek, an dem Wünsche hängen statt Schmuck. Wir könnten ein paar von diesen Zetteln nehmen und als Aufhänger nehmen.« Sie nahm ihr Handy vom Armaturenbrett, tippte kurz und hielt es mir dann hin.

Das Foto des kleinen Baumes, an dem Papiersterne hingen, war Teil eines Artikels auf einem Nachrichtenportal. »Das ist wirklich eine gute Idee. Denn in der Bücherei kennt man schon die bedürftigen Leute, was uns die Arbeit erleichtert.«

Ich nahm ihr das Handy aus der Hand und musterte das Foto. Auf einem Zettel am Baum stand: *Ein Plüschhund.*

»Das ist machbar. Vielleicht fahren wir einfach mal hin und sehen uns das genauer an. Auf die Weise finden wir heraus, wie viele der Wünsche wir erfüllen könnten.«

Ich wollte diese zusätzliche Sache machen. Für Ruffian, für Lucas und Leute wie ihn.

»Okay, aber was ist mit der eigentlichen Party? Hast du dafür jemanden?« Taylor schaltete die Kamera auf ihrem Handy ein und frischte mit deren Hilfe ihren mauvefarbenen Lippenstift auf.

»Ja, ich habe ein kleines Mädchen mit Alopezie im Blick. Das ist nicht tödlich, aber die Perücken, die sie möchte, sind teuer, und ich glaube, dass der Tag ihr wirklich Auftrieb geben wird.«

Taylor brachte mit einer Fingerspitze ihr Augen-Make-up in Ordnung. »Ist das, wenn jemand keine Haare hat?«

»Ich muss noch ein bisschen nachforschen, aber so habe ich es verstanden. Statt einer Autowäsche könnten wir für sie vielleicht ein paar Beauty-Behandlungen organisieren.« Ich holte mein Handy ebenfalls hervor und schickte ein paar Nachrichten raus. Das war ein produktiver Tag, obwohl ich heute nicht Ruffians erste Wahl für eine Mitfahrgelegenheit gewesen war.

Taylor kannte die Vorgehensweise und begann, Beautysalons in der näheren Umgebung abzutelefonieren und nach Gutscheinen zu fragen. Ich stieg aus, um dem kleinen Mädchen die gute Nachricht zu überbringen. Sie hieß Ashley, und angesichts ihres Überschwangs wusste ich, dass es eine tolle Party werden würde.

Da ich nun wieder ein Projekt hatte, an dem ich arbeiten konnte, würde ich keine Gedanken mehr an Ruffian, sein wuscheliges Haar und sein schelmisches Grinsen verschwenden. Verdammt! Es passierte schon wieder … Ich ließ mir von den Gedanken an ihn mein Gehirn vernebeln. Bei keinem anderen Jungen, mit dem ich bisher gegangen war, hatte ich derartige Gefühle entwickelt – dieses Verlangen, seine Lippen auf meinen zu spüren. Ich wollte es unbedingt.

Nachdem Ashley informiert war und wir den Termin festgelegt hatten, stürzte ich mich in die Arbeit. Nicht ein einziger Gedanke galt mehr Ruffian, seinem markanten Kinn und dem Anflug eines Grübchens auf seiner Wange. Kein einziger.

18. KAPITEL

Ruffian

Ich musste Pixie erst davon überzeugen, dass ich allein zurechtkommen würde, dass es gut und sicher war, mit öffentlichen Verkehrsmitteln zu fahren, und dass ich sie ständig benutzte. Dass ich dabei über das Drehkreuz sprang, ließ ich unerwähnt. Sie brauchte nicht alles zu wissen.

Endlich saßen sie und Gaze wieder im Wagen, der immer kleiner wurde, als sie davonfuhren. Dies war unser Treffpunkt, und es war der richtige Zeitpunkt – der dritte Sonntag im Monat –, an dem wir unsere Jobs durchgingen und schauten, wer was brauchte, und ob alles gerecht verteilt wurde.

Meine Leute von zu Hause hatten einen gewissen Ruf. Sie waren keine Gang, aber wirklich gut waren sie auch nicht. Sie bewegten sich irgendwo in einem nebulösen Graubereich dazwischen.

Nachdem ich mithilfe des Pfeilwerkzeugs meiner Mutter in die verlassene Lagerhalle im Hafen eingebrochen war, ließ ich die Tür hinter mir offen. Es dauerte keine zehn Minuten, und ich hatte Gesellschaft.

Meine Leute kamen einer nach dem anderen herein: zwei Jungs und ein Mädchen. Alle drei waren unter achtzehn Jahre alt.

»Na?« Beaver nickte in meine Richtung.

Das war das Problem mit Geheimplänen. Keiner wusste,

was ablief. Für sie war ich ein Mistkerl, der die Community im Stich gelassen hatte. An der Art und Weise, wie er die Zähne zusammenbiss, konnte ich erkennen, wie angespannt er war.

»Na?« Ich brauchte sie, damit sie mir halfen. Denn nach dem Bankraub wäre ich auf vertrauenswürdige Leute angewiesen, die das Geld verteilten – für den Fall, dass ich ins Gefängnis ging.

»Warum treffen wir uns? Wir dachten, du hättest uns vergessen, bis Lucas uns erzählte, dass du da gewesen wärst.«

Lucas hatte für mich die Information an meine Leute weitergegeben.

»Er hat's irgendwie geschafft, dass er jetzt richtig nett untergebracht ist. Du bist jetzt wohl auch zu vornehm für uns, was?« Jen wirkte ebenfalls verletzt.

Ich hatte mit ihr geübt, Schlösser aufzubrechen. Mir fiel plötzlich wieder ein, dass sie zwar Fortschritte gemacht hatte, es aber noch nicht zuverlässig in jeder Situation konnte.

»Ich kenne da jemanden, der einen Kontakt hatte. Lucas konnte wegen seines Alters nicht mehr immer zusammen mit Grandma/Mom irgendwo unterkommen, wie ihr ja alle wisst.« Ich schoss ein wenig zurück. Sie durften zwar verletzt sein, mussten es aber auch nicht übertreiben und mir die Hölle heißmachen. Selbst wenn sie nicht ahnten, dass meine Abwesenheit ihnen hoffentlich bald jede Menge Kohle einbringen würde.

Jen scharrte mit den Füßen und steckte die Hände in die Taschen. »Ja. Ist cool für ihn.«

Sie war ebenfalls mit Lucas befreundet, deshalb war ich mir sicher, dass sie ihn vermisste.

»Ihr wisst, dass ihr ihn besuchen könnt? Das wäre völlig okay.« Ich ging zu einer ramponierten Holzkiste und setzte mich drauf. Damit versuchte ich, ihnen zu zeigen, dass es ein ganz normales Treffen war und Streit nicht auf der Tagesordnung stand.

Langsam schüttelte sie den Kopf. »Du weißt, dass man mir ansieht, wie alt ich bin. Da laufen bestimmt Sozialarbeiter rum, die mir dann das Jugendamt auf den Hals hetzen. Und wo ende ich dann?«

Im Pflegeheim oder bei einer Pflegefamilie – was nicht unbedingt gut war.

»Sorry.« Ich hatte es vergessen. Mein Fehler. Das würde meine Mutter enttäuschen. Sie hatte mir eingeschärft, immer alle Kleinigkeiten zu bedenken, wenn ich etwas Großes in Angriff nahm. Ich hatte das mit Diebstählen in Verbindung gebracht – *Waren besorgen* hatte sie es lieber genannt. Der Wohnkomplex, wo Lucas und Grandma/Mom jetzt untergebracht waren, war perfekt für die beiden. Meine Entscheidung wäre in jedem Fall dieselbe gewesen, aber eine der »Kleinigkeiten« war Jen. Und ich hatte sie noch nicht einmal in meine Erwägungen mit einbezogen.

Sie nahm meine Entschuldigung mit einem Nicken zur Kenntnis, und ich hätte mir am liebsten selbst eine geknallt. Sie war so schnell bereit, zu vergeben und Verständnis zu zeigen.

»Und wo ist das Lager jetzt?« Sie sollten wissen, dass ich immer noch an sie dachte.

»Benny erlaubt uns, im Moment bei ihm zu kampieren. Zwar nicht allen, aber vielen.« Rufus zuckte die Achseln.

Benny hatte eine Kneipe in der Innenstadt, zu der ein großer Parkplatz gehörte. Er war ein guter Kerl. Er brachte jeden Abend Essen und stellte in den kalten Monaten ein Heizgerät nach draußen. Doch irgendwann würde sich unweigerlich jemand über die Zelte und die provisorischen Behausungen beschweren, und dann würden sie weiterziehen müssen.

»Gehen die Connor-Kinder zur Schule?« Sie würden alles versuchen, um nicht den Schulbus nehmen zu müssen. Mom und ich hatten immer dafür gesorgt, dass jemand sie morgens begleitete. Ihre Mutter war nicht immer dazu in der Lage, sich um sie zu kümmern. Da sprang dann die Gemeinschaft ein. Sie war wieder auf Droge, kurz bevor meine Mutter starb.

Rufus rieb sich das Ohr. »Die zwei Älteren wollen nicht hingehen. Aber Sandy ist nicht mehr so häufig in der Oak Street.«

Die Oak Street war ein Ort, an dem man bekam, was man brauchte – wenn man illegale Sachen brauchte. Ich fand es schlimm. Ich beobachtete, was ein Abstecher in die Oak Street mit den Leuten anstellte. Sandy halluzinierend außerhalb ihres Zeltes zu erleben, schwankend zwischen Wachen und Schlafen, zeigte nur zu deutlich, wie schrecklich dieser Ort war.

»Wann kommst du zurück?« Jen schaute mich mit einem hoffnungsvollen Ausdruck in den Augen an.

»Ich bin jetzt auf einer Pflegestelle, um die Schule zu beenden.« Ich wartete, wie sie die Nachricht aufnehmen würden.

»Jetzt? So alt, wie du schon bist? Was versuchst du zu beweisen?« Rufus war wütend. Das war verständlich. Im Grunde war ich der Anführer der Jugendlichen, der dabei half, dringend benötigte Kleidung, Nahrung und Medikamente in die Zeltstadt zu schaffen.

»In weniger als einem Jahr werde ich achtzehn. Ich will meine Mutter stolz machen.« Ich biss mir auf die Innenseite der Wange. Das waren nicht die Leute, die ich brauchte. Durch Moms Tod hatte ich wohl mehr ihren Blick bekommen. Mit einem Mal sah ich, wie jung und verloren sie waren – ungeeignet als Komplizen. Diese Teenager würden mit mir von einer Klippe springen, wenn ich sie darum bat. Plötzlich wollte ich sie bei meinem Coup nicht mehr dabeihaben.

»Gibt's Hinweise auf irgendwelche Lieferungen?«

Jen schüttelte den Kopf. »Nein, komplett versiegt. Aber Benny hat gutes Essen besorgt, sodass wir ein bisschen Zeit haben.«

Ich stand auf. Mein Treffen kam zu einem schnelleren Ende als beabsichtigt. »Sagt mir über Lucas Bescheid, wenn es etwas Neues gibt. Ich werde mich regelmäßig bei ihm im Seasons melden, denn sie haben dort jetzt ein Telefon.«

»Warte mal! Das war's? Ich dachte, du hättest gute Neuigkeiten für uns oder irgendwas?« Rufus sah mich mit gerunzelter Stirn an.

»Die guten Neuigkeiten sind, dass ihr bei Benny seid und Lucas und Grandma/Mom zusammen. Eure Aufgabe ist es, die Connor-Kinder zur Schule zu bringen. Alle. Sagt ihnen, ich würde zurückkommen und ihnen allen einen Tritt in den Hintern verpassen, wenn sie es nicht tun.« Drohend hob ich den Finger.

Jen schob ihren Rucksack zurecht. »Das heißt also, dass wir jetzt einfach zurückgehen und warten sollen? Sag uns, wann du wieder nach Hause kommst.«

Nach Hause. Alles, wofür dieses Wort stand, zerbröckelte in meinem Kopf und wurde zu Staub.

»Ich habe meiner Mom ein paar Dinge versprochen. Die muss ich erledigen. Allein. Und dafür brauch ich die Pflegestelle als Alibi.«

Mehr würde ich nicht preisgeben. Um das richtig durchzuziehen, musste ich ihnen irgendwie das Geld zukommen lassen und gleichzeitig den Kontakt zu ihnen auf ein Minimum reduzieren. Das Ganze sollte keine negativen Folgen für die Gemeinschaft haben. Ich wollte allein den Kopf hinhalten. Das schwarze Schaf, das es so vermasselt hatte, dass es für immer ins Gefängnis ging. Ich rechnete damit. Ich freute mich nicht darauf, aber wenn ich wirklich allen helfen konnte, wie ich es plante, dann wäre es das wert. Ich würde den Gedanken, dass es ihnen besser ging, in meinem tiefsten Innern bewahren.

Um das zu erreichen, musste ich sie jetzt enttäuschen und von mir wegstoßen.

Ich ging zur Tür, und sie folgten mir. »Habt ihr Geld für die Rückfahrt?« Ich griff in meine Tasche.

Rufus verdrehte die Augen. »Wir bezahlen nicht für die Bahn.«

Natürlich taten sie das nicht. Mom hatte mir beigebracht, wie man sich beim Schwarzfahren nicht erwischen ließ, und ich hatte dieses Wissen an jeden von ihnen weitergegeben.

»Okay, ich werde mich bei euch melden.« Ich klopfte Rufus auf den Rücken und stieß mit der Faust gegen Jens Faust. Ich schlug die entgegengesetzte Richtung von der Bahnstation ein, denn ich hatte noch eine andere Sache zu erledigen.

Die kleinen Steinchen auf dem Bürgersteig knirschten unter meinen Sneakers, als ich die Altstadt erreichte.

POUGHKEEPSIE BANK AND TRUST

Es war eines der ältesten Gebäude der Stadt. Ich vergrub die Hände in den Taschen. Die Erkenntnis, dass ich mir zu viel vorgenommen hatte, brach donnernd über mich herein. Meine Leute waren noch nicht bereit für diese Sache. *Ich* war noch nicht bereit für diese Sache. Wollte ich eine Bank ausrauben, müsste ich mehr und mehr Leute einbeziehen, was wiederum bedeutete, sie der Gefahr auszusetzen, verhaftet oder angeschossen zu werden … oder Schlimmeres.

Eine Bank auszurauben war nicht die Antwort. Ich wusste nicht, wie ich mit meiner Enttäuschung umgehen sollte. Den Plan nicht umzusetzen, schien mir respektlos dem Gedenken meiner Mutter gegenüber, als würde ich ihr Vermächtnis nicht würdigen. Wenn ich das nicht durchzog, war ich einfach nur ein Arschloch, das vor seiner Verantwortung davonlief.

Ich brauchte mehr Zeit, Erfahrung und viel mehr Kapital, um eine Bank auszurauben. Meine Hand legte sich um die fast leere Zigarettenschachtel in meiner Tasche. Das Feuerzeug hielt ich in der anderen.

Ich zündete die letzte, leicht ramponierte Zigarette mit dem letzten Flackern des Feuerzeugs an, ehe das Gas alle war.

Alles ließ mich im Stich. Hoffnung, Gas, Träume … alles war mit einem Mal dahin.

Ich wusste nicht recht, was ich als Nächstes tun sollte. Nachdem ich fertig geraucht hatte, warf ich die Schachtel und das Feuerzeug in einen Mülleimer auf dem Bürgersteig. Ich brauchte ein Zeichen. Ich brauchte einen neuen Plan. Sonst müsste ich zur Community zurückkehren und mich so gut wie möglich um sie kümmern, bis man mich dafür verhaftete, dass ich Geschäfte bestahl, um die Armen zu versorgen. Zu Fuß ging ich zur Bahnstation zurück … zurück zu dem angenehmen Leben und dem hübschen Mädchen, auf das ich mich nicht freuen sollte. Ich fühlte mich schuldig.

Für den Rückweg vom Bahnhof zum Haus der Burathons brauchte ich zu Fuß fast den ganzen Nachmittag. Glücklicherweise schien die Sonne, und der Wind hatte sich gelegt, sodass mir nicht allzu kalt war. Es war niemand zu Hause, als ich ankam, und so ging ich mit Rocket spazieren und streichelte Tiger, die Katze, die ein sehr häuslicher Stubentiger war, ehe ich duschte und mich dann ein bisschen schlafen legte. Auf dem Bett. Wo ich meine Schuldgefühle mit einem weichen, warmen und sicheren Platz zum Schlafen einbetonierte. Als ich wieder wach wurde, war es dunkel. Zu dunkel. Ich sah nach, wie spät es war, und stellte fest, dass es bereits Zeit für eine heimliche Leckerei in der Küche war. Ich verließ das Bett und entdeckte einen Klebezettel von Ronna, nachdem ich die Tür geöffnet hatte. Sie teilte mir mit, dass mein Abendessen im Kühlschrank stünde, falls ich Hunger hätte. Was für ein Luxus. Ich ging nach unten und sah, dass Teddi bereits in der Küche vor dem Kühlschrank stand. Sie war ein bisschen früh dran für ihr Zwei-Uhr-nachts-Eis.

Sie sah mich fragend an, während sie mit dem kleinen Finger die Tür vom Tiefkühlfach offen hielt.

Ich hielt einen Daumen hoch. Sie schloss die Tür und hielt zwei in weißes Papier eingewickelte Eis in der Hand.

Ich nahm ihr meins ab und kam ihr dabei ziemlich nah. Als sie zu mir aufschaute, spürte ich wieder diese Energie in meinem ganzen Körper, die mich noch näher zu ihr hinzog. Ihre Lippen waren so einladend und dass sie den Atem anhielt, vermittelte mir den Eindruck, dass sie hoffte … auf einen Kuss hoffte. Ich genoss die Anspannung, die sich zwischen uns aufbaute, trat dann aber an ihr vorbei und ging zur Hintertür.

»Willst du die Sterne sehen?«, flüsterte ich.

Sie schüttelte den Kopf, als müsste sie erst wieder zu sich kommen, und trat dann durch die Tür, die ich für sie aufhielt. Auf der Terrasse setzten wir uns jeder auf einen Gartenstuhl. Es lagen ein paar trockene Blätter darauf, die der Herbst von den Bäumen geweht hatte, aber man konnte trotzdem bequem darauf sitzen. Der Pool war mit einer Plane bedeckt, unter der sich in der Mitte eine riesige Blase gebildet hatte. Gleich dahinter konnte ich den Basketballkorb sehen. Fast meinte ich die Geräusche zu hören, die der Ball verursachte, wenn er durchs Netz und auf den Boden fiel. Gaze musste ihn hier eine Million Mal geworfen haben.

Ich wickelte mein Eis aus und reichte es ihr, um mir dann im Gegenzug das ungeöffnete zu schnappen.

Ihre Lippen zuckten leicht, dann murmelte sie: »Danke.«

»Die Sterne sind heute Nacht nicht zu sehen.« Ich deutete auf den Himmel, der mit dichten Wolken bedeckt war.

»Ja. Heute ist nicht der Tag, an dem man Sternbilder oder sonst was sehen kann.« Sie drehte sich zu mir um und sah mich mit ihren großen Augen an. »Wo warst du heute?«

Eine Minute lang wand ich mich innerlich. Ich wusste nicht recht, warum es mir so schwerfiel, Teddi anzulügen, aber die normalen Antworten – seien sie nun dummes Geschwätz oder einfach faustdicke Lügen – schien mein Gehirn überhaupt nicht als Möglichkeit zuzulassen.

»Ich wollte mich nur kurz mit ein paar Mitgliedern meiner alten Community treffen, um zu erfahren, ob Lucas noch mal Ärger mit den Cokes gehabt hat.« Ich begann, mein Eis von der Mitte aus zu essen. Das Gute war, dass ich mich wegen der Kälte nicht beeilen musste.

»Ging's ihm gut? Und die Cokes? Das waren die Bandenmitglieder, die sich mit euch geprügelt haben?«

Ich bekam das Gefühl, sie würde mich auf die Probe stellen.

»Ja. Die Cokes erkennt man an den roten Bandanas. Sie werden jetzt von einem besseren Typen angeführt, sind aber immer noch ein ziemlich rauer Haufen. Normalerweise versuchen die meisten Leute, Lucas zu helfen, oder sie ignorieren ihn einfach.« Ich biss ein großes Stück von der Spitze ab, und auf der Stelle bekam ich Hirnfrost.

»Drück deine Zunge an den Gaumen – fest!« Sie wedelte mit den Händen wie ein Vogel, der gerade gegen eine Glasscheibe geflogen war.

Ich folgte ihrem Vorschlag, und tatsächlich verschwanden die Kopfschmerzen sofort. »Oh, das funktioniert. Bist du etwa eine Zauberin oder so was Ähnliches?« Ich drehte den Kopf, sodass ich sie direkt anschauen konnte.

Sie zuckte die Achseln, während sie mich aufmerksam musterte. »Damals, in meiner Cheerleader-Zeit, haben wir manchmal ein Eis nach dem Training bekommen. Und natürlich haben immer ein paar reingebissen und sofort höllische Kopfschmerzen bekommen. Es passierte so häufig, dass wir uns was überlegen mussten. Und dann haben wir das mit der Zunge am Gaumen herausgefunden.« Sie biss ein genauso großes Stück vom Eis ab wie ich eben und zeigte mir dann, wie sie die Zunge an den Gaumen drückte. »Siehst du?«

»Man sollte lieber diesen Tipp auf die Verpackung drucken statt des Mindesthaltbarkeitsdatums. Das wäre viel nützlicher.«

»Ich weiß, dass du morgen ein Treffen hast. Per Video. Was Offizielles … mit Gaze' alter Sozialarbeiterin.« Sie zog die Nase kraus und warf mir einen eindringlichen Blick zu.

»Du siehst aus, als solltest du mir das eigentlich nicht erzählen.« Ich nahm einen kleineren Bissen.

»Na ja, du musst ein paar Entscheidungen fällen, und ich wollte, dass dir deine Möglichkeiten von offizieller Seite genannt werden. Aber irgendwie will ich es dir jetzt doch erzählen.« Sie nahm noch einen Bissen und lehnte sich zurück.

»Erzähl weiter. Wir sind jetzt schließlich miteinander verwandt, oder nicht?« Ich zwinkerte ihr zu. Ich hegte wahrlich keine verwandtschaftlichen Gefühle für sie. Ihre Schultern ruhten an der Rückenlehne, und die Knöchel hatte sie gekreuzt. Ich wünschte mir in diesem Moment, ich wäre der Gartenstuhl, in dem sie lag.

»Hm. Wohl schon. Na ja, sie sagten, wenn du möchtest, könntest du weiterhin zu Hause Unterricht bekommen oder aber für den Rest des Jahres zur Schule gehen. Weißt du, wie deine Noten aktuell sind?« Sie leckte seitlich an ihrem Eis entlang. Ihre Finger wurden immer weißer vor Kälte.

Ich lachte auf. »Süße, ich hab noch nicht einmal eine Geburtsurkunde.«

Ihre Augen wurden ganz groß. »Wow. Ich wusste noch nicht einmal, dass das möglich ist.«

»So ist das, wenn sich deine Mutter zu einer Do-it-yourself-Geburt in einem See entscheidet, weil sie kein Geld für eine Krankenversicherung hat, um ein Baby mit allem Drum und Dran zur Welt zu bringen.«

Mein Geburtstag war im September, sodass das Wasser schon merklich kühler gewesen sein musste. Mom hatte immer eindrucksvolle Geschichten zusammengesponnen, dass ich ein Kind des Waldes sei und so ein Zeug. Sie hatte nicht ganz Unrecht, denn ich fühlte tatsächlich eine innere Ruhe, wenn ich von Bäumen umgeben war. Trotzdem schrieb ich es eher der Tatsache zu, dass wir jahrelang unser Lager im Wald aufgeschlagen hatten.

»Das tut mir leid.« Sie wirkte wirklich betroffen.

»Das braucht es nicht. Mom war ein Freigeist. Sie machte gern alles anders. Schau dir doch nur meinen Namen an zum Beispiel.« Wieder zwinkerte ich ihr zu und verzog die Lippen zu einem schiefen Grinsen. Ich musste weiter für eine unbeschwerte Stimmung sorgen und durfte mich nicht von ihrer Traurigkeit anstecken lassen. Denn mein gespieltes Draufgängertum war nur eine Fassade, die leicht bröckelte und meinen Kummer nur notdürftig verbarg. Ich hatte ein Ziel. Ich durfte es nicht aus den Augen verlieren.

»Hast du denn alle Impfungen und so bekommen?« Sie strich sich das Haar mit einer Hand hinter die Schulter.

»Hab ich. Ich bin kein kompletter Tarzan.« Ihr fragender Blick ließ mich ein bisschen weiter ausholen. »Wir hatten das Glück, eine Weile in einer Unterkunft leben zu können, und ich brauchte alle Impfungen, um bleiben zu dürfen. Man wollte nicht, dass irgendwelche verseuchten Straßenkinder Probleme ins Haus bringen.«

Sie legte ihr Eis hin und kam aus ihrem Stuhl hoch. Dann setzte sie sich auf die Kante von meinem direkt neben meine Beine. Sie legte ihre kalte Hand auf mein Knie. Teddi sagte nichts. Aber ihr Blick. Verdammt. Es lag kein Mitleid darin, sondern Mitgefühl. Vielleicht war das sogar schlimmer. Der Blick durchbohrte meinen dünnen Schutzpanzer. Ich brach den Blickkontakt ab, senkte den Kopf und schaute auf meinen Schoß.

»Was meinst du also, was ich tun sollte? Homeschooling oder zur Schule gehen?« Themenwechsel. Nach vorn blicken.

Teddi nahm ihre Hand von meinem Knie und legte sie auf ihr Bein. »Nun ja, meinst du, du schaffst den Test? Ich hab nämlich gehört, dass du einen machen musst.«

Ich kratzte mich am Kopf. »Das schaff' ich schon.«

Teddi nickte, ehe sie aufstand und wieder nach ihrem Eis griff. Sie zupfte ein paar Blattreste weg, ehe sie es zu Ende aß. Ich wusste nicht, warum es mich so glücklich machte, zu sehen, wie sie das tat. Vielleicht weil ich daran merkte, dass sie doch nicht die Prinzessin war, die man angesichts ihrer Lebensumstände erwarten würde.

Teddi

Als wir unser Eis aufgegessen hatten, war die Wolkendecke so weit aufgerissen, dass wir ein paar Sterne sehen konnten. Es war kalt, und wir hätten besser hineingehen sollen.

Ich stellte mir vor, wie es wohl für seine Mutter gewesen sein mochte. Das war meine Art, die Eindrücke zu verarbeiten. Wie war es, kein Geld zu haben, um frei zu entscheiden, wo man sein Kind gebar? Wie war es, keine Geburtsurkunde seines Kindes zu haben? Ich verstand es. Natürlich musste ich selbst mir keine Gedanken um Versicherungen machen, aber seitdem ich die Partys organisierte, wusste ich, dass Versicherungen göttliche Macht besaßen, wenn Leute krank wurden. Eine Bewilligung konnte den Behandlungsverlauf von jemandem grundlegend verändern. Wir hatten zwar viele Geldgeber, aber trotzdem schien es nie genug zu sein. Es machte mich wütend, wenn ich einer Familie half, eine Rechnung zu bezahlen, nur um dann zu erleben, dass gleich die nächste ins Haus flatterte, ehe man überhaupt die erste hatte zahlen können.

Dann dachte ich an Lucas und seine Bedürfnisse. Ruffian hatte erwähnt, dass er zwanzig sei. Also hatte er es irgendwie geschafft.

Ruffian sprach auf jeden Fall liebevoll über seine Mutter. Ich spürte keinerlei Wut bei ihm. Aber er verbarg etwas. All das Zwinkern und Grinsen schien nur Show für alle anderen zu sein.

»Ist dir kalt? Wir können reingehen.« Er stand auf und reichte mir die Hand. Ich brauchte sie nicht, um von meinem Gartenstuhl hochzukommen, aber ich ergriff sie trotzdem. Als ich mit etwas Schwung vor ihm zum Stehen kam, legte ich meine Hand an seine Brust, um nicht das Gleichgewicht zu verlieren.

Wir sahen einander an, ehe er hinzufügte: »Ich kann dir auch mein Hemd geben, wenn du es brauchst.«

»Aber dann wärst du derjenige, der hier draußen friert.« Er hielt immer noch meine Hand, und auch ich bewegte mich nicht.

»Wenn du es brauchst, wäre es okay für mich.« Es war so kalt, dass sein Atem sich in eine kleine Dampfwolke verwandelte, die mein Gesicht einhüllte, ehe sie sich auflöste. Dieses Mal zwinkerte er mir nicht zu.

Ich holte tief Luft, und als ich wieder ausatmete, legte sich mein Atem wie ein Schal um ihn. Ich kam nicht gegen ihn an. Mein Herzschlag verlangsamte sich, und das Bedürfnis, mich auf die Zehenspitzen zu stellen, um ihn zu küssen, wurde beinahe überwältigend. Ich musste mich zwingen, mich nicht zu rühren.

Er fuhr sich mit der Zunge über die Lippen. »Lass uns reingehen.«

Er stoppte es. Er stoppte, was immer das war. Ich nickte und ging voraus. Ihm meine Hand zu entziehen, schmerzte beinahe körperlich.

Ruffian war ein Problem. Ich war ein Problem. Ruffian und mich umgab ein Zauber, den ich nicht verstand.

19. KAPITEL

Teddi

Am Nachmittag setzte ich mich für eine Zoom-Konferenz mit meinem Cheerleader-Team an meinen Schreibtisch. Als Erstes wurden die Termine fürs Training abgesprochen, und wir einigten uns schließlich auf zweimal pro Woche im Herbst. Als das Thema erledigt war, übergab Peaches, der Captain, die Leitung des Meetings an mich. Ich gab eine Slideshow für alle Teilnehmer frei und stellte die Pläne für die Partys während der Feiertage vor. Es lagen Anmeldungen vor, und die Mädchen teilten sich auf, um weitere Helfer zu organisieren. Wir mussten an alle Teams Nachrichten schicken. Einige Mädchen würden die Jungs ansprechen, mit denen sie eh viel Zeit verbrachten oder zusammen waren. In den anderen Teams hatte ich ein paar Mädchen mit Schwestern, sodass ich hoffte, die würden auch mitmachen. Ich legte einen Termin für ein großes Treffen in ein paar Wochen mit allen Freiwilligen bei mir zu Hause fest, um die endgültigen Ablaufpläne zu verteilen. Als ich mich schließlich aus der Zoom-Konferenz verabschiedete, lagen drei weitere Dokumente und ein paar Zettel mit Notizen vor mir. Es kostete mich ein paar Stunden, alles zu strukturieren und schließlich in den Kalender einzutragen. Zu meinen Aufgaben gehörte es, die einflussreicheren Spender um ihre Unterstützung zu bitten. Die Jungs vom Fußballteam waren sehr interessiert daran, sich für das Weihnachtsbaumprojekt zu engagieren. Ich machte daraus einen kleinen Wettkampf zwischen den Teams. Das war eine weitere Möglichkeit, ein bisschen mehr für die Leute zu tun.

Ich lehnte mich zurück und streckte die Arme hoch über den Kopf, um mich zu dehnen.

»Völlig vertieft in die Arbeit, hm?«

Er.

Ruffian lehnte im Türrahmen.

»Könnte man sagen.« Ich drehte mich mit dem Stuhl zu ihm und war mir plötzlich meiner schwarzen Leggings und des bauchfreien Tops nur allzu bewusst. Die Haare hatte ich zu einem unordentlichen Knoten oben auf dem Kopf zusammengenommen. Meine Arbeitsklamotten.

»Was treibst du denn so?« Er kam ein paar Schritte näher. »Bist du der CEO einer millionenschweren Firma?«

Es interessierte ihn wirklich. Ich war besessen von den Partys, die ich organisierte. Und jetzt hatte ich plötzlich das Gefühl, dass sie zu wenig waren. Es gab eindeutig mehr, was ich tun könnte. Ich biss mir auf die Unterlippe. Aus Zeitmangel musste ich ja sogar die Anzahl der Familien beschränken.

»Wow, hab ich da einen wunden Punkt getroffen?« Ruffian hob die Hände, als hätte er Angst, mich ernsthaft verletzt zu haben.

Ich wechselte das Thema. »Wie geht es Lucas und Grandma/Mom?«

»Gut. Du hast ein Wunder für sie vollbracht. Wenn sie dableiben könnten, wäre das toll.« Er deutete auf mein Bett, und ich nickte. Er setzte sich auf die Kante und strich mit seiner großen Hand über meine Daunendecke.

»Warum sollten sie nicht dortbleiben können? Ich kann Mrs Keller noch mal anrufen, wenn es ein Problem gibt.« Ich griff nach meinem Handy.

»Ganz ruhig … Es geht ihnen gut. Nur manchmal ändern sich Situationen, oder es überkommt die Leute, plötzlich zu gehen. Hoffentlich läuft alles gut.« Er wirkte entspannt auf meinem Bett.

»Und was hast du heute gemacht?« Wenn ich jetzt darüber nachdachte, stellte ich fest, dass ich mich über Stunden mit den Partys und dem Cheerleader-Kram beschäftigt hatte.

»Ich habe mit Mrs Josephine über die Schule gesprochen. Sie ist eine sehr nette Dame.«

»Also wirst du mit zu meiner Schule kommen?« Ich stand auf, und er kam ebenfalls hoch.

»Sieht so aus. Ich muss nur einen Einstufungstest ablegen. Ronna sagte, sie würde das für mich arrangieren. Dann bin ich ein bisschen in der Gegend spazieren gegangen. Es ist schön hier. Wirklich schön.« Er bewegte sich auf die Tür zu.

»Du willst was Schönes sehen? Ich zieh mir nur schnell was anderes an, und dann kannst du mit zu den Smiths kommen.« Ich griff nach dem Türknauf, als er in den Flur trat.

»Klar. Das würde ich gern.« Er schenkte mir ein strahlendes Lächeln. Ein Lächeln, das auch seine Augen erreichte.

Ich schloss die Tür und versuchte, etwas Hübsches zum Anziehen auszusuchen. Für die Smiths. Nicht für Ruffian.

Ruffian

Die Gegend war toll. Aber drei Straßen weiter waren die Häuser der Wahnsinn. Der absolute Wahnsinn. Die Auffahrten waren so lang, dass man die Häuser von der Straße aus nicht sehen konnte. Ich war vorhin in den Wald zwischen den Anwesen gelaufen. Es waren nicht meine Wälder, aber ich fand mich trotzdem zurecht. Die verschiedenen Parks und Grünflächen am Rand der Auffahrten sagten mir alles. Ich war begeistert, wie wenig Unrat herumlag. Mit Leichtigkeit war ich auf einen Baum geklettert und hatte über ein Sicherheitstor geschaut. Der Ausblick, den ich vom Baum aus hatte, ließ mich einen ganz neuen Plan fassen. Einen vernünftigeren Plan, bei dem mein Können und meine Erfahrung zum Einsatz kommen würden. Ich konnte fast jedes Schloss knacken. Manche waren Zahlenschlösser, andere waren mit einem Riegel gesichert, aber ich hatte haufenweise Möglichkeiten, an das heranzukommen, was ich brauchte. Die Häuser hier waren weitläufig. Sie waren riesig. Vielleicht brauchte ich gar keine Bank auszurauben, um genug Geld für meine Leute zusammenzubekommen.

Und nun ging ich mit Teddi erneut in die Gegend, wo ich heute schon gewesen war. Wieder ein Zeichen. Meine Mom gab mir die Richtung vor.

Während Teddi den Knopf an der Gegensprechanlage drückte und strahlend in die Kamera schaute, nahm ich an, dass das hier das teuerste Haus in der Gegend sein musste.

»Hi Teddi! Ich fahre mit dem Golfwagen nach unten. Komm mir entgegen, dann werde ich dich einsammeln.« Eine weibliche, körperlose Stimme schien begeistert, sie zu sehen.

»Ich hab einen Freund dabei.«

»Das kann ich sehen.« Und dann war ich mir ziemlich sicher, dass das Mädchen förmlich in die Gegensprechanlage schnurrte.

Die Torflügel schwangen auf. Während wir die Auffahrt hochgingen, fühlten sich meine Füße mit einem Mal wärmer an als normal. Ich deutete auf den Asphalt. »Ist das beheizt?«

Teddi schaute mich an. »Äh, ja. Normalerweise benutzt man das, wenn Schnee liegt, aber manchmal geht Mrs Smith gerne barfuß.«

»Das scheint mir eine sehr verschwenderische Lösung für ein recht spezielles Problem zu sein.« Als ich genauer hinsah, konnte ich transparente Wellen über dem Weg erkennen, woran deutlich wurde, dass die Wärme tatsächlich einfach in die kalte Luft gepustet wurde.

Teddis Wangen hatten einen rosigen Schimmer, und die Jeans und die Daunenjacke standen ihr perfekt. Ich musste damit aufhören, sie immer so genau anzusehen. Der Klang eines Golfwagens hallte von der polierten Schutzmauer wider, die die Auffahrt begrenzte.

Ein Mädchen mit Igelfrisur, das von oben bis unten in Neonfarben gekleidet war, kam auf uns zugefahren und trat im letzten Moment auf die Bremse.

»Teddi!«, kreischte sie laut.

»Sieh dich an. Hast du zugenommen? Genau an den richtigen Stellen.« Sie umarmte Teddi, die ihr mit deutlich mehr Zurückhaltung auf den Rücken klopfte.

Sie drehte sich zu mir um. »Hi, ich bin Meg Smith!«

Sollte es je einen Wettbewerb geben, bei dem Leute aufgrund eines Gesichtsausdrucks glauben sollten, man wäre eine Katze, die gleich einen Vogel fressen wollte, würde sie gewinnen.

Da sie die Hand ausstreckte, musste ich die Begrüßung erwidern. »Ruffian.«

»Ruffian? Was für ein ungewöhnlicher Name.« Sie drückte die Brust raus und verzog die Lippen zu einem Schmollmund, als würde sie gleich ein Selfie machen.

»Ja. Es bedeutet Zuhälter oder Raufbold. Meine Mutter hatte einen sehr speziellen Sinn für Humor.«

Meg legte die spitzen, künstlichen Nägel an ihre Lippen. »Ein Zuhälter? Wer gibt seinem Baby so einen Namen?«

»Mir gefällt der Name«, warf Teddi ein.

Ich richtete den Blick auf sie.

Sie strich sich eine Haarsträhne hinters Ohr und fragte mich lautlos: *Alles okay?*

Ich nickte kurz, ehe ich mich wieder Meg zuwandte. »Du weißt ja, manchmal wirst du durch ein Wort definiert und manchmal definierst du das Wort. Mir wurde beigebracht, Letzteres zu glauben.«

Ein schwer zu deutender Ausdruck trat in Megs Augen. »Also, was gibt's, Teddi? Da wir ja gerade von seltsamen Namen sprechen.«

»Danke, dass du das sagst, Meg. Eigentlich bin ich hier, um zu sehen, ob deine Mutter da ist. Wir haben mit der Organisation der Partys im Dezember angefangen.« Teddi rückte einen Schritt näher an mich heran.

»Spring rein!« Sie hüpfte wieder auf den Fahrersitz und zog an meinem Arm. Teddi schien sich damit abzufinden, dass Meg ihren Willen bekam, und setzte sich auf die Rückbank. Ich faltete mich so zusammen, dass ich auf den Beifahrersitz passte.

»Also, Ruffian, nun erzähl mal. Hast du eine Freundin?« Meg achtete überhaupt nicht darauf, dass der Wagen auf der asphaltierten Auffahrt blieb.

Ich zuckte ein paarmal zusammen, als wir auf dichtes Gebüsch zusteuerten. Das Gelände, durch das wir fuhren, war voller Bäume und herrlich angelegt. Es war ein riesiger Grundbesitz – und meine Leute hofften, auf einem Parkplatz bleiben zu dürfen. Wir könnten so viel aus dieser Fläche machen. Ich musste mein Urteil über den Reichtum in dieser Gegend hintenanstellen. Das war eine Gelegenheit … Gelegenheit machte Diebe.

»Im Moment? Nein. Weißt du, Meg, ich hab alles in der Stadt zurückgelassen.« Fast hätte ich ihr ins Steuer gegriffen, als wir uns einem riesigen Rondell näherten. Gärtner arbeiteten an verschiedenen Stellen vor dem großen Haus.

Meg fuhr direkt über ein paar Pflanzen, die ein Mann gerade in die Erde gesetzt hatte. Er kam in die Hocke hoch, als wollte er verhindern, dass seine Finger unter die Räder des Golfwagens gerieten.

Mitten in der Auffahrt ließ sie den Wagen stehen. Ein Auto würde nicht mehr durch den Bogen fahren können, weil der Golfwagen mitten im Weg stand. Sie sprang heraus und winkte Teddi und mir, ihr über die breite Marmortreppe nach oben zu folgen.

Möglicherweise täuschte ich mich, aber das war bestimmt das teuerste Haus in der ganzen Gegend. War es vielleicht sogar schon eine Villa? Ich wusste es nicht.

Als Meg bei der Tür ankam, wurde sie von einem Mann in einem schwarzen Anzug geöffnet. »Miss.« Er deutete eine Verbeugung an.

Sie beachtete ihn nicht, sondern betrat sofort den Eingangsbereich. Zögernd blieb ich vor dem Mann stehen, ehe mir klar wurde, dass ich ihm nicht vorgestellt werden würde.

Teddi trat neben mich und winkte dem Mann zu. Er lächelte kurz, ehe sein Gesicht wieder versteinerte.

Als wir ein paar Schritte entfernt waren, beugte ich mich zu Teddi und fragte leise: »Wer war das?«

Sie hielt sich an meinem Ellbogen fest, als sie sich auf die Zehenspitzen stellte, um mir zuzuraunen: »Das ist Jano, ihr Butler. Er öffnet die Tür und nimmt Post und so entgegen.«

»Er ist eine menschliche Türglocke?« Ich warf einen Blick über die Schulter und stellte fest, dass Jano immer noch die Wand anstarrte.

»So was Ähnliches. Die Smiths sind sehr, sehr wohlhabend.« Teddi ließ meinen Ellbogen los und eilte Meg hinterher, die durch die Halle lief und auf einen Knopf an der Wand drückte. Und tatsächlich – wir standen vor einem Fahrstuhl.

Der Fahrstuhl gab einen leisen Gong von sich, und die Türen glitten auf. Ich streckte den Arm aus, damit die Türen sich nicht sofort wieder schlossen und Teddi und ich ebenfalls einsteigen konnten.

»Mom ist im Ankleidezimmer im ersten Stock, glaube ich. Sie plant, was sie zum nächsten gesellschaftlichen Event anziehen soll. Du kennst den Weg, nicht wahr, Teddi?«

Meg trat neben mich, und ihr Parfüm dominierte den gesamten Raum und schien allen Sauerstoff zu verdrängen.

»Ich glaube ja. Es befindet sich neben der Bibliothek, richtig?« Teddi zeigte in unterschiedliche Richtungen und legte sich dann auf eine fest, als die Türen wieder aufgingen.

»Ja, genau. Ich führe Ruffian herum, während du und Mom übers Geschäftliche redet. Du weißt ja, dass mich das langweilt.« Meg zog an meiner Hand, und ich beobachtete, wie Teddi zögernd in eine Richtung ging, von der sie offensichtlich hoffte, dass es die richtige wäre. Und dann schenkte Meg mir ihre volle Aufmerksamkeit, wobei ihr Busen auf meinem Unterarm lag.

»Von wo ist deine Familie?« Meg zog ein Handy aus der Tasche und fuhr mit dem Daumen über den Bildschirm. Ehe ich wusste, wie mir geschah, hatte sie ein Selfie von uns gemacht. Und bevor ich auf ihre erste Frage antworten konnte, stellte sie schon die nächste: »Wie heißt dein Insta-Account? Dann kann ich dich gleich taggen.«

Und einfach so landete unser Foto auf ihrer Profilseite.

»Euer Anwesen ist ja gewaltig.« Es schien mir eine gute Möglichkeit, die Unterhaltung in eine andere Richtung zu lenken. Die Gemälde an den Wänden waren riesig und besaßen dicke Rahmen aus Holz.

»Ja, und weißt du was? Mein Vater ist gerade dabei, ein ganzes Gebäude in New York zu kaufen! Aber statt es in einzelne Wohnungen zu unterteilen, will er es für uns renovieren, damit wir es im Frühling und Sommer benutzen können. Vielleicht gehe ich zum Studieren an die NYU, sodass ich dann dort wohnen könnte. Mom sagt, wir besitzen mehr Quadratmeter auf der ganzen Welt als ein König.« Sie zeigte auf ein paar Gemälde. »Und weißt du was? Mit einem von diesen Bildern könnte man den ganzen Flügel eines Krankenhauses kaufen.«

Ich musterte die Bilder, auf die sie gezeigt hatte. Sie waren klein und sahen alt aus. Gemälde. Es würde schwer sein, sie zu verkaufen, aber eindeutig einfach, sie zu stehlen. Wir waren hier einfach hereinspaziert, und es gab keine Wächter oder sonst irgendwelche Sicherheitsvorkehrungen, die mir aufgefallen wären.

Wir bogen zweimal rechts ab, und dann öffnete Meg eine riesige Flügeltür.

Dahinter lag kein Zimmer, sondern eher ein ganzer Flügel des Hauses. Es gab eine voll ausgestattete Küche, und von der Stelle, wo ich stand, konnte ich allein zwei Badezimmer erkennen. Auf der einen Seite, die nur aus Fenstern bestand, konnte man einen Bereich des Gartens sehen, der mit Wasser, künstlich angelegten Bachläufen und Feuerelementen gestaltet war.

»Woher kennst du Teddi?«

Dieses Haus war eindeutig mindestens eine Villa.

»Wir waren eine Weile zusammen bei den Cheerleadern. Die Privatschule, zu der ich gehe, hat kein Cheerleader-Team, aber ich wollte unbedingt wissen, wie das ist. Ich fahre immer noch mit zu einigen Wettbewerben, aber meistens bin ich zu beschäftigt für all das. Das gilt für uns beide. Teddi und ich sind etwa zur gleichen Zeit aus dem Team ausgeschieden.« Sie drehte sich zu mir um und sah mich mit einem strahlenden Lächeln an.

Sie war niedlich. Das musste ich ihr zugestehen. Volles schwarzes Haar und funkelnde grüne Augen. Es war schrecklich, durch dieses riesige Haus zu gehen und zu wissen, dass nur ein paar Leute hier wohnten. Eine Hausangestellte huschte aus Megs »Flügel« und entfernte sich schnell, ohne dass sie zur Kenntnis genommen wurde.

»Wie hast *du* Teddi kennengelernt?« Meg setzte sich auf die Kante eines Sofas, das wie ein Kunstwerk aussah.

Ich wollte mich nicht ausfragen lassen und Dinge von mir preisgeben. Deshalb deutete ich auf eine Wand voller Fotos. »Hast du die gemacht?«

Die Antwort erübrigte sich eigentlich. Ziemlich viele von ihnen sahen wie Selfies aus. »Oh nein. Die sind von meinem Social-Media-Profil. Meine Bilder werden von einer Agentur bearbeitet.« Sie klimperte mit den Augen.

»Kennst du Austin?« Ich wusste genug über Social Media, um mich mit der Frage nicht zu blamieren, und vielleicht folgten sie ja einander.

Ich ließ sie weiterreden, während ich mir ihre Fotos genauer anschaute. Schmuck. Ganz viel Schmuck. Vielleicht war dieses Mädchen ja mein Ersatz für den Banküberfall.

»Austin? Äh, nein. Ich bin keine Followerin von ihm. Seine Bilder sind mir ein bisschen zu …« Sie führte den Satz nicht zu Ende, und ich hörte, dass sie von der Couch aufstand und näher kam.

»Das ist auf den Turks- und Caicosinseln aufgenommen worden.« Ihre linke Brust klebte wieder an meinem Arm. »Der Strand da gehört meiner Familie.«

»Ihr habt einen Strand?« Ich drehte mich zu ihr um und sah sie an.

Sie zuckte die Achseln, als wäre das keine große Sache. »Ach, weißt du, Daddy ist dabei, eine Insel zu kaufen, die er mir zum Schulabschluss schenken will. Zählt das als ein einziger großer Strand?« Sie lachte, als hätte sie einen Witz erzählt.

Teddi kam herein. »Das ist ein großartiges Geschenk, Meg.«

Ich beobachtete, wie beim Klang von Teddis Stimme ein harter Ausdruck in Megs Augen trat. »Wenn du mir weiter heiße Typen vorbeibringst, lade ich dich vielleicht zur Einweihungsparty auf der Insel ein.« Dann legte sie eine Hand auf meinen Bauch.

Teddi faltete sorgfältig einen Scheck zusammen und steckte ihn in ihre Tasche. »Danke, dass du dabei an mich denkst.«

Ich bekam den deutlichen Eindruck, dass Teddi Meg überhaupt nicht mochte. Und trotzdem kannte sie sich hier gut genug aus, um zum Ankleidezimmer der Mutter und zu Megs Räumlichkeiten zu finden.

»Natürlich. Was habt ihr beiden heute noch vor? Wollt ihr mit zum Poolhaus?« Meg richtete die Frage an uns beide, schaute dabei aber mich an.

»Ich kann leider nicht. Ich muss ein paar Sachen für die nächsten Partys erledigen. Aber ich kann nur für mich sprechen, nicht für Ruffian.« Teddi wippte auf den Fersen vor und zurück.

»Und mich erwartet ein wichtiger Telefonanruf bei den Burathons. Aber trotzdem danke. Wie wäre es mit einem anderen Mal?«

Ich sah Meg extra etwas zu lange tief in die Augen. Wenn dieses Mädchen ein Mittel zum Zweck war, würde sie zukünftig sehr viel Aufmerksamkeit von mir erhalten.

»Klar. Schreib mir. Teddi hat meine Nummer.« Meg war enttäuscht, aber sie verbarg es. Vielleicht war sie einsam in diesem riesigen Haus.

Teddi bedankte sich bei Meg, und dann gingen wir zurück zum Fahrstuhl.

Ich beugte mich nach unten. »Wir könnten doch auch die Treppe nehmen?«

»Nein, können wir nicht.« Sie hielt die Tür auf, bis wir beide drinnen waren. »Ich kenn mich hier zwar aus, aber nur ein bisschen. Wenn wir nicht mit dem Fahrstuhl nach unten fahren, irren wir möglicherweise wochenlang in diesem Haus umher.«

Im Innern des Fahrstuhls kam man sich vor, als befände man sich in einem Spiegel. Teddi und ich waren überall. Ich schaute nach oben und sie ebenfalls. Sie streckte meinem Spiegelbild die Zunge raus, und ich tat es ihr nach. Als die Tür aufging, lachten wir. Wir begegneten noch mehr Hausangestellten, bis wir zur Eingangstür gelangten. Dieses Haus war riesig. So unvorstellbar groß. Es erinnerte mich an ein Museum, in das mich Mom mal vor Jahren mitgenommen hatte. Der Butler öffnete uns die Tür. »Ihr könnt gerne den Golfwagen nehmen. Ich weiß, dass Miss Meg ihn für die Auffahrt benutzt hat. Lasst ihn einfach am Tor stehen.«

Teddi bedankte sich, und ich nickte dem Mann zu. Ich hatte das Gefühl, dass der Butler alles sah. Vielleicht durchschaute er sogar mich.

Als wir zum Wagen kamen, deutete Teddi auf den Fahrersitz. »Willst du?«

Ich wollte tatsächlich, deshalb glitt ich hinters Lenkrad, während sie auf dem Beifahrersitz Platz nahm. Einen Golfwagen hatte ich aus offensichtlichen Gründen noch nie als Fluchtfahrzeug benutzt. Aber die Bedienung war ziemlich einfach, sodass ich in einem einigermaßen vernünftigen Tempo die Auffahrt runterfuhr.

Teddi runzelte die Stirn, während sie auf ihr Handy schaute, und seufzte dann.

»Was ist los, Theodosia Rebecca?« Ich klopfte auf das Lenkrad.

»Ich erzähl's dir in ein paar Minuten.« Während der restlichen Fahrt ließ sie den Blick schweifen.

Nachdem ich den Wagen in der Nähe der Gegensprechanlage abgestellt hatte, schwang das Tor auf, sodass wir das Anwesen verlassen konnten. Schweigend schrieb Teddi ein paar Textnachrichten, während wir uns vom Anwesen entfernten.

»Sorry, ich weiß nie, ob die nicht irgendwo Kameras oder so was haben.« Teddi zeigte mit dem Daumen über die Schulter.

Ein guter Hinweis. Ich ging davon aus, dass es welche gab, und über diesen Punkt würde ich definitiv nachdenken müssen – abgesehen von den Gemälden und dem Schmuck, von dem ich annahm, dass er genauso echt war wie der Marmor im ganzen Haus.

»Seid ihr gute Freunde, du und Meg?« Es schien mir keine große Verbundenheit zwischen den beiden zu bestehen.

»Wir waren es, als wir jünger waren. Aber irgendwann ging es ihr weniger darum, miteinander Zeit zu verbringen, sondern eher um den Vergleich von Kontoständen.« Sie sah wieder auf ihr Handy. »Und du hast eindeutig Eindruck bei ihr hinterlassen. Sie möchte, dass wir bald mal wiederkommen.«

»Und was will sie mit uns machen?« Ich versuchte, einen Blick auf die Textnachrichten zu werfen, aber Teddi war schneller und schaltete den Bildschirm aus.

»Nicht mit mir, mit dir.« Ihr Kiefer spannte sich an. Oha, Teddi mochte Meg überhaupt nicht.

»Und warum waren wir dann dort?« Na ja, offensichtlich wollte sie Geld für ihre Partys, was immer das mit sich brachte.

»Wenn ich was für die Leute erreichen möchte, die es brauchen, bedeutet das, dass ich mich manchmal mit Idioten abgeben muss. Die Smiths mögen die Steuerabschreibungen, deshalb gehe ich hin und bekomme die Schecks. Das ist eigentlich ganz einfach. Ich schicke ihrem Vermögensverwalter sogar eine Quittung. Deshalb sind sie mir gegenüber immer sehr großzügig.« Sie griff in ihre Tasche und holte den Scheck heraus, den sie bekommen hatte. Viertausend Dollar ausgestellt auf die »Meine Party« GmbH.

»Du hast eine eigene Firma für Partys?« Mann, sie war zwar nicht so reich wie Meg, hatte aber eine eigene Firma.

»Mehr oder weniger. Es ist die GmbH meiner Mutter. Sie wird sie auf mich übertragen, wenn ich achtzehn bin.« Teddi schien sich immer mehr zu entspannen, je weiter wir uns vom Haus der Smiths entfernten.

»Partys sind eine ernste Angelegenheit für dich. Sind hier in der Gegend alle so?« Ich beschrieb mit dem Zeigefinger einen großen Kreis.

»Ich weiß nicht, was du damit meinst.« Sie steckte den Scheck wieder in ihre Tasche.

»Als würde Geld auf Bäumen wachsen und so?« Ich begann, jedes Tor, an dem wir vorbeigingen, als Möglichkeit zu sehen.

Sie schwieg einen Moment lang. »Das muss dir alles so unsinnig vorkommen. Die Gegend hier. Wir.«

Sie war nicht wütend. Ich blieb wie angewurzelt stehen. Sie drehte sich zu mir um.

»Das habe ich nicht gesagt.«

Sie musterte mich. »Das brauchtest du auch nicht. Schließlich habe ich Lucas und Grandma/Mom kennengelernt. Die Dinge laufen hier anders. Es tut mir leid.« Sie wirkte nachdenklich.

»Hey, du brauchst dich nicht bei mir zu entschuldigen. Du lebst dein Leben. Und zwar hier.«

Sie ging weiter, und ich holte sie ein, als ihr Haus in Sicht kam. Wieder schaute sie auf ihr Handy.

»Meg hat tatsächlich ein Auge auf dich geworfen.« Sie hielt mir ihr Handy hin.

Meg: Ist er auf Instagram? Oder woanders? Ich will mehr Bilder von ihm. Habt ihr mal ein Fotoshooting gemacht?

Sie tippte auf den Bildschirm und zeigte mir das Selfie, das Meg von uns gemacht hatte. »Sie pinkelt auf dich.«

»Hä?« Mir fiel die Kinnlade runter.

»Im übertragenen Sinne. Sie pinkelt an ihren Baum. Als wäre sie ein Hund auf der Straße, der sein Revier markiert. Sie will, dass die Leute denken, sie würde dich kennen.« Sie scrollte durch die Kommentare, während wir die Auffahrt zum Haus hochgingen. »Die Kommentare sind positiv.«

Ich streckte die Hand aus, damit sie mir ihr Handy gab. Sie legte es in meine Hand und öffnete die Haustür.

Lecker.
Wer ist dieser neue heiße Typ?
Zum Vernaschen!

Teddi nahm ihr Handy zurück. »Und Meg liked natürlich alle Kommentare.« Sie atmete tief ein und dann durch den Mund wieder aus.

Ronna stand oben an der Treppe. »Hallo Ruffian. Wir haben einen Tag und eine Uhrzeit für deinen Einstufungstest. Wir sollten es eigentlich schaffen, dich noch vor den Ferien anzumelden.«

Ich spürte, wie Angst in mir hochkam, während ich mich zu einem Lächeln zwang. Mein ganzes Leben lang war ich noch nie in einer Schule gewesen. Das hatte meine Mutter immer mit großem Stolz erfüllt. Sie hatte nicht gewollt, dass jemand

Einfluss darauf nahm, wie ich dachte. Es war ihr wichtiger gewesen, dass ich ganz allein entschied, wer ich war. Ich war mir ziemlich sicher, dass mir das ganz gut gelungen war, aber jetzt machte sich doch Sorge in mir breit.

Teddi

Meg war eine Nervensäge. Ich hatte vier Nachrichten über ihren neuen Freund in meinem Postfach. Das nervte mich total. Ich war nicht eifersüchtig oder so. Beim Anblick von Ruffian hatte ich sofort gewusst, dass er wie Katzenminze auf die Mädchen in der Schule wirken würde. Aber Meg mit ihrem riesigen Haus, den Stränden und all dem war wirklich überwältigend.

Natürlich versuchte ich nicht, mit Ruffian zusammenzukommen. Ich musste mich auf die Partys konzentrieren und nicht auf ihn. Er folgte meiner Mutter in die Küche, weshalb ich in mein Zimmer ging. Ich vermerkte Mrs Smiths Spende in den Kontounterlagen und schickte ein paar E-Mails raus, in denen ich um Sach- und Geldspenden bat. Dafür hatte ich eine E-Mail-Vorlage, die ich immer wieder benutzte.

Es gingen drei weitere Nachrichten ein. Ich ignorierte sie, antwortete aber auf die von Taylor.

Teddi: Ja. Hab 4000 bekommen.

Taylor antwortete mit einer Flut glücklicher Emojis.

Taylor: Mensch, wir müssen ihr weiter richtig Honig um den Bart schmieren. Sie soll einfach nur Geld lockermachen.

Teddi: Ja. Genau. Meg will, dass Ruffian so schnell wie möglich wieder vorbeikommt.

Taylor: Das überrascht mich nicht.

Die Antwort kam wie aus der Pistole geschossen von Taylor zurück.

Teddi: Sie hat ihn sofort in ihr Zimmer mitgenommen und von der Insel erzählt, die sie kaufen.

Taylor: Wow. Sie hätte nicht gleich so viel Gas geben müssen.

Teddi: Ja. Das hab ich auch gedacht. Ich hab dich lieb.

Taylor: Ich dich auch, Süße. Vergiss den Typen, wenn er auf die verwöhnte Ziege steht. Du weißt, dass Dameon sich liebend gern von dir als Fußabtreter benutzen lassen würde.

Teddi: LOL

Dameon war ein toller Typ, aber bei ihm hatte ich keine Schmetterlinge im Bauch. Wenn ich Ruffian anschaute, waren meine Gefühle fast schon zu stark. Und auf Meg eifersüchtig zu sein, würde mir gar nichts bringen. Trotzdem war ich froh, bei der Unterhaltung mit Taylor Dampf ablassen zu können.

Dann kam eine Nachricht von Samantha rein.

Samantha: Hi, wenn wir für die Tanzschule vor Ort ein Training machen, werden sie uns dafür bezahlen. Das könnten wir dann noch auf die Spenden draufpacken. Aber um der alten

Zeiten willen musst du mitmachen. Ich hab denen mehr oder weniger gesagt, dass du ab und zu noch bei uns mitmachst und die Partys dein Baby wären.

Als Antwort schickte ich ihr ein Herzchen. Ich würde dafür üben müssen, und das tat ich normalerweise im Wohnzimmer vor Gaze' und Pixies ehemaligem Zimmer, das nun Ruffian bewohnt.

Ich zog Shorts und ein Top an und band die Haare zu einem hohen Pferdeschwanz zusammen. Die Choreografie der letzten Woche musste ich noch einmal üben, und meinen Teil für die nächste Woche musste ich ebenfalls noch lernen. Das entsprechende Video von Samantha landete gerade mit einem Piepen in meinen Nachrichten.

Ich machte ein paar Dehnübungen, während ich die Musik heraussuchte. Von Ruffian war nichts zu sehen. Ich teilte die Choreografie in Abschnitte und lernte sie Stück für Stück. Immer wieder stellte ich die Musik auf Anfang und arbeitete mich zu der schwierigen Stelle vor. Die Überschläge und Saltos konnte ich alle nicht machen, aber ich passte die Choreografie an, damit ich im Fluss bleiben konnte. Mir war zwar warm geworden, aber ich wollte auf keinen Fall zum Üben in die beißende Kälte, die draußen jetzt vermutlich herrschte, wenn ich den Wind richtig deutete.

Ein leises Klatschen riss mich aus meiner Konzentration. Ruffian saß auf der Treppe und beobachtete mich. Ich schaltete Musik und Video aus.

»Nein, hör meinetwegen nicht auf.« Er ließ die Hände sinken.

»Wie weit bist du gekommen?« Ich versuchte zu erkennen, ob ich sehr stark schwitzte. Das tat ich. Es war ein richtiges Workout, das ich absolviert hatte.

»Deine Mutter und ich haben über den Einstufungstest gesprochen und über das, was ich in diesem Schuljahr machen möchte.« Er kam ins Zimmer und setzte sich auf die Couch.

Ich hockte mich auf die Armlehne des Fernsehsessels und versuchte, weniger zu schwitzen. »Welche Möglichkeiten hast du denn?« Mir war gar nicht klargewesen, dass es Alternativen gab. Alle gingen doch zur Schule.

»Nun ja, aufgrund meines Alters könnte ich meinen Abschluss auch auf dem zweiten Bildungsweg machen. Der Beratungslehrer von deiner Schule hat jedenfalls einen Einstufungstest empfohlen und meinte, ich solle ein paar Monate zur Schule gehen, um in den Stoff reinzukommen, ehe ich außerschulisch meinen Abschluss mache.« Er klopfte mit den Fingern auf seine Knie.

»Das heißt, du hast noch nie einen Test gemacht?« Ich fragte es, obwohl ich natürlich wusste, dass er anders aufgewachsen war.

»Nein. Ich musste es nie. Ist es schwer?«

Er lächelte mich an, als wäre da ein Witz, den ich nicht mitbekam. »Ähm … Willst du, dass ich dir zeige, wie man einen Test schreibt?« Ich versuchte zu überlegen, wie ich das machen würde. Ich zweifelte nicht daran, dass er lesen konnte.

Da wurde sein Blick weich. »Danke. Nein, alles in Ordnung. Ich bekomm das hin. Papierkram und so hab ich ja auch schon erledigt. Solange Anweisungen da sind, sollte ich das schaffen.«

»Okay. Sag mir Bescheid, wenn du Hilfe brauchst.« Ich stand auf, weil ich es nicht mehr ertrug, ungeduscht hier herumzusitzen. Es verunsicherte mich, dass ich so verschwitzt war. Als ich an ihm vorbeiging, griff er nach meiner Hand.

»Nein, ich komme klar, aber danke.« Der Ausdruck in seinen Augen war aufrichtig. *Boom*. Wieder dieses Gefühl. Seine Berührung setzte meinen ganzen Körper unter Strom.

»Okay, gern geschehen.« Ich wartete und hielt den Atem an, bis er mich losließ. Meine Reaktion auf ihn war mir bereits in Fleisch und Blut übergegangen. Es war verrückt.

Ich stolperte die Treppe förmlich hinauf. Kurze Zeit später, unter der Dusche, berührte ich meine Lippen und fragte mich, wie sich eine Berührung dort erst anfühlen würde.

20. KAPITEL

Ruffian

Gaze und Pixie fuhren mich am nächsten Tag zum Einkaufszentrum. Teddi hatte weitere Treffen wegen der riesigen Partys, die sie organisierte und für die sie Millionäre brauchte, die ihr Schecks ausstellten. Es war schwer, ein Gefühl dafür zu bekommen, was für ein Mensch sie war. Was ich in ihren Augen sah und was ich über sie wusste, waren zwei völlig unterschiedliche Dinge.

Gaze hatte mich wieder hinten in seinen Truck einsteigen lassen. Ich hatte nur ein paar Dollar bei mir, deshalb war ich mir nicht sicher, wie das Ganze ablaufen würde. Pflegekinder erhielten normalerweise ein bisschen Geld. Das wusste ich. Aber mir war auch klar, dass solche Dinge Zeit brauchten. Und davon hatten wir noch nicht viel gehabt.

Pixie war so glücklich, dass sie förmlich hüpfte. Sie drehte sich auf ihrem Sitz.

»Du bist ziemlich groß, aber es gibt da ein paar Läden, die Gaze wirklich gut findet. Deshalb sollten wir zuerst dorthin gehen. Was für einen Stil magst du?«

»Ich mag normalerweise das, was ich hab.« Ich wusste nicht recht, was sie bei diesem Ausflug von mir erwartete. Vielleicht eine neue Jacke und ein oder zwei Notizbücher.

Pixie legte den Kopf auf die Seite. »Was du anhast, ist toll. Wir können bei dem Stil bleiben.«

Gaze fuhr mit dem Truck in eine Parklücke. »Hey, wenn du den Truck fährst, denk dran, dass der linke Blinker hakt.«

Ich nickte. Gaze und Pixie schienen in ihrer eigenen kleinen Welt zu leben, aber sie bezogen mich trotzdem ein. So schlecht war es mit ihnen nicht.

Es gelang mir, vor Pixie auszusteigen und ihr die Tür aufzuhalten. Gaze dankte mir mit einem Heben des Kinns. Wenn ich sein Mädchen nett behandelte, brachte mir das Punkte bei ihm ein – was immer das wert sein mochte.

Sie griff nach meinem Ellbogen und ging neben mir her, während sie ihr Handy hervorholte. »Teddi hat mir eine Liste mit Sachen geschickt, die du für die Schule brauchst. Und Austin hat gesagt, dass er auch dazukommen könnte.«

Gaze legte eine Hand auf meine Schulter. »Wenn Austin zu einem sagt, man soll etwas nehmen – in Bezug auf Kleidung –, dann tut man das einfach. Du kannst ihm vertrauen. Er ist so eine Art Genie in dem Bereich.«

Als hätte er ihn mit seinen Worten herbeigerufen, kam Austin auf uns zu, als wir das Einkaufszentrum betraten. Er hatte eine schwarze Sonnenbrille auf, trug dunkle Jeans und einen Pullover mit einem Muster, das ich so noch nie gesehen hatte. Austin und Gaze umarmten sich und klopften einander auf den Rücken. Ich verspürte einen leichten Stich von Eifersucht. Sie standen sich nahe. So nahe wie Brüder.

Austin sah mich von oben bis unten an, nachdem er Pixie einen Kuss auf die Wange gegeben hatte. »Also, mit dir werden wir es leicht haben: groß, Schwimmerfigur. Himmel, ich würde dich sogar als Model auf meiner Seite zeigen.«

Wieder die sozialen Medien.

»Ich hab schon so häufig als Model gearbeitet, dass du dir das wohl nicht leisten kannst.« Bestimmt wurde ich ein bisschen rot dabei, als ich das sagte. Es war seltsam, so im Mittelpunkt der Aufmerksamkeit zu stehen. Ich war es eher gewohnt, mit meiner Umgebung zu verschmelzen. Tarnung oder Verstecken waren für mich die normalen Zustände. Pixie griff wieder nach meinem Arm und drückte ihn tröstend.

»Als Erstes besorgen wir dir ein Handy.« Sie zog mich in Richtung des nächsten Elektronikladens. Gemeinsam sahen wir uns die ausgestellten Geräte an. Die Preisschilder waren verwirrend. Manche Handys kosteten schockierend wenig. Sie beobachtete mich eine Weile und erklärte mir dann mit leiser Stimme: »Das ist pro Monat, und man muss einen Zwei-Jahres-Vertrag abschließen. Nach so was suchen wir nicht.«

Austin zeigte schließlich auf ein Modell. »Das hier macht großartige Bilder, und es darf nass werden. Damit kannst du also schwimmen gehen und so.«

Er schob die Sonnenbrille ins Haar hoch. So, jetzt war's so weit. Zeit zu bezahlen. Ich musste ihnen die schlechte Nachricht überbringen.

»Leute, das ist ja alles sehr nett, aber eine Nummer zu groß für mich, wenn ihr wisst, was ich meine.« Ich holte die paar zusammengeknüllten Scheine, die ich besaß, aus meiner Tasche.

Pixie lächelte mich an und berührte die Hand, in der ich das Geld hielt. »Können wir uns kurz draußen unterhalten?«

Ich zögerte, denn ich wusste nicht, welches Verhalten jetzt angemessen war. Würde ich Gaze und Austin den Kauf aufs Auge drücken, wenn ich mit Pixie wegging? Ich befand mich in sozialem Niemandsland. Bei den Freunden, mit denen ich aufgewachsen war, hatte Geld immer als Gesprächseröffnung gedient und als ultimativer Entscheider.

»Im Ernst. Komm.« Pixie zerrte mich hinaus. Austin und Gaze kehrten mir den Rücken zu.

Sobald wir wieder draußen auf der Straße waren, fing ich an: »Ich weiß nicht … Ich weiß überhaupt nicht, was ich hier soll.«

»Gaze, Austin, alle Burathons und ich sind ganz begeistert davon, dass du hier bist. Für die Schule wirst du einen ganzen Haufen Sachen benötigen, um erfolgreich zu sein. Ein Handy ist erst der Anfang. Das ist etwas, das wir tun können und was wir tun wollen. Gaze und ich haben das Gefühl, etwas verpasst zu haben, weil wir dich nicht schon als Kind gekannt haben. Na ja, wir haben zwar nicht viel gehabt, aber wir hätten alles mit dir geteilt.« Sie blieb stehen und wartete, dass ich sie ansah, ehe sie fortfuhr. »Ich weiß, dass es schwerfällt, so etwas anzunehmen, aber du schuldest uns nichts. Das ist übrig geblieben von all dem, was wir gern schon vor Jahren für dich und deine Mutter getan hätten.«

Sie war sehr direkt – und sie hatte natürlich recht. Ich wusste, dass sie es ehrlich meinte. »Dann soll ich es also einfach annehmen? Ihr kennt mich alle erst seit einer Woche und sollt Geld für mich ausgeben?«

»Ja. So einfach ist das. Genieß es. Heute geht es nur darum, dir Sachen zu besorgen, die du brauchst. Das ist alles.« Sie winkte Gaze und Austin zu, die gerade mit einer Plastiktüte aus dem Laden traten.

Wäre Pixie nicht dabei gewesen, hätte ich wahrscheinlich das Weite gesucht. Das war mir alles zu viel, und ich war nicht gut darin, Sachen zu kaufen. Es schien mir fast gierig, für Sachen zu bezahlen, statt sie von einem draußen parkenden Lieferwagen zu klauen.

Als es allmählich Zeit wurde, ans Abendessen zu denken, waren wir alle mit Tüten beladen. Gaze hatte alles mit einer glänzenden Kreditkarte bezahlt. Er und ich würden später ein Gespräch darüber führen müssen, wie er die Zahlungen später finanzierte. Doch in der Zwischenzeit sorgten Austin und Gaze für gute Stimmung und brachten Pixie und mich ständig zum Lachen, während wir einkauften.

Zugleich musste ich mit den Schuldgefühlen fertigwerden, die immer wieder in mir aufstiegen, weil wir mit Tüten voller Kleidung, Schuhen und tausend anderer Sachen, die nur für mich waren, durch ein Einkaufszentrum bummelten. Das war zu viel. Wir gingen nach draußen zum Truck und verstauten die Einkäufe auf der Rückbank.

»Habt ihr Hunger? Lasst uns zum Diner fahren.« Austin zeigte auf sein schickes Auto. »Fährst du bei mir mit, Pix?«

Pixie winkte uns zu und ging mit Austin zu seinem Wagen, wo er ihr die Tür aufhielt. Dadurch saßen Gaze und ich während der Fahrt zum Diner allein im Truck.

Ich legte den Sicherheitsgurt an und wartete ab, was er sagen würde. Es herrschte Schweigen, bis wir schließlich auf die Hauptstraße abbogen. Irgendwann musste ich es brechen.

»Danke für all das. Sag mir, was es gekostet hat, damit ich es dir zurückgeben kann. Irgendwie. Bald.« Das Schlucken fiel mir schwer.

»Tja. Wir haben denselben Vater. Er hätte da sein sollen … dich aufziehen sollen. Oh Mann, da war er ganz mies drin, aber wenn er ein echter Mann gewesen wäre, hätte er dafür gesorgt, dass du bekommst, was du brauchst. Deine Mutter und du. Es tut mir leid, dass ich sie nicht kennengelernt habe. Dann hätte ich nämlich versuchen können, mich euch beiden gegenüber anständig zu verhalten.«

Gaze blieb direkt hinter Austin und Pixie an der roten Ampel stehen. Ich kratzte mich am Kopf und überlegte, was ich sagen sollte. »Hey, du bist nicht für mich verantwortlich. Ich kann auf mich selbst aufpassen. Bei der ganzen Sache ging es mir nicht darum, irgendetwas zu bekommen – auch wenn du meinst, dass es mir zusteht.«

Gaze atmete tief ein und aus, sodass der Lufterfrischer, der an seinem Radio hing, in Bewegung geriet. »Puh. Pixie ist so gut darin, Dinge so zu sagen, dass keiner sich angegriffen fühlt. Also … ich versuche nicht, irgendetwas wiedergutzumachen. Ich will einfach nur Familie für dich sein, weil wir eben blutsverwandt sind. Bei Bruce aufzuwachsen, war richtig, richtig schlimm, aber wir hatten ein Dach über dem Kopf. Ich möchte, dass du ein gutes Abschlussjahr an der Highschool bekommst, dass du dich entspannen und ein Kind sein kannst … dass du Mädchen kennenlernst … und deine Tür abschließen kannst. Wo ich herkam, gab's das nicht. Deshalb weiß ich, wie wichtig das sein kann … sich sicher zu fühlen.«

Er korrigierte die Stellung des Rückspiegels mittlerweile zum dritten Mal.

Irgendwie hatte ich das Gefühl, mich wehren zu müssen – mich gegen *ihn* wehren zu müssen. Das hatte keine rationalen Gründe. Es war einfach der Drang, meine Mutter zu verteidigen. Ich hatte immer das Gefühl, ich müsste sie verteidigen. Das war stets mein erster Impuls. Ständig wollte ich allen sagen, dass meine Mutter gut war, dass ich glücklich mit ihr war. Ich hatte eine positive Einstellung zum Leben. Diese Facette meiner Persönlichkeit hatte es mir ermöglicht, eiskalte Nächte und den knurrenden Magen während meiner Kindheit zu verdrängen.

Mein Plan. Den musste ich im Blick behalten. Wenn ich Gaze glauben ließ, dass ich dankbar wäre für all das, was er tat, würde sich das für mich auszahlen. Auch wenn ich das Gefühl hatte, Säure zu schlucken, wenn ich seiner Sicht der Dinge zustimmte. Ich wusste, dass er kein schlechter Kerl war. Es war kein Funken Bosheit in ihm. Er fühlte sich tatsächlich schlecht meinetwegen. Und er bekam ein besseres Gefühl, wenn er Geld für mich ausgab. Woher er so viel hatte, war mir nicht klar.

Schluck es einfach. Schluck all die Fragen herunter und lehn dich nicht gegen ihn auf. Es war an der Zeit für einen neuen

Ruffian. Ich würde so viel wie möglich aus diesem Leben mitnehmen, bevor ich im Gefängnis landete, wie es eh alle von mir erwarteten.

»Danke dir. Das weiß ich wirklich zu schätzen. Es war ein toller Tag.« Ich zwang mich zu einem Lächeln.

Der schnelle Blick und die offensichtliche Freude, die sich auf seinem Gesicht ausbreitete, gab mir das Gefühl, ein richtig mieses Arschloch zu sein.

Während der restlichen Fahrt schien er die ganze Zeit mit einem Lächeln kämpfen zu müssen. Ich beobachtete, wie er ganz dicht an Pixie heranrückte und ihr etwas zuflüsterte. Sie erwiderte sein Lächeln und umarmte ihn fest.

Dass mein Gewissen mich zwickte, ignorierte ich geflissentlich.

Austin hatte jetzt einen Schal um den Hals geschlungen und winkte zwei Leuten zu, die auf dem Parkplatz vom Diner standen. Teddi hatte gesagt, dass er die halbe Welt kennen würde, und sie hatte nicht gelogen. Ich trat neben ihn, als wir auf den Eingang zusteuerten.

»Pixie ist ganz verrückt nach dir«, fing er das Gespräch an.

»Das beruht auf Gegenseitigkeit.« Ich ließ meine Fingerknöchel knacken.

»Auf geht's.« Ich griff nach der Tür, ehe sie sich hinter Gaze schloss, der gerade Pixie in das Restaurant folgte. Austin ließ sich von mir die Tür aufhalten. Als ich hinter ihm eintrat, folgte Gaze bereits einer Kellnerin zu einer Nische. Sie setzte mich neben Austin und gegenüber von Pixie. Die laminierten Speisekarten des Diners waren zwar ein bisschen klebrig, aber es roch toll in dem Laden.

Solch eine Bude hätte ich bei meinen Runden in Midiville auch besucht. Ich hätte mir ihre Fahrzeuge, mit denen ausgeliefert wurde, gründlich angesehen und schließlich einen der

Angestellten angesprochen. Ich hatte da so einen Trick, indem ich nach Rauchern Ausschau hielt und die dann frei heraus ansprach. Die mit einem freundlichen Blick nahm ich als Erstes ins Visier, um sie dazu zu überreden, am Ende des Abends oder zwischen den Schichten etwas Essen rauszurücken.

Das funktionierte nicht immer, aber manchmal … manchmal konnte ich boxenweise übrig gebliebenes Essen für die Gemeinschaft mitbringen. Häufig war es Brot oder Suppe in Mitnehmbehältern. Ich merkte, wie mir bei dem Gedanken das Wasser im Munde zusammenlief. Ich orientierte mich an Gaze und bestellte wie er einen Hamburger und Pommes. Wir tranken Wasser, und Austin übernahm die Aufgabe, uns nachzufüllen.

»Durchs Shoppen sind wir völlig verdurstet.« Er war sehr großzügig mit den Eiswürfeln, die das Wasser spritzen ließen, als er einschenkte.

Im nächsten Moment winkte Austin wieder. »Ah, wir werden eine sehr gesellige Runde.«

Ich beobachtete, wie Teddi sich durch eine Gruppe schlängelte, bei der es sich um Footballspieler handeln musste. Mindestens drei von ihnen konnten den Blick nicht von ihr lassen.

Das konnte man ihnen wirklich nicht verübeln. Ihr Anblick raubte mir den Atem. Sie war so wahnsinnig hübsch. Ihr einnehmendes Lächeln und die funkelnden Augen ließen einem fast keine andere Wahl, als sie ansprechen zu wollen. Normalerweise waren so hübsche Mädchen wie Teddi immer ein bisschen unnahbar. Vielleicht kam man so besser mit dem Verhalten anderer Leute klar. Aber *sie* war ein Sonnenschein und freundlich zu allen.

Als sie den winkenden Austin entdeckte, stieß sie einen leisen Schrei aus, und als sie dann sofort zu uns herübergehüpft kam, hatte ich das Gefühl, etwas Besonderes zu sein. Die Gruppe, mit der sie hereingekommen war, bestand aus mindestens fünfundzwanzig Personen.

Sie quetschte sich neben mich auf die Bank.

»Teddybär, was machst du hier?«

Austin breitete die Arme aus, um Teddi zu umarmen, und schloss mich dabei gleich mit ein. Sie erwiderte die Umarmung, sodass ich zwischen den beiden eingeklemmt wurde. Ich zog die Arme dicht an meinen Körper, um es ihnen zu erleichtern.

Das Blitzlicht an Pixies Handy wurde ausgelöst, und als sie das Foto anschaute, brach sie in Lachen aus. »Ach, du meine Güte. Leute, ich hab gerade das schlimmste Foto aller Zeiten gemacht.«

Sie zeigte es Gaze, der gerade sein Glas an die Lippen geführt hatte und nun aufpassen musste, das Wasser nicht über den ganzen Tisch zu spucken. Teddi packte meinen Oberschenkel, als sie sich über den Tisch beugte und sich Pixies Handy schnappte. Sie tippte auf den Bildschirm.

»Nein! Mein Gott, nein. Warum hast du das Blitzlicht benutzt?« Teddi hielt Austin und mir das Handy hin. Durch den Blitz wirkte die Szene auf dem Foto wie eine Geiselnahme. Sowohl Austin als auch Teddi waren bleich wie Vampire.

»Ich lösche es.« Teddi tippte auf den kleinen Mülleimer am unteren Rand des Bildschirms.

Gaze wischte sich Lachtränen aus den Augenwinkeln. »Zu spät. Sie hat's mir schon zugeschickt.« Gaze hielt sein Handy hoch und zeigte uns das Foto, das Teddi eben gelöscht hatte. »Jetzt kann ich euch alle drei erpressen.«

Die Kellner brachten das Essen, und wir schoben alle Sachen zur Seite, um Platz für die Teller zu machen.

Zwei von den Jungs, die wie Footballspieler gebaut waren, kamen zu Teddi. »Na los, du kommst doch, oder?« Der größere von beiden sah so aus, als würde er in Tränen ausbrechen, wenn sie sich ihnen nicht anschloss.

»Ja, bin auf dem Weg, Anders. Darf ein Mädchen nicht ein oder zwei Minuten mit ihrer Familie verbringen?« Sie legte ihren Arm auf die Rücklehne der Bank.

»Warte mal, wer ist denn der Typ?« Anders zeigte mit dem kleinen Finger auf mich. »Ich dachte, du hättest zwei Brüder. Nein, warte, drei Brüder, nicht wahr?«

Ich fixierte die Spitze von Anders' Finger. Hätte er nur ein bisschen näher gestanden, wäre ich in Versuchung gewesen reinzubeißen.

Teddi rutschte aus der Nische und schnappte sich dabei eine von meinen Pommes. »Ja, so ungefähr.«

»Hey, könnt ihr mich nachher mit nach Hause nehmen?« Jetzt nahm Teddi sich eine Pommes von Pixies Teller.

Anders wurde sofort traurig. »Warte mal, ich hab dich hergefahren. Dann bringe ich dich auch nach Hause.«

Sie ignorierte ihn, als Taylor erschien. »Süße, wir teilen uns einen Shake, ja?« Sie streckte die Hand aus, und Teddi ergriff sie. Taylor winkte uns noch einmal zu und zog Teddi zu der riesigen, halbkreisförmigen Nische in der hinteren Ecke des Diners. Nicht alle passten auf die runde Bank, sodass sich ein Teil der Gruppe an den Tischen gleich daneben verteilte. Die Angestellten würden alle Hände voll damit zu tun haben, die Bestellungen aufzunehmen und sie später zu servieren.

Austin wandte sich mir zu. »Du kannst dich ihnen anschließen, wenn du willst. Die meisten von denen gehen auf deine zukünftige Schule.«

Ich nahm einen Bissen von meinem Burger und schüttelte den Kopf. Nachdem ich geschluckt hatte, erklärte ich: »Sie soll ihr Ding machen. Ist sie mit diesem Anders zusammen?«

Er saß neben ihr und schien während der Unterhaltungen am Tisch die ganze Zeit mit ihr reden zu wollen. Vielleicht hatte ich zu früh gefragt. War es allzu offensichtlich, dass ich bereit war, dem Kerl beide Arme auszureißen, wenn er sie anrührte?

Gaze warf einen Blick über die Schulter. »Nein. Sie sagt, er nervt. Aber seine Familie hat Geld, und sie ist ganz versessen auf die Spenden.«

»Ihre Partys sind mittlerweile legendär. Letztens war sogar ein kleiner Artikel in der Zeitung, in dem über sie berichtet wurde.« Pixie gab etwas Salz auf ihr Gemüse.

»Okay, kann mir jemand mal erklären, worum es da eigentlich geht? Also, ich weiß schon, dass es was mit Instagram zu tun hat und all ihre Freunde mithelfen, aber was genau machen die da eigentlich?« Ich nahm noch einen Bissen. Der Burger war einfach köstlich.

Austin tupfte sich die Lippen mit einer Serviette ab, ehe er antwortete. »Tja, das sollte sie dir eigentlich selbst erzählen, aber ich will dich nicht im Unklaren lassen.« Er holte sein Handy hervor und begann durch seine Fotoalben zu scrollen. »So, los geht's.«

Er zeigte mir ein Foto von Teddi, auf dem sie viel jünger war als jetzt. Es musste während ihrer Grundschulzeit aufgenommen worden sein.

»Das war Teddis beste Freundin, mit der sie zusammen aufgewachsen ist. Die beiden waren unzertrennlich. Auch unter der Woche, wenn eigentlich Schule war, übernachteten sie beieinander, sodass Ester immer ein paar Anziehsachen bei Teddi hatte und umgekehrt. Sie sagten, sie seien Schwestern.« Er ging die Fotos weiter durch. Esters strahlendes Lächeln verblasste im weiteren Verlauf, und ihr Haar wurde dünner. Auf einem der nächsten Fotos hatte sie plötzlich wieder volles Haar, aber ich erkannte, dass es sich um eine Perücke handelte.

»Krebs?«, fragte ich, obwohl ich es bereits wusste. Ich erkannte den Ausdruck in Esters Augen. Er erinnerte mich an meine Mutter.

»Ja, eine aggressive Form. Als sie schließlich eine Strahlentherapie bekam, hatte er schon in ihr Rückenmark gestreut. Sie und Teddi machten diese langen, lustigen Videos zusammen. Dazu gehörte auch, dass Teddi sie verschönerte, und sie hatten beide viel Spaß an der Sache. Ester liebte nämlich Make-up.«

Pixie griff nach Gaze' Hand, die auf dem Tisch lag. In ihren Augen standen Tränen.

Austin zeigte ein weiteres Foto, auf dem Ester und Teddi beide eine Glatze hatten. »Meine Schwester wollte nicht, dass Ester sich schämte oder unsicher fühlte, und so rasierte Teddi sich die Haare mit Dads Elektrorasierer ab, als jemand sich in der Schule über Esters Haare lustig machte. Sie setzte damit einen Trend, und gut achtzig Prozent der Schüler folgten ihrem Beispiel. Dadurch war Ester mit ihrer Glatze plötzlich eine unter vielen. Verdammt, das Mädchen hat so hart gekämpft. Aber nach einer Infektion bekam sie plötzlich eine Lungenentzündung, und dann war es ganz schnell vorbei. Teddi blieb zwei Wochen lang in ihrem Zimmer und kam nur heraus, um zur Beerdigung zu gehen. Ester war der Hauptgrund, warum Teddi mit den Partys anfing, als sie älter wurde. Jetzt bringt sie die hier ansässigen Firmen dazu zu spenden, sie motiviert die Schulmannschaften, Aufgaben bei der Organisation zu übernehmen, und jedes Event wird größer als das vorherige. Es ist mir unbegreiflich, wie sie es schafft, sich auch noch mit Freunden zu treffen. Sie ist perfekt durchorganisiert.«

Pixie nahm einen Schluck von ihrem Wasser, und das Eis in ihrem Glas klirrte.

Ich konnte es fühlen. Ich konnte ihre Hingabe, mit dieser Arbeit ihre Freundin zu ehren, nachempfinden. Und es erfüllte mich mit Respekt. Jetzt ergaben die ganzen seltsamen Partygeschichten einen Sinn für mich. Es ergab Sinn, sich Geld von den Smiths zu holen. Bei den Partys ging es gar nicht um Teddi. Ich schaute zu ihr rüber. Sie beugte sich über den Tisch und war in ein Gespräch mit Taylor vertieft. Anders starrte Teddi wie ein Stalker mit einem Fernglas an.

»Danke, dass du mich aufgeklärt hast.« Ich gab Austin sein Handy zurück. Die ganze Zeit, während ich es gehalten hatte, waren Meldungen von Instagram aufgepoppt. »Da ist ja ganz schön was los auf deinem Handy.«

»Das wird bei dir nicht anders sein. Hast du dein neues Handy dabei?« Ich griff in meine Tasche und schaltete es ein.

Austin nahm es mir aus der Hand. »Ich werde meine Nummer abspeichern, falls du mich mal brauchst.« Er reichte das Handy an Gaze weiter, der gleich auch seine und Pixies Nummern sowie die der Eltern eingab.

Gaze gab es mir zurück, als er fertig war. Es war schwierig für mich, dass ich diese Technologie jetzt besaß … ich als Einziger von meinen Leuten. Damit könnte man so viel Gutes tun in unserer Community. Man konnte zum Beispiel viel leichter in Verbindung miteinander bleiben. Bis jetzt hatte ich es noch nie geschafft, Handys zu erbeuten. Vielleicht würde ich auf der Anschaffung für alle bestehen, wenn ich viel Geld erbeutet hatte.

»Wenn du möchtest«, meinte Pixie, »solltest du deine Hilfe anbieten. Auch die nächste Party wird ein fantastischer Tag werden, und es ist für eine gute Sache. Außerdem würde Teddi uns windelweich prügeln, wenn wir nicht alle da auftauchen und Geschlossenheit demonstrieren.«

Schweigend aß ich den Rest meines Burgers auf, während die anderen ihre Gespräche um mich herum fortsetzten. Ich konnte meinen Blick nicht von Anders abwenden und beobachtete seine unermüdlichen Versuche, Teddis Aufmerksamkeit auf sich zu ziehen.

Teddi und ich hatten also doch etwas gemeinsam – wir hassten Krebs aus tiefstem Herzen.

Teddi

Wenn ich Anders' dämliche Visage noch ein einziges Mal ansehen müsste, würde ich anfangen zu schreien. Er hatte es sich in den Kopf gesetzt, dass ich auf ihn stehen würde, weil ich vor ein paar Monaten – als ich noch regelmäßig mit Dameon ausging – zu ihm gesagt hatte, dass seine Sneakers cool seien. Ich hatte ja keine Ahnung gehabt, dass ein Mädchen, das Sneakers mochte, für ihn der Heilige Gral war, wenn es um die Partnerwahl ging.

Ich schaute über die Schulter und begegnete Ruffians Blick. Mich durchströmte ein warmes Gefühl. Seine Aufmerksamkeit fühlte sich wie eine zärtliche Berührung in einem Raum an, in dem wir ganz unter uns waren. Und heute war da noch etwas anderes in seinem Blick. Ein Anflug von Respekt? Ich wusste zwar nicht, woher der kam, aber ich nahm ihn gerne an.

Ärgerlicherweise saß Taylor mir gegenüber, sodass wir uns immer über den Tisch beugen mussten, um einander auch zu verstehen.

»Ruffian sieht gut aus.« Sie deutete mit dem Kopf in seine Richtung. »Wird er auf unsere Schule gehen?«

»Ich glaube schon. Auf jeden Fall denkt er darüber nach.«

Ich wollte nicht erwähnen, wie er aufgewachsen war, da ich nicht wusste, wie viel er selbst anderen Leuten davon erzählte.

»Also, was die Planung angeht … Wir sind doch auf einem guten Weg, oder?« Ich berührte Taylors Hand, damit sie ihre Aufmerksamkeit auf mich richtete.

»Verwundert dich das?« Sie zog eine Augenbraue hoch.

Sie nannten mich alle den General, um mich zum Lachen zu bringen, aber in gewisser Weise stimmte das. Ich drängte meine Freunde tatsächlich zu helfen. Sie fühlten sich dann besser – zumindest dachte ich das. Ich wusste, dass es den Familien half, um die es ging, und die waren es, die es am meisten brauchten.

Als unser Essen gebracht wurde, waren vier Kellner nötig, die zweimal mit vollbeladenen Tabletts aus der Küche kamen. Ich hatte meinen Salat zur Hälfte gegessen, als mich jemand sanft am Pferdeschwanz zog. Ich drehte den Kopf und sah Austin.

»Teddybär. Ich fahre jetzt zu mir nach Hause. Ich hab dich lieb.« Er küsste mich auf die Stirn, und ich streichelte seine Wange. »Hast du jemanden, der dich nach Hause fährt? Sieht ja so aus, als würdest du noch eine Weile hierbleiben.«

»Ja. Anders fährt mich. Außerdem hab ich dieses Treffen hier einberufen, deshalb werde ich noch bleiben. Aber trotzdem danke. Wir sehen uns.«

Ich beobachtete, wie Ruffian, Gaze und Pixie Austin noch einmal zuwinkten, als er zur Tür hinausging. Wieder verspürte ich einen Stich. Ich vermisste Ruffians Nähe, was verrückt war, weil er nur am anderen Ende des Raumes beim Essen saß. Aber so war es. Warum hatte ich diese Gefühle für ihn überhaupt? Als ich Taylors Blick begegnete, sah sie mich wissend mit einem schiefen Grinsen an.

»Schsch. Du hast ja keine Ahnung.« Aber wahrscheinlich hatte sie das doch.

Anders nervte auf dem Weg nach Hause. Es war zwar nett von ihm, mich zu fahren, aber er redete die ganze Zeit über den Kauf eines Computerspiels, das mich nicht interessierte. Er tat mir leid, aber meine Gedanken schweiften immer wieder zu Ruffian ab. Wie würde es in der Schule sein, wenn er auch hinging? Würde er sich mir und meiner Clique anschließen? Ich war mir da nicht sicher.

Ich bedankte mich bei Anders und sprang aus seinem Truck, ehe er sich selbst zu mir nach drinnen einladen konnte. Ich winkte ihm noch einmal zu, als ich vor der Haustür stand.

Gaze' und Pixies Wagen war nicht da, und auch der SUV von Mom und Dad stand nicht in der Auffahrt. Es war nicht abgeschlossen, und so nahm ich an, dass Ruffian zu Hause war. Als ich ins Haus trat, sah ich ihn auf der Treppe sitzen.

»Hi.« Ich hängte meine Jacke in den Garderobenschrank.

»Hi.« Er fuhr sich mit der Hand durchs Haar. »Wie war dein Meeting?«

»Gut. Danke, dass du fragst. Wie war das Einkaufszentrum?« Ich streifte meine Schuhe ab und stellte sie in das Regal neben dem Schrank.

»Okay. Also, es hat schon Spaß gemacht.« Er zog die Augenbrauen zusammen.

»Du sagst es so, als wäre es das Gegenteil davon gewesen.« Ich ging die Treppe hoch und setzte mich neben ihn.

»Na ja. Es war toll. Gaze und Pixie sind toll. Austin ist irrsinnig witzig. Und wir haben gekauft, gekauft, gekauft.« Er atmete tief durch.

»Willst du mir zeigen, was du bekommen hast?« Ich berührte seine Schulter. Ja. Wieder das Kribbeln.

Er kam von der Treppe hoch. »Tja, schon … Ich meine, na klar.«

Ich folgte ihm nach unten. Sein Boden war übersät mit Tüten.

»Na, ihr habt ja zugeschlagen. Wow. Gute Arbeit.« Ich öffnete eine der Tüten und schaute hinein. Ich sah die Etiketten von zwei Läden, zu denen Austin gerne ging, wenn er Basics kaufen wollte.

Er zeigte auf die Tüten. »Gaze hat das alles gekauft. Ich hab das Gefühl, dass es viel zu viel ist. Wie viele Sachen braucht ein Mensch?«

Ich beobachtete ihn dabei, wie sein Blick über die Einkäufe glitt, und merkte, dass er Schuldgefühle hatte.

»Hey. Es ist okay, Klamotten für die Schule zu kaufen. Das mach ich jedes Jahr. Was hast du sonst noch bekommen? Magst du die Sachen?« Ich ging zu einer Tüte von einem Handyladen.

»Ja, klar. Es ist nur so … ach, ich weiß nicht, wie ich es erklären soll.« Er setzte sich aufs Bett.

Ich griff in die Tüte und holte eine leere Handyverpackung hervor. »Das hier brauchst du, damit wir immer in Verbindung bleiben können.« Ich wickelte das Ladekabel auf und steckte es in die Steckdose.

Ruffian zog ein Portemonnaie aus der Tasche, das auch neu aussah. Er zeigte mir eine Kreditkarte. Gaze' Name stand darauf.

»Er sagte, da sei Geld drauf. Ist er reich? Gibt es da etwas, was ich nicht weiß?« Er rieb mit dem Daumen über den Streifen, wo Gaze' Name stand.

»Gaze und Pixie haben ein paar Dinge geregelt. Soweit ich das verstanden habe, hat dein Großvater Gaze etwas geschuldet. Ich glaube, das teilt er jetzt mit dir.«

Ich bemühte mich, nicht zu viel zu sagen. Eigentlich wusste ich nicht wirklich Bescheid über Gaze' Situation hinsichtlich seines Vaters und Großvaters.

»Aha. Es ist irgendwie schwer für mich. Ich hätte mit dem Geld so viel mehr tun können, als diesen ganzen Kram für mich zu kaufen, verstehst du?« Ihm machte die Situation ganz offensichtlich zu schaffen, weil er hin- und hergerissen war. Zum einen wünschte er sich die Dinge, die vor ihm lagen, aber zum anderen dachte er dabei an andere. Vielleicht Lucas. Oder jemand ganz anderes.

»Ich glaube, du musst das in deinem Kopf trennen: was du brauchst und was andere brauchen.« Ich zuckte die Achseln. Selbst mir schien die Antwort unbefriedigend.

»Wie vielen Leuten hast du mit deiner Gruppe schon geholfen?« Er neigte sich ein bisschen näher zu mir.

»Ich weiß es nicht. Früher konnte ich alle Namen herunterrasseln, aber mittlerweile muss ich in meine Aufzeichnungen schauen.« Ich schloss die Augen und versuchte, mir alle Namen in Erinnerung zu rufen.

»Ich finde es übrigens toll, dass du das machst.« Echte Bewunderung spiegelte sich in seiner Miene wider.

»Es ist nicht genug. Es ist nie genug.« Ich näherte mich seiner Einstellung an: Wenn man einmal mit dem Helfen angefangen hatte, war es schwer, an etwas anderes zu denken als an all die Menschen, die litten.

Ruffian lächelte traurig. »Das ist wohl wahr.«

Mein Handy fing an zu klingeln. Na ja, es vibrierte in meiner Tasche. Überrascht stellte ich fest, dass der Anruf von Meg kam. Tatsächlich ein Anruf und keine Textnachricht. Ich entsperrte mein Handy. »Hallo Meg.«

Ich warf Ruffian einen verwirrten Blick zu.

»Hi! Wie schön, dass du rangehst. Meine Cousine und ich

veranstalten dieses Wochenende eine Party. Habt ihr Zeit?« Ich hörte bei ihr jemanden im Hintergrund reden.

Sie war so durchschaubar. Ich wusste, worum es bei dieser Einladung ging – und ich hatte mich nicht geirrt.

»Du bringst doch Ruffian mit, ja?« Sie beendete ihre Frage mit einem verlegenen Lachen.

»Ich sag dir Bescheid. Ich muss erst einmal schauen, was ansteht.« Ruffian zog die Augenbrauen hoch. Bestimmt konnte er sie hören. Die Lautstärke an meinem Handy war ziemlich hoch.

»Okay, aber du kommst. Alle werden da sein. Du weißt ja … das ist eine großartige Gelegenheit, um über deine speziellen kleinen Partys zu sprechen … für die meine Mutter immer spendet.«

Ich ließ mein Schweigen für mich sprechen. Es war zwar keine richtige Erpressung, kam dem aber schon ziemlich nah. »Ich melde mich bei dir. Danke für die Einladung.«

Ich beendete den Anruf und steckte das Handy wieder ein.

»Müssen wir da hin?« Ruffian schüttelte langsam den Kopf.

»Vielleicht. Es gibt manchmal ziemlich nervige Sachen, die man tun muss.« Mir graute bereits davor, wieder mit Meg zu tun zu haben. »Aber es wäre vielleicht auch gut für dich, andere Leute aus unserer Klassenstufe kennenzulernen, wenn du an meine Schule gehen solltest.«

Ich hatte nie die Schule wechseln müssen, sodass ich über die Jahre eigentlich immer mit den gleichen Leuten zusammen gewesen war. Aber ich war mir sicher, dass es besser sein würde, mehr als nur eine Person zu kennen.

Mrs Josephine und Ronna konnten Dinge aus unterschiedlichen Richtungen angehen. Das lernte ich ziemlich schnell. Wir beschlossen, dass ich mich am Montag in der Schule meldete, die sich bereiterklärt hatte, einen Einstufungstest mit mir durchzuführen. Abhängig davon, wie ich dabei abschnitt, könnte ich bereits ab Dienstag zum regulären Unterricht gehen. Und genau da wollte ich hin. Ich wollte ein ganz normaler Schüler sein, und nicht einmal ansatzweise ein schwarzes Schaf, das plante, seine Nachbarn zu bestehlen.

Teddi war das reinste Energiebündel. Ihre Hände waren immer in Bewegung. Entweder schrieb sie E-Mails oder postete Dinge auf Instagram, während sie Anrufe erledigte.

Gaze und Pixie würden bis nach Thanksgiving bei den Burathons bleiben. Das war gut. So waren es mehr Leute, die kamen und gingen. Ich hatte mich so weit zusammengerissen, die neuen Anziehsachen wegzuräumen. Strategisches Denken war angesagt. Ich musste mich anpassen, und es würde nicht gerade zu meiner Beliebtheit beitragen, wenn ich ständig dieselben zwei Jeans trug. Ich rief bei einer Pizzeria in Midiville an und bestellte Pizza für die Community auf deren Parkplatz. Dadurch konnte ich trotz meines schlechten Gewissens nachts schlafen. Ich rief im Seasons an und sprach mit Lucas, der sich tatsächlich noch nie besser angehört hatte. Er war voller Begeisterung, weil er im Haus Freunde gefunden hatte und es eine Gruppe gab, die ein paarmal die Woche gemeinsam in einem Secondhandladen zur Arbeit ging. Er war so erpicht darauf, mir von all den neuen Dingen zu erzählen, dass ich nicht die Gelegenheit bekam, nach Grandma / Mom zu fragen, ehe er auflegte.

Alles war okay. Fast sogar gut. Mit Teddi zu der Party zu gehen, betrachtete mein verräterisches Hirn immer mehr als ein

Date. Ich dachte darüber nach, was ich anziehen würde und wie wir hinkämen.

Sie entschied sich für eine Jeans mit ausgeblichenen Stellen und kunstvollen Drucken darauf, dazu einen flauschigen weißen Pullover und goldene Ohrringe in Herzform. Sie duftete wie Zuckerwatte, als wir uns an der Haustür trafen.

»Wir müssen uns warm einpacken. Es wird heute Nacht eiskalt werden.«

Wir zogen gerade unsere Jacken an, als Ronna aus der Küche trat und sich mit einem kleinen Tuch die Hände abtrocknete. Sie sah vom oberen Treppenabsatz zu uns runter.

»Ist bei euch alles klar? Ich kann euch hinfahren, wenn ihr wollt. Das macht mir nichts aus. Und Dad kann euch später wieder abholen.« Sie schaute vom Fenster zu uns und dann wieder zum Fenster.

»Es ist nicht weit bis zu Meg. Außerdem wird uns beim Gehen warm werden.« Teddi öffnete die Haustür, ehe ich das für sie tun konnte. Während wir uns mit einem Winken von Ronna verabschiedeten, hielt Teddi mir auch die Fliegengittertür auf. Ich musste mich beeilen, damit Tiger nicht mit rausrannte.

»Dieser kleine Frechdachs. Er weiß doch, dass wir ihn nicht nach draußen lassen. Ich versteh nicht, warum er es trotzdem jedes Mal versucht. Hast du dein Handy dabei?« Sie drehte sich zu mir um.

Wir hatten noch etwas Tageslicht, aber in ein paar Wochen würde man beim Abendessen das Gefühl haben, es wäre mitten in der Nacht, weil die Sonne so früh unterging.

Ich klopfte auf die vordere Tasche meiner Jeans. Da steckte das Handy drin. Es war aufgeladen. Und es war ein komisches Gefühl, eins zu besitzen. Teddi zählte mir alle möglichen Namen auf und wer mit wem ging, während wir unterwegs waren.

Schließlich wechselte sie das Thema. »Nur damit du's weißt – und ich glaube, das tust du bereits, aber nur für den Fall ... Meg wird sich an dich ranmachen, und sie ist es gewöhnt, alles zu bekommen, was sie will. Das ist natürlich lächerlich, aber wegen des Geldes verhalten sich die Leute bei ihr anders.«

Ich hatte zwar die längeren Beine, aber Teddi hatte wirklich einen schnellen Schritt. Wir blieben Seite an Seite und mussten nur gelegentlich Autos vorbeilassen und auf den Grasstreifen ausweichen.

Das Eingangstor stand weit offen, als wir Megs Auffahrt erreichten, und diesmal betraten wir das Grundstück, ohne uns über die Gegensprechanlage zu melden.

»Sie erwartet uns?« Ich deutete mit dem Kopf auf den Lautsprecher.

»Sie erwartet alle. Wenn Meg eine Party schmeißt, dann nur, weil ihre Eltern ohne sie unterwegs sind. Das tut sie, um sie zu bestrafen, denke ich. Aber es sieht immer makellos aus, wenn alle wieder weg sind, weil die Angestellten sich um alles kümmern.« Sie nahm ihr Haar zu einem Pferdeschwanz zusammen, ehe sie es wieder auf die Schultern fallen ließ.

»Wow. Ist das überhaupt legal? Das bringt die Angestellten in eine ziemlich schwierige Situation.« Ich wusste nicht, was sich gehörte, wenn man Leute herumkommandierte, ihnen aber gleichzeitig ein Gehalt zahlte.

Die Haustür stand trotz der Kälte offen, und der Butler harrte dort aus. Er begrüßte uns mit einem Nicken, als wir eintraten. »Ist Ihnen nicht kalt?« Ich achtete stets auf die Außentemperaturen und ihre Wirkung auf den menschlichen Körper.

»Mir geht's gut, Sir. Danke.« Er nickte, aber ich sah, dass seine Fingerspitzen weiß waren.

Meg kam auf uns zugeschossen, als hätte sie auf uns gewartet. »Ruffian! Du bist gekommen.« Sie hielt ein Glas Wein in der Hand – oder eher ein Weinglas mit einer Flüssigkeit darin. »Kommt rein zur Party. Hier ist es ja eiskalt.« Sie hatte ein trägerloses Kleid an und zitterte übertrieben.

»Das liegt daran, dass die Tür offen steht und die ganze Wärme nach draußen lässt. Du liebst die Umwelt, richtig?« Ich sah sie mit einem Blick an, als wäre die Umwelt alles, an was ich denken könnte.

Sie beugte sich etwas zur Seite, um an mir vorbeizuschauen, und setzte eine völlig ausdruckslose Miene auf. »Schließen Sie die Tür. Es ist kalt.«

Die Ausdruckslosigkeit verschwand aus ihrem Gesicht, als sie mich wieder anschaute. Ich hörte, wie die Tür hinter mir geschlossen wurde. Dass es die Idee des Butlers gewesen war, die Tür offen zu lassen, bezweifelte ich sehr. Aber wie auch immer … jetzt würde ihm nicht mehr so kalt sein. »Na, und wo ist jetzt die Party?« Ich wollte sie ablenken, denn es gefiel mir nicht, wie sie den Butler anschaute, und wollte ihre Aufmerksamkeit in eine andere Richtung lenken.

Meg wirbelte auf dem Absatz herum und hakte sich bei mir unter. »Gerade durch ins Poolhaus, Teddi. Alle deine Freunde sind da!«

»Ich möchte, dass Ruffian sie kennenlernt.« Sie schaute von mir zu Meg und wieder zurück.

»Keine Sorge, wir sind in ein paar Minuten wieder unten. Ich werde ihn dann allen vorstellen.« Sie klammerte sich ein bisschen mehr an mir fest.

Ich wusste, dass sie allein mit mir sein wollte. Ich war ja nicht blöd. Und mir war auch klar, dass Teddi mich nicht zurücklassen wollte. Ich sollte mich nicht darüber freuen, tat es aber trotzdem.

Ich ließ mich von Meg weiterziehen, warf aber noch einmal einen schnellen Blick zurück auf Teddi. Die Enttäuschung war ihr anzumerken, als ihre Schultern nach unten sackten und sie sich umdrehte, um in die entgegengesetzte Richtung davonzugehen. Sie konnte ja nicht wissen, dass ich mich hier umschauen wollte … dass die Information, dass Megs Eltern gern mal unterwegs waren, eine großartige Neuigkeit für mich war. Ich wollte, dass Meg redete. Und wenn ich sie dazu verführen musste, mir alles zu enthüllen, was mir helfen könnte, würde ich das tun.

»Du siehst heute Abend toll aus, Meg. Wo gehen wir hin?«

21. KAPITEL

Teddi

Verdammte Meg. Mensch, die ging mir echt gegen den Strich. Und jetzt machte sie sich auch noch an Ruffian ran. Ich erwartete von ihm, dass er sie durchschaute. Ich wollte, dass er sie durchschaute. Aber das tat er nicht. Natürlich nicht. Sie hatte einen von diesen trägerlosen Push-up-BHs an, wodurch ihr Busen wie zwei Quallen aussah.

Okay, das war gemein, aber sie löste diese widerwärtigen Gefühle bei mir aus, weil sie Ruffian wegschleifte, um ihn mit ihrem Geld und ihrem kaum vorhandenen Kleid zu beeindrucken.

Ich ging den schmalen Weg entlang, der von Petroleumfackeln beleuchtet wurde. Ich hörte die Musik und sah, dass die halbe Footballmannschaft draußen um die Feuerstelle herumstand. Sie hatten wohl gerade eine Wette abgeschlossen, denn als ich fast bei ihnen war, zog Tasker sich das T-Shirt über den Kopf und rannte auf den Pool zu. Er schrie aus voller Kehle und tauchte in Nebel und Wasser ein. Das Ende vom Lied war, dass ich von oben bis unten nass gespritzt wurde. Ich jaulte los.

Ryder, Van, Brutus und Anders zeigten ihm alle den Mittelfinger, als ich zu ihnen trat.

»Habt ihr Wahrheit oder Pflicht gespielt, oder was?« Ich deutete auf den klitschnassen Tasker, der gerade wieder aus dem Pool kletterte. Er antwortete statt der anderen.

»Es ging nur darum, was einen echten Mann ausmacht.« Er fuhr mit den Händen über seine ausgeprägten Bauchmuskeln.

»Das Wasser ist doch noch nicht einmal kalt. Der Pool ist wie eine Badewanne. Er wird immer geheizt, und deine Brustwarzen sind noch nicht einmal hart geworden.« Ich betrachtete seine Brust, als würde sie mich enttäuschen.

Er bedeckte seine Brust mit beiden Händen. »Du siehst mich wie ein Sexobjekt an, Teddi. Ich bin beleidigt.«

Sein Oberkörper war ganz prüde Debütantin aus dem achtzehnten Jahrhundert, während seine untere Körperhälfte zuckte, als würde sein Penis ein Eigenleben führen. Und obwohl Tasker eine Nervensäge war, musste ich lachen. Ein echtes Strahlen ging über sein Gesicht, während ich mich totlachte. Doch dann übertrieb er es wie immer und versuchte, an seinen eigenen Brustwarzen zu lecken. Die Jungs taten so, als müssten sie würgen, und für mich war es das Stichwort, zu gehen und meine Freundinnen zu suchen.

»Warte, geh nicht. Ich brauch 'ne Umarmung!«

Ich rannte los, riss die Terrassentür auf und schloss sie hinter mir, sodass Tasker wie ein Zeichentrickkäfer gegen die Scheibe klatschte. Sein nasser Umriss verewigte sich auf dem Glas, während er so tat, als würde er weinen.

Ein Arm schlang sich um meine Schulter, und eine Hand lag plötzlich auf meiner Brust. Mit einem Ruck drehte ich mich zu dem Übeltäter um und sah Taylor, die mit den Augenbrauen wackelte.

Ich riss ihre Hand weg und begann sofort, sie zu kitzeln. Nachdem wir so viele Jahre gemeinsam im Cheerleader-Team gewesen waren, wussten wir eine ganze Menge übereinander … zum Beispiel, wo die andere besonders kitzelig war. Ehe ich mich versah, zog sie mich aufs Sofa runter, und wir hörten mit dem Scherzen auf und setzten uns richtig hin.

»Warum läuft Tasker da draußen nackt rum?« Taylor legte ihren Kopf an meine Schulter.

»Ich weiß es nicht. Ich glaube auch nicht, dass einer von denen da draußen es weiß. Sie haben kein Spiel gespielt und auch keine Wette laufen gehabt, nichts.« Ich griff nach einer Brezel, die vor uns auf dem Tisch lag. »Und jetzt bin ich überall nass.«

»Er wollte nur, dass du seinen Körper ansiehst und dir vorstellst, wie er sich anfühlt.« Taylor zog zwei Flaschen Bier aus dem Eiseimer vor uns. Ich konnte Bier immer nur ein paar Minuten trinken. Sobald es nur ein bisschen warm wurde, stellte ich es weg.

Wir stießen miteinander an, als Tasker nur mit Boxershorts bekleidet durch die Seitentür reinstürmte. Klatschnass, wie er war, enthüllte er damit eindeutig viel zu viele Informationen. Er behielt die Haltung der keuschen Unschuld bei, die mich vorher so zum Lachen gebracht hatte. Seine straff gespannten Boxershorts zeigten jedoch die ganze Zeit in meine Richtung, egal wohin er den Oberkörper drehte. Es war urkomisch, und Taylor musste so losprusten, dass die Brezeln in der Schüssel eine Ladung Bier abbekamen.

Peaches kam dazu und setzte sich ebenfalls lachend neben mich. Tasker bedeckte seine Brustwarzen weiter mit den Händen. Ich behielt das männliche Unheil im Auge, das sich mir näherte, aber ich hätte lieber auf meine hinterhältigen Freundinnen achten sollen. Taylor packte meinen linken Arm, Peaches meinen rechten. Beide waren größer als ich und legten ihre elendig langen Beine um meine, sodass ich mich nicht mehr rühren konnte. Sofort versuchte ich, mich zu befreien.

»Ihr kleinen Biester. Lasst mich los.« Ich wehrte mich noch mehr. Tasker nahm den Weg um den Couchtisch herum, kam jedoch auf mich zu. »Wenn sein Schwanz auch nur ansatzweise in die Nähe meines Gesichts kommt, bringe ich euch um ... zweimal.«

Als Taskers Penisparade nur noch einen Herzschlag entfernt war, betrat Ruffian den Raum. Unsere Blicke trafen sich, und ich musste wohl ziemlich verängstigt gewirkt haben, denn er machte nur drei riesige Schritte und befreite mich aus dem Cheerleader-Klammergriff. Taylor und Peaches ließen beide los, wodurch ich so viel Schwung bekam, dass ich beide Beine um Ruffians Taille schlang. So konnte ich aus nächster Nähe beobachten, wie der nasse Tasker von hinten gegen Ruffian klatschte.

Ruffian reagierte nicht darauf, sondern legte eine Hand um meinen Hinterkopf und musterte mein Gesicht. »Alles okay mit dir?«

Sein durchdringender Blick in dieser lächerlichen Situation raubte mir den Atem. Wir waren uns so nah – Gesicht an Gesicht, Mund an Mund. Mein Herz schlug so heftig, dass ich es im ganzen Körper spürte. Er hielt mich völlig mühelos fest.

Ich nickte.

»Muss ich diese Leute umbringen?« Seine Lippen bewegten sich dicht an meinen. Die Party war vergessen. Ich nahm nichts um mich herum mehr wahr. Es gab nur noch diesen Moment, da er mich in seinen Armen hielt. Wenn es das Gegenteil von Schmerz gab, dann hatte ich die Quelle davon hier gefunden, ganz nah bei ihm.

»Nein. Das sind nur meine idiotischen Freunde.« Kamen seine Lippen näher? Kamen meine näher? Rückte ich dichter an ihn heran, oder kam er mir entgegen? Es waren unendlich kleine Veränderungen, aber seine Nähe schien meinem Blut zu sagen, in welche Richtung es fließen sollte. Und das meiste davon strömte jetzt in sehr empfindsame Körperregionen.

»Okay.« Tasker zappelte immer noch an Ruffians Hintern herum. »Aber dem Kerl hinter mir muss ich leider den Schwanz abreißen.«

Er ließ mich an seinem Körper nach unten gleiten, und Teile von mir machten in sehr intimer Weise Bekanntschaft mit Teilen von ihm. Durch Tasker' wilde Bewegungen wurde Ruffian kurz aus dem Gleichgewicht gebracht, sodass er gegen mich stieß. Ich atmete zischend ein, während Ruffians Hände sich fest um meine Taille schlossen, damit ich nicht auch ins Wanken geriet.

Oh verdammt. Sobald ich fest auf beiden Beinen stand, legten Taylor und Peaches ihre Arme um mich und zogen mich von ihm weg.

Taylor umfasste mein Gesicht und zwang mich, sie anzusehen. »Wir hätten nie, wirklich niemals zugelassen, dass Tasker dich mit seinem besten Stück berührt.«

Peaches zog mich an den Hüften nach hinten, sodass ich von meinen Freundinnen von beiden Seiten im Stehen umarmt wurde. »Sag mal. Hast du uns was verschwiegen? Da legst du gerade mit einem Kerl, der glatt zum Anbeißen ist, eine filmreife Szene hin … was ist da los?«

Ruffian hatte uns den Rücken gekehrt, sodass ich nicht sehen konnte, was er vorhatte. Ich bemerkte nur, dass sein Hintern ganz nass war.

»Hör mal, du Kleiderschrank. Ich hab doch nur Spaß gemacht. Teddi und ich kennen uns schon seit Urzeiten. Es war nicht böse gemeint, und es ist nichts passiert. Klar?«

Ich sah, dass Tasker die Hände hochgenommen hatte. Ich löste mich von meinen Freundinnen und packte Ruffians Arm. Seine Hand war zur Faust geballt und die Muskeln angespannt. Er machte sich bereit zuzuschlagen.

»Alles gut. Hey, es ist alles in Ordnung. Wollen wir uns vielleicht was zu trinken holen?« Ich quetschte mich zwischen Tasker und Ruffian und stieß mir dabei das Schienbein am Couchtisch.

Meg kam herein, eilte dazu und griff nach Ruffians anderem Arm. »Du kümmerst dich um Tasker … und sein Problem, Teddi. Ich kümmere mich um Ruffian.«

Ruffian und ich sahen uns an. Oh, er hatte gespürt, was ich spürte, als ich in seinen Armen lag. Er fuhr sich mit der Zunge über die Lippen, sah meine an und drehte sich dann zu Meg um. »Ja. Lass uns das machen.«

Es fühlte sich wie Verrat an, als sie kicherte und er ihr in die Küche des Poolhauses folgte. Tasker machte große Augen und wich ein paar Schritte vor mir zurück.

»Hab ja nicht gewusst, dass er dein persönlicher Bodyguard ist, Ted. Himmel. Du musst einen Mann doch vorwarnen.« Er bedeckte wieder seine Brust.

»Wenn ich einen sehe, werde ich das tun.« Ich sah Peaches an, die nach meiner Hand griff und mich wegzog. Taylor war direkt hinter mir.

»Was zum Teufel war das denn? Oh mein Gott, durch die Szene bin ich jetzt ganz heiß. Du musst endlich mit uns reden.« Und ehe ich wusste, wie mir geschah, scheuchte Peaches die beiden knutschenden Pärchen aus dem Schlafzimmer und schloss die Tür hinter uns.

Taylor fächelte sich theatralisch Luft zu. »Was war das denn?«

Peaches deutete auf die geschlossene Tür. »Wie groß ist der denn? Seine Füße sind riesig.«

Ich ging zum Bett und setzte mich hin, denn ich musste mich erst einmal wieder beruhigen.

Taylor setzte sich auf die andere Seite, und Peaches zog den Schreibtischstuhl näher ran.

»Ich weiß es nicht. Das war das erste Mal, dass sich etwas so angefühlt hat.« Ich zeigte zur Tür.

»Mit ihm?«, fragte Peaches.

»Nein. Das erste Mal in ihrem Leben.« Taylor griff nach meiner Hand, und wir rückten alle enger zusammen.

22. KAPITEL

Ruffian

Puh, also das war verrückt. Ich versuchte, meine Aufmerksamkeit auf Meg zu richten, denn deren Aufmerksamkeit galt eindeutig mir. Aber in Gedanken war ich immer noch im anderen Raum, wo ich eben den merkwürdigsten Moment meines Lebens erlebt hatte. Innerhalb einer Sekunde war mein Körper voller Adrenalin gewesen, als ich sah, dass Teddi festgehalten wurde.

Ich war zwischen sie und den Angreifer gegangen. In meinem Leben, in meiner Welt, lief das so. Manchmal nahm etwas, das harmlos wirkte, eine unvorhergesehene Wende, und normalerweise schauten wir immer zuerst nach der Person, die am meisten Hilfe brauchte. Mein Gehirn war fest mit ihr verbunden. Ich wollte sie beschützen und schaute noch nicht einmal, ob noch jemand anders Hilfe brauchte. Und während ich Meg jetzt darüber reden hörte, wie viel Yoga sie machte, wurde mir klar, dass es ja nur eine Party war. Sie benahmen sich ihrem Alter entsprechend und waren einfach nur albern. Ich kam mir blöd vor, hatte aber nicht das Gefühl, etwas falsch gemacht zu haben. Sie in den Armen zu halten und zu wissen, dass der Kerl sich mit mir anlegen müsste, wenn er was von ihr wollte, war zwar ein primitives, aber gleichzeitig sehr befriedigendes Gefühl gewesen.

Sie.

Verdammt. Ich war verknallt … so verknallt in sie. Mein Herz befand sich im Sturzflug, und mein Hirn nahm liebend gern den gleichen Weg. Das war nicht der richtige Zeitpunkt für so etwas. Sie war nicht die Richtige dafür. Das würde nur zu Komplikationen führen. Megs Hand lag an meiner Brust. Mein Herz versuchte, seinen Weg zurückzufinden, damit es weglaufen konnte … vor Meg … zu Teddi.

Ich legte eine Hand vor meinen Mund, während ich versuchte, Meg zuzuhören. Mein Mund wollte Teddis Mund berühren, wollte ihr Seufzen spüren. Ich warf einen Blick über die Schulter zur Tür hin, die jetzt geschlossen war. Ich hätte kein Problem damit, sie einfach einzutreten. So fühlte ich mich in Bezug auf sie … ohne Sinn und Verstand, aber sehr männlich.

»Und wenn du willst, können wir zu unserem Haus am See fahren. Wir könnten Schlittschuh laufen und so. Es würde dir gefallen. Gib mir dein Handy.« Sie streckte die Hand aus, und ich legte mein Handy hinein. Sie benutzte meinen Daumen, um es zu entsperren.

Ich hatte das Gefühl, als würde ich mich unter Wasser bewegen, und realisierte, dass ich all das zum ersten Mal erlebte. Doch dann traf mich die niederschmetternde Erkenntnis, dass ich Mom nicht erzählen konnte, wie ich mich fühlte. Ja, wie auch immer … All die Leute um mich herum würden sich über mich lustig machen, aber sie und ich waren Freunde gewesen.

Ich beobachtete völlig teilnahmslos, wie Meg ein Foto von sich machte und dann noch ein paar Sachen eingab.

»Den Rest schicke ich dir so.«

Ich hörte, wie sich die Schlafzimmertür öffnete, und spürte, wie unsere Galaxien aufeinanderprallten. Ich musste sie anschauen. Mein Blick musterte sie prüfend. War sie okay? Ja, es ging ihr gut. Nass. Sie war nur ein bisschen nass. Aber es ging ihr gut. Doch auf dem Nachhauseweg würde sie frieren. Das kam nicht infrage.

»Hast du einen Föhn hier?«

Meg zog die Augenbrauen zusammen, als würde ihr der Themenwechsel nicht gefallen. »Bestimmt ist einer im Badezimmer. Jeder Raum ist mit allem ausgestattet. Willst du ein Bier? Du willst ein Bier. Ich bin gleich wieder da.«

Ich beobachtete, wie Meg sich durch die Menge schob, und dann spürte ich Teddis Blick.

Als ich mich umdrehte, sah ich, was ich bereits gewusst hatte.

Sie. Wie konnte es sein, dass alle anderen Gesichter im Raum verschwammen – nur ihres nicht?

Ich winkte Teddi zu mir. Als sie nur den Kopf auf die Seite legte, ging ich zu ihr rüber.

Meg sagte meinen Namen, und ich fühlte mich ihretwegen schlecht. Ich wollte ihr sagen, dass der Richtige ihr ein Bier holen würde und nicht umgekehrt. Aber ich konnte Meg jetzt nicht helfen. Ich gehörte zu jemand anderem.

Als ich bei ihr ankam, berührte ich den Saum ihres Pullovers. »Du bist nass.«

»Ja. Tja, Tasker ist ein Idiot.« Sie fasste ihren Pullover ebenfalls an – dicht neben meiner Hand, ohne diese aber zu berühren. Mein Herzschlag pochte nun in meiner Hand. Mein Herz war ein Vagabund. Sie hatte es entfesselt, und jetzt folgte es ihr überallhin.

»Lass uns das in Ordnung bringen.« Und dann nahm ich ihre Hand. Sie war wahnsinnig weich … weicher noch als ihr Pullover. Vielleicht aber nicht ganz so weich wie ihre Lippen.

Mein Blick richtete sich auf ihren Mund. Sie spürte es auch – was immer da jetzt zwischen uns war … Es hatte sich etwas verändert.

»Okay.« Es war tatsächlich möglich … dass ich mich um sie kümmerte. Ich führte sie wieder ins Schlafzimmer und von dort ins Bad.

»Setzt du dich auf die Ablagefläche?«

Ich begann, Schranktüren zu öffnen … eine nach der anderen, bis ich den Föhn fand. Nachdem ich ihn an den Strom angeschlossen hatte, stellte ich daran herum, bis schöne warme Luft aus ihm herausströmte. Dann zeigte ich auf ihren Pullover. Teddi zog ihn aus der Hose und spannte ihn etwas. Ich richtete den Föhn darauf und ließ die andere Hand darunter, um sicherzugehen, dass die Temperatur stimmte.

»Du weißt, wie man einen Föhn benutzt?« Sie berührte meine Hand, die halb unter dem Pullover lag.

»Ja, das tue ich. Du nicht?« Ich wollte einen Scherz machen, um die Stimmung zu lockern.

Sie kicherte und antwortete: »Ich war Cheerleader. Wir konnten alle schon damit umgehen, als wir sieben waren.«

Ich wedelte mit dem Föhn herum. »Ist noch was anderes feucht?«

Oh Gott, bitte bring mich um.

Sie lachte ein bisschen, ehe sie das Bündchen ihrer Jeans berührte. »Ein bisschen.«

Ich prüfte den Pullover und stellte fest, dass er sich warm, aber auch trockener anfühlte. Sie schob ihn zur Seite, sodass ich den Föhn auf ihre Jeans richten konnte. Unweigerlich bekam ich einen Streifen nackter Haut zu sehen. Ich hätte den Blick abwenden oder – besser noch – sie das selbst machen lassen sollen. Doch stattdessen machte ich weiter, bis sie trocken war.

»So. Jetzt wird dir nicht kalt werden, wenn wir nach Hause gehen.« Ich stellte den Föhn aus und wickelte das Kabel auf.

»Deshalb hast du dir Sorgen gemacht?« Sie nahm mir den Föhn aus der Hand und wickelte das Kabel viel ordentlicher um das Gerät.

»Ich wollte nur sichergehen.« Meine Kehle war wie zugeschnürt. Wir waren allein im Badezimmer, und sie saß da und schaute mich an.

»Das ist wirklich sehr aufmerksam von dir.« Sie hob eine Hand und strich mir das Haar aus dem Gesicht. »Danke.«

Und dann waren wir plötzlich nicht mehr allein. Nebenan fiel ein Pärchen aufs Bett und fing an zu stöhnen. Teddi biss sich auf die Unterlippe und bedeckte dann das Gesicht mit ihren Händen.

»Ist das der Kerl, den ich beinahe umgebracht hätte?«

»Ja. Das sind Tasker und Willa. Ich will auf keinen … auf gar keinen Fall sehen, was hier gleich noch passieren wird.«

Sie sprang von der Ablagefläche runter und praktisch in mich hinein. Ich hielt sie fest, um nicht das Gleichgewicht zu verlieren, und wir waren einander wieder ganz nah. Das war schlecht. Ganz schlecht. Ich konnte nicht mehr klar denken, wenn sie mir so nah war.

Als nebenan wieder jemand stöhnte, rührte ich mich. Ich ließ Teddi vorausgehen und schloss dann die Schlafzimmertür hinter mir.

»Lass uns rübergehen, damit du alle kennenlernst.« Sie zeigte auf einen weiteren Raum, in dem ein Billardtisch stand. Keiner spielte, und ein paar saßen sogar auf dem Tisch.

Die Gruppe, die in der Ecke saß, begrüßte Teddi mit Winken und Pfiffen. Sie ging zu der Gruppe hin und begann, mir die Namen der einzelnen Personen zu nennen. Außerdem erzählte sie mir, was sie machten – ob nun Sport oder sonst irgendetwas. Die Namen gingen bei mir zum einen Ohr rein und zum anderen wieder raus.

Ich hatte kein Interesse daran, diese Leute kennenzulernen. Nicht heute Abend.

Der Typ, der neben Teddi saß, zog sie auf seinen Schoß. Sie lachte und wand sich, verhielt sich aber nicht so, als wäre es ihr zuwider. Ich ließ den Blick durch den Raum schweifen. Es wurde viel Alkohol getrunken, und alle schienen auf Körperkontakt aus zu sein. Diese Gruppe kannte sich gut, und man ging sehr vertraut miteinander um. Ich hasste es.

Ich versuchte, mich auf die Namen zu konzentrieren, während Teddi weiter auf dem Schoß von dem Kerl saß. Aber die ganze Zeit sah ich nur seine Hand, die an ihrer Hüfte lag. Als würde er sie besitzen. Als würde seine Hand dorthin gehören.

»Entspann dich, Killer. Du brennst mit deinem Laserblick sonst noch Löcher in die Möbel.« Die große Blondine neben mir legte einen Arm um meine Schultern.

»Taylor, richtig?« Zumindest an ihren Namen erinnerte ich mich.

»Ja, gut gemacht. Und wie soll ich dich nennen, da wir jetzt Freunde sind? Ruffian? Ruff? Ian?« Sie schnalzte mit der Zunge.

Bei Taylor hatte ich ein gutes Gefühl. Sie schien Teddi aufrichtig zu mögen, obwohl sie sie gerade festgehalten hatte, als ich dazugekommen war.

»Du kannst mich nennen, wie du willst, T-Rex.« Ich sah sie mit einem Lächeln an.

»T-Rex? Ah, so läuft das also. Okay, warte … Du darfst mich T-Rex nennen, und ich sage zu dir …« Sie nahm den Daumen zwischen die Zähne, während sie nachdachte. »Muscle … du Muskelprotz.«

»Wow. Was für ein Name. Ich hoffe, der setzt sich nicht durch.« Ich nahm mir eine Brezel aus einer der Schüsseln, die überall verteilt standen.

Meg tauchte neben mir auf und wiederholte den Namen. »Muscle. Klingt toll. Ich bin dabei.« Sie kicherte, obwohl kein anderer das tat.

»Ja, Meg, tolle Party.« In Taylors Stimme schwang keinerlei echte Begeisterung mit, und ich bekam den Eindruck, dass sie Meg auch nicht mochte.

»Freut mich. Ich mach alles, damit du nicht vereinsamst.« Meg zog an meinem Arm. »Gehst du mit mir zurück ins Haus? Ich muss mir was anderes anziehen.«

Ich warf einen Blick zu Teddi rüber, die gerade so heftig lachte, dass Anders sie im Rücken stützen musste, damit sie nicht nach hinten fiel. Ich wollte mir das nicht länger ansehen.

»Ich könnte ein bisschen frische Luft gebrauchen.« Ich sah Taylor an. »Bis später.« Sie nahm ihren Arm von meinen Schultern.

»Okay. Wir spielen noch ein paar Runden Arschloch. Da wirst du bestimmt mitmachen wollen.« Taylor rückte näher an einen von den Jungs vom Footballteam ran.

Meg richtete den Blick auf mich. Als Teddi immer noch nicht in meine Richtung schaute, drehte ich mich um und ging mit Meg zur Tür raus. Sobald wir draußen waren, fing sie an, über ihren nächsten Urlaub auf Antigua zu reden und dass es dort die schönsten Strände gäbe.

Während ich so tat, als würde ich höflich zuhören, musterte ich den hinteren Teil des Hauses und suchte nach Schwachstellen. Auf dieses Anwesen gelangte man nur durch das Tor mit der Gegensprechanlage. Entweder wurde hier Sicherheit sehr ernst genommen oder als etwas Selbstverständliches angesehen. Vor einigen der Fenster im Erdgeschoss standen hohe Büsche. Ich konnte mir gut vorstellen, durch eins von diesen Fenstern einzusteigen, sah aber auch die Aufkleber, die vor

Überwachungskameras warnten. Allerdings konnte ich keine entdecken.

»Und dann bin ich die Wasserrutsche runter, und dabei hat sich mein Bikini-Oberteil gelöst. Es war der Wahnsinn. Man hat sogar ein Foto von mir gemacht, als ich mitten auf der Rutsche war. Ich hab später gehört, dass es jetzt im Pausenraum des Resorts hängt, weil ihnen das Bild von allen, die sie je gemacht haben, am besten gefällt. Ich bin ziemlich stolz darauf, denn auf Antigua gibt's viele tolle Brüste.«

Als wir zur Hintertür gelangten, sah ich ein Tastenfeld, um mithilfe eines Zahlencodes die Tür öffnen zu können. Sie tippte sehr schnell sechs Zahlen ein. Ich merkte mir, wie sie ihre Hand bewegte, und prägte mir die Anordnung der Tasten ein. Gedanklich ging ich es immer wieder durch, bis ich es mir eingeprägt hatte.

Ein Problem gelöst. Wenn der Code nicht geändert wurde, bis ich wiederkam, um einzubrechen, würde ich das Schloss noch nicht einmal mit einem Dietrich aufbrechen müssen. Vielleicht waren für den Schmuck bessere Sicherheitsvorkehrungen getroffen worden als für das Haus, aber das musste ich erst herausfinden.

Wir durchquerten das Erdgeschoss, in dem mehrere Sport- und Freizeiträume untergebracht waren. Wir kamen sogar an einer richtigen Bowlingbahn vorbei, als wir zum Fahrstuhl gingen. Meg drückte den Knopf des Stockwerks, zu dem sie wollte, und lehnte sich dann mit dem Rücken an die Kabinenwand.

»Ich wollte es schon immer mal in einem Fahrstuhl treiben.«

»Cool.« Sie hatte eindeutig immer nur das Eine im Kopf. Und dann fing ich an zu überlegen. Warum? Warum baggerte sie mich die ganze Zeit an? Es ergab überhaupt keinen Sinn. Das ganze Haus war voller Jungs in ihrem Alter. Warum wollte sie unbedingt mit mir zusammen sein, wenn sie doch ihre Zeit genauso gut mit ihren Freunden verbringen konnte?

Die Fahrstuhltür ging in ihrem Stockwerk auf, und ich erinnerte mich wieder, wie man von hier zu ihrem Flügel gelangte. Sie öffnete die Tür und fing an, sich auszuziehen, sobald wir die Schwelle überquert hatten. Kurz darauf stand sie mit Spitzen-BH und passendem Höschen vor mir.

»Möchtest du einen Moment ungestört sein?« Ich schaute auf den Boden.

»Oh nein. Alles in Ordnung. Das hier behalte ich an. Lass mich nur schnell etwas raussuchen, was ein bisschen bequemer ist.« Sie betrat ein Zimmer, das in Wirklichkeit ein begehbarer Schrank war. Der Raum war größer als so mancher, den Mom und ich gelegentlich bewohnt hatten.

Ein paar Minuten später hatte Meg eine Jeans und ein bauchfreies Oberteil an. Es war so kurz, dass der Saum ihres BHs darunter hervorblitzte.

»Wie findest du das?«

Sie streckte beide Arme zur Seite.

»Warum bist du so nett zu mir?« Ich lehnte mich auf dem Sofa zurück. Manchmal bekam ich Antworten, weil ich einfach nur fragte.

»Ähm? Brauche ich einen Grund? Du bist neu in der Stadt, und ich bin gerne nett.« Womöglich war es so, denn sie war weiterhin außerordentlich freundlich.

Nachdem ich meine Frage gestellt hatte, sagte ich nichts mehr.

Als würde die Stille ihr geradezu körperliche Schmerzen zufügen, begann Meg zu reden. »Teddi und ich haben den gleichen Geschmack in Bezug auf Männer, deshalb wollte ich zumindest sehen, ob ich eine Chance bei dir habe.« Sie verschränkte die Arme vor der Brust.

»Außerdem sind sie und Anders mehr oder weniger zusammen. Deshalb wollte ich nicht, dass du verletzt wirst oder so.« Sie drehte sich, als ihr Blick auf ihr Spiegelbild fiel.

»Wie ist deine Schule?« Ich musste das Thema wechseln, denn ich wollte nichts über dieses Mädchen erfahren, was mich dann vielleicht davon abhielt, meine Pläne durchzuführen. Meg ging zu einer kleinen Kommode, die in der Ecke stand, und öffnete sie.

Jackpot. Es war echter Schmuck oder unglaublich gut nachgemachte Stücke. Wir hatten eine Zeit lang Geschäfte mit gefälschten Ringen gemacht, und dabei hatte ich viel von meiner Mutter gelernt, nachdem sie von ihrer »Ausbildung« zurückgekommen war.

Ich konnte echt von falsch unterscheiden.

»Heute werde ich den Peridot tragen. Ich habe das Gefühl, dass der heutige Abend genau richtig ist für abenteuerliche Farben.« Sie hielt mir die Kette mit dem Anhänger hin.

Ich trat zu ihr und nahm beide Enden der Kette in die Hand. Sie waren aus Weißgold, was ich an dem Stempel neben dem Verschluss erkennen konnte. Meg strich ihr Haar nach oben, damit es nicht im Weg war, und ich legte ihr die Kette an. Dann suchte sie sich noch einen Ring und drei Armreife aus. Unglaublich, wenn das alles echt war. Wenn ich das Zeug verkaufte, konnte ich davon so viele Sachen kaufen. Es weckte in mir den Wunsch, meine neue Kreditkarte zu nehmen und völlig auszuschöpfen, um Sachen für die Community zu besorgen.

Nachdem sie sich alles genommen hatte, was sie wollte, merkte ich, dass der Schmuckkasten noch nicht einmal ein Schloss besaß. Bingo.

Es würde verflixt schwierig sein, hier einzusteigen und den Kram zu stehlen, ohne von den Überwachungskameras erwischt zu werden, aber ich hielt es nicht mehr für so unmöglich, wie ich anfangs befürchtet hatte.

»Willst du jetzt zurück und deine Sachen vorführen?« Ich zeigte auf den ganzen Schmuck, den sie jetzt an Hals, Handgelenk und Fingern trug.

»Ich könnte mir etwas Besseres vorstellen, das wir beide machen.« Sie strich mit einem Finger an ihrem Körper entlang und ließ ihn wie ein kleiner Bergsteiger ihren Busen erklimmen.

Ich hasste den Gedanken, dass Teddi ohne mich unten saß. Aber ich hatte einen Job zu erledigen, und zwar gut. Komme, was da wolle. Dafür musste ich die Lage erkunden. Einen Plan schmieden. Überlegen, was alles dafür nötig war und ob ich zusätzliche Leute brauchte. Eigentlich wollte ich aber einen Alleingang, sodass kein anderer für diese Entscheidung zahlen musste.

Meg stellte sich auf die Zehenspitzen, sodass ihre Lippen nur einen Hauch von meinen entfernt waren. »Ähm, wir könnten hier viel Spaß haben. Nur wir zwei. Das könnten wir bald mal machen, ohne dass uns die Midiville-Footballmannschaft dabei zusieht.«

Wir gingen wieder nach unten zur Party. Meg mischte sich unter die Gäste, und Teddi trat an meine Seite. Sie hatte bereits unsere Jacken dabei. »Wir können jetzt gehen, wenn du bereit bist.«

Ich nahm ihr meine Jacke ab, und wir verließen das Haus, ohne uns von irgendjemandem zu verabschieden. Draußen war es jetzt völlig dunkel, doch durch den Vollmond hatten wir genügend Licht.

»Na, das war ja mal interessant. Ich wusste gar nicht, dass da was zwischen dir und Anders läuft.« Das hätten nicht die ersten Worte sein sollen, die aus meinem Mund kamen, aber nun war es eben passiert.

»Anders? Himmel, nein. Er ist wie ein Bruder für mich. Also bitte. Nein. Niemals.« Sie hob abwehrend die Hände, um sicherzugehen, dass ich begriff.

»Er schien nichts dagegen zu haben, dass du auf seinem Schoß sitzt.« Ich sah stur geradeaus, denn ich wusste, wie dämlich es war, was ich da von mir gab.

»Du musst gerade reden … Du hast dich zweimal mit Meg davongemacht. Und ich weiß genau, was sie im Schilde führt, aber was du vorhast, ist mir nicht klar.« Teddi berührte meinen Arm, damit ich sie anschaute.

Sie sah so eifersüchtig aus, wie ich mich fühlte.

»Ich habe gar nichts vor. Ich schließe nur Freundschaften, wie du es mir gesagt hast.«

»Sie geht doch noch nicht einmal auf unsere Schule. Das ist eine blöde Behauptung.« Sie schob die Hände unter die Achseln.

»Ja. Wahrscheinlich. Aber trotzdem hat es mir nicht gefallen, was ich da gesehen habe.« *Hör auf zu reden, du Idiot. Oh Gott.*

»Ach, bist du jetzt mein Vater, oder was? Willst mir erzählen, was sicher ist und was nicht? Na toll. Ich kann es gar nicht erwarten, dass du mir auch noch vorschreibst, was ich anziehen darf und was nicht.« Sie stürmte davon und versuchte schneller zu sein als ich, aber ich passte mich mit Leichtigkeit ihrer Geschwindigkeit an.

Während ich ging, massierte ich mir die Schläfen. »Das kommt irgendwie alles falsch rüber. Was ich eigentlich sagen will, ist, dass es der beste Teil dieses verdammten Tages gewesen ist, dich im Arm zu halten, und dass ich es wieder tun will. Ich will es nicht mitansehen müssen, wie du mit anderen Kerlen flirtest. Das war alles zu viel, und es tut mir leid.«

Sie wurde langsamer.

»Und du? Ich glaube, bei dieser Party war es schlimmer als normalerweise. Es ist bitter zuzusehen, wie dort mehr Alkohol ausgeschenkt wurde, als die meisten Familien in ihrem ganzen Leben zu sehen bekommen. Diese Verschwendung macht mich verrückt und vielleicht auch, dass ich ein bisschen getrunken habe.«

Ich wollte mit ihr nach Hause ins Warme. Aber stattdessen führte ich mich hier wie ein besitzergreifender Spinner auf.

Sie schwieg und ging jetzt wieder ein bisschen schneller. Ich konnte mit ihr mithalten, indem ich größere Schritte machte.

»Es tut mir leid.«

Ich wollte mich entschuldigen. Es war falsch und unhöflich von mir, ihr vorschreiben zu wollen, wie sie sich mit ihren Freunden gab.

»Nein. Ist schon in Ordnung. Mir tut es auch leid. Meg macht mich wütend, und das ist nicht dein Fehler. Sie und ich sind vor langer Zeit Freundinnen gewesen – ehe es ihr wichtig wurde, wie viel jeder verdient. Und jetzt hat sie sich auch noch in meinen Freundeskreis hineingedrängt, aber das kannst du ja nicht wissen. Sie ist hinter dir her, weil du heiß bist und neu, aber auch weil du mit mir gekommen bist.«

Ich sah sie an und lächelte leicht. »Heiß?«

Sie schüttelte den Kopf und sah ihre Füße an. »Ach, komm, du weißt, wie du aussiehst. Deine wilden Haare, das Zwinkern.«

»Aber warum hast du mich dann überhaupt mitgenommen, als du den Scheck von ihrer Mutter abholen wolltest?« Ich wollte es ihr entlocken, hatte aber auch einen Verdacht.

»Um dich vorzuführen. Wie ein Stück Fleisch. Jetzt fühle ich mich deshalb schlecht.« Sie verdrehte die Augen.

Ich presste die Lippen aufeinander, um nicht zu grinsen.

Sie musterte mich. »Nein, lass es raus. Was? Was wolltest du sagen?«

»Du hast mich wie eine Trophäe behandelt. Das trifft mich sehr.« Ich konnte mein Lächeln nicht mehr unterdrücken.

»Ach, jetzt pack deine Grübchen wieder ein. Dieses ganze Gerede steigt dir ja zu Kopf.« Sie überprüfte den Briefkasten am Fuße der Auffahrt. Er war leer.

Als wir reingingen, stellten wir fest, dass ihre Eltern bereits ins Bett gegangen waren. Gaze und Pixie Rae waren im Wohnzimmer und schauten einen Film.

Gaze drückte auf Pause, während wir die Schuhe auszogen. Teddi ging die Stufen zu ihnen hinunter, und ich folgte ihr.

»Wie war die Party?« Pixie hatte sich an Gaze' Brust gekuschelt, während sie auf dem Sofa saßen.

»Gut. Es ist Megs Zuhause, deshalb …« Teddi setzte sich in den Fernsehsessel und zog die Beine hoch. Ich suchte mir einen Platz auf dem Zweisitzer und war froh, im Warmen zu sein.

Pixie setzte sich auf und führte Teddis Gedanken zu Ende. »Es war schick und etwas übertrieben?«

»Das fasst es ungefähr zusammen.« Teddi sah mich an, und ich war wie gefangen von ihrem Blick und erinnerte mich wieder daran, wie sie in meinen Armen gelegen hatte. Gaze räusperte sich.

»Wie fandest du es, Ruff?« Er probierte es mit der Kurzversion meines Namens. Ich ließ ihn gewähren und richtete meinen Blick auf ihn.

»Es war gut. Ich habe viele von Teddis Freunden kennengelernt. Am besten gefällt mir, glaube ich, Taylor.« Ich schaute wieder zu Teddi, um zu sehen, wie sie reagierte. Ihre Miene verriet, dass sie damit gerechnet hatte.

»Taylor ist ein guter Mensch.« Pixie schob ihre Finger zwischen die von Gaze. Ich betrachtete meine leere Hand und dann Teddis. Ich erinnerte mich wieder daran, wie gut sie in meine gepasst hatte.

Der Ansturm der Gefühle war zu stark, zu schnell. Ich hatte weder Zeit noch Raum dafür.

»Ruff?« Pixie redete mit mir, und ich hatte es gar nicht mitbekommen.

»Ja?« Ich ballte meine Hand zur Faust.

»Bist du auf den Einstufungstest vorbereitet? Ronna erzählte mir, dass du ihn am Montag schreiben würdest.«

Pixie Rae war mir auf der Spur. Vielleicht würde die ganze Welt es bald sein. Denn wenn ich Teddi anschaute, hatte ich das Gefühl, als würde das ganze Universum beben. Es hatte solch eine Kraft.

»Das wird sich zeigen. Ich hab noch nie einen richtigen Test geschrieben, deshalb bin ich mir nicht sicher, ob ich die Erwartungen erfüllen kann.«

Das war die ehrliche Antwort. Ich besaß Wissen. Mom und ich hatten immer so viel Zeit wie möglich in Bibliotheken verbracht. Allerdings hatte sie stets darauf geachtet, erst dann hinzugehen, wenn die Schule aus war, damit die Bibliothekare annehmen konnten, dass ich ganz normal zur Schule ging. Sie wollte nicht, dass man mich ihr wegnahm. Hätte es jemand den Behörden gemeldet, dass bei uns irgendetwas nicht stimmte, hätten Mom und ich untertauchen müssen. Anfangs hatte sie immer ein Versteckspiel daraus gemacht, und erst als ich älter wurde, begriff ich, wovor sie Angst hatte.

Pixie schaute von ihrem Handy auf. »Wir könnten ein paar Übungsaufgaben machen, wenn du möchtest. Es gibt sie online.«

Ich zuckte die Achseln. »Klar. Das wäre toll. Danke.«

Mir war schon klar, worum es bei Tests ging, aber ich hatte eher frei und ohne irgendwelche Vorgaben gelernt. Mit der Hand zu schreiben hatten Mom und ich immer am Flussufer geübt, wo ich einen Stock als Stift benutzt hatte. Die seichten

Wellen hatten mir dann regelmäßig eine frische Schreibfläche verschafft.

»Wollt ihr den Film mit uns zu Ende gucken?«, fragte Gaze und hielt die Fernbedienung hoch.

Der Film war auf Pause gestellt, deshalb konnte ich sehen, dass sie *Stirb langsam* schauten.

Teddi stand auf und streckte sich. Ich musste den Blick abwenden, weil der Anblick einfach zu viel war. »Ich verzieh mich. Ich bin müde und muss mir noch Nachrichten von Taylor und Peaches über die Party durchlesen.«

Ich tat es ihr nach und entschuldigte mich. »Ich will auch schlafen gehen, damit ich morgen fit für Lehrerin Pixie bin. Wann wollen wir anfangen?«

Pixie lächelte mich an. »Klopf einfach bei uns an, wenn ich noch nicht auf sein sollte. Wann immer du bereit bist, können wir die Aufgaben durchgehen.«

Teddi und ich gingen aneinander vorbei. Es fehlten nur Zentimeter, damit wir uns berührt hätten. »Gute Nacht.«

»Ja, dir auch.«

Ich würde heute einige Schwierigkeiten haben einzuschlafen.

23. KAPITEL

Teddi

Als ich auf mein Handy schaute, strömten die Nachrichten herein. Ich hatte wohl kurzzeitig keinen Empfang gehabt, sodass jetzt alle auf einmal kamen.

Taylor: Du Miststück! Du kannst doch nicht einfach abhauen! Warum bist du weg? Verdammt.

Dazu schickte sie noch einen Haufen Bilder von ihrem traurigen Gesicht und dem Innern ihrer Nasenlöcher.

Taylor: Hast du leidenschaftlich wilden Sex mit Ruffian? Schwing die Hüften. Aber richtig.

Als Nächstes sah ich mir ein Video an, in dem sie, Peaches, Anders und Brutus total falsch sangen. Ich konnte nicht erkennen, um welches Lied es sich handeln sollte.

Das nächste Video zeigte Taylor in ihrem Bett liegend, was mich erleichterte, denn es bedeutete, dass sie wieder zu Hause war.

Taylor: Ruf mich an. Ich will reden.

Ich zog meine Pyjamashorts und ein Tanktop an, ehe ich

mir die Stöpsel in die Ohren steckte. Dann startete ich einen Videocall.

»Na, haben du und Ruffian Bettgymnastik gemacht?« Sie kam gleich zur Sache.

»Nein. Wir haben uns ein bisschen gestritten, uns dann aber wieder vertragen. Hier zu Hause haben wir uns noch mit Gaze und Pixie unterhalten. Und wie sah's bei dir mit hoppe, hoppe, Reiter aus?«

»Mit wem denn? Nein. Ich bin hier ganz allein. Aber du wohnst mit deiner neuen Flamme zusammen. Sag mir, was zum Teufel passiert ist. Kommst rein und haust gleich wieder ab.« Sie machte ein paar Handbewegungen, die Ruffian und mich darstellen sollten.

»Ich weiß nicht. Es war komisch. Als er mich in den Armen gehalten hat, war da was.«

Ich dachte zurück an die Party. An diesen Moment. Diesen intensiven Moment. Normalerweise hätte ich den Alkohol dafür verantwortlich gemacht, aber wir hatten beide überhaupt nicht viel getrunken.

»Was erzählst du da? Ich war doch dabei. Himmel, ich hab sogar ein Foto gemacht.« Taylors Haare lagen ausgebreitet auf dem Kissen. Sie hielt die Videoübertragung für ein paar Sekunden an, und dann ging eine Nachricht von ihr bei mir ein.

Es war ein Foto von dem Moment. Taylor hatte wirklich lange Arme, und sie musste einen ganz weit ausgestreckt haben, um von der Couch aus diese Aufnahme von der Seite zu machen. Es war ein tolles Foto. Also, aus künstlerischer Sicht, und der Ausdruck auf unseren Gesichtern war so ehrlich und offen. Ich fühlte mich fast nackt. Und Ruffian wirkte erstaunt … über mich … mit mir.

Ich kehrte zum Videocall zurück. »Das war schon was. Du hast recht.«

Taylor tat so, als würde sie wie ein Hund hecheln. »Tja, und Meg hat sich unmöglich benommen, nachdem ihr beiden weg wart. Sie hat rumgeschmollt und ist wütend rumgestampft, sodass wir schließlich alle geflüchtet sind, weil es so unangenehm wurde.«

»Das muss ja wirklich sehr unangenehm gewesen sein, dass es die Leute in die Flucht geschlagen hat.« Ich hatte meine Freunde und die anderen Gäste vor Augen. Von denen ging nie einer früh von einer Party weg. Die Hälfte von ihnen kippte irgendwann auf der Stelle um und schlief bis zum nächsten Morgen durch.

Sie waren teilweise dämlich, aber keiner von ihnen setzte sich betrunken ans Steuer oder so. Zum Glück. Auch wenn sie alle eigentlich noch gar nicht trinken durften, war das immerhin etwas.

»Du hast ja keine Ahnung *wie* unangenehm. Na ja, vielleicht doch, denn schließlich seid ihr ja mal eng befreundet gewesen.« Taylor schloss die Augen.

»Hey, das war im letzten Jahr der Grundschule. Seitdem hat sich viel geändert.« Ich schloss ebenfalls die Augen.

»Ja, du hast Riesenmöpse bekommen.« Ich sah sie nicht mehr an, sondern hörte ihr nur noch zu.

»Hey, lass meinen Busen in Ruhe, ja?« Ich stellte das Handy auf eins meiner Kissen und drehte mich auf die Seite.

»Diese Unterhaltung ist noch nicht vorbei. Aber sie sollte es sein.« Taylor fing leise an zu schnarchen.

Ich war noch wach genug, um den Anruf zu beenden. Morgen würden wir noch einmal alles ausführlich besprechen. Ich ließ mich vom Schlaf entführen und träumte von Ruffian.

24. KAPITEL

Ruffian

Ich lag auf dem Rücken und starrte an die Decke. Eigentlich hätte ich in Gedanken noch einmal alles durchgehen sollen, was ich in Megs Haus gesehen hatte. Doch stattdessen ging ich in Gedanken alles durch, was zwischen mir und Teddi gesagt und getan worden war. Wer war ich überhaupt? Jemand, der nun Partys im Haus eines reichen Mädchens feierte? Jemand, der in seinem eigenen Zimmer mit einem Schrank voller Kleidung lag? Der Gedanke erfüllte mich mit Scham … dass ich so viel hatte, während andere überhaupt nichts besaßen – während meine Community litt.

Allmählich begann ich zu begreifen, wie es zu diesem Wir gegen Sie kam. Ihre Mauern isolierten sie von uns. Wir waren mein ganzes Leben lang Außenseiter gewesen. Es schien so, als wäre es ein Verbrechen, kein Heim zu haben, als wäre das Leben in einem Zelt eine strafbare Handlung.

Ich setzte mich auf und stützte die Ellbogen auf die Knie. Vielleicht war ich für diese Aufgabe, die ich mir auferlegt hatte, nicht gemacht. Vielleicht könnte ich schwach sein, es mir in diesem bequemen Leben gemütlich machen und alle anderen vergessen. Mom wäre so enttäuscht von mir.

Ich musste das Ziel im Auge behalten. Das langfristige Ziel. Als ich die Entscheidung gefällt hatte, für ein großes Ding ins Gefängnis zu gehen, hatte ich nicht damit gerechnet, dass dies

Menschen verletzen würde. Ich war erst seit Kurzem bei dieser Familie, und ich hatte mich in Teddi verknallt. Ich mochte die Familie. Sogar mein Bruder war kein Arschloch. Ich wollte ihr Vertrauen nicht missbrauchen und es in einen Dolch verwandeln, den ich ihnen in den Rücken rammte.

Es war hart. Ich musste meine Gefühle in den Griff bekommen. Die Connor-Kinder brauchten mich. Meine Leute brauchten mich. In Gedanken begann ich mir den Grundriss von Megs Haus zu vergegenwärtigen. Ich lief die Gänge entlang, hörte meine Schritte auf den Marmorfliesen und zählte die Türen.

Es gab eine ganz einfache Möglichkeit, wieder dort hinzukommen. Und in dem Moment, als ich es erkannte, schaute ich zur Decke hoch. Meine Gefühle für Teddi musste ich ebenfalls opfern.

Ich holte mein Handy hervor und schrieb Meg eine Textnachricht: *Hey, wie geht's?*

Dann glitt ich auf den Boden und entsagte dem Bett.

Teddi

Ich wachte spät auf. Mein Handy lag neben mir, aber der Akku war leer. Angesichts des strahlenden Sonnenscheins, der in mein Zimmer fiel, musste es wirklich sehr spät sein.

Es war Sonntag. Heute fanden keine Treffen statt, aber ich musste noch mehr E-Mails rausschicken, um für die nächsten Partys Spenden zu sammeln.

Ich musste Ruffian sehen. Schmetterlinge flatterten in meinem Bauch und in meiner Brust. Ich wollte das Foto wieder ansehen, das sich wie ein Traum anfühlte und das ich bereits sah, wenn ich nur die Augen schloss. Nachdem ich das Handy zum

Aufladen angeschlossen hatte, ging ich unter die Dusche. Es brauchte immer unendlich lange, wenn es völlig leer war. Dann würden ein paar Updates geladen werden, sodass es noch eine ganze Weile dauern würde, bis ich es wieder benutzen konnte.

Als ich mir die Haare gemacht und ein bisschen Make-up aufgelegt hatte, war das Handy einsatzbereit und voller Nachrichten. Es war wie eine kleine Reise in die Vergangenheit. Ich ging die Meldungen durch, die sich angesammelt hatten, während das Handy aus gewesen war.

Da war ein Bild von Meg auf Instagram, auf dem sie mich getaggt hatte.

Scheiße. Das konnte nichts Gutes bedeuten. Es war ein Screenshot von einer Textnachricht, die Ruffian an Meg geschickt hatte, und sie hatte einen Kommentar hinzugefügt: *Wenn man spät nachts einen Booty-Call erhält, es aber schon fast Morgen ist.*

Dahinter standen ungefähr zehn Tropfen-Emojis.

Und dann hatte sie mich auch noch markiert. Sie war ein Biest. Ich spürte, wie mir vor Wut das Blut ins Gesicht schoss und mein Hals rote Flecken bekam.

Ich war verarscht worden, und zwar von dem Kerl, der bei mir im Souterrain wohnte. Nach allem, was zwischen uns auf der Party geschehen war, schickte er Meg Nachrichten – ausgerechnet der bescheuerten Meg.

Ich ging meine restlichen Nachrichten durch. Meine Freundinnen warnten mich vor dem, was Meg getan hatte. Ich schloss die Augen. Das war ja nicht nur sie gewesen – sondern auch er.

Taylor hatte mir als Erstes geschrieben, deshalb war es jetzt natürlich die letzte Nachricht, die ich las.

***Taylor:** Mach dein Handy aus. Ich komm rüber.*

Ich sah in dem Moment zur Tür hoch, als diese aufsprang. »Sorry. Ich musste noch ein paar Sachen für meine Mutter erledigen. Aber schau her! Kaffee!«

Was Taylor und ich Kaffee nannten, wurde in den unverkennbaren Bechern verkauft, war aber zu achtundneunzig Prozent alles andere als Kaffee. Im Grunde war es nur ein Milchshake mit Kaffeegeschmack.

»Was zum Teufel hat er getan? Kam das wirklich von ihm?« Einen Moment lang erwog ich die Möglichkeit, dass es sich bei dem Screenshot seiner Nachricht um eine Photoshop-Bearbeitung handelte. So etwas würde ich Meg zutrauen.

»Ja. Er hat es wirklich geschrieben.« Taylor warf mir einen mitleidigen Blick zu und berührte meine Schulter.

Meine Mädels waren hervorragende Internetspürhunde. Bevor ich die Augen geöffnet hatte, waren sie schon wach und am Ball gewesen. Ich fragte nicht, woher Taylor das wusste, aber ich glaubte ihr.

Peaches kam ebenfalls mit Kaffee in der Hand zur Tür herein. Taylor und ich lächelten sie an, und sie hielt die Becher hoch. »Oh, verdammt. Oder nein, cool. Wir haben alle die gleiche Lösung für unsere Probleme.« Sie setzte sich ebenfalls zu mir aufs Bett und stellte den zusätzlichen Becher auf meinen Nachttisch.

»Was machen wir jetzt? Vergraben wir 'ne Leiche? Zerkratzen wir ein Auto?« Peaches nahm einen Schluck von ihrem Getränk und hatte ein Sahnebärtchen, als sie den Becher wieder absetzte.

Ich schüttelte den Kopf. »Nein. Wir stehen über so etwas.«

Peaches warf Taylor einen Blick zu. »*Sie* steht nicht drüber.«

Taylor nickte. »Stimmt genau. Wir wissen alle, dass man mir nicht trauen kann. Kein bisschen.«

Als Nächstes erschien Austin an meiner Tür. Er hatte auch zwei Becher Kaffee dabei. Allerdings wusste ich, dass es sich bei ihm um echten Kaffee handelte. »Ach … Zwei Doofe und so weiter.«

Er hatte ein langes Sweatshirt an, das gleichzeitig als Rock diente. Dazu trug er fingerlose Handschuhe und Doc Martens. Seine Fingernägel waren in allen Farben des Regenbogens lackiert.

Taylor klopfte auf den Platz neben sich. »Apfelpopo. Komm, setz dich zu Mama.«

Taylor hielt nicht damit hinterm Berg, dass sie seit Jahren in meinen Bruder verknallt war. Sie behauptete, dass er sie für alle anderen Kerle verdorben hätte, die nicht so gut dufteten oder makellos aussahen wie er.

Austin stellte beide Becher ab und setzte sich neben Taylor. »Hör mal zu, du Minderjährige. Sei nicht so attraktiv. Und zwar ab sofort.«

Austin wusste, dass sie ihn vergötterte, und goss ständig Öl ins Feuer. Er hatte so eine Art, es zu verharmlosen, und Taylor tat so, als würde sie gleich in Ohnmacht fallen.

»Wie hast du es herausgefunden?«, fragte ich ihn.

»Teddybär, jetzt bin ich aber beleidigt. Du weißt doch, dass diese Website praktisch mein Arbeitsplatz ist. Jemand braucht nur zu niesen, und ich bekomme es mit. Außerdem behalte ich alle, die du nicht magst, im Auge, falls die irgendwas Fieses abziehen … so wie heute.« Er streckte den Arm nach meiner Hand aus. »Trink deinen Pseudokaffee. Wir werden das jetzt mal genau besprechen.«

Ich folgte seiner Aufforderung und bekam ebenfalls einen Bart aus Milchschaum.

25. KAPITEL

Ruffian

Ich arbeitete mit Pixie und Gaze im Wohnzimmer an den Übungen für den Einstufungstest. Sie waren nicht allzu schwer, aber ich musste die Fragen ein paarmal lesen, um zu verstehen, wonach überhaupt gefragt wurde.

Als ich die fertigen Aufgaben meiner »Lehrerin« Pixie reichte, schnalzte sie mit der Zunge beim Anblick meiner Handschrift. »Vielleicht solltest du die Antworten besser am Computer tippen. Ist das erlaubt?«

Ihre Frage war eher an Gaze gerichtet, denn an mich. Er zuckte jedoch nur mit den Achseln.

»Ich werde das mal googeln.« Sie ließ sich aufs Sofa sinken und begann mit der Suche.

Gaze griff nach meinem Zettel. »Ich kann es lesen.« Er schaute von Pixie zu mir und dann wieder zurück, ehe er anfing zu lesen, was ich zu Papier gebracht hatte.

Ich wippte mit dem linken Fuß. Dieser Teil gefiel mir nicht. Ich wartete nicht gern auf Ergebnisse. Der Bewertungsteil in der Schule konnte unter Umständen schwierig für mich werden, weil ich mit dem Warten nicht gut klarkam.

»Es ist wohl erlaubt und wird in den meisten Fällen gestattet, wenn man es beantragt. Schreibst du gern mit einem Stift oder würdest du lieber tippen?« Pixie war wieder aufgestanden und ging umher.

»Das ist das erste Mal, dass ich mit einem Stift geschrieben habe«, sagte ich und deutete auf den Zettel in Gaze' Hand. Er und Pixie tauschten einen Blick, und dann reichte er ihr das Papier. »Normalerweise hab ich meine Sachen immer in der Bibliothek getippt.« Sie begann zu lesen und war offensichtlich in der Lage zu entziffern, was ich geschrieben hatte.

Die Haustür wurde geöffnet und geschlossen, und Rocket bellte wen auch immer an, der gerade hereingekommen war. Pixie und Gaze reagierten nicht. Es waren so viele Leute ins Haus getreten und waren zu Teddi nach oben marschiert, dass ich allmählich das Gefühl bekam, oben würden die Baumaßnahmen für ein weiteres Stockwerk beginnen.

»Das ist wirklich gut.« Pixie zeigte auf das, was ich geschrieben hatte. »Im poetischen Sinne gut.«

»Es ist also richtig?« Ich merkte, wie sich mein ganzer Körper anspannte, während ich auf eine Antwort wartete.

Gaze schüttelte den Kopf. »Oh nein. Es ist völlig falsch, nur sehr hübsch geschrieben.«

Unverblümt. Mein Bruder war schonungslos offen. Das musste ich ihm lassen.

Pixie warf Gaze einen strafenden Blick zu. »Halt, es ist nicht völlig falsch. Wir müssen nur darüber sprechen, wie die meisten Lehrer die Antwort verpackt haben möchten.« Sie setzte sich mit dem Zettel in der Hand neben mich. »Du weißt die Antwort, aber du musst dir die Frage noch einmal durchlesen und darauf achten, auf alle Teile einzugehen.«

Pixie dröselte auf, dass in der Aufgabe eigentlich mehrere Fragen gestellt wurden, und erklärte, wie man den Schlusssatz schrieb, in dem man zur Eingangsfrage zurückkehrte.

»Diese Art zu schreiben macht irgendwie viel weniger Spaß.« Sie starrte mich so lange an, dass ich mich zu fragen begann, ob irgendetwas mit meinem Gesicht nicht stimmte.

»Bei diesen Dingen kannst du leider nicht nur zum Spaß schreiben. Die wollen bestimmte Antworten hören. Stell dir bei deinen Antworten vor, dass deine Worte eine Uniform tragen. Die Uniform, die sie tragen, soll zeigen, dass du das Thema im Griff hast und in der Lage bist, es vorzutragen.«

»Also soll ich langweilig schreiben? Und dabei total ins Detail gehen und Zusatzinformationen geben?« Ich nahm meinen Zettel zurück.

»Ja. Versuch das.« Gaze öffnete den kleinen Laptop neben sich und öffnete ein neues Dokument. »Und tipp es hier rein, sodass es nicht so aussieht, als hätte es ein altertümlicher betrunkener Pilgervater geschrieben.«

Pixie rief Gaze mit einem leisen Zischen zur Raison.

Gaze zuckte zusammen und formulierte seine Antwort neu. »Äh … Tu dein Bestes. Greif nach den Sternen und so weiter.«

Pixie legte den Kopf schief.

»Hey! Was ist? Versuche ich es nicht?« Er hielt beide Hände hoch.

Ich mochte das Geplänkel der beiden, denn ich wusste, dass sie nicht wirklich böse aufeinander waren. Außerdem freute ich mich darüber, dass sie das Thema offensichtlich schon vorher besprochen hatten. Aber dann versuchte ich mir in Erinnerung zu rufen, dass ich ja emotional auf Distanz zu ihnen bleiben wollte. Das alles hier war nur Mittel zum Zweck.

Ich nahm den Laptop entgegen und tippte meine Antworten noch einmal, wobei ich versuchte, Pixies Ratschläge einfließen zu lassen. Ich fand plattere Formulierungen und arbeitete die Fragen stupide ab. Während des Schreibens stellte ich mir vor, ich hätte einen Zylinder auf, den ich antippte, wenn ich einer Dame begegnete, und aus dieser sehr kultivierten Umgebung in meiner Fantasie heraus verfasste ich meinen Text.

Die Rückmeldung, die ich diesmal bekam, war großartig. Pixies Augen strahlten, als sie lächelte. »So wird es klappen. Aber ich möchte nicht, dass du vergisst, wie du vorher geschrieben hast. Denn dieses Talent darf auf keinen Fall versteckt werden.«

Ich stand auf und streckte mich, als Teddi und ihre Freundinnen gerade im Pulk die Treppe heruntergestürmt kamen und das Haus verließen, ohne mir auch nur einen Blick zuzuwerfen.

Austin kam zu uns ins Wohnzimmer herunter.

Gaze nahm mir den Laptop ab und drückte Austin die Hand. Dann probierten Austin und ich einen Handschlag, der zwar noch nicht perfekt war, aber wir wurden immer besser.

Pixie umarmte Austin, und dann schauten alle mich an.

»Was ist?« Vielleicht hatte ich irgendetwas falsch gemacht.

»Es ist nur so, dass Gaze und ich bald wieder zur Uni zurückkehren, und Austin hat einen echt vollen Terminkalender. Wirst du hier allein zurechtkommen?« Pixie runzelte die Stirn, sodass ich den Eindruck bekam, dass sie sich Sorgen machte.

»Ja, alles gut. Kein Problem.« Ich holte mein Handy hervor und entsperrte es. Es waren keine Nachrichten drauf, aber diese Gewohnheit schien eine gute Möglichkeit zu sein, Leuten den Eindruck zu vermitteln, dass man zu tun hatte.

»Bist du dir sicher?« Austin drehte einen seiner Ringe an der linken Hand. »Zwischen dir und Meg läuft's gut?«

Ah, er befand sich auf einer Erkundungsmission. »Sie ist ein nettes Mädchen. Ich halte es für sinnvoll, freundlich zu allen zu sein, die für Teddis Projekte spenden.«

So, das sollte sie beruhigen.

Austin zog den Ring von seinem Finger und steckte ihn wieder an. Das wiederholte er einige Male. »Ja. Das stimmt. Trotzdem. Sag mir Bescheid, wenn du in irgendeiner Form

Hilfe brauchst. Wenn du Inspiration in Bezug auf deine Kleidung brauchst oder sonst was.« Er winkte Pixie zu und verstrubbelte Gaze' Haare, obwohl er dafür ein bisschen hochspringen musste.

Wir probierten unseren Handschlag erneut, und diesmal ging es schon ein bisschen flüssiger.

Damit war das Üben für den Einstufungstest vorbei. Morgen würde mein erster Schultag sein. Teddi sollte mich eigentlich hinfahren, aber zum jetzigen Zeitpunkt war ich mir angesichts der Nichtbeachtung, mit der sie mich strafte, ziemlich sicher, dass sie mich viel lieber überfahren würde.

Teddi

Taylor fuhr, und Peaches saß auf der Rückbank. Ich musste wieder einen klaren Kopf bekommen und mich ablenken. Wir hatten bei drei Läden Halt gemacht und um Spenden für unsere Partys gebeten. Von allen Geschäften hatten wir Fotos gemacht, die ich bei Twitter und Instagram posten würde, um den Ladeninhabern positive Publicity zu verschaffen.

Ich konnte diese Aufgabe erledigen. Dafür brauchte ich nur meine ganze Konzentration und Entschlossenheit. Wenn ich ständig über Ruffian nachdachte, würde es mir nicht gelingen, alles vorzubereiten, damit die Familien einen perfekten Tag voller erfüllter Wünsche bekamen.

»Hat Meg sonst noch was gesagt?« Ich sah über meine Rücklehne zu Peaches.

»Lass mich nachsehen. Sie hat haufenweise Bilder von ihrer Pediküre gepostet und dann noch Selfies mit Filter.« Peaches wischte mit dem Finger über ihr Handydisplay. »Oh, warte. Sie hat vor vier Minuten Bikinifotos von sich reingestellt. Man sieht wirklich alles – von allen Seiten«, stieß sie unterdrückt hervor.

»Na ja, sie hat wirklich eine tolle Figur. Da sollte sie die auch stolz zeigen dürfen.« Ich atmete tief durch. »Also, bin ich nun verrückt, oder schien er tatsächlich auf mich zu stehen?«

Ich sah von Taylor zu Peaches und wieder zurück.

»Ach, der wollte es dir schon an Ort und Stelle besorgen.« Taylor stieß einen leisen Pfiff aus.

»Vergiss den Typen. Was soll's? Du bist ein böses Mädchen und ziehst dein Ding durch. Du hast einen tollen Körper und zwei Beine, die schlanker aussehen als die Hinterläufe eines jungen Rehs.«

Meine Mädels. »Ich liebe euch, ihr beiden.«

»Das wissen wir. Und du kannst von Glück sagen, dass wir dich auch lieben, denn du bringst uns dazu, all diesen Scheiß für andere Leute zu tun.« Taylor deutete auf die Gutscheine und Geschenkkörbe, die wir gesammelt hatten.

»Ihr fühlt euch doch auch gut, wenn ihr diese Familien glücklich macht. Ihr könnt mich mal.« Ich nahm meine linke Brust in die Hand, als wäre allein die Geste eine Beleidigung.

Als Taylor an der nächsten roten Ampel hielt, beugte sie sich zu mir rüber, als wollte sie mir tatsächlich an den Busen gehen. Ich wehrte sie ab. »Behalt die Hände am Steuer. Grundgütiger!«

Taylor stellte die Musik lauter und übertönte mich mit ihrem Gesang. Ich schlug zurück, indem ich noch lauter zu singen anfing. Als Peaches dann auch noch mit einstimmte, hörten wir uns an wie Ziegen im Paarungsrausch.

Auf dem Nachhauseweg schauten wir bei Brutus vorbei, der sich mit ein paar Football- und Fußballjungs die Zeit mit blutigen Videospielen in seinem Keller vertrieb. Tasker und Anders quatschten Blödsinn in ihre Headsets.

Als Tasker nicht traf, stieß Anders das kleine Tischchen um, auf dem sein Getränk stand. Alle sprangen wild durcheinander, um die Geräte in Sicherheit zu bringen, die durch seinen Wutanfall nass geworden waren. Tasker reichte mir seinen Controller, um ebenfalls zu helfen, und ich ließ mich auf seinen Stuhl sinken. Ich kannte das Spiel, weil Milt schon immer ein Vielspieler gewesen war. Als ich kleiner war, hatte ich manchmal für ihn die Stellung halten oder bei einem Zweispieler-Story-Game helfen müssen. Ich war wirklich gut in diesem Spiel, und Tasker hatte gerade meine Lieblingswaffe, ein Scharfschützengewehr, ausgewählt.

Brutus übernahm den Platz von Anders, während dieser sich entschuldigte und beim Aufräumen half. Tasker und Anders beschimpften sich trotzdem weiter, aber jetzt waren Brutus und ich im Spiel. Ich gab mehrere Schüsse ab, und die Köpfe der digitalen Soldaten explodierten einer nach dem anderen.

»Verdammt, Teddi. Wie zum Teufel machst du das?«

Ich kam in die Zone. Im Nahkampfmodus war ich nicht so gut, aber im Zielen war ich hervorragend. Ich warf meinen schwächelnden Teamkollegen Heilgranaten zu.

»Verdammt! Sie zieht uns mit.«

Die Reinigungsaktion kam vollständig zum Stillstand, als Brutus und ich die sichere Niederlage noch abwendeten. Dann wurde die Schlusssequenz eingespielt, die unser Team zum Sieger erklärte.

Anders stöhnte laut auf: »Mein Ständer braucht jetzt unbedingt 'ne Auszeit. Härter geht's nicht. Das war total heiß.«

Ich warf Anders einen Blick zu, der ihm hoffentlich eindeutig vermittelte, dass ich nichts mehr über seine primären Geschlechtsteile hören wollte.

»Ihr helft doch in den Häusern, in denen wir die nächsten Partys veranstalten, oder? Wir werden zwei während der Feiertage machen, also kriegt eure anderen Sachen auf die Reihe.« Ich legte den Controller auf ein trockenes Beistelltischchen.

Brutus war so dicht neben Taylor, wie er konnte, ohne ihr um den Hals zu fallen. Ich konnte zwar nicht hören, was sie redeten, aber ich hoffte, es ging dabei um ein Date. Taylor wollte gern mit Brutus als männlichem Begleiter im Smoking zum Abschlussball gehen. Zwar wäre es ihr Traum, gemeinsam mit Austin in zueinander passender Abendkleidung zum Ball zu gehen, aber er war zu alt, um sie zu begleiten. Brutus war ihre zweite Wahl, weil er breite Schultern und ein Grübchen am Kinn hatte. Offensichtlich wirkte ein Smoking bei einem Mann mit diesen beiden Merkmalen am besten.

Ich stellte mir Ruffian mit seinen langen Haaren und dem strahlenden Lächeln in einem Smoking vor und schwelgte sofort in Tagträumen von einem Abschlussball, von dem ich gar nicht gewusst hatte, dass ich ihn besuchen wollte … bis jetzt.

Verdammte Meg. Ständig wollte sie, was ich hatte – schon als wir Kinder und später beste Freundinnen gewesen waren. Bis ich schließlich in ihrem Kopf die Rolle einer Hausangestellten eingenommen hatte. Jetzt half ich ihrer Familie dabei, Steuern abzuschreiben. Meine Familie war nicht reich genug, um weiter mit mir befreundet zu sein, als wir auf die Highschool kamen. In der achten Klasse gingen wir dann nicht einmal mehr gemeinsam zum Tanzen, weil sie nicht mit mir zusammen in der Öffentlichkeit gesehen werden wollte. Ihr vermeintlicher Ruf war ihr wichtiger als ich.

Sie ging auf eine Privatschule und ich auf eine öffentliche. Ich hatte viele, ganz unterschiedliche Freunde, während sie nur einen kleinen Kreis von Snobs aus ihrer Schule hatte.

Es hatte wehgetan, als sie angefangen hatte, dieses Verhalten an den Tag zu legen, und die Wunde war wieder aufgerissen, als wir uns dann plötzlich erneut in denselben Kreisen bewegten. Wir ließen uns nie etwas anmerken und gaben uns immer freundlich zueinander. Aber ich vermisste immer noch unsere damalige Freundschaft und die Erinnerungen, die sie so schnell begraben hatte … oder mit Füßen getreten hatte … oder was immer sie bei einer Freundschaft für richtig hielt, die einen über Jahre verbunden hatte.

Aber das war jetzt das i-Tüpfelchen ihrer Gemeinheiten. Sie wollte mit dem süßen Typen ausgehen, der in *meinem* Haus wohnte. Das war so typisch für sie.

Ich hatte wirklich gedacht, dass Ruffian mich mochte, aber dass Meg ihn dann so schnell auf ihre Seite ziehen konnte, ließ mich sofort wieder vor Wut kochen. Ständig funkte sie mir dazwischen, sodass ich mich furchtbar fühlte.

Jetzt war Ruffian das Spielzeug, das sie haben wollte, und ich wollte nicht gegen sie kämpfen. Lieber glaubte ich, ich wäre zu cool und zu großzügig für dieses ganze kindische Getue und würde über allem stehen, sodass ich weiter das fette Geld für die Partys bekam. Es war wie ein politischer Mikrokosmos. Es missfiel mir bereits jetzt.

Taylor versuchte, meine Aufmerksamkeit auf sich zu ziehen, indem sie mit den Händen einen flatternden Vogel nachmachte. Das war unser Zeichen, wenn einer von uns wissen wollte, ob der andere bereit wäre aufzubrechen.

Und das war ich. Deshalb erwiderte ich das Zeichen. Tasker sank vor mir auf die Knie. »Na los, Teddi. Du musst noch ein oder zwei Runden mit uns spielen. Anders ist so eine Pussy, und das ist doch das Wochenendturnier. Wenn wir das gewinnen, könnten wir vielleicht sogar in die Bestenliste aufsteigen!«

Sie waren alle Sportler, und deshalb selbst bei diesem Spiel wettkampforientiert. Brutus war jetzt noch dichter an Taylor herangerückt, sodass die mit dem Rücken zur Wand stand. Sie imitierte mit der Hand einen abstürzenden Vogel. Aha, sie wollte also doch ein bisschen länger bleiben. Ich nickte. Wir hatten Platz für einen mehr, weil sich einer von unserem Team abgemeldet hatte. Ich schrieb Milt eine Nachricht.

Teddi: Hi, hast du Lust auf ein bisschen Code of Warfare? Ich helfe gerade ein paar Freunden, das Turnier aufzumischen.

Er antwortete so schnell, dass ich meine Hand mit dem Handy noch nicht einmal gesenkt hatte.

Milt: Schick mir die Raumnummer.

Ich machte ein Foto vom Bildschirm und schickte es ihm. Tasker sah aus, als hätte er lieber jemand anders angerufen. Doch seine Meinung würde sich ändern. Wenn er meinte, ich wäre gut, würde ihm bei Milt Hören und Sehen vergehen.

Ich stellte mein Handy auf Lautsprecher, und dann warfen wir uns erst einmal Gemeinheiten an den Kopf. Als der Startschuss ertönte, legten wir los, wie wir es immer taten, indem wir auf die Bäume zurannten und dabei möglichst viele Waffen und Munition einsammelten. Wir arbeiteten wie ein gut geöltes Uhrwerk zusammen und vermittelten den Eindruck, als wären viel mehr Spieler am Start, als es tatsächlich der Fall war. Wir konnten das gegnerische Team festnageln, während die anderen die Ressourcen stahlen, die wir brauchten. Nach dem zweiten Sieg in Folge waren sie glücklich, Milt dabeizuhaben. Nach der vierten Runde ernannten sie ihn zum Anführer.

Beim Turnier belegten wir am Ende den dritten Platz, was ich ziemlich deprimierend fand, aber die Jungs schienen begeistert von der Platzierung zu sein. Ich bedankte mich bei Milt, dass er geholfen hatte, das Team so weit zu bringen.

Tasker saß auf dem Boden und lehnte sich mit dem Rücken an den Sessel. »Wie viele Brüder hast du noch mal? Du bekommst immer mehr, nicht wahr? Aber die sind schon fast erwachsen, oder?«

»Wie? Nein. Ich habe drei Brüder, die Freundin von meinem Bruder Gaze, und vor Kurzem ist Gaze' Halbbruder eingezogen. Er war gestern Abend mit auf der Party.« Ich streckte die Beine aus, während die anderen über meinen Stammbaum nachdachten.

»Dann ist also der Kerl, mit dem du herumgemacht hast, der Halbruder deines Halbbruders?« Er kratzte sich am Nacken und dann seine Kronjuwelen.

»Nein. So ist es nicht. Wir haben Gaze adoptiert, und nun ist er der Vormund seines Halbbruders. Ich bin nicht verwandt mit ihm.«

»Nicht wirklich«, brummte Tasker und versuchte, seine Worte mit einem Husten zu überspielen.

»Ihr Typen nervt. Wir gehen jetzt.« Als ich aufstand, beobachtete ich, wie Brutus Taylor seinen verführerischsten Blick schenkte. Peaches kam von dem Sitzsack hoch, auf dem sie eingenickt war. Sie konnte auch auf einem spitzen Stein schlafen.

Taylor war dann die Letzte, die rauskam, und wir zogen sie auf dem ganzen Nachhauseweg mit Brutus auf.

»Ich hatte gedacht, du würdest dich für meinen Bruder aufsparen?« Ich stieß den Kristall an, der an ihrem Rückspiegel baumelte.

»Du hast ihn doch gehört. Ich muss älter werden. Und wann bin ich alt genug? Ich will nicht ewig Jungfrau bleiben.« Sie bog ein bisschen zu schnell ab, und Peaches und ich kreischten auf.

»Alles okay bei dir?« Ich packte den Griff über der Tür.

»Ja.« Taylor verzog das Gesicht.

Ich kam auf unser ursprüngliches Thema zurück. »Ich glaube, ich fände es ziemlich gruselig, wenn du mit Austin ausgehst.«

»Na toll. Noch etwas, das gegen uns spricht. Ich konkurriere mit beiden Geschlechtern, und jetzt hab ich noch nicht einmal deine Unterstützung.« Sie streckte mir die Zunge raus.

Peaches, die auf der Rückbank saß, beugte sich nach vorn. »Brutus ist ganz hin und weg von dir.« Sie hielt uns ihr Handy hin.

Brutus hatte ein TikTok-Video aufgenommen, in dem er Taylors Namen auf seinen Bauch schrieb. Es war deutlich zu sehen, dass er sich ein paar Muskeln auf sein kleines Bäuchlein gemalt hatte.

Wir kicherten und schnaubten. »Typisch.« Taylor bog in meine Auffahrt ein, um mich abzusetzen. »Der Typ, der mich mag, hat nur einen einzigen Bauchmuskel.«

»Ich find das süß.« Peaches setzte sich wieder zurück und schaute länger auf den Bildschirm, als sie sollte. Ich sammelte meine Sachen zusammen und stieg aus dem Wagen.

Pixies Auto stand immer noch auf der Auffahrt, genau wie Gaze' Truck.

»Wollten sie nicht schon weg sein?« Taylor schaute auf ihr Handy, zeigte aber auf die beiden Fahrzeuge.

»Ja, aber sie haben dem Verräter noch geholfen.« Mit gerunzelter Stirn sah ich zum Haus hoch und stellte mir vor, dass Ruffian Meg gerade eine Textnachricht schrieb.

»Na ja, schließlich hast du ihn ihr vorgestellt und mit zu ihrer Party genommen. Ich meine ja nur ... Wenn du den Mann willst, dann solltest du ein bisschen deutlicher zeigen, dass er dir gehört.« Taylor legte ihr Handy weg und den Gang ein.

Ich zeigte ihr den Mittelfinger. Sie ließ die Fenster runter, und Peaches brüllte: »Das ist die richtige Einstellung!«

»Ihr Biester. Schreibt mir nachher.«

Ich drehte mich um und stiefelte mit all meinen Sachen ins Haus. Nachdem ich alles abgelegt hatte, nahm ich mir die Zeit, die Sachen zu sortieren. Ich musste meine Dokumente hinsichtlich der Planung und erhaltener Spenden auf den neusten Stand bringen.

Nachdem ich das erledigt hatte, ging ich nach unten in die Küche. Mom und Dad kochten gemeinsam, während im Hintergrund viel zu laut die Aufnahme eines Musicals lief.

Mom war eine furchtbare Sängerin, aber Dad machte es ganz ordentlich. Während sie versuchte, die richtigen Töne zu treffen, lächelte er sie nur an, als würden sie ganz wunderbar harmonieren.

Ich spürte, dass Ruffian hinter mir stand. Deshalb war ich nicht überrascht, als ich seine Stimme hörte: »Abendessen mit einer Aufführung? Das ist nett.«

Ich warf ihm einen schnellen Blick zu, um sicherzugehen, dass er sich nicht über meine Eltern lustig machte. Aber er lächelte nur freundlich, sodass ich ihm zustimmte.

»Wie geht's Meg?« Ich richtete den Blick wieder auf meine Eltern, sodass er nicht sehen konnte, wie wütend es mich machte zu fragen.

»Gut.« Er trat in die Küche, als meine Eltern zu Ende gesungen hatten. »Kann ich helfen?«

Er war so ein Schleimer. Ich warf einen finsteren Blick in seine Richtung, aber Gaze und Pixie drängten sich an mir vorbei durch die Tür und zogen mich mit.

Wir deckten alle zusammen den Tisch, während meine Eltern sich um den Schinken und die Kartoffeln kümmerten.

Pixie und Gaze deckten für sich nebeneinander, sodass ich neben Ruffian sitzen würde. Nachdem wir auch die Beilagen und Servietten zum Tisch gebracht hatten, nahmen wir alle zum Familienessen Platz.

»Ist Austin wieder zu sich nach Hause gefahren?«, fragte ich, während ich nach dem Pfeffer griff und Ruffian nicht darum bat, ihn mir zu reichen, obwohl er direkt vor ihm stand.

Sein Atem strich über mein Gesicht, sodass mir fast das Herz stehen blieb. Ich warf ihm einen schnellen Blick zu. Wir waren uns so nah. Ich wich zurück und stieß dabei den Pfefferstreuer um.

Seine Hand schoss vor und fing ihn auf, ehe er auf den Tisch knallte. »Wolltest du den hier?« Er reichte mir den Streuer und dabei berührte sein Zeigefinger die Spitze von meinem.

Danach musste ich all meine Selbstbeherrschung aufbieten, um mich auf den eigentlich simplen Akt der Nahrungsaufnahme zu konzentrieren. Mom fragte mich, was ich mit den Mädchen getrieben hätte, und ich erwähnte bewusst, dass wir noch bei Brutus gewesen wären. Das war ziemlich kindisch von mir, aber ich wollte, dass Ruffian zumindest einen Anflug von der Eifersucht spürte, mit der ich mich wegen Meg herumschlagen musste.

Danach bestritten Gaze und Pixie den Großteil der Unterhaltung, indem sie erzählten, wie gut Ruffian auf den Einstufungstest am morgigen Tag vorbereitet sei.

Er beugte sich in meine Richtung. »Brauchst du eine Mitfahrgelegenheit zur Schule? Gaze überlässt mir seinen Truck, während er an der Uni ist.«

»Du musst hin, wenn die Schule anfängt?« Ergab das Sinn? Verstand er überhaupt, was ich fragte?

»Ja. Es gibt einen Förderlehrer, der sich darum kümmert. Ich denke mal, es wird ein paar Tage dauern.« Er legte den Zeigefinger an seine Gabel.

»Okay. Klar. Es wäre toll, wenn ich mitfahren könnte.« Oh

Mann, jetzt war ich auch noch mir selbst gegenüber eine Verräterin. Ich hätte ihm sagen sollen, dass mich einer der Jungs mitnimmt. Aber stattdessen freute ich mich, Zeit mit ihm zu verbringen.

»Dann machen wir es so. Wann müssen wir los?« Er neigte sich immer noch nahe zu mir. Ich liebte die Worte, die von ihm zu mir strömten.

»Ich versuche immer, so gegen Viertel nach sieben das Haus zu verlassen. Normalerweise.« Ich zog mein Handy hervor, um nachzuschauen, ob die Weckfunktionen auch richtig eingestellt waren. An Schultagen brauchte ich immer mehrere, weil ich Angst hatte, ich könnte verschlafen.

»Wow. Das ist ja in aller Herrgottsfrühe. Ich hoffe, dass ich so früh überhaupt schon denken kann.« Er nahm noch einen Bissen vom Schinkenbraten. »Das Essen ist fantastisch, Mr und Mrs Burathon. Vielen Dank.«

Höflich. Warum beeindruckte mich das? Vielleicht würde mich von jetzt an alles bei ihm beeindrucken.

Aber er machte sich an Meg ran und flirtete mit ihr. Das war nicht beeindruckend, und ich durfte das nicht vergessen.

Nach dem Essen wuschen Gaze, Pixie, Ruffian und ich Teller und Töpfe und wischten den Tisch ab. Als wir fertig waren, berührte Pixie Ruffian am Ellbogen und fragte ihn, ob er noch ein bisschen weiterüben wolle. Einen Moment lang sah er mich an, ehe er mit ihr zusammen die Küche verließ.

Gaze lehnte sich an den Küchentresen und musterte mich. »Alles okay bei dir?«

»Ja. Alles okay. Warum fragst du?« Ich nahm einen Schwamm und wischte damit die Arbeitsfläche ab, obwohl ich das schon einmal gemacht hatte.

»Du erscheinst mir einfach nicht so lebhaft wie sonst.« Er verzog besorgt sein gutaussehendes Gesicht.

»Nicht so lebhaft?« Ich warf den Schwamm zurück in die Spüle.

»Ich weiß nicht, ich … na ja, normalerweise bist du fröhlicher. Ist das Ganze okay für dich?« Er deutete mit der Hand die Treppe runter.

»Dass Ruffian und Pixie zusammen lernen? Ja, klar. Das ist toll.« Ich war mir ziemlich sicher, dass er eigentlich etwas anderes gemeint hatte.

»Nein. Ich meine, dass mein Halbbruder hier so plötzlich in dein Haus eingezogen ist.« Gaze sah mich mit durchdringendem Blick an.

»Es ist auch dein Haus. Wenn ich einen Halbbruder oder eine Halbschwester hätte, würde ich auch erwarten, dass das völlig in Ordnung für dich ist.« Genauso sah ich das.

»Du bist meine Lieblingsschwester.« Er streckte seine Hand aus.

Ich legte meine Hand in seine, und er zog mich an sich, um mich zu umarmen. »Das hier ist aber keine hinterlistige Methode, mir beizubringen, dass du noch mehr Geschwister hast, oder?«

Ich legte mein Kinn an seine Brust.

»Das musst du meinen bescheuerten Vater fragen. Aber ich glaube eher nicht.« Er drückte mich noch einmal und ließ mich dann los. »Sag es mir einfach, wenn irgendetwas nicht so läuft, wie du es möchtest.«

Ich bedankte mich bei ihm und blieb in der Küche zurück, während er mit nur einem Schritt die drei Stufen nach unten hüpfte. Mich quälte eher der Gedanke, wie richtig sich alles mit Ruffian anfühlte.

Nachdem Pixie Rae mir versichert hatte, dass ich intelligent sei und genügend vorbereitet, ging sie ihre restlichen Sachen packen. Das nächste Semester stand an, und die beiden mussten zurück zur Uni. Ich würde sie erst während der Weihnachtsfeiertage wiedersehen. Zum Abschied klopfte Gaze mir auf den Rücken.

Dann war ich wieder in meinem Zimmer. Ich bereitete mein Nachtlager auf dem Boden vor, ehe ich unter die Dusche sprang. Morgen würde ich in die Schule gehen. Zum ersten Mal in meinem Leben. Ich kam mir wie ein Freak vor. Lernen hatte immer zu meinem Alltag gehört, und jetzt ließ ich mich davon stressen, dass alles anders sein würde. Früher hatte es auch immer Cliquen gegeben, aber wir hatten gemeinsam am Rande der Gesellschaft gelebt und Gefahr war unser ständiger Begleiter gewesen. Jederzeit konnte etwas Unerwartetes passieren und alles verändern.

Aber natürlich war mir das Prinzip Schule nicht unbekannt. Sie war ein Teil des Erwachsenwerdens, den ich verpasst hatte. Ich wusste, dass es Lehrer, Mensen und Ranzen gab. Manche der Kinder aus dem Wald waren von Zeit zu Zeit hingegangen. Manche mochten die Schule. Manche hassten sie. Die meisten fanden, dass ich mich glücklich schätzen könnte, nicht hingehen zu müssen. Mom achtete darauf, dass wir nie lang genug an einem Ort blieben, als dass es überhaupt zu einer Option hätte werden können. Erst als ich älter wurde, erkannte ich, dass sie mich immer bei sich haben wollte und dass die meisten Erwachsenen, die unseren Lebensstil sahen, verlangen würden, dass sie ihn änderte, weil er mich gefährdete.

Sie hatten Unrecht.

Ich traf jetzt meine eigenen Entscheidungen. Ich erschuf einen völlig neuen Ruffian. Ein Ruffian, der die Mauern überwinden konnte, die als Kind um ihn herum errichtet worden waren.

Ich legte mich auf den Fußboden und spürte seine Härte schmerzhaft an den Schulterblättern, sodass ich mich zu Hause fühlte. Das war beruhigend. Denn abgesehen von all dem Neuen und meinem neuen Ich konnte ich mir zumindest nachts für einen kurzen Moment einbilden, dass ich die Sterne sehen konnte und alles okay wäre.

Um zwei Uhr nachts schlug ich die Augen auf. Ich wusste nicht, ob sie es auch in den Nächten tat, wenn am nächsten Tag Schule war und sie früh aufstehen musste. Aber so oder so – ich würde es herausfinden.

Sie machte mir zu schaffen. Wir trafen vor der Küche aufeinander – sie kam die Treppe runter, ich rauf. Ich lächelte, als sie lächelte. Wie kam es, dass Teddi um zwei Uhr nachts so viel sanfter wirkte? Ihr offenes langes Haar stand hinten ein bisschen hoch. Um zwei Uhr nachts musste Teddi nicht perfekt aussehen. Ich stellte mir vor, dass ihre Haut noch ganz warm vom Bett war. Sie ging zum Kühlschrank und holte zwei Eis am Stiel heraus. Dieses Mal war ich vorbereitet.

»Zeig mal her.« Ich deutete auf ihr Eis. Sie warf mir einen schrägen Blick zu, trat aber zu mir.

Ich hatte eine Tüte Gummibärchen dabei, die ich vor dem Abendessen in der Speisekammer versteckt hatte. Ich hielt sie hoch.

»Die hab ich gekauft, weil sie mich an dich erinnert haben.« Ich öffnete die Tüte auf dem Küchentisch. »Was ist deine Lieblingsfarbe?«

Sie lächelte. Ich fühlte mich wie der cleverste Mann auf Erden, weil ich sie dazu gebracht hatte. »Rot.«

»Okay.« Ich wusch mir die Hände, kam zurück an den Tisch und steckte das Gummibärchen ins Eis. Nachdem ich mit ihrem fertig war, reichte ich es ihr und steckte in mein Eis ebenfalls eins.

Wir beobachteten einander beim Essen und wie wir mit den Gummibärchen klarkamen, die herunterfallen wollten. Es wurde ziemlich komisch, denn wir befolgten die unausgesprochene Regel, dass wir mit den Händen nur den Stiel hielten, während wir das Eis um das Gummibärchen herum aßen.

Als ich es geschafft hatte, mein ganzes Eis aufzuessen, rannte Teddi zur Spüle und musste die untere Hälfte hineinfallen lassen. Sie konnte sich nicht mehr halten vor Lachen und ließ sich auf den Boden plumpsen.

Ich griff nach einem Geschirrhandtuch und reichte es ihr. Sie hatte Schokolade im Gesicht und an einem Unterarm.

»Danke schön.« Sie beugte sich ein bisschen vor und kreuzte die Beine in einen Schneidersitz.

»Bitte schön.« Vielleicht war die Assoziation Teddi, Teddybär, Gummibär albern, aber ich war eindeutig erfolgreich damit gewesen.

Ich setzte mich ihr gegenüber auf den Fußboden und streckte die Beine aus, sodass meine in Socken steckenden Füße zu beiden Seiten von ihr die Unterschränke berührten.

»Bist du nervös?« Sie legte eine Hand auf mein Knie.

»Ein bisschen.« Der zerzausten Teddi – der Zwei-Uhr-nachts-Teddi – konnte ich das gestehen.

»Erzähl es mir.« Sie sah mich mit verständnisvollem, zugewandtem Blick an.

»Ich weiß halt nicht, wie sehr ich mich von den anderen unterscheide. Also, wenn ich da an die Party denke und mich mit den anderen vergleiche …«

»Wir hätten nicht hingehen sollen. Es tut mir leid, dass ich dich mitgenommen habe.« Man sah ihr das Bedauern an, sie ließ den Kopf hängen.

»Warum?« Sofort fragte ich mich, ob sie auch das Gefühl gehabt hatte, ich würde da nicht reinpassen. Ich wusste, dass ich da nicht reinpasste. So war es nun mal.

»Ich habe Meg gereizt, indem ich dich mitgebracht habe. Du fängst hier gerade ein ganz neues Leben an. Da hättest du diese Party nicht gebraucht, das war einfach zu viel.« Sie tätschelte mein Knie und nahm dann ihre Hand weg.

»Für mich war es in Ordnung. Es sei denn, ich habe dich vielleicht irgendwie in Verlegenheit gebracht?« Ich strich mein Haar auf die andere Seite des Kopfes.

»Nein. Und seien wir doch mal ehrlich … Die Show, die Tasker abgezogen hat? Wenn der Typ in der Nähe ist, kann man gar nichts anstellen, das peinlicher ist als er.« Teddi fuhr sich mit der Hand durch ihr Haar. Ich wollte daran schnuppern. Verdammt.

»Na gut.«

Wegen meines Plans musste ich mich zurückhalten und durfte nicht sagen, was ich eigentlich sagen wollte … dass sie mein Innerstes berührte. Ich wusste immer ganz genau, wo sie war. Die Empfindungen, die sich auf ihrem Gesicht widerspiegelten, bestimmten das Tempo meines Herzschlags. Ich gehörte zu hundert Prozent ihr.

Ich stand auf und hielt ihr die Hand hin. Sie ergriff sie zwar, benutzte sie aber kaum, um sich daran hochzuziehen. Sie war kräftig. Ich dachte an ihr Cheerleader-Training, bei dem ich sie mal überrascht hatte. Ich dachte an das, was sich unter ihren Schlafshorts und dem dünnen Tanktop befand. Ich musste jetzt auf der Stelle gehen, bevor ich ihr in einer hitzigen Sekunde meine Gefühle offenbarte.

Ich drehte mich um und ging, ohne ihr zu zeigen, wie sehr ich diese gestohlenen Momente mit ihr genoss. Wenn das Licht aus war, war die Versuchung so groß, ihr alles zu sagen.

26. KAPITEL

Teddi

Himmelhochjauchzend und gleichzeitig zu Tode betrübt ging ich in mein Zimmer zurück. Ruffian war aufregend, und zugleich machte er mich schrecklich wütend. Leise schloss ich meine Zimmertür hinter mir und ließ mich dann rücklings aufs Bett fallen. Ich hatte gewusst, dass er da unten in der Küche sein würde, und ich hatte ihn sehen wollen. Die Gummibärchen hatten mir dann den Rest gegeben. So albern. Und ich hatte es geliebt.

Ich hatte Meg zur Sprache gebracht, hatte es ihm förmlich unter die Nase gerieben, und er war gar nicht darauf eingegangen. Ich schrieb Taylor eine Textnachricht.

Teddi: Ich hasse Jungs.

Sie antwortete mir sofort.

Taylor: Was ist passiert? Hat der heiße Wuschelkopf es wieder vermasselt?

Ich schickte ihr eine Sprachnachricht, die ich im Flüsterton aufnahm. »Ach, er ist aufmerksam und lustig und offen, und dann macht er plötzlich wieder die Schotten dicht. Also, in dem einen Moment hab ich das Gefühl, dass wir eine richtige

Verbindung zueinander aufbauen, und dann zieht er plötzlich eine Mauer hoch.«

Sie schickte mir ebenfalls eine Sprachnachricht. »Er ist ein Idiot. Er soll seinen großen, verführerischen Körper im Bett lassen, wo er niemandem wehtun kann.«

Ich nahm mein Handy ganz dicht an meinen Mund und sprach hinein. »Deine Beschreibung hilft mir nicht weiter. Er fährt mich morgen zur Schule. Na ja, in ein paar Stunden. Was meinst du, wie es laufen wird?«

»Die Mädchen werden ihn lieben. Die Jungs werden ihn vielleicht hassen. Aber das Gute daran ist, dass Meg nicht da sein wird.« Sie beendete ihren Satz mit einem lauten Gähnen.

Sie hatte recht. Wir mussten ein bisschen schlafen. In meiner nächsten Textnachricht wünschte ich ihr eine gute Nacht. Ich bekam ein »Nacht« zurück. Wir würden ja sehen, wie der morgige Tag lief.

Mein Wecker klingelte vier Minuten später. Natürlich nicht wirklich, aber es fühlte sich so an. Ich wälzte mich aus dem Bett, und all meine Glieder knackten. Der heutige Tag würde schmerzhaft werden. Glücklicherweise waren für den Nachmittag keine Treffen angesetzt, sodass ich später vielleicht ein kleines Nickerchen machen konnte. Im Zeitlupentempo machte ich mich fertig. Es hatte Vorteile, im Abschlussjahr zu sein, denn dann konnte man manchmal einfach in Leggings und Sweatshirt zur Schule kommen. Ein bisschen Make-up trug ich aber trotzdem auf. Ich kam im gleichen Moment in die Küche wie Ruffian, der auf nervtötende Art munter wirkte.

Wie eine Schlafwandlerin bewegte ich mich durch die Küche, bis ich einen Kaffee hatte. Ich stand vor dem Kühlschrank und gab süße Sahne in den Becher. Während ich so viel reingoss, bis der Kaffee normal schmeckte, begann Ruffian mich auszulachen.

»Was ist?«, fragte ich ihn.

»Im Grunde könntest du deinen Kaffee auch mit flüssiger Zuckerwatte verdünnen.« Er deutete auf meinen Thermobecher.

Gaze räusperte sich hinter mir, und vor Schreck fiel mir fast der Kaffee runter. Glücklicherweise schwappte er aber nur ein bisschen über meine Hand.

Ich stellte den Becher ab und ging zur Spüle rüber, um kaltes Wasser über die Stelle laufen zu lassen.

»Tut mir leid, Teddi. Ich hatte nicht gemerkt, dass du heute Morgen so angespannt bist.« Gaze klopfte mir auf den Rücken. »Alles okay mit dir?«

»Ja, alles in Ordnung. Warum seid ihr denn schon so früh wach?« Ich hatte Pixie heute Morgen zwar noch nicht gesehen, aber sie war bestimmt ebenfalls auf.

»Es gibt keinen Grund dafür. Wir wollen einfach rechtzeitig losfahren.« Er nahm zwei Becher aus dem Schrank.

Ruffian hatte ein Kältepack in der Hand. »Ist es schlimm? Brauchst du das hier?«

Ich zog meine Hand unterm Wasserstrahl hervor. Es tat nicht mehr weh. »Danke, ich glaube, es geht schon wieder.« Ich beugte die Finger, und das fühlte sich normal an.

Ruffian brachte das Kältepack ins Eisfach zurück. »Ist ja logisch. War ohnehin nur Sahne.«

Ich presste die Lippen aufeinander und sah ihn aus schmalen Augen an.

»Wir müssen los, oder?« Er deutete mit dem Kinn in Richtung der Backofenuhr.

Wir waren bereits drei Minuten zu spät dran. »Verdammt.«

Ich drückte den Deckel auf den Becher und eilte die Treppe runter. Ruffian hatte Schuhe und Jacke schneller an als ich. Als ich beinahe ohne meinen Becher zur Tür hinausgegangen wäre, nahm er ihn schnell von der Treppe, wo ich ihn abgestellt hatte.

»Deine heiße Milch?«

Ich nahm ihm den Becher ab, jonglierte mit Becher und Rucksack und knurrte. Er lachte, als wir zum Truck liefen. Er wartete, bis ich mich angeschnallt hatte, ehe er den Rückwärtsgang einlegte.

Ich ließ mein Handy im Rucksack, während ich Ruffian half, den Weg zur Schule zu finden. Er war ein vorsichtiger Fahrer. Irgendwann stellte ich meine Musik an, aber er drehte sie gleich leiser.

»Sorry, ich muss mich konzentrieren.«

Ich deutete auf meinen Parkplatz. Zwar hatte ich kein eigenes Auto, aber genügend Wagen zur Verfügung, dass ich einen festen Parkplatz brauchte. Ich zog meinen Parkausweis hervor und befestigte ihn am Rückspiegel.

»Weißt du, wo du hinmusst?« Ich griff nach Rucksack und Kaffeebecher, während Ruffian drei Anläufe brauchte, bis der Wagen geradestand. »Alles klar, Kutscher?« Ich hatte seine Schwierigkeiten beim Einparken bemerkt.

»Ja, ich mag nur nicht in Reih und Glied stehen.« Er zwinkerte mir zu, aber an seinen angespannten Gesichtszügen erkannte ich, dass er nervös war. »Zum Hauptbüro. Da muss ich mich als Erstes melden, wegen der Sicherheitsüberprüfung und so.«

»Ah ja. Ich bleib bei dir, bis alles geregelt ist. Dann muss ich zu meinem Kurs.« Als der Truck schließlich stand, sprang ich aus dem Wagen. Wir waren nicht zu spät, mussten uns aber beeilen.

Er hatte keine Schwierigkeiten, mit mir Schritt zu halten.

Unterwegs begrüßte ich die anderen oder zeigte ihnen den Mittelfinger, je nachdem mit wem ich es zu tun hatte. Taylor begrüßte ich mit zwei Fingern, was nicht ganz einfach war, weil ich den Becher in der Hand hielt.

Sie schloss sich uns an. »Ist das dieser megastarke Kaffee, von dem man Haare auf der Brust bekommt?« Sie klopfte auf den Deckel meines Bechers.

»Du kannst mich mal.« Ich nahm einen Schluck und gab ein lautes Schmatzen von mir. Taylor trat einer Gruppe deutlich jüngerer Schüler in den Weg, sodass wir zuerst durch die Tür gehen konnten.

Einer von ihnen murrte. »Wir waren aber zuerst da.«

Taylor warf einen Blick über die Schulter. »Klappe! Du musst lernen zurückzutreten. Deine Zeit wird kommen.«

Ruffian wirkte amüsiert. Ich zog ihn mit zum Büro. Wir mussten klingeln, um reingelassen zu werden.

»Hallo, Mabel. Ich bringe dir den neuen Schüler, der den Einstufungstest machen soll.« Mabel wollte etwas sagen, doch sie wurde vom Klingeln des Telefons unterbrochen. Ich sah Ruffian an. »Wir können uns dort hinsetzen, bis sie einen Moment Zeit für uns hat.« Ich ließ mich auf einen gepolsterten Stuhl im Wartebereich fallen, und er setzte sich neben mich.

Das Chaos, das am Anfang des Schultages herrschte, störte mich nicht, aber ich bemerkte, dass Ruffians Blick in alle Richtungen schoss. Ich nahm einen Schluck von meinem Getränk und beobachtete ihn über den Deckel hinweg, während ich versuchte, mir vorzustellen, wie es wohl war, zum ersten Mal eine Schule zu betreten. Kinder strömten durch die offen stehenden Türen. Überall hörte man Johlen und Gebrüll und sah Kinder mit gesenkten Köpfen. Lehrer eilten umher, und die Sekretariatsangestellten schienen sich inmitten eines Informationstornados zu befinden. Als die Schulglocke das erste Mal ertönte, zuckte Ruffian zusammen, als hätte er einen Stromschlag bekommen.

»Scheiße!« Er drehte den Kopf, um herauszufinden, woher das Geräusch kam.

Ich beugte mich zu ihm rüber. »Das ist die Schulglocke. Die wirst du heute noch häufig hören.«

Er nickte. »Ja, ich weiß über Schulglocken Bescheid, aber diese hier hört sich eher wie eine Alarmsirene an.«

»In ein paar Wochen wirst du sie nicht mehr bemerken. Das verspreche ich dir.« Ich berührte seine Hand, die den Rucksack umklammerte.

»Danke.« Wir saßen ein paar Minuten schweigend da, während sich draußen die Hektik noch mehr steigerte, als alle Kinder losrannten, um noch vor dem zweiten Klingeln drinnen zu sein. Ruffian zuckte wie beim ersten Klingeln wieder zusammen. Die Zuständigen für die Sicherheit traten vor und schickten alle ins Hauptbüro. Mabel zählte die Schüler und Eltern, die sich eintrugen. Passierscheine wurden ausgegeben. Um Ruffian und mich herum türmten sich Beine, Ranzen und einige Instrumentenkoffer.

Als es wieder ein bisschen leerer war, übernahmen es zwei Zwölftklässler, die täglichen Ankündigungen zu machen. Als die Schlange sich fast aufgelöst hatte, winkte Mabel uns zu sich heran und sagte mit leiser Stimme: »Mrs Fartuna erwartet dich in Konferenzraum A. Teddi, zeigst du ihm, wo das ist?«

Ich nickte. Sie ließ mich das Formular ausfüllen, das ich brauchte, um mich frei im Gebäude bewegen zu können. Wegen des allmorgendlichen Treueschwurs mussten wir dann kurz warten, ehe sich alle wieder ihren Aufgaben zuwandten. Ich öffnete die Tür, und die Gänge waren nahezu leer.

»Puh. Die Kinder werden hier ja ziemlich eingepfercht,

hm?« Er beugte sich vor und schaute durch die verglasten Türen der Klassenräume, an denen wir vorbeikamen.

Ich bog nach links ab, und wir betraten den Vorraum des Konferenzraumes, in dem Mrs Fartuna sein sollte. Ich zerrte die schwere Tür auf, und Ruffian griff über meinem Kopf danach, um sie für uns beide aufzuhalten.

Mrs Fartunas Büro ging vom Konferenzraum ab, und ich klopfte leise bei ihr an.

»Teddi. Komm herein. Und du musst Ruffian sein.« Sie stand hinter ihrem Schreibtisch, und Ruffian lächelte sie an. Er schaute sich immer noch in alle Richtungen um, als würden wir ein Gefängnis betreten und nicht eine Schule.

»Ja, Ma'am.« Er war höflich.

Sie kam um ihren Tisch herum und nahm einen Stapel Papiere von der Fensterbank herunter. »Wir beiden werden die nächsten paar Tage viel Zeit miteinander verbringen.« Dann sah sie mich erwartungsvoll an. Das war wohl mein Stichwort.

»Wann wird er eine Mittagspause haben?« Im Geiste ging ich meinen Stundenplan durch.

Sie warf einen Blick auf den Kalender, der in ihrem Büro an der Wand hing. »Ich habe meine Pause um ein Uhr. Das wäre also die zweite Mittagsschicht.«

Ich nickte. »Okay, dann bin ich um eins wieder da.« Ich schaute Ruffian an, um zu sehen, wie es ihm ging. Er wirkte immer noch nervös. Ich zog meinen Rucksack nach vorn und nahm einen Bleistift sowie einen Taschenrechner heraus. »Das sind Glücksbringer. Die helfen dir vielleicht. Wir sehen uns dann gleich wieder.«

Ruffian schenkte mir ein etwas gezwungenes Lächeln. Ich winkte ihm zu, während ich meinen Rucksack wieder richtig aufsetzte. Ich musste jetzt zu meinem Unterricht und versuchte, mir keine Sorgen seinetwegen zu machen. Es fühlte sich so an, als würde ich ihn bitten, von heute auf morgen Football in der Profiliga zu spielen. Nervenaufreibend. Ich hoffte einfach, dass Pixie ihn gut vorbereitet hatte.

Ruffian

Mrs Fartuna wirkte sehr nett. Teddi ließ mich nur zögernd allein. Sie schaute noch zweimal zurück, ehe sich schließlich die Tür des Konferenzraumes hinter ihr schloss.

Ich tippte mit ihrem Bleistift auf die dick lackierte Oberfläche des tausend Jahre alten Konferenztisches. Es war nett von Teddi, ihn mir zu geben und mich herzubringen. Sie hatte ja keine Ahnung, was gerade in meinem Kopf abging. Mom hatte mir fast mein ganzes Leben lang erzählt, dass Schule etwas Böses sei. Sie hatte nicht gewollt, dass mir irgendjemand vorschrieb, wie ich meine Zeit verbrachte.

»*Die Zeit ist begrenzt*«, hatte sie immer gesagt. »*Warum sperrt man Kinder täglich für sechs Stunden und mehr in ein Gefängnis? Sie müssen die Welt erforschen, kreativ sein und sich ihren eigenen Weg suchen.*«

Und dann ging es an die Arbeit. Mrs Fartuna schob mir den ersten Stapel Papiere hin. Ich ging sie durch. Die Zettel waren auf der einen Seite bedruckt und auf der anderen leer. So viel Papierverschwendung. Ich sah zur Decke hoch. War das ein Zeichen von Mom? Dass dieser Ort nicht der richtige für mich war, weil man hier verschwenderisch war? Ich legte die Papiere wieder aufeinander.

Mrs Fartuna musste zwei Anrufe entgegennehmen, ehe sie wieder zu mir kam. »Diese Tests sind zeitlich nicht begrenzt. Du darfst aber weder dein Handy noch ein Wörterbuch oder sonst ein Hilfsmittel benutzen. So erhalten wir einen guten Eindruck von deinen grundlegenden Fähigkeiten.«

Sie deutete auf eine geschlossene Tür. »Da ist die Toilette, falls du mal austreten musst. Du brauchst nicht zu fragen, darfst aber weder den Test noch dein Handy mitnehmen. Ich werde jetzt meinen Laptop herbringen und an diesem Ende des Tisches arbeiten, damit du mich jederzeit fragen kannst, wenn etwas unklar ist.«

Mrs Fartuna lächelte. Wahrscheinlich sollte ich es erwidern, doch ihre Erwartungshaltung schüchterte mich ein. Ich sollte mehrere Stunden in einem Raum mit einem Stapel Papier und einem Stift sitzen. Für eine Prüfung. Bei Mom hatte das immer wie ein Schimpfwort geklungen. Im Verlauf der nächsten Stunden wurde mir klar warum. Zweimal ging ich zur Toilette. Ich hatte das Gefühl, das mir mein geschmolzenes Hirn aus den Ohren rann. Die Fragen waren so sinnlos. Sie führten mich nirgendwohin. Es waren keine Probleme, die ich lösen musste, sondern nur Fragen, die ich beantworten sollte. Ein paarmal musste ich mich strecken.

Ich musste wohl vor mich hin gegrummelt haben, denn Mrs Fartuna sprach mich an. »Wie läuft's?«

»Gut. Ich fasse es nicht, dass morgen noch mehr auf mich zukommt. Es ist wirklich viel.« Ich tippte mit Teddis Bleistift auf das Papier.

»Aber wenn du alles durchgegangen bist, hast du es geschafft. Und dann musst du diesen Test nicht noch einmal machen.« Sie wandte sich wieder ihrem Laptop zu und tippte weiter.

Noch nie war die Zeit langsamer vergangen. Mittlerweile wusste ich, wie viele Steckdosen im Raum waren, wie viele Wörter Mrs Fartuna in der Minute tippte und dass mich das Geräusch meines Stifts störte, wenn er übers Papier kratzte.

Es würde noch eine halbe Stunde dauern, bis Teddi mich zum Mittagessen abholen würde.

Da wurde die Tür des Konferenzraums aufgestoßen, und ein wütender Typ stürmte herein.

Mrs Fartuna stand mit einem empörten Schnauben auf. »Philip. Bitte, erzähl mir nicht, dass schon wieder jemand vor deinem Spind steht.« Sie zeigte auf ihr Büro. Murrend ging er vor ihr hinein. Ehe sie die Tür schloss, sagte sie noch zu mir: »Du kannst weitermachen, und wenn Teddi kommt, kannst du mit ihr gehen. Denk nur daran, deine Papiere umzudrehen.«

Ich schaute nach unten. Noch mehr Fragen. Ich versuchte zu verstehen, was in Mrs Fartunas Büro gesprochen wurde, aber abgesehen davon, dass beide jeweils kurz die Stimme erhoben, schien das Gespräch nicht außer Kontrolle zu geraten.

Teddi öffnete vorsichtig die Tür, nachdem die Schulglocke wieder schrill geläutet hatte. Ich drehte meine Zettel um und war an der Tür, ehe sie ein Wort sagen konnte. Ich musste hier raus. Die Wände kamen immer näher auf mich zu. Die schiere Masse an Menschen war überwältigend.

»Können wir für ein paar Minuten nach draußen gehen?« Ich lehnte mich mit dem Rücken an die Backsteinmauer im Gang.

Sie sah mich von oben bis unten an und ließ den Blick dann wieder nach oben gleiten. »Ja, komm mit. Ein Privileg des Abschlussjahrgangs.«

Sie griff nach meiner Hand, und ich folgte ihr blindlings. Sie schlängelte sich durch die Menge und schubste ein paar Typen zur Seite, ohne dass ich mich einmischte. Wir gelangten zu einer Tür, die nach draußen führte, und sie stieß sie auf. Auf dem Boden lag ein Holzkeil, den sie unter die Tür trat, sodass diese offen blieb.

»Hier. Durch die Tür gelangen wir zum Sportplatz. Es wird

so halb geduldet, sich hier aufzuhalten.« Sie stellte ihren Rucksack auf den Boden, während ich nach draußen trat und tief Luft holte.

»Das war schwierig.« Ich begann, auf und ab zu gehen.

»Der Test? Das tut mir leid.« Sie schlang die Arme um ihren Leib. Es war kalt. Ich nutzte die kalte Luft, um wieder einen klaren Kopf zu bekommen.

»Ist dir kalt?« Ich zog meinen Kapuzenpullover aus, behielt aber das von Austin ausgesuchte T-Shirt, das ich darunter trug, an. Ich hielt ihr meinen Pullover hin.

Sie trat vor mich und schob die Arme hinein. Als sie ihn anhatte, zog ich ihr die Kapuze über den Kopf.

»Waren es zu viele Fragen?« Das Mitgefühl, das sich auf ihrem Gesicht widerspiegelte, war rührend – wie von einer Freundin, die sich Sorgen machte.

»Es ist einfach die Menge an Menschen. Das geht mir an die Nieren. Es tut mir leid. Ich brauchte einfach ein bisschen frische Luft.« Ich beugte mich nach vorn und stützte die Hände auf die Knie.

»Aber du hast doch in der Stadt gelebt, oder?« Damit hatte sie natürlich recht.

»Ja, aber normalerweise konnten wir die Bedingungen selbst bestimmen.« Meine innere Unruhe ließ mich weiterreden, und es sprudelten ein paar Wahrheiten aus mir heraus. »Als ich noch jünger war, versuchten wir immer wieder mal für eine Weile in Notunterkünften zu wohnen. Die waren wirklich voll. Richtig voll. Ich erinnere mich, dass ich einmal meine Mutter in dem Gewimmel verlor und ein Typ mich fand. Wahrscheinlich wollte er mir nur helfen, aber sein Gesicht jagte mir eine Todesangst ein. Ich wollte wegrennen, aber egal in welche Richtung ich mich wandte, immer stieß ich mit jemandem zusammen, weil es so voll war. Ich habe Menschenmassen noch nie gemocht.«

Tief einatmen und langsam wieder ausatmen. Ich spürte, wie Teddi durch das T-Shirt hindurch meinen Rücken rieb. Ihre Berührung wirkte wie ein Defibrillator. Sie war wie ein Schock und erweckte alles in mir zum Leben.

Das war nun definitiv nicht der richtige Weg zu beweisen, dass ich zu hundert Prozent in Ordnung war … dass man mir vertrauen konnte und ich keinen Schaden anrichtete. Ich warf ihr einen schnellen Blick zu. Da war kein Mitleid, sondern nur Sorge auf ihrem Gesicht zu sehen.

»Wenn es dir zu viel ist, kann ich dich nach Hause bringen. Wir könnten sofort losfahren.« Sie sah gut aus in meinem weiten Kapuzenpulli, bei dem nur ihre Fingerspitzen an den Ärmeln rausschauten.

Ich wollte sie küssen. Fast meinte ich zu spüren, wie es sich anfühlen würde. Wenn ich sie an mich ziehen würde, müsste ich sie mitsamt dem ganzen Stoff an mich drücken, um ihren Körper spüren zu können. Dann würde ich aufstehen und sie ein bisschen nach oben ziehen, ihren Mund küssen und herausfinden, wie Leidenschaft schmeckte.

»Ruffian?« Sie sagte meinen Namen, und in meiner Verwirrung dachte ich, sie würde mich bitten, sie tatsächlich in die Arme zu nehmen. Dann berührte sie mein Gesicht mit ihren kalten Fingerspitzen. »Geht's dir gut?«

Ich schmiegte mein Gesicht in ihre Hand. Vielleicht versuchte ich nur, ihre Hand zu wärmen. Vielleicht wollte ich aber auch mein Gesicht kühlen. Ich drehte den Kopf und küsste ihre Fingerspitzen. Ich hörte, wie sie nach Luft schnappte.

Zu weit … ich bin zu weit gegangen.

Doch dann lag ihre andere Hand unter meinem Kinn, und sie hob es an, sodass unsere Köpfe auf gleicher Höhe waren. Ihr Blick ging von meinen Augen zu meinem Mund und wieder zurück.

»Hey. Lass uns nach Hause fahren, okay?« Sie umfasste mein Gesicht mit beiden Händen und strich mit dem Daumen über meine Lippen. »Ich glaube, du brauchst jetzt erst einmal ein bisschen Ruhe.«

Die Panik vor den Menschenmassen hier, in Kombination mit dem heftig pochenden Verlangen, sie zu berühren, machte mich ganz benommen.

Teddi ließ mich los und griff nach ihrem Rucksack. Dann schlüpfte sie unter meinen Arm und legte ihre Hand um meine Taille. Das gefiel mir. Es gefiel mir, dass es so aussah, als wären wir zusammen … als würde sie zu mir gehören.

Ich verlor mich in dem Anblick ihres Gesichts, während sie zu überlegen schien, wie sie uns hier rausbringen sollte. Irgendwo waren die Sicherheitskräfte. Gab es möglicherweise auch Überwachungskameras? Vielleicht könnten die ja ein Foto von uns machen, während wir uns aneinanderschmiegten, und es mir schicken. Damit ich mich auf dem Papier und im Herzen an diesen Moment erinnern konnte.

Ehe ich mich versah, öffnete Teddi die Beifahrertür des Trucks, den ich vor ein paar Stunden wie eine alte betrunkene Dame geparkt hatte. Ich stieg ein. Sobald sie den Motor anließ, ging mir auf, dass ich meine Sachen im Konferenzraum gelassen hatte. Nur mein Handy nicht. Es steckte in meiner Hosentasche, obwohl ich es doch eigentlich gar nicht hatte mitnehmen dürfen.

»Woher hast du die Schlüssel?« Ich deutete auf das Zündschloss.

»Ich habe die Schlüssel von allen Autos.« Sie behielt die Ampel vor der Schule im Auge, bis sie auf Grün sprang. Es war buchstäblich eine Flucht aus der Schule.

»Wirst du wegen dieser Sache Ärger bekommen?« Langsam konnte ich wieder klarer denken.

Sie winkte ab. »Nein. Ich kann mich aus allem herausreden.«

Das war bestimmt nett, wenn man wusste, dass einem nichts passierte, weil man Teddi Burathon war. Ihr Name zählte hier etwas.

»Was genau ist eigentlich los, Ruff?« Sie warf mir einen schnellen Blick zu, ehe sie sich wieder auf den Verkehr konzentrierte.

»Ich weiß es nicht.« Mehr konnte ich nicht sagen. Ich konnte ihr nicht erzählen, dass ich Leute ausrauben wollte. Ich konnte ihr nicht erzählen, dass ich mir ziemlich sicher war, dafür im Gefängnis zu landen. Was würde jemand wie sie von so einem Lebensentwurf halten? Sie hatte ihre Listen im Computer und ihre Freunde, um die Welt zu verändern.

Teddi bog ab und reichte mir ihr Handy. »Rufst du mal die App vom Drive-in auf? Meine übliche Bestellung sollte schon ausgewählt sein. Such dir aus, was du möchtest. Wir müssen was essen. Beide.«

Ich wollte nicht noch mehr von dieser Familie annehmen, aber ich war am Verhungern. Der Vormittag in der Schule hatte mich hungrig gemacht. Ich wählte einen Burger mit Pommes und Getränk.

»Okay, jetzt klick auf Bestellen und sag mir, wann das Essen fertig sein soll. Die Uhrzeit erscheint, sobald man den Bestellvorgang abgeschlossen hat.« Als sie an der nächsten Ampel anhalten musste, zeigte ich ihr das Display.

»Perfekt. Wenn wir dort ankommen, wird das Essen fertig sein.«

Ich behielt das Handy im Auge und beobachtete, wie das Essen die verschiedenen Phasen bis zum Eintüten durchlief. Als Teddi an der Säule mit dem Lautsprecher ihren Namen sagte, zeigte die App bereits einen grünen Punkt. Unser Essen war fertig.

Sie reichte mir die Getränke und stellte die Tüte zwischen unseren Sitzen ab. Dann fuhr sie ein paar Straßen weiter und bog auf einen Parkplatz ab. Von dort konnten wir durch das schüttere Laub der Bäume auf einen Fluss sehen.

Sobald wir standen, teilten wir das Essen auf. Teddi schaltete das Radio an, und wir beobachteten die Vögel und herumhüpfenden Eichhörnchen. Nachdem wir mit dem Essen fertig waren, fühlte ich mich viel besser.

»Danke fürs Essen. Das hab ich wirklich gebraucht.« Ich sammelte den Müll zusammen und packte ihn in die braune Papiertüte.

»Gern geschehen.« Sie nahm sich eine Serviette und wischte ein bisschen Ketchup von ihrem Mund. Dann fragte sie mich: »Hast du Heimweh?«

»Ich weiß es nicht. Also, ich dachte schon, dass es mir gut geht, aber vielleicht sollte ich doch mal nach Midiville fahren, um zu schauen, wie es allen geht. Verstehst du? Es ist sehr kalt geworden.«

Ich trommelte mit den Fingern auf das Armaturenbrett. Das war problematisch. Eigentlich hatte ich mir vorgenommen, keinen Kontakt mehr zu ihnen zu haben. Wie konnte es sein, dass ich mir selbst so schnell untreu wurde?

»Das können wir machen. Willst du am Freitag hin? Wegen einer Lehrerkonferenz haben wir da schon ab Mittag frei.«

Teddi ließ den Truck an und schlug den Heimweg ein. Ich schwieg und dachte darüber nach, was ich tun sollte und was ein Besuch für die Community und mich bedeuten würde.

Als Teddi in die Auffahrt der Burathons einbog und den Truck parkte, griff ich nach der Tüte mit dem Abfall vom Mittagessen, ehe wir beide ausstiegen. Auf dem Weg durch die Garage warf ich den Müll weg.

»Verpasst du jetzt Unterricht?« Natürlich tat sie das.

»Nur Marketing. Taylor ist auch in dem Kurs. Sie wird aus den Sachen vom Fundbüro eine Attrappe basteln, die mir zum Verwechseln ähnlich sieht.«

Ronna erschien oben an der Treppe, als wir das Haus betraten. »Ihr seid früh zurück. Ist alles in Ordnung?«

Sie trocknete sich die Hände an einem Geschirrtuch ab.

»Ja, Mom. Wir brauchten ein bisschen frische Luft.« Sie umarmte ihre Mutter, und die beiden begannen, sich über eine der anstehenden Partys zu unterhalten.

Und das war's. So gingen sie mit Teddi um. Sie vertrauten ihr. Es war toll, das zu sehen, und erinnerte mich an meine Mutter. Auch als ich noch jünger war, hatte sie mich immer wie einen Erwachsenen behandelt. Meine Meinung hatte immer eine Rolle für sie gespielt.

Ich ging nach unten in mein Zimmer, ließ mich aufs Bett fallen und strich mir die Haare aus den Augen. Vielleicht war ich nicht für diesen Job bestimmt, den ich mir ausgesucht hatte. Ich fühlte mich völlig überfordert. Vielleicht war das Ganze eine dumme Idee und meine Mutter nicht dazu bestimmt, dass man sich an sie erinnerte. Ich holte meine Brieftasche hervor. Gaze hatte gesagt, ich hätte sechshundert Dollar. Einmal hatte ich davon Pizza gekauft, aber vielleicht könnte ich noch ein paar neue Zelte und Solarlampen für meine Leute kaufen.

Teddi klopfte leise an meine Tür, die ich offen gelassen hatte. Ich winkte sie herein.

»Ich muss jetzt doch wieder zurück. Das Cheerleader-Team trifft sich und will mich dabeihaben. Mom ist oben, falls du irgendetwas brauchst. Ich werde Peaches mal fragen, ob sie deine Tasche holen kann.« Sie wartete auf eine Antwort, also stützte ich mich auf die Ellbogen hoch.

»Wird Mrs Fartuna verärgert sein?« Ich hatte immer noch einen ganzen Stapel Papiere abzuarbeiten.

Teddi schüttelte den Kopf. »Ich hatte Dad eine Textnachricht geschickt, und er hat sie daraufhin angerufen, während wir zum Truck gegangen sind. Sie wird warten, bis du bereit bist, den Test abzuschließen.«

»Noch mal danke.« Ich ließ mich aufs Bett zurückfallen, wobei mein Oberkörper leicht abprallte. Teddi war effizient. Das musste ich ihr lassen.

»Kein Problem. Geht's dir so weit gut, dass ich gehen kann? Also zumindest wirkst du so, als ginge es dir besser.« Sie trat näher.

»Ja, alles in Ordnung. Aber danke.« Ich legte einen Arm über meine Augen.

Meine derzeitige Situation hätte nicht besser sein können, wenn ich mich nur dazu durchringen könnte, den Leuten, die sich auf Mom und mich verlassen hatten, den Rücken zu kehren ... wenn ich mich dazu entschloss, nur an mich zu denken und meine Wünsche an die erste Stelle zu setzen. Ich schämte mich, weil mir so ein Gedanke überhaupt in den Sinn kam. Ich hatte Moms Erbe angetreten und musste dem gerecht werden.

Ich nahm mein Handy und entdeckte drei Textnachrichten von Meg. Sie fragte, ob ich später bei ihr vorbeischauen würde. Das kam natürlich überhaupt nicht infrage, aber ich flirtete ein bisschen, damit die Absage nicht so hart rüberkam. Allerdings musste ich mehr über den Grundriss des Hauses in Erfahrung bringen und die Angestellten dort an meine Gegenwart gewöhnen. Man sollte mir vertrauen, und zwar völlig.

27. KAPITEL

Teddi

Ich wartete vor dem Konferenzraum auf das Ende von Ruffians Einstufungstest. Zum Schulschluss sollte er damit fertig sein. Ich wollte sicherstellen, dass er nicht wieder überfordert wurde. Er hatte sich Sandwiches mitgenommen und gesagt, dass er sie während des Tests essen dürfe. Deshalb hatte ich ihn seit heute Morgen nicht mehr gesehen.

Die Klingel ertönte, und auf einen Schlag strömten die Schüler aus den Klassen auf die Gänge. Als sich die Tür des Konferenzraumes öffnete, sah ich Ruffian aus dem Augenwinkel. Ich drehte mich um und drängte ihn sanft zurück in den Raum.

»Wir können hier warten. Die Gänge werden sich schnell leeren, und auf dem Parkplatz ist jetzt eh die Hölle los.«

Seine Hand berührte meine, die immer noch auf seiner Brust lag.

»Wir können los. Alles in Ordnung. Ich weiß jetzt, was mich erwartet.« Ich schaute ihm in die Augen, um zu sehen, wie es ihm wirklich ging, und er wirkte tatsächlich entspannt.

Ich war mir zwar immer noch nicht ganz sicher, trat aber zur Seite, als er meine Hand losließ.

Ruffian ging an mir vorbei, als hätte es den gestrigen Tag nicht gegeben. Ich trat gegen den Strom der entgegenkommenden Schüler an seine Seite. Er schob sich durch die Menge und statt zu versuchen, neben ihm zu bleiben, ging ich schließlich hinter ihm. Er war groß genug, um über die meisten hinwegzuschauen, und somit wählte er den Weg, um nach draußen zu gelangen.

Als wir das Gebäude verließen und den größten Pulk hinter uns gelassen hatten, kam ich wieder an seine Seite.

»Siehst du? War doch ganz leicht.« Er zwinkerte mir zu. Der sorglose Ruffian.

Ich wollte nicht auf dem krassen Wandel in seinem Verhalten herumreiten. Wenn er das Thema hinter sich lassen wollte, sollte es so sein. Während wir zu Gaze' Truck gingen, mussten wir immer wieder ausweichen, wenn andere ausparkten.

»Manche Leute tun so, als würde ihr Auto in Flammen stehen, wenn sie hier losfahren.« Ich beobachtete, wie ein Fahrer in seiner Eile über einen Kantstein fuhr, sodass eine Radkappe wie eine Rakete davonschoss.

»Ja, scheint so.« Ruffian entriegelte die Türen mit der Fernsteuerung am Schlüssel und kam dann zu mir auf die Beifahrerseite. Er öffnete die Tür für mich, und ich warf meinen Rucksack auf die Rückbank, ehe ich in den Wagen stieg.

Ruffian glitt hinters Steuer und korrigierte den Rückspiegel. »Sieht so aus, als würden wir warten müssen.«

»Auf jeden Fall, denn der Verkehr wird so geregelt, dass die Busse als Erstes losfahren können. Wir werden ungefähr zehn Minuten einfach nur rumstehen.«

Ich schaute auf mein Handy. Es waren drei Nachrichten für die Partys eingegangen. Es handelte sich um zwei Kundenvorschläge und eine Anfrage. Zuerst öffnete ich die Anfrage. Ich erkannte sofort, dass die E-Mail von jemandem geschrieben worden war, der sehr jung sein musste.

Liebe Leute von Meine Party!

Ich schreibe wegen meiner Schwester, die Lymphdrüsenkrebs hat. Ich liebe sie sehr, und sie wird bald behandelt. Wenn die Behandlung vorbei ist, wäre es toll, wenn Betty zum Abschlussball gehen könnte. Das ist ihr großer Traum. Ihre Ärzte sagen, dass sie es vielleicht nicht bis dahin schaffen wird. Danke.

Viele Grüße
Ayler

Ich kennzeichnete die E-Mail als wichtig und verschob sie in den Ordner mit den Anträgen. Ich würde die Sache später bearbeiten, war in Gedanken aber bereits bei Aylers Schwester. Ein Abschlussball ließe sich machen, wenn man dafür den Winterball in Betracht zöge.

»Du bist mit deinen Gedanken ganz woanders.« Ruffian lächelte mich an.

»Entschuldige. Wie lief der restliche Test?« Ich legte das Handy in meinen Schoß.

Er hob für einen Moment beide Hände. »Ich nehme an, gut. Ich habe versucht, mich an Pixies Rat zu halten und so einheitliche und irgendwie langweilige Antworten wie möglich zu geben.«

Ich lachte. »Pixie gibt gute Ratschläge.«

Plötzlich ertönte ein lautes Klopfen am Fenster auf der Beifahrerseite. Ich zuckte zusammen, Ruffian jedoch nicht. Er hatte den Motor angelassen, während ich meine E-Mails gelesen hatte, und konnte deshalb die Scheibe herunterlassen. Taylor steckte den Kopf und die Schultern zum Fenster herein.

»Na, Mädels. Wie geht's, wie steht's?« Sie nahm mich in den Schwitzkasten, ohne aber zu fest zuzudrücken.

»Du riechst nach Chips.« Ich zappelte, um weiter von ihrem Gesicht wegzukommen.

»Das liegt daran, weil ich gerade eine ganze Tüte inhaliert habe, die Brutus in seinem Wagen hatte.« Sie hielt Ruffian ihre Hand hin, und er klatschte sie ab. »Nach der Schule bin ich immer halb verhungert. Macht ihr beiden heute was?«

Ruffian räusperte sich. »Äh, ja, ich hab eine … Verabredung nachher.«

Ich sah ihn an. Ich hatte keine Ahnung, was für eine Verabredung das war. »Soll ich mir eine andere Mitfahrgelegenheit organisieren?«

Er richtete den Blick auf die Windschutzscheibe. »Nein. Ich kann dich vorher nach Hause bringen.«

Er führte es nicht näher aus, und das war in Ordnung. Jeder hatte seine eigenen Sachen, um die er sich zu kümmern hatte, und deswegen durfte ich nicht eifersüchtig oder eingeschnappt sein, weil ich nichts davon wusste … auch wenn ich das in gewisser Weise war.

»Hey, Taylor fährt zwar unterirdisch schlecht, aber sie kann mich mitnehmen.« Taylor öffnete mir sofort die Tür, damit ich aussteigen und mit ihr mitgehen konnte.

Mit einem Ruck drehte Ruffian den Kopf und sah mich an. »Nein, das musst du nicht tun. Ich hab genug Zeit.« Ein leicht panischer Ausdruck und vielleicht auch ein Anflug von Enttäuschung spiegelten sich auf seinem Gesicht wider.

»Nein, alles gut. Wir sehen uns zu Hause. Schön, dass du deinen Test hinter dir hast.« Ich schnappte meinen Rucksack, und Taylor hakte sich bei mir unter, als ich die Tür schloss.

Ich sah, wie er seufzte und den Kopf an die Kopfstütze lehnte. Am liebsten hätte ich die Tür noch einmal geöffnet und gefragt: »Was ist?«, aber ich ließ es dann doch bleiben.

Ich wurde aus diesem Jungen einfach nicht schlau. Nachdem ich ihm den Rücken gekehrt hatte, ließ ich mich von Taylor zu einigen Freunden von uns ziehen, die um ihre Autos herumstanden. Bei den Leuten, die ich kannte und die mich selten überraschten, konnte ich abschalten und auf andere Gedanken kommen.

Der dämliche Tasker trank auf dem Beifahrersitz von Brutus' Wagen Alkohol. Sobald Taylor und ich das bemerkten, machten wir uns auf den Weg zu ihrem Auto.

»Ich lass' mich doch nicht von der Schule verweisen, weil Tasker im Suff auf den Kopf knallt. Es ist erst Dienstag! Der Typ hat echt ein Problem.« Sie öffnete ihren Kofferraum, und wir warfen unsere Rucksäcke hinein.

Peaches saß bereits auf der Rückbank, und wir kreischten beide los, als wir sie plötzlich entdeckten.

Sie zeigte uns den Mittelfinger und fasste sich dann an den Busen. Als wir die Türen öffneten, stichelte sie: »Echt jetzt? Ihr tut so, als würdet ihr euch bei meinem Anblick in die Hosen machen?« Sie tat so, als wäre sie total beleidigt.

Als wir eingestiegen waren, fragte sie: »Warum fährst du heute nicht mit deinem zuckersüßen heißen Bruderverschnitt nach Hause?«

Peaches ging mir allmählich auf die Nerven. »Er hat was zu tun.«

Es fiel mir ziemlich schwer, mich nicht nach Ruffian umzuschauen, um zu sehen, wo er gerade im Schneckentempo über den Parkplatz rollte.

»Ja. Meg«, schnaubte Peaches.

»Verdammt noch mal. Musst du ihren Namen jetzt unbedingt völlig ohne Grund erwähnen? Ich bin schon sauer, dass sie überhaupt existiert.« Taylor schüttelte den Kopf und begann, sich in die langsam vorrückende Kolonne von Autos einzufädeln.

Peaches hielt ihr Handy hoch. »Sorry. Ich hab nur gerade auf ihren Instagram-Account geschaut, und da ist nur Ruffian hier, Ruffian da.«

Ich drehte mich um und schaute auf ihr Display. Meg hatte wirklich eine extrem professionelle Beleuchtung und eindeutig das Beste aus dem Video rausgeholt. Gerade, als ich den Blick abwenden wollte, erschien RUFFIAN in funkelnden Buchstaben.

Ich verdrehte die Augen. »Mannomann, sie gibt echt alles, wenn sie was will.«

»Ja. Das erinnert mich an jemanden«, stellte Peaches fest. Taylor und Peaches starrten mich beide an, bis ich merkte, dass ich gemeint war.

Mir fiel die Kinnlade herunter. »Jetzt bin ich also wie Meg? Oh mein Gott. Erschießt mich.« Ich rutschte so weit nach unten, wie ich konnte, ehe der Gurt mir die Luft abschnürte.

»Nein.« Taylor setzte den Blinker. »Meg legt sich ins Zeug, wenn sie etwas für sich will. Du legst dich ins Zeug, wenn du etwas für jemand anders willst.«

Ich holte tief Luft. Zumindest das wurde mir zugestanden.

Taylor machte die Musik an, und ich blieb still, bis ich merkte, dass sie an der Abzweigung zu mir nach Hause vorbeifuhr.

»Warum entführst du mich?« Ich drehte den Kopf in ihre Richtung.

Peaches' Kopf erschien zwischen unseren Sitzen. »Wir haben dich unglücklich gemacht. Jetzt müssen wir uns Eis ins Gesicht schmieren, um das wiedergutzumachen.«

Wir fuhren zu Scoops, unserem Lieblingseisladen, ohne dass wir uns absprechen mussten. Es war eine Tradition und pure Gewohnheit. Als wir vorfuhren, standen bereits drei andere Autos aus der Schule davor, sodass es im Laden hochherging. Ich nahm Vanilleeis mit Schokostreuseln und dachte an das Eis in der letzten Nacht, während ich die Streusel mit einem Haps ableckte. Wir blieben noch eine ganze Weile sitzen, nachdem wir unser Eis gegessen hatten.

Ich hörte Taylor keuchen, und dann packte sie meine Hand so fest, dass sie mir die Finger zusammenquetschte. Das war nicht unser abgemachtes Zeichen, wenn etwas Dramatisches bevorstand, aber es entwickelte sich dazu.

Peaches' Stimme war ganz dicht an meinem Ohr. »Ach, verdammt. Nicht hingucken. Es sind Meg und dein neuer Bruder.«

Er war natürlich nicht mein Bruder, aber das wollte ich hier und jetzt nicht ausdiskutieren. Ich spürte, wie meine Ohren und meine Wangen vor Verlegenheit rot wurden.

Ich hörte, wie Meg lachte und Leute begrüßte. Ich wollte nicht hinschauen. Ich durfte nicht hinschauen.

Ich schaute hin.

Sie hatte ihren Arm um Ruffians Taille geschlungen, und sein Arm lag um ihre Schultern. Ich hätte cool bleiben sollen, aber ich reagierte, ehe meine Vernunft Zeit hatte, einen Plan zu schmieden. Ich stand auf und ging direkt auf die beiden zu.

Seine Gesichtszüge entgleisten, als er mich sah. Er hatte mir hier nicht über den Weg laufen wollen. Das erkannte ich daran, wie seine Schultern ein bisschen nach vorn sackten. Als ich die beiden erreichte, richtete er sich wieder auf. Meg dagegen genoss es, dass wir hier aufeinandertrafen. Wahrscheinlich hatte sie sogar damit gerechnet, denn sie wirkte nicht geschockt.

Einen Moment lang stand ich vor ihm. Ich hatte keinen Anspruch auf ihn. Wir gingen nicht miteinander. Wir küssten uns nicht. Was zwischen uns lief, war alles nur in meinem Kopf.

Er wartete eine Sekunde, ehe er fragte: »Was möchtest du?«

Als wollte ich etwas von ihm. Als wäre er ein Kellner in einem Restaurant oder so was Ähnliches. Ich sah ihn von oben bis unten an und hob dann wieder den Blick. Sie war seine Verabredung.

»Dich nicht«, stieß ich hervor.

Ich ging um ihn herum und stieß ihn dabei leicht mit der Schulter an.

Meg gab einen empörten Laut von sich. Ach, sollte sie doch an ihrer eigenen Arroganz ersticken. Ruffian ging es eindeutig nur ums Geld. Meg war nicht gerade für ihren scharfen Verstand bekannt, aber die Jungs mochten sie. Wegen der Jachten, Strände und Anwesen drehten die Typen in ihrer Gegenwart immer völlig durch. Und Ruffian war nicht die Ausnahme, für die ich ihn gehalten hatte.

Ich stürmte aus dem Eisladen und ging schnell zu Taylors Wagen. Ruffians Truck konnte ich nirgends sehen, deshalb musste Meg gefahren sein. Und natürlich – da war ihr Land Rover.

Taylor und Peaches erreichten den Wagen im gleichen Moment wie ich und musterten mich, um herauszufinden, wie sie reagieren sollten.

»Diese verdammte Ziege«, stieß ich hervor, als wir alle saßen. Ich wollte gleichzeitig weinen und kämpfen.

Peaches umarmte mich von hinten, während Taylor ausparkte. Als sie vom Rückwärtsgang in den ersten Gang schaltete, klopfte jemand an meine Scheibe. Ich drehte den Kopf und sah Ruffian, der mir mit einem Zeichen zu verstehen gab, dass ich das Fenster runterlassen sollte.

»Bitte, Teddi. Geh nicht.« Seine Stimme klang gedämpft durch die geschlossene Scheibe.

Ich schüttelte den Kopf, und Taylor fuhr los. Ruffian sprang zur Seite, damit seine Füße nicht überrollt wurden.

Meine Freundinnen schwiegen mit mir, bis wir die Hälfte des Weges bis zu mir nach Hause geschafft hatten.

»Warum steh ich so auf diesen Typen? Warum?«

Peaches' Hand lag immer noch auf meiner Schulter. »Weil er total heiß, geheimnisvoll und gefährlich wirkt. Ihr beiden glüht förmlich, wenn ihr im selben Raum seid. Es ist allen klar, dass ihr zusammen sein solltet. Er wehrt sich gegen das Offensichtliche, und Meg ist nur eine schlechte Verliererin, die schon seit der Grundschule wie du sein will.«

Ich zwang mich zu einem Lachen. »Du solltest Psychiaterin werden. Das hat den Nagel auf den Kopf getroffen.«

»Aber sie hat zu viertausend Prozent recht. Das ist mal sicher.« Taylor setzte den Blinker, als wir bei mir ankamen. »Willst du eine Tasche packen und heute bei mir schlafen?«

Ich ließ mir das Angebot durch den Kopf gehen. Aber so wütend ich auch auf Ruffian sein mochte, wollte ich ihn doch nicht fallen lassen. Nur meine Eltern und er würden da sein. Einerseits wollte ich ihn konfrontieren, und andererseits wollte ich nur wieder in seiner Nähe sein.

Ich war ein hoffnungsloser Fall.

»Ich muss noch ein paar Sachen für die Partys erledigen, für die ich meinen Computer brauche. Und ich will ihm böse Blicke zuwerfen, wenn er nach Hause kommt. Aber ich hab euch lieb. Danke.« Ich umarmte Taylor, und Peaches legte ihre Arme wieder von hinten um mich. Ich zog beide an mich.

»Wir lieben dich«, sagte Taylor. »Und wenn du möchtest, dass wir rüberkommen und ihn uns vornehmen, sag einfach Bescheid.«

Peaches raunte mir im Bühnenflüsterton zu: »Wir könnten Enthaarungscreme in sein Shampoo und sein Duschgel tun. Dann wird er nach dem Duschen wie ein Nacktmull aussehen.«

Lachend stieg ich aus dem Wagen und war so dankbar, die beiden zu haben.

Als ich das Haus betrat, war niemand da. Ich ging zu meinem Zimmer und sah einen gelben Klebezettel an meiner Tür hängen.

Wir sind losgefahren, um Essen zu holen. Sind gegen 7 Uhr zurück.

Das war gut. Alles war gut. Ich schloss die Tür hinter mir. Einerseits hätte ich mich gern auf Megs Social-Media-Account umgesehen, aber andererseits wollte ich mir den Anblick ihrer perfekt gefilterten niedlichen Bildchen mit Ruffian ersparen.

Also, ich nahm an, dass sie miteinander gingen, und das war okay. Er konnte sich verabreden, mit wem er wollte. Ich machte die Dusche an. Beim Duschen konnte ich immer am besten nachdenken.

Während das heiße Wasser über meinen Kopf strömte, versuchte ich die ganze Situation vernünftig zu betrachten. Er war einfach nur ein Typ, der sich in einer schwierigen Situation befand. Wir waren seine Pflegefamilie. Seine Mutter war gestorben, und jetzt brauchte er ein Zuhause, damit er seinen Abschluss machen konnte.

Ruffian war nicht Gaze, und ich war nicht Pixie. Ich wünschte, mein Herz würde sich nicht so anfühlen, als hätte es einen Tritt unter die Gürtellinie bekommen.

Während ich den Conditioner einwirken ließ, rasierte ich mir die Beine. Alles war gut. Ich hatte eine Aufgabe, die mich viel Zeit kostete. Ich hatte viele Freunde, mit denen ich gern meine Zeit verbrachte. Ich hatte eine tolle Familie. Ruffian konnte tun und lassen, was er wollte. Ich musste nur damit aufhören, so für ihn zu empfinden, wie ich es gerade tat.

Sein doofes Grübchen. Das widerspenstige Haar. Der Stromschlag, der mich durchfuhr, wenn er mich berührte. Das war alles nur in meinem Kopf. Es war dumm, mir vorzustellen, wie er mich küsste. Ich spülte den Conditioner aus und stellte das Wasser ab. Im beschlagenen Spiegel konnte ich sehen, dass meine Brust hellrot war. Ich nahm eine Feuchtigkeitscreme aus dem Schrank und rieb Beine und Arme damit ein. Dann rubbelte ich meine Haare noch einmal durch, ehe ich mit einer Bürste durchkämmte.

Alles in Ordnung. Er und Meg gingen nun miteinander, und das war gut. Ich zog meinen flauschigen rosafarbenen Bademantel an und schlang mir ein Tuch um die immer noch feuchten Haare. Als ich wieder in mein Zimmer kam, schaute ich auf meinem Handy nach, wie spät es war. Es war Viertel vor sieben, und das bedeutete, dass meine Eltern bald zu Hause sein würden. Ich musste damit aufhören, Trübsal zu blasen. Sie würden meine Stimmung sofort bemerken, und ich wollte nicht darüber reden. Vielleicht könnte ich es Mom erzählen, aber ich wollte nicht, dass Dad sich meinetwegen und wegen der Situation Sorgen machte.

Ich öffnete meine Tür einen Spalt und lauschte, aber im Haus war alles still. Ich flitzte nach unten, um einen Becher Wasser zu trinken, und als ich es mir am Kühlschrank abfüllte, erschreckte mich Ruffians tiefe Stimme.

»Hallo.«

»Scheiße!« Vor Schreck ließ ich meinen Becher fallen. Durch die schnelle Bewegung löste sich der Gürtel meines Bademantels, und ich schlang schnell die Arme um meine Taille, damit er nicht aufging.

Der Plastikbecher rollte über den Boden und prallte gegen Ruffians Fuß.

Er bückte sich und hob ihn auf. Auf dem Weg zur Spüle warf er ein Küchentuch auf den Boden, wo sich eine kleine Pfütze gebildet hatte. »Geht's dir gut?«

Er stand da, als wären wir uns nie im Eisladen begegnet.

»Mach dir um mich keine Gedanken.« Vorsichtig bewegte ich mich über die rutschigen Fliesen.

»Tu ich aber.« Er legte den Kopf auf die Seite und sah mich mit seinen bescheuert schönen Augen an. »Ich mach mir Gedanken um dich.«

»Tja, heb dir das für Meg auf. Deine Freundin.« Ich warf mein Haar nach hinten, doch das war ja noch in ein Handtuch gewickelt, das sich nun durch die ruckartige Bewegung löste. Ich versuchte vergeblich, es noch aufzufangen, und durch die schnelle Bewegung rutschte ich aus. Ich ruderte mit den Armen durch die Luft und verlor in meinem sehr locker sitzenden Bademantel den Boden unter den Füßen. Warum zum Teufel war ich überhaupt nahezu unbekleidet nach unten gekommen?

Und dann war er da. Er fing mich auf und legte seine Arme fest um meinen Körper. Mein Bademantel stand offen, aber weil er mich an sich gezogen hatte, war meine Nacktheit nicht zu sehen. Das Herz schlug mir bis zum Hals. Das war nun wirklich der letzte Ort, wo ich jetzt sein wollte.

»Es tut mir leid«, sagte er, und ich merkte, wie er sich von mir löste. Ich klammerte mich an ihm fest.

»Beweg dich nicht. Wage es nicht, dich zu bewegen.« Meine Finger bohrten sich in seine Schultern. »Ich habe nichts drunter an. Und wenn du dich bewegst … nun ja«, erklärte ich, während ich mich weiter fest an ihn drückte, »dann werde ich nackt sein.«

Ich beobachtete, wie sein Adamsapfel auf und ab hüpfte, während er schluckte. Meine Hand lag dicht an seinem Hals, und ich konnte seinen Puls spüren. Er schlug genauso schnell wie meiner.

Er sah mir in die Augen. »Teddi.«

Ich wusste nicht, ob er mich warnen wollte oder mir etwas versprach. Draußen knallte eine Autotür. »Das sind meine Eltern.«

Seine Augen wurden groß.

»Wenn du stehen kannst, lasse ich dich los und schließe die Augen.«

»Ja, aber bitte in der umgekehrten Reihenfolge.«

Kaum ließ er mich los, zog ich meinen Bademantel fester um mich, während er versuchte zu verhindern, dass ich noch einmal ausrutschte. Dabei hielt er die ganze Zeit die Augen geschlossen. Ich rutschte ein bisschen, fand aber meinen Halt wieder, wobei er aus Versehen meine Brust berührte.

Ich hatte keine Zeit, mich zu beschweren, sondern rannte wie der Blitz in mein Zimmer hoch, was rückblickend betrachtet wahrscheinlich eine merkwürdige Reaktion war. Als ich mit dem Rücken an meiner geschlossenen Tür lehnte, fand ich es gar nicht mehr so verrückt, dass ich nur mit meinem Bademantel bekleidet in die Küche gegangen war. Doch mich mit offenem Bademantel an Ruffian zu pressen, löste in mir definitiv einen Fluchtreflex aus.

Ich hörte, wie Mom und Dad sich mit Ruffian unterhielten. Es war nicht mehr als ein Murmeln, das zu mir nach oben drang – die männlichen tiefen Stimmen und Moms hellere Stimme. Ich schloss meine Tür ab und zog mir Leggings und ein altes Gamer-T-Shirt von Milt an, ehe ich mir die Haare mit einer riesigen Klammer hochsteckte.

Als ich wieder nach unten kam, waren sie gerade dabei, das

Essen, das Mom und Dad abgeholt hatten, auf dem Küchentisch zu verteilen.

»Hallo, Prinzessin!« Mein Vater trat zu mir und umarmte mich. Ich erwiderte die Umarmung. »Hast du Appetit auf orientalisches Essen?«

Mom arrangierte alles wie ein kleines Büfett, bei dem auch die Pappteller nicht fehlten.

»Heute essen wir mal ganz schick, hm?«, neckte ich sie. Eigentlich liebte sie es, zum Abendessen schön einzudecken. Deshalb musste sie völlig kaputt oder sehr beschäftigt sein, dass sie auf Pappgeschirr zurückgriff, auch wenn es nur Essen zum Mitnehmen gab.

Ich fing Ruffians Blick auf, als er die Servietten verteilte. Warum musste das so sein? Wenn ich wusste, dass er mich anschaute, und er wusste, dass ich den Blick erwiderte, spürte ich das am ganzen Körper. Ich senkte den Blick und ließ das Gefühl vergehen.

Mein Vater fing an, von seinem Tag zu erzählen, und gab Geschichten von Kollegen zum Besten, die uns zum Lachen brachten. Die ganze Zeit hatte ich das Gefühl zu schauspielern, aber die echten Gefühle waren trotzdem da … zwischen Ruffian und mir. Wie hatte er mir das Herz nur so leicht brechen können? Mir war erst klar geworden, dass er es mir förmlich geraubt hatte, als ich ihn zusammen mit Meg gesehen hatte.

Ich knabberte an meinem Fladenbrot und fühlte mich merkwürdig beim Essen. Ich war wie gebannt durch seine Blicke. Zwar unterhielt er sich die ganze Zeit mit meinen Eltern, aber trotzdem knisterte es weiter zwischen uns.

Das Aufräumen war im Handumdrehen erledigt, als wir fertig gegessen hatten, und ich schob mehr Hausaufgaben vor, als ich tatsächlich hatte, um für Abstand zwischen Ruffian und mir zu sorgen.

Ich rief Taylor und Peaches per Videocall an. Ich musste mich auf irgendetwas konzentrieren, und Peaches wollte sich im Internet über Bälle informieren. Es vertrieb die Zeit.

Ruffian

Mr und Mrs Burathon baten mich, noch einen Moment zu bleiben, als Teddi bereits die Treppe hochstieg, als könnte sie meine Gegenwart nicht ertragen.

Ich wusste nicht recht, worum es gehen würde. Hatte Teddi ihren Eltern von dem Debakel in der Küche erzählt? Ich hatte nichts gesehen und außerdem dafür gesorgt, dass sie sich nicht den Kopf auf den Fliesen aufschlug, aber hereinzukommen und festzustellen, dass der neue Hausbewohner die nackte Tochter in den Armen hielt, könnte natürlich schon ein Grund sein, sich Gedanken zu machen. Ronna setzte sich hin und klopfte auf den Stuhl neben sich. Ich ließ mich darauf sinken.

Mike räusperte sich und begann das Gespräch. »Tja, Mrs Fartuna hat sich bei uns gemeldet. Sie hat deinen Test durchgesehen.«

Er legte die Hände aneinander und verschränkte die Finger. Ronna wirkte aufgeregt und platzte heraus: »Du bist unglaublich klug! Du hast eine erstaunliche Punktzahl erreicht.«

»Ronna, der Junge weiß, dass er klug ist.« Er lächelte angesichts ihrer Begeisterung.

»Ich weiß. *Wir* wissen es. Aber Mrs Fartuna war sprachlos. Du hast das ganz großartig gemacht.« Sie klatschte in die Hände.

Bei dieser Geste verspürte ich einen Stich im Herzen. Mom war auch immer total begeistert gewesen, wenn ich etwas Schwieriges begriffen hatte. Einfach so. Sie hatte vor Liebe gestrahlt. Ich hörte sie förmlich in meinem Kopf sagen: »*Natürlich hast du eine hohe Punktzahl erreicht. Selbstverständlich. Ich hab dir immer gesagt, dass Gebäude dich einschränken und begrenzen. Du bist grenzenlos, Ruff.*«

»Alles in Ordnung?« Ronna legte ihre Hand an meinen Ellbogen, sodass ich mit einem Ruck aus meinen Erinnerungen auftauchte. *Komm drüber hinweg*. Ich lächelte so breit ich konnte.

»Das ist toll. Ich freu mich, dass es gut gelaufen ist. Ich war mir nicht so sicher, nachdem ich am ersten Tag so eine Art Panikattacke hatte.« Ich sah beiden in die Augen, damit sie das Gefühl hatten, dass ich es ernst meinte … und nicht meine Zeit damit verbracht hatte, mir den Grundriss von Megs Haus einzuprägen … dass ich nicht gleich wieder nach unten gehen und nach Leuten suchen würde, die Hehlerware kauften, sobald ich wusste, wie viel die Sachen wert waren.

Mike klopfte mir auf den Rücken. »Gut gemacht, Ruffian. Du erinnerst mich an deinen Bruder.«

Als sie aufstanden und ins Wohnzimmer gingen, um Fernsehen zu schauen, zog ich mich in mein Zimmer zurück. Ich sollte mich morgen mit Mrs Fartuna wieder im Konferenzraum treffen, um meinen Stundenplan zu planen. Dann würde sie mir Bücher besorgen und mir zeigen, wo meine Kurse stattfanden. Das echte Leben. Echte Schule.

Das machte mich fertig, aber vorläufig würde ich mitspielen. Ich versuchte nicht an die hübsche Teddi zu denken, die im Eiscafé so wütend auf mich gewesen war.

Mindestens eine Million Mal ließ ich mir ihre schroffe Antwort auf meine Frage durch den Kopf gehen.

Was möchtest du?

Dich nicht.

Das konnte nicht stimmen … nicht heute. Ich spürte sie.

Ich konnte sie spüren, wenn sie an mich dachte und unsere Blicke sich trafen. Mit jeder Faser meines Körpers wollte ich wissen, wo sie war. Es würde mich wahrscheinlich umbringen, wenn ich sie küsste … wie ein Herzinfarkt oder so. Himmel, ich wollte sie so gern küssen.

Ich zwang mich dazu, mich hinzusetzen und Grundrisse von Megs Haus anzufertigen, die Codes zu notieren, die ich mir eingeprägt hatte, einzuzeichnen, wo ich Kameras entdeckt hatte, und mir zu notieren, welche wertvollen Gemälde und Schmuckstücke es gab.

Es wäre der schwierigste Coup, den ich je gemacht hatte. Ich fragte mich, ob Mrs Fartuna mich für intelligent genug hielt, dieses spezielle Verbrechen zu begehen.

28. KAPITEL

Ruffian

Meine Augen öffneten sich um zwei Uhr in der Nacht. Eiszeit. Ich hatte keinen Wecker. Es war einfach so, dass ich von allein wach wurde. Vom Boden aus schaute ich mich in meinem Zimmer um. Ich war mir ziemlich sicher, dass Teddi ihr Ritual heute Nacht ausfallen lassen würde. Oder wenn doch, würde sie mich nicht dabeihaben wollen. Während ich die Entscheidung fällte, keinen Muskel zu rühren und das Mädchen in Ruhe zu lassen, warfen meine Hände die Decke zur Seite. Ich stand auf und ging in die Küche. Es erinnerte mich an Odysseus und seine Reaktion auf die Sirenen. Er hatte zumindest versucht sich zurückzuhalten.

Ich trat in die leere Küche und stand ziemlich nutzlos herum. Ohne sie wollte ich kein Eis essen. Mein Blick richtete sich auf die Uhr am Herd. Drei nach zwei. Wenn sie um fünf nach zwei immer noch nicht da wäre, würde ich das als den Wink nehmen, der es war. Ich stand da und starrte die Uhr an … beobachtete, wie die Zahlen umsprangen, bis es sechs nach zwei war.

Ich sagte mir gerade, dass ich sie vielleicht am Morgen wieder zur Schule fahren würde und dass wir dann reden könnten, als ich aus dem Augenwinkel eine Bewegung wahrnahm. Die digitale Anzeige der Uhr war zwar in meine Augen eingebrannt, doch als ich den Kopf drehte, sah ich Teddi am Türrahmen lehnen. Ihre Füße waren an den Knöcheln gekreuzt, und die Arme hatte sie vor der Brust verschränkt.

Ihre Körpersprache verhieß nichts Gutes. Verschlossen, abwehrend. Aber das war mir egal. Sie war da. Und das bedeutete, dass sie mich genauso sehr hatte sehen wollen wie ich sie.

Sie strich sich das Haar aus dem Gesicht und auf eine Seite. In seidigen Wellen fiel es sofort wieder zurück. Eigensinnig.

Schließlich stieß sie sich vom Türrahmen ab und durchquerte die Küche, wobei sie ganz dicht an mir vorbeiging. Der Duft ihres Conditioners stieg mir in die Nase. Das Verlangen war wie ein Schlag in die Magengrube, sodass ich ein Auge schloss. Ich wollte an ihrem Kopf schnuppern wie ein Drogenhund, der auf eine Belohnung hoffte. Ich brauchte eine Sekunde, um mich wieder in den Griff zu bekommen, während sie zum Kühlschrank ging.

Sie sah mich an, und ich schaute in ihr Gesicht.

Boom.

Direkt durch mich hindurch. Der Sog war so kräftig, als würde die Welt sich in diesem Moment nur um uns drehen. Ich konnte fühlen, wie die Galaxien sich im Universum ausdehnten.

Völlig verrückt. So verrückt, dass die Polizei mit einem Betäubungsgewehr anrücken sollte. Ich fing das Eis auf, das sie mir zuwarf. Ihre ganze Aufmerksamkeit war darauf gerichtet, das kleine Päckchen zu öffnen. Wir begannen zu essen und schauten uns dabei an. Der einzige Lichtschein kam von der Uhr am Backofen, die in einem unheimlichen Blau leuchtete.

Ich konnte das Gespräch, das sie führen wollte, in ihrem Blick sehen. Daran, wie sie ihren Körper von mir wegdrehte, konnte ich erkennen, dass sie meine Antworten nicht wirklich hören wollte.

Ich hörte auf zu essen. Ich konnte es einfach nicht mehr. Beinahe hatte ich das Gefühl, als stünde ich kurz davor zu weinen, als stünde ich kurz davor zu schreien. Langsam ging ich auf sie zu, sodass sie mir hätte ausweichen können.

Nachdem ich den ganzen Nachmittag mit Meg verbracht und geplant hatte, musste ich jetzt einfach der Anziehungskraft nachgeben, die mich zu Teddi hinzog. Ich ließ das Eis in die Spüle fallen und trat dicht an sie heran, sodass meine Füße, die in Socken steckten, neben ihren nackten Füßen standen.

Als sie zu mir aufschaute, blieb mir nur noch eine Möglichkeit, auch wenn die unter Umständen alles zerstörte. Langsam neigte ich den Kopf. Sie konnte immer noch gehen. Sie *sollte* gehen.

Doch stattdessen fiel ihr das Eis aus der Hand, und ihre Augen wurden groß. Mein Blick richtete sich auf ihre Lippen, ihren Hals, ihr Gesicht.

Ich legte meine Stirn an ihre. »Es tut mir leid. Das hier ist wichtiger. Du bist wichtiger.«

Und dann brauchte ich mich nicht mehr zu fragen, ob ich falsch handelte, denn sie legte ihre Arme um meinen Hals und zog meinen Mund auf ihren.

Ein eiskalter Mund, der nach Schokoladeneis und Minze von ihrer Zahnpasta schmeckte. Der Zusammenprall unserer Lippen gab mir den Rest. Ich hatte nicht gewusst, dass ich an einem Abgrund stand, aber dieser Augenblick, da sie sich an mich drängte und ihre Hände in meine Haare schob, war der Moment meiner zweiten Geburt.

In der Nacht, als meine Mutter starb, starb auch ein Teil von mir. Aber dies hier – jetzt – war meine Auferstehung.

Teddi

Es hatte schon Küsse in meinem Leben gegeben. Aber dieser? Das war *der* Kuss. Der Kuss, der alles andere vergessen ließ. Die Küche verschwand. Mein Verantwortungsbewusstsein und mein Pflichtgefühl lösten sich in Luft auf.

Es gab nur ihn. Ich wusste nicht, woher das kam … dieses Verlangen. Seine Lippen waren voller Verheißung und ein paar kleiner Lügen. Und ich wollte alles davon.

Als er seine Arme um mich legte und mich fester an sich zog, war die Spannung zwischen unseren Körpern wie eine geladene Pistole, die kurz davorstand loszugehen. Er nahm mich hoch, setzte mich auf die Arbeitsplatte, und ich zog ihn zwischen meine Beine, um dann die Knöchel hinter seinem Rücken zu überkreuzen.

Mein. Er gehörte mir. Mein ganzer Körper kannte ihn. Zuhause. Für immer. Vertrauen. So viel Vertrauen.

Wir unterbrachen unseren Kuss, um Luft zu holen.

Er hauchte meinen Namen. »Teddi.«

Ich lächelte und sagte seinen. »Ruffian.«

»Was ist das?« Er sah mich an, sah meinen Körper an und fuhr dann mit den Händen an meinen Armen entlang nach oben, bis er mein Gesicht umfasste. »Was?«

Ich schluckte. »Ich weiß es nicht. Aber es fühlt sich total …«

Er beendete meinen Gedanken: »Richtig an?«

»Als wäre es immer da gewesen und hätte nur darauf gewartet, dass wir uns finden«, sagte ich.

Er küsste erst meine Stirn, dann meine Nasenspitze, um gleich darauf wieder von meinen Lippen zu kosten.

Ich stöhnte an seinen Lippen. Da war keine Scham. Ich spürte, wie wahrhaftig ich sein konnte. Als wäre ich allein in meinem Zimmer, aber doch mit ihm zusammen. Ich brauchte mich nicht zu verstellen.

Sein Mund ließ von meinem ab und wanderte zu meinem Hals. Ich ließ den Kopf nach hinten fallen. Knabbernd und küssend bewegte sich sein Mund zu meinem Ohrläppchen. Meine Ohren waren so empfindsam. Ich wollte mich an ihn schmiegen und gleichzeitig von mir stoßen.

»Kinder?«

Das Küchenlicht ging an. Mein Vater. Mein Vater hatte gerade das Küchenlicht angemacht. Ich presste die Lippen aufeinander und ließ Ruffian los. Oh, wir würden Ärger bekommen. Großen Ärger.

Ruffian

Die Stimme vom Vater des Mädchens zu hören, in dessen Welt man buchstäblich abgetaucht war, war wie ein Tritt in die Magengrube.

Ich trat zurück und fasste mir an die Schläfen. Ich versuchte, mir alles Mögliche vorzustellen, damit die Wölbung in meiner Hose etwas kleiner wurde. Nichts half. Ich kehrte Mike noch ein bisschen länger den Rücken zu, bis mein Verstand sich endlich wieder einschaltete.

»Lass mich das für dich saubermachen.« Teddi zuckte zusammen, als ich an ihr vorbeigriff und ein paar Küchentücher aus Papier abriss. Ich ging auf ein Knie runter und wischte das schmelzende Eis auf. Es war total geschmolzen. Wie lange hatten wir uns geküsst? Offensichtlich lange genug, um die Hälfte vom Eis in Suppe zu verwandeln.

»Teddi, könntest du bitte auf dein Zimmer gehen? Ruffian und ich müssen miteinander reden.«

Oh Gott. Er würde mich umbringen. Zwar hielt ich ihn nicht für einen gewalttätigen Typen, aber andererseits hatte er mich dabei erwischt, wie ich gerade mit seiner Tochter in der Küche herummachte … nach allem, was die Familie für mich getan hatte.

Teddi gab keinen Ton von sich, aber ein schneller Blick sagte mir, dass sie verlegen war. Ihre Wangen waren ganz rot. Und ihre Ohren auch.

Ich bewegte mich ein kleines Stück, um das Tuch in den Müll zu werfen, und da war noch nichts kleiner geworden, trotz der frostigen Temperatur, die im Raum herrschte. Mein bestes Stück war noch immer in Partystimmung. Ich hatte das Gefühl, als würde ich einen Stock zwischen den Beinen jonglieren.

»Alles in Ordnung?« Ronnas Stimme ließ mich am ganzen Körper zusammenzucken.

»Wir haben nichts Böses getan. Und, Dad, was immer du Ruffian zu sagen hast … ich will dabei sein. Wir waren beide beteiligt.« Sie rutschte von der Arbeitsfläche runter und griff sich dabei ebenfalls mehrere Küchentücher. Dann half sie mir beim Saubermachen. Unsere Hände berührten sich, und der Stock zwischen meinen Beinen zuckte.

»Was ist passiert?«, fragte Ronna verwirrt.

Ich warf einen kurzen Blick über die Schulter, und zum Glück beendete die untere Region meines Körpers ihr Eigenleben endlich. Weniger gut war jedoch, dass Mike so aussah, als wollte er mir den Kopf abreißen und damit einen Schneemann krönen – in einem anderen Bundesstaat, äh, wahrscheinlich sogar in einem anderen Land.

Teddi seufzte und kam hoch. »Ruffian und ich haben uns geküsst.«

Ronnas Augenbrauen schossen nach oben, und dann lächelte sie ein wenig. »Ah, ja. Ich verstehe.«

»Dad, du darfst ihm nicht die Schuld geben. Ich habe ihn geküsst. Er war nur hier unten, um sich ein Eis zu holen.« Sie zog ihr T-Shirt runter, das beim Küssen am Rücken hochgerutscht war.

»Teddi, ich bin heruntergekommen, weil ich Geräusche gehört habe und sichergehen wollte, dass alles in Ordnung ist. Ich muss das hier erst einmal verarbeiten.« Sein Kiefer war angespannt, und die Adern an seinem Hals traten hervor.

Teddi

»Gut, dann lass Ruffian jetzt gehen, und du, Mom und ich klären das.« Ich griff nach Ruffians Handgelenk und zog ihn an meinem Vater vorbei. Dann ließ ich ihn los, damit er die Treppe runtergehen konnte. »Geh und schlaf ein bisschen. Du musst uns morgen fahren.«

Ich würde Dad schon überzeugen. Er würde sich beruhigen. Natürlich war das Ganze peinlich, aber nicht das Ende der Welt. Er hatte mich schon ein paar Jungs küssen sehen, mit denen ich früher gegangen war. Es gefiel ihm zwar nicht, aber er konnte sich im Zaum halten und hatte eine realistische Einstellung bezüglich meines Lebens und meiner Entscheidungen.

»Hören Sie, Mr Burathon, ich versteh das völlig, wenn Sie wollen, dass ich Ihr Haus verlasse. Und welche Bestrafung Sie sich auch für Teddi überlegen, ich werde die gleichen Konsequenzen tragen.« Er stand bereits auf der zweiten Stufe nach unten, sodass er fast auf Augenhöhe mit mir war. »Ihr seid so großzügig und freundlich zu mir gewesen, und ich habe das ausgenutzt und Teddi angebaggert.«

Mich angebaggert? Ich hatte gespürt, dass der Kuss meine ganze Zukunft veränderte, und er nannte das Anbaggern?

Mom sprang uns bei und sagte: »Hört mal, ihr habt doch beide bereitwillig mitgemacht und seid okay, oder?« Sie schaute von mir zu Ruffian und dann wieder zurück. Wir nickten beide. »Lasst uns zu Bett gehen, damit wir alle noch ein bisschen Schlaf bekommen. Schließlich ist morgen erst Mittwoch, und wir haben alle einen langen Tag vor uns. Wir werden uns später über die Konsequenzen unterhalten, wenn wir ein bisschen klarer sehen.«

Mom umfasste meine Schultern und küsste mich seitlich auf den Kopf. Dann reichte sie Ruffian die Hand, die er sofort nahm. Mom stand wohl eine Minute lang einfach nur da, ehe sie mit müden Augen lächelte. »Lasst uns wieder zu Bett gehen.«

Sie ließ Ruffians Hand los und wandte sich von uns ab. Dad ließ sich sehr widerwillig von ihr die Treppe hochziehen. Ich stand weiter vor Ruffian und wartete darauf, was er sagen würde. Erst als sich die Tür zum Zimmer meiner Eltern schloss, fuhr er sich mit beiden Händen durchs Haar.

»Tja, da hab ich ja richtig Mist gebaut. Es tut mir leid, Teddi. Ich hätte dich nie küssen dürfen.« Er schüttelte den Kopf.

»Ich würde mich nie für diesen Kuss gerade entschuldigen.« Ich deutete auf die Arbeitsfläche, wo ich vor Scham am liebsten gestorben wäre, als mein Vater mich erwischt hatte, aber davor, nun, da waren so viele andere Gefühle im Spiel gewesen. Ich wollte mehr davon.

Er schaute nach unten auf seine Füße und hielt sich am Geländer fest, ehe er wieder den Blick zu mir hob.

Boom.

Wieder dieses Gefühl. Und jetzt war es auch noch mit einer ganz neuen Erinnerung verknüpft. Es fühlte sich wie der Beginn von etwas Neuem an.

»Gehst du mit Meg?« Das schien eine berechtigte Frage zu sein, wenn man bedachte, was gerade vorgefallen war.

Er atmete tief durch, als hätte die Frage ihm alle Luft geraubt. Er sah mich gequält an und zuckte die Achseln. Er zuckte die verdammten Achseln! Das war wie ein Nackenschlag angesichts der Gefühle, denen wir uns eben hingegeben hatten. Oder vielleicht war er ja bei allen Mädchen so und aß Eis mit ihnen, küsste sie und brach ihnen das Herz.

»Okay.« Mehr war ich nicht bereit zu sagen. Ich stand nur da und schüttelte den Kopf. »Okay.«

Das war dann also geklärt. Komplett geklärt. Ich musste von ihm weg, brauchte Abstand. Ich machte auf dem Absatz kehrt und eilte die Treppe hoch. Mir schien, als hätte er noch einmal meinen Namen gesagt, aber ich reagierte nicht auf den sehnsüchtigen Schmerz in meinem Herzen. Dieser verdammte Kerl. Mein Körper begann, sich in ihn zu verlieben, aber mein Verstand wusste, dass er mir etwas vorspielte.

29. KAPITEL

Ruffian

Ich hörte, wie sich ihre Zimmertür schloss, und packte das Geländer noch fester. Ich hatte sie verletzt – nachdem ich sie geküsst hatte, nachdem ich sie in den Armen gehalten hatte. Sie hatte willig in meinen Armen gelegen.

Ich war ein Verräter. Ich verriet das Andenken meiner Mutter und was immer zwischen diesem Mädchen und mir war.

Manche Dinge waren so majestätisch und unerreichbar schön: eine ehrfurchtgebietende Landschaft, sanfter Schneefall mitten in der Nacht, ein Sonnenuntergang … und Teddis Kuss.

Dieses Gefühl, dass man alles besaß, was man sich je gewünscht hatte? Ich hatte dieses Gefühl gehabt, hatte diesen Moment erlebt, der dem Leben einen Sinn gab, als ich dafür gesorgt hatte, dass Menschen das bekamen, was sie brauchten. Woher dieses Gefühl auch kommen mochte, das einem eine Ahnung davon schenkte, wie es wohl wäre, Flügel zu haben. Diese wohlige Wärme, die sich in einem ausbreitete, wenn man etwas tat, das jemandem half – wahrhaftig half.

Genau dieses Gefühl gab mir nun Teddi. Es war dieselbe Wärme – das Gefühl, dass es richtig war.

Sie von mir zu stoßen, war, als würde ich versuchen, eine Hose als Jacke zu tragen. Es funktionierte einfach nicht.

Ich drehte mich um und ging die Treppe zu meinem Zimmer runter. Morgen würde ich mich mit Teddi und meinem

Handeln auseinandersetzen müssen. Ich würde mit Ronna und Mike darüber sprechen, dass ich es in ihrem Haus und gegenüber ihrer Tochter an Respekt hatte fehlen lassen. Nachdem ich die Tür hinter mir geschlossen hatte, legte ich mich wieder auf meine Decken auf den Boden. Als ich eine Textnachricht bekam, schaute ich auf mein Handy. Ich hoffte, sie wäre von Teddi und dass sie irgendwie wusste, dass sie nicht ein Wort von dem glauben durfte, was ich gesagt hatte, sondern nur dem Kuss, den wir getauscht hatten. Doch stattdessen war die Nachricht von Meg.

Ich tippte auf die Nachricht, und sofort nahm das Bild den ganzen Bildschirm ein. Sie trug nur einen BH und spitzte die roten Lippen. Meg hatte es darauf abgesehen. Eine Beziehung. Mich. Und ich wusste, dass es ihr vor allem darum ging, Teddi etwas wegzunehmen. So sah Meg das Ganze. Das Mädchen hatte zwar alles, war jedoch von dem Gefühl besessen, es wäre nicht genug.

Der nächste Tag war richtig beschissen – das war mal klar. Als ich wach wurde, war Teddi bereits fort. Vielleicht war sie gar nicht ins Bett gegangen. Sie war weg und Mike ebenfalls. Ronna war in der Küche und wärmte sich die Hände an einem Kaffeebecher. Sie kochte mir ein Ei und stellte mir Orangensaft hin, während ich mich immer wieder entschuldigte.

Sie setzte sich zu mir an den Tisch und stellte ihren Kaffeebecher hin, den sie wieder aufgefüllt hatte. »Hör mal, mein Schatz, wir wissen, dass in dem Alter, in dem du und Teddi seid, Dinge eben passieren können. Wir wollen nur sicherstellen, dass ihr beide geborgen und glücklich seid. Das ist unser Ziel … und wir wollen dir helfen, weil du Gaze' Bruder bist. Für uns gehörst du dadurch zur Familie. Aber ich muss dich warnen: Gaze liebt Teddi abgöttisch, und Pixie geht es genauso.«

»Mrs Burathon«, unterbrach ich sie, »bitte, noch einmal, es tut mir wirklich leid.«

Sie hielt einen Finger hoch, damit ich aufhörte zu reden. »Entschuldigung angenommen. Teddi und ich haben uns heute Morgen unterhalten, und sie hat mir einiges erklärt. Deshalb hoffe ich, dass das, was passiert ist, dir jetzt nicht unangenehm ist.«

»Was hat sie denn gesagt, was passiert wäre?« Ich tat jetzt noch nicht einmal mehr so, als würde ich essen.

Sie seufzte und wiegte den Kopf erst in die eine Richtung und dann in die andere. »Sie und Meg kennen sich schon lange. Ich bin mir nicht sicher, ob du das weißt?«

Ich nickte einmal kurz.

»Nun. Teddi hat mir gesagt, sie sei nicht stolz darauf, was sie getan habe … dass sie dich vor allem deshalb geküsst hat, um Meg zu ärgern. Wir haben darüber gesprochen, dass das falsch war … dass sie sich in deine Beziehung mit Meg aus einem Grund eingemischt hat, der nicht in Ordnung war … nicht echt war. Ich hoffe, dass du damit klarkommst.« Sie musterte mich nachdenklich.

»Es geht mir gut«, murmelte ich. So war es doch gar nicht gewesen. Meg war diejenige, die sich zwischen mich und Teddi drängte. Was immer das für eine kosmische Bestimmung war, die dafür sorgte, dass ich dieses überwältigende Bedürfnis nach Teddis Nähe hatte. Ich bildete mir das doch nicht nur ein. *Oder?*

»Sie hat versprochen, sich später zu entschuldigen. Und wenn du willst, dass sie mit Meg redet, wird sie das tun.« Ronna nahm einen Schluck von ihrem Kaffee.

Ich räusperte mich. »Nein. Das wird nicht notwendig sein. Ich glaube, es ist besser, wenn wir einfach weitermachen.«

Sie stellte ihren Becher wieder ab. »Okay. Noch einmal … wir wollen, dass du dich wohlfühlst. Teddi hat versprochen, nicht mehr um zwei Uhr nachts in die Küche zu kommen. Sie wollte, dass ich dir das genau so sage.«

Botschaft angekommen. Sie war mit mir durch, und ich konnte ihr keinen Vorwurf daraus machen. Die Sache mit Meg war ätzend. Aber es war meine einzige Möglichkeit durchzuziehen, was ich tun musste.

»Vielen Dank, Mrs Burathon. Ich weiß das wirklich sehr zu schätzen.« Ich schob meinen Stuhl zurück und stand auf. Es war an der Zeit, zur Schule zu fahren und mich auf ein neues Leben ohne Teddi an meiner Seite einzustellen.

Ich hatte nicht damit gerechnet, wie einsam mein Plan mich machen würde. Es war eine stille Fahrt zur Schule, und die ganze Zeit dachte ich an ihre Lippen.

Teddi

Ich war am frühen Morgen durch die Straßen gelaufen. Mehr als ein paar Minuten am Stück hatte ich nicht schlafen können. Ich war wütend, traurig und verwirrt. Die Küsse hatten mir alles bedeutet. Und dann – mit einem Schnippen seiner Finger – hatte er sie in nichts verwandelt.

Ich sank auf meinen Stuhl und schaute zu Taylor, die mir im Französischkurs gegenübersaß. Sie sah mich durchdringend an und formte mit den Lippen ein lautloses »Sorry«.

Ich dachte, sie bezöge sich auf den Vorfall von letzter Nacht, von dem ich ihr während der Fahrt zur Schule erzählt hatte. Doch stattdessen drehte sie ihr Handy in meine Richtung, bedeckte dann aber das Display mit ihrer Hand. »Meg hat gepostet. Willst du's sehen?«

Daran, wie sie ihre Hand hielt, konnte ich erkennen, dass es mir nicht gefallen würde. Ich schüttelte den Kopf und beugte mich nach vorn. Eine Woge von Traurigkeit erfasste mich, und ich legte den Kopf auf die Arme. Eine Sekunde später war ich eingeschlafen.

Ruckartig wachte ich auf mit dem Gefühl, allein zu sein – und tatsächlich waren um mich herum nur leere Stühle. Ich schaute mich im Raum um. Jemand hatte das Licht ausgeschaltet. Mein einziger Hinweis war eine Nachricht auf Französisch, die auf dem Whiteboard stand.

Ich musste mein Handy hervorholen, um sie zu übersetzen.

Wir sind zum Recherchieren in die Bibliothek gegangen. Bitte, komm dazu, wenn du wieder wach wirst.

Stöhnend sammelte ich meine Bücher zusammen, als auch schon die Schulglocke ertönte. Ich musste nachhören, was passiert war, denn Taylor würde mich nie so im Stich lassen. Sie hätte mich aufgeweckt. Da war ich mir sicher. Außerdem wusste ich, dass ich mir schon bald von meinen Freundinnen ganz schön was würde anhören müssen.

Als ich mich beim Mittagessen zu ihnen setzte, stand an meinem Sitzplatz bereits ein Teller für mich. Darauf lagen eine Portion Pommes und ein Croissant, das jemand vom Frühstück aufgespart hatte. Das war völlig übertrieben, weil ich erst lange nach der zweiten Unterrichtsstunde eingeschlafen war. Aber da war wohl ein Klugscheißer am Werk gewesen.

Peaches stieß das Croissant an. »Ich dachte, ich würde es essen müssen, damit ich was im Magen habe und mein Medikament für meine Periode einnehmen kann.«

»Mach mal halblang, Einstein.« Taylor brach sich eine Spitze vom Croissant ab und steckte sie sich in den Mund. »Das ist total labberig. Widerlich.« Sie deutete auf ihren kauenden Mund.

»Du musst es ja nicht weiteressen.« Peaches reichte ihr eine Serviette.

»Doch, das werde ich. Ich will den Planeten nicht mit meinen falschen Entscheidungen zumüllen. Dieser Bissen wird seinen Weg durch meinen Körper nehmen.« Taylor verzog das Gesicht, als sie schluckte.

»So, jetzt erzählt mal. Warum habt ihr mich bei Französisch einfach sitzen lassen?« Eigentlich sollte ich etwas essen, aber ich hielt immer noch unauffällig Ausschau nach Ruffian.

Taylor verzog das Gesicht zu einer traurigen Grimasse. »Die Lehrerin hat uns nicht gelassen. Sie sagte, du bräuchtest den Schlaf ganz offensichtlich. Ich hab die Unterlagen für dich, aber mach so weiter und du bekommst Ärger.«

Ich spürte Ruffians Anwesenheit, ehe ich ihn sah. Sein Blick schickte ein Signal an mein Gehirn. Ich musste hinschauen, denn mir fehlte die Willenskraft, ihn zu ignorieren.

Als ich ihn endlich fand, sah er so müde aus, wie ich mich fühlte. Zerzaust, aber auch süß. Verdammt. Ich erstarrte, als unsere Blicke sich quer durch die Cafeteria trafen.

Seine Lippen bewegten sich. Wahrscheinlich formten sie meinen Namen. Doch dann blieb er plötzlich abrupt stehen. Statt zu uns zu kommen und sich zu Taylor, Peaches und mir zu setzen, sah er sich nach einem anderen Tisch um. Der einzige mit freien Plätzen war der, an dem Bushnell und Picks saßen. Schlimmere Tischnachbarn gab es nicht. Ich beobachtete, wie sie Ruffian mit ihren Blicken erdolchten, als er sich hinsetzte.

»Scheiße«, sagte ich laut. Das konnte ich nicht zulassen, egal wie gern ich auch ein Zeichen gesetzt hätte. Ich gehörte nicht zu den Menschen, die wegsahen, wenn er wie ein Aussätziger behandelt wurde. Selbst wenn er seine Spielchen mit mir trieb, würde ich dafür sorgen, dass er sich nicht allein gelassen fühlte.

Ich griff nach meiner Tasche und stand auf. »Wir sehen uns später. Ich muss mich zu ihm setzen. Ich kann nicht anders.« Ich stieg über die Sitzbank hinweg.

Taylor stand ebenfalls auf. »Wir lassen dich nicht im Stich, du blöde Kuh.«

Peaches nickte. »Es sei denn, die Französischlehrerin zwingt uns dazu.«

Taylor legte den Kopf auf die Seite. »Das stimmt. Oh, warte. Vielleicht brauchst du dir gar keine Sorgen zu machen.« Sie packte meinen Arm. »Die Theatermädels aus der Elften fallen gerade über ihn her.«

Als ich einen Blick über die Schulter warf, begrüßte er gerade einen ganzen Haufen Mädchen, die mir zuvorgekommen waren. Sofern das überhaupt möglich war, wirkten Bushnell und Picks jetzt noch mürrischer. Sie mochten ihren Freiraum und wenn ihnen niemand zu nahe kam, und jetzt drangen Ruffian und sein Trupp in ihr Terrain ein. Ruffian lächelte bereits.

Ich biss mir auf die Unterlippe. »Okay, schön. Dann geh ich jetzt in die Bibliothek. Er ist versorgt.«

Taylor und Peaches setzten sich wieder hin, während ich einen Umweg nahm, um die Cafeteria zu verlassen. Der Konrektor, der während der Mittagszeit Aufsicht hatte, gab mir einen Passierschein.

In der Stille der Bibliothek konnte ich dann vor mich hin brodeln. Mein Herz fühlte sich an, als wäre es aus Seidenpapier, auf das er Wasser goss, sodass es sich auflöste.

Vielleicht irrte ich mich. Vielleicht täuschte mein Herz sich, und es gab diese ganze Seelenverwandtschaft gar nicht – dieses Vibrieren, das sich so anfühlte, als wäre mein ganzer Körper mit seinen Gefühlen für mich verbunden.

Nach dem Mittagessen hatte ich eine Freistunde. Deshalb blieb ich einfach auf einer Couch am Ende der Bibliotheksregale. Eigentlich hatte ich für die Partys über Alopezie recherchieren wollen, doch stattdessen riss ich kleine Stückchen Papier aus meinem Block und riss sie immer kleiner und kleiner.

Mit Ruffian zusammenzuleben würde schwer werden. Schwerer als schwer. Praktisch unmöglich.

30. KAPITEL

Ruffian

Ich wartete eine Weile auf dem Parkplatz auf Teddi. Wir hatten nicht über die Änderung der Absprache geredet, dass ich sie am Morgen zur Schule und am Nachmittag wieder nach Hause fahren würde, deshalb wollte ich nicht einfach abhauen. Sie war sauer. Und sie hatte allen Grund dazu. Ich legte den Kopf zurück und schaute zum Himmel hoch. Ich konnte weder unsere Küsse vergessen noch ihr Gesicht aus meinen Gedanken vertreiben, und auch der Schmerz in meinem Herzen war nicht weniger geworden.

Gestern Abend hatte ich gelernt, wie Empathie von ihren Lippen schmeckte. Ihre Haut hatte sich nach Hoffnung angefühlt. Eine verheißungsvolle Ewigkeit hatte mich geblendet.

Ich öffnete die Augen und ließ den Blick über den Parkplatz schweifen. Ihr Haar sah ich als Erstes. Die Sonne fing sich darin, und sie strich es sich über die Schulter. Ich fing ihren Blick auf, und sie erwiderte ihn. Ihre Hand berührte ihre Unterlippe, ehe sie den Kopf schüttelte und zu Boden schaute. Sie wäre eine lausige Pokerspielerin. Aber sie war hervorragend darin, den Wunsch in mir zu wecken, ich könnte die Zeit zurückdrehen und wieder mit ihr in der Küche sein.

Taylor legte den Arm um sie. Dann beobachtete ich, wie sie alle in ihr Auto stiegen. Ich konnte losfahren. Teddi hatte eine Mitfahrgelegenheit. Ich war enttäuscht. Allein ihr Anblick weckte dieses brennende Gefühl in mir.

Ich schaute auf meine Hände, die am Lenkrad von Gaze' Truck lagen.

Es fühlte sich falsch an. Alles fühlte sich falsch an. Mit Teddi zusammen zu sein, gab mir ein Gefühl von innerer Zufriedenheit, von Richtigkeit, wie ich es seit meinem letzten Coup nicht mehr gespürt hatte, als ich danach die Sachen an die Community verteilt hatte.

Ich sehnte mich nach einem neuen Raubzug. Das Ziel war klar. Ich holte mein Handy hervor und bemerkte zehn Nachrichten von Meg. Keine einzige davon las ich, stattdessen gab ich mein nächstes Ziel in den Routenplaner ein. Es war an der Zeit, die Aktion zu starten, die ich vorbereitet hatte.

Das Pfandhaus von Poughkeepsie war nicht leicht zu finden, aber ich war schon häufig dort gewesen. Wenn Mom und ich etwas Ungewöhnliches oder Wertvolles erbeutet hatten, waren wir immer zu diesem speziellen Pfandhaus gegangen. Sie waren für ihre Diskretion bekannt. Zudem war es weit genug von Midiville entfernt, um davon ausgehen zu können, dass wir nicht erwischt werden würden.

Ich stellte den Truck auf dem Gemeindeparkplatz ab, der ein paar Straßen entfernt von dem Laden war, und ging den Rest zu Fuß. Als ich die Tür aufstieß, klingelten die Glöckchen, die dahinter angebracht waren. Es war eine einfache, aber effektive Art, meine Ankunft anzukündigen.

Die Frau, die aus dem hinteren Bereich des Ladens trat, kannte ich nicht.

»Kann ich behilflich sein?« Die Dame wies eine beeindruckende Anzahl von Tätowierungen in Schwarz, Weiß und Grau auf.

»Ja. Danke. Ich wollte mich gerne mit Lynx unterhalten, wenn das geht?« Mit ihm hatte Mom am häufigsten zu tun gehabt.

»Oh, der sitzt jetzt etwas länger. Er wird zwei Jahre erst einmal nicht erreichbar sein. Aber ich weiß, mit wem du reden solltest, wenn Lynx bisher deine Angelegenheiten geregelt hat. Einen Moment bitte.« Sie holte ihr Handy hervor und tippte etwas ein.

Derweil schaute ich mir die Vitrinen an. Für ein Pfandhaus war alles sehr ansprechend ausgestellt. Der Schmuck bildete keinen Haufen, sondern die Stücke waren sorgfältig einzeln mit kleinen weißen Preisschildchen versehen.

Alles war viel zu teuer ausgezeichnet – und das mit voller Absicht. Dieses Pfandhaus wollte eigentlich keine normale Kundschaft. Na ja, schon, aber dann eher solche, mit der man Geschäfte im Hinterzimmer abwickelte und nicht vorn im Verkaufsraum.

Sie hob den Blick wieder und sah mich an. »Lock schreibt, dass er in ein paar Minuten da sei. Er liefert gerade aus.«

Sie öffnete die Tresenklappe und winkte mich mit ihren tätowierten Fingern nach hinten. Ich musste mich seitlich durch die enge Öffnung schieben und folgte ihr dann in den hinteren Bereich. Vorbei an Putzgerätschaften traten wir durch eine Schwingtür in einen Flur, den ich noch vom letzten Mal kannte, als ich mit Mom hier gewesen war. Alles wirkte jetzt irgendwie viel unheilvoller. Mom hatte die Gabe gehabt, jede Situation freundlich wirken zu lassen. Durch ihre lustige Art hatte sie für gewöhnlich auch Leute zum Lachen gebracht, die sehr einschüchternd wirkten.

Jetzt, wo ich allein hier war, fühlte es sich deutlich bedrohlicher an. Ich bedankte mich bei der Frau. »Dürfte ich Ihren Namen wissen? Und danke für Ihre Mühe.«

Sei immer freundlich, Ruffian. Du weißt nie, ob du jemandem dadurch nicht einen besseren Tag bescherst.

Ob ich mich wohl je daran gewöhnen würde, dass Moms Stimme nur noch der Widerhall einer Erinnerung war?

»Tisha, und gern geschehen, mein Hübscher.« Sie zwinkerte mir mit einem breiten Grinsen zu, als sie die Tür öffnete. In dem Zimmer befand sich ein Schreibtisch mit Stühlen auf beiden Seiten. »Setz dich.«

Ich bedankte mich noch einmal bei ihr und setzte mich auf den etwas altmodisch aussehenden Bürostuhl. Mein Gefühl warnte mich davor, hier herumzuschnüffeln. Ich hegte keinerlei Zweifel daran, dass Kameras auf mich gerichtet waren.

Tisha schloss die Tür, als sie ging. Sofort fragte ich mich, ob sie die Tür verriegelt hatte, und unterdrückte meine aufsteigende Panik. Ich musste mir in Erinnerung rufen, dass ich nichts Unrechtes getan hatte. Noch nicht. Na ja, abgesehen davon, dass ich mit Teddi in der Küche rumgemacht und das Vertrauen meines Bruders und der Burathons missbraucht hatte.

Ungefähr zehn Minuten saß ich in dem Raum, ehe ein Typ die Tür öffnete und sich dabei noch mit Tisha unterhielt. »Danke dir. Und viele Grüße von Ember und Becca.«

Er drehte sich zu mir um. Ich stand auf, und wir schüttelten uns kurz die Hand. Der Typ war nicht sonderlich alt. Zumindest nicht so alt wie ein alter Mann, der nach Salami roch. Lynx hatte immer so auf mich gewirkt.

»Sherlock«, stellte er sich vor.

»Ruff.« Ich nannte ihm nicht meinen vollen Namen – ohne zu wissen, warum eigentlich nicht. Es war nur so ein Instinkt, so wenig wie möglich preiszugeben.

»Was führt dich her?«

Lock trat an den Schreibtisch und begann, die Papiere durchzusehen, die darauf lagen. Offensichtlich hatte er vor, seinen Papierkram während unserer Zusammenkunft zu erledigen.

Bisher hatte ich noch niemandem etwas erzählt. Ich hatte meinen Plan und die damit einhergehende Zukunft noch nie in Worte gefasst und ausgesprochen.

»Ich habe mich gefragt, ob ihr die Sache, an der ich arbeite, für mich in Geld umwandeln könntet.« Ich beobachtete, wie seine Finger innehielten und er langsam den Blick zu meinem Gesicht hob. Er zog eine Augenbraue hoch.

»Womit haben wir es zu tun?« Er setzte sich mir gegenüber auf den anderen Stuhl und legte die Hände auf dem Tisch zusammen.

»Kunstwerke. Originale. Sehr seltene Steine.« Ich hoffte, ich klang so, als würde ich wissen, wovon ich redete. Dreißig robuste Winterjacken für Männer waren etwas ganz anderes, als etwas zu stehlen, wonach die Polizei aktiv suchen würde.

Er atmete tief durch und wiegte den Kopf von einer Seite zur anderen. »Das hängt von der Provision bei dieser Art von Gütern ab.«

»Ich verstehe. Ich bitte hier nicht um Hilfe. Ich will nur wissen, ob Sie solche Sachen für mich zu Geld machen können.« Ich ahmte die Haltung seiner Hände auf meinem Schoß nach, um ruhig und souverän zu wirken.

Er rieb sich das Kinn, und das Kratzen der Bartstoppeln war zu hören. »Tisha sagte, du hättest früher mit Lynx zusammengearbeitet?«

»Ja. Meine Mutter und ich.« Machte das eine Zusammenarbeit jetzt wahrscheinlicher oder eher nicht? Meine Mutter bei einem Typen zu erwähnen, der vermutlich der Mafia angehörte, wirkte vielleicht nicht ganz so männlich.

Lock sah mich mit einem breiten Lächeln an. »Das ist ein Mann nach meinem Geschmack. Ich liebe meine Mama.«

»Sie ist gestorben. Meine Mom.« Warum erzählte ich ihm das? Es war mir einfach so herausgerutscht. Ich fühlte mich hier, an diesem Ort, wo wir früher mal zusammen gewesen waren, so sehr mit ihr verbunden.

»Es tut mir leid, das zu hören.« Echtes Mitgefühl spiegelte sich auf seinem Gesicht wider. »Mein Beileid.«

Ich nickte lieber, als dass ich etwas darauf erwiderte. Es fühlte sich immer noch so unwirklich an.

»Lass mich eine Nachricht an Lynx schicken und mit meinem Boss reden. Die Antwort werde ich dann Tisha mitteilen. Komm in drei Wochen wieder, okay?« Er stand auf, und ich erhob mich ebenfalls. Er reichte mir wieder die Hand, und als ich sie ergriff, klopfte er mir auf den Oberarm.

»Das werde ich machen.« Drei Wochen. Das war viel Zeit und andererseits auch wieder wenig.

Lock öffnete die Tür für mich, und mir blieb keine andere Wahl, als den Raum zu verlassen. Als ich aber den Weg nehmen wollte, den ich vorhin gekommen war, hielt Lock mich zurück.

»Nein, Mann. Du gehst jetzt hier rein und raus.« Er zeigte auf eine Seitentür und demonstrierte mir an der Wand neben der Tür ein Klopfzeichen. »Von jetzt an klopfst du hier so an, damit man dich hereinlässt. Manchmal bekommen wir vorne von den Bullen Besuch.«

Ich wiederholte das Klopfzeichen, und er lächelte. »Du hast es. Und noch einmal … tut mir echt leid mit deiner Mutter.«

Ich ging zur Hintertür hinaus und orientierte mich erst einmal kurz, ehe ich in Richtung Truck ging. Jetzt hatte ich einen Plan. Na ja, ich hatte das, was am Ende des Planes stand. Mein Handy vibrierte in meiner Hosentasche.

Meg: Willst du eigentlich auch mal antworten? Was zum Teufel ist los?

Es war an der Zeit, mich dem Anfangsteil des Plans zu widmen.

Ruffian: Bin unterwegs zu dir.

Ich fühlte mich widerlich, als ich auf Senden klickte.

Teddi

Taylor setzte mich zu Hause ab. Wir hatten noch ein paar mehr Spenden einsammeln können, und das machte mich glücklich. Als ich das Haus betrat, waren meine Eltern gerade in der Küche. Ich ließ meine Bücher und die neuen Briefumschläge neben der Haustür liegen, um dann mit schweren Schritten die Treppe hochzugehen.

Mom und Dad unterbrachen ihre Unterhaltung und schauten mich an.

»Was ist passiert, mein Schatz?« Mom kam auf mich zu und legte die Arme um mich. Ich vergrub mein Gesicht an ihrer Schulter.

»Nichts.« Ich schmiegte mich in ihre Arme, während sie mich noch fester an sich drückte.

»Sieht aber nicht nach nichts aus.« Dad sah mich mit ernster Miene an.

»Nur Mädchenkram.« Ich versuchte, mit einem halbherzig hochgestreckten Daumen zu zeigen, dass alles in Ordnung wäre.

»Hat es irgendetwas mit Ruffian zu tun?« Dads Hand ballte sich zur Faust.

»Nein. Überhaupt nicht. Er geht mit Meg, deshalb brauchst du dir wegen der Küsserei keine Gedanken zu machen.« Ich löste mich von meiner Mutter. Sie strich mir mit beiden Händen übers Haar und berührte meine Wangen.

»So was Doofes. Es tut mir so leid. Jungs sind echt dämlich.«

Mein Vater hüstelte. »Ronna, du hast Söhne. Und mich.«

Sie ignorierte ihn. »Willst du darüber sprechen?«

»Nein. Ich würde das Ganze am liebsten vergessen. Es war dumm. Können wir einfach so tun, als wäre nichts passiert?« Ich durchquerte den Raum und umarmte meinen Vater ebenfalls.

»Äh. Wirklich?« Der Tonfall meines Vaters klang resigniert.

»Ja.« Ich ließ ihn los und ging zum Kühlschrank. Am liebsten hätte ich ein ganzes Paket Eis gegessen, aber das Abendessen stand schon mariniert auf der Arbeitsfläche, und deshalb nahm ich mir nur einen Apfel. »Er hat eine schlimme Zeit hinter sich. Seine Mutter ist gestorben. Alles ist neu. Wir müssen Mitgefühl mit ihm haben.«

Sie würden auf mich hören. Das war das Tolle an ihnen. Ich konnte meine Meinung sagen, und sie würden ihr Bestes geben.

»Ist es immer noch okay für dich, dass er hier wohnt?« Mein Vater ballte wieder eine Faust.

»Ja. Also, solange er nicht bei Meg einzieht, kann er ja nirgends hin.« Ich zuckte die Achseln. Ich konnte so wütend auf Ruffian sein, wie ich wollte, aber ich würde ihm niemals ein Dach über dem Kopf verweigern, wo ich doch wusste, dass er keine andere Unterkunft hatte.

Meine Mom berührte meine Hand. »Das ist mein Mädchen.« Stolz schwang in ihrer Stimme mit.

»Habt ihr Spenden bekommen?« Ich wechselte das Thema. Mir würde es irgendwann schon wieder besser gehen. Da musste ich jetzt durch … was immer das mit Ruffian war.

Mein Vater griff in seine Tasche und holte ein paar Umschläge hervor. »Ja. Die Üblichen haben wieder gespendet.«

Ich nahm die Umschläge entgegen, um sie zusammen mit denen, die noch neben meiner Büchertasche lagen, in meine Liste einzutragen. Dann konnte ich schauen, welches Material ich schon bestellen konnte. »Danke. Ich werde die Dankesschreiben fertig machen und dir morgen in deine Arbeitstasche tun.«

Er nickte und sah meine Mutter an. Sie wollten das Gespräch fortsetzen, das durch meine Heimkehr unterbrochen worden war. Ich ließ sie allein. Ich hatte so viel zu tun, dass ich gar nicht über Ruffian nachdenken konnte. Nicht eine Sekunde lang.

31. KAPITEL

Ruffian

Meg lag zusammengerollt neben mir und hatte ihr Bein über meins gelegt, während wir ein YouTube-Video über die schönsten Strände der Welt anschauten. Es gefiel ihr, das Video gelegentlich anzuhalten, um mir zu erzählen, wo genau ihre Eltern an diesen Stränden gewohnt hatten. Ich stellte fest, dass Meg viel damit prahlte … mit Dingen, die ihre Eltern taten oder getan hatten oder besaßen. Sie schienen oft ohne sie zu verreisen. Ich glaube, sie vermisste sie. Während ich Zeit mit Meg verbrachte, analysierte ich sie ununterbrochen.

Sie redete gern, und ich konnte zuhören. Alles wurde von mir aus dem Blickwinkel betrachtet, wie der Job am besten in trockene Tücher gebracht werden könnte. Ich hatte speziell zwei Gemälde im Auge, die wohl einiges wert waren, wie meine Recherche ergeben hatte. Außerdem waren sie etwas kleiner – ein weiterer positiver Aspekt. Der Schmuck in Megs Zimmer war kostspielig, aber richtig Geld würden die Stücke aus dem Schlafzimmer ihrer Eltern einbringen. Sie besaßen einen Safe, und Meg hatte ihn mir gezeigt. Während sie die Zahlenkombination eingegeben hatte, hatte sie sich diese laut vorgesagt, und an dem Punkt hatte ich mich dann doch ziemlich schlecht gefühlt.

Sie vertraute mir und sehnte sich verzweifelt nach jemandem, der ihr Aufmerksamkeit schenkte und von ihr beeindruckt war. Doch dann rief ich mir in Erinnerung, dass reiche Menschen immer gut versichert waren. Sie würden Geld für die Dinge erhalten, die ihnen gestohlen wurden, und keinen wirklichen Schaden davontragen.

Im Geiste ging ich die Zahlenkombination immer wieder durch. Ich musste sie mir einprägen. Jetzt, da ich wusste, wo ich die Beute verschachern konnte, war es an der Zeit zuzuschlagen.

»Und dann fahren wir natürlich auch noch Ski. Du kannst dieses Jahr mitkommen. Das wird ganz toll. Wir haben ein paar Häuser für zwei Wochen gemietet. Die haben alles, was man sich nur wünschen kann: einen Wellnessbereich, ein Innenbecken zum Schwimmen und einen richtig sexy Jacuzzi draußen.« Sie sah mich mit ihrem Rehblick an.

Ich lächelte. »Fährt deine ganze Familie hin?« Die ganze Familie hieß sie, ihre beiden engsten Cousinen und ihre Eltern.

»Oh ja. Wir müssen. Es werden Instandhaltungsarbeiten am Haus durchgeführt. Da ist es einfacher, wenn wir verschwinden. Die Leute kommen zum Streichen, und Mom will, dass ein paar Räume umdekoriert werden. Das Übliche halt.« Sie hielt das Video an und rief das Skigebiet auf, über das sie gesprochen hatte.

Ich war in meinem ganzen Leben noch nie Ski gelaufen, aber es sah so aus, als würde es Spaß machen. »Ich muss zur Schule. Ihr habt Ferientage, die es bei uns nicht gibt.«

»Also, wir haben nur eine Woche frei, aber wir machen das jedes Jahr, und deshalb melden mich meine Eltern einfach krank. Könntest du das nicht auch tun?« Sie lief mit zwei Fingern meinen Arm hoch.

»Ich sage dir Bescheid. Aber auf jeden Fall danke für die Einladung.« Mein Handy vibrierte, und ich holte es hervor.

Gaze: Hallo, können wir reden? Ich hab ein paar Fragen an dich.

Ich betrachtete das als mein Stichwort aufzubrechen. Mir war klar gewesen, dass diese Konfrontation kommen würde, und nachdem Gaze den Warnschuss abgefeuert hatte, würde ich aufs Ganze gehen müssen. Natürlich hatte er von dem Kuss mit Teddi gehört. Und wahrscheinlich wusste er auch, dass ich gerade bei Meg war. Sie hatte ein paar Fotos von uns beiden auf der Couch gepostet. Ich wusste, dass der Kram online war.

Sie stand auf und zog einen Schmollmund. »Es fing gerade an, so schön zu werden. Ich wollte dir meine neuen Badeanzüge zeigen. Du könntest mir dabei zuschauen, während ich sie anprobiere.« Sie zog den Träger ihres Shirts herunter.

»Oh Mann, du machst mich echt fertig. Das ist mein Bruder. Ich kann ihn nicht warten lassen. Du siehst mit Sicherheit in allem atemberaubend aus.« Ich zwinkerte ihr zu und schrieb dann eine Antwort an Gaze.

Ruffian: Gib mir fünf Minuten, und dann gehöre ich ganz dir.

Damit Meg mich endlich gehen ließ, musste ich noch ein bisschen mit ihr flirten und schließlich ihre Finger einzeln von meinem Unterarm lösen. Endlich konnte ich raus und zum Truck gehen. Kurz nachdem ich Gaze geschrieben hatte, dass ich jetzt verfügbar sei, rief er mich per Videocall an. Ich holte tief Luft und nahm ihn an.

Mein ganzes Leben lang hatte ich nur meiner Mutter gegenüber Rechenschaft ablegen müssen, und deshalb würde das jetzt sehr seltsam für mich werden. Er saß auf einer Couch, und ganz am Rand des Bildes konnte ich Pixies Schulter sehen, die in einem rosafarbenen Pullover steckte.

»Na ihr?«

Pixies Hand erschien auf dem Bildschirm. »Hallo Ruffian. Ich muss jetzt zu einer Lerngruppe. Wir hören uns bald.«

Gaze sah eine Weile zu einer Stelle, die außerhalb des Kamerabereichs lag, und wandte sich mir erst wieder zu, als ich hörte, wie eine Tür geschlossen wurde.

»So.« Sein Blick war fragend. Ich war mir immer noch nicht sicher, was ich sagen sollte.

Ich beschloss, erst einmal den Mund zu halten und nur kurz zu nicken.

»Ich habe gehört, du und Teddi habt euch geküsst, aber du gehst mit jemand anders. Was ist da los?« Er stellte sein Handy vor sich ab. Es hatte in etwa die Höhe eines Couchtisches.

Ich rieb mir die Schläfe mit dem Daumen. »Die Sache ist ein bisschen kompliziert. Es tut mir leid, dass ich Teddi geküsst habe. Es wird nicht wieder passieren.«

»Warte mal. Du sagst, du hättest sie geküsst, aber sie behauptet, dich geküsst zu haben.« Er legte die Hände auf die Knie.

Mein Herz pochte mit einem Mal schmerzhaft, weil Teddi mich bei Gaze verteidigt hatte. »Lass es mich so ausdrücken: Keiner von uns hat sich beschwert. Es war spät, sie ist wunderschön.«

Sagte ich gerade zu viel? Oder nicht genug?

Gaze' durchdringender Blick war weiter auf mich geheftet. »Triffst du dich mit Meg?«

Ich zuckte wieder die Achseln. »Da komme ich gerade her. Nichts Offizielles. Wir hängen nur zusammen ab.«

»Da ist nichts gegen zu sagen.« Er biss sich kurz auf die Unterlippe. »Okay, und wie war die Schule? Ich hab gehört, dass du bei dem Test hervorragend abgeschnitten hast.«

Na, das war ja mal ein Themenwechsel. Ich war nicht so

dumm zu denken, ich hätte es schon überstanden, ließ mich aber gern auf das neue Thema ein.

»Die Schule ist sehr voll für meinen Geschmack. Und, ja, der Test lief gut. Deshalb sollte ein Abschluss kein großes Problem sein. Beim Mittagessen hab ich heute ein paar Leute kennengelernt. Die wirkten recht nett.« Das waren ein paar Momentaufnahmen meines Tages, damit er sich ein Bild machen konnte. Er sollte eigentlich keine Schuldgefühle haben, wenn das das Gefühl war, das er versuchte heraufzubeschwören. Ich hatte eher das Gefühl, dass er als großer Bruder seine kleine Schwester beschützen wollte. Es war klar, dass er so empfand, schließlich kannte Gaze die Burathons viel länger als ich.

»Das hört sich ja alles sehr gut an.« Gaze nickte. »Wir werden das nächste Mal, wenn ich wieder zu Hause bin, übers College sprechen. Hast du schon ein Hauptfach im Blick?«

Einbruchdiebstahl? Wurde das als Fach anerkannt? Ich musste ihm jetzt irgendwas erzählen, denn er wusste ja nicht, dass es für mich keine Zukunft gab. Ich würde im Gefängnis einer Beschäftigung nachgehen, wenn ich Glück hatte.

»Ich weiß nicht, ob ich mich jetzt schon entscheiden kann. Ich muss erst einmal herausfinden, was mich am meisten interessiert.« Die Antwort schien mir sicher.

»Sehr gut.«

Dann schwieg er sehr lange.

»War's das? Wollt ihr, Austin und du, mich noch umbringen, um Teddis Ehre zu verteidigen und so?«

»Nein. Teddi kann selbst auf sich aufpassen. Sie und ich hatten vor diesem Anruf ein langes Gespräch, und es scheint ihr gut zu gehen.« Er griff nach einer Dose Ginger Ale und nahm einen Schluck.

»Okay. Wann kommst du das nächste Mal nach Hause?« Ich nahm an, dass Brüder sich so unterhalten würden.

»Ich will nächstes Wochenende vorbeikommen, wenn Pixie und ich es einrichten können. Damit du und ich uns noch besser kennenlernen.«

Ich versuchte, zwischen den Zeilen zu lesen. Kam er nach Hause, um zu sehen, wie ich mich Teddi gegenüber verhielt? Oder wollte er tatsächlich eine engere Beziehung zu mir aufbauen?

»Alles klar. Sag Bescheid, und ich werde versuchen, auch da zu sein. Danke, dass du dich gemeldet hast.« Ich beendete die Verbindung und zeigte dem schwarzen Bildschirm den Mittelfinger.

Die Anwesenheit meines Bruders würde sich nicht gerade positiv auf meine heimlichen Aktionen auswirken. Alle Notizen und Pläne, die ich auf der Rückseite von Werbebriefen zusammengefasst hatte, würde ich irgendwo verstecken müssen. Mein Bauchgefühl sagte mir, dass ich Gaze nicht so leicht hinters Licht führen konnte. Ich durfte keine Fehler machen.

Als ich zum Haus der Burathons zurückkam, saßen Ronna und Mike im Wohnzimmer und schauten Fernsehen. Ich winkte ihnen zu und machte mich auf die Suche nach Teddi. Sie hatte sich mit Gaze unterhalten und erneut die Schuld für den Kuss auf sich genommen. Ich musste sicherstellen, dass sie die Wahrheit sagte. Auch wenn ich große Pläne hatte, wollte ich nicht, dass sie sich schlecht fühlte. Sie zuckte zusammen, als ich vorsichtig an ihre Tür klopfte, und schaute von ihrem Handy hoch.

»Sorry. Ich wollte dich nicht erschrecken. Können wir kurz reden?« Ich trat über ihre Türschwelle, wartete aber trotzdem auf ihre Erlaubnis.

»Ja.« Sie legte ihr Handy zur Seite und streckte ihre Beine aus. Ich versuchte es zwar, aber es gelang mir nicht, den Blick von ihren kilometerlangen Beinen abzuwenden, als sie sie aus dem Schneidersitz löste und über die Bettkante baumeln ließ. Sie war wie immer ein atemberaubender Anblick.

»Du hast mit Gaze gesprochen?« Ich kam noch einen Schritt näher.

»Ja. Und mit Pixie, Milt und Austin.« Sie wirkte gereizt.

»Und es ging dabei immer um mich?« Ich fühlte mich total mies, denn ich wusste, dass sie alle nur meinetwegen belog.

»Nicht nur. Es ging auch um die Partys.« Sie fuhr sich mit den Händen durchs Haar und nahm es zu einem Pferdeschwanz zusammen, den sie zu einem Knoten wickelte.

»Steht eine kurz bevor?« Es schien mir nur höflich, das zu fragen.

Sie musterte mich von Kopf bis Fuß, als würde sie mich jetzt erst sehen. »Wir könnten dich brauchen. Das Footballteam hilft bei der Gartenarbeit und bei Hausreparaturen. Das wäre eine tolle Gruppe, bei der du einsteigen könntest.«

Mir gefiel die Vorstellung nicht, mit den Footballspielern zusammenzuarbeiten, aber wenn es Teddi dazu brachte, wie eine gottverdammte Heilige zu lächeln, konnte ich es ja zumindest mal versuchen.

»Du kannst Meg gern mitbringen. Ich werde ihr dann auch eine Aufgabe geben, die sie erledigen kann.« Sie griff nach ihrem Handy, als es summte.

Ich konnte das Schicksal, das ich ignorierte, förmlich wie eine Wolke im Raum schweben sehen. Es fühlte sich falsch an und war nervenaufreibend, so zu tun, als würde ich mit Meg gehen, statt hier bei Teddi zu sein.

Ich war entlassen. Das hatte ich sehr wohl verstanden. Ich atmete tief durch und sah zu Boden. Ich musste irgendetwas tun und mich bis zwei Uhr in der Nacht ablenken. Ich würde erneut in die Küche gehen, auch wenn ich dann allein im Dunkeln sitzen musste.

32. KAPITEL

Teddi

Ich spürte, dass Ruffian gegangen war, ehe ich den Kopf hob und den leeren Türrahmen sah. Ich musste mich auf die nächste Veranstaltung konzentrieren. Damit alles glatt lief, musste ich mir die Aufgaben von allen Beteiligten notieren und einen detaillierten Ablaufplan von allen Aktionen mit genauen Anfangszeiten erstellen.

Das Event war nur so gut wie seine Freiwilligen. Ich legte den Bleistift an die Lippen, und das Dokument auf dem Bildschirm verschwamm vor meinen Augen.

Mir Ruffian aus dem Sinn zu schlagen, erforderte sehr viel Anstrengung. Ich brauchte Schlaf. Den Text für die Erinnerungsnachricht musste ich aber auch noch anfertigen, damit die kleine Larissa auch wirklich alles bekommen würde, wovon sie geträumt hatte.

Nachdem ich das erledigt hatte, legte ich mein Handy auf die Ladestation und schlüpfte unter die Bettdecke. Ich wollte die ganze Nacht durchschlafen. Doch stattdessen schlug ich pünktlich fünf Minuten vor zwei die Augen auf. Eiszeit. Kusszeit.

Ich hätte schwören können, dass ich ein Knacken auf der Treppe gehört hatte. Alles Mögliche konnte der Grund dafür sein. Tiger schlich zum Beispiel gern nachts durchs Haus. Manchmal brachte auch Rocket meinen Vater noch einmal dazu, mit ihr nach draußen zu gehen.

Es konnte viele Gründe für das Knacken geben.

Sehr viele Gründe.

Ich stieg aus dem Bett und besaß dann sogar noch die Unverfrorenheit, meine Haare im Spiegel zu überprüfen, ehe ich nach unten ging. Es war mein Haus. Mein Ritual.

Ich ging in die Küche, ohne das Licht anzuschalten. Doch leider war die Silhouette von Ruffians großer Gestalt nicht im Mondlicht zu sehen. Meine Schultern sackten nach unten. Warum hatte ich überhaupt gehofft, dass er da wäre? So nötig brauchte ich einen Kuss dann doch nicht. Ich ging zur Arbeitsfläche, auf die Ruffian mich letzte Nacht gehoben hatte, und legte meine Hand darauf.

Das Licht wurde angeschaltet, und ich drehte mich langsam um. Ruffian saß am Küchentisch, und ich dumme Kuh lächelte ihn an. Schnell unterdrückte ich das Lächeln.

Er stand auf und kam auf mich zu. Das Herz schlug mir bis zum Hals, und ich spürte das Pochen sogar in meinen Fingerspitzen. Hoffnung. Darum ging es hier.

Als er dicht vor mir stand, ohne mich jedoch zu berühren, flüsterte er: »Du solltest doch nicht hier sein.«

Eigentlich müsste ich ihm sagen, dass er zur Hölle gehen sollte, müsste ihn ignorieren, das Haar nach hinten werfen, mir ein Eis holen, weggehen und es in meinem Zimmer essen.

»Ich wollte sehen, ob du hier bist.« Ich zog die Schultern zurück.

»Ich bin hier.« Er breitete die Arme aus und drehte die Hände, sodass seine Handflächen nach oben zeigten.

»Weshalb bist du hier?« Ich verschränkte die Arme vor der Brust. Bestimmt würde er mir gleich erzählen, dass er sich ein Glas Wasser oder ein Eis holen wollte. Nach allem, was gestern passiert war, war er sicherlich nicht meinetwegen in die Küche gekommen.

»Teddi, ich weiß es nicht. Ich musste einfach hier sein, falls du mich erwartet hättest.« Er trat mit immer noch gehobenen Armen einen Schritt näher.

»Warum?« Ich wollte nicht schon wieder in seine Falle tappen, indem ich meine Gefühle offen zeigte und er sie mit Füßen trat, wenn ich nicht aufpasste.

»Weil ich die ganze Zeit daran denken muss, wie es war, dich zu küssen. Immer wieder.«

Er streckte eine Hand nach mir aus, hielt jedoch inne, kurz bevor er meinen Mund berührte.

Es war riskant und fühlte sich an, als würde ich mit verbundenen Augen einen stark befahrenen Highway überqueren, aber ich erwiderte: »Geht mir genauso.«

Sein Blick wurde sanft, und dann ließ er die Hand fallen. »Ich habe einen Fehler gemacht. Ich hätte unten bleiben sollen.«

Sofort spürte ich wieder einen heftigen Schmerz in meiner Körpermitte.

»Nein.« Ich griff nach seinem Unterarm, ehe er sich abwenden konnte. Er blieb stehen, als wäre ich viel stärker, als ich ahnte. »Erklär mir, warum es sich so intensiv anfühlt. Warum kannst du nicht hier bei mir bleiben?«

Er senkte den Blick auf meine Hand, die auf seinem Unterarm lag, und da spürte ich es wieder.

Boom.

Nur durch seine Berührung. Er legte seine Hand auf meine und ließ sie dann über meinen Arm bis zur Schulter gleiten.

»Weil es so viel leichter wäre, das zu tun … hier bei dir zu sein. Auch wenn das alles zerstören würde.«

»Deine Beziehung mit Meg? Ist das wichtig für dich?« Eigentlich wusste ich gar nicht, wogegen ich kämpfte, aber es fühlte sich so an, als wäre es mehr als nur Meg.

Er presste die Lippen aufeinander. Der Duft der Seife, die die Männer im Haus benutzten, stieg mir in die Nase.

»Nichts ist wichtiger als du.« Er legte die Fingerspitzen an seine Lippen und berührte dann meine.

»Was zum Teufel ist hier los?«, fragte ich, obwohl seine Finger immer noch auf meinem Mund lagen. Er ließ die Hand sinken.

Er senkte den Blick auf meine Hand, die immer noch seinen Unterarm umklammerte, und ich ließ ihn los. »Gute Nacht, Teddi.«

Und dann verließ er die Küche und ging die Treppe runter. Verwirrt und wieder wütend nahm ich mein Eis und marschierte die Treppe hoch in mein Zimmer. Ehe ich meine Tür schließen konnte, hörte ich, wie die Zimmertür meiner Eltern geöffnet wurde. Ich wartete, bis meine Mutter zu mir kam.

»Alles in Ordnung?« Ihr Haar stand in alle Richtungen ab. Sie musste jeden Morgen duschen und die Haare waschen, um sie unter Kontrolle zu bekommen. Es war völlig egal, welche Pflegeprodukte sie benutzte.

Ich umarmte meine Mutter und versuchte, ihr Haar zu glätten. Es sprang aber sofort wieder hoch, und wir fingen beide an zu lachen. Schließlich beruhigten wir uns wieder.

»Mir geht's gut. Alles okay.« Sie legte ihre Hand auf meine Stirn, um zu sehen, ob ich Fieber hatte. Es war ein Reflex aus meiner Kindheit.

»Ich hab dich lieb, Theodosia.« Sie wusste, dass da mehr bei mir lief, aber sie beließ es dabei, als ich ihr eine gute Nacht wünschte.

Voller Wut aß ich mein Eis und schrieb Nachrichten an Taylor und Peaches. Der Kerl würde noch mein Tod sein.

Ich setzte sie über die Kein-Kuss-Situation ins Bild. Beide waren angemessen verärgert. Taylor versprach, mich auch den

Rest der Woche zur Schule mitzunehmen, und ich nahm das Angebot an.

Als sich meine Wut endlich ein bisschen gelegt hatte, ging ich zu Bett und träumte davon, ihn zu küssen.

Die restliche Woche war ein Kampf zwischen normalem Verhalten und einem diffusen Unwohlsein. So viele Hinweise auf Meg wie möglich zu ignorieren, erwies sich als überraschend schwierig, obwohl sie ja auf eine ganz andere Schule ging. Ruffian aß mittags immer an einem Tisch mit den Mädchen aus der Elften und den beiden mürrischen Typen.

Glücklicherweise hatte ich wegen der Vorbereitungen für Larissas Party am Samstag viel zu viel um die Ohren, um mir groß Gedanken machen zu können. Wir planten eine Fotosession mit Larissa als Prinzessin und eine Shoppingtour, bei der sie sich ihren eigenen Teddybär kreieren durfte. Der Höhepunkt würde ein Termin zum Anpassen einer Perücke sein. Ihre Eltern würden am Abend essen gehen. Da keine der Sportmannschaften am Abend spielen musste, hatten wir uns für diesen Termin entschieden.

Doch immer wieder wanderten meine Gedanken zu Ruffian, wenn ich nicht höllisch aufpasste. Jede Nacht hörte ich gegen fünf vor zwei ein Knacken auf der Treppe, aber ich blieb in meinem Zimmer. Ich hatte kein Interesse daran, jede Nacht mit Megs Freund in der Küche herumzumachen, während er so tat, als wäre er derjenige, der litt.

Am Morgen der Party war ich gerade im Wohnzimmer, wo ich meinen ganzen Schlachtplan vor mir ausgebreitet hatte, als Austin durch die Haustür hereinkam. Ich ließ alles stehen und liegen, rannte los und warf mich in seine Arme, als er schon halb die Treppe hoch war. Er fing mich mit einem Arm auf, während er sich mit der anderen Hand am Geländer festhielt, damit wir nicht beide rückwärts die Treppe runterpurzelten.

»Teddybärchen. Allmächtiger. Das konnten wir machen, als du acht warst. Jetzt fliegen wir wegen dir noch wie eine Kanonenkugel die Treppe runter.« Trotz seiner tadelnden Worte umarmte er mich fest.

»Danke, dass du gekommen bist.« Er stellte mich ab, und ich wich zurück, sodass er die Treppe hochkommen konnte.

»Natürlich. Du weißt doch, dass ich für so etwas immer zu haben bin.« Er schob die Sonnenbrille in sein Haar. Heute trug er eine löchrige Jeans und einen Pullover mit einem asymmetrischen Saum. Außerdem hatte er einen Hauch Eyeliner aufgetragen, und an fast jedem Finger steckte ein Ring.

»Pixie und Gaze kommen auch. Und Milt ebenfalls.« Ich führte Austin zum Esstisch.

Er nahm Larissas Foto in die Hand. »Oh, was für eine Herzensbrecherin. Das wird heute ein fantastischer Tag werden.«

»Ja, nicht wahr? Warte, bis du sie kennenlernst. Sie ist wirklich ganz hinreißend.«

Mom kam aus ihrem Zimmer. Ihre Haare standen immer noch zu Berge.

»Mutter. So attraktiv wie immer vor deinem ersten Kaffee.« Er legte einen Arm um Moms Hals.

Mom tätschelte seinen Bauch. »Mein Erstgeborener. Wie immer voll des Lobes.«

Ich kehrte in meinen Strategieraum zurück – so bezeichnete Dad ihn immer –, um meine Listen ein letztes Mal durchzugehen. Es war ein früher Start geplant. Meine Freundinnen würden in ein paar Minuten da sein, daher begann ich bereits zu packen. Dad kam von draußen herein.

»Hallo Bärchen, ich hab den Kunststoffturm aufgebaut, den du von mir haben wolltest. Möchtest du die Blumenwand jetzt oder später haben?« Er stand auf der obersten Stufe und umarmte Austin.

Nach der Umarmung drehte Austin sich zu mir um. »Das übernehme ich. Bis wann muss sie fertig sein?«

Ich war total dankbar, dass mein Vater Zeit geopfert und das Material für eine selbstgemachte Kulisse gekauft hatte, aber ich war begeistert, dass Austin jetzt da war und es übernahm, den zarten Farbübergang der Blumen umzusetzen, den ich mir vorstellte.

Draußen ertönte ein Hupen – ich musste los. Taylor, Peaches und Selena standen bereits auf der Auffahrt.

Es war gerade mal Viertel nach sieben.

Ich spürte das Vibrieren meines Handys in meiner Hosentasche. Es war überflüssig nachzuschauen, wer mir geschrieben hatte. Die Mädels verpassten mir gerade eine verbale Abreibung, weil ich spät dran war. Ich schnappte mir die Akten und die Aufkleber. Wir würden zu Larissa fahren, um ihr dabei zu helfen, sich zurechtzumachen. Sie wollte die Fotosession vor der Perücke machen, und für uns war das okay. Ihre Mutter war sehr fürsorglich gewesen und hatte Larissa ständig daran erinnert, dass sie den Verlust ihrer Haare als Ehrenmedaille für ihren Mut betrachten musste. Ihr Wunsch nach einer Perücke wäre zwar nachvollziehbar, aber auch ohne Haare besäße sie eine ganz besondere Schönheit.

Die Haustür flog auf, und Musik dröhnte durch den Flur. Peaches kam als Erste oben an und tanzte in meine Richtung. Dad und Austin traten zur Seite, damit sie alle vorbeikonnten. Meine drei Freundinnen waren sehr speziell, denn wo sie auftauchten, hatte man das Gefühl, einer Gruppe von mindestens zwanzig Personen gegenüberzustehen. Sie waren immer sehr laut.

Ich hievte die Taschen mit Beauty-Produkten und Zubehör,

die alle vom Kosmetikladen vor Ort gespendet worden waren, in Selenas wartende Arme.

Taylor nahm die drei Prinzessinnenkleider von der freistehenden Stange, die ich extra für solche Gelegenheiten angeschafft hatte, und Peaches griff sich die Schuhkartons. Wir mussten zweimal laufen, um alles mitzunehmen, was wir brauchten.

Austin pfiff Taylor hinterher, als sie die Treppe hinunterging, und sie winkte ihm keck zu. Als wir alles in ihren Kofferraum packten, bekamen wir ein Problem: Die Kofferraumhaube ließ sich nicht mehr schließen.

Mein Blick ging zum Truck, der die perfekte Lösung für unser Problem wäre. Ruffian kam zu mir rüber. Er hatte die Haare mit einem Zopfgummi zusammengefasst, damit es ihm nicht in die Augen fiel.

»Brauchst du Hilfe? Wir können den Truck nehmen.«

Als er mich fragte, sagten Peaches und Selena zwar nichts, aber sie fingen an, die Sachen zum Truck zu schleppen und auf die Ladefläche zu packen.

Taylor stieg in ihren Wagen und ließ das Fenster runter. »Wie sollen wir es machen? Willst du bei mir mitfahren, und Ruffian folgt uns?

Ich wusste es zu schätzen, dass sie das vorschlug, weil ich dann nicht mit Ruffian allein sein musste, doch ich schüttelte den Kopf.

»Wenn wir uns unterwegs verlieren, würde Ruffian die Adresse nie finden. Erinnerst du dich? In der Gegend klappt's mit dem Navi hinten und vorn nicht.« Ich warf Ruffian einen schnellen Blick zu, und er schien ehrlich helfen zu wollen.

»Ich kann euch folgen. Wie es für euch am besten ist.« Er trat nach einem kleinen Stein, der auf der Auffahrt lag.

»Ich fahr bei ihm mit. Wir müssen uns beeilen, damit wir da sind, wenn sie wach wird. Wir haben vielleicht noch fünfzehn Minuten.« Ich holte mein Handy raus und sah, dass drei weitere Nachrichten eingegangen waren, um die ich mich kümmern musste.

Taylor schaute mich skeptisch an und fragte lautlos: *Bist du sicher?*

Ich nickte kurz und wandte mich wieder meinem Handy zu.

Als die Mädchen losfuhren, entschuldigte Ruffian sich kurz, um seine Brieftasche zu holen.

Austin, der mit Dad an der Blumenwand arbeitete, kam zu mir rüber. »Hab ich das jetzt alles richtig verstanden …? Ihr fahrt hin und macht sie zurecht, schießt Fotos, und dann geht's zu einem schicken Abendessen?«

Ich verdrehte die Augen. »Ich habe dir vier E-Mails und viertausend Textnachrichten geschickt. Bitte, sag, dass du sie gelesen hast und weißt, was geplant ist.«

Ich steckte mein Handy weg. Die Teams waren alle eingeteilt und wussten, wann sie vor Ort sein mussten.

»Ich hab alles durchgelesen, was du in die Betreffzeile geschrieben hast.« Er kniff ein Auge zusammen und sah mich an.

»Ernsthaft, Austin?« Ich warf ihm einen finsteren Blick zu.

»Ganz ruhig, Bärchen. Alles wird gut. Ich werde die Nachrichten und alles andere lesen, während Dad die Leiter und das Netz befestigt.« Er schnalzte mit der Zunge und ging wieder an die Arbeit.

Ruffian hatte eine braune Armeejacke und Stiefel an, als er wieder rauskam. »Ich bin so weit. Du auch?«

Nachdem wir die Ladung mit einer Plane und einem Spanngurt von Dad gesichert hatten, konnten wir endlich losfahren. Ruffian öffnete mir die Tür. Ich wusste, dass Austin mich das nächste Mal, wenn wir unter uns waren, damit aufziehen würde. Jetzt machte ich mir aber erst einmal Gedanken wegen der Blumenwand. Es würde Stunden dauern, die ganzen Blumen anzubringen. Und als ich zu den Bäumen hochschaute, machte ich mir wegen der raschelnden Blätter Gedanken.

Ich sprach meine Sorge laut aus, sobald Ruffian ebenfalls eingestiegen war. »Ich hoffe, es regnet nicht. Das wäre so richtig blöd.«

Er schüttelte den Kopf und beugte sich nach vorn, sodass er den Himmel sehen konnte. »Nein. Kein Regen. Es wird aber vielleicht ein bisschen windig. Die Wand sollte wirklich gut befestigt werden.«

»Woher weißt du, dass es nicht regnen wird?« Soweit ich wusste, war er gerade erst aufgestanden, als er nach draußen gekommen war, um zu helfen.

»Ich erkenne es daran, wie sich die Blätter bewegen. Und natürlich am Himmel.« Er zeigte nach oben, als würde ich ihn ohne seine Hilfe nicht finden.

»Danke.«

An den Tagen, an denen eine »Meine Party« stattfand, herrschte immer eine besondere Atmosphäre, wie bei einer Hochzeit, an Weihnachten oder bei einer Schulaufführung. Nur dass ich die Braut war, die auch die Rolle des Weihnachtsmanns übernahm und alle Helfer koordinierte.

Mein Handy meldete sich. Das Schweigen, vor dem ich mich während der Fahrt mit Ruffian gefürchtet hatte, war kein Problem. Ich hatte viel zu viel zu tun. Um nebenher E-Mails und Nachrichten beantworten zu können, stellte ich den Lautsprecher vom Handy an. Ein örtlicher Sender bekundete kurzfristig Interesse an unserer Aktion, und es gelang mir, Larissas Eltern zu erreichen und das Thema mit ihnen zu besprechen. Nachdem sie ihre Bereitschaft bekundet hatten, telefonierte ich mit dem Sendeleiter. Offensichtlich gab es heute wenig

Berichtenswertes. Ich konnte ihn dazu bringen, einen Link für die Zuschauer einzublenden, über den für zukünftige Partys gespendet werden konnte. Selbst den Sender konnte ich dazu überreden, sich mit einer Spende zu beteiligen.

Als ich aus dem Truck stieg, rief ich ein letztes Mal bei der Zeitung an, um mitzuteilen, dass der Lokalsender einen Beitrag über die Party bringen würde. Ich half Ruffian so gut ich konnte mit einer Hand, während ich telefonierte. Schließlich hatte ich den Herausgeber am Telefon und erklärte ihm, dass Larissas großer Tag ein Ereignis sei, über das er unbedingt berichten müsse. Als er sehr ausweichend reagierte, legte ich die Hand über die Sprechmuschel und schaute mich um. Alle Leute, die sich freiwillig gemeldet hatten, um bei Larissas Haus zu helfen, standen in kleinen Grüppchen zusammen, und meine Mutter versorgte alle mit einem Frühstück.

Ich winkte Larissas Mutter heran und fasste die neuste Entwicklung kurz zusammen. »Wäre sie mit einem Zeitungsartikel über sich einverstanden?«

Nachdem sie das bestätigt hatte, konnte ich den Herausgeber schließlich doch überzeugen. »Aber wir müssen Fotos machen und für einen ausführlichen Artikel mit der Familie sprechen«, forderte er.

Ich stand neben Ruffian. Er wartete eindeutig auf weitere Anweisungen, deshalb hob ich einen Finger, um ihn zu vertrösten. »Hören Sie, ich habe alle notwendigen Informationen bereits zusammengestellt. Die werde ich Ihnen zukommen lassen, und ich werde Ihnen Fotos vom heutigen Event schicken. Aber die Familie hat wirklich schon genug um die Ohren, als dass sie noch mehr Termine wahrnehmen könnte. Das ist mein letztes Angebot.«

Ich wartete auf seine Entscheidung, während ich Ruffian die Stelle auf der anderen Straßenseite zeigte, wo er den Truck abstellen konnte. Doch er wartete mein Gespräch weiter ab.

»Wie kommt es eigentlich, dass zuerst du mich um einen Gefallen bittest, und jetzt habe ich das Gefühl, ich dürfte mich glücklich schätzen, in den Genuss deiner Wohltaten zu kommen?«, fragte mich der Herausgeber.

Ich lächelte Ruffian an, als dieser die Augenbrauen hochzog.

»Sie heißt Larissa, und ich tue alles in meiner Macht Stehende, um ihr zu helfen. Deshalb haben Sie wohl dieses Gefühl. Vielen Dank, dass Sie sich die Zeit genommen haben. Ich melde mich bei Ihnen.« Ich beendete das Gespräch und öffnete auf meinem Handy die To-do-Liste, in die ich eintrug, morgen eine E-Mail an die Poughkeepsie News zu schreiben. Schließlich hob ich den Kopf und schaute Ruffian an.

Er schüttelte langsam den Kopf. »Du bist ein gottverdammtes Energiebündel.«

Sofort spürte ich, wie meine Wangen rot wurden. »Nein. Alle hier sind daran beteiligt. Ich bringe nur die Leute zusammen.« Ich klopfte kurz an die Tür des Trucks. »Ich muss jetzt mit Larissa, Taylor und Peaches reden. Könntest du zu Anders gehen und schauen, ob er Hilfe braucht?«

Ich drehte mich um und ging ins Haus. Eine Prinzessin wartete.

Ruffian

Larissas Haus wirkte, als wären eine Party und Umbaumaßnahmen gleichzeitig völlig aus dem Ruder gelaufen. Es war gewaltig, was da alles abging. Teddi blieb kurz stehen, um mit ein paar Leuten zu reden, ehe sie weiter ins Haus eilte.

Sie war atemberaubend. Die Konzentriertheit in ihrem

Blick erinnerte mich an das Gefühl, das ich bekam, wenn ich anderen etwas gab. Die Sucht nach genau diesem Gefühl würde ich vermutlich nie in den Griff bekommen. Aber Teddi zu beobachten, wie hingebungsvoll sie alles organisierte, berührte einen Teil in mir, von dem ich dachte, er wäre vor Monaten gestorben.

Ich parkte den Wagen an der Stelle, die sie mir gezeigt hatte, und da verstand ich plötzlich, wie sie es schaffte, so viele Leute dazu zu bringen, sie zu unterstützen. Mit einem Mal wollte ich auch ein Teil von dem sein, für das sie sich mit Herz und Seele einsetzte.

Eine Textnachricht erreichte mich.

Meg: Wie geht's? Sorry, hatte einen Friseurtermin. Aber ich bin bereit für dich heute Abend ;-)

Ich schickte ihr einen lächelnden Smiley zurück, während ich zu Anders und den anderen Jungs vom Footballteam rüberging. Zwar waren sie nicht meine Freunde, aber bei der Atmosphäre, die hier heute herrschte, war das völlig egal. Brutus winkte mich zu einem der drei Hochdruckreiniger. Er machte nicht viel Worte, sondern erklärte mir nur, was zu tun war und wie das Gerät funktionierte. Seine Bedienungsanleitung ging mit der Warnung einher, mir nicht mein bestes Stück wegzupusten.

Ich hatte eine Aufgabe auf der Rückseite des Hauses und war überrascht, dass ich nicht allein war. Eine ganze Mannschaft war hier im Einsatz. Man mischte Zement und baute etwas, das nach einem überdachten Spielplatz aussah. Ich begann, die Veranda mit dem Hochdruckreiniger zu bearbeiten. Dreck, der sich über Jahre angesammelt hatte, löste sich in befriedigenden Streifen. Eine Weile konzentrierte ich mich ganz auf meine Aufgabe. Die Veranda und ein Teil der Brüstung glänzten wie neu, als ich fertig war. Ich machte eine kleine Pause und nahm mir eine Wasserflasche. Es herrschten zum Glück milde Temperaturen.

Ich wandte mich an die Frau, die neben dem Wasserspender stand. »Wann werden die damit fertig sein? Das dauert bestimmt.«

Ich konnte mir nicht vorstellen, dass so ein großes Projekt in weniger als einem Monat fertiggestellt werden würde.

»Oh nein, mein Lieber, das wird erledigt sein, ehe Larissa heute Abend zu Bett geht.« Sie deutete auf die größeren Teile des Baus. »Larissa muss vor der Sonne geschützt werden, damit sie draußen spielen kann. Deshalb wird hier ein Unterstand gebaut, der den behördlichen Vorgaben entspricht.«

Ich nickte, während ich die Flasche leer trank und sie in den Recyclingbehälter warf. Dann wandte ich mich dem Zementweg zu, der voller Moos war und ebenfalls mit dem Hochdruckreiniger bearbeitet werden sollte. Es war der Wahnsinn, all die Leute im Haus und draußen werkeln zu sehen. Es grenzte an ein Wunder, wie und in welchem Tempo all die alten oder kaputten Dinge wieder instandgesetzt wurden.

Als ich alles erledigt hatte, brachte ich den Hochdruckreiniger wieder vors Haus. Brutus nickte mir zu, als er mir das Gerät abnahm. »Sie wird gleich herausgeführt werden. Bist du einer der Paparazzi?«

»Wie bitte?« Ich hatte keine Ahnung, wovon er redete.

»Ach, komm einfach mit und halte dein Handy bereit.« Er führte mich zum Weg vor dem Haus, der wie bei einer Kinopremiere mit Seilen abgesperrt war. Ich stand hinter der Absperrung des roten Teppichs und ahmte das Verhalten der anderen nach, die neben mir standen.

Als Larissa in Begleitung von Teddi und ihren Freundinnen aus dem Haus trat, trug sie ein Prinzessinnenkleid. Sie war ein kleines, zartes Ding mit einer Schleife um den Kopf. Sie ging den roten Teppich entlang und blieb immer wieder stehen, damit Fotos gemacht werden konnten. Jetzt war mir klar, worum es ging, und ich schaute mich suchend um. Auf einem Klapptisch, der nicht weit entfernt stand, lag ein Zettel mit Aufgaben und ein Stift. Die Rückseite war leer.

Ich hielt Larissa den Zettel hin, als sie bei mir vorbeikam. »Könnte ich ein Autogramm bekommen?«

Larissas Augen wurden ganz groß, und sie fing an zu kichern. Teddi nahm mir den Zettel ab. »Dreh dich um und bück dich.«

Die Jungs um mich herum lachten leise, aber ich hatte verstanden, was Teddi wollte. Der Zettel wurde auf meinen Rücken gelegt, und als ich den Kopf ein wenig drehte und nach hinten schaute, sah ich, wie Larissa beim Schreiben die Lippen konzentriert vorschob.

Als sie fertig war, richtete ich mich wieder auf und drehte mich um. Dann nahm ich das Autogramm und tat so, als würde ich vor Begeisterung weiche Knie bekommen. Larissa fing wieder an zu kichern, und gleich darauf wollten alle anderen um mich herum auch ein Autogramm von ihr.

Ich begegnete Teddis Blick, während die Footballspieler meiner Idee folgten und sich ebenfalls Autogramme von Larissa holten. Lautlos formte sie mit den Lippen ein »Danke schön«.

Sie war zufrieden mit mir.

Boom.

Dieses Gefühl rauschte wieder durch meinen Körper und traf zielstrebig in mein tiefstes Inneres.

Ich sah sie an und ließ dann den Blick durch den Vorgarten gleiten. Ihre Eltern und Freunde waren überall verteilt und erledigten irgendwelche Aufgaben. Sie war einfach umwerfend, und mich erfasste ein überwältigendes Schuldgefühl, als ich daran dachte, was ich der ganzen Familie mit dem Verbrechen, das ich plante, antun würde.

33. KAPITEL

Teddi

Den Tag Revue passieren zu lassen war doppelt so anstrengend wie der Tag selbst. Natürlich war das Adrenalin hilfreich, aber jetzt, nachdem der Tag vorbei war und ich mir Notizen machte und überlegte, was man beim nächsten Mal besser machen könnte, hatte sich das Adrenalin verflüchtigt.

Ich duschte und bedankte mich bei meinen Eltern, dass sie wie immer geholfen hatten. Der Tag mit Larissa war bezaubernd gewesen und erinnerte mich an meine Kindheit. Larissas Haus sah aus, als hätte jemand einen Zauberstab geschwungen.

Larissa hatte jetzt einen Spielplatz, den sie unabhängig vom Wetter benutzen konnte. Sie hatte sich drei wunderschöne Perücken ausgesucht und einen ganzen Haufen Mützen und Schleifen. Ihre Eltern hatten ihr Abendessen genossen. Nachdem alles erledigt und jeder umarmt worden war, hatten meine Mannschaft und ich im Diner gegessen. Ich hatte gehofft, dass Ruffian mitkommen würde, aber er war nicht aufgetaucht. Als ich auf Megs Instagram-Account nachschaute, entdeckte ich dort drei Fotos von den beiden.

Jetzt war ich wieder zu Hause. Auf meinem Handy gingen immer noch Fotos ein, die mir die Leute schickten. Den morgigen Tag würde ich mit dem Schreiben von Dankesbriefen verbringen, um dann auch noch die Bilder und Videos als Abschlussgeschenk für die Familie zusammenzustellen.

Während ich in meinem Zimmer saß und meine Haare an der Luft trocknen ließ, hörte ich, wie Ruffian auf die Auffahrt fuhr. Er und Gaze mussten an der Haustür aufeinandergetroffen sein, denn ich hörte ihre tiefen Stimmen, konnte aber nicht verstehen, was sie sagten.

Da meldete sich Taylor per Videoanruf. »Hallo, Sankt Teddi!«

»Ach, hau ab.« Ich musste über ihre Begrüßung lachen.

»Das war eine tolle Party. Larissa ist wirklich zuckersüß. Ich bin gerade dabei, die Spendenvordrucke zu überarbeiten, und wir haben eine Lieferung Campingausrüstung erhalten. Das ist qualitativ superhochwertiges Zeug … sagt zumindest mein Vater.«

Ich musste an Ruffians Leute denken. Die Leute, die nicht im Seasons untergekommen waren.

»Ich komm morgen vorbei und hol die Sachen ab. Ich hab schon eine Idee, was wir damit machen könnten.« Plötzlich verspürte ich wieder einen Adrenalinschub. Der Gedanke, die Sachen Ruffian zu geben, machte mich glücklich … trotz der nervigen Fotos von ihm mit Meg.

Ruffian

Gaze und Pixie waren im Wohnzimmer mit einem Videospiel beschäftigt, als ich ankam. Gaze begrüßte mich, als wollte er mir nicht gleich das Gesicht einschlagen, und das machte mich misstrauisch. Ich wusste, dass wir noch die Konsequenzen dafür, dass ich Teddi geküsst hatte, festlegen mussten.

Ehrlich gesagt, wenn es nur darum ginge, dass ich ein Mädchen geküsst hatte, könnten wir das alles schnell hinter uns bringen. Dass der Kuss meine Welt auf den Kopf gestellt hatte, war das eigentliche Problem. Es würde mir sehr schwerfallen, sie nicht wieder zu küssen. An Gaze' Stelle hätte ich mich windelweich geprügelt.

»Wie fandest du die Party heute?« Pixie drückte auf Pause, um mich zu umarmen.

»Es war toll. Anstrengend, aber toll.« Ich setzte mich auf die Couch, während die beiden sich den Fernsehsessel teilten. »Wie war es für dich?

Pixie sah Gaze an und lächelte. »Richtig toll. Es war wunderbar, wieder ein Teil davon zu sein. An Teddis Stelle wäre ich heute Abend nur noch Wackelpudding. Sie hat wirklich verdammt viel Energie.«

Jetzt war es noch schlimmer, nachdem ich Teddi so erlebt hatte. Als Macherin. Mit nur siebzehn Jahren hatte sie mehr Power als die meisten Erwachsenen, die ich kennengelernt hatte. Außer meiner Mutter. Ich ballte die Hände zu Fäusten, als mir klar wurde, dass Teddi die gleiche Energie an den Tag legte. Diese Energie zu helfen. Das war irgendwie irre.

»Dann durftest du also mithelfen? Das ist ein gutes Zeichen, nicht wahr?« Pixie nickte mir hoffnungsvoll zu.

Gaze streckte sich und hob dabei die Arme über den Kopf, während Pixie ihm sanft auf die Brust klopfte. »So weit würde ich nicht gehen. Ich weiß, dass Teddi mit Megs Mutter zusammenarbeitet, und sie und Meg kommen nicht gut miteinander aus.«

Aha. Jetzt wurde Meg erwähnt. Natürlich.

Gaze fuhr fort: »Sie würde auch den Teufel dazu bringen, an diesen Tagen für sie zu arbeiten.«

Ich spürte den passiv-aggressiven Angriff, der in seinen Worten mitschwang.

»Okay, das ist mein Stichwort, in mein Zimmer zu gehen.« Ich winkte Pixie kurz zu.

Gaze stand auf und half auch Pixie hochzukommen. »Warte, das kam falsch heraus. Es tut mir leid.«

Pixie gab Gaze einen Kuss auf die Wange und berührte mich am Arm. »Ich lass euch beide jetzt mal allein.«

Sie ging nach oben, und ich hätte schwören können, dass sie Gaze einen drohenden Blick zuwarf.

Er sah ihr einen Moment lang hinterher, ehe er seinen Blick wieder auf mich richtete. »Hör mal, ich will dir hier wirklich nicht auf die Füße treten, aber schaffst du es vielleicht, Teddi nicht zu verletzen? Dieses Mädchen hat ein Herz aus Gold. Sie denkt so viel an andere Menschen.«

Ich spürte den Tadel, wusste aber auch, dass er recht hatte. Sie war einfach ein verdammt guter Mensch und ihr wehzutun, war wirklich das Allerletzte, was ich wollte. Ich wünschte, ich könnte mir selbst das Versprechen geben, einen kühlen Kopf zu bewahren und Abstand zu halten. Aber die Anziehungskraft, die sie auf mich ausübte, kam einer Naturkatastrophe gleich. Unter bestimmten Voraussetzungen konnte man nicht entrinnen.

Ich bekam nicht die Gelegenheit zu einer Antwort, denn Pixie und Teddi waren gemeinsam auf dem Weg die Treppe herunter. Teddi kam direkt auf mich zu.

»Also … wir haben ein paar Spenden für die Tombola erhalten, und darunter ist auch Campingzubehör. So richtig tolle warme Sachen. Kennst du irgendjemanden, der das brauchen könnte?« Es lag keinerlei Groll in ihrem Blick, sondern nur eine gewisse Müdigkeit – als hätte ich einmal zu viel mit ihren Gefühlen gespielt.

Es dauerte einen Moment, bis ich antworten konnte, denn ich hatte einen Kloß im Hals, weil sie so dicht vor mir stand. »Ja, klar. In Midiville. Kommt ein bisschen darauf an, was es ist …?«

Sie trat noch näher und holte ihr Handy heraus. Ihr Haar war noch feucht vom Duschen. Sie duftete nach Kokosnuss und Limette. Auf dem Display ihres Handys erschienen eine Reihe Fotos von sehr gutem Campingbedarf: Schlafmatten, Solarlampen und Zelte, in denen mehrere Leute untergebracht werden konnten.

Ich nickte. »Die Sachen sind toll.«

Sie steckte ihr Handy wieder weg. »Ich weiß, dass ich morgen ziemlich kaputt sein werde. Vor acht stehe ich bestimmt nicht auf. Aber vielleicht könnten wir dann alle mit dem Truck runterfahren und die Sachen denen geben, die sie brauchen?«

Pixie antwortete für sich und Gaze. »Das hört sich großartig an. Besser, wir gehen jetzt alle schlafen, wenn wir das morgen erledigen wollen.«

Gaze wandte sich mir zu, und ich vermutete, dass er mir noch etwas sagen wollte. Teddi ging nach oben, und Pixie schloss die Tür zu ihrem Schlafzimmer. Ich hatte mich nicht getäuscht, wäre aber nie darauf gekommen, was er zu mir sagen würde.

»Du bist in Teddi verliebt.«

Teddi

Ich schlief ein, als wäre ich von einem Pfeil mit einem Betäubungsmittel getroffen worden. Als mein Wecker klingelte, merkte ich, dass ich völlig verspannt war. Ich machte langsam ein paar Yogaübungen, um mich zu dehnen, ehe ich Jeans und Pullover anzog und die Haare zu einem Pferdeschwanz zusammennahm. Mir fehlte jedoch die Energie, um Make-up aufzutragen. Als ich schließlich nach meiner Tasche und meinem Handy griff, war es bereits Viertel nach acht.

In der Küche traf ich auf meine Eltern und Ruffian. Pixie saß neben Gaze am Küchentisch. Ihr Kopf lag an seiner Schulter, und sie hatte die Augen geschlossen.

Meine Mutter streckte mir die Arme entgegen, um mich zu umarmen, und ich ging zu ihr. »Ihr wollt also in die Stadt fahren und ein paar Spenden übergeben?«

»Ja, erinnerst du dich an diese Pfadfindergruppe? Die Eagle Scouts? Die haben eine große Spende bei Taylor abgegeben. Sie und Brutus kommen in ein paar Minuten vorbei, um uns beim Beladen von Gaze' Truck zu helfen.« Ich gab Milch und Zucker in meinen Kaffee, ehe ich einen Schluck davon nahm.

Mein Vater sah mich an und meinte: »Du lässt die Kerze an beiden Enden brennen, hm, Bärchen?«

Ich schüttelte den Kopf. »Dad, keiner weiß überhaupt, was das bedeutet.«

Ich griff nach einer von Moms Kerzen im Glas, die drei Dochte hatte und nach Apfel und Zimt duftete.

Dad fing an, in einer der Schubladen zu wühlen, bis er eine etwas lädiert aussehende Kerze für eine Geburtstagstorte fand. Das Wachs am unteren Ende pulte er weg, bis der Docht zum Vorschein kam. Dann zündete er nacheinander beide Seiten an und hielt mir das Experiment vor die Nase. »Siehst du? Sie brennt an beiden Enden, und was passiert dann?«

Ich beobachtete, wie die Flammen den Fingern meines Vaters immer näher kamen. Kurz darauf jaulte er und ließ die brennende Kerze in die Spüle fallen.

»Wenn man eine Kerze an beiden Enden ansteckt, verbrennt sich der Vater die Finger.« Ich zeigte auf seine Fingerspitzen, die er gerade unter den kalten Wasserstrahl hielt.

»Wirklich urkomisch«, knurrte mein Vater.

Draußen wurde gehupt, während mein Handy im gleichen Moment summte. »Taylor ist da. Lasst uns rausgehen.«

Gaze, Pixie und Ruffian halfen mir beim Verladen der Campingausrüstung in den Truck. Ruffian war überglücklich angesichts all der Dinge, die schließlich auf der Ladefläche des Trucks lagen. Er zählte die Namen von Leuten auf, von denen er meinte, dass sie die Sachen am nötigsten brauchen könnten.

Gaze nahm den Schlüssel, und er und Pixie setzten sich vorn rein, während ich mich direkt neben Ruffian auf die enge Rückbank quetschen musste.

Wir saßen so dicht nebeneinander, dass unsere Beine sich berührten. Ich dachte daran, dass Meg in genau dieser Situation mit Sicherheit ein Foto gemacht und gepostet hätte. Zum Abschied winkte ich Taylor und meinen Eltern noch einmal zu, die von der Veranda aus zurückwinkten.

In dem Moment überlegte Ruffian laut: »Ich sollte vielleicht Lucas anrufen, um zu erfahren, wo alle zurzeit sind.«

Während der Fahrt entwickelten sich zwei voneinander getrennte Unterhaltungen – Pixie mit Gaze vorne und Ruffian und ich hinten. Ich wollte die Telefonnummer vom Seasons für Ruffian heraussuchen, aber er hatte sie bereits in seinem Handy gespeichert, weil er sich hin und wieder nach Lucas und Grandma / Mom erkundigt hatte.

Nach einem kurzen Gespräch hatte er Lucas am Telefon. Über den Lautsprecher hörte ich, wie überschwänglich er war. Es gab eine Menge Ja- und Nein-Antworten, ehe Ruffian den Anruf beendete.

»Sie sind wieder in dem Lager, wo meine Mutter gestorben ist.« Alle im Truck verstummten. Ruffian schaute aus dem Fenster.

»Wenn es dir zu schwerfällt, können wir das für dich übernehmen. Erklär uns einfach nur den genauen Weg.« Es fiel mir schwer, Ruffian dabei zu beobachten, wie er innerlich seine Gefühle verarbeitete. Natürlich war ich sauer wegen Meg, aber den Schmerz, der sich auf seinem Gesicht abzeichnete, konnte ich einfach nicht ignorieren.

Er holte tief Luft. »Sie werden euch nicht trauen, wenn ich nicht dabei bin. Aber trotzdem danke. Ich komm schon klar.«

Die Stille im Wagen hielt an, bis wir die Innenstadt erreichten und Ruffian Gaze den Weg zum Park beschrieb.

»Näher kommen wir mit dem Truck nicht ran. Zumindest nicht legal. Wie wär's, wenn ihr hier wartet und ich ein paar Leute hole, die die Sachen mitnehmen?« Er nahm die Haare zu einem Pferdeschwanz zusammen.

Gaze und Pixie lehnten sich an den Wagen.

»Ich würde gern mitkommen, wenn das für dich okay ist?«, fragte ich.

Ich wartete ab, wie er darauf reagieren würde. Wegen seiner gequälten Miene, als er seine Mutter erwähnt hatte, wollte ich nicht, dass er sich der Situation allein stellen musste.

Er nickte und hielt mir seine Hand hin. Ich ergriff sie. Wir stiegen durch ein Loch im Maschendrahtzaun, den Ruffian für mich auseinanderzog, damit ich unbeschadet hindurchsteigen konnte. Der Weg, der durch eng stehende Bäume und Brombeergestrüpp führte, war trocken und staubig. Er wurde häufig benutzt.

Ich hielt weiter Ruffians Hand fest, während er anfing zu reden. »Ich bin schon so viele Male mit Sachen bei ihnen aufgetaucht. Aber es nutzt sich nie ab … dieses Gefühl, wenn man Dinge zu Menschen bringt, die überhaupt nicht damit rechnen. Diesem Gefühl jage ich hinterher.« Er bog einen Zweig zur Seite, als wir zusammen auf einen schmaleren Weg traten. »Und genau das hat sie auch immer getan, weißt du? Sie hat einfach nur versucht, Sachen für Leute zu besorgen.«

»Das alles ist schwer für dich.« Ich schaute in sein Gesicht, während er die Augen leicht zusammenkniff.

»Ja. Also, wenn man eine schlechte Beziehung zu seinen Eltern hat, ist das was anderes … aber sie und ich? Wir waren Kumpel. Sie war einfach der liebste Mensch auf der Welt – und so selbstsicher.« Wieder zog er ein Loch in einem Maschendrahtzaun auf, und ich schlüpfte hindurch.

Mit einem Mal hörte ich Stimmen, die durch den Wald hallten. Als wir die Lichtung erreichten, konnte ich die Rückseite einiger Gebäude und Müllcontainer erkennen. Doch direkt davor befand sich eine kleine Zeltstadt, in der viele Menschen herumliefen. Wie viele Male war ich an solchen Lagern vorbeigekommen und hatte meine Augen vor dem Anblick und dem Leid, das dort herrschte, verschlossen? Davor, dass die Menschen kein festes Dach über dem Kopf hatten, dass sie nicht wussten, wann sie das nächste Mal etwas zu essen bekommen würden. Vor dem Ausdruck in den Augen der Menschen, die so leben mussten. Ich merkte, wie mir Tränen in die Augen stiegen. Ich war mitgekommen, um Ruffian eine Stütze zu sein, doch stattdessen war ich jetzt diejenige, die zusammenbrach.

Er rückte näher an mich. »Hey, Kopf hoch. Sie werden gleich sehr glücklich sein.«

Ich schloss die Augen und riss mich zusammen. Das konnte ich immer, wenn ich es mit einem harten Fall zu tun hatte. Dann verbarg ich meine Gefühle, damit ich niemanden belastete. Die Leute, mit denen ich zu tun hatte, waren vom Schicksal eh schon so gebeutelt, da brauchte ich sie nicht auch noch mit meinem Schmerz konfrontieren.

»Rufus!« Ruffian ließ meine Hand los, um einem anderen jungen Mann die Hand zu reichen. »Jen!« Noch mehr Umarmungen und Händeschütteln. Ruffian ging mit mir durch das ganze Lager, stellte mich als eine Freundin vor und nannte mir die Namen von allen. Jedem stellte er eine Frage – eine persönliche Frage –, um herauszufinden, wie es allen ging. Jeder Einzelne erwähnte seine Mutter namentlich. Ich beobachtete, wie sich sein Gesicht dann jedes Mal anspannte, aber er blieb bei der Sache, wollte wissen, ob sich eine Verletzung gebessert hatte oder wie sich ein paar Kinder machten. Außerdem vergewisserte er sich, dass keiner hier eine Straße aufsuchte, die in der Nähe lag und ein Problem darzustellen schien. Schließlich stellte er sich auf einen Baumstumpf und klatschte in die Hände.

»Hey Leute! Ich habe eine Lieferung für euch. Wenn ihr also könnt, folgt mir, und wir statten euch aus.«

Ruffian griff nach meiner Hand und führte mich auf dem gleichen Weg zurück, auf dem wir gekommen waren. Er war jetzt ein Anführer, und die Leute, die ihn umgaben, liebten ihn … waren ihm treu ergeben. Ich sagte es ihm nicht, aber ich war mir ganz sicher, dass seine Mutter stolz auf ihn wäre.

Wie sollte es auch anders sein? Als wir zum Truck zurückkamen, sprang Gaze hinein, um die Campingausrüstung herauszugeben. Ruffian saß auf dem Radkasten und reichte die Sachen weiter. Ich stand währenddessen neben Pixie.

Ruffian schien jedem genau das Passende zu geben, und alle klopften ihm auf den Rücken und bedankten sich, während sie die Hände liebevoll über die neuen Sachen gleiten ließen. Ich merkte, dass mir schon wieder Tränen in die Augen stiegen.

Ihre Not war so groß, und trotzdem waren sie dankbar für das, was sie bekamen. Als das letzte Teil herausgegeben war, standen Rufus und Jen noch herum.

Ruffian trat zu ihnen, und sie bildeten einen engen Kreis, ehe sie sich kurz darauf voneinander verabschiedeten. An Rufus' und Jens Körpersprache – den hängenden Schultern und nach unten gezogenen Mundwinkeln – meinte ich zu erkennen, dass ihnen das Ergebnis der Unterhaltung nicht gefallen hatte. Ruffian fuhr sich mit beiden Händen durchs Haar. Er wirkte frustriert, drehte sich dann aber zu uns um und setzte ein Lächeln auf.

»Das war einfach großartig. Ich danke euch von ganzem Herzen.« Ruffian kreuzte die Hände vor der Brust.

Gaze hüstelte und meinte dann: »Bin stolz auf dich, kleiner Bruder.«

Ich drehte mich zu Ruffian um und beobachtete, wie er die Worte seines älteren Bruders aufnahm. Er nickte zwar, erwiderte jedoch nichts. Es berührte ihn offensichtlich, denn er schaute weiter auf seine Hände und ließ den Blick dann über die Umgebung schweifen.

»Wir müssen jetzt los. Pixie und ich brauchen vor morgen noch etwas Schlaf, und es ist eine lange Fahrt.«

Gaze schloss die Ladeklappe seines Trucks, und wir nahmen alle wieder unsere Plätze ein. Nach ungefähr zehn Minuten war Pixie an Gaze' Schulter eingeschlafen. Ich sah, dass Ruffian den Kopf ans Fenster gelegt hatte.

»Alles okay?«, fragte ich leise.

»Es war hart für mich, sie zu sehen. Es ist hart, nicht vor Ort zu sein und zu wissen, was abgeht.« Er rieb die Hände aneinander.

»Das kann ich mir vorstellen. Es tut mir leid, dass wir nicht mehr tun konnten.« Ich legte meine Hand auf seine.

34. KAPITEL

Teddi

Es war verwirrend, die ganze lange Zeit neben Ruffian zu sitzen. Es fühlte sich so richtig an. Ihn mit seinen Leuten zusammen zu beobachten, war eine Erfahrung, die mich mit Demut erfüllte. Sie löste in mir das Gefühl aus, nicht genug zu tun. Dazu trug auch der Anblick der Müllcontainer bei und der Kinder, die ganz begeistert waren, nun ein Zelt mit drei Räumen zu haben.

Unwillkürlich stellte ich mir einen jüngeren Ruffian vor, der Teil dieser Community war. Er sprach so überschwänglich von seiner Mutter. Jetzt bekam ich Schuldgefühle, weil ich sie dafür verurteilt hatte, ihn unter solchen Umständen aufwachsen zu lassen.

Das waren viele Emotionen auf einmal. Unsere Blicke trafen sich.

»Geht's dir gut?« Sein Blick war unglaublich mitfühlend.

»Ja, und danke, dass du mich mitgenommen hast«, erwiderte ich.

Er zuckte die Achseln. »Na, immerhin hast du ja die Sachen organisiert. Aber es war eine tolle Aktion. Mir gefällt, dass sie alles auf saubere Weise bekommen haben, sodass sie sich jetzt nicht noch wegen irgendetwas Sorgen machen müssen.«

Gaze drehte am Rückspiegel, um Ruffian ansehen zu können. »Wie kommst du mit dem Truck klar, Ruffian?«

Die beiden unterhielten sich die restliche Fahrt über den Truck, Kraftstoffverbrauch und andere Autothemen. Als wir zu Hause auf die Auffahrt einbogen, wünschte ich mir, die Fahrt hätte länger gedauert. Wegen der Enge auf der Rückbank hatte ich mich die ganze Zeit an Ruffian drücken müssen, und mein Körper war nun völlig entspannt. Im Herzen war er mein, und deshalb frustrierte es mich nur noch mehr, wenn ich an Meg dachte.

Als wir reinkamen und unsere Sachen in den Garderobenschrank packten, stieg uns schon der Duft von Pizza in die Nase. Ruffian ließ mir an der Treppe den Vortritt.

Mom hatte bereits Teller und Becher auf den Tisch gestellt, und es wirkte ein bisschen wie ein Picknick. Gaze ging zu Dad hinüber und half ihm, die Pizzen auf Servierplatten zu schieben. Ich griff nach dem Parmesankäse und den roten Chiliflocken, damit jeder nach Belieben nachwürzen konnte.

Nachdem wir uns alle am Tisch niedergelassen hatten, saß ich neben Pixie und Gaze neben Ruffian. Mom hatte das Radio angemacht, sodass im Hintergrund leise Musik spielte. Als sich irgendwann alle miteinander unterhielten, beugte Pixie sich zu mir rüber.

»Wie geht es dir?« Sanft berührte sie mich am Ellbogen.

»Mir geht's gut. Und dir? Das war heute viel, was man erst einmal verarbeiten muss.« Ich drehte mich mit dem ganzen Körper zu ihr um.

»Bei mir ist alles okay. Als wir in der Stadt lebten, hatten wir uns daran gewöhnt, Obdachlosigkeit und derartige Zustände zu sehen. Aber ich habe schon das Gefühl, dass wir heute einen deutlich persönlicheren Eindruck erhalten haben.« Pixie reichte Mom die Chiliflocken, ohne dass diese darum gebeten hatte. Pixie besaß einfach einen Blick für all die kleinen Dinge, die sich in ihrer Umgebung abspielten.

»Ich frage mich, ob das vielleicht der Grund ist, warum er sich ihr zugewandt hat.« Pixie drehte den Kopf, sodass nur ich sie hören konnte, als sie dann flüsterte: »Meg.«

»Was meinst du damit?« Ich konnte den Zusammenhang nicht erkennen.

»Einfach, um in den Genuss von Sicherheit zu kommen? Vielleicht zieht ihn das ja an.« Sie zuckte die Achseln.

»Ich weiß nicht. Er scheint mir nicht der Typ Mensch zu sein, der sich von so etwas locken lässt.« Ich lehnte mich ein bisschen zurück und beobachtete Ruffian und Gaze, die ihr Gespräch zu genießen schienen.

Pixies Blick ging in die gleiche Richtung. »Ja. Vielleicht hast du recht. Ich kann nur einfach nicht verstehen, was ihn dazu bringen könnte, mit ihr zusammen zu sein.«

»Danke, dass du auf meiner Seite bist«, raunte ich ihr zu, während ich weiter zu den beiden hinüberschaute.

Ruffian hob den Kopf und ertappte uns beide dabei, dass wir ihn anstarrten. Sofort griff er nach einer Serviette und begann, sich das Gesicht abzutupfen.

»Klebt irgendwo Käse?« Er nahm die Serviette jetzt in beide Hände.

Pixie deutete auf die Stelle zwischen seinen Augenbrauen. »Oh ja. Genau da.«

Ich merkte, dass sie ihn auf die Schippe nahm und schloss mich an. »Oh, und da auch.« Ich zog meinen Finger vom Kinn bis runter zum Hals.

Ruffian versuchte erst, alle Stellen zu säubern, bis er uns einen argwöhnischen Blick zuwarf. »Ihr veräppelt mich, oder?«

Als er dann anfing, leise zu lachen, freute sich mein Herz, dass mir das gelungen war. Ich wollte diejenige sein, die ihn noch viel häufiger zum Lachen brachte.

Nachdem wir nach dem Essen aufgeräumt hatten, zogen Gaze und Pixie sich auf ihr Zimmer zurück, und ich ging mit meinem Laptop nach unten ins Wohnzimmer. Als Erstes überprüfte ich die Spenden und vermerkte, wie wir mit der Campingausrüstung verfahren waren. Es brannte nur noch eine Beistelllampe neben mir, als auch Mom und Dad schlafen gingen.

Dann fing ich an, nach Informationen über Ruffians Community zu suchen. Die Schwierigkeiten, mit denen die Leute zu kämpfen hatten, und wie sie in den Medien dargestellt wurden, waren herzzerreißend. Die Politiker nannten sie Landstreicher. Manche entwickelten sogar Gedanken zu speziellen Vorrichtungen, die Obdachlose daran hindern sollten, auf Parkbänken zu schlafen.

Das Problem war so groß, dass es einen förmlich erdrückte.

Wie ging man eine so große Sache an, die all die Erwachsenen nicht in den Griff bekamen? Ein paar Klicks weiter entdeckte ich einen Artikel über eine Obdachlose, die man tot in einem Zelt aufgefunden hatte. Es wurde der Ort beschrieben, wo wir heute gewesen waren.

Ruffians Mutter. Kein Name. Keine Angaben darüber, wie er damit fertig wurde oder was nach ihrem Tod mit ihr geschehen war. Da war noch nicht einmal ein Foto. Als hätte man sie ausradiert. Von ihr sind nur die Ideale zurückgeblieben, die sie Ruffian mitgegeben hatte.

Sogar bei seinem Namen musste ich innehalten. Sie hatte gewusst, was sie tat. Sie hatte ihn mit einem »Etikett« versehen, ehe jemand anders das tun konnte. Er war dazu bestimmt, die Bedeutung des Wortes zu ändern – zumindest für die Leute, die mit ihm zu tun hatten.

Das war eine große Bürde. Ich dachte an Meg und ihr unanständig großes Haus, die Hausangestellten, den weitläufigen Besitz – und dann an Ruffians Community, die auf engstem Raum zusammenlebte, mit Aussicht auf einen Müllcontainer.

Es fühlte sich wie ein Messerstich und eine Last an, und dabei hatte ich diese Zustände jetzt erst kennengelernt. Für Ruffian war es jedoch eine ihm vertraute Lebensweise. Verdammt, sogar unser Haus musste ihn irritieren. Im Notfall könnten wir mindestens die Hälfte der Gruppe in unserem Haus unterbringen. Klar, es wäre etwas beengt, und es gab nicht genug Badezimmer – aber trotzdem.

Ich schloss meinen Laptop und sprach ein kleines Gebet. Ich wünschte mir Sicherheit für seine Leute. Ich wusste noch nicht einmal, an wen ich meine Bitte richtete, vielleicht an mein zukünftiges Ich, mein erwachsenes Ich, damit sie etwas tat, wenn sie konnte – falls sie konnte.

Ruffian

Früh am nächsten Morgen wurde ich von Geräuschen geweckt, als Gaze und Pixie ihre Sachen ins Auto packten. Schließlich stand ich auf, räumte mein provisorisches Bett auf dem Fußboden weg und verstaute die Sachen. Dann trat ich aus meinem Zimmer und wäre fast mit Pixie zusammengestoßen, die sich mit einem Koffer abquälte. Ich griff nach ihm.

»Darf ich dir das abnehmen?« Ich hielt ihn vorsichtig fest, bis sie von sich aus losließ.

»Oh, danke. Ja, das wäre toll. Danke.«

Gaze kam gerade wieder die Treppe herunter. »Hey, ich hatte dir doch gesagt, dass ich ihn gleich hole.«

Pixie stemmte die Hände in die Hüften. »Ich werde garantiert nicht herumstehen und zugucken. Außerdem hilft ja gerade Ruff.«

Gaze nickte mir zu. »Okay. Ich sehe dich gleich draußen. Ich will mich nur noch schnell von Tiger verabschieden und nachschauen, ob wir auch keine Ladekabel irgendwo vergessen haben.«

Er verschwand in dem Zimmer der beiden.

Pixie folgte mir die Treppe nach oben. »Ich hab das Ladekabel ein einziges Mal vergessen, und jetzt steht das bis an unser Lebensende auf unserer To-do-Liste.«

Draußen packte ich den Koffer in den Kofferraum. Ich schloss ihn nicht, weil ich nicht wusste, ob Gaze vielleicht noch etwas anderes hineintun wollte.

»Du kannst mir gerne sagen, dass ich mich um meinen eigenen Kram kümmern soll … aber ich möchte dir unbedingt etwas mitgeben.« Pixie schirmte mit einer Hand die Augen gegen die Sonne ab. Zu dieser Jahreszeit stand sie morgens noch sehr tief.

»Raus damit.« Ich versuchte, weiter einen offenen Eindruck zu vermitteln. Dass Pixie ein sehr direkter Mensch war, hatte ich mittlerweile schon mitbekommen.

»Ich weiß nicht, was dich und Meg miteinander verbindet. Aber du und Teddi? Das wirkt so, als wäre es vorherbestimmt.« Sie hakte die Zeigefinger ineinander.

Gaze erschien mit einer letzten Reisetasche in der Tür.

Ich ging nicht auf ihre Bemerkung ein, sondern fragte: »Wann kommt ihr zurück?«

»So läuft das also, hm?« Sie trat näher, stellte sich auf die Zehenspitzen und gab mir einen Kuss auf die Wange.

»Ich habe gehört, was du gesagt hast. Ich behalte es im Sinn. Versprochen.« Und dann stand Gaze vor mir und reichte mir die Hand. Wir vollführten unseren Handschlag, an dem wir immer noch arbeiteten. »Halt die Stellung. Versuch Mike daran zu hindern, dass er aus Laub und Ästen einen Scheiterhaufen errichtet und anzündet. Und wenn Ronna in ihrer Werkstatt Möbel lackiert, achte darauf, dass das Fenster einen Spaltbreit geöffnet ist.«

Mike und Ronna brachen hinter mir in Gelächter aus. »Aha? Ihr Brüder beschützt uns vor uns selbst?« Ronna trat vor, um Gaze liebevoll zu umarmen.

Gaze schenkte den beiden ein breites Grinsen. »Irgendjemand hier im Haus muss die Feuerwehr als Kurzwahl gespeichert haben.«

Als wir uns alle verabschiedeten, merkte ich, dass Teddi nicht nach draußen gekommen war, um sie ein letztes Mal vor ihrer Abfahrt zu sehen.

Pixie, die bereits auf dem Beifahrersitz saß, winkte mich zu sich, weil sie mir noch etwas sagen wollte. »Sie hat schon auf Wiedersehen gesagt. Sie musste bereits vor uns los und hat sich von ihren Freundinnen abholen lassen.«

Ich nickte. Ich würde Pixies Gegenwart vermissen. Sie versprachen zwar, dass sie in sechs Wochen wieder da sein würden, aber mir ging auf, dass ich meinen Plan bis dahin in die Tat umgesetzt haben würde, und somit würden all ihre Bemühungen und Liebe für die Katz sein.

Ich hatte einen Kloß im Hals und musste schlucken, als Gaze und Pixie zum Abschied hupten und ich winkte. Als wir dann allein auf der Auffahrt standen, sah ich, dass Ronna ihre Handtasche dabeihatte.

»Wollt ihr auch irgendwohin?« Ich wippte auf den Absätzen vor und zurück. Mir war kalt, und ich schob die Hände in die Hosentaschen.

Mike legte einen Arm um Ronna. »Sie hat gelesen, dass es in Mahopac eine Haushaltsauflösung gibt, und da möchte sie gern hin, weil wir ja noch nicht genug Möbel zum Aufarbeiten hier haben.«

Ronna griff nach seiner Hand. »Also wirklich! Du willst doch auch zu diesem Buchladen hin, wo es Baseball-Sammelkarten gibt.«

»Ja, du hast ja recht. Wir werden zum Abendessen wieder da sein. Brauchst du noch irgendetwas, während wir weg sind?« Er ging zur Garage und gab den Code ein, um das Tor zu öffnen.

»Nein, ich brauch nichts. Aber danke.« Ich ging ins Haus zurück, nachdem ich Mike und Ronna gesagt hatte, sie sollten auf sich aufpassen.

Und dann war ich allein. Allein in diesem großen Haus. Ich schloss die Haustür und gab mich diesem Gefühl hin. Vier Wände. Eine Tür, die man abschließen konnte. Wirklich allein. Es war unglaublich.

Teddi

Als wir den letzten Dankesbrief eingeworfen hatten, waren Taylor und Peaches völlig erledigt von dieser Aufgabe. Beide schworen, dass sie nie wieder helfen würden, aber ich wusste, dass das eine faustdicke Lüge war. Sie machten bei allem mit, was ich ihnen vorschlug.

Nachdem sie mich abgesetzt hatten, bemerkte ich, dass nur noch Gaze' Truck da war. Während ich ihnen zum Abschied winkte, machte Peaches obszöne Bewegungen mit ihrer Zunge und schwang die Hüften so hoch, dass ich sie durch das Beifahrerfenster sehen konnte.

»Du hast echt eine dreckige Fantasie, Peaches.«

Ich schloss das Garagentor hinter mir, indem ich auf einen Knopf an der Wand drückte, ehe ich das Haus betrat und ins Wohnzimmer ging.

Eine Textnachricht meiner Mutter poppte auf dem Display meines Handys auf.

Mom: Sind Möbel kaufen gefahren und haben Rocket mitgenommen.

Schnell gab ich eine Antwort ein.

Teddi: Alles klar. Fahrt vorsichtig. Hab euch lieb.

Ich stürmte nach oben in die Küche und nahm mir ein Glas. Nachdem ich es am Kühlschrank mit Wasser gefüllt hatte, nahm ich einen großen Schluck und drehte mich um.

Ruffian in der Tür stehen zu sehen, erschreckte mich so sehr, dass ich mein Glas fallen ließ.

»Nicht schon wieder.« Ich spreizte die Beine so weit wie ein neugeborenes Kitz über der Pfütze und den Scherben.

»So ein Mist. Tut mir leid. Ich wollte dich nicht erschrecken. Das schwöre ich.« Ruffian trat schnell an die Schublade mit den Geschirrhandtüchern, holte mehrere heraus, wischte vorsichtig das Wasser auf und sammelte die Scherben ein. Ich half ihm dabei.

Als alles wieder sauber war, ging er zum Schrank und holte ein anderes Glas heraus. Er füllte es mit Wasser und reichte es mir. Ich nahm es und wollte einen Schluck trinken, musste aber sofort innehalten, weil er mich mit seiner besorgten Miene zum Lachen brachte.

»Hör auf, mich so anzuschauen.« Ich versuchte es erneut, schaffte es aber wieder nicht.

»Wie denn?« Er sah ganz frustriert aus.

»Als wäre ich eine Wasserbombe. Der Druck ist zu groß, und jetzt kann ich nicht trinken.«

»Schön. Ich dreh mich um.« Er breitete die Arme aus und kehrte mir den Rücken. »Diese Fliesen sind lebensgefährlich, wenn sie feucht sind. Die sollte man benutzen, um Wasserrutschen in Freizeitparks mit viel Nervenkitzel zu bauen.«

Es brauchte zwei weitere Anläufe, ehe es mir gelang, das Wasser zu trinken. Ich stellte das Glas auf die Arbeitsfläche. »Okay. Du kannst dich wieder umdrehen. Ich bin fertig.«

Langsam drehte er sich um, als wäre ich ein Tiger, der ihn gleich anfallen würde. »Alles wieder in Ordnung? Werde ich mich jetzt jedes Mal umdrehen müssen, wenn du was trinkst? Essen *und* trinken oder nur Flüssigkeiten?« Ich konnte sein Grübchen sehen. Deshalb wusste ich, dass er mich gerade aufzog.

»Was weiß ich.« In dem Moment klingelte mein Handy. Es war ein Anruf meiner Eltern, und ich ging ran.

»Hallo, mein Bärchen. Schlechte Nachrichten. Es sieht so aus, als würde sich ein Unwetter zusammenbrauen und über uns hinwegziehen. Du und Ruffian müsst vorsichtig sein, und fahrt bitte nicht mehr mit dem Truck weg. Ein schwerer Eissturm wurde angekündigt.« Weil sie im Hintergrund das Radio mit den Wettermeldungen laufen hatten, konnte ich meine Mutter kaum verstehen.

»Und was ist mit euch? Alles in Ordnung?« Ich stellte den Lautsprecher an meinem Handy an, damit Ruffian mithören konnte. Abgesehen von den Radiogeräuschen hörte es sich so an, als wären die Scheibenwischer auf die höchste Stufe gestellt.

Mom rief meinem Vater zu, er solle das Radio leiser stellen, und dann konnte ich den Niederschlag hören, der auf die Windschutzscheibe prasselte. Es klang, als würden Steine darauf prallen.

»Ja. Wir sind gerade bei dem kleinen Motel angekommen,

das auf dem Weg nach Mahopac liegt. Das mit der Figur von dem niedlichen Pferd und dem Kinderwagen. Wir werden wohl über Nacht bleiben. Also, wir werden jetzt erst einmal kurz mit Rocket gehen, aber du weißt ja, wie sehr sie Schnee hasst. Könntest du Gaze und Pixie anrufen und ihnen Bescheid sagen? Austin hat bereits eine Nachricht geschickt, dass bei ihm alles in Ordnung ist.«

»Ich kümmere mich darum. Seid vorsichtig. Ich hab euch lieb.« Ich warf einen Blick aus dem Fenster. Es war ein sonniger Morgen gewesen, aber nun zogen dunkelgraue Wolken sehr schnell über den Himmel.

Ich schickte Gaze und Pixie eine Textnachricht, und sie versprachen, bezüglich des Wetters aufzupassen und Bescheid zu sagen, wenn sie angekommen wären. Ich brachte meine Eltern schnell auf den neusten Stand, was Gaze und Pixie anging, dann sah ich schließlich Ruffian an.

»Ich frage mich, wie schlimm es wohl wird.« Ich schaute mir die Wetteraussichten im Internet an, und gerade für unsere Gegend wurden Wetterwarnungen ausgegeben. Eisregen aus Nordost mit schweren Sturmböen zog in unsere Richtung.

»Verdammt. Es sieht nicht unbedingt nach viel Niederschlag aus, aber der Wind könnte das Schlimmste sein.«

Ruffian rief sofort bei Lucas an.

»Hallo. Habt ihr mitbekommen, dass ein Unwetter heraufzieht? Weißt du, wo alle sind?« Ruffian klopfte mit den Fingerspitzen auf den Küchentisch. »Okay. Verstanden. Pass auf dich auf, Kumpel.«

»Wusste er es schon?«

Ich konnte mir keinen schlimmeren Ort bei Eisregen vorstellen, auch wenn jetzt alle eine brandneue Ausrüstung hatten.

»Nein. Der Wetterumschwung ist zu schnell gekommen. Sie können zum YMCA ein paar Straßen weiter gehen. Ich werde gleich dort anrufen, um zu schauen, ob jemand da ist, den wir kennen.«

Ruffians Handy summte. Er las eine Nachricht und antwortete darauf. Sein Handy summte immer wieder, während er es in der Hand hielt. Dann sah ich, wie er es auf stumm schaltete und in die Hosentasche schob.

Das war bestimmt Meg. »Will sie, dass du zu ihr kommst und während des Unwetters dortbleibst?«

Er schüttelte den Kopf, und die Haare fielen ihm in die Augen. »Es spielt keine Rolle, was sie will. Ich bleibe hier bei dir.«

Boom.

Wieder dieses Gefühl. Mein.

»Okay.«

Wir hörten, wie der Eisregen langsam einsetzte, aber er wurde schnell stärker und war dann ohrenbetäubend laut. Es klang, als würde Gott Steine auf unser Haus werfen. Ich kannte die Vorgehensweise von früheren Eisstürmen. Wir mussten die Badewanne füllen, falls der Strom ausfiel. Tiger hatte es warm. Er lag zusammengerollt neben der Haustür auf einer gepolsterten Bank. Ich ging in die Abstellkammer und holte ein paar Windlichter und Taschenlampen.

Als ich wieder zu Ruffian zurückkehrte, stand dieser vor dem Kamin. »Funktioniert der? Ich habe ihn nie brennen sehen. Aber ich weiß, dass ihr hinter der Garage Brennholz habt. Wenn es nicht zu nass ist, sollte ich es reinholen. Könntest du deinen Vater oder deine Mutter fragen, was man beachten muss? Ich kann ein Feuer anmachen, aber ich will sicher sein, dass der Schornstein in Ordnung ist.«

Er ging in sein Zimmer, um seine Winterklamotten anzuziehen, und ich rief Dad an.

»Hallo, Ruffian möchte wissen, ob man den Kamin anmachen kann?« Normalerweise wurde der Kamin zu Weihnachten angezündet, aber den Rest des Jahres fand mein Dad es viel zu nervig.

Ich reichte Ruffian mein Handy. Er lauschte den Anweisungen meines Vaters und gab es mir dann zurück. »Okay, er sagt, dass das Kaminbesteck in der Garage sei und der Schornstein im Sommer gekehrt wurde. Also sollten wir wärmetechnisch keine Probleme bekommen. Allerdings glaubt er nicht, dass wir uns deswegen groß Gedanken machen müssten, denn das letzte Mal, als es einen Stromausfall gab, hättest du noch Windeln getragen.« Sein Mundwinkel zuckte.

»Halt. Du wirst dich jetzt nicht über mich lustig machen. Das ist eine Krisensituation.«

Ein strahlendes Lächeln breitete sich auf seinem Gesicht aus. »Du warst bestimmt ganz bezaubernd.«

Der Wind wurde stärker, und es klang so, als wollte er das Haus mitreißen.

»Scheiße«, sagten wir beide im gleichen Moment. Ich ging mit Ruffian in die Garage und drückte den Knopf, um das Tor zu öffnen.

Während ich nach dem Schürhaken und dem restlichen Kaminbesteck suchte, nahm Ruffian sich eine Holztragetasche und ging durch die Hintertür nach draußen. Dad lagerte den Holzvorrat wegen möglicher Termiten nicht allzu dicht am Haus. Deshalb kehrte ich in die Garage zurück, nachdem ich das Kaminbesteck ins Wohnzimmer gebracht hatte, und schaute nach, wo Ruffian blieb. Er war gerade mit dem Füllen der Holztragetasche fertig, als ein gewaltiger Ast direkt neben ihm zu Boden krachte.

Er zuckte beim Aufschlag zusammen und rannte dann schnell zurück. Als er wieder im Haus war, hörten wir wieder ein Knacken, das wie ein Schuss klang, und dieses Mal stürzte ein ganzer Baum um. Man hatte das Gefühl, als würde die ganze Welt beben. Ich schaute an Ruffian vorbei und sah, dass der Baum genau an der Stelle runtergekommen war, wo er eben noch entlanggelaufen war.

»Alles in Ordnung mit dir?« Ich berührte ihn an der Schulter.

»Ja. Verdammt. Ja. Das muss erst mal reichen mit dem Holz – zumindest bis der Sturm nachlässt. Und ich glaube, wir sollten heute Nacht im Erdgeschoss bleiben – und weg von den Fenstern.« Er setzte die Tasche mit dem Holz neben der Tür ab, die ins Wohnzimmer führte, und schüttelte die Eiskörner ab, die an seiner Jacke hängen geblieben waren. Seine Hände waren ganz rot.

»Hattest du keine Handschuhe an?« Ich nahm eine seiner kalten Hände in meine.

»Ich hab's vergessen. Ich wollte nur so schnell wie möglich dafür sorgen, dass wir nicht im Kalten sitzen müssen.«

Ich schimpfte nicht weiter mit ihm, denn sein Bedürfnis nach Wärme erinnerte mich daran, wie er aufgewachsen war.

»Gut gemacht.« Ich half ihm aus seiner Jacke und hängte sie neben dem Warmwasserbereiter zum Trocknen auf. Nachdem er seine nassen Wintersachen abgelegt hatte, schob er mich sanft ins Haus und kam sofort hinterher.

Wieder heulte der Wind, und wir hörten, wie ein weiterer Baum umfiel.

Das Licht flackerte, und ich rannte gerade rechtzeitig zur Badewanne zurück, ehe sie überlief. Ruffian war hinter mir, als das Licht erneut flackerte.

»Das muss der Eisregen zusammen mit dem Sturm sein. Das ist eine scheußliche Kombination.« Und dann fiel mit einem laut vernehmlichen Knall der Strom aus.

»Oh verdammt.« Ich schaute aus dem Badezimmerfenster. Die Bäume hätten auch Grashalme sein können, die im

Wind wogten. Der Eisregen fiel nicht vom Himmel, sondern schoss durch den Sturm seitwärts. Es war ein Unwetter der schlimmsten Sorte. Mein Handy summte. Gaze und Pixie waren zu Hause angekommen. Die beiden hatten es gerade rechtzeitig geschafft. Wenn das Unwetter mit dieser Geschwindigkeit weiterzog, würde es auch bald bei ihnen ankommen.

Die Temperatur war so schnell, so stark gefallen, dass ich mir fast sicher war, dass wir es mit einem Tornado zu tun hatten.

Für ein bisschen zusätzliches Licht schaltete ich mein Handy ein, aber zumindest hatten wir noch ein wenig Tageslicht. Es würde schnell dunkel werden, wenn der Sturm nicht nachließ.

Ruffian folgte meinem Beispiel und benutzte sein Handy, um unbeschadet von Fenster zu Fenster zu kommen und Jalousien und Vorhänge zu schließen. Ich überlegte, was wir an Vorräten hatten und was wir uns zu essen machen könnten, falls es ein oder zwei Tage dauerte, bis alles wieder in Ordnung war.

Im Wohnzimmer bewahrte Mom in einer Schublade ein paar Powerbanks für Handys auf. Die nahm ich jetzt heraus, während Ruffian Decken holte. Als er beladen mit Kissen und Decken zurückkam, installierte ich bereits eine Ladestation für die Notlampen.

Ruffian nahm die Fenster näher in Augenschein. »Hier ist wahrscheinlich der beste Platz im Haus. Wir können ein Feuer anzünden, sodass uns nicht kalt wird.«

Ich rief die aktuellen Nachrichten auf meinem Handy auf, und wir sahen, dass immer mehr Warnmeldungen eingingen. Es wurde tatsächlich ein Tornado angekündigt, und es häuften sich Autounfälle in der Gegend, bei denen auch Telefon- und Strommasten in Mitleidenschaft gezogen wurden.

Die Wetterexperten sagten mehrere Zentimeter Eisregen, gefolgt von Schnee und noch mehr Eis voraus. Außerdem würde es sehr starken Wind geben. Ich ging zur Bank beim Hauseingang und nahm Tiger hoch. Er miaute mich zwar ärgerlich an, aber ich wollte, dass er mit zu uns ins Wohnzimmer kam.

Ich rief Mom an und stellte den Lautsprecher an. »Hallo!«

»Ist bei euch alles in Ordnung?« Meine Mutter klang, als wäre ihr Mund direkt am Mikrofon ihres Handys.

»Uns geht's gut. Wir haben Holz, ich hab die Katze zu uns geholt, wir haben Powerbanks zum Laden der Handys und einen ganzen Stapel Decken. Ruffian wird außerdem gleich ein Feuer im Kamin anmachen.«

Mein Vater kam ans Telefon, um Ruffian Tipps zu geben, was man bei einem Kaminfeuer beachten sollte. Es waren offensichtliche Dinge, aber Ruffian hörte sich trotzdem alles höflich an.

Als Erstes leuchtete er mit einer Taschenlampe ins Innere des Kamins.

Während er damit beschäftigt war, berichtete ich meinen Eltern von dem umgestürzten Baum.

»Bei uns können wir zwei Bäume sehen, die umgekippt sind, und direkt vor dem Hotel hat's dadurch einen riesigen Blechschaden gegeben. Wir stecken hier wahrscheinlich für einen oder mehr Tage fest.« Mom klang besorgt.

Ich sah Ruffian an. Wir steckten *hier* fest. Miteinander. Für eine längere Zeit.

Dad meldete sich wieder zu Wort: »Hey, ihr beiden. Ich habe gerade mit der Stromgesellschaft gesprochen. Weil die Wetterbedingungen so gefährlich sind, werdet ihr für ein paar Stunden, wahrscheinlich aber länger, ohne Strom sein.«

»Okay, wir sind vorbereitet. Keine Sorge. Ihr müsst vorsichtig sein, wenn ihr mit Rocket rausgeht. Ruffian wäre beinahe von einem herunterfallenden Ast und einem Baum erwischt worden, als er draußen war, um Holz zu holen.«

Ruffian war mittlerweile dabei ein Feuer anzuzünden. Es stimmte tatsächlich, dass er wusste, wie man das bewerkstelligte, und dann ging mir auf, dass er sich wahrscheinlich fast sein ganzes Leben lang mithilfe eines Feuers warmgehalten hatte.

Als es brannte, machte ich es mir auf den Kissen und Decken, die auf dem Fußboden lagen, bequem. Ruffian setzte sich in den Fernsehsessel. Wir wünschten meinen Eltern alles Gute und sagten ihnen, sie sollten die Akkus ihrer Handys schonen, indem sie den Energiesparmodus einstellten. Sobald ich die Beine ausstreckte, kam Tiger und legte sich auf meinen Schoß. Ich beobachtete, wie Ruffian seine Textnachrichten las, aber nicht darauf antwortete. Ich sprach ihn nicht darauf an, sondern sah einfach nur ein paar Minuten lang ins Feuer.

»Das war Meg«, sagte er.

»Oh. Schön. Wie geht es ihr?« Ich streichelte Tiger, während wir uns unterhielten.

»Sie ist wütend, aber sie wird drüber wegkommen.« Er lehnte sich im Sessel zurück.

»Warum ist sie denn sauer?« Ich sah zu ihm hin, und das Knistern des Feuers erfüllte den Raum.

»Ich habe ihr gesagt, dass ich mich nicht mehr mit ihr treffen möchte. Die meiste Zeit habe ich ihr zugehört, wie sie mir erzählt hat, wie reich sie ist. Und das bin nicht ich.« Er beugte sich nach vorn.

Ich bemühte mich, ein Lächeln zu unterdrücken. »Warum erzählst du mir das?«

Ruffian ließ sich auf den Boden gleiten und legte sein Handy weg. »Weil du es bist.«

»Was bin ich?« Ich hatte Angst, ihn anzusehen. Alles begann, sich real anzufühlen. Die Anziehungskraft zwischen uns folgte ihren eigenen Gesetzen.

»Du. Seit ich dich geküsst habe, geht es für mich nur noch um dich. Meine Hände wollen dich fühlen. Du bist in meinem Kopf. Ich kann nicht aufhören, an dich zu denken, und daran, wie es sich anfühlt, wenn wir zusammen sind.« Er rückte nicht näher.

Mein Herz raste bei seinen Worten. Das war riesig. Das war gewaltig. Schließlich sah ich ihn doch an. Sein Haar verdeckte ein Auge, aber der Ausdruck, der auf seinem Gesicht lag, machte die Sache heiß.

Ich spürte, wie Zweifel in mir hochkamen. Vielleicht spielte er ja nur mit mir, weil wir im Haus festsaßen. Vielleicht wollte er nur irgendetwas tun, weil er gerade mit Meg Streit hatte.

Möglicherweise irrte ich mich aber auch. Vielleicht lag ich falsch und seine Absichten und meine waren gar nicht dieselben.

Und zwar zusammen zu sein.

»Sag doch etwas«, bat er leise.

»Ich habe Angst.« Ich schlang die Arme um mich und scheuchte Tiger dadurch auf. Er flitzte in Ruffians Zimmer.

»Vor was?«

War sein Blick immer so gewesen? Voller Zielstrebigkeit und Entschlossenheit? In Bezug auf mich?

»Ich will nicht dein Spielzeug sein, weil du dich gerade langweilst.«

Wow, hatte ich das tatsächlich laut gesagt? Ja, hatte ich. Verdammt.

Sein Blick glitt über mich, und dann sah er mir in die Augen. »Du warst nie dazu bestimmt, das Spielzeug von irgendjemandem zu sein. Du solltest eine Bestimmung sein … ein Traum, der wahr wird.«

Mein Mund wurde ganz trocken. Ich hatte nicht damit gerechnet, dass seine Gefühle so intensiv waren wie meine. Doch da saß er jetzt und sprach die Worte, die zu meinen Gedanken passten, die ständig um ihn kreisten.

Der Wind wurde immer stärker. Um uns herum stürzten die Bäume um, doch der wahre Sturm tobte hier vor dem Feuer.

Ich setzte mich auf und krabbelte zu ihm hin. Ruffian breitete die Arme aus. Ich genoss das sanfte Lächeln, das sich auf seinem Gesicht ausbreitete. Er zog mich näher an sich ran, bis ich schließlich rittlings auf ihm saß und wir uns tief in die Augen sahen.

Wieder musste ich an Meg denken. Und ich war wie ein offenes Buch für ihn, denn er sagte: »Ich werde nie wieder mit Meg reden.«

Ich beugte mich nach vorn, und sein Lächeln prickelte auf meinen Lippen. Ich gab mich ihnen hin. Ich tauchte in das Gefühl in meiner Brust ein, das seinen Namen rief.

Er schlang die Arme um mich und erwiderte den Kuss. Wie konnte es sein, dass Küssen mehr als genug und doch gar nichts war? Ich dachte nicht darüber nach, wo ich meine Hände hintun sollte oder ob das Kaminfeuer flackerte. All meine Sinne kreisten nur um ihn. Ich ruhte in meiner eigenen Ewigkeit, die um ihn kreiste. Mein Ruffian.

Ich sprach seinen Namen laut aus, ohne es zu merken. Sofort umfasste er mein Gesicht mit beiden Händen. »Sag das noch einmal.«

»Mein Ruffian.« Ich spürte, wie Röte in meine Wangen stieg.

Wieder küsste er meine Lippen, meine Wange, bis er mein Ohr erreichte. »Teddi.«

Ich suchte wieder seinen Mund, während seine Hände durch mein Haar glitten.

Dann strich er immer wieder über meinen Rücken, wobei sein Griff von Mal zu Mal fester wurde. Mit den Daumen fuhr er über meine Brüste, und ich warf mein Haar zur Seite, damit er besser an meinen Hals käme.

Er küsste meine Kehle, und dann schob er mich mit einer einzigen schnellen Bewegung unter sich. Ich wollte ihn über mir haben. Ich wollte sein Gesicht über mir sehen.

Als er plötzlich weg war – einfach weg –, war ich verwirrt. Ich sehnte mich nach ihm. Nach seinem Körper, seinem Gesicht, seinen Küssen. Er zog mich hoch, und dann saß ich da, während er in sein Zimmer rannte.

Ich war wie vor den Kopf gestoßen, bis ich ein Krachen hörte. Da rappelte ich mich auf. Ich rannte in sein Zimmer und sah, dass er die Teile der Vase in Händen hielt, die Mom als Deko auf das Hängeregal gestellt hatte.

Tiger hockte auf diesem Regal, und ich machte einen Satz nach vorn, als er einem Vogel aus Porzellan mit der Pfote einen Schubs gab und beobachtete, was die Schwerkraft mit ihm anstellte.

Ich fing ihn auf, ehe er auf den Boden knallte.

»Nicht schlecht!« Ruffian legte die Scherben aufs Bett und trat zu mir.

»Er wird damit weitermachen.« Ich wedelte mit den Händen, um Tigers Aufmerksamkeit auf mich zu ziehen.

»Soll ich ihn nehmen?« Ruffian streckte sich, erreichte den Kater aber gerade mal mit den Fingerspitzen.

»Wir brauchen eine Trittleiter. Er dreht völlig durch, wenn er erst einmal so drauf ist. Total bescheuert.« Ich legte den Porzellanvogel ebenfalls auf Ruffians Bett.

»Lass das, du kleine Kröte. Mom liebt die Sachen.«

Tiger wirkte gelangweilt und wich meinem Blick aus. Seine schreckliche, kleine Pfote schob bereits die nächste Porzellanfigur an den Rand.

Ruffian trat hinter mich. »Ich heb dich hoch. Wird das gehen?«

»Oh ja. Wir versuchen's.« Ich kehrte ihm den Rücken, und er legte seine Hände an meine Hüften. Mit Schwung stemmte er mich hoch, und als Cheerleader konnte ich in diesem Moment gut einschätzen, wie viel Kraft er besaß. Das war mehr als nur ein bisschen attraktiv.

Tiger wurde auf einmal nervös, als ich ihm plötzlich viel näher war als noch vor einer Sekunde.

»Überraschung, du kleines Miststück.« Ich bekam ihn gut zu fassen, obwohl er sich sofort in Pudding verwandelte, als ich ihn berührte.

Ich zog ihn an meine Brust, und Ruffian setzte mich wieder ab. Das kleine Ungeheuer besaß doch tatsächlich die Frechheit, seine Pfote auszustrecken und mein Gesicht ganz sanft zu berühren. Ich schmolz sofort dahin. »Heb dir das für Mom auf, wenn sie wieder zu Hause ist. Sie wird total sauer sein.«

Ich setzte ihn aufs Bett, damit er sah, was er angerichtet hatte. Schamlos schnupperte er an den Teilen, die einmal eine Vase gewesen waren, und ging dann wieder auf den Vogel los.

»Okay, das reicht.« Ruffian trug Tiger aus seinem Zimmer raus und hielt mir seine Hand hin.

Ich ergriff sie und schloss die Tür hinter mir. Vorsichtig setzte Ruffian den Kater ab. Ich liebte das Gefühl, wie seine Hand meine hielt.

»Willst du wieder zum Feuer?« Er hielt den Kopf schräg, und es schien mir, als fragte er mich viel mehr als nur, ob ich vor dem Kamin sitzen wollte.

»Wenn du da hingehst, komme ich mit.« Vielleicht sollte ich

mehr auf meine Worte achtgeben und auf mein Herz, aber im Moment wirkte er auf mich wie eine offene Tür … meine offene Tür.

Er zog mich an sich und strich mir das Haar aus dem Gesicht. »Theodosia Rebecca, ich habe nicht mit dir gerechnet.«

Ich legte meine Hände an seine Brust. Sie war so hart wie eine Wand. »Ruffian Jessica, es war unausweichlich.«

Da fing er an, mich direkt an den Rippen zu kitzeln. Ich sackte über seinem Arm zusammen und gab mein Bestes, es ihm heimzuzahlen. Meine Hand fand seine Kniekehle, und ich ließ meine Fingerspitzen tanzen. Sein Knie gab auf der Stelle nach, und er fiel hin. Sofort zog er mich auf sich drauf, um den Aufprall für mich abzufangen.

Ich stemmte mich auf einen Ellbogen hoch und musterte ihn durch meine verwuschelten Haare. »Geht's dir gut?«

»Nein. Du hast mich gerade umgebracht. Da gibt's nur eine Möglichkeit, das wiedergutzumachen.« Er legte den Zeigefinger an seinen Mund.

Ich kam hoch, bis ich auf seinen Hüften saß, und schob dabei meine Füße unter seine Beine. Er legte eine Hand auf meinen Oberschenkel, und in seinem Blick loderte ein Feuer.

Ich strich mir das Haar über eine Schulter und hielt es fest, als ich mich zu seinen Lippen nach unten beugte. Ich gab ihm einen zarten Kuss. Mit der anderen Hand erforschte ich sein Gesicht, den Hals und seine Brust. Wieder schoss dieses besondere Gefühl durch meinen Körper, als er mir tief in die Augen sah. Ich ließ mein Haar los, und es hüllte uns ein wie ein Kokon, sodass es nur noch seine Lippen gab und meine. Ich kostete mit der Zunge von seinen Lippen, und er gab einen Laut von sich, der mich hätte warnen sollen, mich aber nur noch mutiger machte. Als seine Zunge auf meine traf, stöhnte auch ich.

Der Wind wurde lauter, und der Boden bebte, während wir uns küssten. Fast schien es so, als versuchte der Teufel, einen besseren Blick auf das zu erhaschen, was wir miteinander machten. Ich ließ meine Hand über seine Brust nach unten gleiten und spürte seine kräftigen Muskeln. Ein leichtes Beben ging durch meinen Körper, doch ihm entging die Reaktion nicht. Er drehte mich, sodass ich wieder unter ihm zu liegen kam – wie vorhin, ehe Tiger uns gestört hatte.

Und dann war sein Gewicht auf mir. Ich hörte auf, ihn zu küssen, um meine Arme um ihn zu schlingen. Er hielt still und ließ sich von mir umarmen.

Herz an Herz lagen wir da, und es war, als würden unsere Seelen in einem grellen Blitz aufeinandertreffen. Ab jetzt würde das für immer mein Lieblingsort sein. Ich dachte an sein schweres Leben mit der Community im Wald. Selbst ohne Strom waren wir in meinem Haus in Sicherheit.

Er blieb völlig reglos. »Spürst du es auch?« Erstaunen schwang in seiner Stimme mit.

»Für den Rest deines Lebens wirst du in Sicherheit sein, egal was passiert. Das verspreche ich dir.« Verstand er, was ich ihm sagen wollte? Was ich sagte und woher es kam? Oder klang ich einfach nur verrückt?

Ein ganzes Kaleidoskop an Emotionen wirbelte in seinen Augen. »Das ist ein zu großes Versprechen.«

Vor Überraschung schwieg ich.

Er berührte meine Wange. »Nein. Sei nicht böse. Aber das Leben ist verrückt, und man weiß nie, was als Nächstes kommt. Ich kann nur versprechen, dass du heute Nacht in Sicherheit bist. Mehr haben wir nicht.«

Er küsste mein Kinn, und ich drehte den Kopf weg. Er stöhnte. »Ich mache es kaputt. Hör nicht auf mich. Sagen wir einfach, dass es für immer ist, und lassen es passieren.«

Ich erstarrte, als wäre ein Eimer kaltes Wasser über meine Absichten geschüttet worden. Er spürte die Veränderung, rutschte von mir runter und setzte sich auf. Er schob beide Hände in sein Haar und sagte: »Oh verdammt.«

Ich kam ebenfalls hoch und zog mein Top runter.

»Es tut mir so leid, Teddi.« Er warf mir unter seinen Händen einen kurzen Blick zu.

Ich zog die Beine an und legte die Arme um meine Knie, während ich wünschte, ich hätte den Mund gehalten. Aber gleichzeitig war ich dankbar, dass wir aufgehört hatten, wenn er diese Art Mann war. Die Art, die alles sagte, um eine Frau rumzukriegen. »Mach dir keine Gedanken.«

»Ich werde mir Gedanken machen … buchstäblich jede einzelne Nacht, bis wir das wieder in Ordnung gebracht haben.«

Ich atmete tief durch und wusste, dass mein Gesicht und mein Hals vor Verlegenheit wahrscheinlich voller roter Flecken waren. Ich schüttelte den Kopf. Diese Tür war jetzt geschlossen. Ich musste damit aufhören zu denken, dass dieser Junge etwas Besonderes für mich war.

Ein extrem lauter Knall ließ uns beide aufspringen.

»Die Garage?« Ich sagte es laut, während Ruffian bereits losrannte. Er öffnete die Tür zur Garage, und uns schlug eine gewaltige Bö entgegen. Die Blätter, die durch das Loch im Garagentor ragten, vermittelten den Eindruck, als hätten wir einen riesigen Busch in der Garage.

»Oh Scheiße!« Ein weiterer Knall – fast genauso nah – ließ die Wände beben.

Ruffian zog mich zurück und schloss die Tür. »Wir müssen drinnen bleiben … und auch weg von den Fenstern.«

Seine Hand auf meiner Schulter fühlte sich an, als würde sie brennen. Ich entwand mich ihm.

»Teddi, es tut mir leid.« Seine Schultern sackten nach unten.

»Aber du weißt schon, dass du mir immer noch widersprüchliche Signale sendest, oder? Du sagst, zwischen dir und Meg sei es aus und dass nur ich wichtig sei, aber dann … ach, ich weiß nicht.« Ich schüttelte den Kopf. »Ich werde jetzt mal schauen, ob es der Katze gut geht.«

Und dann ließ ich Ruffian einfach stehen.

35. KAPITEL

Ruffian

Ich sah meine Hände an. Wie konnte ich zulassen, dass sie sich irgendwo aufhielt, wo ich sie nicht berühren konnte?

Dumm. Ich war so dumm. Warum hatte ich überhaupt was gesagt? Ich wusste warum. Weil ich im Gefängnis niemals sicher sein würde, und sie das natürlich nicht wissen konnte. Ich ging noch einmal durch, was ich zu ihr gesagt hatte, und hörte die Worte jetzt aus ihrer Perspektive. Ich erzählte ihr, dass ich mich nicht mehr mit Meg treffen würde. Ich erzählte ihr, dass nur diese Nacht wichtig sei. Und all das ließ mich als jemanden dastehen, der nur einen One-Night-Stand im Sinn hatte.

Aber das entsprach überhaupt nicht meinen wahren Gefühlen. Sie berührte etwas in mir, das ich für tot und vergessen gehalten hatte. Ihretwegen stellte ich all meine Pläne infrage. Aber wenn ich nicht etwas zu Ehren meiner Mutter tat, dann wäre sie in diesem Zelt ganz umsonst gestorben … und nur ich würde mich noch an sie erinnern. Das war nicht genug.

Teddi war so unfassbar gefährlich für den Schwur, den ich geleistet hatte. Wenn ich Megs Familie ausraubte, würde ich ihr wehtun. Ich würde ihrer ganzen Familie wehtun. Das Mädchen, das eine ganze Stadt zusammenbrachte, um einem kleinen Mädchen einen schönen Tag zu bescheren, würde es nie verstehen, warum jemand ein Verbrechen beging.

Doch ihre wütende Miene ging mir nicht aus dem Sinn. Sie wollte etwas Normales mit mir haben. Ihre Familie hatte mich aufgenommen. Alle waren bereit, mich als neues Familienmitglied anzusehen, wenn ich es nur zuließe. Der Wind peitschte ums Haus. Die Bäume sahen aus, als würden sie von King Kong bestiegen werden … oder eher von einer ganzen Horde King Kongs.

Ich ging zum Kamin und schaute, ob er ordentlich brannte, aber es brauchte noch nichts nachgelegt zu werden. Eisregen und gefrierender Regen stürzten weiter vom Himmel.

»Sieht schlimm draußen aus, hm?« Teddi war neben mich getreten und schaute mit mir zusammen aus dem Fenster.

Ich drehte den Kopf zu ihr hin. »Uns wird nichts passieren – uns und Tiger. Die Bäume stehen meiner Meinung nach weit genug vom Haus entfernt.«

»Ich hol unsere Jacken und die anderen Sachen, falls das Feuer nicht reichen sollte.« Sie ging zur Treppe, und ich folgte ihr. Ich würde mich nicht von ihr trennen – nicht bei solch einem Wetter.

Sie reichte mir die Jacken, ehe sie noch Handschuhe und Mützen zusammensuchte. Unsere Gefühle, denen wir eben noch nachgegeben hatten, waren für den Moment auf Eis gelegt.

Nachdem wir alles neben den Decken deponiert hatten, machten wir es uns schließlich bequem. Teddi checkte wieder den Wetterbericht auf ihrem Handy. »Die Warnmeldungen überschlagen sich, und es wird wohl bis vier Uhr morgens so weitergehen.«

»Hey, ich habe das Gefühl, als müsste ich etwas erklären.« Ich wollte etwas gegen das verlegene Schweigen zwischen uns tun.

»Nein, musst du nicht.« Teddi schüttelte den Kopf. »Es ist

alles gut. Ich glaube, wir sollten uns nur auf die heutige Nacht konzentrieren – wie du gesagt hast.«

Tiger rollte sich auf Teddis Schoß zusammen.

»Als ich klein war und es stürmte wie jetzt, suchten Mom und ich uns immer einen Platz, wo wir unterkommen konnten. Wann immer es möglich war, hörte sie sich Wetterberichte an. Ich glaube tatsächlich, sie hätte Meteorologin werden können, wäre unsere Situation eine andere gewesen. Aber es war ein ständiger Kampf. Erst als ich fünf war, wurde mir klar, dass wir uns ständig abrackerten. Davor war alles einfach ein großes Abenteuer gewesen, auch wenn mein Magen manchmal vor Hunger wehtat.« Tiger verließ Teddis Schoß und ließ sich auf meinem nieder. Ich begann, ihn langsam zu streicheln. »Irgendwann merkte ich, dass doch nicht alles so toll war, denn manchmal bettelte Mom, und man brüllte uns an. Manchmal waren das Polizisten, manchmal Ladenbesitzer, die wollten, dass wir verschwinden. Die Schlimmsten waren die Mütter anderer Kinder. Die waren zwar in meinem Alter, und doch schien es so, als kämen sie von einem anderen Planeten.«

Ich sah sie an. Sie hörte zu. Ich wollte ihr begreiflich machen, dass ich der Falsche für sie war, aber sie selbst nicht falsch wäre.

»Wurde ihr mal eine Diagnose gestellt?« In Teddis Stimme schwang keinerlei Groll oder Wut mit. Sie hörte jetzt einfach nur zu.

»Nicht offiziell. Manchmal rutschten wir in Hilfsprogramme rein, und dann erhielt sie Medikamente. Aber die machten sie schläfrig – das sagte sie zumindest. Sie war ein kreativer Mensch, so aufmerksam. Lange Zeit dachte ich tatsächlich, sie wäre eine Zauberin, und dass der Wald unser Spielplatz wäre. Mann, ich vermisse dieses Gefühl. Das war alles, ehe ich lernte, was das Wort *Scham* bedeutet, und erfuhr, dass ich sie empfinden sollte und meine Mutter möglichst viel.«

Teddi wischte sich über die Augen. Ich richtete den Blick auf Tiger. Ich wollte nicht, dass Teddi traurig war, aber es erfüllte mich mit Dankbarkeit, dass sie mitfühlte, was damals passiert war.

»Sie liebte mich. Mom machte haufenweise Fehler, aber sie liebte mich. Ständig hatte sie Angst, dass man mich ihr wegnehmen würde, weil wir kein Dach über dem Kopf hatten und ich nicht zur Schule ging. Vielleicht wäre das auch gar nicht so falsch gewesen, denn sie brauchte Unterstützung bei der Erziehung eines Kindes. Ein Kind braucht Regelmäßigkeit und solche Sachen. Aber sie hat mir Dinge beigebracht, die mir helfen würden zu überleben. Die Dinge, die sie für wichtig hielt. Ihre Lieblingsbücher. Die Bibliothek war ein Ort voller Magie für sie. Wie man ein Feuer macht. Wie man ein Schloss aufbricht.« Ich holte den Dietrich hervor, der wie ein Pfeil aussah. »Sie sagte immer: ›Wenn du es warm brauchst und einen sicheren Unterschlupf, sorgst du dafür, dass sie teilen. Sorg dafür, dass sie ihr Dach mit dir teilen. Nimm nichts, was du nicht brauchst, und mach nichts kaputt, Ruffian.‹«

Ich hatte ihre Stimme nachgeahmt und musste mich jetzt räuspern. Wieder schaute ich ins Feuer. Es war hypnotisierend. Die Panik, die der Sturm und die umstürzenden Bäume und Äste ums Haus herum in meiner Brust ausgelöst hatten, ließ ein bisschen nach.

»Ich glaube, deine Mutter war tatsächlich eine Zauberin. Es klingt so, als wäre sie ganz wunderbar gewesen.«

Ich warf ihr einen schnellen Blick zu, denn ich war mir nicht sicher, ob sie sich über mich lustig machte oder nicht. Doch sie meinte es ernst.

»Du bist aus dem gleichen Holz geschnitzt wie sie. Das habe

ich bei Larissa gesehen. Und dann auch in Midiville. Aus sehr gutem Holz.« Ich ließ den Pfeil von einer Hand in die andere gleiten, und Tiger streckte eine schläfrige Pfote aus, um ihn zu berühren.

»Danke. Das ist ein großes Kompliment.«

Wieder sah ich den Ernst in ihrem Blick. Sie machte sich nicht lustig und versuchte auch nicht, mich zu beschwichtigen. »Ich meine es genauso, wie ich es sage.«

Das Feuer knisterte, und der Sturm wurde wieder stärker.

»Und wie tickt Teddi? Du könntest der Star der ganzen Schule sein, wenn du wolltest. Abschlussballkönigin, Anführerin der Cheerleader … Alle würden dir folgen und sich in einen Abgrund stürzen, ohne zu zögern.« Meine Einschätzung schien sie zu beleidigen.

»Das sind meine Freunde. Sie helfen gern.« Sie nahm eine Jacke und legte sie sich um die Schultern. Draußen war es jetzt empfindlich kalt. Wir würden die Temperatur drinnen im Auge behalten müssen. Das Haus war natürlich sehr gut gedämmt, aber trotzdem.

»Was weckt in dir den Wunsch, die Dinge zu tun, die du machst?« Ich hatte das Gefühl, als würde ich ihr Dinge über sich selbst offenbaren, obwohl ich eigentlich nur Fragen stellte.

»Ich habe früh gelernt, dass man jemandem helfen kann, wenn man Zeit hat. Und ich fand das wirklich beeindruckend.« Sie schlüpfte in die Jackenärmel.

»Wir unterscheiden uns gar nicht so sehr voneinander, Theodosia Rebecca.« Ich biss mir auf die Unterlippe, um nicht zu lächeln. Wir scherzten hier nicht herum, aber es gefiel mir einfach sehr, sehr gut, wie dieses Mädchen dachte.

Wieder war ein dumpfer Aufprall zu hören. »Hörte sich das so an, als wäre das Haus getroffen worden?« Sie stand auf.

»Ich glaube, wir sollten vorerst hier unten bleiben.« Ich kam ebenfalls hoch, und Tiger beschwerte sich mürrisch.

»Ja, du hast wohl recht.« Sie zitterte und schloss den Reißverschluss ihrer Jacke. Als wir vom Feuer wegtraten, merkten wir beide, dass es im Haus kälter geworden war.

Sie kam wieder dichter ans Feuer ran und damit auch näher zu mir. Ich breitete die Arme aus. »Keine Küsse. Aber wir müssen uns heute Nacht vielleicht aneinanderkuscheln, vor allem wenn uns das trockene Holz ausgeht.«

Sie warf erst einen Blick über die Schulter und schaute dann nach unten. »Du könntest recht haben. Aber wir werden es nicht genießen. Der Zug ist abgefahren.«

Als sie vorsichtig näher rückte, wartete ich, bis ihr Körper meinen berührte, ehe ich die Arme um sie schlang. Den Rest des Abends würde ich ein wahrer Heiliger und perfekter Gentleman sein.

Teddi

Also, wir hatten rumgeknutscht, gestritten und jetzt machten wir Survival-Kuscheln im Wohnzimmer. Das Ganze erinnerte an eine ziemlich extreme Realityshow. Er war warm. Das musste ich ihm lassen. Nein, eigentlich war er ziemlich heiß. Wahnsinnig heiß. Es war nachvollziehbar, warum Meg sich an ihn rangemacht hatte. Sie hatte mich immer ausstechen wollen. Es war eine interessante Freundschaft gewesen, aber nicht unbedingt eine, an die ich gern zurückdachte. Ich bewegte mich in seinen Armen, weil meine Beine allmählich einschliefen.

»Vielleicht sollten wir uns hinsetzen?« Ich legte den Kopf auf die Seite, um ihn anzuschauen, und meine verräterischen Lippen sehnten sich danach, ihn zu küssen.

Er biss sich auf die Unterlippe, ehe er eine Augenbraue hochzog. »Klar. Ich setz mich zuerst hin.«

Er ließ sich in der Mitte der Decken auf den Boden plumpsen, und ich setzte mich zwischen seine Beine. Mein Rücken lag an seiner Brust, und mir war herrlich warm.

»Ist dir gar nicht kalt? Du hast ja nichts im Rücken.« Ich sah über meine Schulter, und mein Blick fiel auf sein Kinn.

»Wir können uns gleich noch die Decken umlegen. Aber mir geht's gut. Ich bin die Kälte gewohnt.« Trotz meiner ungewöhnlichen Position konnte ich sehen, dass er lächelte.

So nah an seinem Herzen begann meins wieder Purzelbäume zu schlagen. Dieses Kribbeln, das meinen ganzen Körper erfasste, konnte ich nicht so einfach abstellen. Ich legte den Kopf an seine Brust.

»Danke, dass du mir von deiner Mutter erzählt hast.« Meine Wachsamkeit ließ nach wie der ausgeleierte Träger eines alten Tops, und meine Schutzmauern bekamen Risse.

Seine tiefe Stimme ließ seine Brust vibrieren, als er sagte: »Danke, dass du zugehört hast.« Er legte sein Kinn auf meinen Scheitel.

Der Sturm wurde wieder stärker. »So wie der Sturm nachlässt und dann wieder anschwillt, kommt mir das fast wie die Regenbänder eines Hurrikans vor.«

Er reagierte auf meine Worte, indem er mich fester an sich drückte. Er roch gut. »Das Haus ist stabil. Wir werden es warm und trocken haben.«

Tiger kam wieder zu uns, und ich öffnete die Decke ein wenig, um ihn in unseren Kokon zu lassen.

»Es ist schwer, weiter auf dich wütend zu sein, wenn du so bist.« Auch der andere Träger meiner Wachsamkeit geriet ins Rutschen.

»Das hoffe ich. Ich hasse den Gedanken, dass du wütend

auf mich bist. Das ist so, als wäre die Zahnfee sauer auf einen.« Er sprach ganz dicht an meinem Ohr. Das wunderbare Gefühl flatterte von meinem Ohrläppchen bis zum Ende meines Rückgrats hinunter wie ein Vogel, der in die Freiheit entlassen wurde.

»Wovor hast du Angst, Teddi?« Er veränderte seine Position ein bisschen, schaffte es aber, dass ich an derselben Stelle sitzen blieb.

»Warum willst du das wissen? Hast du vor, mich in Angst und Schrecken zu versetzen?« Ich streichelte Tiger, der eben noch eingerollt auf meinem Schoß gelegen hatte und sich jetzt zu seiner vollen Länge streckte.

»Nein. Keineswegs.« Er hielt mir seine Hand mit der Handfläche nach oben hin. Ich sah sie ein paar Sekunden lang an, ehe ich meine hineinlegte.

»Na ja, die Geräusche von draußen begeistern mich nicht gerade. Außerdem möchte ich sichergehen, dass ich niemanden vergesse oder eine Gelegenheit verpasse, etwas zu verändern. Und deine Leute? Die Situation hat mir einen richtigen Schock versetzt.«

Seine Hand schloss sich sanft um meine. »Wieso das?«

»Ich habe einfach das Gefühl, als würde ich nicht genug tun. Der Tag hat nicht genug Stunden, um alles zu schaffen. Und das finde ich beängstigend.«

Wir lauschten auf das Tosen des Sturms. Dieses Mal prasselte etwas gegen die Hauswand, das sich wie eine Ladung Steine anhörte.

»Ich glaube, es hagelt.« Ruffian zuckte bei dem Geräusch zusammen.

»Was macht dir Angst?« Wenn ich meine Ängste offenbaren sollte, wollte ich seine auch erfahren.

»Dass ich der Einzige sein werde, der sich an meine Mutter

erinnert. Und dieser Sturm.« Sanft fuhr er mit einer Fingerspitze an der Seite meiner Hand entlang.

Wir blieben in dieser Position sitzen, bis er wieder ein Scheit ins Feuer werfen musste. Allmählich wurde ich trotz des ganzen Lärms draußen müde.

Nachdem Ruffian das Feuer geschürt hatte, streckte er sich unter der Decke aus und bedeutete mir, mich zwischen ihn und das Feuer zu legen. Ich schlüpfte ebenfalls unter die Decke, und Tiger machte es sich neben meinen Beinen bequem.

»Schlaf. Ich passe auf uns auf.« Er küsste mich auf den Scheitel, während wir uns aneinanderkuschelten. Ich schloss die Augen, und die Geräusche der Nacht verblassten.

Ruffian

Teddi lag an meiner Brust. Das Feuer warf wunderschöne Schatten auf ihr zartes Gesicht. Sie in den Armen zu halten, gab mir das Gefühl, als wäre ich ein Höhlenmensch und Superheld. Ich blieb hellwach. So war das schon früher in manchen Nächten gewesen, als ich älter wurde. Sobald ich alt genug gewesen war, hatte ich Wache halten müssen. Mom und ich hatten selten zur gleichen Zeit geschlafen, es sei denn, es hatte eine Tür gegeben, die man absperren konnte.

In dieser Nacht fiel es mir überhaupt nicht schwer, wach zu bleiben. Sanft strich ich eine Haarsträhne aus Teddis Gesicht, während sie tiefe, gleichmäßige Atemzüge tat.

Dann legte ich den Kopf ab und beobachtete die Schattenbilder, die die Flammen an die Decke warfen. Dieses Mädchen und ihr außergewöhnlich großes Herz waren eine Prüfung, die ich vielleicht nicht bestehen würde. Mehrere Stunden lang versuchte ich, einen Vorwand zu finden, hierzubleiben – bei ihr, bei den Burathons – und einfach alles anzunehmen, was mir so großzügig angeboten wurde.

Als das Feuer schließlich knisternd erlosch, streichelte bereits das Tageslicht die Rahmen der Fenster. Ich schloss die Augen. Nur einen Moment lang wollte ich hier auf dem Boden mit Teddi in meinen Armen schlafen.

Ich erwachte in unserem Lager hinter den Läden. Als ich mich aufsetzte, sah ich, dass ich mich in dem Zelt befand, welches wir zum Schluss besessen hatten. Der Reißverschluss, der unsere Tür war, wurde nach unten gezogen und meine Mutter steckte den Kopf ins Zelt.

»Hallo, du bist ja wach! Guten Morgen.«

»Mom?« Irgendetwas stimmte nicht. Der Ort, an dem ich mich befand, schien irgendwie losgelöst und schwebend. Ein Traum. Es war ein Traum.

»Wie hast du geschlafen?« Sie kam ins Zelt hinein und setzte sich auf meinen Schlafsack.

»Du bist hier?« Ich wusste, dass das nicht stimmte.

»Nur kurz. Was hat dich so früh wach werden lassen?« Sie war nur schwer zu erkennen – als würde mir die Sonne in die Augen scheinen.

»Ich mache mir Gedanken wegen des Jobs, den ich erledigen muss. Er wird einige Menschen verletzen.« Ich wollte die Hände nach ihr ausstrecken, aber sie gehorchten mir nicht.

»Tja, du weißt, dass wir niemandem Schaden zufügen wollen. Das ist immer das Wichtigste.« Die Sonnenstrahlen bewegten sich weiter, und ich konnte das Gesicht meiner Mutter erkennen. Ich vermisste es so sehr.

»Aber manchmal muss man einbrechen, um an die guten Sachen zu kommen. Keiner wird körperlich Schaden nehmen, aber da ist dieses Mädchen – na ja, zwei Mädchen und noch eine ganze Familie, die mir alle vertrauen. Ihre Gefühle werden durch meine Aktion sehr verletzt werden.«

»Dann überdenk den Job noch einmal, mein lieber Ruffian. Überdenk den Job.«

Teddi

Ruffian murmelte im Schlaf, und deshalb griff ich hinter mich und berührte seine Schulter. Daraufhin wurde er wieder ruhiger. Dann hörte ich, wie eine Wagentür zugeschlagen wurde und jemand in der Ferne redete.

»Ihr Lieben!« Austin. Austin war da.

Ruffian drückte mich fest und drehte sich auf die andere Seite.

»Alles gut. Es ist Austin.«

»Geht's euch gut? Ich hab mir Sorgen gemacht, als ich hörte, dass ihr beiden ganz allein seid. Ich kann doch nicht zulassen, dass mein Teddybärchen und mein neuer Bruder erfrieren. Und Teddi, Mädchen, geh an dein verdammtes Telefon. Ich bin bei einem Freund mitgefahren, der für den Streudienst zuständig ist. Also seid ihr nicht mehr allein, sondern habt jetzt mich.« Er breitete die Arme aus und machte eine theatralische Verbeugung vor uns.

»Hast du dir schon die Verwüstung draußen angeschaut?« Er ging zum nächsten Fenster und öffnete die Jalousie, sodass wir nach draußen schauen konnten. Am Fenster sah man nur Blätter.

»Es ist eiskalt hier drinnen, Teddi. Warum hast du nicht den Generator angeworfen?« Er ging zur Garage. Ich rappelte mich auf, und Ruffian kam ebenfalls hoch.

Ich folgte Austin. Das Loch in der Garage sah bei Tageslicht noch größer aus. »Weil ich keine Ahnung habe, wie das Ding funktioniert? Außerdem dachte ich, Dad hätte ihn Onkel Al gegeben?«

Ruffian stand hinter mir.

»Nein, er hat ihn im Sommer zurückgebracht. Wenn wir Gas haben, können wir heizen.« Ruffian verschwand kurz und kehrte dann in Jeans und Schuhen zurück. Offensichtlich wollte er Austin helfen.

Während Ruffian aus der Garage krabbelte, trat Austin zu mir und zog all seine Ringe ab. Ich hielt ihm meine Hände hin, sodass er sie mir alle anstecken konnte. Außerdem hatte er eine Kreole im Ohr. Als wir fertig waren, waren seine Finger bis auf den schwarzen Nagellack nackt.

Er legte seine Stirn an meine. »Bist du okay?«

Ich nickte, wodurch sich unsere Köpfe beide bewegten. »Mir geht's gut.«

»Wunderbar. Ruf Mom an, ehe sie noch den Verstand verliert. Die stecken noch eine Weile in Mahopac fest.« Er hievte den schweren Generator durch das Loch, das Ruffian freigemacht hatte.

Ich ging ins Wohnzimmer zurück, wo mein Handy bereits klingelte. Außerdem hatte ich Nachrichten von Taylor, Peaches und Tasker.

»Hallo Mom.«

»Geht's euch gut? Wir wollen schauen, ob ihr okay seid.« Ich kam nicht dazu zu antworten, da ertönte das Klingeln eines Videocalls. Mom rief mich an, während sie bereits mit mir sprach. Ich drückte auf den grünen Knopf und war erstaunt, dass beides gleichzeitig überhaupt möglich war.

Die Nasenlöcher meiner Eltern wurden von der Kamera eingerahmt. »Alles gut? Ja, alles gut.«

Ich wartete, bis sie die Kamera auf Abstand gebracht hatten.

»Mir geht's gut. Und mit Ruffian und Tiger ist auch alles bestens. Wie geht's Rocket?«

Rocket hörte meine Stimme und fing an zu bellen. »Sie treibt deinen Vater in den Wahnsinn. Bringen Austin und Ruffian den Generator zum Laufen?«

»Ja, wenn Gas da ist. Ich wusste gar nicht, dass wir ihn immer noch haben.«

»Onkel Al hat ihn zurückgebracht«, erwiderte Dad, »und wie konntest du den riesigen Generator übersehen, der ständig im Weg steht?«

Ich schüttelte den Kopf. »Ich weiß nicht.«

Als in der Ferne ein Motor brüllend zum Leben erwachte, glitt ein Lächeln über Dads Gesicht. »Super, scheint so, als hätten sie ihn anbekommen.«

Im Haus gingen die Lichter an, und einige Geräte erwachten mit einem Piepen zum Leben. »Na, es funktioniert!«

»Habt ihr bei euch denn Strom?« Anhand dessen, was ich von den beiden sah, konnte ich es nicht sagen.

»Noch nicht. Aber ihr seid versorgt. Wunderbar. Wenn Austin reinkommt, soll er uns per Videocall anrufen. Dad möchte, dass er nach ein paar Dingen sieht.«

Ich nickte und ging nach oben. Als ich aus dem Küchenfenster schaute, stieß ich ein Keuchen aus.

»Was ist los?«, fragten meine Eltern gleichzeitig.

Ich drehte die Kamera. Im hinteren Teil des Gartens waren bestimmt fünf Bäume umgekippt. Einer lag auf Gaze' Basketballkorb.

Ich hörte meine Eltern am anderen Ende der Leitung grummeln.

»Letzte Nacht war ein Höllenlärm hier. Und im Garagentor ist ein Loch.«

Dad stand auf und verschwand aus dem Blickfeld der Kamera, aber ich konnte ihn immer noch mit Mom reden hören. »Ich werde sofort die Versicherung anrufen, um als einer der Ersten meine Schäden zu melden.«

Mom begann mit Dad zu reden und ließ das Handy mit der Linse nach unten auf irgendetwas liegen. Ich nahm das als Stichwort aufzulegen.

Als ich wieder in die Garage ging, kamen Ruffian und Austin gerade hereingestapft.

»Danke dir.« Austin streckte die Hand aus. Der Handschlag mit Ruffian lief noch nicht perfekt, aber er wurde allmählich.

»Jederzeit. Ich finde Elektrizität großartig.« Ruffian strich sich das Haar aus den Augen und sah mich mit einem sanften Lächeln an.

»Mom und Dad möchten, dass du sie anrufst, Austin.« Ich steckte mein Handy in die Tasche meiner Jacke.

Austin zog seine Jacke aus und ließ sie auf der Hantelbank in der Garage liegen. »Mach ich.« Während er an mir vorbeiging, holte er bereits sein Handy hervor.

»Und … was für Schäden gibt's?« Ich versuchte, durch das Loch im Garagentor zu schauen, aber die Sonne blendete zu sehr, um etwas sehen zu können.

»Einige Äste, ein paar kaputte Fensterscheiben und ein Haufen umgefallener Bäume hinterm Haus.« Er legte sein Handy auf die andere Hantelbank. »Die ganze Gegend hat keinen Strom.«

»Verdammt. Dann werden wir wohl Schnee schippen müssen und so.« Ich griff nach dem Schneeschieber, der an der Wand lehnte.

»Noch nicht. Es ist immer noch ziemlich windig, und es fallen weiterhin Äste herunter. Die Bäume sind mit mehreren Zentimetern Eis bedeckt. Das sieht sehr hübsch aus, ist aber gefährlich nach so einer Nacht.«

Ich behielt meine Jacke an und folgte Ruffian ins Haus. Austin fummelte am Thermostat herum und sprach mit unseren Eltern darüber, was an den Generator angeschlossen werden musste. Von Mom und Dad waren nur die Nasenlöcher zu sehen.

Ruffian warf einen Blick auf das Display und versuchte nicht zu lachen. Ich drückte meine Nase hoch, als würde ich sie gegen eine Scheibe drücken. So war alles leichter. Wenn man lachte. Ich dachte an unsere gemeinsame Nacht zurück. Ich wusste jetzt mehr über ihn und das machte meine Gefühle nur noch stärker.

Ruffian

Mir kam die Idee, dass ich ja während des Stromausfalls Megs Haus auskundschaften könnte. Alle Sicherheitsanlagen würden heruntergefahren sein. Ich dachte an den Traum, den ich gehabt hatte, bevor wir von Austin geweckt worden waren. Vielleicht war der Stromausfall eine Botschaft von Mom, dass ich auf dem richtigen Weg war. Ich hatte nicht mehr von ihr geträumt, seit sie tot war. Insofern freute ich mich darüber. Es war aber auch eine schmerzhafte Erinnerung daran, dass sie nicht mehr bei mir war.

Austin war dabei, im Sicherungskasten zu schauen, ob alle Schalter umgelegt waren. Ich ging nach oben, um mich mit der Überprüfung der elektrischen Geräte abzulenken. Der Kühlschrank brauchte keine Unterstützung, denn im Haus war es mittlerweile eiskalt. Aber man würde ihn wieder anschließen müssen, sobald die Heizung ansprang und es wärmer wurde.

Teddi holte Sachen zum Frühstück aus der Vorratskammer und stellte auch Pappteller auf den Tisch, was zwar nicht gut für die Umwelt war, aber unter diesen Umständen sinnvoll, da wir mit dem Wasser haushalten mussten. Der Geschirrspüler würde vorerst nicht zum Einsatz kommen.

Austin beendete das Gespräch mit unseren Eltern und kam in die Küche. »Hört mal, wir haben ein paar Nachbarn, bei denen man mal nach dem Rechten schauen müsste. Wollt ihr mitkommen?«

Teddi stellte gerade das Müsli auf den Tisch. »Seid ihr denn nicht hungrig?«

Austin und ich aßen jeder eine Schüssel voll im Stehen. Sobald wir fertig waren, zogen wir uns alle an, um zu schauen, ob einer von den älteren Nachbarn Hilfe brauchte. Wir waren nicht allein. Auch andere Nachbarn kamen aus ihren Häusern, um sich um andere zu kümmern. Eine der älteren Frauen aus der Gegend organisierte die provisorische Nothilfe und schickte die Leute zu bestimmten Adressen, bei denen sie sich Sorgen machte.

Wegen möglicher herunterfallender Äste mussten wir die ganze Zeit ein wachsames Auge haben, aber zwei der Nachbarn brauchten Hilfe. Austin schaufelte ein Auto frei, und Teddi half einer älteren Dame bei der Suche nach ihrer Katze. Während die beiden beschäftigt waren, machte ich mich auf eigene Faust auf den Weg.

Dabei kam ich auch an Megs Anwesen vorbei. Das Tor stand offen, und es waren frische Reifenspuren zu erkennen. An der Gegensprechanlage brannte kein Lämpchen. Und genau in dem Moment, als ich noch überlegte reinzugehen, ging das grüne Lämpchen an. Sie hatten Strom.

Ich machte mich auf den Weg zurück zu Teddi und Austin. Als wir wieder alle auf der Auffahrt standen, berührte Austin mich am Ellbogen. »Hilfst du mir vielleicht, noch mehr Holz zu holen, falls wir es für heute Nacht brauchen?«

In stummem Einverständnis folgte ich ihm nach hinten in den Garten.

Als Austin im Unterstand eine Plane wegnahm, kam darunter erstaunlich trockenes Feuerholz zum Vorschein. Nachdem die Schubkarre voll war, schob ich sie bis an die Stufen der Veranda. Austin fasste vorn mit an, und gemeinsam hievten wir sie hoch.

»Damit lässt sich das Haus einfacher warmhalten, bis wir wieder Strom haben.« Zusammen stapelten wir das Holz zu ordentlichen Haufen. »Wir müssen auch schauen, dass für den Generator genug Gas da ist.«

»Bleibst du hier, bis alles wieder einigermaßen normal läuft?«

Ich dachte daran, wie ich heute Morgen – mit Teddi in den Armen – aufgewacht war. Wenn Austin mit im Haus war, würde das bestimmt nicht wieder passieren.

»Tja, ich hab kein Auto dabei. Ich hab mir gedacht, dass ich von hier aus arbeite, bis alles wieder in Ordnung ist. Ich könnte im Garten ein paar schöne Bilder für meinen Account machen.« Er nahm das letzte Scheit, und ich brachte die Schubkarre zum Unterstand zurück.

Während wir sie aufs Neue füllten, sprach ich das Offensichtliche an, damit wir uns endlich über das unausweichliche Thema unterhielten. »Willst du eine Axt oder so was Ähnliches halten, während du mich warnst, die Finger von Teddi zu lassen, oder sollte ich dir lieber gleich eine Kettensäge holen?«

Ein leichtes Lächeln spielte um Austins Lippen, als er mich von oben bis unten musterte. »Eigentlich bin ich tatsächlich nur hergekommen, um zu schauen, ob es euch gut geht. Aber jetzt, da du es erwähnst, muss ich dir sagen, dass sie sich in einer echt schwierigen Situation befindet. Sie möchte, dass du hier weiterhin wohnst, und ich habe gesehen, wie ihr beiden euch anschaut. Also ist da was.«

Er klopfte seine Handschuhe aus, und kleine Rindenstücke verteilten sich auf dem Schnee zu unseren Füßen.

Austin hatte etwas an sich, das einem das Gefühl gab, auf einer Bühne zu stehen, aber gleichzeitig auch sehr vertraut miteinander zu sein. Teddi hatte auch ein bisschen was von dieser Art. Sie brachten Menschen dazu, die Wahrheit zu sagen.

»Ich höre deine Warnung. Und du irrst dich nicht. Da ist etwas, aber ich weiß im Moment selbst nicht, ob ich mir trauen kann. Mein ganzes Leben ist auf den Kopf gestellt worden. Ich bin hier, nehme eure Hilfe an und möchte dazugehören, während meine Mutter ihr ganzes Leben lang versucht hat, solch eine Situation zu vermeiden.«

Ich sah Austin kurz an und senkte dann den Blick. Zu wahr. Zu viel.

»Hey, das mit deiner Mutter tut mir sehr leid.« Er legte die Hand auf meine Schulter und drückte sie.

»Danke. Ehrlich gesagt weiß ich auch nicht, wo das mit Teddi hinführen soll, schließlich hab ich keine Ahnung, wie meine nähere Zukunft aussieht.« Ich beugte mich nach unten und packte die Griffe der Schubkarre.

»Da ist wohl nichts gegen einzuwenden. Ich will nur vermeiden, dass sie bei deinen Entscheidungen die Leidtragende ist. Das ist alles. Denk immer daran, wie es ihr damit geht.« Austin wartete, bis ich mit einem Nicken bestätigte, was er gesagt hatte. »Okay. Ich werde jetzt eine Gasflasche besorgen. Würdest du die Schubkarre einfach nur bis zur Veranda bringen? Da bleibt alles trocken, falls wir noch mehr brauchen. Zu viel müssen wir uns ja auch nicht hinlegen.«

Ich sagte Austin nicht, dass ich wahrscheinlich bis aufs letzte Stück Anmachholz genau abschätzen konnte, wie viel wir jeden Tag brauchten, damit es warm blieb. Wo ich herkam, entschied dieses Wissen über Leben und Tod. Aber seine Warnung bezüglich Teddi hatte mich getroffen. Ich kam mir plötzlich egoistisch vor, dass ich sie letzte Nacht geküsst hatte. Schließlich wusste ich, was ich vorhatte. Ich durfte sie da nicht mit reinziehen. Aber der Gedanke an eine Zukunft ohne sie raubte mir alle Luft zum Atmen.

Teddi

Nach dem Gespräch mit Mom und Dad war klar, dass wir mindestens eine weitere Nacht auf uns allein gestellt im Haus verbringen würden. Bei ihnen waren die Straßen noch nicht geräumt worden, aber das waren sie bei uns auch noch nicht. Ich schürte das Feuer, das ziemlich heruntergebrannt war, während wir uns draußen aufgehalten und ein Gitter vor den Kamin gestellt hatten.

Ich hörte dic Jungs durch die Garage stapfen. Die beiden schienen gut drauf zu sein. Als Austin zur Tür hereinkam, hatte er eine gefüllte Brennholztasche bei sich. Ruffian, der direkt hinter ihm war, hatte die Arme auch voll.

Ruffian schaute über Austins Kopf hinweg zu mir. »Wusstest du, dass ihr ein ganzes Klafter Holz neben dem Schuppen deiner Mutter liegen habt?«

»Jetzt, da du es erwähnst …« Mir fiel ein, dass Dad sich das Holz mit einem LKW hatte liefern lassen.

Austin verdrehte die Augen und stellte die Holztasche neben den Kamin. »Wolltet ihr irgendwann die Möbel verfeuern, oder was hattet ihr vor?«

»Ich hätte mit dem ganzen Kram angefangen, den du auf dem Dachboden zurückgelassen hast«, neckte ich Austin.

Er tat so, als würde ihn das schwer treffen, und fasste sich an die Brust. »Teddybär? Welch grausamer Verrat. Du musst doch zuerst mit Milts Sachen anfangen.«

»Seine Sachen sind alles elektronischer Kram. Das würde bestimmt ganz fürchterlich stinken, wenn ich es anzünde.« Ich faltete die Decken, die noch auf dem Boden lagen, zusammen und stapelte sie auf der Couch. Als ich anfing, die Kissen aufzuheben, kam Ruffian dazu und half mir beim Aufräumen. »Mom und Dad werden heute Abend auch nicht hier sein. Sie sind immer noch eingeschneit.«

Austin nahm seinen Schal ab. »Wie kommt Rocket mit dem Ganzen klar?«

»Sie bringt Dad dazu, alle fünf Minuten mit ihr nach draußen zu gehen, und jedes Mal sind ihre Pfoten voller Schnee.« Ich ging die Treppe hoch. Wir würden wieder etwas essen müssen.

»Na, da sind sie wohl beschäftigt. Teddi, ich muss mein Handy aufladen und will schauen, ob ich ein paar Sachen hochladen kann. Machst du jetzt Mittagessen? Könntest du für mich auch etwas machen?« Austin holte sein Handy aus der Tasche und fing an zu tippen, ohne auf meine Antwort zu warten.

»Ja, klar. Ruffian, könntest du mir helfen?«

Er schaute von Austin zu mir und dann wieder zurück. »Klar.«

Angesichts seines Zögerns fragte ich mich, was Austin wohl zu ihm gesagt hatte, während sie draußen gewesen waren.

In der Küche schaute ich in der Vorratskammer und den Küchenschränken, was wir dahatten.

Ruffian war direkt hinter mir. Ich wollte mich an ihn lehnen, hielt mich aber gerade noch zurück.

»Wie wäre es mit Suppe und Käsesandwiches?« Ich drehte mich zu ihm um, und er legte die Hände in Höhe meines Kopfes an den Türrahmen, sodass der Ausgang versperrt war.

Er sagte nichts, sondern ließ den Blick in einer Weise von meinen Lippen zu meinen Augen und wieder nach unten wandern, dass ich unwillkürlich den Atem anhielt.

Der Augenblick dehnte sich in die Länge. Ein Knistern lag in der Luft, aufgeladen mit Entscheidungen.

»Ja. Das wäre toll.« Seine Stimme klang so, als würde er eine Beileidskarte unterschreiben – als würde er Lebewohl sagen und nicht meinem Vorschlag fürs Mittagessen zustimmen.

Ich wandte mich von ihm ab und griff nach Brot und Suppenkonserven. Er versperrte mir immer noch den Weg. Ich wartete ab. Das Schweigen und der Druck, den ich auf der Brust verspürte, gaben mir das Gefühl, dass gleich etwas passieren würde.

»Ich stell den Topf schon mal auf den Herd.«

Das Mittagessen und später den Abend verbrachten wir im Wohnzimmer, wo es durch den brennenden Kamin schön warm war. Austin und Ruffian kümmerten sich um alles, damit wir es bequem hatten. Austin sah immer wieder nach dem Generator, und Ruffian legte Holz nach, sobald das Feuer kleiner wurde.

Irgendwann bekam ich eine Textnachricht von Mom, in der es hieß, dass es unserer Nachbarin, einer älteren Dame, kalt sei. Deshalb gingen Austin und Ruff zu ihr und holten sie zu uns rüber. Als Mrs Sprat schließlich auf unserem Sofa saß, war sie sehr dankbar für die Wärme.

Ruffian trat zu mir und flüsterte mir ins Ohr: »Ich werde mal an ein paar Türen klopfen und schauen, ob noch jemand anders das gleiche Problem wie Mrs Sprat hat.«

»Ich komme mit.« Austin war gerade oben, um noch mehr Decken für Mrs Sprat zu holen, als ich aufstand. Ich hatte bereits meine Stiefel angezogen, als er wieder herunterkam.

»Ruffian will los und nachschauen, ob sonst noch jemand in Not ist. Ich halte das für klug.«

Austin drückte mir die Decken in die Arme. »Ich geh mit. Du bleibst hier. Überall liegen Bäume und Äste, und jetzt ist es auch noch dunkel.«

»Mrs Sprat mag dich lieber.« Ich gab ihm die Decken zurück. »Ich gehe.«

»Na schön.« Austin drückte die Decken an sich. »Seid vorsichtig.«

Als ich in die Garage kam, stand Ruffian an dem Loch im Tor und schaute nach draußen.

Ich nahm eine Taschenlampe und knipste sie an. »Machst du dir Sorgen um deine Leute?«

»Nein. Die wissen, wie man mit Kälte umgeht.« Er reichte mir seinen Arm, und ich griff danach.

»Also, gleich nebenan von Mrs Sprat lebt ein älteres Ehepaar, und ich möchte schauen, ob bei ihnen alles in Ordnung ist. Es geht ihnen bestimmt gut, aber trotzdem.«

Wir liefen auch die restliche Gegend ab und stellten fest, dass alle sich was überlegt hatten und auf die Situation eingestellt waren.

Als wir wieder zu Hause ankamen, fing Austin uns an der Tür ab. »Mrs Sprat schläft. Sie ist ein bisschen muffelig, wenn sie müde ist, also sollten wir leise sein und sie schlafen lassen.«

Wir machten uns Brote mit Erdnussbutter und Marmelade und verhielten uns den Rest des Abends ganz leise. Eher aus Gewohnheit schlief ich schließlich neben Austin ein. Als wir am nächsten Morgen erwachten, war ich nicht an Ruffian gekuschelt und Austin sprach in der Garage mit unseren Eltern.

Ruffian lag auf der anderen Seite vom Kamin und stützte sich mit einem Ellbogen ab. Er lächelte mich an. Ich rieb mir die Augen und setzte mich auch auf. Als Mrs Sprat sich in dem Moment auf den Rücken drehte, fing sie an, wie ein ganzes Sägewerk zu schnarchen. Ruffian riss die Augen auf, und ich wusste, dass ich nicht anders aussah. Wir mussten uns beide zusammenreißen, um nicht in schallendes Gelächter auszubrechen. Es war so laut, dass ich wahrscheinlich angenommen hätte, ein Bär würde sein Essen verteidigen, wäre es mir draußen zu Ohren gekommen. Dass Ruffian sich totlachte, ohne jedoch einen Laut von sich zu geben, machte alles noch schlimmer.

Mom, Dad und Austin öffneten die Tür zur Garage gerade in dem Moment, als Mrs Sprat mit einem Ruck kurz wach wurde und sich auf die Seite drehte. Nun gab sie keine Geräusche mehr von sich. Ich zuckte vor Lachen, und als ich es nicht mehr schaffte, leise zu bleiben, krabbelte ich auf Ruffians Zimmer zu. Er half mir auf, sodass wir gemeinsam zu seinem Zimmer stolperten, während Mom und Dad uns die ganze Zeit verwirrt beobachteten. Austin musste sich schwer beherrschen, um nicht auch schallend loszulachen.

Und dann gab Mrs Sprat einen lauten, langen Furz von sich. Ruffian zog mich in sein Zimmer und schloss die Tür. Ich brach lachend auf dem Boden zusammen, und er ließ sich neben mich fallen.

Ruffian lachte ebenfalls. Als ich hörte, wie die Garagentür geschlossen wurde, war mir klar, dass zumindest Austin die gleichen Probleme hatte wie wir. Ich litt mit Mrs Sprat, denn schließlich glaubte sie, sie wäre allein.

Als wir uns endlich wieder beruhigt hatten, kamen wir aus dem Zimmer heraus, und ich umarmte meine Eltern. Dad bedankte sich bei Austin und Ruffian. Zusammen schlichen wir dann nach oben, wo wir über alles redeten, was passiert war. Ich streichelte Rocket, während Mom und Dad erzählten, dass sie fast den gesamten Heimweg hinter einem Räumfahrzeug hergefahren waren, aber dann ein paarmal ins Rutschen geraten waren, nachdem der Schneepflug eine andere Richtung eingeschlagen hatte. Dad zog sich etwas anderes an, und Austin und Ruffian folgten ihm, als er nach draußen ging, um das Haus auf Schäden zu untersuchen. Mom und ich umarmten uns wieder, während wir aus dem Fenster schauten und die Jungs im Garten beobachteten. Rocket hüpfte herum und war ganz begeistert, dass so viele Spielkameraden mit ihr draußen waren.

»Austin meinte, du brauchst vielleicht ein paar Streicheleinheiten? Zwischen dir und Ruffian läuft es gerade nicht so gut?« Sie strich mir die Haare aus dem Gesicht.

»Doch, doch. Alles in Ordnung.« Ich nahm ihre Hände zwischen meine, weil sie kalt waren. »Wir sollten uns vor den Kamin setzen. Wie spät ist es überhaupt?«

»Halb zehn. Und du hast recht. Ich glaube, es ist auch an der Zeit, Mrs Sprat zu wecken.« Ich sah, dass Mom mühsam ein Lächeln unterdrückte.

»Ja. Auf jeden Fall.«

36. KAPITEL

Ruffian

Die ganze nächste Woche waren wir mit einer groß angelegten Aufräumaktion beschäftigt. Weil das Unwetter mit Eisregen und Wind einhergegangen war, hatten wir allein schon im Garten jede Menge zu tun. Teddi und ich hatten eine Woche schulfrei, weil es so lange dauerte, bis alle Straßen geräumt waren. Wir fanden zu einem guten Miteinander, küssten uns aber nicht mehr. Es war schwer. Zu schwer. Ich stürzte mich in die Arbeit, half Mike bei der Reparatur des Garagentors und zersägte große Äste und Bäume mit der Kettensäge. Austin machte die meiste Zeit mit und war wirklich tatkräftig. Er war der erste Mann mit schwarzem Nagellack, den ich je eine Kettensäge schwingen sah.

Und ich merkte, dass ich diese Leute jetzt sogar noch mehr mochte als vorher. Mike war ein wirklich guter Mensch. Er sorgte dafür, dass alle Nachbarn, die Hilfe brauchten, diese auch bekamen. Und am Ende der Woche brauchte er nur noch »Ruff!« zu brüllen, und ich wusste, dass es wieder an der Zeit war, die Arbeitsstiefel anzuziehen.

Aber das bei Weitem Beste kam immer um zwei Uhr nachts. Ronna kaufte das Eis meist in Großpackungen, sodass für Teddi und mich immer genug da war, wenn wir unsere Tradition pflegten.

Nachdem wir das erste Mal mitten in der Nacht beim

Küssen ertappt worden waren, hielt ich jetzt jedes Mal respektvoll Abstand. Wenn ich sah, dass sie die Füße unter den Stuhl schob, ging ich nicht auf die Knie, um ihr mit den Fingerspitzen vom Knöchel bis zum Oberschenkel zu streichen. Ich wusste nicht, ob sie eine Gänsehaut bekam, wenn ich sie hinterm Ohr küsste. Ich fand nicht heraus, wie weit ich sie bringen konnte, ehe sie alle Vorsicht in den Wind schlug, ehe sie und ich uns heimlich und verheißungsvoll in den Armen lagen.

Stattdessen unterhielten wir uns über Tiere. Wir erzählten uns verrückte Dinge, die wir als Kinder für wahr gehalten hatten. Wir sprachen darüber, wie schrecklich wir es fanden, dass Obdachlose wie Kriminelle behandelt wurden, nur weil sie kein Zuhause hatten.

Teddi machte sich echt Gedanken, weil meine Community nicht ärztlich versorgt wurde. Nachdem sie so viel Zeit damit verbracht hatte, Wünsche zu erfüllen, wusste sie, wie teuer eine medizinische Behandlung sein konnte und dass sie unter Umständen für manche Menschen unerschwinglich war.

Ich fand heraus, dass ihr Herz wie ein Fenster aus buntem Glas war – rein, wunderschön und zerbrechlich. Sie veränderte mich, das Haus veränderte mich. Am Morgen erwartete ich, dass es warm war. Wenn ich Hunger hatte, aß ich. War ich durstig, gab es immer kaltes, klares Wasser.

Ich beobachtete, was für einen Wirbel Ronna um uns alle machte. Sie holte ihr Beschriftungsgerät und versah alle persönlichen Dinge mit Namen. Mein Name tauchte auf, Gaze' und sogar Pixies.

Es war alles so normal. Und ich hatte das Gefühl, das Andenken meiner Mutter nicht mehr genug zu ehren, weil ich es so sehr genoss. Und in dieser Nacht unterhielten wir uns darüber.

»Nur weil du einen speziellen Moment genießt, heißt das nicht, dass du es nicht mehr zu schätzen weißt, was sie alles für dich getan hat.« Teddi drehte den Holzstiel von ihrem Eis herum.

»Danke. Es ist nur so, dass sie immer wieder zu mir sagte, dass Leute, die so leben wie ihr, die kleinen Dinge des Lebens, denen so viel Magie innewohnt, nicht zu schätzen wüssten. Nichts für ungut … Aber allmählich verstehe ich, was sie damit meinte. Ich vergesse, dankbar für die Dinge zu sein, die für mich mittlerweile selbstverständlich geworden sind. Ergibt das alles überhaupt einen Sinn?« Ich brach meinen Stiel entzwei.

Wir saßen so lange schweigend da, dass ich schon befürchtete, sie fühlte sich unwohl mit mir nach diesen Worten.

Doch dann sagte sie: »Vielleicht ist es ja wichtig, dass du hier bist, weil du uns lehrst, was Dankbarkeit bedeutet.«

So war Teddi. Sie sah immer den Silberstreif am Horizont. Ich stand auf und streckte meine Hand aus, um ihr den Stiel abzunehmen. Sie gab ihn mir, und ich warf ihn in die Biotonne.

Sie stand auf und ging an mir vorbei. »Morgen haben wir Schule.«

Ich streckte mich und sah, dass ihr Blick an meinem Bauch hängen blieb. Dann schaute sie schnell wieder hoch. Wir sahen uns an, und ich wusste, dass sie sich erinnerte. Ich erinnerte mich auch. Ich würde nie vergessen, wie kurz wir davorgestanden hatten, in mein Zimmer zu gehen und alles zu verändern.

Aber wir hatten es nicht getan. Statt das Offensichtliche anzusprechen, wünschte ich ihr eine gute Nacht. Am nächsten Morgen, als sie zu mir in den Truck stieg, duftete sie herrlich und war fröhlich.

Mich von Teddi fernzuhalten, würde schwerer sein als jedes krumme Ding, das ich je gedreht hatte.

Teddi

Ich traf Taylor und Peaches auf dem Parkplatz, während Ruffian sofort von seinen Groupies, den Mädchen aus der Elften, umringt wurde. Wir bemühten uns, sie schnell hinter uns zu lassen. Ich versuchte, das schrille Gelächter der jüngeren Mädchen auszublenden.

Peaches warf einen Blick über ihre Schulter. »Was für Schlampen. Es ist noch nicht einmal acht Uhr morgens. Die sollten sich mal ein bisschen zurückhalten.«

Taylor legte ihren Arm um meine Schultern. »Wir haben die verheerenden Zeiten von Eis und Schnee überstanden, aber jetzt drehen ihre Hormone völlig durch.«

Peaches warf der Gruppe noch einen missbilligenden Blick zu. »Wohl eher *Hur*-mone.«

Da musste ich einfach lachen. Meine Freundinnen waren loyal, und ich liebte die spitzen Bemerkungen von Peaches. Tasker und Brutus schlossen sich uns an. Tasker hüpfte um mich herum und piekte mich erst in die eine Schulter und dann in die andere, ehe er mich an den Haaren zog.

Sofort strich ich es nach vorn. »Au, du Blödmann.«

»Finger weg von ihr.« Ruffian war direkt hinter Tasker, als wir durch den Haupteingang traten.

Tasker zuckte mit den Schultern. »Pf. Mir doch egal. Als dürfte ich nicht in ihre Nähe. Du bist nicht ihr Wachhund. Kümmer dich doch um deinen kleinen Fanklub.«

Tasker beugte sich vor und packte mich an der Taille. Er wollte mich hochheben, aber ich wand mich in seinem Griff. Seine Finger bohrten sich in meine Haut.

Doch auf einmal ließ er mich los. Die Schüler strömten in Scharen an uns vorbei, aber ich stand wie ein Fels in der Menge.

Ruffian hatte Tasker an der Kehle gepackt. Sein Gesicht war vor Wut verzerrt. Taskers Lippen begannen, blau anzulaufen. Ruffian zog ihn ganz dicht an sich ran und sagte etwas zu ihm, das ich nicht hören konnte. Die Mädchen aus der Elften standen um uns herum. Manche kicherten, manche keuchten vor Schreck, als sie merkten, was los war. Ich berührte Ruffians Unterarm.

Sobald er mich ansah, und ich wusste, dass seine ganze Aufmerksamkeit mir galt, sagte ich mit ruhiger Stimme: »Du musst ihn jetzt loslassen.«

Vor meinen Augen vollzog sich der Wandel vom Blick eines wilden Tieres zurück zu dem eines Menschen, und ein Schauer lief mir über den Rücken. Ruffian war Furcht einflößend. Diese Seite von ihm hatte ich noch nie gesehen. Sogar Tasker, der rote Stellen am Hals hatte, sagte nichts mehr, als er sich eilig davonmachte.

Ich wusste, dass die Schulglocke gleich läuten würde und wir dann zu unseren Klassenräumen gehen müssten. »Alles in Ordnung mit dir?«

Ich blendete die Mädchen um uns herum aus.

Er nickte nur einmal kurz.

»Danke.« Und dann gingen wir in unterschiedliche Richtungen davon. Es war die erste Stunde, und ich starrte lange aus dem Fenster, ehe es mir gelang zu verarbeiten, was gerade vorgefallen war.

Hatte Ruffian überreagiert? Vielleicht. Aber ich hasste es, wenn Tasker mich anfasste, und er nutzte den lockeren Umgang in der Gruppe aus, um mit Sachen durchzukommen, bei denen ich mich im Grunde nicht wohlfühlte. In der Vergangenheit hatte ich vieles hingenommen, damit ich nicht unangenehm auffiel. Ich wollte nicht, dass man mich für prüde hielt, aber Tasker ging wirklich zu weit. Na ja, ich schwebte nicht in Gefahr oder so, aber Ruffians Reaktion sagte mehr darüber aus, wie viel wir mittlerweile übereinander wussten.

Als die Schulglocke ertönte, merkte ich, dass ich den ganzen ersten Kurs mit Tagträumen verbracht hatte, und das war nicht gut. Ich wollte auf keinen Fall bei meinen schulischen Leistungen nachlassen.

Auf dem Weg zu meinem nächsten Kurs hielt ich Ausschau nach Ruffian, konnte ihn aber nirgends entdecken. Erst beim Mittagessen sah ich ihn wieder. Er saß mit seiner Gruppe zusammen und ich mit meiner. Tasker war immer noch sauer. Am Hals hatte er rote Stellen, und seine Laune war fürchterlich.

Ich beobachtete ihn dabei, wie er immer wieder einen Blick über die Schulter warf und die Knöchel knacken ließ. Er kochte immer noch. Ich sah Peaches an, die mit einer Grimasse auf meinen Blick reagierte. Sie bemerkte die Spannungen, die in der Luft lagen, ebenfalls. Taylor hatte eben noch mit Brutus geflirtet, und im nächsten Moment quetschte sie sich an meine Seite.

»Was zum Teufel ist hier eigentlich los? Werden die beiden sich prügeln?«

Ich schob mein Essen hin und her. »Ich bin mir ziemlich sicher, dass Tasker in Bezug auf Ruffian was vorhat. Aber es wird keine Schlägerei sein, sondern er wird ihm eine Lektion erteilen wollen.«

Peaches beugte sich vor und ahmte meine Stimme nach. »Ruffians tödlicher Blick war so heiß. Ich will, dass er auf hundertachtzig kommt, und dann fallen wir übereinander her.« Sie wackelte mit den Augenbrauen, während sie die Lippen zum Kuss spitzte.

»So was habe ich sicher nicht vor. Wir halten Abstand. So haben wir das abgesprochen.« Ich warf ihm quer durch den

Raum einen Blick zu, und er erwiderte ihn, als hätte er nur darauf gewartet.

Er winkte mir nicht zu und lächelte auch nicht. Aber ich spürte ihn. Er wollte wissen, ob bei mir alles in Ordnung wäre. Ich lächelte, damit er wusste, dass es mir gut ging.

Peaches wedelte mit ihrer Hand vor meinem Gesicht herum. »Hey Miststück. Ihr habt ja buchstäblich mit den Augen Sex. Deine Bindehäute sind schwanger. Bääääm. Gerade passiert.«

Ich nahm einen Bissen von meinem Sandwich. Es schmeckte wie Sägemehl. Peaches hatte recht. Es deprimierte mich, dass Ruffian diese Gefühle in mir auslösen konnte und trotzdem kein Interesse hatte, etwas Festes mit mir anzufangen … oder mich zumindest zu küssen.

Ich mochte nicht mehr über Ruffian sprechen. »Gibt es eigentlich schon ein Thema für den Winterball? Ich kenne da ein Mädchen, das gern an einem Abschlussball teilnehmen möchte. Aber bis zum Abschlussball ist es noch zu lange hin, aber so etwas Ähnliches könnten wir bestimmt organisieren.«

Taylor holte ihr Handy raus. »Ich schreib mal eine Nachricht an Ezzie. Sie leitet dieses Jahr das Komitee.«

»Oh, das hört sich gut an. Sie hat diesen Landlebenstil auf ihrem Instagram-Account und wird das sicher großartig machen.« Ich holte mein Handy ebenfalls hervor und ging auf Ezzies Seite.

Peaches beugte sich vor. »Ja. Ich glaube, ihre Mutter ist Innenarchitektin, und deshalb weiß ich nicht, ob sie das wirklich alles alleine macht oder nicht. Aber wie dem auch sei … es wäre ein tolles Thema.«

Taylor drehte ihr Handy zu mir, um mir ein Bild zu zeigen. »Schau mal. Top Secret. Aber trotzdem.«

Eine Märchennacht war das Thema des Winterballs.

»Perfekt. Damit haben wir den Wunschabend der kleinen Betty gefunden. Ich werde ihren Eltern eine E-Mail schreiben, ob der Termin für sie passt.« Wieder schaute ich in Ruffians Richtung. Er sah mich immer noch abwartend an. Hatte er die ganze Zeit geguckt oder nur immer wieder mal?

Eins von den Mädchen aus der Elften kam an unseren Tisch und reichte mir eine kleine Süßigkeitentüte. Es waren Gummibärchen. Ich musste mit einem Lächeln kämpfen und verdrehte die Augen, aber als Ruffian aufstand, lächelte er auch.

Tasker trat zwischen uns, obwohl wir so weit voneinander entfernt waren. Mir gefiel der Ausdruck in seinem Blick überhaupt nicht, aber ich schaute einfach weg, damit Ruffian nicht wieder wütend wurde.

Taylor und Peaches fuhren mich nach Hause und kamen mit rein, um den Nachmittag gemeinsam zu verbringen und Bettys großen Tag schon ein bisschen zu planen. Wir würden ziemlichen Zeitdruck haben, denn der Ball war schon in einem Monat. Glücklicherweise meldete sich ihre Mutter und schrieb, dass der Termin des Winterballs bei ihnen passte. Das Timing war gut, denn Betty hatte wenig Erfreuliches von ihrem Arzt erfahren. Es war nicht klar, wie lange die Behandlung noch anschlagen würde. Die Party würde also etwas ganz Besonderes sein.

Als die Mädels und ich dann später am Küchentisch Popcorn aßen, hatte ich meinen Laptop vor mir stehen, um Notizen zu machen. Mom leistete uns Gesellschaft, und je länger wir uns unterhielten, desto klarer wurde uns, dass wir den Winterball wie eine Hochzeitsfeier angehen mussten.

Taylor warf Rocket Popcorn zu, das sie mit einem Haps verschlang. »Dann sollten wir vielleicht herausfinden, welches Bettys Lieblingsmärchen ist, oder? Sie wäre die Prinzessin, und wir könnten alle der Hofstaat sein.«

Ich tippte die Idee in ein Dokument. »Das gefällt mir. Und ich liebe euch dafür, dass ihr immer bereit seid, bei diesen Sachen zu helfen. Ihr seid toll.«

Peaches zeigte mir den Mittelfinger, und Taylor streckte mir die Zunge raus. Die beiden würden immer und auf jeden Fall mitmachen. Doch in diesem Jahr erlebten wir selbst ein paar wirklich große Meilensteine in unserem letzten Highschooljahr, und sie waren bereit, diese Momente mit unseren »Meine Party«-Gästen zu teilen.

Mom kramte ihren guten, alten Hefter hervor.

Peaches tat so, als wäre sie entsetzt. »Mrs B macht eine Zeitreise ins Jahr 1992!«

Mom bedachte Peaches mit einem strengen Blick. »Hör mal zu! So eine Liste funktioniert immer, und ich finde die Kontaktinformationen der Leute auch dann, wenn das Internet mal Probleme macht.«

Sie blätterte die Seiten durch. »Dann rufen wir also die beiden Getränkefirmen an, mit denen wir schon zusammengearbeitet haben, und danach die Theatergruppe der Stadt und vielleicht auch die der Schule, um Requisiten und so zu bekommen.«

Taylor schickte ein paar Textnachrichten raus, während meine Mutter eine Nummer in ihr Handy eintippte.

»Eine Boutique, die Bettys Kleid spenden will, haben wir schon. Eine von meinen Cousinen wird die Torte backen, denn eine Torte ist eine Torte, und wir lieben Torten.« Taylor zeigte uns Bilder von einer Facebook-Seite. Die Konditorei hatte sich auf Kindertorten spezialisiert, und sie sahen eher wie kleine Kunstwerke denn wie etwas zum Essen aus.

»Hört sich gut an.« Ich erstellte einen Zeitplan für das Event und informierte mich über Spieltermine und Turniere, um zu wissen, wen ich um Hilfe bitten konnte.

Ich erhielt eine weitere Nachricht. Bettys Lieblingsmärchen war Rapunzel, und mit dieser Information konnte es jetzt richtig losgehen. Wir suchten noch ein paar Stunden lang im Internet nach Ideen für die Party und Kostüme. Als es fast Zeit zum Abendessen war, kam Ruffian zur Haustür herein. Ich hatte keine Ahnung, was er getrieben hatte, war mir aber ziemlich sicher, dass er mit den Mädchen aus der Elften unterwegs gewesen war. Ein besitzergreifendes Knurren schnürte mir die Kehle zu.

Taylor stand auf und bildete aus Zeigefinger und Daumen beider Hände einen Rahmen, den sie vor Ruffians Gesicht hielt, als er die Treppe hochkam. »Wie sieht er aus? Na ja, einen Lidstrich braucht er schon, aber sonst …«

Ich sah es sofort. Ruffian könnte sofort in die Rolle des Prinzen in Rapunzel schlüpfen. »Oh ja. Absolut perfekt. In Disney World würde man ihn vom Fleck weg engagieren.«

Peaches rief ein Bild auf und hielt es neben Ruffians Gesicht. Die Ähnlichkeit war frappierend.

An Taylors Handy ging der Alarm los, und sie schaltete ihn ab. »Okay, darüber können wir später ja noch mal reden. Aber meinst du, das bekommen wir hin, Teddi?« Sie zog Kreise vor Ruffians Gesicht. »Und jetzt müssen wir los.«

Beide Mädchen küssten meine Mutter zum Abschied auf die Wange und zogen dann ab. Ruffian schaute etwas verwirrt drein, als sie ihn noch Flynn Rider nannten.

Mom schloss ihren Hefter und legte ihn in die Schublade zurück. »Heute Abend gibt's Chicken Wraps mit Brokkoli. Wenn ihr also noch Hausaufgaben aufhabt, solltet ihr die jetzt machen.«

Ich erhob mich mit meinem Laptop und brachte ihn nach oben. Ruffian klopfte mit den Knöcheln an meinen Türrahmen. »Darf ich reinkommen?«

»Klar, Flynn. Danke für die Gummibärchen heute. Sieht ja fast so aus, als würden deine Lakaien alles für dich tun.« Warum redete ich so mit ihm? Okay, gut, ich war eifersüchtig. Und ich wollte, dass er mich wieder küsste.

»Ich wollte nur mal nach dir sehen und schauen, ob Tasker wirklich kein Problem ist.« Er stand in meiner Tür wie ein Ritter, der auf die Entscheidung seiner Königin wartet. Er verwirrte mich. Einerseits behandelte er mich wie einen Schatz, andererseits schien er mich nicht mal mit einer Kneifzange anfassen zu wollen.

»Alles in Ordnung. Aber trotzdem danke. Weißt du eigentlich, dass es mir gar nicht bewusst war, wie sehr ich sein Verhalten hasse, bis du es unterbunden hast? Ständig sucht er mehr Körperkontakt, als ich will.« Ich verband meinen Laptop wieder mit der Steckdose.

»Ich hab gesehen, dass es dir nicht gefällt. Mir ist nur hinterher klargeworden, dass ich einen Typen aus deiner Clique gewissermaßen bedroht habe. Ich wollte nicht, dass es für dich unangenehm wird.« Er verschränkte die Arme vor der Brust.

»Schon okay. Alle wissen, dass Tasker eine Nervensäge ist. Ich bin dir dankbar. Aber ich will auch nicht, dass du in Schwierigkeiten gerätst. Ich komme schon klar mit Tasker.« Ich setzte mich auf die Bettkante und war mir sehr, sehr bewusst, wie viel Raum Ruffian in meinem Zimmer einnahm. Er ließ den Blick schweifen, als würde er alle Einzelheiten in sich aufnehmen.

»Okay, notiert.« Er machte Anstalten, mein Zimmer zu verlassen.

»Ähm, hast du schon Pläne für den Winterball?« Ich versuchte, mir vorzustellen, was für ein Outfit wir für ihn besorgen oder anfertigen müssten, um seine Verwandlung in Flynn Rider perfekt zu machen.

»Äh. Ich plane nicht hinzugehen, falls du dich das fragst.« Er löste die Arme und griff nach einem kleinen Bären aus Porzellan. Meine Mutter brachte mir von jeder Reise, die sie machte, kleine Teddyfiguren mit.

Plötzlich schämte ich mich. Oh. Er dachte, ich wollte von ihm zum Ball ausgeführt werden. Natürlich. Ich wedelte mit beiden Händen in der Luft. »Nein. Nein. Es geht nicht um ein Date oder so was. Wir veranstalten wieder eine Party, und das Lieblingsmärchen der Kleinen ist Rapunzel. Du siehst genau wie der Typ aus dem Film *Rapunzel – neu verföhnt* aus. Wärest du vielleicht bereit, sie zu dem Ball zu begleiten?«

Ich bemühte mich, Augenkontakt herzustellen, aber mein Blick landete irgendwo auf seiner Brust.

»Ich denke schon. Ich müsste nur schauen, ob ich vielleicht schon was vorhabe. Ich möchte die junge Dame ja nicht wegen anderer Verpflichtungen versetzen.« Er stellte den Bären wieder hin. »Das heißt also, Larissas Party ist gerade vorbei, da planst du schon die nächste? Da nimmst du ja ganz schön viel auf dich.« Er setzte sich auf den Holzstuhl vor meinem Schreibtisch.

Ich durchsuchte mein Handy und fand ein Foto von Betty. Nachdem ich es an ihn weitergeleitet hatte, zog er sein Handy hervor. Er wischte über seinen Bildschirm, und so konnte ich beobachten, wie er auf das Bild reagierte.

»Sie ist total bezaubernd.« Er meinte es ernst und sagte das nicht nur, um Pluspunkte bei mir zu sammeln.

»Sie ist eine Kämpferin und auch vom Kopf echt beeindruckend. Es ist wirklich traurig, wie viel Zeit ihr die Diagnose genommen hat. Sie geht noch nicht einmal mehr zur Schule. Sie ist einsam, und es liegt ein schwerer Kampf vor ihr. Ich muss mehrere Pläne für ihre Party ausarbeiten, falls sie sich nicht gut fühlt oder sogar im Bett liegen muss.« Ich hoffte wirklich, dass die Zeit reichte, um ihr noch etwas zu geben, das für sie und ihre Familie zumindest den Anflug eines glücklichen Tages hatte.

»Ich werde mein Bestes tun.« Er erhob sich vom Stuhl. »Ich überlass dich jetzt deinen Plänen.«

Und damit war er zur Tür hinaus. Seine Abwesenheit erzeugte ein Dröhnen in meinen Ohren. Meine Gefühle für ihn waren ein Problem.

Ruffian

Als ich wieder in meinem Zimmer war, gab ich mir innerlich einen Tritt in den Hintern. Ich plante, Megs Haus ein paar Tage vor dem Ball auszuräumen. Sie würde in zwei Wochen mit ihrer Familie nach Vail in Colorado reisen. Ich hatte alles ausgekundschaftet und würde das auch noch weiter tun. Heute war ich wieder zum Pfandgeschäft gefahren und hatte mich noch einmal mit Mr Sherlock getroffen. Bei unserem Gespräch hatte er mir erklärt, dass er und seine Hintermänner bereit seien, die Gemälde und den Schmuck für mich zu Geld zu machen. Außerdem hatte er gesagt, dass sie sich mit allen Polizisten befassen würden, die herumschnüffelten. Ich sollte also darauf achten, keine Spuren zu hinterlassen.

Es wäre eine Lüge, würde ich behaupten, dass ich nachts ruhig schlafen konnte. Mir kamen Zweifel, und ständig ging ich alles noch einmal durch. Ich beschloss, Lucas anzurufen. Vielleicht bekäme ich bei dem Gespräch eine Eingebung. Ich rief das Seasons an, und man konnte ihn ans Telefon holen.

»Ruff! Ich muss dir was erzählen.«

Das sah ihm gar nicht ähnlich. Normalerweise scherzte er und erzählte, was er an dem Tag erlebt hatte.

»Was ist los?«

Lucas atmete schnell. »Grandma / Mom ist wieder im Krankenhaus. Aber dieses Mal ist es nicht gespielt. Sie ist auf dem Weg zum Werkraum gestürzt. Ich hab ihr ein Kissen geholt, aber man hat sie mit dem Krankenwagen mitgenommen.«

»Hat sie mit dir geredet?« Ich überlegte, wen ich kontaktieren könnte, um herauszufinden, was die beiden jetzt brauchten.

»Oh ja. Sie hat geschimpft wie ein Rohrspatz. Sie wollte auf keinen Fall mitfahren. Aber sie sagten, sie müsste. Wird sie zurückkommen, Ruff?«

Sein fragender Tonfall zerriss mir das Herz. Er wollte Antworten.

»Warte. Hier ist Rena. Sie ist meine Freundin.«

Ich hörte das Rascheln, als der Hörer weitergegeben wurde.

»Hallo? Ruffian? Ich bin Rena. Ich arbeite als Angestellte im Seasons. Lucas sagte, Sie beide wären seit Jahren befreundet.« Sie kam ruhig und souverän rüber, und das war gut.

»Ja. Wir kennen uns schon sehr lange. Wie geht es Grandma / Mom?« Nervös wippte ich mit dem Fuß.

»Es werden ein paar Tests bei ihr durchgeführt. Sie wissen nicht zufälligerweise, wo ihre Versicherungskarte ist, oder?«

Ich konnte nur meine eigenen Atemzüge hören. Ich wollte ein Zeichen, keinen Schlag. »Nein, leider nicht. Aber ich bin mir sicher, dass sie irgendwo ist. Grandma / Mom geht immer sehr sorgsam mit solchen Sachen um.«

Das war gelogen. Ich wusste, dass sie keine besaß, aber ich wollte ihr etwas mehr Zeit verschaffen. Sie sollte die erforderlichen Tests erhalten, ehe die Frage der Bezahlung auf den Tisch kam.

»Können Sie auf Lucas aufpassen?«

»Aber ja, natürlich. Das ist Teil von dem, was wir hier tun. Möchten Sie wieder Lucas haben?«

Wir sprachen noch ein paar Minuten miteinander, ehe ich auflegte. Ich hatte ein Zeichen gewollt und es bekommen. Ich musste diesen Job erledigen … und zwar gut, um Geld für meine Leute zu beschaffen.

Ich schlief wie immer auf dem Fußboden, aber in dieser Nacht ließ ich das Fenster offen, um mich selbst daran zu erinnern, wo ich herkam.

37. KAPITEL

Ruffian

Heute war der Tag der Tage. Donnerstag, der Morgen des Einbruchs. Es war der Tag, an dem ich alles verändern würde. Ich würde meine Mutter stolz auf mich machen. Es wäre ein Vermächtnis, und ich würde der Community ein letztes Mal in großem Stil helfen.

Ich fuhr Teddi zur Schule und ging mit ihr durch den Haupteingang, um aber gleich wieder kehrtzumachen, indem ich behauptete, meine Hausaufgaben vergessen zu haben.

Ich war nicht dumm. Ich war mir ziemlich sicher, dass man sich zusammenreimen würde, dass ich es gewesen war. Ich war der Neue. Ich selbst würde mich auch sofort als Verdächtigen betrachten.

Ich bedauerte jetzt schon, was kommen würde, und musste immer wieder daran denken. Ich hatte ein schlechtes Gewissen wegen der Handwerker, denen man die Renovierungsarbeiten anvertraut hatte, während Meg und ihre Familie in Vail waren und die Hausangestellten ihren wohlverdienten Urlaub genossen. Die Leute, die den Auftrag ausführen sollten, waren hart arbeitende Männer. Wegen meines Plans würde man sie sehr genau unter die Lupe nehmen und vielleicht auch fälschlich anklagen. Aber ich würde das aufklären und gestehen, dass ich es gewesen war. Was ich mit dem Diebesgut gemacht hatte, würde ich jedoch niemals preisgeben.

Ich stieg in den Maleroverall. Mithilfe von Ronnas allgegenwärtigem Beschriftungsgerät hatte ich das Logo der Firma auf meinem Namensschild gefälscht. »Malerbetrieb Paul« sah echt aus.

Außerdem wusste ich, dass die Firma auch Zeitarbeiter beschäftigte. Solange ich die passende Arbeitskleidung trug, nicht viel redete und ein bisschen arbeitete, würde ich nicht weiter auffallen. Außerdem musste ich nur vor dem Mittagessen rein und wieder raus. Ich kannte mich im Haus gut aus.

Ich parkte im Wald und ging zu Fuß zum Anwesen. Um halb neun machte ich mich einfach an die Arbeit und griff mir einen Farbeimer und eine Plane.

Brisco war der Vorarbeiter. Er teilte die Leute ein, die sich unterschiedliche Räume vornehmen sollten. »Ihr vier ins Arbeitszimmer. Deckt alles ab. Ich will, dass alles bis in den letzten Winkel sauber bleibt. Wenn chemische Reinigungsmittel benutzt werden müssen, fragt zuerst. Es gibt genug Löcher, die zuerst gefüllt werden müssen. Vor dem Streichen werden die Wände gesäubert. Achtet darauf, keine Flecken zu machen. Was die hier am Morgen in der Toilette runterspülen, ist mehr wert, als jeder Einzelne von uns im Jahr verdient. Wir wollen nicht, dass irgendwelche Forderungen an die Versicherung gestellt werden. Tragt Überziehschuhe und geht zum Pinkeln nach draußen. Das gilt vor allem für dich, Meatfark.«

Wir staffierten uns mit Überziehschuhen und Masken aus. Solange ich nicht auffiel, machte ich meine Sache gut. Na ja, theoretisch. In Wirklichkeit schwitzte ich und hatte das Gefühl, mich wie der Bösewicht in einem Horrorfilm zu bewegen. Cool bleiben, normal auftreten, nicht auffallen.

Die Arbeiter verhielten sich mir gegenüber zurückhaltend.

Ein paar nippten draußen noch an Energydrinks, ehe sie die Überschuhe anzogen. Und kurz bevor wir das Haus betreten wollten, fuhren drei Elektriker vor.

Perfekt. Meg hatte davon gesprochen, dass alle Steckdosen neu verkabelt, mit einer USB-Schnittstelle und zusätzlichen Einsteckmöglichkeiten versehen werden sollten, weil einige ihrer Lieblingsgeräte aus Europa kamen und sie sich keine Gedanken wegen irgendwelcher Adapter machen wollte.

Die Elektriker mussten ebenfalls Überziehschuhe anziehen und informierten uns gleich, in welchen Abschnitten der Strom als Erstes abgeschaltet werden würde. Sie waren meine Joker. Allerdings war ich mir nicht sicher, welche Bereiche als Erstes keinen Strom mehr haben würden. Deshalb musste ich, bevor mein Raubzug begann, den Sicherungskasten finden und alles ausschalten. Denn um voranzukommen, war es wichtig, dass die Kameras nicht funktionierten.

Als Nächstes fuhr das Team, das den Fußboden verlegen würde, vor und dann auch noch ein Minivan, dessen Aufschrift die Insassen als Aufräumexperten auswies.

Heute würde es hier wie auf einem Jahrmarkt zugehen. Ich hatte den richtigen Tag erwischt, und es ermutigte mich, das allgemeine Durcheinander zu beobachten.

Trotzdem war ich nach wie vor am Schwitzen. Der Fahrstuhl stand für uns nicht zur Verfügung, aber ich war mit zwei anderen für den Flur im ersten Stock eingeteilt worden. Ein weiteres Zeichen, denn genau dort wollte ich hin.

Auch wenn zwei andere Männer in meiner Nähe waren, ergaben sich daraus keine Probleme, denn alles war so weitläufig, dass jeder von uns in einer anderen Richtung verschwand. Die meisten trugen Kopfhörer bei der Arbeit. Ich nicht. Ich stellte die Ohren auf. Ich lauschte und schrubbte. Die Elektriker nahmen Sicherungen heraus. Ich schaute in meinen Eimer mit

Schmutzwasser und beschloss, dass jetzt der richtige Moment war, um damit loszuziehen und es wegzukippen.

Vorsichtig ging ich die Treppe runter, bis ich auf Brisco stieß.

»Wo kippen wir das weg? Oben in der Toilette?« Ich hob meinen Eimer leicht an, damit er wusste, wovon ich sprach.

»Nein. Allmächtiger. Die wollen doch nicht, dass ihre Rohre mit dem Dreckswasser aufgefüllt werden. Denk doch mal nach, Junge. Schütte es draußen weg. Aber nicht in der Nähe der Pflanzen. Und neues Wasser wird aus dem Keller geholt … nicht aus den Badewannen. Die Bäder werden gar nicht betreten. Die Kunden wollen, dass wir uns wie Geister im Haus bewegen. Bist du heute zum ersten Mal dabei?«

Brisco sah aus, als würde er morgens, mittags und abends Mittel gegen Sodbrennen nehmen. Jeder Wutanfall im Laufe des Vormittags ließ ihn noch roter anlaufen. Als ich meinen Eimer das dritte Mal entleerte, schaffte ich es, in die Nähe des Sicherungskastens zu gelangen, weil die Elektriker gerade eine Zigarettenpause machten. Ich hörte, wie sich einer von den Teppichbodenverlegern beschwerte, dass man zum Rauchen vom Grundstück runterfahren müsse. Die Familie wolle jede Quelle des Passivrauchens ausschließen. Man behauptete sogar, dass Meg Asthma habe, was nicht stimmte.

Ich hatte Megs Vater ein paarmal dabei beobachtet, wie er abends in seinem Arbeitszimmer geraucht hatte. Mit anderen Worten: Das waren ausgemachte Heuchler. Gerade als ich an sie dachte, erhielt ich eine Nachricht mit Foto von Meg. Sie saß in einer riesigen Badewanne mit sorgfältig verteiltem Schaum.

Meg: Ändere deine Meinung. Ich vermisse dich.

Ich hätte zurückschreiben können: *Ich bin näher, als du denkst.* Aber ich tat es nicht. Ronna rief mich an, und danach auch

Gaze. Ich nahm an, sie hatten erfahren, dass ich nicht in der Schule war. Wahrscheinlich benachrichtigte die Schule die Angehörigen, wenn man schwänzte. Aber ich hatte eine Entschuldigung. Ich besuchte Lucas wegen seiner Großmutter.

Es fühlte sich ein bisschen falsch an, diesen Unglücksfall als Vorwand zu benutzen, aber am Ende würde sie dadurch eine medizinische Versorgung erhalten, die auch bezahlt wurde.

Sobald der Strom abgeschaltet war, war der Moment gekommen, zur Tat zu schreiten. Ich stellte den frisch gefüllten Eimer mit Wasser vor dem Schlafzimmer von Megs Mutter ab. Dann benutzte ich den pfeilförmigen Dietrich meiner Mutter, um in den Raum zu kommen. Er war nicht Bestandteil der Renovierungsarbeiten und dementsprechend abgeschlossen. Ich schlüpfte hinein und ging zum Safe. Das rote Lämpchen war noch an. Offensichtlich war er nicht mit dem Hauptstromkreis verbunden oder besaß eine zusätzliche Sicherung. Das war recht wahrscheinlich, denn ich hatte mir die Herstellerangaben angeschaut. Ich benutzte die Zahlenkombination, die ich Meg hatte eingeben sehen.

Das rote Lämpchen wurde grün, und ich konnte den Hebel des Safes anheben.

Im Innern lagen fast alle Juwelen von Megs Mutter. Einige lagen auf samtbezogenen Laden, andere in passenden Behältnissen, die auf die Form des Schmuckstücks zugeschnitten waren. Ich nahm drei Handvoll und füllte damit Hosentaschen meines Overalls.

Ich schloss den Safe und holte tief Luft. Es gab ein paar Szenarien, die jetzt passieren könnten. Möglicherweise war ein Alarm ausgelöst worden, von dem ich nichts wusste. Zum Beispiel konnte eine Meldung an die Polizei ergangen sein, dass der Safe geöffnet worden war. Oder vielleicht wurden Megs

Eltern über eine Textnachricht darüber informiert, dass jemand sich am Safe zu schaffen gemacht hatte. Schnell verließ ich den Raum und sperrte die Tür hinter mir ab.

In dem Moment hätte ich das Haus verlassen sollen. Mit jeder Sekunde länger forderte ich den Ärger förmlich heraus. Aber hier galten andere Regeln. Dies war mein letzter Coup. Er musste groß sein. So groß, dass er Leben veränderte.

Ich huschte durch das Haus zu Megs Zimmer. Wieder musste ich das Schloss knacken. Auch ihre Räumlichkeiten sollten nicht renoviert werden, und ich hatte hier eigentlich nichts zu suchen. Aber jetzt war ich drin. Ich ging zu ihrer Kommode und raffte so viel wie möglich von ihrem Schmuck zusammen. Er war nicht so exquisit wie der ihrer Mutter, aber trotzdem mehr wert, als ich je in Händen gehalten hatte. Ich nahm ihre schwarze Kuriertasche aus dem Schrank, packte meine Beute hinein und ließ sie offen. Es war noch genug Platz für die beiden kleinen, lächerlich berühmten Gemälde. Ich musste mich an zwei Raumgestaltern vorbeistehlen, doch sie waren völlig in ihre Arbeit vertieft und sahen sich Teile des Hauses an, die sie wohl umdekorieren sollten.

Ich ging weiter zur Gemäldesammlung. Hier sollte nicht gestrichen werden, doch als ich die beiden Bilder von der Wand nahm, kam dahinter hellere Farbe zum Vorschein, weil die Stellen durch die Bilder vor der Sonne, die durch die hohen Fenster fiel, geschützt worden waren.

Und dann war es geschafft. Es war ganz einfach gewesen. Das Schwerste war jetzt, meine Schuldgefühle zu überwinden. Ich hielt eine Zigarette hoch und deutete auf die Tür, als ich das Haus verlassen wollte und dabei von Brisco bemerkt wurde.

»Aber mach schnell, Wasserträger. Wir haben keine Zeit für dein Gepaffe.«

Ich hob das Kinn. Er sagte nichts zu Megs Tasche mit den spitzen Ecken, die sich unter dem schwarzen Stoff deutlich abzeichneten.

Draußen steckte ich mir die Zigarette hinters Ohr und ging auf direktem Weg durch den Wald zum Truck. Das war's. Ich hatte es getan. Neben mir auf dem Beifahrersitz lag Gott weiß wie teurer Kram.

Mein Schicksal war besiegelt. Jetzt musste ich schnell sein, ehe man mich erwischte. Ich musste ein paar Leben verändern.

38. KAPITEL

Teddi

Ruffian fehlte den ganzen Tag in der Schule. Zur Mittagszeit ging ich nach draußen und sah, dass auch sein Truck nicht da war. Er hatte mich nur an der Schule abgesetzt. Ich schickte ihm ein paar Textnachrichten, die aber nicht gelesen wurden.

Ich wusste, dass er – aus welchen Gründen auch immer – auf Abstand ging, und das tat weh. Aber dies hier fühlte sich gefährlicher an, und ich konnte nicht sagen warum.

Vielleicht weil er sonst immer auf mich aufpasste. In der Schule war er der Neue, aber wenn ich ihn in der Menge entdeckte oder am Ende des Gangs, hatte er mich immer schon im Blick.

Ich spielte mit dem Gedanken, Gaze eine Nachricht zu schicken, aber das fühlte sich zu sehr nach Petzen an, und das wollte ich nicht. Also holte ich mein Handy hervor und rief Austin an.

»Teddybärchen, was ist los?« Er schaltete sofort auf einen Videocall mit mir um. Das machte er mit Absicht, um abschätzen zu können, ob es mir wirklich gut ging oder nicht. Ich sah ihn mit besorgter Miene an.

Er hielt sich gerade in einem Laden auf, der wie ein Coffeeshop wirkte. »Lass mich rausgehen. Hier drin ist es zu laut.« Auf dem Display sah ich das Bild für einen Moment nur noch verschwommen. Schließlich war wieder sein Gesicht zu sehen und hinter ihm eine Ziegelsteinmauer.

»Ruffian ist verschwunden ... als wäre er weggegangen. Und jetzt weiß ich nicht, was ich tun soll.« Ich hätte auch Peaches oder Taylor nach ihrer Meinung fragen können, aber ich wollte hören, was Austin dazu sagte.

»Was meinst du damit – *er ist verschwunden*? Ist es so ernst, dass man die Polizei anrufen sollte, oder schwänzt er einfach nur?« Austin strich sich das Haar aus den Augen und setzte seine Sonnenbrille auf. Seine Ringe funkelten im Sonnenschein.

»Er hat mich zur Schule gebracht, kam mit uns rein und ist dann zum Truck zurückgegangen, um was zu holen. Und dann war er weg. Ich kenne ein paar Leute aus seinen Kursen, und alle sagen, dass er heute nicht da war. Ich habe ihm Nachrichten geschickt, und er antwortet nicht.«

Austin hob einen Finger. »Halt.«

Ich wartete, während seine Videoübertragung pausierte. »Also, wenn ich das richtig erkenne, ist er laut der Handy-Ortungs-App, die Dad bei uns allen aufgespielt hat, auf dem Weg nach Poughkeepsie.«

»Ah. Gute Idee. Ich hatte ganz vergessen, dass wir das haben. Ich hab nur Grandma auf meinem Handy. Sonst sehe ich keinen aus der Familie.« Also war mit Ruffian alles in Ordnung – oder zumindest sein Handy war es –, und das war auf dem Weg nach Poughkeepsie.

»Hast du eine Mitfahrgelegenheit nach der Schule?« Austins Gesicht erschien wieder auf dem Bildschirm.

»Ja. Taylor bringt mich immer nach Hause. Heute Nachmittag ist zwar noch ein Cheerleader-Treffen, aber in der Zeit kann ich Hausaufgaben machen.« Ich biss mir auf die Unterlippe.

»Willst du, dass ich nach ihm suche? Ich kann dem Tracker folgen.« Ich sah, dass er im Geiste seine Pläne für den heutigen Tag durchging, und was immer auf seinem Terminplan stand, es würde ihm Umstände bereiten, alles umzulegen. Das war Quatsch. Ich war einfach nur grundlos besitzergreifend und neugierig. Ruffian schuldete mir gar nichts. Allein der Gedanke fühlte sich schon falsch an – als würde er mir etwas schulden und ich ihm auch.

»Nein. Aber danke, dass du ihn ausfindig gemacht hast. Ich schreibe dir später. Ich hab dich lieb.«

Austin warf mir einen Luftkuss zu und schloss den Call. Ich konnte hören, dass er ein anderes Gespräch begann, ehe die Verbindung ganz weg war.

Ich musste mich entspannen oder zumindest auf die Schule konzentrieren. Außerdem blieben mir noch wenige Tage, um die Pläne für Bettys Winterball unter Dach und Fach zu bekommen. Es war also noch viel zu tun. Da bestand kein Grund, sich wegen eines fast erwachsenen jungen Mannes mit eigenem Wagen und Handy Gedanken zu machen. Er war unterwegs, weil er das so wollte, und aus keinem anderen Grund.

Ich ging wieder rein, als die Glocke gerade läutete. Den Kopf einziehen, den Schultag hinter mich bringen und seinen Namen wohl hundertmal in meinen Block kritzeln, war mein Plan für die restlichen Schulstunden.

Ruffian

Es herrschte kaum Verkehr, als ich mit dem Truck auf den Parkplatz in Poughkeepsie fuhr. Ich hatte die Tasche voller Wertsachen bei mir und ein Gesicht aufgesetzt, das hoffentlich nicht verriet, wie wertvoll der Inhalt von Megs Tasche war.

Ich war hypersensibel für jedes Geräusch und jedes aufblitzende Licht. Meine Uhr lief ab. Man würde den Raub auf mich zurückführen. Das war nur eine Frage der Zeit. Wenn es ihnen nicht gelang, wäre das natürlich toll. Aber ich würde nichts leugnen, wenn die Polizei zu mir kam.

Während ich zum Pfandhaus ging, erinnerte ich mich an den Moment, als Mom mich dieses Verhalten gelehrt hatte.

Ich war ungefähr acht Jahre alt gewesen, als wir vor dem hiesigen Supermarkt gesessen hatten. Wir bettelten. Das wusste ich jetzt, aber damals hatte meine Mutter mir erklärt, es sei eine Unterrichtsstunde in Mathe und die Gelegenheit für Fremde, ihr besseres Ich zu finden. Es gab ihnen ein gutes Gefühl, wenn sie uns etwas gaben – genau, wie wir uns freuten, wenn wir wieder anderen etwas geben konnten.

Ich wusste, dass meine Ohren rot waren, als ich an den Trick dachte, den Mom auf Lager hatte. Sie nahm den Leuten die Scham ab, die den meisten Menschen an der Seele haftete, und ließ sie wie einen Ballon davonfliegen.

Manchmal gab es bei dem Supermarkt einen Sonderverkauf. Die Kunden sollten den Eindruck bekommen, dass es sich um Schnäppchen handelte, aber in Wirklichkeit war es ganz normale Ware, die in der Sonne heiß wurde.

Mom sang, wie sie es gern tat, wenn wir sammelten, was in den Brieftaschen der Leute steckte, als der Filialleiter des Supermarkts plötzlich wütend vor mir stand.

Ehe ich mich an Moms Seite flüchten konnte, packte er meinen Arm. »Ich hab gerade erfahren, dass du jemandem die Brieftasche gestohlen hast. Ich habe es dir schon mal erklärt und hoffe, ich muss es nicht noch mal tun: Du wirst jetzt von hier verschwinden.«

Dann sah er Mom an. Ihr Blick war auf seine Hand gerichtet, die um meinen Arm lag. »Lassen Sie meinen Sohn los.«

»Erst wenn er mir die Brieftasche zurückgegeben hat.« Er drückte meinen Arm noch fester.

»Was hab ich getan, Mom?« Ich bekam es mit der Angst zu tun. Mom hatte mir erklärt, dass wir vorsichtig sein müssten … dass nicht alle wollten, dass sie und ich eine Familie blieben.

Mom griff nach ihren Sachen und der Kaffeekanne, die wir zum Sammeln benutzten, und stellte sich vor den Filialleiter.

Ich versuchte, mich ihm zu entwinden, aber er ließ nicht los. Mom lächelte. »Hören Sie gut zu. Sie lassen jetzt sofort meinen Sohn los, sonst finden Sie gleich heraus, was eine Frau, die nichts zu verlieren hat, einer anderen Person antut, um ihr Kind zu beschützen.«

Mit Mom war in diesem Moment nicht zu scherzen, obwohl sie lächelte. Er ließ meinen Arm los, und ich trat schnell zu meiner Mutter.

»Hey Bill«, rief ein Mann, der bei den Einkaufswagen stand, »ich hab sie gefunden! Ich hab sie wohl hier im Einkaufswagen liegen gelassen. Schon verrückt. Danke für die Hilfe.«

Mom würdigte den Filialleiter keines Blickes, als dieser etwas grummelte. Wir gingen und kamen ein paar Jahre nicht mehr zu dieser Stelle. Aber gleich danach – noch ehe Fingerabdrücke des Filialleiters auf meiner Haut verblasst waren – erklärte meine Mutter mir, welche Lehre aus dem Vorfall zu ziehen war.

»Hast du gesehen, was da passiert ist? Der Mann, dem seine Brieftasche abhandengekommen war, hat aus irgendeinem Grund dir dafür die Schuld gegeben. Er hätte die Schuld zuerst bei sich selbst suchen und schauen sollen, wo die Brieftasche ist, ehe er jemand anders belastet. Dir ist durch seine Gedankenlosigkeit wehgetan worden. Es ist wichtig, darauf zu achten, alles getan zu haben, was man kann, denn wenn man anderen die Schuld gibt, kann sie das verletzen. Lass nie jemand anders für deine Fehler zahlen, Ruff. Und du wirst Fehler machen. Das tun wir alle.«

Als ich am Hintereingang des Pfandhauses klopfte, wurde mir klar, dass sie Angst gehabt hatte. Und zwar nicht wegen der Brieftasche, sondern wegen der Folgen, die die Gedankenlosigkeit des Mannes auf mein Leben hätte haben können. Wäre ich fälschlicherweise angezeigt worden, hätte das die zarte Blase von Sicherheit, die Mom und mich zusammenhielt, zum Platzen gebracht. Deshalb würde ich niemals zulassen, dass jemand anders seinen Kopf für Dinge hinhielt, die ich verbrochen hatte.

Als Tisha mich dieses Mal sah, öffnete sie gleich die Tür und winkte mich herein. Es war an der Zeit, mich mit den dicken Fischen zu befassen.

Mr Sherlock lehnte lässig am Schreibtisch und erwartete mich. »Wurdest du verfolgt?«

Ich schüttelte den Kopf. Niemand war mir gefolgt. Dessen war ich mir sicher. Oder zumindest war man mir noch nicht auf der Spur.

Lock richtete sich auf und deutete auf die Tischfläche. Ich stellte die Tasche auf den Tisch und holte als Erstes vorsichtig die beiden Gemälde heraus. Dann legte ich eine Handvoll des Schmucks auf die Tischplatte. Locks Hand glitt über die Edelsteine und das Gold.

»Echt jetzt, Junge? Das hast *du* alles geklaut?« Lock holte sein Handy heraus und schickte eine Nachricht raus.

»Können Sie mir das Geld jetzt gleich geben? Ich muss wieder zur Schule. Ich muss jemanden abholen.«

Ich holte auch den Rest aus der Tasche und überprüfte dann noch einmal, ob ich nichts übersehen hatte. Ich entdeckte eine Brosche, die sich im Innern verhakt hatte. Es handelte sich um einen kleinen Teddybären aus Gold mit Augen aus blauen Edelsteinen. Die Brosche musste ich wohl aus Megs Zimmer mitgenommen haben. Statt sie zu den anderen Schmuckstücken zu legen, ließ ich sie in der Tasche. Das war wahrscheinlich dumm, aber heute hatte ich es mit Zeichen.

Die Hintertür des Pfandhauses ging auf, und es kamen zwei Typen herein. Der eine war ein riesiger Kerl mit dem Körper einer Actionfigur und dem Lächeln eines Supermodels. Der andere war zierlicher und hatte die Kapuze seines Pullovers so tief ins Gesicht gezogen, dass man davon nichts erkennen konnte.

»Havoc. Und du heißt?« Der große Mann reichte mir die Hand, und meine verschwand förmlich darin. Er schüttelte sie, ehe sein Blick zu meiner Beute auf dem Tisch ging. »Mit so einem Zeug wird es bald richtig heiß werden für dich. Bist du darauf vorbereitet?«

Ich zuckte die Achseln. »Ich habe das von langer Hand geplant. Jetzt lass ich die Dinge einfach laufen. Solange ihr sauber seid und das Ganze nicht auf einen der Leute zurückfällt, bei denen ich lebe, ist die Sache für mich klar.«

»Willst du Bargeld?«, fragte der Kapuzenmann. Ich sah nur seine Augen kurz aufblitzen, versuchte aber, nicht zu genau hinzusehen.

»Ja, Sir. Saubere Scheine, die nicht zurückverfolgt werden können.« Ich spürte die Gefahr in diesem Raum. Nichts könnte diese Kerle davon abhalten, mich umzubringen und alles für sich selbst zu behalten – außer dass sie früher mit meiner Mutter zusammengearbeitet hatten.

»Du bist Ivys Sohn?« Havoc setzte sich hinter den Tisch, und Sherlock wirkte leicht erschrocken – als wäre er nervös.

»Ja, Sir.« Ich wollte das Geld und dann verschwinden. Wenn das so weiterging, würde ich nicht rechtzeitig bei Teddi sein, um sie nach Hause zu fahren. Ich würde ihr eine Nachricht schreiben müssen, damit sie sich eine andere Mitfahrgelegenheit suchte. Taylor würde sie sicherlich fahren.

»Sie war eine außergewöhnliche Frau. Wir waren sehr traurig, als wir hörten, dass sie gestorben ist.« Havoc faltete die Hände vor sich und erinnerte mit seiner Haltung eher an einen Priester als an einen Mafiaboss. »Ich kann dir Folgendes anbieten: Ich muss erst einmal prüfen, ob die Sachen echt sind und jemanden für die Gemälde finden. Wenn die Sachen geklaut worden sind, wird's schwerer. Ich kann dir jetzt die Hälfte in bar geben und den Rest, wenn wir alles verkauft haben.«

Ich schaute von Havoc zu Sherlock und zu dem Kapuzentyp und wieder zurück. »Moment. Das war nicht der Deal. Ich sollte die volle Summe bekommen.«

Ich hatte plötzlich das Gefühl, als würde ich keine Luft mehr bekommen. Ich brauchte alles. Nur der Himmel wusste, wie hoch allein Grandma / Moms Krankenhausrechnung ausfallen würde. Ich merkte, dass meine Knie ganz weich wurden. Es musste den ganzen Aufwand wert gewesen sein. Dieser Coup musste es wert sein, Teddi zu verlieren. Ich spürte einen Stich im Herzen. Eine ganz leise Stimme in meinem Kopf sagte mir, dass nichts es jemals wert sein würde, sie zu verlieren.

Das hier war mein Ziel gewesen. Ich wünschte nur, es fühlte sich mehr so an, als hätte ich einen Sieg errungen. Ich hatte es zum Gedenken an meine Mutter getan, doch auf einmal fühlte es sich völlig falsch an – als wollte ich kotzen und mir gleichzeitig einen Tritt in den Hintern verpassen.

»Junge, geht's dir gut?«, fragte der, dessen Gesicht man nicht erkennen konnte. Er hatte sich nicht von der Stelle gerührt, aber ich spürte seinen Blick.

Ich nickte. Ich konnte das durchziehen. Mit meiner lädierten Moral würde ich mich später befassen. Zuerst kam jetzt das Geld.

»Hey«, sagte Lock, »zu unserer Verteidigung will ich mal anmerken, dass das die doppelte Menge von dem ist, was du angekündigt hattest. Die Ware ist heiß. Man muss die Sachen einschmelzen. Die Gemälde werden wir erst mal ein paar Jahre zurückhalten. Die Sachen kann man alle viel zu leicht zurückverfolgen.«

»Gib ihm alles«, sagte der Kapuzenmann.

Havoc warf einen Blick über die Schulter, und Lock schluckte einen weiteren Einwand runter. Der mit der Kapuze war der Boss. Das war erschreckend, denn die anderen beiden konnten mich wahrscheinlich zu Hackfleisch verarbeiten, ohne dabei überhaupt ins Schwitzen zu geraten.

»Alles?« Lock schien das Gold im Geiste zu wiegen.

Der Kapuzentyp sagte nichts mehr.

»Okay, aber es wird etwas dauern, alles auszurechnen.« Lock nahm eine Waage aus dem Bücherregal, und Havoc holte eine Rechenmaschine aus der Schreibtischschublade.

Ihr Boss wartete einfach nur. Er war so still, dass man den Eindruck bekam, er würde noch nicht einmal atmen. Ich wusste nicht, was ich mit mir anfangen sollte. Also verlagerte ich mein Gewicht von einem Fuß auf den anderen und versuchte, nicht ängstlich zu wirken, obwohl die Furcht meinen ganzen Körper beherrschte.

Wieder schaute ich mich im Raum um und versuchte, mir nichts einzuprägen, denn mir war klar, dass er die Keimzelle zahlreicher Gesetzesverstöße war. Viel Böses war hier passiert. Als ich nach links schaute, stand der Mann mit der Kapuze plötzlich einen knappen halben Meter neben mir. Er hatte sich wie einer der weinenden steinernen Engel aus *Doctor Who* bewegt, und ich bekam beinahe einen Herzinfarkt.

»Mein Gott!« Ich zuckte zusammen, weil ich meine Überraschung mit diesen Worten verraten hatte.

»Ich kannte deine Mutter.« Ich nahm an, dass er mit mir sprach.

Oh, bitte, lieber Gott. Jetzt keine blöden Bemerkungen über meine Mutter. Denn dann würde ich auf ihn losgehen und versuchen, die gestohlenen Sachen wieder an mich zu reißen.

»Ich auch.« Ich spielte mit dem Reißverschluss von Megs Tasche, und obwohl er ein unangenehmes Geräusch machte, konnte ich nicht damit aufhören.

»Sie lebte in der Zeltstadt. Ständig versuchte sie, Sachen für die Leute dort zu organisieren.« Er bewegte die Hand, und ich sah, dass sie vollständig mit Knochentattoos bedeckt war, als hätte er sein Skelett von innen nach außen gekehrt.

»Das war ihr Lebensinhalt.« Darauf musste ich mich jetzt konzentrieren. Wenn ich hier lebend rauskam, würde ich ihnen allen helfen können.

»Eigentlich war es das nicht.« Er hob den Kopf. Ich war ein bisschen größer als er. Durch die Bewegung konnte ich seine Lippen und das Kinn erkennen. Auch hier waren Knochen tätowiert. Der Unterkieferknochen umrahmte seine Lippen. Ich würde nicht mit ihm diskutieren, aber ich wusste, wofür meine Mutter gekämpft hatte. »Du warst ihr Lebensinhalt.«

Meine Seele bröckelte und zerfiel zu Asche. Peinlicherweise füllten sich meine Augen mit Tränen.

»Es tut mir leid, dass du sie verloren hast, Junge.« Die Skelethand schoss nach vorn und grub sich in meine Schulter.

Ich nickte einmal kurz wie ein Mann und richtete dann den Blick zu Boden. Ohne ein paar Taschentücher würde ich nichts zu dieser Unterhaltung beitragen können.

»Weißt du schon, was du mit dem Geld machen willst?« Er ließ seine Hand sinken.

Ich schob meine Hände in die Hosentaschen. »Ja. Das Gleiche, was meine Mutter getan hätte.«

Ich schniefte.

»Hab einfach einen guten Plan. Es wird eine Menge Geld sein.«

Er trat zurück und nickte Lock zu.

Lock zuckte die Achseln und trat ans Bücherregal. Als er mit einem Finger auf eins der Bücher drückte, ging eine versteckte Tür auf. Sie hatten einen Safe, der genau wie ein Stapel Bücher aussah. Er begann, Geldbündel neben den Schmuck auf den Tisch zu legen, während Havoc immer noch weiter rechnete.

Mein Herz raste. Der Kapuzentyp ließ bei jedem Bündel den Daumen einmal über alle Scheine gleiten, ehe er ihn zu mir schob.

»Das ist eine Million Dollar. Willst du alles in deine Tasche tun?«

Ich zog wieder an dem nervigen Reißverschluss und hielt die Tasche auf. Ich hatte sogar Angst, das Geld zu berühren. Der Mann mit der Kapuze begann, das Geld in Megs Tasche zu stapeln. Dabei berührte seine Hand die Brosche in Form eines Gummibärchens. »Die willst du behalten?«

»Ja. Ich kenne ein Mädchen, dem die Brosche gefallen würde.« Ich räusperte mich.

»Ja, gut, aber es ist heiße Ware. Vergiss das nicht. Wenn du erwischt wirst, verweist der Schmuck auf uns. Wir werden sagen, dass wir keine Ahnung gehabt hätten, wer du bist, und wir davon ausgegangen wären, dass alles in Ordnung ist. Wir werden dich nicht vor der Polizei beschützen.« Er verstaute das letzte Bündel Banknoten, dann klopfte er einmal auf die Tasche und zog den Reißverschluss für mich zu.

»Ja, alles klar.« Was schrieb die Etikette für solche Situationen vor? Ich versuchte das Einfachste. »Danke.«

»Danke mir nicht, Junge. Du wirst dir ein paar Beine ausreißen müssen, ehe du dich entspannt zurücklehnen kannst … falls du weißt, wo ich herkomme.« Havoc stand auf, und es war offensichtlich Locks Aufgabe, im Arbeitszimmer aufzuräumen.

Und dann waren beide weg, sodass nur noch Lock und ich im Zimmer zurückblieben. Er fing an, den Schmuck nach Gold und Farbschattierungen zu sortieren, bis er schließlich aufschaute. »Mann, verschwinde endlich. Gott im Himmel.«

Ich verließ das Pfandhaus und trat den gefährlichsten Gang meines Lebens an. Schlimmer als das Verlassen von Megs Haus war jetzt das Gefühl, mit einer Million Dollar in der Tasche in die Stadt zu gehen.

39. KAPITEL

Teddi

Die Planung von Bettys besonderem Tag schritt gut voran. Es war ein tolles Ballthema, denn für eine Prinzessin und Märchen waren alle zu begeistern. Ich hoffte, dass Betty alles würde genießen können: die Fahrt zusammen mit ihrer Schwester in einer Stretchlimousine als »Kutsche«, das wunderschöne Kleid und ihre Rolle als Ballkönigin. Es war zwar kein Abschlussball, wie sie es sich gewünscht hatte, aber man konnte einfach nicht wissen, ob sie bis zum Mai warten konnte. Man hatte mich darüber informiert, dass ihr letzter Scan Anlass zu großer Sorge gäbe. Unter Umständen würde sie Schmerzen haben, was ich in die Planung miteinbeziehen musste. Gaze sagte, er habe noch ein Kostüm von einer Halloween-Feier, zu der er mit Pixie gegangen war, das geeignet wäre, um Ruffian als Flynn Rider zu verkleiden.

Meine Gedanken schweiften wieder ab. Zu ihm. Ich hatte immer noch das Gefühl, dass etwas nicht in Ordnung war – etwas Lebensveränderndes. Mir gefiel dieses Gefühl nicht.

Taylor und Peaches fuhren mich nach ihrem Cheerleader-Treffen nach Hause und spekulierten ebenfalls darüber, wohin Ruffian verschwunden sein könnte.

Peaches beugte sich nach vorn. »Er macht wahrscheinlich irgendwelche Erledigungen. Wir dürfen nicht immer vom Schlimmsten ausgehen.«

Taylor reichte mir ihr Handy. »Schau nach. Da kannst du ihn finden.«

»Du hast die Tracking-App meiner Familie?« Ich gab den Code zum Entsperren ihres Handys ein.

»Natürlich. Deine Mom sagte, ich würde so häufig mit dir rumfahren, dass sie nie sagen könnte, wo du bist.« Taylor klappte ihre Blende herunter, weil ihr die Sonne in die Augen schien.

Peaches zeigte mir dieselbe App auf ihrem Handy. »Ich hab sie auch, aber bei mir sehe ich nur deine Großmutter. Die Frau kann nicht eine Minute lang zu Hause sitzen.«

Ich warf einen kurzen Blick auf ihre App. Peaches konnte eindeutig fast auf nachrichtendienstlichem Niveau die Bewegungen meiner Großmutter und dadurch auch meines Großvaters verfolgen. Die beiden klebten wie siamesische Zwillinge aneinander. Ihre derzeitige Leidenschaft trieb sie immer wieder in die Antiquitätenläden in der Stadt, wo sie nach besonderen Möbelstücken Ausschau hielten. Beide hatten ein Auge dafür und stöberten gern bei Trödlern. Angesichts der Zeiträume, die sie jeden Tag außer Haus verbrachten, waren sie dadurch offensichtlich schwer beschäftigt.

»Peaches benutzt nur meine Miniversion der Stalker-App, aber du …« Ich sah, dass alle fünfzehn Personen meiner Familie sowie Peaches und Taylor in der App angezeigt wurden. Und dann auch noch ich … und Ruffian. Ich tippte auf den Hund, den Taylor ihm als Avatar zugewiesen hatte.

»Lustig. Ein Golden Retriever für Ruff? Ich glaube, das ist beleidigend.« Sein Truck hatte die ganze Zeit die Geschwindigkeitsbegrenzung eingehalten. Ja, das zeigte die App auch an. In Poughkeepsie war er dann über eine Stunde an einem Ort geblieben, ehe er weiter in die Stadt reingefahren war.

Wir bogen in meine Auffahrt ein.

»Du willst vermutlich keine Fahndung nach deinem Fast-Bruder ausschreiben, daher ... Wann wollen wir die finale Planung von Bettys Party machen?« Peaches stieg nach mir aus und setzte sich dann vorn auf den Beifahrersitz.

»Bald. Vielleicht heute Abend. Vielleicht morgen beim Mittagessen?« Ich gab Taylor ihr Handy zurück. »Ich werde mir das noch mal auf meinem Tablet ansehen. Da hab ich euch, glaube ich, alle drauf. Danke fürs Mitnehmen.«

Taylor drückte zum Abschied eindeutig zu häufig auf die Hupe, und gerade als ich ins Haus gehen wollte, kam Austin mit seinem Auto vorgefahren.

Ich wartete auf der obersten Stufe auf ihn. Er breitete die Arme aus, als er auf die Stufe darunter trat. »Na, meine Kleine?«

Ich warf mich in seine Arme und ließ mich von ihm herumwirbeln. »Oh Mann, Jungs.«

»Ich weiß, Kleines. Deshalb sage ich niemals nie zu Mädchen. Manchmal sind die Jungs mir einfach viel zu viel.« Er stieß die Haustür auf, und wir wurden von einer aufgeregten Rocket begrüßt, während Tiger schnurrte und sich durchs Treppengeländer fädelte. »Lass uns nach oben gehen und miteinander reden.«

Austin sah aus, als hätte er eine Mission zu erfüllen. Sobald wir in der Küche waren, setzten wir uns beide hin.

»Warum habe ich das komische Gefühl, in Schwierigkeiten zu stecken?« Ich lehnte mich ein bisschen nach vorn.

»Das tust du in gewisser Weise auch. Aber es ist nichts Schlimmes. Ich wollte dir nur sagen, dass ich das Gefühl habe, dass du viel zu viel machst, nachdem du jetzt die Anzahl der Partys erhöht hast.« Er legte beide Hände auf den Tisch.

»Wie bitte? Ich dachte, du findest die Partys toll?« Irgendwie gaben mir seine Worte ein komisches Gefühl.

»Das tue ich ja auch. Versteh mich nicht falsch, aber Mom, Dad und ich haben uns letztens darüber unterhalten, wie sehr du dich selbst unter Druck setzt und dass dies dein letztes Jahr an der Highschool ist. Weißt du, du solltest dir auch Zeit für dich selbst nehmen und ein richtiger Teenager sein.« Er streckte seinen Arm aus, um meine Hand zu berühren.

»Also haben Mom und Dad dich dazu angestiftet, mir das zu sagen? Glaubst du das auch, oder kommt das alles von ihrer Seite?« Normalerweise sprachen wir alles im Familienkreis an, deshalb überraschte es mich, dass ich dieses Gespräch mit Austin allein führte.

»Nein. Wir sind alle dieser Meinung. Und du brauchst nicht auf uns zu hören. Wir wissen, dass du deinen eigenen Kopf hast und eh nur machst, was du willst … und das ist toll. Aber wie viel mehr kannst du dir aufbürden, ehe es dir zu viel wird?«

Ich stand auf und entzog ihm meine Hand. »Ist dir klar, wie viele Partys in der Warteschleife sind? Über fünfzig. Fünfzig Leute, die es wirklich gebrauchen können, dass ihre schwierige Situation für ein paar Stunden ein bisschen leichter wird. Und je mehr ich mache, desto mehr Kontakte ergeben sich, die es mir ermöglichen, noch mehr zu machen.« Mit einem Schwung setzte ich mich auf die Arbeitsfläche und seufzte.

»Ja, ich weiß. Wir könnten vielen Leuten jeden Tag helfen, und das ist etwas Großartiges, aber alles muss das richtige Maß haben. Du solltest in diesen letzten Monaten auch ein wenig entspannen und es genießen, dass du ein Teenager bist.« Er lehnte sich zurück und schien zu zögern, noch mehr zu sagen.

»Was? Sag es. Ich sehe es deinem Gesicht an, dass da noch was ist.« Austin und ich hatten uns nie wirklich gestritten, aber ich merkte, dass er sich Sorgen machte, und das löste bei mir sofort das gleiche Gefühl aus.

»Du bist jede Nacht mit ihm auf.«

»Aha. Es geht also um Ruffian.« Ich nickte und schüttelte dann den Kopf.

»Na ja, also, das ist schon eine Menge Schlaf, die du da jede Nacht verlierst. Und ist mit ihm alles in Ordnung? Jetzt, da wir unter uns sind, kannst du es mir sagen.« Austin spielte mit einem seiner Ringe.

»Ich häng doch ständig mit Typen ab. Was ist so anders bei Ruffian?« Ich spürte, wie mein Herz schneller schlug.

»Wenn man ihn nur erwähnt, gehst du schon in die Defensive.«

Austin setzte eine seiner Superkräfte gegen mich ein. Er durchschaute das Verhalten seines Gegenübers immer sofort.

»Zwischen Ruffian und mir ist alles in Ordnung. Er hat sich sogar bereit erklärt, bei Bettys Ball zu helfen. Also ist alles in bester Ordnung. Wir kommen wunderbar klar miteinander. Das einzige *wir* beruht bei uns darauf, dass wir im selben Haus wohnen.« Ich kam von der Arbeitsfläche runter. »Hilfst du mir mit der Pinterest-Pinnwand, die wir für die Make-up-Ideen der Märchenfiguren erstellen wollen, oder bist du nur hier, um mich fertigzumachen?« Ich stemmte die Hände in die Hüften und wartete.

»Natürlich bin ich hier, um zu helfen. Ist doch klar, mein Schatz.« Er stand auf, schob den Ring wieder auf den Finger zurück und lächelte. Ich konnte nicht erkennen, ob es ihm schwerfiel.

Aus dem Gespräch nahm ich mit, dass meine Familie sich wegen Ruffian Gedanken machte … und das tat ich auch.

Ich saß an dem Bach, an dem ich schon viele Mal zuvor gesessen hatte. Mom hatte diesen Ort geliebt. Hier fühlte ich mich ihr näher. Gäbe es einen Grabstein, wäre es dieses kristallklare Wasser, das sich durch den Wald schlängelte. Ich war jetzt allein. Die schwarze Tasche von Meg lag zu meinen Füßen und war leer bis auf die Bärenbrosche aus Gold.

Ich beugte mich vor und nahm sie heraus. Ich würde sie Teddi nie geben können. Sie gehörte Meg. Ich hatte sie gestohlen, und die Brosche würde mich mit dem Verbrechen in Verbindung bringen. Trotzdem rieb ich weiter mit dem Daumen darüber. Vielleicht war das der Teil meines Raubzugs, vor dem ich wahrhaftig die meiste Angst hatte … vor dem Danach. Es war vollbracht. Es war vorbei.

Als Erstes war ich zum Krankenhaus gefahren und hatte eine lächerlich hohe Summe für Grandma / Moms Krankenhausrechnungen gespendet. Im Seasons hatte ich einen Briefumschlag mit Geld für Lucas hinterlegt.

Dann hatte ich mich auf den Weg zur Community gemacht. Unterwegs hatte ich angehalten, um braune Briefumschläge zu kaufen. Diese hatte ich dann auf einem Parkplatz mit Banknoten gefüllt. Am Ende war Megs Tasche voller Umschläge gewesen. Ich wollte, dass jeder seinen gerechten Anteil bekam. Ich hatte darum gebeten, die Umschläge erst zu öffnen, wenn ich weg war.

Vielleicht hatten sie mittlerweile entdeckt, was ich in die Umschläge getan hatte. Bargeld zu verteilen, ging mit mehr Unwägbarkeiten einher, als ich bedacht hatte. Ich fragte mich, ob sie jetzt tatsächlich alle abgesichert waren. Wussten sie, wie man mit Geld umging, und konnten sie das Geld sicher verwahren, ohne ausgeraubt zu werden? Vor lauter Sorge brannte nun mein Magen. Die kleinen Details. Die hatte ich nicht bedacht. Und das Gefühl, ich hätte im Namen meiner Mutter das ultimativ Gute getan, wollte sich einfach nicht einstellen. In meinem Innern herrschte nur eine große Leere. Da war nichts. Ich hielt den Bären in der Hand, während ich mit dem Bach sprach … mit meiner Mutter.

»Weißt du, was verrückt ist? Als ich das Ding gedreht hab, dachte ich, ich würde dich wiedersehen … dich *wirklich* wiedersehen. Aber so war es natürlich nicht in Wirklichkeit.« Jetzt strömten mir die Tränen über die Wangen.

»Also wirklich! Wie dumm kann ein Mensch sein? Ich war bei dir, als du gestorben bist. Warum sollte ich denken, dass du durch das Geld, durch diese ganze Aktion, plötzlich hier bei mir bist? Und statt mich besser denn je zu fühlen, spüre ich nur, dass mein Herz an einem Tiefpunkt angekommen ist. Ich weiß einfach nicht, was du willst – was du gewollt hättest. Sie können mich dir nicht mehr wegnehmen. Himmel noch mal, ich bin fast erwachsen. Wir haben uns nie damit befasst, was nach meiner Volljährigkeit sein würde – wie wir weiterleben würden, wenn einmal die Angst nicht mehr wäre, dass man uns trennt. Hätten wir weiter im Wald gelebt? Ich weiß es nicht. Ich weiß es immer noch nicht.«

Ich stand auf und warf die Brosche in den Bach. Ich beobachtete, wie sie sich ein paarmal drehte und dann im Wasser verschwand.

»Mom, man wird mich finden. Ich werde ins Gefängnis gehen. Für etwas ziemlich Großes. Für eine Million Dollar. Ich werde nicht mehr rauskommen. Wahrscheinlich werde ich dort sterben. Ist das gut? Habe ich das Richtige getan? Wo ist das Gefühl? Das Gefühl zu wissen, dass es richtig war, und das gute Gefühl, das man hat, wenn man anderen hilft? Ich verspüre nur noch eine winzige Ahnung davon.«

Ich lauschte dem leise gurgelnden Wasser und dem Zwitschern der Vögel. Nicht mehr lang und es würde dunkel werden. Die Sonne würde untergehen, und anstatt am Ende dieses Tages von einem Glücksgefühl erfüllt zu sein, machte ich mir Sorgen. Für Lucas und Grandma / Mom war gesorgt. Aber was war mit den Connor-Kindern? Ich hatte jedem einzelnen Geld gegeben, aber nichts ihrer Mutter. Die Kleinen würden es aber wahrscheinlich ihrer Mutter geben, und die würde es sich in den Arm spritzen. Würden sie das Richtige tun? Sie waren ja nur Kinder. Hatte ich sie durch das Geld vielleicht sogar in noch größere Gefahr gebracht?

Vielleicht war das alles Blödsinn. Ich brauchte ein Zeichen. Immer hielt ich nach einem Zeichen Ausschau, aber ich bekam keins.

Ich griff nach Megs Tasche. Auf dem Weg zum Haus der Burathons würde ich sie wegwerfen.

Aus dem Augenwinkel bemerkte ich ein Flattern. Eine Krähe.

Kurz bevor sie mir zu nahe kam, ließ sie etwas fallen, zog noch ein paar Kreise über meinem Kopf und flog davon.

Ich sah auf den Boden. Die Brosche in Form eines Teddybären. Ich bückte mich und hob sie auf.

Ein Lächeln ließ meinen Mundwinkel zucken. »Teddi? Kommt das als Nächstes, Ma?«

Ich steckte die Brosche ein und ging zum Truck zurück. Mit einem Mal fühlte ich mich nicht mehr ganz so allein. Klar, Krähen liebten glitzernde Dinge, aber ich würde um ganz viel Geld wetten, um mehr als eine Million Dollar, dass meine Mutter mir mit der Brosche eine Botschaft zukommen lassen wollte … Ich sollte das, was ich mit Teddi hatte, nicht wegwerfen.

40. KAPITEL

Teddi

Es war bereits dunkel, als Ruffian das Haus betrat. Er sah völlig erschöpft aus. Mom und Dad hatten auf ihn gewartet.

»Ist alles in Ordnung, Ruff?« Ronna ging zu ihm und rieb seine Schulter.

Vor seiner Heimkehr hatten sie darüber gesprochen, wie sie damit umgehen sollten, dass sie nicht gewusst hatten, wo er war, da sie Mrs Josephine gegenüber eigentlich Rechenschaft darüber ablegen mussten. Doch ein Blick auf ihn, und Mom und Dad änderten ihren Plan, ohne auch nur ein Wort darüber zu verlieren.

Ruffian sah aus, als hätte er geweint. Seine Jeans hatte Flecken, und seine Haare waren zerzaust.

»Es wird schon. Danke, Mrs Burathon. Es tut mir leid, dass ich heute nicht erreichbar war. Ich hatte ein paar Dinge zu erledigen und musste noch einmal an einen Ort, an dem meine Mutter und ich gern Zeit verbracht haben. Es wird nicht wieder passieren.« Er sah zu mir, und ich erwiderte seinen Blick mit einem traurigen Lächeln.

Was immer er heute erlebt hatte, hatte ihn alle Kraft gekostet. Dad trat ebenfalls zu ihm und klopfte ihm auf den Rücken. »Wir sind einfach nur froh, dass dir nichts passiert ist. Hast du Hunger? Bist du mit dem Truck gut klargekommen? Wie können wir dir helfen?«

Ich beobachtete, wie ein leicht überraschter Ausdruck über sein Gesicht glitt, ehe er den Kopf schüttelte. »Ihr seid großartig. Ich hoffe, ihr wisst das. Mann, ich wünschte, meine Mutter hätte euch kennengelernt – euch alle.«

Wieder trafen sich unsere Blicke. Ich sah Erleichterung in seinen Augen. Ruffian versteckte sich plötzlich nicht mehr hinter einer Schutzmauer.

Ronna drückte Ruffians Arm und tätschelte seine Brust. »Sie war bestimmt ganz außergewöhnlich, denn du bist ebenfalls etwas ganz Besonderes. So wird man, wenn man sehr geliebt wird.«

Meine Eltern waren toll. Ich liebte sie, weil sie in diesem Moment genau das Richtige sagten, weil sie die mahnenden Worte, die sie gemeint hatten aussprechen zu müssen, einfach runterschluckten und nur ihre Freude zeigten, dass Ruffian wieder zu Hause war.

»Du bist bestimmt hungrig.« Mom schaltete in den Muttermodus, und schon bald hatte Ruffian ein Erdnussbutter-Marmeladen-Sandwich sowie ein Glas Milch und eine Schale mit klein geschnittenem Obst vor sich stehen.

Ruffian lächelte, nachdem er einen Bissen genommen hatte. »Entschuldigung, dass ich solche Umstände mache. Aber das hier ist himmlisch.«

Ronna rieb wieder seinen Rücken. »Genieß es und lass dir Zeit.«

Ich verließ die Küche, um kurz in mein Zimmer zu gehen. Ich gab Austin, Taylor und Peaches Bescheid, dass Ruffian wieder zu Hause war und es ihm gut ging. Weitere Informationen hatte ich nicht.

Als ich wieder nach unten kam, war Mom gerade dabei, den Tisch abzuräumen.

»Er ist duschen gegangen. Er hat sich noch ein paarmal entschuldigt. So ein lieber Kerl. Er hat einen schweren Tag gehabt. Sei nett zu ihm, ja?« Mom beugte sich vor und küsste mich auf die Stirn.

»Okay.« Das hatte ich auch vor.

Nachdem Dad ins Bett gegangen war, hielt ich mich in der Küche auf. Als mehr als eine Stunde vergangen war, huschte ich nach unten und sah nach Ruffian. Er lag ausgestreckt auf seinem Bett. An einem Fuß hatte er eine Socke, die andere Socke hielt er in der Hand. Er hatte kein T-Shirt an und schlief tief und fest.

Wieder war da dieses Kribbeln, aber mittlerweile war es mir vertraut. Ja, ich hieß es sogar willkommen. Ich nahm die Socke aus seiner Hand, ohne dass er davon wach wurde. Ich ging noch einmal ins Wohnzimmer, um eine Decke von dort zu holen, weil er auf seiner Bettdecke lag.

Damit deckte ich ihn vorsichtig zu. Weil ich dachte, dass er es ohne Kissen nicht bequem haben würde, griff ich nach einem, um es ihm unter den Kopf zu schieben. Als ich meine Hand unter seinen Kopf schob, schlug er die Augen auf.

Er umfasste mein Gesicht mit beiden Händen, beugte sich vor und küsste mich auf die Lippen. Als ich dadurch das Gleichgewicht verlor, zog er mich neben sich aufs Bett.

Das Haar fiel ihm ins Gesicht, als er mich in seine Arme nahm. »Dich werde ich am meisten vermissen.«

Und dann schlief er wieder ein. Seine Arme umschlossen mich so fest, dass ich mich nicht rühren konnte, und so lag ich einfach nur da und betrachtete sein Gesicht. War es möglich, dass man den Rest seines Lebens schon so früh sah? Denn ich hätte eine Million Dollar darauf gewettet, dass ich in das Gesicht schaute, mit dem ich eine sehr, sehr lange Zeit zusammen sein sollte.

Ruffian

Um zwei Uhr in der Nacht wurde ich wach. Mein Körper war einfach daran gewöhnt. Ich war hundemüde. Der Diebstahl, den ich begangen, und das Geld, das ich verteilt hatte, fühlten sich wie ein Traum an. Ich drehte den Kopf und sah Teddi zusammengerollt neben mir liegen.

Da erinnerte ich mich daran, sie geküsst und festgehalten zu haben. Heute Nacht war ich mutig. Es war spät gewesen, als ich sie geküsst hatte, und ich wusste, dass meine Zeit begrenzt war. Wenn Megs Familie keinen Verdacht schöpfte, dass ich der Täter war, wäre das natürlich toll. Aber dennoch war ich überzeugt, dass mir die Zeit davonlief.

Für Teddi tat es mir leid. Ich würde ein Makel sein, der ihrer Familie anhaftete. Aber ich hoffte, dass ihre Familie durch ihre reinen Herzen und ihre großzügige Art nicht allzu tief in die Wirren meines Verbrechens hineingezogen werden würde.

Ich lag neben ihr und versuchte, mir ihr Gesicht einzuprägen – den schönen Schwung ihrer Lippen, den Übergang ihres Halses ins Schlüsselbein.

Was für ein Leben wäre das … wenn ich sie jeden Tag, der mir auf diesem Planeten geschenkt wurde, anschauen könnte. Ihre Schönheit hatte mich am ersten Tag unseres Kennenlernens umgehauen, doch da ich nun wusste, wie sie war, gab es nichts, was mit ihrer Schönheit mithalten konnte.

Ich streckte die Hand aus und strich mit dem Zeigefinger ganz vorsichtig über ihre Wange. Ganz leicht, als wäre es der Flügel eines Schmetterlings.

Trotzdem schlug sie die Augen auf. Sie lächelte. »Lass mich raten … es ist zwei Uhr?«

»Eiszeit.« Ich berührte ihre Hand und hielt sie fest. »Und

wir müssen aus meinem Bett raus. Ich will nicht als Toter aufwachen, mit dem Fuß deines Vaters in meinem Hintern.«

Sie drehte sich herum und drückte ihren Rücken an mich, sodass mir nichts anderes übrigblieb, als sie zu umarmen.

Mit abgewandtem Gesicht fragte sie: »Wo warst du heute?«

Ich strich ihr Haar zur Seite, sodass ich ihr Ohr sehen konnte, und gab ihr einen Kuss auf den Hals. »Ich habe etwas erledigt, das ich tun musste. Es könnte sein, dass ich deshalb eine Weile wegmuss.«

»Ich hoffe nicht.« Sie nahm meine Hand und drückte einen Kuss in die Innenfläche.

Nur drei Wörter und doch bedeuteten sie mir alles. »Ich auch.«

Wir blieben länger so liegen, als wir sollten. Es fühlte sich so an, als würde mein Herz versuchen, ihrem Herzen zu sagen, dass es warten solle … dass wir eines Tages zusammen sein würden. Ich hörte Tiger im Wohnzimmer miauen. Er war es auch gewöhnt, dass wir um zwei Uhr nachts aufstanden.

»Wir sollten aufstehen. Der kleine Mistkerl fängt sonst an, Sachen von Tischen und Regalen zu schmeißen, wenn wir ihm nicht etwas Leckeres geben.«

Sie wand sich aus meinen Armen, und sofort verfluchte ich mich dafür, dass ich es überhaupt vorgeschlagen hatte aufzustehen. Buchstäblich jede Sekunde musste ich damit rechnen, dass die Polizei mit einem Haftbefehl vor der Tür stand. Ich hoffte, dass es nicht heute Nacht sein würde. Heute Nacht wollte ich einfach nur mit Teddi verbringen und dem Zeichen folgen, das ich von meiner Mutter erhalten hatte, indem ich diesem Mädchen nahe war.

Wir gingen nach oben, um unser Eis zu essen. Ich lehnte an der Arbeitsfläche, während sie sich an mich lehnte. Wusste sie, wie viel mir das bedeutete? Ich hoffte, dass sie das tat.

Es schien, als wäre bei Ruffian ein Schalter umgelegt worden. Er wirkte wie befreit, wie sein wahres Ich, nachdem er wieder heimgekehrt war an dem Tag, an dem ich nicht wusste, wo er gewesen war. Wir sprachen nicht darüber, aber auf einmal waren wir zusammen. Er gehörte einfach zu mir. Statt mit den Mädchen aus der Elften Mittag zu essen, saß er jetzt neben mir. Taylor und Peaches hatten plötzlich Insiderwitze mit ihm. Er brachte mich zu meinen Kursen und legte den Arm um mich.

Es war die schönste Woche meines Lebens. Er fuhr mich jedes Mal, wenn ich wegen der bevorstehenden Party etwas zu erledigen hatte, kümmerte sich ernsthaft um die kleine Betty und spielte seine Rolle als ihr Prinz perfekt.

»Und wenn wir erst verheiratet sind, darfst du auch die Froschfarm haben, die du dir so sehr wünschst.« Er saß bei ihr im Spielzimmer, während ich mich mit den Eltern unterhielt. Am Morgen war sie kaum ansprechbar gewesen, wie die Eltern erzählten, doch als Ruffian mit einem Strauß Blumen und einer ausgestopften Eidechse hereinkam, leuchtete ihr Gesicht auf.

»Das ist ein Chamäleon, kein Frosch.« Sie hielt ihr neues Plüschtier hoch.

Ruffian und ich hatten uns zusammen *Rapunzel – Neu verföhnt* angeschaut, damit er seine Rolle besser kannte. Und zudem hatte er wahnsinnig viel Fantasie. Es war wunderbar, das mitzuerleben.

»Ich habe das Gefühl, es möchte ein Frosch sein.« Er tätschelte den Kopf des Plüschtiers.

Ich wandte mich wieder den Eltern zu. »Sie können natürlich kurzfristig entscheiden, ob Sie mitkommen möchten auf den Ball. Und wir denken natürlich daran, Fotos zu machen, aber damit Sie mich richtig verstehen: Wir werden uns zu hundert Prozent danach richten, wie Sie und Betty sich an dem Abend fühlen.«

Bettys Mutter, Katie, hatte die Augen ihrer Tochter. »Wir wissen das alles sehr zu schätzen. Es ist alles ganz toll, weil ihr so genau darauf achtet, was im Bereich von Bettys Möglichkeiten ist. Sie freut sich schon sehr.«

Bettys Vater rieb sich mit der flachen Hand übers Gesicht. Es lag außerhalb meiner Vorstellungskraft, was diese Familie durchmachte. Ich schloss den Hefter, den ich dabeihatte, und sagte: »Am Freitag kommen wir dann mit der Stretchlimousine vorbei und von sieben bis acht ist der Ball.«

Katie griff nach der Hand ihres Ehemannes. Ich hatte das Gefühl, dass die beiden jetzt für sich sein wollten. Auch Ruffian spürte, dass es an der Zeit war aufzubrechen.

»Also, Prinzessin, ich sehe dich dann am Freitag!« Er verabschiedete sich mit einem zarten Faustoß von ihr. Bettys Vater schüttelte er die Hand, und Katie umarmte ihn.

»Ihr macht das alles wirklich großartig. Vielen Dank.«

Als wir beim Truck ankamen, hielt Ruffian mir die Tür auf. Ich glitt auf den Beifahrersitz und steckte noch ein paar Zettel in den Hefter, als ich merkte, wie das Gefühl hochkam. Es passierte einfach, wenn ich so einen Fall wie diesen hatte, bei dem ich wusste, dass bald, sollte kein Wunder geschehen, eine Beerdigung stattfinden würde. Dann überrollte es mich einfach aus heiterem Himmel.

Aber ich musste mich zusammenreißen. Ich holte tief Luft und sah nach vorn. Ich spürte Ruffians Blick, aber wenn ich ihn jetzt anschaute, würde ich die Tränen nicht mehr zurückhalten können. Also setzte ich ein Lächeln auf und war froh, dass Bettys Eltern ein ganzes Stück entfernt von uns und dem Truck auf ihrer Veranda standen.

Ruffian winkte ihnen zu, ehe er den Arm auf die Rückenlehne meines Sitzes legte, um rückwärts aus der Auffahrt zu fahren.

Als er auf der Straße stand und das Lenkrad wieder gerade richtete, sah er mich an. »Teddi? Was ist los?«

Da schaute ich ihn an. Ich brachte kein Wort hervor, denn die Gefühle tobten in meinem Innern.

»Ach, Süße. Es tut mir so leid.« Er streckte die Hand aus und legte sie an meinen Kopf, während er weiter mit einer Hand fuhr. Bei der nächsten sich bietenden Gelegenheit fuhr er in die Einfahrt eines Grundstücks, um anzuhalten, löste meinen Gurt und zog mich in seine Arme.

Ich ließ einfach los. Die Tränen. Die Gefühle. Bis jetzt hatte ich alles für mich behalten. Meist ging ich es ganz professionell an, wenn ich eine Party organisierte. Ich klammerte mich an die Hoffnung, hielt an positiven Gedanken fest. Es war so wichtig für mich, diese Sache weiterzumachen. Aber wenn es mich dann doch erwischte, musste ich die Tränen herauslassen. Esters Verlust kam wieder hoch, und in diesem Moment musste ich an all die lieben Seelen denken, die vor uns gegangen waren.

Er wiegte mich sanft in seinen Armen. Seine Lippen lagen an meinem Kopf, während er besänftigende Geräusche von sich gab. Er hatte Taschentücher auf der Rückbank liegen, und ehe ich wusste, wie mir geschah, hatte ich eins in der Hand und konnte meine Tränen trocknen. Das Weinen entzog mir all meine Energie. Ich blieb in seinen Armen liegen, bis ich schließlich in der Lage war, aus dem Moment der Verzweiflung aufzutauchen.

»Es tut mir leid. Aber … sie ist so …« Die Worte blieben mir im Halse stecken.

»Eigentlich läge noch so viel vor ihr, und es fühlt sich so ungerecht an.« Er legte die Hände an meine Hüften, während er seine Stirn gegen meine lehnte. »Es tut dir weh. Hey, das tut jedem weh. Aber irgendwie hast du es geschafft, dich diesen schweren Situationen immer wieder zu stellen. Und du wirst es auch in Zukunft tun.«

Ich schaute in sein Gesicht und sah, dass er auch Tränen auf den Wangen hatte. Ich wischte sie mit beiden Daumen weg. »Danke.«

Ich dankte ihm dafür, dass er mitgekommen war, dass er mit mir fühlte, dass er jetzt bei mir war, während ich diesen Moment normalerweise allein durchleiden musste.

»Wir werden dieser süßen Kleinen den schönsten Tag schenken, den sie sich nur denken kann. Darauf konzentrieren wir uns. Und das genügt für den Moment.« Er reichte mir ein weiteres Taschentuch.

»Das werden wir. Das ist gut.« Ich rutschte auf meine Seite des Trucks zurück, und als wir wieder auf der Straße fuhren, hielten Ruffian und ich jedes Mal Händchen, wenn die Straßenführung es erlaubte.

Ich war so auf Bettys großen Abend konzentriert und die damit verbundenen Einzelheiten, dass ich nur noch ganz selten bei Instagram reinschaute. So entging mir Megs Post, dass sie von ihrer jährlichen Reise nach Vail zurück waren. Mir entgingen auch die anzüglichen Bilder, die sie von sich postete und mit Ruffians Namen versah. Da er nicht in den sozialen Medien unterwegs war, bekam er es auch nicht mit. Wir befanden uns in einer Blase und waren mit uns selbst beschäftigt – mit Eisessen um zwei Uhr nachts, mit schokoladigen, eiskalten Küssen und Berührungen.

Doch am Samstagmorgen, als ich nach dem Aufwachen die Liste meiner App-Benachrichtigungen durchging, die die Länge von drei Handydisplays hatte, zeigte mir die Tracking-

App an, dass Ruffian um halb fünf Uhr morgens das Haus verlassen hatte. Und als ich mir die Benachrichtigung genauer anschaute, wurde sein Handy als offline angezeigt.

Mir wurde sofort bang ums Herz. Es konnte doch nicht sein, dass Ruffian mich nur als Zeitvertreib benutzt hatte, während Meg nicht in der Stadt war.

Das konnte einfach nicht sein. Auf gar keinen Fall. Er hatte mich in den Armen gehalten, als ich geweint hatte. Wir waren unzertrennlich. Er war doch Bettys Prinz, oder? Oder?

41. KAPITEL

Ruffian

Meg war zurück. Meine Zeit war gekommen, und ich musste gestehen, dass ich mit den Konsequenzen haderte. Mein fester Entschluss, mich meinem Schicksal zu stellen, war ins Wanken geraten.

Und so stand ich nun hier im Wald, mit dem Truck meines Bruders und Klamotten, die ich hastig übergeworfen hatte, nachdem Meg mir eine Textnachricht geschickt hatte.

Meg: Du warst in meinem Haus?

Ich hatte gewusst, dass es nicht perfekt abgelaufen war. Aber ich war froh, dass das Geld Zeit gehabt hatte, sich in der Community zu zerstreuen. Meine Leute sollten nicht in die Untersuchungen hineingezogen werden, die nun vielleicht folgten.

Und ich wusste, dass ich mit dem, was ich getan hatte, klarkommen musste. Ich holte meinen Dietrich in Pfeilform hervor. Es hatte ein Vermächtnis sein sollen, und jetzt fühlte es sich so an, als würde ich dem wahren Vermächtnis, das ich mit Teddi hätte erschaffen können, den Rücken kehren. Wir passten zusammen. Wir tickten auf die gleiche Weise. Ich war bei ihrem Zusammenbruch dabei gewesen. Die Trauer hatte sie überwältigt, doch als sie diesen Moment hinter sich gelassen hatte, war sie umso mehr darin bestärkt gewesen, Gutes zu tun.

Ich verschränkte die Hände hinter dem Kopf, beugte mich nach vorn und brüllte. Wenn nun alles, was ich geplant hatte, die denkbar schlechteste Möglichkeit war, meiner Mutter zu gedenken?

Ich fühlte mich verlassen und allein, und das war mir im Wald noch nie passiert.

Teddi

Ich hatte mich so schnell daran gewöhnt, mich auf Ruffian zu verlassen, dass seine Abwesenheit jetzt ein echtes Problem darstellte. Als Erstes ging ich in sein Zimmer, um zu schauen, ob er eine Nachricht oder irgendetwas hinterlassen hatte, aber da war nichts.

Sein Flynn-Rider-Kostüm befand sich in Gaze' Truck, und da Ruffian damit weggefahren war, musste ich jetzt einen neuen Prinzen auftreiben. Ich sah wirklich nur eine Möglichkeit.

»Teddybär«, meldete Gaze sich am anderen Ende. Ich schaltete den Anruf bei Austin dazu. Beide klangen müde, aber auch ein bisschen besorgt.

»Ich brauche einen Ersatz für Ruffian. Ich glaube, er ist irgendwo hingefahren.«

»Er ist *irgendwo hingefahren* ... was meinst du damit?« Ich schaltete das Bild dazu, und sobald ich meine beiden Brüder sah, schwenkte ich mein Handy herum. »Seht ihr? Weg.«

Dann ging ich mit ihnen nach oben und zeigte mit der Kamera auf die Auffahrt. »Einer von euch muss mein Prinz sein, und ich glaube, Gaze ist dafür am ehesten geeignet, aber ich brauche auch noch jemanden, der nach Ruffian sucht und schaut, ob mit ihm alles in Ordnung ist. Und dann habe ich noch ein kleines Mädchen hier, dessen Herzenswunsch es ist, heute Abend auf einen richtigen Ball zu gehen … und ihre Schwester, die ihr den Wunsch erfüllen möchte.«

Ich klang ein bisschen hysterisch, was gar nicht meine Art war, wenn der Tag der Party gekommen war. Ich bewahrte immer die Ruhe. Wenn ich mich nicht strikt an den Plan hielt und auf das Event konzentrierte, würde alles den Bach runtergehen.

»Hey du. Alles gut. Wir sind dabei. Was sollen wir tun?« Pixie hielt mittlerweile Gaze' Handy, während er aufstand und ein T-Shirt anzog.

Ich hörte das Knirschen von Kies in der Auffahrt und erkannte Ruffians Truck. »Oh, wartet. Sorry. Er ist da. Oh … Er war los, um Kaffee und Donuts zu besorgen.«

Sofort gab Austin seinen üblichen Kommentar ab. »Was du trinkst, ist kein Kaffee.«

»Okay, alles gut. Wir sehen uns später. Ich hab euch lieb.« Ich beendete beide Anrufe.

Ruffian hatte eine Tüte und einen Papphalter mit vier Kaffeebechern dabei.

Er hielt mir den Kaffee hin, aber ich sah in seinen Augen, dass meine Panik nicht unbegründet war. Irgendetwas war los.

»Was ist passiert?«

»Ich habe ein paar Fehler gemacht. Wenn wir Glück haben, haben wir noch einen Tag.« Er zuckte die Achseln.

»Danke, dass du zurückgekommen bist.« Ich würde nicht so tun, als wäre er weggefahren, um die Sachen zu holen, die er in der Hand hielt. Wir wussten beide, dass das nicht stimmte. »Du kannst mir alles erzählen. Wir können das gemeinsam regeln.«

Langsam schüttelte er den Kopf. »Zu spät. Aber wir haben den heutigen Tag.« Mein Vater öffnete das Garagentor und schien überrascht, Ruffian und mich in der Auffahrt stehen zu sehen.

»Oh, Kaffee!« Er kam mit einem breiten Lächeln auf uns zu.

»Der hier.« Ruffian zeigte auf den Becher, der mit einem großen M gekennzeichnet war.

»Vielen Dank. Heute ist der große Tag, hm?« Dad nahm einen Schluck.

Ruffian lächelte mich an. »Der größte.«

»So, ich will jetzt ein bisschen mulchen. Ihr habt bestimmt auch zu tun, oder?« Dad steckte sich gerade Stöpsel in die Ohren, deshalb hob ich nur einen Daumen.

Ruffian sah mich an. »Ich weiß, dass wir heute viel zu tun haben, aber könnten wir vielleicht noch ganz kurz wohin fahren?«

Ich schlang die Arme um mich. »Ja, wenn wir vor dem Mittagessen zurück sind.«

Ich hatte das Gefühl, als würden wir beide auf einem Drahtseil stehen und uns zentimeterweise auf etwas zubewegen.

»Toll. Du müsstest dir was Warmes anziehen.« Sein Blick ging zu meinen Füßen und glitt dann wieder hoch.

»Okay, gib mir ein paar Minuten.« Ich wollte ihn bei mir im Haus haben, und dieses Mal hielt ich die Tür auf, weil er die Hände voll hatte, und er ging vor mir hinein und in die Küche.

Ich duschte schnell und zog Jeans, T-Shirt und ein Sweatshirt an. Als ich wieder nach unten kam, hörte ich Mom und Ruffian lachen.

Der Kaffee, den ich mir nahm, war kalt, aber ich trank ihn trotzdem. Es schien, als stünde Ruffian unter Druck, und ich wollte herausfinden, was es damit auf sich hatte.

»Fertig?« Ich schnappte mir einen Erdbeer-Donut.

»Ja.« Er stand auf und bedankte sich bei meiner Mutter. Ein verwirrter Ausdruck huschte über ihr Gesicht, da er nicht sagte wofür.

Nachdem wir beide unsere Schuhe angezogen hatten, verließen wir das Haus. Er setzte sich wieder ans Steuer, und dann war der Moment gekommen, in dem wir unter uns waren und frei reden konnten.

»Wirst du mir erzählen, was los ist?« Ich drehte mich in meinem Sitz, um ihn anschauen zu können.

»Nein, das werde ich nicht. Und wenn dir das nicht gefällt – wofür ich übrigens volles Verständnis hätte –, dann sollten wir wieder nach Hause fahren.« Er sah ein paarmal zu mir rüber.

»Nein, ich werde mitkommen.« Sofort war ich froh, mich so entschieden zu haben, denn er sah aus, als wäre ihm eine schwere Last von den Schultern genommen worden.

»Ah, Gott sei Dank.«

Wir legten ein paar Meilen zurück, ehe er von der Straße runterfuhr. Als der Truck auch von Passanten nicht mehr gesehen werden konnte, stellte er den Motor aus und deutete nach draußen.

»Wollen wir ein bisschen laufen?«

Ich entdeckte, dass im Schnee bereits Fußabdrücke waren. »Hier bist du heute gewesen?«

»Ja.« Er öffnete seine Tür und kam auf meiner Seite an, als ich auch gerade ausgestiegen war.

»Okay.« Ich griff nach Handy und Handschuhen, und er schloss die Tür für mich.

»Du sagst, wo's langgeht.«

Ich hakte mich bei ihm ein, und wir schlüpften unter einem Tannenzweig hindurch. Nach ein paar Schritten wurden wir vom stillen Zauber des Waldes eingehüllt. Es war verrückt, wie isoliert eine kalte Landschaft wirken konnte. Der Schnee schien unsere Geheimnisse zu schlucken und unter seiner glitzernden Oberfläche zu verbergen, die in der Sonne funkelte.

Immer wieder mussten wir die Köpfe einziehen, wenn Zweige uns den Weg versperrten, oder über Baumstämme steigen. Er half mir über einen umgefallenen Baum, den ich auch allein hätte bewältigen können, aber ich wollte seine Hände an meinem Körper spüren.

Als wir schließlich sein Ziel erreichten, das sofort auch zu meinem Ziel wurde, sah ich, dass es sich um ein schlichtes weißes Zelt im Wald handelte. Er hatte ein paar batteriebetriebene Lichterketten in die umstehenden Bäume gehängt. Nicht viele, nur gerade genug. Er ließ mich los, um mehrere Kerzen anzuzünden.

»Sind die aus dem Wohnzimmer?« Ich erkannte Moms Lieblingskerzen mit Vanilleduft.

Er legte den Zeigefinger an die Lippen. Dann krabbelte er ins Zelt. Im Inneren lagen die dicken Decken von seinem Bett und aus dem Schrank in seinem Zimmer.

»Was ist das hier?« Ich zog den Kopf ein und schlüpfte ebenfalls ins Zelt.

Er streckte den Arm aus. »Nur für uns. Um Ruhe zu haben.«

Ich streifte die Stiefel ab und rollte mich neben ihm ein. Er öffnete seine Jacke, sodass ich mich ganz nah an ihn kuscheln konnte.

Der Blick nach draußen durch die Zeltklappe wurde von den Lichtern in den Bäumen und dem Flackern der Kerzen eingerahmt. In der Ecke stand ein kleines Heizgerät. Es stammte noch aus meiner Zeit als Pfadfinderin.

»Du hast dir sehr viele Gedanken um all das hier gemacht.« Ich drehte mich, um ihn anzusehen. Er verbarg nichts mehr, seine Schutzmauer war verschwunden, und ich wusste auch nicht, woraus sie eigentlich bestanden hatte.

»Ich wollte nur, dass du die Dinge mal ein bisschen mit meinen Augen siehst. Damit du mich besser kennenlernst.«

»Wir wohnen doch seit Monaten zusammen«, rief ich ihm in Erinnerung, obwohl das eigentlich klar war.

»Wir wohnen seit Monaten in *deinem* Haus zusammen. Ich wollte einfach mal ein paar Stunden so mit dir verbringen, wie ich immer gelebt habe.« Er schlang beide Arme um mich, und ich drückte mein Gesicht an seinen Hals.

»Das bekomme ich hin.« Und dann wartete ich darauf, dass er den ersten Schritt machte. Denn deshalb waren wir doch hier, oder? Aber er rührte sich nicht, und sein Blick war unverwandt nach draußen gerichtet.

»Wenn wir ganz still sind, sehen wir vielleicht ein paar Freunde.« Er flüsterte jetzt nur noch und atmete lang und tief ein und aus.

Für einen Moment war ich leicht belustigt und vielleicht auch ein bisschen frustriert, weil ich wusste, was mein Körper für seinen Körper empfand. Doch dann versuchte ich, seine Atmung nachzuahmen. Sein Zen.

Als ich meinen Blick auf die Stelle richtete, zu der er die ganze Zeit hinsah, erkannte ich, dass er recht hatte. Schon bald hüpften kleine braune Vögel überall herum. Ich war offensichtlich nicht die Einzige, für die er etwas vorbereitet hatte. Er hatte ihnen Körner hingestreut. Es wurden immer mehr, und je größer die Schar wurde, desto frecher gebärdeten sie sich. Dann sah man hinter dem lebhaften Geflatter in der Ferne vorsichtig ein Reh näher kommen. Es war weit genug entfernt und fühlte sich sicher. Die Maiskolben, die wie Weihnachtsdeko von einem Baum hingen, bemerkte ich erst jetzt.

»Okay. Ich hab ein bisschen geschummelt.« Seine Lippen strichen über meine Wange, als er mir seinen kleinen Trick gestand.

Die Ohren des Rehs zuckten in unsere Richtung, trotzdem

knabberte es weiter an dem Maiskolben, und kurz darauf erschien ein weiteres Reh.

»Das ist wunderschön«, flüsterte ich.

Wir verharrten eine ganze Weile so, bekamen unsere persönliche Natur-Show, und es fühlte sich magisch an, das sehen zu dürfen.

Schließlich drehte ich mich zu ihm um. »Wer bist du?«

Er holte tief Luft. »Nur ein Typ, der versucht, alles richtig zu machen. Ein Typ, der versagt hat. Der versagt hat, tapfer zu sein, und sich jetzt fragt, was ihn das wohl kosten wird.«

»Ich habe das Gefühl, es geht hier um mehr als nur Zelten im Wald.« Ich legte meine Hand in seine. Sein Daumen zeichnete Kreise auf meinen Handrücken. »Du willst mir immer noch nicht erzählen, worum es eigentlich geht?« Ich beugte mich ein bisschen vor, sodass ich ihm in die Augen schauen konnte. Jetzt, da er mich einließ, besaßen sie eine grenzenlose Tiefe. Eine ganze Galaxie aus Blau und Grün.

»Ich kann nicht. Hier geht es um einen Abschied, falls das irgendwie Sinn macht.« Er legte meine Hand auf seine Brust. Der Schlag seines Herzens war deutlich zu spüren. Meine Augen wurden ein bisschen feucht.

Er war so ernst. So sicher. Und so bereit, Abschied zu nehmen. Ich wollte ihn anbrüllen, dass er da verdammt widersprüchliche Botschaften von sich gäbe, aber mein Herz hielt mich davon ab.

»Tut es nicht, aber ich respektiere dein Bedürfnis, es für dich zu behalten. Was immer es sein mag … ich hoffe, es tut dir nicht weh – oder jemand anders.« Er ließ seine Hand sinken, aber ich behielt meine dort, wo sie war.

»Ich habe solch eine Angst, dass es *dir* wehtun könnte, und das ist das Letzte, was ich will.« Er wandte den Blick von mir ab und richtete ihn wieder nach draußen. Ich kam auf die Knie hoch und veränderte meine Position, bis ich schließlich vor ihm saß.

»Überlass es mir, mir Gedanken über mich zu machen. Und überlass es mir auch, mir Gedanken um *dich* zu machen. Ich bin die Königin des Multitasking.« Und dann beugte ich mich nach vorn und küsste ihn.

42. KAPITEL

Ruffian

Konnte man sich wünschen, dass jemand die Erste für einen sein möge? Selbst wenn man mit anderen zusammen gewesen war? Konnte ein Mensch all diese Erinnerungen auslöschen und durch neue ersetzen? Durch bessere? Die besten?

Sie konnte es. Sie trug ein weißes Sweatshirt, und damit entsprach sie meiner Vorstellung vom vollkommenen Himmel. Und sie wollte mich. So. Im Wald. Allein.

Ihr Anblick brannte sich in mein Gehirn, als sie erst das Sweatshirt und dann ihr T-Shirt abstreifte. Ihr weißer BH betonte, wie zart ihre Haut war. Die Spitze unterstrich ihre Schönheit.

Und sie küsste mich.

Boom.

Sie konnte die Wildnis unter Strom setzen, und sie tat es. Die unsichtbare Trauer, die mich beherrschte, schob sie einfach beiseite. Ich würde für das Verbrechen bezahlen, das ich begangen hatte, aber in meiner Fantasie war es leichter gewesen, tapfer zu sein. In meiner Fantasie war ich Robin Hood gewesen. Fehlerfrei. Wie ein Mann hatte ich die Bestrafung auf mich genommen.

In meiner Fantasie war ich nicht so einer gewesen, der mit dem Mädchen seiner Träume in den Wald schlich und hoffte, dass sie genau das hier tun würde – sich in mir verlieren. Ein

Mädchen, das mich vergessen ließ, dass ich kein neues Kapitel aufschlug, sondern die Brücke zu ihr niederriss.

Und dann stellte ich das Denken komplett ein. Ihre Hüften waren in Reichweite meiner Fingerspitzen, und sie seufzte an meinen Lippen, als hätte sie den ganzen Tag, die ganze Woche, jede Nacht davon geträumt, genau das hier zu tun.

Ich musste sie spüren. Ich brauchte diese Erinnerung, um die Jahre im Gefängnis zu überstehen.

Ich musste dafür sorgen, dass es unvergesslich wurde. Sie würde die einzige Liebe sein, die ich je berührt hatte.

Sie streifte mir die Jacke ab und dann mein Hemd. Ihre Jeans war bereits aufgeknöpft. Sie war tatsächlich perfekt im Multitasking.

Im nächsten Moment trennte uns nichts mehr. Wir waren Haut an Haut. Ich zog sie fest an mich und hielt inne – Herz an Herz, ihr Haar an meinem Mund, umhüllt von dem zarten Duft an ihrem Hals.

Dieses Gefühl, ich wollte es festhalten, bewahren. Mein Herz stand kurz davor zu explodieren. Meine Hände glitten über ihren Rücken, und ich spürte die dünnen Träger unter den Fingerspitzen.

Sie wartete nicht ab, sondern zog ihren BH so schnell aus, dass es wie ein Zaubertrick wirkte. Sie lachte. Sie *lachte*! Und zitterte. Ich bedeckte sie mit meinen Händen, berührte die rosigen Spitzen und beobachtete, wie das Zittern in ein leidenschaftliches Beben überging.

Teddi schob die Finger in mein Haar und küsste mich, während ich sie hielt. Sie küsste meine Stirn, meine Nasenspitze, dann beugte sie sich weiter nach unten, um meine Schulter zu küssen und sanft hineinzubeißen.

Der leichte Wind fuhr ins Zelt und tanzte über ihre Haut, sodass sie eine Gänsehaut bekam.

Ich nahm sie hoch, drehte sie und legte sie unter mich, damit mein Körper sie abschirmte.

Der Blick, den sie mir da schenkte! Eine Erlaubnis, eine Einladung. Ihr Körper war eine Zuflucht, die einem Mann tatsächlich Kraft und Halt schenken konnte.

Als ich lange genug innegehalten hatte, um den Moment in meine Erinnerung einzugravieren, küsste ich sie. Ich küsste ihre Lippen und kostete sie mit meiner Zunge. Ein Rausch erfasste mich, es ganz langsam anzugehen. Dieses erste Mal würde das letzte Mal sein.

Ich half ihr dabei, ihre Jeans hinunterzuschieben, und hatte mit einem Mal ein ganzes Leben vor Augen. Ich küsste sie überall, während ihre Berührungen drängender wurden.

Mein Name. Sie sprach ihn so aus, als wollte sie es, als brauchte sie es.

Meine Jeans. Sie wollte, dass ich sie auszog. Ich stand auf, streifte sie ab und holte vorher noch schnell das Kondom aus der Tasche. Sie würde geschützt sein. Vor mir. Vor der Zukunft, die mir bevorstand. So würden wir uns voneinander verabschieden. Ich fragte mich, ob es ihr wirklich klar war, aber das wollte ich jetzt nicht herausfinden. Sie war hier, und ich liebte sie.

Und ich musste ihren Anblick erleben, wenn sie die Kontrolle über sich verlor. Ich schob meine Hand zwischen ihre Beine und raunte in ihr Ohr.

»Du bist wunderschön. Du bist alles. Bitte, bitte.«

Sie war so etwas Besonderes, so unverstellt, und ein paarmal fluchte sie sogar. Kalt war ihr kein bisschen mehr. Ich meinte fast, kleine Dampfwölkchen auf ihrer Haut zu sehen, und versuchte, von ihnen ebenfalls zu kosten. Meine Zunge glitt über ihre Haut und erforschte jede Stelle, an der sie mich brauchte. Als sie ihre Schenkel an meinen Kopf presste, wusste ich, dass sie die Kontrolle über sich verloren hatte. Das liebte ich. Ich liebte sie.

»Jetzt. Ich will dich jetzt.«

Sie brauchte nicht noch einmal zu fragen, aber meine Teddi war niemals schüchtern, und ich überließ ihr die Kontrolle. Sie drückte mich nach hinten und überprüfte, ob das Kondom richtig saß. Dann schaute sie mir tief in die Augen und ließ sich auf mich hinabsinken. Ich legte meinen Daumen auf die Stelle, wo er sein musste, um ihr den Genuss zu schenken, nach dem sie suchte.

Und dann ging es nur noch um unsere Gefühle in diesem einzigen Moment. Wir waren so stark zusammen, konnten ein Universum erschaffen und die Zeit anhalten.

Die Zeit bestand aus Momentaufnahmen. Ihr Haar in meinem Gesicht. Meine Hand, die es zur Seite strich. Das Aufblitzen von Sonnenschein über ihrer linken Schulter. Die Anspannung ihres Bauches, als sie kam. Ihre Hände, die meine Hüften packten, um das Gleichgewicht zu halten. Ich drängte mich von unten an sie, als sie sich nicht mehr bewegen konnte. Ich war wie berauscht von ihr und sie von mir.

Teddi lag auf mir – wieder Haut an Haut, aber jetzt völlig erschöpft. Unsere Herzen rasten, und wir atmeten schwer.

Ich umarmte sie und küsste sie auf den Scheitel. Wenn ich zukünftig eine Zuflucht brauchte, würde es dieser Moment sein, an den ich mich erinnern würde. Wenn Metallstäbe mir die Freiheit verwehrten, würde meine Seele zu diesem Moment zurückkehren und einen Hauch von Freiheit verspüren. Dies würde mein Himmel bleiben – mit ihr.

Teddi

Auf der Heimfahrt mussten wir uns beeilen. Das Zelt, die Lichterketten und die Kerzen hatten wir wahllos in den Truck geworfen, aber zum Schluss zumindest mit einer Plane abgedeckt. Trotzdem fanden wir dabei die Zeit, einander anzulächeln, uns an den Händen zu berühren. Es war unglaublich. Diese gemeinsame Zeit, die wir miteinander verbracht hatten. Es erklärte auch das Kribbeln, das die ganze Zeit zwischen uns geherrscht hatte. Aber es machte mich auch nervös. Ich konnte nicht die Augen davor verschließen, dass er Abschied genommen hatte. Nur warum wusste ich nicht. Als wir in die Auffahrt bogen, warteten Austin, Taylor und Peaches bereits auf uns.

Taylor war die Erste, die den Mund aufmachte. »Hey, ausgerechnet am großen Tag beschließt ihr beiden Experten zu verschwinden? Was zum Teufel fällt euch eigentlich ein?«

Taylor und Peaches zogen mich sofort mit sich, sodass ich auf der Stelle in den Arbeitsmodus umschaltete. Austin schnappte sich Ruffian und das Kostüm, um ihn auf seine magische Art zu verwandeln. Meine Mädels waren bereits fertig angezogen.

Peaches drängte mich zum Stuhl in meinem Zimmer.

»Jetzt müssen wir dich schnell in eine Fee verwandeln – in ungefähr fünfzehn Minuten.« Taylor fing mit meinen Haaren an und zerrte mit der Bürste daran herum.

»Verdammt, lass mich selbst meine Haare kämmen.« Ich drehte mich auf dem Stuhl um und schnappte mir die Bürste.

»Du hast Knoten im Haar? Und du wirst ganz rot. DU HATTEST SEX!« Taylor zeigte im Spiegel auf mich. Ich sprang auf, wirbelte herum und hielt ihr den Mund zu.

»Nicht so laut! Ich versuche, heute nicht zu sterben, also könntest du dich bitte beherrschen?« Ich warf einen Blick zur offenen Tür und konnte glücklicherweise keine herumlungernden Eltern entdecken.

In Taylors Augen spiegelten sich nacheinander all ihre Emotionen wider: von Schock zu Aufregung, dann Entsetzen. Sie zog meine Hand von ihrem Gesicht. »Hast du damit seine Eier angefasst?«

Ich schüttelte einmal kurz den Kopf. »Ich hab mir die Hände gewaschen.«

Na ja, ich hatte im Truck einen Handreiniger benutzt, aber das brauchte ich ihr ja nicht auf die Nase zu binden.

»Aber du leugnest nicht, mit ihnen rumgespielt zu haben. Sachen gibt's!« Taylor sprang auf und ab, während ich mich wieder meinen Haaren zuwandte und Nadeln und andere Spuren des Waldes herausbürstete.

Peaches drückte mich wieder auf den Stuhl. »Wir haben einen verdammten Zeitplan, und ein kleines Mädchen wartet auf den Abend seiner Träume. Die Einzelheiten erfahren wir später, wenn wir erst einmal alles ins Rollen gebracht haben.«

Peaches war wie ein Prinz angezogen, und ich fand ihren Smoking toll. Taylor hatte eine plüschige Hose an, die sich bei näherer Betrachtung als das Hinterteil eines Pferdes herausstellte.

»Selena ist das Vorderteil?« Ich deutete auf ihre Hufe.

»Sie hat bei Schere, Stein, Papier gewonnen, aber ich glaube, sie hat geschummelt. Wenn sie pupst, ist sie tot. Und ja, ich bin das Hinterteil vom Pferd aus *Rapunzel – neu verföhnt.*«

Ich überließ ihr wieder die Bürste, und sie frisierte meine Haare schnell zu einem Knoten. Ich verkleidete mich als Fee Tinker Bell, und Peaches trug den Glitter von meiner Schminkpalette mit der Unbeholfenheit einer Zweijährigen auf.

Sie reichte mir einen Lippenstift, und ich trug ihn auf. Ein bisschen Gloss vervollständigte den Look.

»Halt die Luft an.«

Ehe ich der Aufforderung folgen konnte, nebelte Taylor mich bereits mit einer Ladung Glitzerhaarspray ein.

Peaches und Taylor schauten gemeinsam mit mir in den Spiegel. Es war nicht perfekt, aber gut angesichts der kurzen Zeit, die uns zur Verfügung stand.

Taylor reichte mir einen flüssigen Eyeliner. »Die Katzenaugen kannst du dir während der Fahrt im Auto schminken. Jetzt zieh dich um.«

Peaches gab mir einen Klaps auf den Po, als ich in meinen begehbaren Kleiderschrank eilte.

Ich zog das Kostüm so schnell an, wie ich konnte. Das Oberteil saß ein bisschen zu eng, und ich musste ganz schön nachhelfen, um alles ordentlich zu verstauen.

Als ich wieder ins Zimmer trat, drehten sich beide zu mir um. »Scheiße!«

Ihr Blick ging zu meinem Hals. Nachdem ich in den Spiegel gesehen hatte, sagte ich auch: »Scheiße.«

Es war ein Knutschfleck. Ich verdeckte ihn mit meiner Hand. »Und was jetzt?«

Peaches rannte in mein Badezimmer und begann, in einer Schublade zu wühlen.

Taylor holte einen goldenen Schal aus meinem Kleiderschrank. »Tinker Bell an einem kalten Tag?«

Peaches kam mit einem feuchten Tuch und einem Stück Papier wieder aus dem Badezimmer. »Damit geht es vielleicht.«

Ich setzte mich wieder hin, als ich hörte, dass die Jungs die Treppe hochkamen. Taylor drehte meinen Kopf zur Seite, und Peaches deckte den Knutschfleck mit einem riesigen Klebetattoo ab. Es war mir schleierhaft, wie sie sich daran erinnerte, dass ich die besaß. Wir waren vor ein paar Jahren mal zu Halloween mit Retro-Tattoos unterwegs gewesen.

Als Austin leise an die Tür klopfte, zog Peaches gerade das Papier vom Tattoo ab. Es war eine große Rose mit ganz viel Glitzer. Und es grenzte an Zauberei, aber der Knutschfleck war verschwunden. Ein Tattoo passte natürlich nicht wirklich zu Tinker Bell, aber Feen und Glitzer passten zusammen, und so stand ich auf.

»Okay, das hätten wir.«

Peaches lehnte sehr zufrieden an meiner Schminkkommode. »Ich bin ein Genie, und das wisst ihr auch.«

Taylor klatschte sie ab. »Das bist du tatsächlich.«

Austin kam herein und hatte Ruffian im Schlepptau, der seinen Gürtel zurechtrückte. »Tja, Peaches, das Hinterteil des Pferdes ist schon mal sehr zufrieden mit dir.«

Taylor ging spielerisch auf Austin los, doch der hielt sie an den Handgelenken fest. »Aber ich rede doch von deiner Verkleidung!«

Sie sah ihn aus schmalen Augen an. »Wenn du nicht so hübsch wärst …«

Ruffian sah einfach perfekt aus. Er trug ein angeklebtes Kinnbärtchen, wie sein Charakter aus dem Film, und die Augen waren mit Eyeliner betont. Sein weißes Hemd stand bis zur Mitte der Brust offen. Er hätte bei Disney World arbeiten können, um mit Besuchern für Fotos zu posieren. Unwillkürlich musste ich lächeln.

»Betty wird ausflippen.« Ich nahm die Papierlaterne von meiner Kommode und reichte sie Taylor.

Ruffian zog eine Augenbraue hoch, als er mich von oben bis unten musterte. »Tinker Bell?«

Ich griff nach meinem Hefter und dem Handy. »Ich brauche mein Ladekabel.«

Ruffian zeigte mit seinem Finger. »Und die brauchst du auch?«

Meine Flügel hingen noch am Knauf der Kommode. »Oh. Ja. Danke.«

Er nahm sie, ehe ich danach greifen konnte, und hielt sie für mich. Ich schlüpfte wie in einen Mantel hinein und spürte dabei seinen Zeigefinger, der über meine Schulter strich.

Ich kehrte allen anderen den Rücken und zwinkerte ihm zu. Die nächste einzigartige »Meine Party« konnte beginnen.

»Es ist an der Zeit für ein bisschen Magie.« Ich freute mich ganz besonders auf das heutige Ereignis, weil Ruffian so einen großen Anteil daran hatte. Das Einzige, was mich bedrückte, war die Art, wie er sich gab – wie er sich von mir verabschiedete.

Ruffian

Ich hatte zehn Nachrichten von Meg erhalten. Zuerst wollte sie, dass ich vorbeikam und ihr erklärte, warum ich in ihrem Haus gewesen sei. Die Tatsache, dass der Strom ausgeschaltet gewesen war und zahlreiche andere Handwerker und Arbeiter dort herumgelaufen waren, bot mir einen kleinen zeitlichen Aufschub. Aber sobald sie merkten, was alles weggekommen war, würden sie genauer hinschauen.

Die nächste Nachricht kam zusammen mit einem Foto von mir mit ihrer Umhängetasche, auf dem ich klar und deutlich zu erkennen war. Es war auf der Auffahrt entstanden. Offensichtlich war ich gerade auf dem Weg nach draußen gewesen.

Meg: Die Kameras im Außenbereich schalten sich nie ab. Die sind solarbetrieben. Tolle Technik. Komm her, bring den Kram zurück, und wir vergessen, dass es je passiert ist.

Somit wusste ich, dass es vorbei war. Es war nur noch eine Frage der Zeit.

Meg: Wir werden alle Arbeiter von dem Tag zusammentrommeln und festnehmen lassen.

Ich konnte nicht zulassen, dass Unschuldige für meine Taten büßen mussten. Sie hatten nur ihre Arbeit getan. Ich war der Einzige, der die Situation ausgenutzt hatte. Aber ich musste mir ein bisschen Zeit verschaffen … ein paar Stunden. Also schrieb ich zurück.

***Ruffian:** Ich hab's allein gemacht. Die anderen wissen nichts. Ich komme vorbei.*

Der Startschuss war gefallen, es ging los.

Alle verließen eilig Teddis Zimmer. Die Kleidungsstücke, die ich ihr im Wald ausgezogen hatte, lagen auf dem Boden in ihrem begehbaren Kleiderschrank verstreut. Sie war jetzt eine Fee. Mit Glitzer und allem, was dazugehörte. Ich hatte das Gefühl, ganz von ihrer Schönheit erfüllt zu sein. Sie schlug mich völlig in ihren Bann. Ich griff in meine Hemdtasche und holte den goldenen Teddy hervor, um ihn unter ihr Kissen zu legen.

Mir blieb keine Zeit, noch ein paar Zeilen dazuzuschreiben, und es gab ohnehin nichts zu sagen. Schon bald würde Teddi erfahren, dass ich ein Dieb und Lügner war.

Ich atmete Schmerz ein und Furcht aus.

43. KAPITEL

Teddi

Anfangs hatte ich Zweifel gehabt, ob es gut war, die Party an einer richtigen Schule stattfinden zu lassen, und dann auch noch an meiner eigenen. Ich hatte gern alle Einzelheiten unter Kontrolle, weil ich nicht wollte, dass irgendetwas schiefging. Doch dann war ich völlig begeistert von der Reaktion der Schüler. Aus den sozialen Medien hatten sie erfahren, dass wir kommen würden, und als Ruffian mit einer strahlenden Betty an seiner Seite aus der Stretchlimo stieg, klatschten und jubelten alle, die ihren Weg säumten.

Bettys Eltern, für die ursprünglich ein Restaurantbesuch geplant gewesen war, waren auch dabei, denn Betty hatte am Morgen noch Fieber gehabt. Aber wir waren auf alle Eventualitäten vorbereitet, denn bei Schulveranstaltungen waren auch immer die Schulschwester und ein Krankenwagen vor Ort.

Die Kulisse für das Fotoshooting sah zauberhaft aus. Überall hingen Lichterketten, und wir hatten Pilze aufgestellt, die groß genug waren, um darauf zu sitzen. Die Blumen waren echt und dufteten wunderbar.

Ruffian pflückte eine Blume und ließ sich vor Betty auf ein Knie sinken. Er reichte sie ihr wie einen Verlobungsring. Schüchtern nahm sie sie entgegen, und Peaches war sofort an ihrer Seite, um ihr dabei zu helfen, sie in ihr Haar zu stecken.

Auch ein paar Reporter waren anwesend, und ich versorgte sie mit allen Namen und Informationen darüber, wo Interessierte für zukünftige Partys spenden konnten.

Taylor und Selena tanzten als riesiges Pferd umher, und Ruffian setzte Betty sogar für ein Foto auf deren Rücken. Es standen noch weitere Charaktere in passenden Kostümen bereit, die mit Betty zusammen posierten, doch schließlich winkte sie mich heran.

Ich trat zu ihr. »Na, meine hübsche Prinzessin, was kann ich für Euch tun?«

Sie berührte einen meiner Flügel. »Können wir uns zusammen fotografieren lassen?«

Sofort schaltete ich in den Tinker-Bell-Modus. »Natürlich. Normalerweise bin ich nicht so groß, und deshalb würde ich gern ein Beweisfoto zu den anderen Feen mitnehmen!«

Ich hüpfte auf Taylors Rücken und hörte sie stöhnen. Als Ruffian Betty ebenfalls auf Taylors Rücken setzte, kicherte Selena erst, ehe sie ein Wiehern ausstieß.

Wir lächelten in die Kamera, und dann half Ruffian Betty und mir wieder herunter. Taylor taumelte, und Selena hatte Mühe, nicht das Gleichgewicht zu verlieren. Betty begann zu lachen, weil es einfach urkomisch war, wie das Pferd hin und her wankte.

Das war das Foto, das später in die Zeitung kam. Darauf sieht Ruffian mich an. Ich stehe als Tinker Bell verkleidet hinter Betty, die auf das Pferd zeigt und in die Kamera strahlt. Auf dem kleinen Bild darunter sah man, wie Betty auf Ruffians großen Füßen stand und mit ihm tanzte. Der Bericht stand allerdings auf der zweiten Seite und nicht auf dem Titelblatt. Unter dem Bild stand:

Teenager tanzt mit Prinzessin kurz vor seiner Verhaftung.

Vorher war er eine Nachricht für die Titelseite gewesen, aber nachdem er Bettys Träume hatte wahr werden lassen, waren Taylor und Selena auf die Tanzfläche gekommen und hatten sie als Pferd zum Beben gebracht.

In der Ferne sah man Polizeifahrzeuge. Das Blaulicht war durch die Fenster der Cafeteria, wo der Ball stattfand, zu erkennen. Es verschmolz fast mit dem Stroboskoplicht des DJs.

Doch es war der Ausdruck auf Ruffians Gesicht, der mich aufmerken ließ – als würde er dem Tod ins Auge blicken.

Auf einmal spürte ich, wie er meine Hand ergriff. »Hey, kannst du mit mir rauskommen?«

Ich sagte Peaches, dass ich gleich wieder da sein würde.

Ruffian und ich gingen zur Tür hinaus. Es war kalt, und falls sich noch irgendjemand hier draußen aufhielt, hatte er sich gut versteckt.

Er hielt meine Hände in seinen, und dann sprudelte es aus ihm heraus. »Manche Dinge sind wichtiger als die Angst vor den Konsequenzen. Du bist wichtiger. Bettys Tag ist wichtiger. Ich werde nicht zulassen, dass jemand anders den Kopf für das hinhält, was ich getan habe. Das ist nicht richtig. Ich wusste, dass es Konsequenzen haben würde, bevor ich ein Bild von der Wand in Megs Haus nahm, und ich konnte damit leben. Ich war in mancherlei Hinsicht naiv, aber ich bin nicht dumm. So wie ich gern lebe, hätte es mich ohnehin irgendwann eingeholt. Die Leute mögen es nicht, wenn ihnen Sachen abhandenkommen. Die ganze Zeit habe ich nach einem Zeichen von meiner Mutter gesucht, dass ich das Richtige getan habe. Und die ganze Zeit warst *du* dieses Zeichen.«

Ich warf einen Blick über meine Schulter und sah Polizisten ins Gebäude gehen.

Ich wollte seine Worte nicht verstehen, aber plötzlich meldete sich mein Instinkt. »Lass uns verschwinden. Jetzt. Ich kann fahren, bis uns der Sprit ausgeht, und dann können wir unsere Namen ändern und zusammen in einem Diner arbeiten und …«

Er drückte seine Lippen auf meine, um mich kurz zum Schweigen zu bringen, ehe er fortfuhr: »Das bist nicht du. Du weißt, dass du hierbleiben musst … Du musst das hier tun … für diese Leute. Das ist deine Bestimmung. Du hast sie gefunden. Und es ist etwas, wofür man nicht ins Gefängnis geworfen wird.«

»Ich werde dich niemals aufgeben, Ruffian Jessica. Nicht heute Abend. Nicht morgen. Ich werde einen Weg finden, es wieder in Ordnung zu bringen.« Ich drückte seine Hände.

Die Polizisten kamen näher. Die Cafeteria war wie ein Schaufenster erleuchtet, sodass ich sehen konnte, wie die Männer in Uniform sich zwischen den Tänzern hindurchbewegten. Ich hoffte, dass Betty nicht sehen würde, was als Nächstes passierte.

»Kommen sie schon?« Er sah nicht hin, sondern schaute die ganze Zeit mich an.

»Bald. Sie werden gleich hier draußen sein.« Ich umfasste sein Gesicht mit beiden Händen.

»Tanz mit mir, Theodosia. Das ist alles, was ich will.« Er lächelte mich an. Ruhig. Gesammelt. Ein Hauch von Zen.

Ich legte die Arme um seinen Hals, während er seine um meine Taille schlang. Er summte im Gleichklang mit der Musik, die für die Tänzer drinnen gespielt wurde.

Ich legte den Kopf an seine Brust, als er sich langsam mit mir gemeinsam bewegte. Dann hörte ich, wie sich die Türen der Cafeteria öffneten, und plötzlich standen wir im grellen Schein mehrerer Taschenlampen. Einen kurzen Moment lang standen wir im Rampenlicht. Nur wir beide. Er gab mir einen Kuss auf den Scheitel, ehe er den Kopf senkte.

»Ich habe tatsächlich getan, was sie sagen werden. Ich habe Meg bestohlen. Wir müssen hier Lebewohl sagen. Jetzt. Versprich mir, dass du nach vorn schauen und weitermachen wirst wie bisher.«

»Wenn du es getan hast, hattest du einen Grund dafür. Ich weiß, was dich glücklich macht.« Ich legte den Kopf in den Nacken, um ihn besser ansehen zu können. »Tu nicht so, als würdest du mich nicht kennen. Ich gehöre dir.«

Ruffian beugte sich zu mir nach unten, um mich zu küssen, doch dann wurde er weggerissen. Die Tanzenden kamen hinter den Polizisten nach draußen und waren unser Publikum, im Hintergrund absurd laute Musik. Taylor und Peaches drängten sich durch die Menge, während ihm seine Rechte verlesen wurden. Er sah mich die ganze Zeit an. Peaches trat an meine linke Seite und Taylor an meine rechte.

Ruffian holte tief Luft und lächelte mich an. »Ich liebe dich.«

Ich spürte, dass seine Worte einen Schrei in mein Herz hauchten. Und ehe ich antworten konnte, wurde er abgeführt, wobei der größte der Polizisten Ruffians Kopf nach unten drückte. Meine Beine gaben unter mir nach. Peaches und Taylor bewahrten mich davor, zu Boden zu sinken.

Das war's. Für ihn. Es war völlig egal, ob er im Recht war, die Gesellschaft würde das niemals so sehen. Er war verdammt. Ich fühlte mich völlig hilflos, als ich dem wegfahrenden Polizeiwagen hinterhersah.

Was hatte er getan? Was hatte er getan?

Ich rappelte mich mithilfe meiner Freundinnen auf. Taylor packte meinen Arm und befahl Peaches und Selena, sich um Betty und ihre Familie zu kümmern.

Ich war hin- und hergerissen, dem Polizeiauto nachzulaufen und gleichzeitig darüber nachzudenken, was ich tun könnte.

Das Ganze war ein Schock. Dessen war ich mir bewusst, und dennoch konnte ich mich nicht darauf konzentrieren, wie ich mich jetzt verhalten sollte. Taylor schlang einen Arm um meine Schultern.

Gleichzeitig sprach sie bereits in ihr Handy. »Ja. Komm her. Oder deine Eltern. Sag Gaze, was passiert ist.«

Wir blieben eine Weile draußen. Wann war es so kalt geworden? Anders kam nach draußen und gab mir seine Jacke, während Brutus seine Taylor umhängte. Austin kam in seinem schicken Auto vorgefahren und sprang heraus. Taylor schob mich in seine Richtung, doch in dem Moment, als es darum ging, die Party tatsächlich zu verlassen, machte etwas in mir Klick.

»Ich kann nicht. Ich muss schauen, ob mit Betty alles in Ordnung ist. Hat sie gesehen, dass er verhaftet worden ist?«

Anders hob die Hand. »Tatsächlich hat Peaches ihr erzählt, dass er von einem bösen Menschen entführt worden sei, aber Tinker Bell ihn retten würde. Deshalb bin ich mir ziemlich sicher, dass du unbesorgt gehen kannst.«

Taylor umarmte mich. »Geh nach Hause. Bleib bei deiner Familie. Finde heraus, was zum Teufel da los ist. Du hast uns über all die Jahre beigebracht, was zu tun ist, auch wenn wir das gar nicht wollten. Aber wir schaffen das. Also geh.«

Austin führte mich zur rechten Seite seines Wagens und half mir beim Einsteigen. Nachdem er Taylor einen Kuss auf die Wange gegeben hatte, ließen wir die Schule hinter uns.

Ich wischte mir die Tränen aus den Augen. Ruffians Verhaftung ging mir nicht aus dem Kopf. Immer und immer wieder erlebte ich die letzten Sekunden, als er mir gesagt hatte, er würde mich lieben. Er hatte kein bisschen überrascht gewirkt angesichts dessen, was dann mit ihm passierte.

»Teddybär. Baby. Es tut mir so leid.« Austin nutzte die Gelegenheit, als er an einer Ampel stehen bleiben musste, um mich zu umarmen. »Gaze und Pixie sind bereits auf dem Weg nach Hause. Wir finden eine Lösung, ja?«

Er rieb meinen Rücken und hielt während der Heimfahrt meine Hand.

Ruffian

Dieses Mal war die Aufnahme des Fotos für die Verbrecherkartei deutlich weniger spaßig. Das letzte Mal hatte ich gewusst, dass mich eine Party erwartete, wenn ich wieder rauskam. Doch dieses Mal war alles viel realer. Ich hatte meinen letzten Sonnenuntergang als freier Mensch gesehen. Während ich meine Kleidung gegen Gefängniskleidung austauschte, fragte ich mich, ob ich Teddi wohl das letzte Mal im Arm gehalten hatte. Denn schließlich wusste sie es jetzt. Sie musste mittlerweile erfahren haben, wie ich Meg abgezogen hatte, und ihr würde klar sein, dass ich während der ganzen Zeit unter ihrem Dach diesen Coup geplant hatte.

Ich hatte mich stark fühlen wollen in diesem Moment – rechtschaffen. Es hatte ein würdiges Andenken an meine Mutter sein sollen. Doch stattdessen war ich jetzt erfüllt von Kälte, Angst und Hoffnungslosigkeit.

Die Vorgehensweise war mir nicht neu. Verdammt, mein ganzes Leben lang waren wir Ausgestoßene gewesen. Als der erste Cop anfing, mir Fragen zu stellen, wusste ich, dass ich warten musste, bis ich mit einem Anwalt geredet hatte – selbst wenn es ein ganz junger, frischgebackener Pflichtverteidiger wäre.

Mir war klar, dass die Burathons, Gaze und Pixie nichts mehr mit mir zu tun haben wollten. Sie würden mir nicht mehr in die Augen schauen können, jetzt da sie wussten, dass ich ein

Lügner war. Alle meine persönlichen Besitztümer wanderten in einen wiederverschließbaren Plastikbeutel.

»Bist du heute Abend ein Pirat?«, fragte mich der Cop, der mir die Fingerabdrücke abnahm.

Ich tat den Ring mit dem Totenkopf in den Beutel. »Nein, der Märchenprinz.«

Er schnaubte. »Tja, sieht so aus, als hättest du den Anschluss verpasst. Statt einem Schloss besuchst du jetzt das Verlies.«

Er hatte recht. Aber ein paar Stunden lang hatte ich das Schloss gehabt, die Prinzessin und das *Und wenn sie nicht gestorben sind, dann leben sie noch heute*. Doch dann hatte ich alles verloren.

44. KAPITEL

Teddi

Es war Austin, der mir die dämlichen Flügel abnahm und zur Seite legte. Mom und Dad waren in der Küche. Mom hing am Telefon, während Dad auf seinem Handy scrollte. Er stand auf und umarmte mich, dann trat meine Mutter zu mir, um ebenfalls kurz einen Arm um mich zu legen.

»Hören Sie, ich bin sein Vormund, und ich muss wissen, wann ich mit ihm sprechen kann. Wir versuchen gerade, unseren Anwalt zu erreichen.«

Es war ein Albtraum, meine Mutter dabei zu beobachten, wie sie über so ernste Dinge redete. Austin und Dad kamen mit mir in mein Zimmer hoch.

»Was wird jetzt passieren?« Ich schaute auf meine Hände. Wie hatte dieser Tag dieses schreckliche Ende nehmen können?

»Ich weiß es nicht, mein Liebling. Wir müssen herausfinden, warum man ihn verhaftet hat. Gaze und Pixie sind auf dem Weg hierher. Soweit ich das sehe, werden wir wegen des Wochenendes bis morgen früh warten müssen, ehe wir jemanden in die Finger kriegen, der uns Auskunft geben kann. Aber ihr kennt ja eure Mutter.« Dad sagte das mit dem ergebenen Ton eines Mannes, der von den Gezeiten sprach. Mom war eine Naturgewalt, wenn es um ihre Kinder ging.

»Austin, hast du noch die Telefonnummer von dem Jungen,

mit dem du vor ein paar Jahren gegangen bist? War seine Mutter nicht Staatsanwältin?« Mom brüllte die Treppe rauf.

Ich beobachtete, wie Austin und Dad einen Blick tauschten. »Es wird ernst. Bist du okay, mein Schatz?«

Ich nickte. »Mir geht's gut. Geht und helft Mom herauszufinden, was los ist.«

Nachdem sie weg waren, starrte ich im Spiegel das Klebetattoo an, das die Stelle überdeckte, an der Ruffian den Knutschfleck hinterlassen hatte. Das war doch real, oder? Meine Gefühle für ihn, während wir im Zelt gelegen hatten? Er hatte gesagt, er würde mich lieben, und ich fühlte mich geliebt.

Ich musste ihn um mich haben. Seine Sachen. Irgendetwas. Ich ging nach unten und öffnete die Tür zu seinem Zimmer. Als ich begann, in seinen Sachen zu wühlen, hatte ich zwar Schuldgefühle, aber auch meine Gründe, warum ich es machte. Was genau hatte er getan? Ich war doch den ganzen Vormittag mit ihm zusammen gewesen. Der Rucksack mit seinen Sachen stand auf der anderen Seite des Bettes. Ich packte ihn aus: Jeans, Kleinkram, und dann stieß ich auf eine Keksdose aus Blech. Ich öffnete sie und entdeckte jede Menge Papiere.

Ich entfaltete einen Zettel nach dem anderen: Megs Haus, Megs Urlaubsdaten, die Zahlenkombination von ihrem Safe. Oh nein. Oh nein. Der Name eines Pfandhauses. Der geschätzte Wert einiger Gemälde. Meine Hände zitterten.

So viele Beweise. So niederdrückend, so belastend. Ich holte mein Handy hervor und ging auf Megs Instagram-Account. Sie hatte zwei Bilder und drei Storys gepostet. In einem Video nannte sie Ruffians Namen, und ich sah den leeren Safe.

Ich nahm mir die restlichen Papiere vor und überflog sie. Bei einem Zettel handelte es sich um Werbung, doch auf der Rückseite befand sich ein Brief, der in einer anderen Handschrift geschrieben war.

Mein wunderbarer Junge! Mein Ruffian!
Wenn du diesen Brief liest, wird unser Abenteuer für mich zu Ende sein. Ich hoffe und bete, dass du bereits auf dem besten Wege bist, erwachsen zu sein. Ich wünschte, ich könnte dir mehr Sicherheit geben. Doch jetzt kann ich nur noch darauf vertrauen, dass dir unsere gemeinsamen Erlebnisse eine Richtschnur für die Zukunft sein werden. Die Welt kann brutal sein. Aber wir wissen beide, dass es trotzdem immer Orte und Momente in dieser Welt gibt, wo man wahre Schönheit entdecken kann. Das Lächeln der Dankbaren. Die festen, ein wenig zu langen Umarmungen einsamer Menschen. Momente, in denen man Menschen, Tiere und die Natur um uns herum begleitet, um auf einen etwas einfacheren Pfad zu finden. Führe sie alle zu diesen verborgenen Orten, mein lieber Junge. Ich habe nie in meinem Leben einen Menschen gekannt, dessen Seele so rein war wie deine – so tapfer, so fantasievoll, so nachsichtig. Es macht mich nur ein bisschen wütend, dass ich nun diesen Brief schreibe, bedeutet es doch, dass wir körperlich voneinander getrennt sind. Aber die Liebe erhebt sich über alles. Liebe bohrt sich auch durch den stärksten Panzer. Das kann ich dir versprechen. Du wirst mich immer in den Wäldern finden, wenn du mich brauchst. Das raschelnde Laub wird dich umarmen, der Baldachin aus Sternen am tiefschwarzen Himmel wird dich ermutigen, und selbst die Luft, die du einatmest, wird dich lieben. Eine Mutter geht nie wirklich, sondern erst, wenn sie ihre Kinder sicher und geborgen weiß. Also werde ich mir einen Ort suchen, an dem ich einen großartigen Ausblick habe, und auf dich warten. Sei mein größtes Geschenk an diese Welt.
Ich liebe dich, Ruff.

Ein Schluchzen wollte in mir aufsteigen, doch ich unterdrückte es. Ruffian. Ich musste mich jetzt entscheiden, was ich glauben wollte. Hatte er uns die ganze Zeit nur etwas vorgespielt, um Meg auszurauben, oder liebte er mich tatsächlich?

Doch dann wurde mir plötzlich klar, dass meine Entscheidung allein davon abhing, ob ich ihn liebte oder nicht.

Und das tat ich.

Ich legte den Brief seiner Mutter zurück in die Dose und schloss sie. Alle Beweise für seinen Plan nahm ich mit. Im Wohnzimmer stopfte ich das ganze Papier mithilfe des Schürhakens in den Kamin. Dann zündete ich den Haufen an allen Ecken an. Ich wollte alles verbrennen. Sie hatten zwar ihn, aber ich hatte das hier, und ich konnte dafür sorgen, dass es verschwand.

Als von den Papieren nur noch Asche übrig war, fegte ich die Überreste mit dem Kaminbesteck auf eine Schaufel, trug sie ins Badezimmer und spülte sie die Toilette runter.

Kaum trat ich wieder aus dem Badezimmer heraus, klopfte es an der Tür. Es waren zwei Polizisten mit einem Durchsuchungsbefehl für unser Haus. Dad hielt Rocket fest, und ich beobachtete, wie Tiger in Gaze' und Pixies Zimmer flitzte.

Ich hoffte inständig, dass ich alles beseitigt hatte. Das war so wichtig.

Schnell brachte ich das Kaminbesteck zurück. Während die Polizisten durchs Haus liefen, kam Austin zu mir und nahm mich in die Arme. Dankbar schmiegte ich mich an ihn.

»Teddi, lass uns gehen. Wir fahren zu meiner Wohnung und überlassen es Mom und Dad, sich um alles zu kümmern. Wir können hier im Moment nichts tun.«

»Gaze?« Mir wurde klar, dass ich ihn noch gar nicht gesehen hatte.

»Er und Pixie sind direkt zur Polizeiwache gefahren.« Austin schnappte sich Rockets Leine und nahm sie Dad ab. »Ich werde Teddi und den Hund mitnehmen. Ruft an, wenn ihr uns hier braucht.«

Dad drückte Austins Schulter. »Wunderbare Idee. Danke.«

Ich schaute zu meinem Zimmer hin. »Muss ich was mitnehmen …?«

Austin schüttelte den Kopf. »Hast du dein Handy dabei?«

Ich nickte.

»Ich habe ein Ladekabel und genug Sachen, die du anziehen kannst. Komm jetzt einfach. Lass uns von hier verschwinden.« Austin reichte mir die Hundeleine und trug die sich windende Rocket nach draußen. »Nimm deine Jacke mit.«

Ich schnappte mir meine Daunenjacke aus der Garderobe und ging an dem Polizeiauto vorbei, das auf der Auffahrt stand. Nachdem ich eingestiegen war, setzte Austin mir Rocket auf den Schoß. Sie legte sich hin, sobald Austin hinterm Steuer saß. Ich ließ das Fenster ein bisschen runter, damit Rocket frische Luft hatte. Sie liebte es, die Nase in den hereinwehenden Fahrtwind zu halten, und entspannte sich in meinen Armen.

Austin legte sein Handy auf die Mittelkonsole, streichelte Rocket und rieb dann meine Schulter. »Alles wird gut, Bärchen.«

Ich wollte ihm mit einem Lächeln antworten, wusste aber nicht, ob er recht hatte. Megs Zeug war gestohlen worden, und Ruffian hatte einen ausgefeilten Plan gehabt, das zu tun. Die eigentliche Frage war: warum?

Sofort hatte ich Lucas, Grandma / Mom und Rufus vor Augen. Scheiße. An Ruffians Stelle hätte ich den Kram verkauft und das Geld seinen Leuten gegeben.

Ich legte den Kopf an die Kopfstütze. Es war ziemlich wahrscheinlich, dass Ruffian für lange, lange Zeit ins Gefängnis wanderte.

45. KAPITEL

Ruffian

Als man mir erlaubte, meinen Bruder zu sehen, geschah das aufgrund eines Formfehlers. Keiner wusste, wie alt ich eigentlich war, weil ich weder einen Führerschein noch eine Geburtsurkunde hatte. Deshalb konnten sie davon ausgehen, dass ich noch minderjährig war, und das gab mir die Gelegenheit, mit meinem gesetzlichen Vormund zu sprechen.

Gaze stand, als ich in den Raum geführt wurde. Da ich keine Handschellen tragen musste, während ich mit ihm am Tisch saß, nahm der Beamte sie mir ab.

Verlegen stand ich vor Gaze, ehe dieser mich packte und an sich zog. Es war unsere erste Umarmung. Der Zeitpunkt entbehrte nicht einer gewissen Ironie.

»Gesetzesbrecher … Herzensbrecher, hm?« Ich versuchte, meine Verlegenheit mit einem Scherz zu überspielen, obwohl nichts an der Situation zum Lachen war.

»Geht's dir gut?« Gaze drückte mich auf meinen Stuhl und setzte sich mir gegenüber hin.

»Ja, alles in Ordnung. Die haben das Ganze super professionell gehandhabt.« Ich hielt kurz inne, weil mir plötzlich bewusst wurde, dass ich völlig anders behandelt worden war, weil ich aus dem Hause der Burathons kam. Früher, als ich noch im Wald gelebt hatte, war mit mir anders umgesprungen worden. Ganz anders.

»Okay. Hast du irgendwelche Fragen beantwortet?« Er hatte eine Hand in den Nacken gelegt und wirkte angespannt.

»Nichts, was ich nicht hätte sagen dürfen, nur die Adresse und so. Zu allem anderen habe ich keine Auskunft gegeben.« Ich wusste, wie's lief. Das war schließlich nicht meine erste Verhaftung.

»Es tut mir leid.« Gaze sah mir fest in die Augen. »Ich hätte bei dir bleiben sollen, statt wieder zur Uni zu gehen. Es tut mir leid.«

Ich zog die Augenbrauen zusammen. »Hör mal, nichts von dem, was du getan oder nicht getan hast, hat irgendetwas hiermit zu tun. Ich habe darauf geachtet, nichts preiszugeben, und ich habe mein Ziel erreicht. Dann musste ich meinen Leuten nur noch Zeit verschaffen, das Geld auszugeben, das sie von mir bekommen haben, damit man nichts bei ihnen findet. Hey, es war fantastisch. Diese Familie. Es war alles so viel mehr, als ich erwartet hatte. Also keine Schuldgefühle. Ich habe zu danken.« Ich würde nicht zulassen, dass er sich für mein Verbrechen ans Kreuz nagelte.

Er schüttelte den Kopf. »Ronna und Mike werden dir einen guten Anwalt besorgen. Erzähl bloß nichts. Erst musst du mit ihnen reden.«

An diese Kosten hatte ich gar nicht gedacht, weil ich davon ausgegangen war, dass man mich sofort abschreiben würde. »Richte ihnen meinen Dank aus, aber nein, das möchte ich nicht annehmen. Ich werde einen Pflichtverteidiger bekommen. Ich will keine Last sein.«

Ich beobachtete, wie mein großer Bruder ein paarmal tief durchatmete. »Ich bin dein Vormund, und Ronna, Mike und ich müssen entscheiden, was für deine Zukunft am besten ist. Du bekommst einen Anwalt und damit basta. Ich hab ein paar Ersparnisse. Sie werden nicht alles übernehmen müssen. Aber eins sollst du wissen: Sie würden eine Hypothek auf ihr Haus aufnehmen, um für dich zu sorgen. So sind sie nun einmal.«

Die Verärgerung in seiner Stimme, weil ich die Familie in diese Lage gebracht hatte, war nicht zu überhören. Ich konnte ihm das nicht zum Vorwurf machen. Das hatte ich einfach nicht bedacht – dass sie sich mit allem, was sie besaßen, hinter mich stellen würden. In meinem Zimmer hatte ich genug Beweise hinterlassen, sodass es nicht schwer sein dürfte, mich zu überführen. Mit dem Brief meiner Mutter in der Dose widmete ich den Coup ihr.

»Die behalten dich hier bis zur Anklageverlesung. Wir versuchen aber auch, dich auf Kaution herauszubekommen. Sag einfach nichts zu niemandem, hörst du?« Er stand auf, und da bemerkte ich, dass der Polizist wieder im Raum war, um mich zu meiner Zelle zurückzuführen.

»Hat Teddi irgendwas gesagt?« Am liebsten hätte ich mir einen Tritt verpasst. Ich wollte sie doch gehen lassen, keine Fragen stellen, gleichmütig erscheinen. Mein Verhalten und mein Tonfall passten nicht zu diesem Plan.

»Äh, nein. Sie ist mit zu Austin gefahren.« Er schob die Hände in die Hosentaschen.

»Was ist mit Betty?« Ich spürte, wie mir die Handschellen angelegt wurden, konzentrierte mich aber immer noch auf Gaze.

»Es geht ihr gut. Aber das Ganze hat ihrem Abend eine besondere Note gegeben.« Er winkte mir halbherzig hinterher, als ich abgeführt wurde.

Es war gut, dass Teddi bei Austin war und dass meine Verhaftung keine negativen Auswirkungen auf Bettys besonderen Abend gehabt hatte. Daran musste ich jetzt denken – nicht an Teddis Lippen, nicht an meine hoffnungslose Zukunft. Ich sprach ein Gebet zu meiner Mutter und bat sie, mich wissen zu lassen, ob sie meine Tat zu ihrem Gedenken gesehen hätte. Ich bat sie, sich weiter um unsere Leute zu kümmern.

Mein Bett in der Zelle war sogar noch unbequemer als der Fußboden im Haus der Burathons. Es dauerte lange, ehe ich einschlafen konnte.

Teddi

Ich lag zusammengerollt auf Austins Couch und hatte eins von seinen T-Shirts sowie eine alte Sweathose von ihm an. Er reichte mir einen Kaffee, während mein Handy in der anderen Hand lud.

Er griff nach meinem Handy. »Wie wär's, wenn du mal eine Pause machst?«

Er legte mein Handy mit dem Display nach unten auf die Armlehne der Couch. »Sie wird nicht ändern, was sie gesagt hat.«

Er hatte wahrscheinlich recht. Meg postete die ganze Zeit Storys in den sozialen Medien, als wäre das der einzige Sinn in ihrem Leben. Ihr Schmuck und ein paar Gemälde waren gestohlen worden, und sie tat so, als hätte ihre Familie nichts anderes mehr auf der Welt.

Ich hatte Screenshots von Fotos von einigen der gestohlenen Sachen gemacht. Eine Halskette mit Diamanten, die ihre Mutter bei ihrer Hochzeit getragen hatte, und die Meg bekommen sollte, sobald sie heiratete, schien für sie das wichtigste Teil zu sein. Ich hatte sie auf meinem Handy blockiert, aber ihr Social-Media-Account war öffentlich, sodass ich die Inhalte weiter verfolgen konnte.

Austin griff nach seinem Handy, als es klingelte. Ich beobachtete ihn, während ich an meinem süßen Kaffee nippte.

»Okay. Verstanden. Ja. Sie bleibt hier, und ab Montag bringe ich sie dann von hier zur Schule. Sie ruht sich gerade aus. Ja. Okay. Ich hab euch auch lieb. Rocket geht's gut. Ja. Bye.« Er beendete das Gespräch und setzte sich zu mir und Rocket auf die Couch.

»Also, Mom und Dad treffen sich morgen mit dem Anwalt und besprechen, was man machen kann. Sie haben mich gebeten, dass du hierbleibst. Ich glaube, wir finden in meinem Kleiderschrank ein passendes Outfit für dich.« Normalerweise wäre ich begeistert gewesen, mir etwas aus Austins ausgefallener Garderobe aussuchen zu dürfen, aber jetzt hatte ich gerade das Gefühl, als würde mein Gehirn in Treibsand feststecken.

»Du brauchst mich nicht zu fahren. Taylor und Peaches können mich mitnehmen.« Ich stellte meinen Kaffee ab. Mir war plötzlich ein Gedanke gekommen. Meg war total sauer, dass ihre Sachen weg waren, und ich hatte mir den Namen des Pfandhauses gemerkt, das in Ruffians Papieren erwähnt worden war.

»Worüber denkst du gerade nach?« Austin klang argwöhnisch. »Als du klein warst und diesen Ausdruck in den Augen hattest, musste man befürchten, dass du als Nächstes vom Hausdach in den Pool springst.«

Ich erlaubte mir ein leichtes Lächeln. Ich brauchte nur eine Richtung, um zur Tat zu schreiten, und dann konnte ich sehr eigensinnig sein – wie ein Hund mit seinem Knochen. Entschlossen und ohne groß nachzudenken. Aber wenn es eine Möglichkeit gäbe, Ruffian zu helfen, würde ich es tun. Ich liebte ihn, und es war undenkbar für mich, nicht alles in meiner Macht Stehende zu versuchen – wie abwegig es auch sein mochte.

Ich griff nach meinem Handy und organisierte das Treffen mit Taylor und Peaches am Montag. Dank Austins Kleiderschrank würde ich atemberaubend aussehen, und dann hatte ich auch noch meine Freundinnen an meiner Seite.

Wie schlimm konnte es in einem Pfandhaus schon zugehen?

Austin und ich schauten ein paar meiner Lieblings-Channels bei YouTube, und ich saß zwar neben ihm, aber in Gedanken schmiedete ich ein paar ganz neue Pläne.

46. KAPITEL

Teddi

Taylor fuhr bewusst langsam, während uns ihr Navi die Richtung angab. Peaches wirkte extrem eingeschüchtert, was bei ihr selten vorkam. Aber in diesem Teil der Stadt herrschte irgendwie eine gefährlichere Atmosphäre.

Wir waren alle nicht zur Schule gegangen, und ich hatte meinen Eltern eine Nachricht geschickt, dass die Schüler des Abschlussjahrgangs sich heute einen Tag freinehmen durften. Eigentlich war das Jahr für den *Senior Skip Day* noch nicht weit genug fortgeschritten, aber sie waren mit ihren Gedanken ganz woanders und bemerkten es nicht. Bestimmt würden sie meine Nachricht gar nicht weiter beachten.

Schließlich fanden wir es – das Pfandhaus. Taylor stellte sich auf einen Parkplatz, bei dem wir erst einmal zwei Schilder durchlesen mussten, um zu erkennen, dass man an einem Montagmorgen dort parken durfte.

Peaches hatte ganz große Augen. Taylor stellte den Motor ab und warf mir einen Blick zu, der erkennen ließ, dass sie das Ganze für eine sehr schlechte Idee hielt. Ich hatte ihnen nicht genau erklärt, was ich vorhatte, und zwar vor allem deshalb nicht, weil ich mir selbst nicht dabei zuhören wollte, wie ich diesen idiotischen Plan in Worte fasste. Aber mir war der Gedanke gekommen, und jetzt musste ich es einfach ausprobieren. Ich wollte nicht irgendwann bedauern, es nicht zumindest versucht zu haben, und der Zeitfaktor spielte dabei eine entscheidende Rolle.

Ich nickte meinen beiden Freundinnen zu. »Ich möchte, dass ihr beiden hierbleibt, ja? Ich schicke euch eine Nachricht, wenn irgendetwas schiefläuft.«

Als ich ausstieg, kletterten auch Taylor und Peaches auf Taylors Seite aus dem Wagen. »Sorry, aber wir kommen mit. Wir lassen dich nicht allein.«

Ich warf den beiden einen finsteren Blick zu. Diese Vorgehensweise sah mein Plan nicht vor, aber ich wusste ihre Haltung trotzdem zu schätzen, denn im umgekehrten Fall hätte ich auch darauf bestanden mitzukommen.

Die Türglocke klingelte ziemlich laut, als wir den Laden betraten. Eine Frau, von deren Lippen eine Zigarette hing, trat hinter dem Tresen hervor. »Als erste Kunden am Montagmorgen ein paar Cheerleader? Das wird eine großartige Woche.« Sie nahm einen langen Zug von ihrem Glimmstängel.

Ich räusperte mich und trat durch die Rauchwolke hindurch. Nachdem ich mein Handy hervorgeholt hatte, öffnete ich die Fotos von Megs gestohlenen Schmuckstücken.

»Haben Sie irgendetwas, das wie das hier aussieht?«

Ich zeigte ihr alle Fotos zweimal, ehe sie fragte: »Wer will das wissen?«

»Ich?« Ich schob das Handy wieder in meine Tasche und wartete ab, was als Nächstes passieren würde. Das Pfandhaus war bis unter die Decke mit Kram vollgestellt, deshalb würde die Suche nach diesen speziellen Stücken mehr Zeit in Anspruch nehmen, als ich hatte. Außerdem besaß ich ohnehin nicht das Geld, die Sachen zu kaufen.

»Tja, die Antwort genügt mir nicht. Auf Wiedersehen, meine Damen.« Sie drehte sich um, als wollte sie wieder nach hinten gehen.

Ich versuchte es mit einer Drohung. »Sie können die Sachen entweder mir zeigen oder den Cops. Aber für was Sie sich auch entscheiden, Sie werden sich heute etwas länger über diese Sachen unterhalten.«

Ich spürte, dass Taylor mich am Ellbogen berührte. Sie war bei mir, gleich hinter mir. Peaches stand mit vor der Brust verschränkten Armen neben der Tür. Ich konnte sie im Spiegel sehen, der hinter dem Tresen hing.

Zweimal zog die Frau an der Zigarette, ehe sie die Asche auf den Boden schnippte. Dann machte sie eine Bewegung, als würde sie ein Feuer auf dem alten Teppich austreten.

»Ich hole den Boss, aber es wird ihm nicht gefallen, so früh aufstehen zu müssen. Und er wird dich nicht mögen.« Sie deutete mit ihrem kleinen Finger auf mich, wobei die Zigarette wie ein Laserpointer zwischen ihren Knöcheln steckte.

»Ich glaube, ich werde ihn auch nicht mögen. Aber so ist das dann jetzt.« Ich legte den Kopf auf die Seite und bedachte sie mit einem unbeugsamen Blick. Zwar zog ich es vor, auf professionelle und entschlossene Art vorzugehen, aber ich hatte auch kein Problem damit, mein Glück ein bisschen herauszufordern.

»Schön. Macht es euch bequem.« Sie verschwand hinter dem Tresen in einem schmalen Flur.

Peaches kam näher. »Wie sollen wir es uns hier bequem machen? Es stinkt wie in einer Fernfahrerkneipe und Stühle gibt es auch nicht.«

Wir standen uns die Beine in den Bauch. Es verging so viel Zeit, dass ich mir allmählich Sorgen machte, die Zigarettenlady könnte vielleicht die Polizei angerufen haben. Doch endlich hörten wir das Zuschlagen einer Autotür.

Ein großer, gut aussehender Typ in einem eng sitzenden Hemd und Jeans schaute in den Verkaufsraum.

»Du. Bist du diejenige, die hier Drohungen ausstößt?« Er war nicht so groß wie Ruffian, aber er hatte kantige Gesichtszüge und das gute Aussehen eines Filmstars. An seinem Blick erkannte ich, dass er nicht ungefährlich war.

»Wahrscheinlich. Und wer sind Sie?« Ich verschränkte die Arme vor der Brust und bemühte mich, deutlich mutiger aufzutreten, als ich mich fühlte.

Er schüttelte den Kopf. »Ich bin Sherlock. Und du befindest dich gerade im völlig falschen Stadtteil, Tinker Bell.«

Er hob die Trennplatte im Tresen. »Komm mit nach hinten.«

Taylor und Peaches wollten mir folgen, doch Sherlock hob eine Hand. »Meine Damen, ihr bleibt hier. Es ist nur ein kleines Zimmer. Ihr habt mein Wort, dass ihr nichts passiert.«

Er wirkte älter, als er das Versprechen gab, und mein Bauchgefühl sagte mir, dass ich ihm trauen konnte. Ich sah die beiden mit einem Lächeln an.

»Es wird nicht lange dauern.«

Im Grunde hatte ich überhaupt keine Ahnung, wie lange es dauern würde, oder wie dieser riesige Kerl es aufnehmen würde, dass ich Forderungen stellte, ohne ein Druckmittel zu haben.

Er setzte sich an einen unaufgeräumten Tisch, und ich nahm ihm gegenüber Platz. Ich holte mein Handy hervor, um ihm die Fotos zu zeigen.

»Schon gut. Ich weiß, warum du hier bist. Ich nehme an, du kennst Ruffian?«

»Ich liebe ihn, und er steckt in großen Schwierigkeiten«, erklärte ich und sah ihm dabei fest in die Augen.

»Er wurde erwischt?« Er zog eine Augenbraue hoch.

Bei diesem Mann musste ich ehrlich sein – vielleicht sogar ehrlicher als mit jedem anderen, seit Ruff verhaftet worden war.

Ich holte die Blechdose aus meinem Rucksack. Ich hob den Deckel und reichte ihm den Brief von Ruffians Mutter.

»Er hat nur versucht der Community, der sie immer zusammen geholfen haben, etwas zu geben.« Ich beobachtete, wie sein Blick beim Lesen über die Wörter glitt. Ehrfürchtig legte er den Brief auf den Tisch, als wäre er viel wichtiger als die Werbung auf der anderen Seite.

Er tippte mit dem Zeigefinger daneben auf den Tisch, ehe er tief durchatmete. »Okay. Hör zu. Das ist etwas, das ich nicht allein entscheiden kann. Ich muss meine Chefs anrufen. Hier geht es um viel Geld – um sehr viel Geld.«

»Das ist mir bewusst.« Tatsächlich hatte ich keine Ahnung, von welcher Summe wir hier redeten. Auf ihrem Instagram-Account beklagte Meg einen Millionenverlust, aber sie liebte es zu übertreiben. Aber wenn es doch um Millionen ging? Ruffians Schicksal wäre besiegelt.

Sherlock hatte sein Handy am Ohr. »Ja. Ich bin's. Seid ihr in der Gegend? Ich hab ein Problem. Nein, nicht die Art von Problem. Ein junges Mädchen ist hier, ein Teenager. Und sie will was. Okay. Ja, ich weiß, du reißt mir den Hintern auf, wenn es Zeitverschwendung ist.«

»Warum redest du nicht eine Weile mit deinen Freundinnen, bis meine Leute hier sind? Die Mädchen müssen ohnehin aus dem Laden raus, ehe meine Chefs hier auftauchen. Sie wollen nicht, dass haufenweise Leute wissen, wie sie aussehen.«

Mein Bauchgefühl begehrte auf. So fingen Horrorfilme auch immer an. »Okay. Ich werd's ihnen sagen. Aber sie werden draußen warten.«

Ich ging zu Taylor und Peaches und erklärte ihnen im Flüsterton, dass noch mehr Leute dazukommen würden. Taylor packte mein Handgelenk. »Teddi? Was versuchst du da gerade? Willst du zusammen mit Ruffian ins Gefängnis wandern?«

Sherlock war wieder zurück. »Okay, Mädchen. Es geht los.«

Ich drehte mich um und ging zurück. Als ich das Büro wieder betrat, stand dort ein riesiger Mann mit einem strahlend weißen Lächeln. »Verdammt, Lock. Wegen diesem kleinen Ding hast du uns hergerufen?«

Auch dieser Mann sah sehr gut aus, und mit seiner fröhlichen Art verbreitete er eine angenehme Atmosphäre. Er reichte mir seine große Hand. »Havoc.« Ich schüttelte seine Hand, und trotz seiner Größe drückte er nicht zu fest zu. »Und das ist Mercy.«

Er ließ meine Hand los. Ein dunkelgrauer Kapuzenpullover verhüllte den Mann fast vollständig, der hinter ihm stand. Er streckte seine Hand nicht aus, und deshalb ließ ich meine auch wieder sinken.

Da wir alle standen, nahm ich Ruffians Brief vom Schreibtisch und reichte ihn als Erstes Havoc.

»Das ist der letzte Brief von Ruffians Mutter. Die beiden waren beste Freunde, und gemeinsam kümmerten sie sich um eine Gruppe von Obdachlosen in Midiville. Er war am Boden zerstört, als sie starb. Und ich glaube, er hat das alles gestohlen, um dieser Gemeinschaft zu helfen. Er ist davon ausgegangen, dass man ihn fassen würde, denn er hat nicht versucht wegzulaufen. Meiner Meinung nach will er die Strafe, weil er denkt, dafür bezahlen zu müssen. Ich glaube nicht, dass er das sollte. Und ich weiß, dass es falsch ist zu stehlen, aber wenn Sie seine Freunde kennenlernen … die Familien, denen er hilft, kann man nicht anders, als sich über eine Gesellschaft aufzuregen, die Menschen so erbarmungslos im Stich lässt.«

Havoc reichte den Brief an Mercy weiter. Seine Hände waren mit Knochentattoos bedeckt, und ich spürte, wie sich augenblicklich meine Nackenhaare aufstellten. Dieser Mercy war ein extrem außergewöhnlicher Mensch. Er faltete den Brief und gab ihn mir wieder. Nachdem ich ihn in meinen Rucksack gesteckt hatte, schlug Mercy seine Kapuze zurück.

Es dauerte eine Sekunde, bis mir klar wurde, dass sein ganzes Gesicht wie ein Totenschädel tätowiert war. Ich reagierte nicht darauf. Bei den Familien, mit denen ich arbeitete, kam es bisweilen vor, dass das Aussehen unserer Klienten durch die Krankheit stark verändert war. Ich hatte Übung darin, dies zu ignorieren, um niemanden zu verletzen.

Ein leichtes Lächeln spielte um einen seiner Mundwinkel. »Er ist erwischt worden.«

Mercys Stimme war längst nicht so Furcht einflößend wie sein Gesicht.

»Er hat ehrenamtlich mit mir zusammengearbeitet. Ich habe Klienten, denen ich helfe – so wie die Make-A-Wish-Foundation, aber in einem viel kleineren Rahmen. Wir hatten uns alle wie die Figuren aus Bettys Lieblingsmärchen verkleidet, und Ruffian war ihr Begleiter. Er ist nicht geflohen, weil er sie nicht enttäuschen wollte – weil er mich nicht enttäuschen wollte.« Ich spürte, wie mir die Tränen kamen und ich nicht mehr sprechen konnte.

Havoc rückte näher an mich heran. »Hey, alles gut.«

Seine sanften Augen gefielen mir. Sie hatten etwas Tröstliches.

»Was schlägst du also vor?« Mercy, der sich hinter den Tisch gesetzt hatte, legte die Hände zusammen.

Ich holte tief Luft. »Ich möchte, dass Sie die Sachen zurückgeben, die gestohlen worden sind. Ruffian wird mit einer viel niedrigeren Strafe davonkommen, wenn die Sachen, die er gestohlen hat, wieder auftauchen. Guter Wille und so.«

»Aber das Ganze geht nicht von ihm aus?« Er beugte sich nach vorn, woraufhin ich mich auch setzte und seine Haltung nachahmte.

»Nein. Das ist ganz und gar meine Idee. Denn ich liebe ihn und werde alles tun, was mir einfällt, um ihm zu helfen.« Ich schaute die Männer einen nach dem anderen an.

Es herrschte Schweigen im Raum, bis Lock fragte: »Und das Geld? Bekommen wir das zurück? Schließlich muss ich mich um die Buchführung kümmern.«

»Ich weiß nicht, um welche Summe es geht, aber ich werde es zurückzahlen. Wie wäre es mit Ratenzahlung? Um wie viel Geld geht es überhaupt?« Ich schloss ein Auge.

»Eine Million Dollar«, antwortete Lock.

Mir stockte der Atem. Das war wahnsinnig viel Geld. Und dann lächelte ich statt zu weinen.

»Alles in Ordnung?« Lock schien sich Sorgen zu machen, dass ich gleich den Verstand verlieren könnte.

»Er hat nicht einen einzigen Dollar davon für sich behalten. Er hat alles weggegeben.« Ich wischte mir die Tränen von den Wangen.

Mercy griff in eine Schublade und reichte mir ein Taschentuch.

Ich tupfte mein Gesicht ab und steckte das Taschentuch ein.

»Also manchmal spielt einem das Schicksal übel mit, und jeder geht anders damit um.« Er machte eine kreisförmige Bewegung vor seinem tätowierten Gesicht. »Ich bin mit meinem so umgegangen. Aber Ruffian? Hört sich so an, als hätte er für sich auch einen Weg gefunden.«

Er trommelte mit den Fingern auf die Schreibtischplatte, ehe er einen Stift nahm und damit weiterklopfte. Ich beobachtete, wie er und Havoc einen Blick tauschten. Sie trafen eine Entscheidung, ohne dass einer von ihnen ein Wort sagen musste.

»Lock, hol die Beute und bring sie her.« Er beugte sich vor und legte die Fingerspitzen aneinander. »Ich gebe dir das Zeug zurück, und du kannst damit machen, was du willst. Aber du wirst mir dann was schuldig sein. Und aus dieser Vereinbarung kommt keiner je raus. Bist du einverstanden?«

Lock kam mit einer Reisetasche zurück. Er stellte sie neben meinen Füßen auf den Boden.

»Und das Geld?« Am liebsten hätte ich sofort nach der Tasche gegriffen.

»Wie ich schon sagte: Du stehst in meiner Schuld.« Er kam von seinem Stuhl hoch.

Mir blieb keine andere Wahl. »Okay, abgemacht.« Ich reichte ihm die Hand, und dieses Mal nahm er sie. »Du und Havoc tauscht die Telefonnummern. Er vermittelt den Kontakt zwischen uns, und er wird dir auch sagen, was du tun sollst und wann.«

Ich beugte mich vor und griff nach der Tasche, wusste aber nicht, was ich als Nächstes tun sollte. Mercy nickte noch einmal in meine Richtung, dann raunte er Havoc etwas zu und ging. Der große Mann blieb zurück.

»Ich bring dich zu deinem Auto.« Er hielt mir die Bürotür auf, und als wir in den Verkaufsraum traten, sackten Taylor und Peaches sichtbar erleichtert in sich zusammen.

»Haben Sie eine Vorstellung davon, was er von mir verlangen wird?« Ich stand neben Havoc, während wir die Telefonnummern austauschten. Ich gab meine Nummer in sein Handy ein, und er tat das Gleiche bei meinem.

»Keine Ahnung. Mercy wird was Kreatives und gleichzeitig Faires einfallen. So wie immer.« Er gab mir mein Handy zurück. »Das war ziemlich mutig von dir, einfach hierherzukommen und so was zu verlangen.«

Er öffnete den Tresen für mich, sodass ich hindurchschlüpfen konnte.

»Da bin ich mir nicht so sicher. Ich wäre vor lauter Stress beinahe ohnmächtig geworden.« Er war umgänglicher als

Mercy oder Lock. Ich fragte mich, ob es Menschen gab, mit denen Havoc sich nicht freundschaftlich unterhielt. Taylor und Peaches waren mehr als bereit sofort aufzubrechen. Auf dem Weg zurück zum Wagen trug ich die Tasche. Havoc hatte mir angeboten, sie zu nehmen, aber ich hatte abgelehnt. Das war Ruffians Zukunft, die ich in Händen hielt.

Taylor öffnete den Kofferraum, und ich stellte die Tasche hinein. Als sie mit Peaches schon im Auto saß, hielt Havoc immer noch den Kofferraumdeckel fest. »Du willst doch bestimmt den Inhalt überprüfen und schauen, ob du auch wirklich bekommen hast, was du wolltest, ehe du wegfährst. Ist nur eine Empfehlung.«

Er deutete mit dem kleinen Finger auf die Tasche.

»Er würde mich über den Tisch ziehen oder anlügen?«

Noch ehe der ganze Satz aus meinem Mund raus war, schüttelte Havoc schon verneinend den Kopf. »Mercy wird sich immer an sein Wort halten, aber du solltest aus dieser Erfahrung auch etwas lernen. Wenn du also noch mal vorhast, ein krummes Ding zu drehen, dann pass immer auf, dass du nicht beschissen wirst.«

Ich griff in den Kofferraum und zog den Reißverschluss der Tasche auf. Die beiden Gemälde waren in Polsterfolie eingewickelt. Jedes Schmuckstück lag einzeln in einer schwarzen Schachtel. Ich öffnete erst eine, dann eine zweite, bevor ich zufrieden war. »Alles in Ordnung.«

Er schloss den Kofferraum und hielt mir die Wagentür auf. »Ich würde damit auf direktem Wege zur Polizei fahren, wenn ich du wäre. Vielleicht gibst du es ab, ohne dass dich jemand sieht. Aber denk daran, dass Kameras allgegenwärtig sind.«

Havocs ausgeprägte Muskeln waren verwirrend, und das freche Glitzern in seinen Augen weckte meine Neugier, was wohl sein Geheimnis war. Aber das würde warten müssen.

Taylor, Peaches und ich schafften es, die gestohlenen Sachen über einen Boten, den wir bar bezahlten, bei der Polizei abzugeben.

Damit schloss sich ein Kapitel für Ruffian und mich. Alles, was dann kommen würde, würden wir als *Danach* bezeichnen. Nach seinem Gefängnisaufenthalt. Nach meinem sehr realen Deal mit einem Typen namens Mercy, der aus einem wirklich üblen Teil der Stadt kam.

Epilog

Ich traf mich einmal im Monat mit Mercy. Anfangs wollte er nur wissen, was ich so machte. Er interessierte sich für meine Partys und meine Collegepläne. Ich wusste nicht, auf was ich vorbereitet wurde, aber ich nahm an, dass es etwas Schlechtes war. Es konnte doch nur etwas Schlechtes sein, oder?

Manchmal war es auch Havoc, den ich in einem Coffeeshop auf halbem Wege zwischen Poughkeepsie und Midiville auf den neusten Stand brachte. Als ich anfing, aufs College zu gehen, erlaubte Mercy mir, dass ich mich mit ihm per Videocall in Verbindung setzte, statt mich persönlich mit ihm zu treffen.

Ich ging auf dieselbe Uni wie Gaze und Pixie und wohnte auch das erste Jahr bei ihnen. Doch nach ihrem Abschluss wechselten Taylor, Peaches und Selena vom Community College ebenfalls auf meine Uni, sodass wir wieder eine eingeschworene Gemeinschaft waren. Die Partys fanden jetzt nur noch im Sommer und in den Ferien statt.

Vertuschte ich hier gerade etwas? Oh, ja. Mein Abschlussjahr war eine aufregende Mischung aus schrecklichen und überwältigenden Ereignissen.

Als ich wieder in die Schule kam, war ich das Topthema. Hatte ich bei dem Coup mitgemacht? War ich schwanger? War ich ein halber Alien? Ich blendete, so viel ich konnte, von dem Gerede aus.

Meine Zensuren verschlechterten sich, aber dann gelang es

mir, sie mit zusätzlichen Leistungen wieder anzuheben. Dank all meiner außerschulischen Aktivitäten und früherer Noten sah das Ganze dann am Ende doch nicht so schlimm aus. Außerdem hatte ich ein paar wirklich tolle Empfehlungsschreiben von früheren Klienten.

Ich machte meinen Abschluss. Ich hatte einen freien Sommer. Es gab Partys. Aber innerlich war ich leer. Ich wies alle Jungs ab, die mich um eine Verabredung baten. Es fiel mir sogar schwer, mich für die von mir organisierten Partys zu begeistern.

Die Zeit mit Ruffian war in all meinen Erinnerungen präsent, dominierte all meine Hoffnungen und Träume.

Ruffian? Tja, er wollte mich nicht sehen. Er traf sich mit den Anwälten, und sie arbeiteten eine Verteidigung für ihn aus. Die Rückgabe der gestohlenen Sachen war eine große Hilfe gewesen. Ich wünschte nur, ich hätte Ruffians Gesicht gesehen, als er davon erfahren hatte. War er wütend gewesen, dass sein Verbrechen im Gedenken an seine Mutter rückgängig gemacht worden war? Ich hoffte, dass er es nicht so sah. Er konnte nicht wissen, dass ich seine Schulden an Mercy zurückzahlte – eine volle Million Dollar.

Ich schrieb Ruffian Briefe und schickte sie an die Einrichtung, in der er einsaß. Doch sie kamen alle ungeöffnet zurück mit dem Vermerk *Zurück an den Absender*. Zuerst saß er in einer Jugendstrafanstalt ein, doch dann wurde er ins richtige Gefängnis in der Innenstadt verlegt.

Mercy hörte sich alles an, was ich über Ruffian erzählte und dass ich mir Sorgen machte. Er wies mich darauf hin, dass der Kerl mich schlicht und einfach ignorierte. Aber er wusste auch nicht, dass Ruffian mir gesagt hatte, dass er mich liebte. Außerdem vergab ich meine Liebe nicht leichtfertig, und ich wusste, dass Ruffian es auch nicht tat.

Gaze durfte ihn besuchen, bis er ins Gefängnis verlegt wurde. Sobald Ruffian als Erwachsener betrachtet wurde, durfte er alle Besucher abweisen. Und das tat er auch.

Gaze und ich führten darüber lange Gespräche. Wir überlegten, was Ruffian wohl durch den Kopf ging. Durch diese Unterhaltungen wurde mir klar, dass ich Ruffian von uns allen am besten kannte. Keiner wusste jedoch, wie gut, dass ich jeden Zentimeter von ihm kannte und umgekehrt.

Bei einem meiner Treffen mit Havoc bekam ich einen kleinen Eindruck davon, was Mercy hinter den Kulissen für Ruffian tat. Na ja, vor allem für mich, aber Ruffian profitierte natürlich davon. Zwei von Mercys Männern, die im Gefängnis saßen, hatten den Auftrag, auf Ruffian aufzupassen. Das stellte eine große Erleichterung für mich dar. Ich hatte keine Ahnung, wie es im Gefängnis tatsächlich zuging, aber was man so aus dem Fernsehen wusste, jagte mir eine Heidenangst ein.

Außerdem hatte er einen Anwalt auf Ruffians Fall angesetzt, der dabei helfen sollte, ihn so früh wie möglich wieder aus dem Gefängnis zu holen. Megs Eltern hatten trotz der Rückgabe der gestohlenen Sachen Anzeige erstattet, deshalb musste die Strafe abgesessen werden. Zudem hatten Mercy und Havoc viele Kontakte. Manche würden sogar sagen viel zu viele. Aber sie mochten mich, und das kam Ruffian zugute.

Und die Community im Wald? Nun, Mercy war eine Führungspersönlichkeit. Er entband Lock von seiner Arbeit im Pfandhaus und gab ihm den Auftrag, auf die Leute aufzupassen, um die Ruffian sich gekümmert hatte. Mercy erhielt regelmäßig Informationen über den Stand der Dinge und gab einige an mich weiter. Die Connor-Kinder lebten jetzt in einer Einrichtung, wo sie es warm hatten, während ihre Mutter eine Entziehungskur machte. Die Teenager, die auf die schiefe Bahn zu geraten drohten, hatte Mercy unter seine Fittiche genommen. Ihr Leben hatte sich ebenfalls verändert, denn sie bekamen einen neuen Job. Ihre Aufgabe bestand darin zu erkennen, wer in der Community Hilfe brauchte. Wir brauchten Listen und Namen, um helfen zu können, und Rufus, Jen und all die anderen versorgten uns damit und durften in die Wohnungen über dem Pfandhaus einziehen.

Mercy nannte mich eine Naturgewalt. Ich nannte ihn einen Engel. Er lachte dann zwar immer, aber ich wusste, dass Havoc mir da zustimmte. Dieser Typ hatte etwas an sich, das einfach richtig war.

Auf diese Art und Weise verbrachte ich also die zwei folgenden Jahre. Die letzten Worte, die Ruffian zu mir gesagt hatte, waren »Ich liebe dich« gewesen.

Und danach nichts. Ich trug den kleinen Bären, den er unter meinem Kissen zurückgelassen hatte, jeden Tag an einer Kette um meinen Hals. Ich konnte nur mit ganzem Herzen lieben.

Und jetzt war es so weit, und Ruffian würde dank der Anwälte und wegen guter Führung etwas früher aus dem Gefängnis entlassen werden. Gaze und Pixie holten ihn ab. Keiner von uns wusste, was er erwarten sollte. Würde er in unser Haus zurückkehren wollen? Würde er uns überhaupt sehen wollen?

Ich berührte den Bären. Entweder hatte ich recht, und er und ich waren füreinander bestimmt, oder ich lag falsch, und er war nur ein boshafter Betrüger, dessen Gedenken an seine Mutter ich zerstört hatte.

Austin, Mom, Dad, Rocket, Tiger und ich warteten. Es erinnerte mich an den Tag, als ich ihn kennengelernt hatte. Austin griff nach meiner Hand. Ich erwiderte seinen Händedruck.

Als die Autotüren zuschlugen, wusste ich, dass der Moment der Wahrheit bevorstand.

Ich hatte ein Lunchpaket auf dem Schoß. Es fühlte sich an wie ein Déjà-vu. Nur konnte ich die Burathons nun nicht mehr täuschen. Jetzt wussten sie, wer ich war und was ich getan hatte. Ich spielte mit dem Dietrich in Pfeilform, der unter meinen persönlichen Sachen gewesen war.

Ich beobachtete, wie die Bäume an mir vorbeiflogen. Sie leuchteten in herrlichen Herbstfarben. Über achtzehn Monate lang hatte ich keinen Wald gesehen. Von der Jugendstrafanstalt aus hatte ich Bäume sehen können, aber nicht aus dem Gefängnis.

Ich wippte mit dem linken Fuß. Zwei Jahre. Das war zu lang, um noch irgendwelche Hoffnungen zu hegen. Ich hatte diese Leute abgewiesen. Sogar Gaze, der immer wieder in den Rückspiegel schaute. Wir redeten nicht viel. Was gab es schon zu sagen?

Pixie schob ihre Hand etwas verstohlen über ihren Sitz zu mir rüber. Ein paar Herzschläge lang starrte ich ihre ausgestreckten Finger an, ehe ich nach ihnen griff und sie sanft drückte. Ich sah, wie sie nickte. Pixie gab irgendwie allem einen Sinn. Sie tat es einfach.

Ich ließ ihre Hand los und beobachtete, wie der Wald – mein wahres Schicksal – Meile um Meile an mir vorbeizog. Ich konnte nicht erwarten, wieder ein Teil dieser Familie zu sein. Es gab so viele andere Menschen, um die ich mich kümmern musste … die ich ausfindig machen musste, um mich davon zu überzeugen, dass es ihnen gut ging. Indem ich mich geweigert hatte, meinen Bruder oder Teddi zu sehen, hatte ich auch keine Informationen über meine Leute erhalten. Ich wusste nicht, wie es ihnen ging und ob das Geld, das ich ihnen gegeben hatte, eine Hilfe gewesen war oder ihnen geschadet hatte.

Vielleicht hätte ich als Erstes dorthin gehen sollen. Aber ich hatte ja nichts – kein Telefon, keine Kleidung zum Wechseln, außer den Sachen, die ich am Leib trug. Sie waren mir zu eng geworden. Ich besaß nun Muskeln, sodass das Prinzenkostüm, das ich damals an meinem sehr viel schmaleren Körper getragen hatte, überall spannte.

Ich hatte meinen Abschluss gemacht, Kurse besucht und viel gelesen. Außerdem hatte ich trainiert – sehr viel trainiert. Im Gefängnis hatte ich zwei Freunde gehabt, die auf mich aufgepasst hatten, und ich hatte versucht, auf sie aufzupassen.

Wir erreichten unser Ziel. Ich hatte mal gelesen, dass man in Disney World darauf achtete, dass alle Bäume immer die gleiche Größe hatten und man sie regelmäßig beschnitt, um wiederkehrenden Besuchern das Gefühl zu vermitteln, es wäre keine Zeit seit dem letzten Mal vergangen. Dieses Gefühl erfasste mich jetzt, als ich bei den Burathons ankam. Der Garten sah gepflegt aus, und alle Sträucher waren so beschnitten, dass sie unverändert aussahen.

Ich blieb noch einen Moment lang im Wagen sitzen, als Gaze und Pixie bereits ausgestiegen waren. Die beiden unterhielten sich miteinander, während Gaze sich den Nacken rieb. Pixie fing meinen Blick auf und zeigte mir den erhobenen Daumen.

Mein Herz schlug wie verrückt.

Teddi.

Ich würde Teddi wiedersehen.

Ich musste mich zusammenreißen und aussteigen. Es führte kein Weg daran vorbei, dass ich auf die Auffahrt trat und mich dem stellte, was da kommen möge. Das waren die Konsequenzen meines Verbrechens, und so würde es von nun an sein.

Ich stieg aus dem Fond des Wagens. Dabei hielt ich weiter mein Lunchpaket in Händen und zerquetschte es beinahe.

Pixie trat an meine Seite und berührte meinen Ellbogen. »Alles ist gut. Wir sind bei dir.«

Die Haustür öffnete sich, und Rocket machte ihrem Namen alle Ehre und kam wie eine Rakete auf mich zugeschossen. Ich bückte mich und fing sie auf, als sie sprang. Sie fiepte, jaulte und leckte mein Gesicht wie ein Wirbelwind.

»Hey, Mädchen. Hey.«

Als ich sie schließlich absetzen konnte, warf sie sich auf den Rücken, um gestreichelt zu werden, ehe sie wieder aufsprang und versuchte, alles auf einmal zu machen. Als ich aufschaute, sah ich, dass Teddi eine Hand gehoben hatte, damit die tiefstehende Sonne sie nicht blendete.

Innerhalb der letzten zwei Jahre hatte sie sich vom exakten Abbild meines Traummädchens ins exakte Abbild meiner Traumfrau verwandelt. Mein Herz schlug so schnell, dass bestimmt jeder sehen konnte, wie es gegen meinen Brustkorb hämmerte.

Im nächsten Moment zog Ronna mich in ihre Arme. »Oh, Gott sei Dank, du bist wieder zu Hause. Gott sei Dank.«

Sie weinte. Ich strich ihr über den Rücken und kam mir plötzlich wie ein Narr vor, dass ich ihnen Besuche bei mir verwehrt hatte. Mike trat zu mir und klopfte mir auf den Rücken. »Schön, dich zu sehen. Es ist wunderbar, dass du wieder da bist.«

Bei ihrer Begrüßung hatte ich das Gefühl, als würde ich mit Weihwasser übergossen werden. Sofort schlossen sich alle Wunden, und mit einem Schlag war alles anders.

Als Nächstes zog Austin mich an sich. »Bruder, du siehst aus wie der Hulk.«

Dass ich auf diese Weise willkommen geheißen wurde …

Ich meinte, im Raunen des Windes die Stimme meiner Mutter zu hören.

Und dann kam Teddi. Sie hatte die Arme um sich geschlungen und sah mich mit fragendem – vorsichtigem – Blick an.

»Hallo.« Ich stieß die Tür zu einer Unterhaltung auf.

»Du hast immer noch das Kostüm von der Party an.« Sie deutete auf meine Kleidung.

»Ja, ich spiele gerne immer weiter und mag es, wenn die Fantasie nie zu Ende geht.« Sie lächelte mich an, und mein Herz richtete sich auf, nachdem es zwei Jahre auf den Knien gekauert hatte.

Gaze ging zum Kofferraum und hob einen Koffer heraus. »Ich hoffe, ein paar von den Sachen passen. Ich hatte nicht damit gerechnet, dass du so viele Muskeln haben würdest.« Er reichte ihn mir.

Ich nahm ihm den Koffer ab und streichelte Rocket noch einmal. Sie hatte sich immer noch nicht beruhigt und verteilte weiter Küsschen und Liebe.

Ronna legte den Arm um meine Taille. »Hey. Fühl dich ganz frei. Tu das, womit du dich wohlfühlst. Dein Zimmer gehört nach wie vor dir, und du kannst dich erst einmal umziehen, wenn du möchtest.«

Ich folgte ihr ins Haus. Diesen Moment hatte ich viele Male im Kopf durchgespielt. Ich hatte mir vorgestellt, wie ich sie alle wegstieß, um es ihnen zu ersparen, sich mit einem Kerl wie mir abgeben zu müssen. Ich war der Meinung gewesen, sie würden sicher froh darüber sein.

In meinem Zimmer strich Ronna die Bettdecke glatt, ehe sie mich noch einmal umarmte. »Ich lass dich jetzt erst mal allein.«

Sie ging raus und schloss die Tür hinter sich. So könnte es laufen. Sie würden mich – auch mit dem Makel, den ich jetzt trug – wieder bei sich aufnehmen. An diese Möglichkeit hatte ich niemals gedacht. Nicht wirklich.

Es klopfte leise an meiner Tür. »Herein.«

Ich hatte immer noch Gaze' Koffer in der Hand.

Teddi schlüpfte herein und schloss die Tür hinter sich. Ihr Gesicht war jetzt schmaler, und es lag ein wachsamer Ausdruck in ihren Augen. Aber sie war atemberaubend … verwirrend schön. Meine Erinnerung an sie war ihr nicht gerecht geworden.

Ich biss mir auf die Unterlippe, und bei ihrem Anblick war mein Herz mit einem Mal völlig schutzlos. Was würde sie gleich sagen? Ich hatte keine Ahnung. Oh Himmel, hoffentlich tat es nicht zu sehr weh.

Sie schien mehrmals zum Sprechen anzusetzen, ehe sie schließlich den Kopf schüttelte. Ich hatte noch nie ein so langes Schweigen erlebt. Vielleicht sollte ich etwas sagen? Mich entschuldigen? Bestimmt sollte ich mich für alles entschuldigen … dass ich ihr meine Liebe gestanden hatte, um dann zwei Jahre lang aus ihrem Leben zu verschwinden.

Sie griff in den Ausschnitt ihres Pullovers und zog eine Kette mit einem Anhänger hervor. Einen Moment lang starrte ich ihn an, ehe ich erkannte, was es war: die Brosche in Form eines Bären. Sie trug sie um den Hals.

»Ich hatte nie die Gelegenheit … Du hast mir nie die Gelegenheit gegeben … Aber ich liebe dich auch … falls das überhaupt noch eine Rolle spielt.«

Im Bruchteil einer Sekunde durchquerte ich den Raum – so schnell, dass sie sich erst erschreckte, dann aber verstand. Ich beugte mich vor, sodass ich sie hochheben und an mich ziehen konnte. Eine Hand schob ich in ihr Haar, mit der anderen hielt ich sie am Rücken.

Unsere Lippen berührten sich fast, so nah waren wir uns jetzt. »Das ist das Einzige, was überhaupt eine Rolle spielt.« Und dann küsste ich sie. Ich küsste sie und drückte sie an mich.

Meine Teddi. Mein Traummädchen. Ich hatte sie von mir gestoßen, um sie vor dem Makel zu schützen, der mir anhaftete. Aber jetzt war sie hier und hatte all die lange Zeit diese Brosche an einer Kette um ihren Hals getragen.

Sie schlang die Beine um mich und erwiderte den Kuss genauso leidenschaftlich.

Keiner von uns hörte das Klopfen – falls da überhaupt eins gewesen war –, doch Austin trat ins Zimmer, machte aber sofort auf dem Absatz kehrt und sagte zu den anderen: »Die beiden scheinen ein vertrauliches Gespräch zu führen. Lassen wir ihnen ein bisschen Zeit.«

Vorsichtig ging ich rückwärts, bis ich mich aufs Bett und sie auf meinen Schoß setzen konnte. Sie passte perfekt. Ich hatte eine Stelle in meiner Brust für sie freigehalten und war glücklich, dass sie sie jetzt wieder füllte.

»Es tut mir leid. Es tut mir leid. Es tut mir leid«, raunte ich an ihrem Hals, an ihrer Wange, an ihrem Ohr.

Sie unterbrach mich, indem sie mich wieder küsste. »Ich habe auf dich gewartet. Ich muss dir so viel zeigen. Ich liebe dich.«

»Ich liebe dich auch.« Der Anblick ihres Gesichts war genau das, was ich brauchte. Ihre Seele und meine waren glücklich, dass wir wieder vereint waren.

Teddi

Wir hatten viel zu besprechen. Es gab vieles, was ich herausfinden musste. Als Erstes würde ich wissen wollen, warum er mir nicht erlaubt hatte, ihn zu besuchen, und als Zweites, warum er gemeint hatte, durch den Diebstahl seiner Mutter ein Denkmal zu setzen.

Ich hatte das Gefühl, zusammen könnten wir so viel mehr erreichen als getrennt voneinander.

Aber zuerst musste er sich etwas Normales anziehen und es genießen, dass er wieder zu Hause war.

Ich verließ sein Zimmer und schloss die Tür hinter mir. Im Badezimmer unten überprüfte ich meine äußere Erscheinung und brachte mein zerzaustes Haar in Ordnung.

Austin kam die Treppe heruntergepoltert. Fragend hob er das Kinn in meine Richtung. »Na, hast du ihn ausreichend willkommen geheißen?«

Ich zeigte ihm den Mittelfinger, doch dann lächelte ich. Austin hatte viele Abende lang geduldig zugehört, wenn ich ihm mein Herz ausgeschüttet hatte, und war immer da gewesen, wenn ich darüber reden wollte, was ich als Nächstes tun sollte. Ich hatte ihm sogar von meiner Abmachung mit Mercy erzählt.

Als Ruffian aus seinem Zimmer kam, wirkte er entspannter, aber auch einschüchternd. Seine Schultern waren wahnsinnig breit. Er reichte mir die Hand, und als ich sie ergriff, drehte er sie um und drückte einen Kuss auf meine Fingerknöchel.

Austin räusperte sich, aber Ruffian ließ meine Hand trotzdem nicht los.

Das Essen stand bereits auf dem Tisch, und ich spürte, wie meine Anspannung nachließ. Unwillkürlich dachte ich, dass es uns allen besser gegangen wäre, hätte Ruffian uns erlaubt, ihn zu besuchen.

Fast schien es so, als hätte er meine Gedanken gelesen, denn er hob eine Hand und sagte: »Hallo Leute. Darf ich kurz was sagen?«

Alle verstummten.

»Ich möchte nur … Ich möchte euch sagen, wie sehr ich es zu schätzen weiß, was ihr für mich getan habt und auch jetzt tut. In den vergangenen zwei Jahren habe ich mich zurückgezogen, um euch die Möglichkeit zu geben, auf Abstand zu gehen.« Er schüttelte den Kopf, und die Haare fielen ihm in die Augen. »Ich wollte keine Schande über euch bringen, und jetzt habe ich das Gefühl, dass ihr wegen mir auch diesen Makel tragt. Es tut mir leid.«

Gaze kam von seinem Stuhl hoch und legte eine Hand auf Ruffians Schulter. »Das ist jetzt Schnee von gestern. Wir sind einfach nur froh, dass du wieder da bist.«

Ich hoffte, er wusste, dass das stimmte. Diese Familie war nicht nachtragend und ritt nicht auf Fehlern herum. Sie waren einfach immer füreinander da.

Ronna tupfte sich die Augen, und Mike räusperte sich. »Wir sind stolz darauf, dich bei uns zu haben. Und du sollst wissen, dass du hier immer einen Platz haben wirst. Wir betrachten uns als deine Familie.«

»In guten wie in schlechten Tagen, Bruder«, fügte Austin hinzu.

Ruffian nickte. Gaze setzte sich wieder hin, und Pixie griff nach Ruffians Hand.

Ein Abendessen mit Pizza und Eis war perfekt, und ich wusste, was ich um zwei Uhr nachts tun würde.

Ruffian

Gaze und ich saßen eine Weile im Wohnzimmer zusammen und unterhielten uns darüber, wie es nun weitergehen würde. Zuerst sollte ich mich wieder bei den Burathons einleben. Teddi war am College. Gaze' College. Er hatte seinen Abschluss gemacht, während ich im Gefängnis saß, und sie wohnte jetzt zusammen mit ihren Freundinnen in seiner und Pixies alter Wohnung. Sie war nur übers Wochenende nach Hause gekommen.

Nach meiner Verhaftung hatte sie ihr Leben ohne mich fortgesetzt, und ich wusste, dass das vernünftig war, obwohl mein Herz sich wünschte, sie wäre bis vor ein paar Stunden an der Stelle stehen geblieben, an der ich sie am Abend des Balls verlassen hatte.

Himmel! Wir hatten uns geküsst, aber ich hatte sie nicht gefragt, ob sie mit jemandem zusammen war. Diese Frage wäre ganz normal gewesen. Aber sie liebte mich. Das hatte sie gesagt … und sie trug immer noch die Kette mit dem Bären.

Gaze wedelte mit einer Hand vor meinem Gesicht herum. »Alles klar?«

»Oh … ja, sorry. Ich muss nur erst mal eine ganze Menge verarbeiten. Irgendwie hatte ich gedacht, dass ich den heutigen Abend hinter der Ladenzeile in Midiville verbringen würde.« Ich zupfte an meinem Sweatshirt herum.

»Mir ist klar, dass du jetzt erwachsen bist, oder sagen wir mal so: Der Gesetzgeber betrachtet dich als volljährig.«

»Ich bin fast zwanzig, also ja. Es war schon vernünftig, vor Gericht kein konkretes Geburtsdatum zu nennen, aber meine Mutter wusste genau, wann sie mich bekommen hatte.« Ich schaute nach oben, weil ich Teddis leise Stimme hörte.

Sie war hier mit mir in diesem Haus. Und ich war frei. Wirklich frei. Na ja, ich musste mich regelmäßig mit meinem Bewährungshelfer in Verbindung setzen und eine ganze Menge gemeinnütziger Arbeit verrichten, aber ich war aus dem Gefängnis raus. Ich musste mir überlegen, wie meine Zukunft aussehen sollte. Das war gelinde gesagt ein etwas überwältigender Gedanke, da ich mich doch so lange Zeit darauf eingestellt hatte, die Welt da draußen nie wiederzusehen.

Ich hörte sie die Treppe herunterkommen und merkte, wie ich ihr Lächeln sofort erwiderte.

Sie setzte sich neben mich auf die Couch. »Na?« Ich legte

einen Arm um sie, und sie gab mir einen Kuss auf die Wange. »Darf ich dich mal kurz entführen? Ich habe gleich ein Treffen und würde dich gern dabeihaben.«

»Aber klar.« Ich stand auf und folgte ihr nach draußen, nachdem wir uns von allen verabschiedet hatten.

Teddi hatte jetzt einen eigenen Wagen und entriegelte die Türen mit ihrer Fernbedienung. Nachdem wir uns angeschnallt hatten, legte sie den Gang ein.

»Du hast bestimmt eine Million Fragen.« Sie drehte sich zu mir, als sie an einem Stoppschild halten musste, und beugte sich zu mir rüber, um mir einen Kuss zu geben.

»Die habe ich eindeutig, aber du bringst mich ganz durcheinander.« Ich legte eine Hand auf ihr Bein, weil ich sie einfach berühren wollte.

»Okay, ich gebe dir eine kurze Zusammenfassung.« Sie konzentrierte sich auf den Verkehr, während sie mich auf den neusten Stand brachte, was in den letzten zwei Jahren passiert war.

»Als Erstes: Das Geld vom Verkauf der gestohlenen Sachen ist bei deinen Leuten geblieben.« Sie warf mir einen kurzen Blick zu, und ich hatte das Gefühl, als wäre mir eine große Last von den Schultern genommen worden. Zumindest hatten sie keine Schwierigkeiten deshalb mit der Polizei bekommen.

»Ich wohne mit Peaches und Taylor zusammen in Gaze' und Pixies ehemaliger Wohnung, da wir alle auf dasselbe College gehen. Die beiden haben jetzt eine andere, größere Wohnung und überlegen, zusammen einen Tante-Emma-Laden aufzumachen, der näher an Poughkeepsie liegt. Austin arbeitet jetzt fast exklusiv mit einem Kosmetikunternehmen zusammen, für dessen Auftritt in den sozialen Medien er verantwortlich ist. Außerdem ist er auch als Berater tätig. Milt hat sich auf einer Crowdfunding-Plattform angemeldet, um seinen Traum davon, mit seinen Freunden zusammen ein Spiel zu entwickeln, in die Tat umsetzen zu können. Und bisher sieht es gut aus.«

»Wie geht es Betty?« Es war mir wichtig zu fragen, aber ich war vor Angst wie gelähmt, während ich auf die Antwort wartete.

»Betty? Der Tumor hat sich zurückgebildet. Die Ärzte sagen, das sei ein Wunder angesichts der Art ihrer Krebserkrankung und des Stadiums, in dem sie sich bereits befunden hatte. Sie ist ein wahrer Schatz.«

»Oh, mein Gott. Ich bin so froh, das zu hören.« Ich fuhr mir mit beiden Händen durchs Haar.

»Sie ist ein toller Mensch. Sie fragt immer noch nach dir, und ich glaube, sie wäre begeistert, dich noch einmal in deinem Prinzenkostüm zu sehen.« Teddi wechselte die Spur, und es wurde jetzt offensichtlich, dass wir nach Poughkeepsie fuhren.

»Ich werde alles tun, was der kleine Sonnenschein sich wünscht.« Das meinte ich ehrlich. Ich wollte sie wirklich gern wiedersehen. Die ganze Zeit hatte ich Angst gehabt, dass sie an ihrer Krankheit gestorben wäre.

Wir fuhren auf einen Parkplatz, auf dem sich eine Baustelle befand. »Also, damals, als du den Diebstahl begangen hast, musste ich mir etwas überlegen, um das Geld zurückzubezahlen, das wir dem Pfandhaus schuldeten.«

»Das *wir* schuldeten? Das geht alles auf mich, meine Hübsche.« Ich beugte mich ein bisschen nach vorn, während sie parkte.

»Das habe ich etwas anders gesehen … und Mercy auch.« Sie griff nach hinten und nahm einen ihrer allgegenwärtigen Hefter. Ich hatte nicht bedacht, dass die Kriminellen, mit denen ich den Deal abgeschlossen hatte, sich an die Burathons wenden könnten.

»Mercy? Du hattest mit ihm zu tun?« Der unheimliche Typ mit dem tätowierten Schädel war Angst einflößend.

Wir stiegen beide aus und warfen die Tür fast im gleichen Moment zu.

»Oh ja. Und du ab jetzt auch. Wir stecken da alle gemeinsam drin.« Sie schob eine blaue Plane zur Seite, und schon standen wir im Laden eines Einkaufszentrums, der entkernt worden war.

Die Typen, mit denen ich vor Jahren einen Deal eingegangen war, saßen auf verschiedenen ramponierten Klappstühlen. Teddi ging zu jedem Einzelnen hin und umarmte alle, als wären es Cousins bei einem Familientreffen. Ich wurde ihnen vorgestellt. Mercy (der mit dem Totenkopf), Havoc (tätowierte Tiger lugten unter seinen Ärmeln hervor) und der durchgestylte Lock, der alle Ausgänge gleichzeitig im Auge zu behalten schien.

Ich ging von einem zum nächsten und schüttelte allen die Hand, nachdem sie aufgestanden waren, um Teddi zu umarmen.

Es war völlig surreal, dass Teddi diese Furcht einflößenden Gesellen im Grunde wie Spielkameraden behandelte.

»Alles gut bei dir?« Havoc rückte näher an mich ran.

»Alles prima.« Ich versuchte zu erkennen, wo wir waren und was zum Teufel wir hier eigentlich taten.

»Du hattest Freunde im Bau, richtig? Gizmo und Oak?« Er wusste eine ganze Menge über mich.

»Ja.« Teddi unterhielt sich mit Mercy und deutete auf verschiedene Bereiche im Laden, um dann auf ihre Aufzeichnungen zu zeigen. Es sah nicht nach einem Drogendeal aus oder was immer sie tat, um für mein Verbrechen zu »zahlen«. »Dafür kannst du dich bei der jungen Lady bedanken.« Er nickte in Richtung Teddi, die gerade Lock strahlend anlächelte.

»Warum?« Ich wandte den Blick von der Szene ab, um zu ihm hochzuschauen.

»Tja, manche Frauen sind eben eine Naturgewalt. Mein Mädchen zum Beispiel. Locks Mädchen … und Mercys ebenfalls. Sie können deine Welt verändern, wenn du sie lässt.« Lächelnd zwinkerte er mir zu.

Das schien mir ein guter Rat zu sein, aber ich wusste nicht, ob ich das vielleicht als Drohung auffassen sollte. Ich war es gewöhnt, dass manche Sachen mehrere Bedeutungen gleichzeitig haben konnten. Das Gefängnis machte einen misstrauisch. Und als Obdachloser kannte man erst recht keine Sicherheit, sondern konnte sich nur auf sich selbst verlassen.

Aber wenn Teddi in dieser Sache drinsteckte, würde ich mitmachen. Auch wenn es mich mit in die Tiefe reißen würde. Wir machten es gemeinsam. Das war für mich klar.

»Bist du bereit?« Teddi kam zu mir, um sich neben mich zu stellen.

Ich nickte, obwohl ich gar nicht wusste, ob sie mich gemeint hatte. Lock trat zu einer stabilen weißen Plastikfolie, die irgendetwas an der Wand verhüllte.

Er riss die Folie weg und warf sie zur Seite.

Ein Schild.

IVY LUCY LAWSON

Die aufsteigenden Emotionen schnürten mir augenblicklich die Kehle zu. Ich musste husten. »Was geht hier vor?«

Teddi trat vor mich. »Auf diese Art zahlen wir zurück. Ich werde im vorderen Bereich des Ladens ein gemeinnütziges Unternehmen führen, in dessen Rahmen ich weiter Partys organisiere, und der hintere Bereich …«

Mercy trat vor. »Wir wollen einen Ort erschaffen, zu dem

wir Leute hinschicken können, an dem sie keine Anträge und Formulare ausfüllen und belegen müssen, dass sie vom Glück völlig verlassen sind. Für so etwas gibt es genug Anlaufstellen, aber manchmal muss es auch unbürokratisch laufen.«

Mercy deutete mit seiner tätowierten Hand auf das Schild, auf dem der Name meiner Mutter stand. »Wir zählen auf dich, dass du dich um diesen Bereich kümmerst.«

Havoc ergriff als Nächster mit seiner tiefen Stimme das Wort. Er trat ans Schild und polierte eine Ecke davon. »Das kannst du allerdings nicht ohne Abschluss machen. Oak hat mir aber erzählt, dass du fast alle Kurse belegt hättest, um bald deine Ausbildung zu beenden.«

Ich musste den Mund schließen. Erst jetzt merkte ich, dass ich vor Verblüffung die ganze Zeit mit offenem Mund dagestanden hatte. »Äh. Ja.«

»Mach einen Abschluss in irgendetwas Nützlichem. Du und Teddi werdet den Laden hier führen. Wir brauchen für unsere Bilanzen ein paar Steuerabschreibungen, und darum werdet ihr euch hier kümmern.« Havoc legte die Handflächen zusammen.

»Steuerabschreibungen in Höhe von einer Million?« Ich legte die Hände auf meine Knie. Nichts davon hörte sich so an, als würde gleich noch eine Hiobsbotschaft kommen, wie zum Beispiel eine Bestrafung, die ein Typ wie Mercy verhängte, wenn man ihm in die Quere kam.

Er legte den Kopf schräg. »Normalerweise regeln wir unsere Geschäfte nicht auf diese Art und Weise, aber sie ist etwas Besonderes.« Er stieß Teddi ein bisschen in die Seite, und sie errötete.

»So, und jetzt zum nächsten Punkt.« Teddi schien das Lob unangenehm zu sein, und sie versuchte es zu überspielen. Mercy lauschte ihren Ausführungen, als wäre sie eine hochgeachtete Wissenschaftlerin.

Lock stand neben mir. Ich war mir nicht sicher, ob er vielleicht sicherstellen sollte, dass ich nicht wegrannte, aber er wippte immer wieder von den Absätzen auf die Fußballen und zurück.

»Ich weiß nicht, was ich sagen soll«, sagte ich eigentlich eher zu mir selbst, doch Lock antwortete.

»Sie ist jetzt eine von seinen. Er hat sie auf dem Radar. Ich würde es nicht vermasseln. Dir wird's gut gehen, aber sie ist für ihr ganzes Leben abgesichert. Also tu, was du zu tun hast.« Lock holte sein Handy hervor und las eine Nachricht.

Teddi trat zu mir und zeigte mir, wo sie einen warmen, trockenen Bereich mit bequemen Betten für Notfälle einrichten wollte. Direkt bei dem Schild mit dem Namen meiner Mutter.

Mercy ging zu Havoc rüber, während Teddi sich auf die Zehenspitzen stellte. »Ist das jetzt alles zu viel für dich? Vielleicht hätte ich es dir vorher erklären sollen.«

»Hey.« Ich sah in ihr ein ganzes Universum von Freundlichkeit, das sie zum Leben erweckte. Sie tat schon so viel, und trotzdem wollte sie noch mehr machen. »Du bist perfekt.«

Ich berührte ihre Wange, und sie schmiegte ihr Gesicht in meine Hand. »Ich will nur sicherstellen, dass du nicht wieder das Gefühl bekommst, ins Gefängnis gehen zu müssen, um das schwere Los deiner Leute zu lindern. Wir packen das gemeinsam an.«

Ich zog sie an mich und drückte sie ganz fest. Ich hatte das Gefühl angekommen zu sein. Mit ihr in meinen Armen war das Unmögliche möglich geworden. Eine Zukunft. Pläne. Zu Ehren meiner Mutter.

Es war fast zu schön, um wahr zu sein, doch wenn Teddi daran beteiligt war, war ich bereit, jedes Risiko einzugehen.

Nachdem wir uns von Mercy, Havoc und Lock – die jetzt Nix, Animal und, nun ja, immer noch Lock hießen – verabschiedet hatten, war Teddi mit mir noch nicht fertig. Wir wollten etwas essen, und so hielten wir bei einem Diner. Es gab so viel zu erzählen. Immer wieder entschuldigte ich mich bei ihr. Sie wegzustoßen, hatte sie nicht von mir fernhalten können. Und für sie stand jetzt das, was ich machen wollte, an erster Stelle.

Hinsichtlich der Partys hatte Teddi einen Gang runtergeschaltet, während sie sich auf ihren Abschluss in Kommunikationswissenschaften vorbereitete. Dieses Fach oder Jura war auch für mich eine gute Wahl, weil ich damit am besten würde helfen können. Mir gefiel die Vorstellung, Müttern zu helfen, ihre Kinder zu behalten. Und auch hier wurde mir wieder klar, dass die Zukunft mit Teddi an meiner Seite voll unbegrenzter Möglichkeiten war.

Nachdem wir gegessen hatten, fuhr sie mich zur nächsten Station. Sie zog mich damit auf, dass ich damals so getan hätte, als besäße ich einen Führerschein. Ich knirschte mit den Zähnen bei dem Gedanken, wie viel Ärger wir uns damals hätten einhandeln können.

Wir parkten neben einem schicken Mehrfamilienhaus und saßen ein paar Minuten schweigend nebeneinander, ehe ich den Mut fand, die eine Sache zu fragen, die ich am dringendsten wissen wollte. »Bist du mit jemandem zusammen?«

Ich wollte auf keinen Fall respektlos erscheinen.

»In Gedanken bin ich immer noch mit dir zusammen.« Sie schaute auf den Boden statt in mein Gesicht.

»Gut.« Ich hob ihr Kinn mit einem Finger. »Denn alles andere könnte ich nicht ertragen.« Ich zog sie in meine Arme und drückte sie an mich. »Du hast so viel getan. Ich danke dir.«

»Du bist zu mir zurückgekommen. Ich danke dir.« Sie erwiderte meine Umarmung, als wäre ich ein Geschenk … als wäre sie ganz außer sich vor Freude, mich zu haben.

»Du bist ein ganz toller Mensch, Teddi Burathon. Ich bin unglaublich gespannt, was du als Nächstes tun wirst.« Ich beugte mich zu ihr und küsste ihre Lippen.

Sie erwiderte meinen Kuss. Wir hatten eine ganze Nacht vor uns. Es bestand kein Grund zur Eile. Es waren keine Polizisten im Anmarsch … und das würde ich ausnutzen.

Teddi

Es bedurfte übermenschlicher Kraft, mich von ihm zu lösen. Aber ich wusste, dass alles viel, viel schöner wäre, wenn wir ungestört waren.

Ich hatte eine kleine Tasche mit dem Allernotwendigsten dabei, die er mir abnahm. Wir grüßten den Portier mit einem Nicken, als wir an ihm vorbeigingen. Er erkannte mich wieder und lächelte.

Ich musste mich immer noch daran gewöhnen, wie viel imposanter Ruffian jetzt war. In den letzten zwei Jahren war er zum Mann gereift. Seine Wangen waren leicht rau vom Bartwuchs und seine Züge kantiger und nicht mehr so jungenhaft. Die Türen des Fahrstuhls schlossen sich hinter uns. Ich spürte seinen Arm um mich, der nur aus Muskeln und Sehnen bestand. Seine Brust war breit und perfekt. Er hatte ganz offensichtlich an seinem Körper gearbeitet.

Ruffian beobachtete mich, während ich seinen Körper erforschte. Dann hob er mich hoch, als würde ich nichts wiegen, und ich wusste, dass er mich ewig so halten könnte. So viele Male hatte ich in den letzten zwei Jahren angezweifelt, was mein Herz wusste … dass er gut war … dass er zu mir gehörte und dass ich auf ihn warten müsste. Ich war froh, dass mein Körper die Entscheidung getroffen hatte und ich nicht zugelassen hatte, dass meine Zweifel über mein Leben bestimmten.

Die Türen gingen auf, und er stellte mich wieder ab. Sein Blick hing wie gebannt an meinem Gesicht, und so musste ich zu Austins Wohnung vorausgehen.

Zweimal versuchte ich vergeblich, die Tür aufzuschließen, weil meine Hände leicht zitterten. Statt mir schließlich den Schlüssel abzunehmen, trat Ruffian vor und öffnete sie mit seinem Dietrich, der wie ein Pfeil geformt war. Innerhalb kürzester Zeit waren wir in der Wohnung. Ich legte die Schlüssel auf das Tischchen neben der Tür und ließ auch mein Handy dort.

Ich zerrte an seinem Sweatshirt. Ich wollte seine Haut sehen. Mit einer einzigen fließenden Bewegung zog er es über den Kopf.

Mein Blick fiel sofort auf die einfache Zeichnung eines Teddybären direkt über seinem Herz. Es war kein professionelles Tattoo, aber ich war völlig hin und weg. Ich fuhr die Linien mit meiner Fingerspitze nach.

Er legte seine Hand auf meine. »Es tut mir leid.«

»Das hast du schon einmal gesagt. Du musst es nicht wiederholen. Lass dieses Schuldgefühl hinter dir.« Ich küsste seine Hand.

Sein Duft war für immer in meine Haut eingebrannt und erinnerte mich an den Geschmack seiner Lippen.

Augenblicklich war alles wieder da.

Dieses Gefühl. *Boom.*

Mein Körper erinnerte sich, als das Gefühl durch meine Glieder schoss. Und auf einmal schien das lange Warten auf ihn gar keine verrückte Idee mehr gewesen zu sein. Unsere Blicke trafen sich und erschufen eine neue Wirklichkeit in mir. Die geballte Anziehungskraft fühlte sich so an, als drängten uns Schicksal und Vorsehung zueinander. Denn nur wenn wir uns vereinten, konnte die Sonne aufgehen und der Mond untergehen.

Zu viel. Wenn ich meine Gefühle niederschriebe, würde es albern klingen, melodramatisch. Doch das alles zwischen uns war realer als jede Farbe, realer als jeder Atemzug.

Ich stieg die Treppe zu Austins Gästezimmer hoch und spürte Ruffian direkt hinter mir. Ich spürte die zarten Berührungen, seine Fingerspitzen, seine Hand an meiner Hüfte … um mich zu beruhigen, um dies hier zu beginnen – noch einmal.

Als ich meine flachen Schuhe am Bettende abstreifen wollte, hielt Ruffian den Zeigefinger hoch.

»Bitte.« Er ging auf ein Knie und zog mir erst den einen Schuh aus und dann den anderen.

Seine Hände strichen hypnotisierend an meinen Beinen auf und ab. Er beugte sich vor und küsste sie zart.

Wieder. *Boom.* Keine Worte, nur Berührungen. Doch ich konnte ihn in meinem Kopf hören, als würde er schreien.

Ich habe dich vermisst.

Ich liebe dich.

Ich brauche dich.

Ich griff in sein Haar, ehe ich mich über ihn beugte und mit den Händen über seinen Rücken nach unten strich.

Ich wollte, dass er mich auch hörte.

Du bist nicht allein.

Du bedeutest mir alles.

Ich werde mich um dich kümmern.

Ein paar Herzschläge lang hielt er inne und drückte sein Gesicht an meinen Bauch. Ich beobachtete, wie sich seine Brust bei jedem Atemzug hob und senkte. Er atmete mich ein.

Er legte eine Hand auf meine Brust und die andere auf meinen Rücken. So hielt er mich fest, als wäre ich ein Traum, als hätte er Angst, ich würde im Angesicht der Wirklichkeit zerspringen.

Ich setzte erst ein Knie auf und dann das andere. Seine Hände reagierten, als wären wir Eiskunstläufer und hätten die Bewegungen eine Million Mal geübt.

Als wir voreinander knieten, nahm ich sein Gesicht in beide Hände.

»Es tut mir leid«, sagte er wieder. Seine Stimme klang jetzt tiefer als damals im Zelt, bevor unsere Welt auf den Kopf gestellt wurde. Sein Timbre ließ mich innerlich vibrieren und war ein Widerhall meines Verlangens.

»Mir nicht.« Und das tat es tatsächlich nicht. Es tat mir nicht leid um ihn oder um das, was wir getan hatten, denn es würde zu dem führen, was wir in Zukunft tun würden.

»Wir werden so großartige Dinge schaffen. Dieses Gefühl, das du so magst? Wenn die Welt für eine Minute ein bisschen heller strahlt, weil die Freude so groß ist? Diesen Moment werden wir uns immer wieder holen.« Ich fuhr mit den Händen durch sein Haar. Es war wieder zu lang ... wunderschön mit den hellen Strähnen, die ihm ins Auge fielen. Ich strich es zur Seite, sodass wir einander ungehindert ansehen konnten.

»Wenn ich von dir geträumt habe, zwang ich mich dazu, mir in Erinnerung zu rufen, dass du nach vorn schauen würdest. Ich dachte, du würdest uns und alles, was passiert war, hinter dir lassen.« Das Bedauern, weil er so gedacht hatte, war ihm deutlich anzusehen.

»Deine Träume sind nicht groß genug. Und ich hatte gedacht, du würdest mich kennen.« Ich legte den Kopf ein bisschen schräg, um seinen Anblick, seine Miene, seine ganze Person – endlich live und in Farbe – auf mich wirken zu lassen.

»Ich kenne dich sehr wohl, aber irgendwie musste ich all diese Tage überstehen. Ich habe dich aufgegeben, damit du weiterziehen konntest. Es war mein Opfer an dich, damit für dich alles vollkommen sein würde.« Er küsste meine Stirn, meine Lippen.

Wir waren abgelenkt. Worte versperrten den Weg zu dem, was unsere Körper bereits wussten.

»Ich bin hier.« Mehr brauchte ich als Gegenbeweis nicht zu erbringen, um ihn zu widerlegen. Meine ganze Energie schwelte unter meiner Haut, während er sich an mich drückte … während er mir das Gefühl gab, dass ich mit ihm und unserer gemeinsamen Zukunft verbunden war.

Er würde nicht mehr dagegen ankämpfen. Ich spürte, wie er losließ. Die Anspannung war plötzlich weg und hatte einem Begehren Platz gemacht, das schon die ganze Zeit zwischen uns geknistert hatte.

Das sanfte Erforschen war vorbei. Jetzt war der Moment gekommen, sich wieder zu vereinen. Ich hatte oft daran gedacht. An seine Haut. Seine Arme. Ich hatte jeden Zentimeter vermisst. Ich bewunderte das Spiel seiner Muskeln, die sich jetzt nur für mich regten, aber auch Dinge stemmen konnten, die schwerer waren als ich. Er hatte im Gefängnis viel trainiert. Sehr viel. Ich ließ meine Hände über diese neue, männlichere Version des Jungen gleiten, in den ich mich verliebt hatte. Ein genießerisches und leicht selbstsüchtiges Lächeln lag auf meinen Lippen. Er gehörte mir. Ich berührte sein Brusthaar, und als er meine Knöpfe öffnete, machte ich mich an seinen zu schaffen. Dann wechselten wir. Das war schneller. Kurz darauf standen wir nackt voreinander.

Sein neues Ich und mein neues Ich waren völlig berauscht, weil sie einander wiedersahen. Jener Ruffian und jene Teddi, die kein anderer je zu sehen bekam, und die nur für uns bestimmt waren. Ich kletterte auf ihn rauf, während er mich enger an sich zog. Und dann wollten wir beide nur noch dem anderen Lust schenken. Lippen und Zungen, aber auch Finger suchten. Ich fand ihn und legte die Finger um ihn. Ja. Alles mein.

Er schob einen Finger in mich, und ich war mehr als bereit für ihn. Ich ließ den Kopf nach hinten fallen, als die Leidenschaft wie eine Welle über mich hinwegfegte. Eine Welle, die sich über die Jahre immer höher aufgetürmt hatte.

»Oh ja. Bitte, Teddi. Lass deinen Kopf so.«

Ich tat, worum er mich bat, und mein Haar bewegte sich im Takt mit seiner fordernden Hand zwischen meinen Schenkeln. Als ich kam, warf ich mich nach vorn und kostete die Lust aus, die er mir schenkte. Er stieß ein leises Lachen aus und schwankte leicht, ehe er mich küsste und ich in der Lage war, den Kuss zu erwidern.

Meine Beine gehorchten mir nicht, als er mich absetzte. Ich ließ mich auf die Knie sinken und wollte ihm zurückgeben, was er mir geschenkt hatte.

Ich sah, wie seine Augen groß wurden. »Dafür ist keine Zeit.«

Er griff nach seiner Jeans und holte ein Kondom heraus. »Dieses Kondom ist super alt. Ist das trotzdem okay?« Er hielt es hoch, als wäre es der Schlüssel zum Universum. Ich spürte seine Panik ebenfalls, konnte mir aber einen Scherz nicht verkneifen.

»Ernsthaft? Haben die überhaupt ein Verfallsdatum?«

Wir starrten beide das kleine Päckchen an, als würde es gleich einen Zauber enthüllen.

»Oh Mann. Das ist noch zwei Jahre haltbar!« Ruffian küsste erst die Verpackung, dann küsste er mich.

Er verschwendete keine Zeit, streifte das Kondom über und stand auf. »Ich habe so viele Ideen. Ich weiß gar nicht, wo ich anfangen soll.«

Ich streckte beide Arme nach ihm aus. »Sei bitte einfach in mir. Bitte.«

Ruffian sank auf die Knie. Ich spreizte die Beine, als er sich dazwischenschob.

Wir sahen einander tief in die Augen, als er in mich eindrang. Vereint. *Boom*.

Ich konnte ihn umarmen, küssen und spüren, wie er in mir war. Ich schlang die Beine um seine Hüften und kam seinen Stößen entgegen. Er erhöhte das Tempo, und ich merkte, dass er darum kämpfte, es länger hinauszuzögern … länger verbunden zu sein.

Er gab mir alles, was er hatte, und ich war wie gebannt von seinem Anblick.

Als ich merkte, dass er der Erlösung ganz nahe war, legte ich eine Hand um seinen Nacken und zog ihn zu einem Kuss nach unten. Dabei spannte ich meine Mitte fest an, damit sein Höhepunkt so wundervoll wurde, wie meiner es gewesen war. An seinem Stöhnen erkannte ich, dass er sich gehen ließ. Ich genoss das Gewicht seines Körpers, als er sich auf mich sinken ließ, weil seine Arme von der Kraftanstrengung zitterten. Ich küsste seine Schulter und hatte sofort einen salzigen Geschmack auf der Zunge.

Wir atmeten beide schwer, und unsere Gesichter waren verschwitzt.

»Ich liebe dich so sehr.« Dieses Mal kam es nicht wie ein Abschied über seine Lippen, sondern es war der Anfang von so, so viel.

»Ich liebe dich, Ruffian. Das nächste Mal benutzen wir das Bett.«

Dieser Mann, der als Kind so viel Liebe erfahren hatte, würde keinen einzigen Tag mehr ohne hingebungsvolle Zuneigung erleben … so lange ein Funken Leben in mir war.

Ende

Danksagungen

Familie

Ich danke meinem Ehemann, der besser zuhört und liebt, als ich es mir je erhoffen konnte. Ich danke meinem gut aussehenden Sohn, dass ich so viel Zeit mit ihm verbringen durfte, als er seine Laufbahn als Autor/Lektor begann. Und ich danke meiner wunderschönen, temperamentvollen Tochter. Sie und die Kraft, die sie an den Tag legt, erfüllen mich mit Ehrfurcht.

Mom und Dad S: Ihr seid wunderbar. Ihr erzieht und unterstützt uns immer noch, obwohl eure Babys schon ganz schön alt sind … für Babys.

Pam und Jim: Herzlichen Glückwunsch zu Cookie! Ich glaube, sie gibt einen großartigen Herrscher für euch beide ab.

Mom und Dad D: Ihr seid so hilfsbereit und freundlich zu allen, und es macht alles so viel Spaß mit euch. Ich liebe euch.

Der coole Florida-Zweig der Familie: Dad, du bist mir mein ganzes Leben lang ein toller Vater gewesen. Von Schaukeln aus Autoreifen bis hin zu Ausflügen an den See – du hast nie eine Gelegenheit ausgelassen, mit Pam und mir und jetzt deinen Enkelkindern zu spielen. Entschuldige, dass ich dich so sehr in Anspruch nehme, aber es tut mir leid … du bist einfach zu gut darin. Mom, ich danke dir, dass du immer wieder nachschenkst, für gute Stimmung sorgst und die Musik lauter stellst, während du ununterbrochen hilfst. Ihr solltet beide eine Gehaltserhöhung bekommen. Ich liebe euch beide so sehr.

Tante Jo und Onkel Ted: Ihr seid die Allerbesten. Ich liebe euch. Tante Jo, ich danke dir, dass ich mir deinen Namen ausborgen durfte. Du hättest eine viel bessere Sozialarbeiterin abgegeben als die Josephine aus dem Buch.

Freunde

Helena Hunting: Du warst diejenige, die mich bei diesem Buch auf den Pott gesetzt und dafür gesorgt hat, dass Ruffian tat, was er tun musste. Danke für den Pfeffer!

Tijan: Ich möchte wirklich gern, dass B einen Knopf bekommt, den man nur zu drücken braucht, damit ein »Hundevideo« ertönt. Danke, dass du es nie zulässt, dass ich an mir selbst zweifle. Ich hab dich lieb.

Erika: Du bist die Anmut und Frechheit in Person und einfach toll. Danke für die Schnellschreibwettbewerbe.

Katherina: Memes, ich liebe dich.

Christina Santos: Knallhart, einfühlsam und sorgfältig. Ich danke dir.

Heather Brown: Ich werde immer an dich denken, wenn Debra uns in einen Fahrstuhl schubst.

Meine Pfundskerle – Debras Draufgänger!

Meine Wahnsinnskumpel

CP Smith
Nina Bocci
Sarah P
LLL
Ashley S
Melissa G
Tiffany

Produktionsteam

CP Smith: Fürs Formatieren, das mich ehrlich erstaunt
Paige Smith: Fürs Lektorieren
Gel: von Tempting Illustrations
Amanda Rash: Fürs Korrekturlesen

Werbungsteam

Social Butterfly PR
Jenn Watson
Nina Bocci
Shan Brown
Hilary Suppes

Erfolgsgaranten

Kimberly Brower und Aimee Ashcraft von Brower Literary

Debras Rezensionsteam

Debras Gefolgsteam
Helena Hunting
Christina Santos
Sarah Piechuta
Heather Brown
Marty Keely
Lauren Lascola-Lesczynski
Book Bre
Ashley Scales
Elaine Turner
Jennie Gordon Coon
Brenda Parsons
Michele Macleod
Katie Friend
Tracy Gonzalez
Elizabeth Clinton
Danielle Holder
Tessa Poffé
Amanda Marie
Tiffany Johnson
Veronica Ashley
Sophie Ruthven
Amanda Kay Anderson
Melissa Gaston
Brandi Zelenka
Jeananne Cappetta

Jennifer Dyche
Karen McVino
Carol Sonnet

An alle, die ich vergessen habe … ihr kennt mich. Ich steige fast nie im richtigen Stockwerk aus. Danke, dass es euch gibt.

„Manchmal können genau die Dinge uns retten, vor denen wir gerettet werden möchten.“

Amy Harmon
A DIFFERENT BLUE
Aus dem amerikanischen Englisch von Frauke Lengermann
448 Seiten
ISBN 978-3-7363-1492-4

Blue Echohawk hat nur ein Ziel: herausfinden, wer sie wirklich ist. Von ihrer Mutter als Kleinkind am Straßenrand zurückgelassen, ist Blue in dem schmerzhaften Glauben aufgewachsen, ganz allein auf der Welt zu sein. Doch dann trifft sie auf ihren neuen Geschichtslehrer Darcy Wilson. Darcy ist der erste Mensch, der an Blue glaubt und hinter ihre abweisende Fassade blickt. Aber Blue und Darcy wandern auf einem schmalen Grat. Denn während sich die beiden einander immer mehr öffnen, wissen sie auch, dass eine Liebe zwischen ihnen unmöglich ist …

»Alles an diesem Buch ist einfach nur wunderschön.« ALL ABOUT ROMANCE BLOG

LYX

Die Community für alle, die Bücher lieben

- ★ In der Lesejury kannst du Bücher lesen und rezensieren, die noch nicht erschienen sind
- ★ Gemeinsam mit anderen buchbegeisterten Menschen in Leserunden diskutieren
- ★ Autoren persönlich kennenlernen
- ★ An exklusiven Gewinnspielen und Aktionen teilnehmen
- ★ Bonuspunkte sammeln und diese gegen tolle Prämien eintauschen

Jetzt kostenlos registrieren: www.lesejury.de

Folge uns auf Instagram & Facebook:
www.instagram.com/lesejury
www.facebook.com/lesejury